La mia pelle implora il tuo tocco

LETA BLAKE

Traduzione di: Ester Manzini per "Quixote Translations"
Edizione italiana a cura di: Beatrice Chierici

Informazioni sul libro che avete acquistato

Una pubblicazione originale di Leta Blake Books, LLC

"La mia pelle implora il tuo tocco" scritto da Leta Blake
Copyright © 2025 – Leta Blake
Cover Artist: Dar Albert, Wicked Smart Designs
Formattato da: BB eBooks
Traduzione: Ester Manzini per "Quixote Translations"
Edizione italiana a cura di: Beatrice Chierici
Tutti i diritti riservati

Questa è un'opera di fantasia. Nomi, personaggi, luoghi e avvenimenti sono il prodotto dell'immaginazione dell'autore o sono usati in modo fittizio e ogni somiglianza con persone reali, vive o morte, imprese commerciali, eventi o località è puramente casuale.

AVVERTENZE:
La lettura di questo libro è consigliata a un pubblico di soli adulti, in quanto contiene linguaggio esplicito e scene di natura sessuale tra due o più uomini consenzienti.

Print Edizione
ISBN: 979-8-88841-085-1

Nota dell'autrice e avvertenze per il lettore

Avvertenza generale: *La mia pelle implora il tuo tocco* è un libro incredibilmente intenso e la storia, pur essendo potente e piena di significato, non è adatta a tutti. Procedete con cautela e consultate l'ampio elenco di avvertenze riportato di seguito.

Avvertenza sui contenuti per quanto riguarda l'attività tra i personaggi principali: BDSM, kink grafici in tutto il libro, soffocamento, impact play/percosse ad alto livello, umiliazione e diversi casi di gioco con fluidi corporei.

Avvertenze sul contenuto applicabili separatamente ai personaggi principali: violenza sessuale esplicita, stalking, violenza fisica/sessuale esplicita, stupro, incesto/abuso su minori, omofobia, pensieri suicidi, abuso emotivo, malattia mentale, discriminazione, HIV.

Avvertenze sui contenuti applicabili solo ai personaggi secondari: abusi domestici, fisting.

Spoiler necessario: Questo libro non contiene la morte di nessun personaggio, ed entrambi gli eroi raggiungono insieme il lieto fine.

Disclaimer: I consigli medici e le convinzioni sulla trasmissione dell'HIV contenuti in questo libro sono appropriati per il periodo storico, ma non sono più accurati. Rivolgetevi a un medico per conoscere le attuali conoscenze sulla trasmissione e la reinfezione della malattia.

Inoltre, qualsiasi tipo di breath play può essere pericoloso e persino mortale. Non prendete la rappresentazione dell'atto come una garanzia della sicurezza da parte dell'autrice.

Dedica

Per M
Possa tu vivere bene.

Dedica

Per M
Possa tu vivere bene.

Prologo

Luke

Autunno 1991

NON AVEVO PROGRAMMATO di accettare un altro ragazzo. Non subito, comunque. Forse mai.

In qualche modo però ero lì, scalzo, con addosso solo un paio di jeans, in piedi nel mio dungeon sotterraneo con un sub agitato, ringhioso e nudo inginocchiato davanti a me. Sembrava che il ragazzo potesse alzarsi, prendere i suoi vestiti piegati sulla sedia nell'angolo e scappare via.

Speravo di essere ciò di cui aveva bisogno, ma non ne ero sicuro. Nemmeno lui lo era, come era evidente dagli sguardi arrabbiati e dubbiosi che mi lanciava prima di spostare di nuovo gli occhi sul pavimento di cemento. Spostò il peso da un ginocchio all'altro.

«Sai perché sei qui?» chiesi, passando una mano sui suoi setosi capelli biondi, lungo la mascella appena rasata, per inclinargli il mento verso l'alto e costringerlo a incontrare i miei occhi.

«Sì,» ringhiò.

«Dimmelo.»

«Sono qui per farmi male.»

Le mie labbra si contrassero e così il mio cazzo. «Sì, ma cos'altro?»

I suoi occhi si allontanarono dai miei. Gli afferrai il mento e lui riportò lo sguardo in alto, ansimando. «Non lo so,» sussurrò.

Quell'incertezza sexy e vacillante si insinuò di nuovo sui suoi lineamenti, facendomi intravedere la creatura che era veramente sotto la scorza dura. Alzò in fretta le difese. «Insomma, non lo so, signore.»

«Bene. Ricordati che puoi chiamarmi signore, padrone o...» Sorrisi. «Se ti senti particolarmente bisognoso, Daddy.»

Chiuse gli occhi e, quando li riaprì, la durezza incerta era tornata. «Sì, signore.»

«E io ti chiamerò Mitchell.»

Si irrigidì, cercando di liberare il mento dalla mia presa. Lo strinsi forte, tanto da lasciargli dei lividi. Era da molto tempo che non mi facevo osteggiare da un ragazzo. Era una sfida intrigante ed eccitante.

«No, signore,» disse. «Io sono Minty.»

«Il nome che ti ha dato tua madre è Mitchell.»

Deglutì di nuovo, serrando la mascella, prima di mormorare: «Come fai a saperlo?»

«Lo hai scritto nel modulo che ti ho fatto compilare per me, ricordi? Insieme a tutte le perversioni che pensavi ti sarebbero piaciute, e alle domande sulla tua salute e sulle tue esperienze kink passate. Lo hai dimenticato?»

«Mi hai anche chiesto come preferisco essere chiamato, e io ho risposto "Minty".»

«*Signore*,» gli ricordai.

«Ho scritto "Minty", signore,» disse a denti stretti.

Stava ancora pensando di scappare da me. Lo si vedeva dalle spalle tese, dalle dita dei piedi piantate sul pavimento, dall'espressione del suo viso. Non perché non volesse il dolore che avevo intenzione di dargli, ma perché non sapeva se sarebbe stato sufficiente.

La mia mancanza di compromessi con il suo nome durante una scena fu l'inizio del sufficiente che lui voleva davvero. Solo che lui non lo sapeva ancora.

«Ecco le tue opzioni: io ti chiamo Mitchell e continuiamo oggi, oppure puoi usare la tua parola di sicurezza, *barboncino*, giusto?, e per oggi chiudiamo, senza rancore. Ne parleremo in modo che io capisca perché questo è un confine difficile per te e, tra qualche giorno, dopo aver lasciato sedimentare la situazione, rinegozieremo un altro incontro.»

«Ma perché, signore?» Le sue labbra tremanti erano carnose. Perfette per un pompino. Speravo di avere la possibilità di sentirle sul mio cazzo. «Perché ha importanza come mi chiami?»

«Perché Mitchell è il modo in cui voglio chiamarti,» gli dissi. «È l'unica cosa che conta. Potrei chiamarti Merda e tu saresti d'accordo. Capito?» Gli afferrai di nuovo la mascella, stringendo finché non trasalì e le lacrime gli salirono agli occhi. Non ero sicuro se fossero dovute alla mia rudezza o se fosse davvero contrario al nome. Aveva la sua safeword. Chissà se l'avrebbe usata.

«Sì, signore,» disse, poi sembrò sgonfiarsi.

«Dillo,» ordinai.

«Cosa, signore?»

«Il tuo nome.»

Il volto del ragazzo si contorse in una serie di emozioni, una più vulnerabile dell'altra, e poi sussurrò: «Sono Mitchell, signore.»

«Esatto. Quando sei qui in ginocchio per me, sei Mitchell.»

Gli lasciai il mento e infilai la mano tra i suoi capelli, all'inizio con delicatezza, ma ricordai che la tenerezza non era ciò che Mitchell voleva, e non era nemmeno ciò di cui lui aveva bisogno. Così ne strinsi una manciata, abbastanza forte da bruciare e riportargli le lacrime agli occhi.

«Non muoverti,» sussurrai. «Resta immobile.»

Il suo sguardo incontrò il mio, con una sfida che cresceva quanto più lo tenevo fermo, e non fece nulla, non disse nulla.

Quando la sfida si dissipò e la sottomissione si impadronì dei suoi lineamenti, serrai le labbra e gli sputai in faccia un getto di saliva. Puntai al suo sopracciglio sinistro e non lo mancai. «Ecco. Così va meglio. Sei una lurida puttana succhiacazzi, vero, Mitchell?»

«Sì, signore,» sussurrò, tenendo gli occhi chiusi contro la saliva che scivolava giù a ricoprire le ciglia. Il suo respiro si fece affannoso e un rossore si diffuse dal petto pallido al collo e alle guance.

«Proviamo di nuovo. Perché sei qui?»

«Per farmi male, signore,» mormorò Mitchell.

«E cos'altro?»

«Non lo so.»

La confessione fu seguita da un mugolio di disagio mentre stringevo la presa sui suoi capelli. Con la mano libera, gli spalmai la saliva su tutto il viso, fino alle labbra, e poi di nuovo tra i capelli sulle tempie.

«Sei qui per essere usato,» dissi. «Per essere la mia puttana. Il mio giocattolo del cazzo. Il mio schiavo.»

Il suo respiro si spezzò e notai l'erezione che sbucava tra le sue gambe. Il suo uccello era stato perlopiù flaccido fino a quando non gli avevo sputato addosso. L'umiliazione era la chiave, proprio come aveva suggerito il mio amico Barry nella nostra discussione iniziale su Mitchell. L'umiliazione, i modi violenti e i problemi con la figura paterna spiccavano chiaramente tra i molti altri demoni che lo chiamavano e lo tormentavano.

«Sei sieropositivo,» dissi.

«Sì, signore.» La sua voce era così bassa che mi sforzai di cogliere le parole, e un'espressione di vergogna passò sui suoi lineamenti. Lo capivo. Anch'io avevo lottato per quello. Avevo deciso che era una stronzata provare vergogna per ciò che era dovuto alla sfortuna. Ma per Mitchell la vergogna era essenziale nel gioco tra noi. Anche per quello mi rifiutavo di usare il suo nome preferito. Era venuto da me perché potesse sentirsi spiazzato, a disagio e non rispettato in una situazione consensuale e sana, invece che in quelle folli in cui si era

messo prima. Se avessi accettato di chiamarlo Minty, si sarebbe sentito rispettato e, nel profondo, non lo voleva.

«Sì, signore, cosa?» insistetti. Aveva bisogno di dirlo. Doveva abituarsi.

«Sono sieropositivo, signore.»

«Esatto. Lo sei.»

Ora tremava tutto, il suo cazzo si tendeva, il suo torso era arrossato e l'unico occhio aperto era diventato vitreo. La mia saliva si stava già asciugando dove l'avevo spalmata sul suo viso e sulla bocca.

«Anch'io.»

Sbatté le palpebre, le ciglia incollate facevano sembrare che portasse il mascara, cosa che sapevo che a volte faceva, ma quel giorno era struccato. «Lo so già. Me lo hai già detto.»

Gli afferrai i capelli e li strattonai, facendogli scuotere la testa. «Come ti permetti di parlarmi così?»

Sussultò. «Signore! Mi dispiace. Ti prego, signore, mi strapperai i capelli.» Il suo lamento tremò suadente nell'aria.

Sentii la prima pulsazione sadica e le mie labbra si arricciarono in un sorriso, mentre il mio cazzo cominciava a indurirsi. «Mi supplichi bene.»

Quando un po' di paura si accese nei suoi occhi, trattenni l'impulso di lodarlo. «Ma non abbastanza.»

Gli diedi uno schiaffo sul viso. Sussultò per il dolore, spalancò gli occhi e un grido sorpreso gli uscì dalla gola. Non lo avevo colpito abbastanza forte da lasciargli un livido. Aveva però una pelle sottile e chiara. Non ci sarebbe voluto molto per lasciare un segno. Quel primo schiaffo poteva anche lasciargli una macchia rossa per ore. Ero curioso di vedere per quanto.

«Dillo di nuovo,» gli comandai, slacciandomi i jeans e tirando fuori l'uccello duro. «Nel modo giusto. E ringraziami per averti corretto.»

«Sì, signore. Grazie, signore.» La sua voce era ansante. «Tu... mi hai già detto di essere sieropositivo. Prima, signore.»

Sembrava stordito, come se stesse già cadendo nel subspace, il che era inaspettato. Da quello che avevo capito, aveva goduto con gli uomini che avevano abusato di lui, ma non era mai finito nel subspace né era andato su di giri. Avevo l'impressione che spesso avesse mantenuto il controllo della scena. O almeno una parvenza di controllo mentre veniva picchiato a sangue e scopato senza pietà, incitando gli stronzi a farlo più forte, supplicandoli di fargli ancora più male.

Il mio stesso respiro si incrinò al solo immaginarlo. Non perché temessi per la sua vita, come sarebbe successo a chiunque non fosse stato un sadico, ma per l'eccitazione. La verità era che mi sarebbe piaciuto prenderlo così. Scoparlo come se lo odiassi. Picchiarlo mentre lo facevo finché non fossimo venuti entrambi urlando.

Poi lo avrei tranquillizzato e portato al sicuro nel mio letto…

Ma quel tipo di abuso non era sano o salutare. Era una fantasia che nessuno avrebbe dovuto vivere, non senza regole e limiti ben precisi. Ma forse, se io e Mitchell fossimo stati abbastanza compatibili, avremmo potuto inscenare qualcosa che si avvicinasse a quella brutalità, qualcosa che lo avrebbe spaventato profondamente, senza mettere a rischio la sua salute o la sua vita. Sarebbe stato divertente provarci. Speravo di averne l'occasione.

Lasciandogli i capelli, gli aprii la bocca e vi sputai. «Ingoia,» dissi.

Lo fece, con gli occhi spalancati e il petto che si gonfiava per i respiri. Una goccia di fluido preseminale si formò sulla punta del suo cazzo, e il mio, così eretto da far male, mi sfiorò l'addome quando mi chinai per sputargli di nuovo in bocca. «Noi.»

Sputare.

Mitchell deglutì doverosamente.

«Siamo.»

Sputare. Ingoiare.

«Siero.»

Sputare. Ingoiare.

«Positivi.»

Sputare. Ingoiare.

Gli spalancai la bocca con un pollice, premendo sui denti inferiori, e poi puntai l'uccello sulla sua lingua rosa e scintillante e sulla sua gola spalancata.

«Sai cosa significa?» dissi, tenendogli la bocca saldamente aperta in modo che non potesse parlare per rispondermi. «Significa che posso fare questo...»

Esitai un attimo, dandogli il tempo di usare la sua parola di sicurezza prima di penetrargli la bocca per la prima volta. Ma non lo fece. Rimase semplicemente lì, a bocca aperta, e io glielo infilai dentro. «Senza un cazzo di preservativo.»

Cristo, la sua bocca era meravigliosa. Sapeva esattamente cosa stava facendo. Afferrando con forza le mie cosce, me lo succhiava, leccava, baciava e si ingozzava come se non avesse avuto un cazzo in gola da una vita. Ma sapevo benissimo, grazie al nostro amico Barry, che il ragazzo non aveva lasciato che la sua condizione di sieropositività lo rallentasse quando si trattava di bere sperma.

Dopo aver spinto i miei jeans più in basso, per dargli più spazio per lavorare, lasciai che me lo succhiasse fino alla base. Con una mano gli afferrai i capelli e con l'altra mi titillai i capezzoli. Quando mi avvicinai al culmine, lo staccai e lui guardò in alto con un'espressione vaga ed eccitata, tenendo la bocca aperta nel caso in cui avessi voluto immergermi di nuovo. Perfetto.

«Sai cos'altro significa per noi essere sieropositivi?»

Si leccò le labbra arrossate e gonfie e rantolò: «No, signore.»

«Significa che posso fare anche questo.» Facendo leva sui suoi capelli, lo spinsi giù. Gridò di dolore, sorpreso dall'improvvisa manipolazione. Gli costrinsi la testa a terra, mi inginocchiai dietro di lui e gli sollevai i fianchi mentre puntavo il mio cazzo contro il suo buco.

La pelle della sua schiena luccicava di sudore e le natiche fremevano di pelle d'oca mentre mi facevo strada tra i muscoli tesi di quel passaggio stretto. Si era lubrificato prima, come gli avevo detto di fare quando avevamo deciso di incontrarci, ma non mi sarei fermato nemmeno se non lo avesse fatto. Tuttavia, la sostanza era diventata appiccicosa da quando l'aveva applicata, rendendo il mio ingresso tutt'altro che delicato. Mitchell ansimava e stringeva le mani a pugno, ma non si allontanò da me. Anzi, spinse indietro, costringendomi a entrare più a fondo e più velocemente nel suo culo caldo e vellutato. Cazzo, era impaziente.

Gli diedi un forte schiaffo sul fianco. «Stai fermo. Deciderò io quanto in fretta entrare in questo serbatoio per lo sperma. Perché è questo che sei, vero, Mitchell? Lo sporco serbatoio per lo sperma di Daddy.»

Mitchell rimase perfettamente fermo, quasi immobile, e io sorrisi. La sensazione di potere e di dominio che amavo come nessun'altra cosa al mondo mi attraversò. Scivolando più a fondo, gettai la testa all'indietro, godendo della deliziosa presa del suo culo e del controllo che stavo esercitando su di lui.

«Barboncino.»

Mi bloccai, scioccato dalla parola che poneva fine al nostro gioco. Il più rapidamente possibile, visto quanto era teso, mi tirai fuori.

Mitchell trasalì, sussurrando più volte qualcosa.

Mi tirai su i jeans e mi inginocchiai rapidamente dove la sua testa era ancora premuta sul pavimento. Il suo respiro era spezzato da rantoli superficiali che avevo scambiato per eccitazione, ma che ora vedevo essere il suo tentativo di non piangere. Rabbrividì mentre mi chinavo per ascoltare le sue parole.

«Barboncino,» sussurrò. «Barboncino, barboncino.»

Parte I

Capitolo 1

Minty

Settembre 1991 – Due settimane prima

«TI FARAI AMMAZZARE.»

Infilai una cannuccia nel frullato del McDonald's che Barry mi aveva comprato dopo avermi inseguito sulla Strip, deciso a convincermi a parlare con lui. Nemmeno trenta minuti prima ero scappato dal nostro locale gay, il Tilt-a-Whirl, in preda a una rabbia cieca dopo essere stato sfottuto dai miei cosiddetti amici per le mie recenti scelte sentimentali e sessuali, e Barry pensava ancora di potermi salvare.

«Mi hai sentito? Ammazzare.»

«Per me non è un problema,» dissi, anche se non era del tutto vero. Avevo il terrore di morire, ma ora che ero sieropositivo, sapevo che era solo questione di tempo prima di diventare comunque cibo per vermi. E l'unica cosa che cancellava la paura era il dolore. E la degradazione. Gli abusi. Le percosse.

Scambiavo un tipo di terrore con un altro.

«Credo che tu abbia un problema,» mi contraddisse Barry, che aveva capito la mia bugia come sempre. «E io posso aiutarti.»

«Oh, hai una cura per l'HIV nella tasca posteriore, eh?»

«No, ho un amico che fa del male alle persone per professione.»

Sbattei le palpebre. «Un Dom o qualcosa del genere?»

«Proprio un Dom.» Si passò una mano sulla lucida testa calva.

«Senti, sono tuo amico da qualche anno e ti conosco abbastanza bene.»

Scrollai le spalle. Non avevo intenzione di dargli la soddisfazione di ammettere che eravamo così intimi, ma sì, la mia banda del Tilt-a-Whirl, Windy, Antonio, Barry e Robert, erano i miei amici più cari. La persona migliore del mondo, Daniel, sarebbe sempre stato il mio migliore amico, naturalmente, ma ultimamente era impegnato e distratto. L'alcolismo di sua madre gli rendeva la vita difficile, c'erano i suoi fratelli minori da accudire e ora aveva il suo nuovo ragazzo, Peter…

«Credo che tu abbia bisogno di dolore,» proseguì Barry. «Ti sono sempre piaciute molto le sculacciate che Renée ti dava sul palco durante il suo spettacolo. Quindi, non sono contrario all'idea che tu ti faccia male, se è fatto in modo sicuro, sano e consensuale con qualcuno a cui importa se sopravvivi o meno.»

«Il mio attuale amante dà…»

«Basta con le stronzate.»

Guardai fuori dalla finestra. Le luci del McDonald's si stagliavano contro la notte e le auto sfrecciavano lungo la Strip senza curarsi dei pedoni. Bevvi il frullato, osservando una coppia etero che percorreva il marciapiede, con le mani nelle tasche posteriori dell'altro, con un aspetto così perfetto da sembrare uscita da una pubblicità di shampoo. Un profumo di Calvin Klein.

«Ho paura,» ammisi quando avevo mandato giù metà del frullato. «Che c'è di male?»

«Niente,» disse Barry, allungando la mano per prendere la mia. «È logico avere paura.»

Sentivo gli occhi puntati su di noi. Ci distinguevamo anche tra i ragazzi del college che ogni sera affollavano il McDonald's per evitare i compiti. Si sarebbero chiesti se io fossi lì con Barry solo perché lui era nero e io bianco, e quello era il Sud. Ma visto come ero vestito, con un tutù, il trucco e un aspetto femminile e ricoperto di brillantini, avrebbero continuato a fissarci anche per un motivo del tutto diverso. Diverse ragazze ridacchiarono dietro le mani, e sentii distintamente speculare sul fatto che ero una fatina a cui dovevano piacere i cazzi neri e grossi.

Forte. Razzismo, stereotipi e omofobia al prezzo di un frullato.

Anche se mi piacevano di qualsiasi colore, più grossi erano, meglio era. Mi piaceva quando un cazzo mi faceva male mentre mi penetrava, quando ero teso fino al punto di soffrire, e quel dolore mi faceva sentire potente.

Era difficile da spiegare, ma quando un uomo era dentro di me, mi sentivo un dio. Soprattutto quando non ammettevano di volermi, quando odiavano il fatto di desiderarmi. In quei momenti, ero un dio bellissimo e irresistibile, capace di sopportare qualsiasi cosa quegli stronzi mi infliggevano e di farli venire più forte di quanto avessero mai fatto, contro la loro volontà e nonostante il loro disprezzo per se stessi.

Potere.

Arrivò un gruppo di ragazzi della confraternita e io tolsi la mano da quella di Barry. Mi piaceva il dolore, ma non quello di sei membri di una confraternita, e non volevo che Barry si mettesse a litigare con loro solo perché era stato gentile con me. Non dopo che quella sera ero già stato un enorme stronzo con lui e con tutti gli altri.

«Mi piace quando lo odiano,» dissi. «Cosa non capisci di questo?» Glielo avevo spiegato al club. Sapevo che mi aveva sentito.

«Anche a te potrebbe piacere questo tipo di dolore.»

Alzai gli occhi al cielo. «Cosa? Un vecchio Daddy vestito di pelle che brandisce un frustino e mi dice che vuole cavalcarmi?»

«Più che altro un bel trentaquattrenne che ti lega e ti frusta fino a farti piangere e implorare, e anche in quel caso non si ferma.»

Deglutii. Non sembrava male. «Ma a lui piacerebbe, vero? Non si odierebbe mentre mi fa del male.» Scrollai le spalle. «In definitiva, *quello* è il mio kink. È ciò che mi piace di più.»

Barry mi guardò in modo solenne. «Ti piace quando si detestano per averti desiderato? O quando ti odiano per averli fatti desiderare?»

Bevvi di nuovo il frullato, il liquido freddo e denso che mi scivolava in gola. Guardai alcuni ragazzi della confraternita che avevano preso un tavolo vicino a noi. Stavano parlando delle statistiche di qualche sport, non ero nemmeno sicuro di quale, ma almeno non ci stavano prestando attenzione.

«Non ne sono sicuro,» ammisi. «Mi piacciono entrambi.»

«Cosa succederebbe se si potesse avere una quantità incredibile di dolore? Così tanto da detestare chi te lo ha inferto? O se ti sentissi come se loro dovessero odiare te per averlo inflitto così duramente?»

Roteai di nuovo gli occhi. «Che ne sai tu del dolore?»

«Prima di incontrare Robert, ho avuto un Dom per un po'. È lui che ha addestrato Luke, il tizio che vorrei farti conoscere.»

Trasalii. «Hai avuto un Dom? Tu?» Non avevo mai immaginato Barry in quel modo. Era grande e grosso, forte e autoritario. Non riuscivo a vedermelo che si sottometteva a qualcuno, tantomeno che lasciava che gli facessero del male.

«Si chiamava Jerome ed era molto bravo in quello che faceva. Non durò molto. Ho scoperto che non mi piaceva. Poco dopo aver chiuso con lui, iniziai a lavorare sulla nave da crociera.»

«Dove hai conosciuto Robert?» Improvvisamente mi chiesi. «Ti sculaccia? Ti fa il culo rosso?»

«Robert non oserebbe mai.»

«Non lo farebbe?»

Robert, o meglio il suo alter ego Renée, mi aveva sculacciato un sacco di volte come parte eccitante del suo spettacolo di drag queen al Tilt-a-Whirl. Mi chiamava il suo "Bimbo Cattivo" e mi prendeva a sberle sul sedere fino a farmi piangere. Mi era sempre piaciuto il dolore e anche l'umiliazione. A volte era proprio quello che mi serviva per evitare che la mia testa andasse in brutti posti.

Ma non riuscivo a immaginare che a Barry piacesse.

Sbuffò. «Solo se vuole che sia io a fare male a lui.»

«E lo fa?» Ero affascinato. Era molto meglio che parlare di ciò di cui avevo bisogno e di come avrei dovuto ottenerlo.

«A volte. Senti, Minty, voglio che tu incontri almeno Luke. Parlaci.»

Sorrisi. «È come un'audizione? Mi frusta per vedere se sono abbastanza bello quando piango?»

«No. È un professionista.»

«Che cosa significa?»

«Passerà in rassegna i kink e vedrà quali vuoi provare e quali, se ci sono, vuoi eliminare dalle opzioni. Ti chiederà di compilare alcuni questionari e di parlargli della tua storia sessuale, di cosa ti piace del dolore e di quando ti piace di più. Quando non lo vuoi affatto. Sarà scrupoloso. Probabilmente ti farà firmare un contratto con lui.»

«Un contratto?» chiesi, stupidamente.

«Non è particolarmente tipico per le persone nel mondo BDSM avere dei veri e propri contratti scritti, ma in una situazione come questa, dove siete entrambi estranei, può rendere più facile saltare direttamente al gioco del dolore.»

Gioco del dolore. Mi mordicchiai il labbro, riflettendo.

«E se non riuscisse a farmi abbastanza male? E se ci provasse e non fosse in grado di soddisfarmi?» Guardai i ragazzi della confraternita, tutti simili, con i loro colli spessi, le mani muscolose e la stessa vibrazione arrapante che mi faceva capire che chiunque di loro mi avrebbe chiesto di succhiarglielo in bagno…

Ma dopo avrebbero dovuto picchiarmi per dimostrare che non erano gay.

«E se avessi bisogno di qualcosa del genere?» Inclinai leggermente la testa verso di loro.

Le labbra di Barry si tesero. «Può darsi. Ma credo che se farai una prova, sarai sorpreso da quanto poco vorrai o avrai bisogno di quel tipo di rudezza da parte di quel genere di ragazzi.»

«Non lo so,» risposi, appoggiandomi e tranguglando l'ultimo sorso del frullato, con la tazza che tintinnava mentre cercavo di prenderne ancora.

Barry si chinò in avanti e mi prese la tazza vuota. «Non può far male conoscere Luke.»

Sorrisi. «Ma allora che senso avrebbe?»

Barry roteò gli occhi e, per la prima volta in tutta la serata, mi venne da ridere.

Luke

«QUESTO RAGAZZO NON è sano di mente,» osservai, dopo che Barry mi ebbe spiegato la situazione.

Seduto sul sedile del passeggero del suo pick-up Dodge, addentai l'hamburger di Wendy's che avevamo preso al drive-through. Avevo solo un'ora di pausa prima di tornare da Knox Supplies & News, un sexy shop con un nome fuorviante e sicuro per i bambini, per soddisfare le aziende vicine.

Quella settimana facevo il terzo turno, cioè il più affollato. Con le commissioni che ricevevo per le vendite più importanti, guadagnavo molto di più quando lavoravo di notte, ma ciò incasinava i miei ritmi sonno-veglia.

Barry lavorava al Tilt-a-Whirl e anche alla biblioteca dell'Università del Tennessee, e capiva la privazione del sonno. A volte passava direttamente da un lavoro all'altro, chiudendo il locale per aprire la biblioteca pochi minuti dopo. Non sapevo come facesse, ma non sembrava mai distrutto.

Si presentava sempre come un uomo calmo, composto e con il controllo della situazione.

Ecco perché ascoltavo con attenzione la sua richiesta di "occuparmi" di quel Minty. Per la prima volta da quando Jerome mi aveva presentato Barry, tanti anni prima, sembrava incerto, preoccupato e persino spaventato. Da sadico, riconoscevo ogni tremito di paura in una voce. Vivevo per quello.

«Allora, cosa vuoi che faccia?» chiesi, dopo che Barry mi ebbe illustrato ancora una volta la situazione e la sua urgenza.

«Sei bravo a infliggere sofferenza.»

«Sono bravissimo,» concordai.

«E non ti dispiace il degrado.»

«Non è il mio modo preferito di giocare, ma posso farlo per un sub che lo richiede.»

«Ne ha bisogno,» confermò Barry. «Non resterà con te se sei tenero con lui, questo è certo. Tornerà subito a corteggiare la morte con quegli stronzi che lo disprezzano davvero e non fingono di odiarlo solo per l'orgasmo.»

«Mmh.» Masticai pensieroso un boccone di hamburger, buttando in bocca una patatina. «Ma cosa ci guadagno? A parte quello che probabilmente sarà del gran sesso. Sono un professionista. Mi pagano per questo e lui è al verde, o almeno così dici. Pagherai tu? O lo farà Robert?» Scossi la testa. «È una specie di regalo di compleanno disperato e perverso per questo ragazzo?»

«Ti chiedo di farlo come favore.» A Barry si mozzò il fiato, e sapevo che si stava preparando a gettare una carta che si vergognava di usare, e sapevo anche esattamente quale carta sarebbe stata. «Da uno studente di Jerome a un altro.»

Ridacchiai. «Sapevo che lo avresti trascinato in questa storia.»

«Ha addestrato sia me che te.»

«Ci ha fatto capire che non siamo fatti per essere dei sub,» dissi, ridendo di nuovo. «Tu hai mollato, e io sono diventato un sadico Dom invece che un dolce sub inginocchiato.»

«Doveva assicurarsi che fossimo interessati,» ribatté Barry. «E il fatto che io abbia abbandonato non significa che abbia fallito. Ho imparato molto dal tempo trascorso con lui: la resistenza, la capacità di controllarmi quando ho voglia di sfogarmi. Un sacco di cose. Scommetto che anche tu hai imparato molto.»

«Oh, tutto quello che so, più o meno.» Mangiai un'altra patatina fritta e sorseggiai la mia bibita. «Sono pieno di sottomessi, in questo momento.»

Quella era una bugia. La verità era che non stavo facendo il Dom a livello professionale o per divertimento. Come top quasi esclusivo che aveva fatto alcune sfortunate eccezioni negli ultimi anni, la mia diagnosi di HIV mi rendeva difficile giocare come volevo, soprattutto con i sottomessi sieronegativi. E non volevo occuparmi solo di quelli sieropositivi. Mi sembrava grottesco, come giocare mentre Roma bruciava o ballare sulle tombe.

Non che non avrei mai più frequentato Dom, o che mi rifiutavo di usare il preservativo, o che non avrei mai cercato un ragazzo sieropositivo con cui giocare; era solo che non avevo ancora fatto pace con la mia malattia. Mi era stata diagnosticata solo sei mesi prima, i miei linfociti erano forti, le mie condizioni ancora buone e mi sentivo completamente in salute, ma il solo fatto di sapere che ero infetto era un peso che non ero abituato a portare. Per essere un buon Dom, avevo bisogno di essere del tutto funzionale. Dovevo essere disposto e pronto a supportare qualcun altro per tutta la durata del gioco e dell'aftercare. Non avevo più avuto quel tipo di energia dalla diagnosi.

Dopo aver chiuso con il mio ultimo ragazzo, Benji, che per fortuna all'epoca era ancora sieronegativo e presumibilmente lo era ancora, mi ero preso una pausa dalla scena kink per mettere in ordine i miei affari. *Affari*. Che modo di dire. Prima della diagnosi, quella parola aveva significato qualcosa di divertente, tipicamente con un uomo che non cercava alcun legame. Perché era già legato a una moglie molto ignara.

Ora la parola significava fare testamento, scrivere le ultime volontà, completare le pratiche di fine vita, decidere cosa fare della mia casa, del contenuto del mio dungeon e dei miei conti bancari. Avevo trentaquattro anni e mi trovavo a contemplare questioni che avevo pensato di non dover considerare prima di diversi decenni. Era prima dell'AIDS, prima che conoscessi il termine HIV, prima di aver perso amici, amanti e compagni di gioco, e persino il mio barista preferito.

Se fossi stato un uomo diverso, avrei pensato che forse la malattia fosse una punizione di Dio. Non per essere gay, perché quella era una stronzata, ma per essere stato eccessivamente felice sulla Terra, per aver scopato e succhiato cazzi come se la sua creazione non fosse altro che un baccanale senza fine. Per anni, dopo aver raggiunto l'età adulta, avevo vissuto spensierato, intriso di sperma e felice da morire.

Ma tutto mi era stato tolto, un po' alla volta, perdita dopo perdita, fino a quando il gioco si era trasformato in un momento di paura, e io avevo temuto quanto desiderato la liberazione che derivava dal dominare un sub voglioso. La mia diagnosi era stata la goccia che aveva fatto traboccare il vaso.

E tirarsi indietro era stato responsabile. Necessario.

Quindi, no, non avevo programmato di prendere in carico un altro ragazzo a breve, o forse mai.

Ma avrei mentito se avessi detto che la richiesta di Barry non mi aveva incuriosito. Il ragazzo che mi stava mettendo nel piatto era bello, sieropositivo e appassionato di dolore. Sembrava anche che fosse un sub molto pestifero che aveva bisogno di una mano ferma. Proprio il mio tipo.

«Il ragazzo vuole conoscermi?» chiesi.

Barry rise. «No.»

Sollevai le sopracciglia. «Allora perché mi parli di lui?»

«Non vuole conoscerti, ma è interessato. Se gli dico che ha un appuntamento con te a una certa ora, si presenterà.»

«Perché?»

«È curioso,» rispose Barry. «Ha anche paura di se stesso. Potrebbe non ammettere di aver bisogno di aiuto, ma in fondo lo vuole e quando scoprirà quello che puoi dargli, sarà difficile per lui allontanarsi. Anche se una parte di lui desidera ancora quello che riceve da quegli stronzi che lo usano e lo picchiano senza ritegno.»

«Ah, quindi vuoi che lo renda dipendente dal dolore che gli procuro, e poi cosa? Dirgli che non può averlo se ricomincia a farsi maltrattare da quei tizi?»

Barry sorrise. «Ti comporti come se non fosse quello che faresti se fosse il tuo sub.»

Risi. Aveva ragione, naturalmente. Non avrei mai permesso al mio ragazzo di farsi degradare in quel modo. Per quanto adorassi fare del male ai miei sub, i loro corpi erano miei e di nessun altro. Almeno finché avevano un contratto o un accordo verbale con me.

«Un'ultima domanda.»

«Spara.»

«Perché lo fa? Perché ne ha bisogno?»

Barry aggrottò le sopracciglia, sembrò considerare attentamente le sue parole e poi disse: «Sai come si dice, no? Che le persone più allegre sono quelle che mascherano il più grande dolore? È sempre stato così.» Notai come gli occhi di Barry si incupirono quando continuò: «Beh, fino a poco tempo fa. Ora non si preoccupa più di mascherare la sofferenza. Non scintilla più, non brilla più. È come se fosse stato inghiottito dalla sua stessa ombra.»

«Dalla diagnosi?»

«Sì.»

Ci riflettei. «Va bene. Digli che lo aspetto martedì, alle quattro, alla Knox Supplies & News. Possiamo incontrarci nell'ufficio sul retro prima del mio turno.»

Barry annuì e io sperai di non dovermi pentire della mia scelta.

Quel Minty sarebbe stato il mio primo ragazzo da quando avevo abbandonato Benji, e non ero convinto che fosse una buona idea. Ma se mai avessi voluto prendere di nuovo un sottomesso, lui sembrava certamente intrigante.

Avevo sempre avuto un debole per i casi difficili.

Capitolo 2

Minty

ERO STATO DA Knox Supplies & News un sacco di volte. Vi avevo comprato tutti i dildo, i butt plug e i sex toys che avevo posseduto. Ma non ci ero mai entrato in pieno giorno, quando fuori c'era ancora luce e chiunque poteva vedere la mia macchina lì davanti. Per fortuna mia madre viveva e lavorava a Kingston, a quarantacinque lunghi minuti di distanza, altrimenti sarei stato troppo terrorizzato per parcheggiare lì nel caso fosse passata.

Avrei voluto portare Barry con me. Si era offerto e io avevo riso, ma ora che mi trovavo fuori dall'edificio grigio, quadrato, a un piano, pronto a vedere un uomo che voleva farmi del male, avrei voluto non averlo fatto.

Non sapevo nemmeno che aspetto avesse Luke. Probabilmente era uno dei soliti energumeni perversi tutti muscoli.

Ma cosa ne sapevo io? Parlavo tanto, ma quando si trattava di sesso, sebbene ne avessi fatto molto, di solito era in modi piuttosto convenzionali. Il cazzo in uno dei miei buchi fino a raggiungere l'orgasmo. Se ero in vena di dolore, cosa che ultimamente accadeva sempre, mi facevo colpire, schiaffeggiare, prendere a calci e maltrattare da uno stronzo, un bullo della confraternita, ma niente che prevedesse contratti, fruste, un Dom professionista o altro. Non mi era mai piaciuto prima.

Non ero sicuro che mi piacesse ora.

Mi misi un po' di burrocacao alla ciliegia, anche se le mie labbra erano perfettamente idratate, e lo infilai di nuovo nella tasca insieme alle chiavi prima di raddrizzare le spalline rosa della mia canotta e di entrare in negozio.

La porta si aprì sul familiare showroom illuminato dalle luci fluorescenti. Una donna di mezza età, con i capelli biondi acconciati in stile punk, stava dietro il bancone con aria annoiata, masticando una gomma e leggendo la rivista *Spin*. Paul Westerberg era in copertina con una chitarra e gli occhiali; aveva una pettinatura simile a quella della commessa e mi chiedevo se lei lo sapesse. Nel frattempo, dagli altoparlanti risuonava *Holiday* di Madonna.

La donna alzò lo sguardo. «Posso aiutarti?» chiese, appoggiando i gomiti sul bancone ai lati della rivista. «Cerchi qualcosa in particolare?»

Le file e le file di dildo, fleshlight, vibratori, anelli per il cazzo, VHS porno e altro ancora mi chiamavano a gran voce. Potevo andarmene in giro come se fossi lì per fare acquisti, magari anche comprare un nuovo butt plug e non nominare affatto Luke. Oppure potevo voltarmi, lasciare quel posto dall'odore di plastica, andarmene da quel parcheggio scoperto e far finta che non fosse mai successo niente.

«Sto cercando…» Deglutii a fatica e lei si raddrizzò incuriosita.

«Va bene, tesoro, sputa il rospo,» disse. «Ho già sentito di tutto. Non c'è niente da balbettare.»

Arrossii. «Non sono imbarazzato,» dichiarai. O almeno non lo sarei stato se fossi stato lì per i sex toys, e invece me ne stavo lì ad arrossire.

«Voglio dire, non per *quello*. Non sono qui per…» Mi schiarii la gola. La commessa cominciava a sembrare preoccupata. «Non sono qui per i sex toys. Sono qui per Luke.»

«Oooh.» Un'espressione complice le passò sui lineamenti prima di svanire rapidamente. «È nel retro. Lo chiamo.» Prese il telefono, premette una sola cifra e mi guardò mentre aspettava. «Sì, ehi. C'è un bel bocconcino qui fuori che vuole vederti.» Si mise a ridere. «Oh, sì. Carino e molto nervoso.»

«Non sono nervoso,» protestai, sollevando il mento.

«Dice che non lo è,» continuò lei, ridendo ancora. «Va bene. Certo.» Riattaccò. «Arriva subito. Ha detto che dovresti dare un'occhiata in giro, per vedere se c'è qualcosa che ti piace.»

Era un test? Stava per comprare qualche giocattolo per me e… e poi? Usarlo? Forse quel giorno stesso? Per vedere come gestivo quel genere di cose? Dovevo dimostrare la mia sottomissione facendo quello che la donna dietro il bancone mi diceva di fare? Dovevo rifiutarmi e restare lì come un idiota a guardarla leggere?

«Va bene,» dissi alla fine, dando le spalle al bancone e spostandomi lungo uno dei corridoi di massicci cazzi finti. Da quel momento la donna non mi prestò più molta attenzione, e alzò lo sguardo solo di tanto in tanto per chiedermi se avevo qualche domanda su un particolare modello.

Non lo feci. Non stavo nemmeno guardando. Tuttavia, i butt plug extra-large erano tanto intriganti quanto terrificanti. Non ero sicuro che sarei mai riuscito a infilare qualcosa di così enorme dentro di me, anche se l'idea non mi dispiaceva affatto.

Ma avrei dovuto odiare quell'idea. C'era qualcosa di sbagliato in me che desideravo più il dolore che il piacere. Non ero sempre stato così. Una volta, non molto tempo prima, avevo quasi superato il peggio delle mie pulsioni autodistruttive. Ma ormai…

Sapevo cosa c'era di sbagliato in me, ovviamente. Quella cazzo di diagnosi. Aveva scombussolato ogni cosa buona che c'era in me e io ero tornato ai miei vecchi modi di reagire. I ricordi che avevo cercato di seppellire con tanta fatica riaffioravano la maggior parte delle notti nel sonno, e mi svegliavo con le lenzuola appiccicose e la vergogna che poteva essere espulsa da me solo a suon di botte o di sesso.

Stavo pensando a quella vergogna e fissando il colossale plug quando sentii la sua voce per la prima volta. Era intensa, profonda e mi fece rabbrividire.

«Vedo che hai enormi ambizioni,» disse Luke da dietro di me. «Per prendere quel plug ci vuole dell'impegno.»

Deglutii e mi girai, accolto prima da un petto che non era possente come mi aspettavo e poi da un collo snello, quasi aggraziato. Guardai in su e vidi il suo viso calmo che mi scrutava. I capelli biondo scuro, o forse castano chiaro, erano arruffati intorno al suo bel volto. Doveva essere alto almeno un metro e novanta, e io gli arrivavo a malapena ai capezzoli. Ero contento di aver indossato il mio top più bello e una gonna di jeans blu aderente. Almeno sapevo di avere un bell'aspetto mentre lui mi scrutava dalla testa ai piedi e viceversa.

«Sei transessuale?» chiese. «Voglio chiamarti con i termini giusti.»

«Sarebbe importante se lo fossi?» ribattei, sinceramente curioso di sapere se mi avrebbe fatto ancora del male se fossi stata una ragazza e non un ragazzo.

«Non proprio.»

«Beh, non lo sono,» dissi. «Sono un ragazzo molto carino con le giuste priorità nella moda, e questo è tutto.»

«Non ci sarebbero problemi se anche questo dovesse cambiare,» affermò con una tale calma che quasi non lo capii.

«Non accadrà.»

Scrollò le spalle. «Va bene anche così. Allora, parliamo.»

«Qui?» Il mio sguardo si diresse verso la donna al bancone.

«No, nel retrobottega. Cherise non vuole sentire i dettagli, vero?» Alzò la voce sul finire della frase.

Cherise non alzò lo sguardo dalla rivista. «Certo che no, Luke.»

Sorrise. «Va bene, allora. Ti va bene venire con me nella stanza sul retro?»

Ci pensai un attimo.

Vedendo la mia esitazione, disse: «Possiamo sempre parlare fuori nella mia macchina, o nella tua se preferisci. Oppure possiamo andare a mangiare un boccone veloce da Gourmet's Kitchen. Sta a te decidere.»

«La stanza sul retro va bene.»

«Ottimo. È più semplice così.»

Lo seguii superando altri oggetti sfacciati ed entrando nel suo ufficio. Non era spazioso, soprattutto perché lì dietro c'era il magazzino, ma c'erano una scrivania e due sedie, e un computer con uno schermo verde e alcuni numeri vari accanto a un cursore lampeggiante.

«Accomodati,» disse, indicando la sedia di fronte alla scrivania.

Lo feci, la plastica era dura e fredda contro il retro delle mie gambe esposte.

«Allora, tu sei Minty e ti piace il dolore,» esordì, come se fosse del tutto normale.

Risposi con la verità, anche se il mio stomaco ribolliva di acido. «Sì. Più o meno. E tu sei Luke, e ti piace causare dolore.»

«Puoi chiamarmi signore.»

Un brivido mi salì lungo la schiena. Non mi aspettavo che mi sarebbe piaciuto, eppure era proprio così. «Oh.»

«Come ti ha detto Barry, mi chiamo Luke Montgomery, ma quando siamo insieme, ti rivolgerai a me come *signore*.»

«Okay… signore.»

«Parliamo.»

Un'ora dopo, emersi nel bagliore arancione del tramonto con le ginocchia tremanti e una sensazione impetuosa nelle vene, quasi come una droga.

Avevamo parlato, certo, ed era stata una faccenda pragmatica.

Aveva una pila di documenti da discutere: il contratto di cui aveva parlato Barry e un elenco di pagine di perversioni. Le avevamo esaminate a lungo e Luke mi aveva chiesto se sapevo cosa fosse ciascuna di esse e mi aveva spiegato quelle di cui non sapevo niente. Poi mi aveva chiesto di valutare se ero disposto a sperimentare o meno. In alcuni casi la risposta era stata un sì deciso, in altre un no automatico, ma mi aveva detto che non c'era bisogno di compilare i moduli subito.

Mi aveva detto che era un top esclusivo e che la mia sieropositività non lo preoccupava perché anche lui lo era. Aveva aggiunto che era per quel motivo che c'erano delle opzioni nella lista che prevedevano di non usare precauzioni. Stava a me decidere se metterle in pratica o meno.

«Non è necessario che tu decida oggi,» aveva detto. «Non c'è fretta. Porta a casa i documenti. Rifletti su tutto. Fai delle ricerche in biblioteca, se ne hai bisogno. Parlane con Barry. Chiamami per fare domande. Sarò felice di rivedere ogni parte dell'accordo. Qualsiasi cosa sia necessaria per farti sentire sicuro e pronto. E se anche dovessi cambiare idea e non voler fare più niente, non c'è problema per me.»

Sicuro e pronto?

Ricordando la sua frase, roteai gli occhi. Non volevo sentirmi al sicuro. Semmai volevo sentirmi a rischio. Sempre.

Abbassai i finestrini del mio pick-up, lasciando che la brezza mi scorresse addosso, rinfrescando la mia pelle calda. Avrei dovuto dirglielo. Fargli sapere subito che non avrei mai ottenuto da lui ciò di cui avevo bisogno e perché. Stavo sprecando il suo tempo e il mio, fingendo di poter essere maltrattato in modo sicuro ed essere soddisfatto.

Mi diedi un contegno, scesi dal pick-up e tornai dentro. Passai accanto a Cherise ed entrai direttamente nella stanza sul retro. Luke alzò lo sguardo sorpreso, ma poi si raddrizzò a sedere sulla sua sedia da ufficio imbottita e accavallò le gambe all'altezza della caviglia, con un sorriso compiaciuto sul viso mentre mi chiudevo la porta alle spalle. Mi ci appoggiai di schiena, il respiro pesante, prima di porgergli il plico.

«Hai già deciso?» chiese, senza allungare la mano per prenderli.

«Sì,» risposi.

Inarcò un sopracciglio.

«Cioè, sì, signore. Ho deciso che non puoi aiutarmi.»

«Perché?»

«Perché vuoi che mi senta al sicuro prima di iniziare, e io non voglio sentirmi sicuro, signore. Non è quello che desidero da te o da chiunque altro in questo momento. Voglio paura, dolore e sofferenza. Voglio dimenticare che sto morendo. Mi eccita sapere che l'uomo che mi sta scopando mi odia, odia desiderarmi, odia che lo faccia godere. Questo mi piace. Non mi darai quello di cui ho bisogno. Non puoi.»

«Non posso?» Si alzò e mi si avvicinò con un'espressione sempre più cupa. «Pensi che siccome mi piacerà scoparti, sarò tenero con te? Che ti farò sentire amato e desiderato?» Scosse la testa, mettendo una mano sulla porta e l'altra sulla mia gola.

Ansimai e l'uccello mi si indurì all'istante. Luke mi fissò negli occhi finché, intimidito ed eccitato, distolsi lo sguardo, deglutendo a fatica.

«Pensaci,» disse, premendo leggermente contro la mia gola, stuzzicando il tipo di pressione che volevo. «Forse ti sorprenderò. Qualunque cosa tu decida, chiamami.»

Lasciò la presa e mi allontanò dalla porta, la aprì e mi spinse fuori. «Adesso abbiamo finito,» disse, e me la chiuse in faccia.

Sbattei le palpebre, il respiro affannoso e le gambe che tremavano.

Intontito, mi avviai verso il mio pick-up, senza nemmeno salutare Cherise. Rimasi lì seduto con i fogli in mano, fissandoli come un idiota, finché il sole non scomparve e scese la sera.

Mentre giravo la chiave nell'accensione e me ne andavo, i dubbi mi assillavano la mente.

Luke non sarebbe mai stato abbastanza. Non poteva darmi ciò di cui avevo bisogno per sfuggire alla mia mente e al terrore impotente che vi si annidava. Stavo per morire. Non c'era modo di evitarlo. Tutti sapevano che l'AIDS era una condanna a morte, e di certo non sarei stato uno dei fortunati che potevano contare su anni di tregua prima che il Mietitore venisse a prenderli. Quando mai ero stato fortunato?

Quindi, no. Luke e il suo contratto, le sue fruste e la sua voce sexy non potevano salvarmi. Nessuno poteva.

Non meritavo comunque di essere salvato.

Capitolo 3

Luke

L'ULTIMO VENERDÌ DEL mese significava cena a casa dei miei genitori a Johnson City. Soprattutto perché l'ultimo sabato del mese andavo a trovare mia sorella Betsy a Riverwoods, la clinica per disabili sull'altopiano del Cumberland. Mia madre preparava sempre un piatto che sapeva essere gradito a Betsy, così potevo portarle gli avanzi il giorno dopo.

Betsy era nata con la sindrome di Down e aveva vissuto a casa per la maggior parte della sua vita. Ma quando aveva circa vent'anni, mio padre aveva avuto un ictus e, con l'aumento delle responsabilità di assistenza, mia madre era crollata. Tutti, compresa Betsy, avevano deciso che era giunto il momento di chiedere un aiuto esterno.

Riverwoods era un'opzione costosa, ma di cui Betsy era entusiasta. Da tempo desiderava avere una maggiore indipendenza e vedeva la clinica come un enorme passo avanti rispetto alla dipendenza dalla nostra famiglia. L'avevano aiutata a trovare un lavoro part-time e lei era felice. Aveva anche trovato un fidanzato, un ragazzo che aveva la sua stessa condizione e che la faceva sorridere ogni volta che ne parlava; era stato molto dolce quando avevo insistito per conoscerlo. Non c'era un briciolo di cattiveria in quel ragazzo.

A differenza del fratello maggiore di Betsy.

Quando arrivai a casa dei miei, cercai di mettere da parte i pensieri sul giovane moccioso che il giorno prima si era seduto di fronte a me, combattendo il suo istinto di fuga. Ma mentre mescolavo il sugo degli spaghetti e mia madre dava gli ultimi ritocchi al dolce preferito di Betsy, le barrette di mandorle, non riuscii a evitare che la mia mente tornasse a lui.

Era stato eccitante vedere tutti quei conflitti e quell'angoscia in un corpo tanto allettante. Potevo solo immaginare quanto sarebbe stata divertente quella tensione in una scena. Il suo corpo pallido e snello, nudo e tremante per me. La paura nei suoi occhi, la voglia di scappare e la lussuria che sovrastava tutto. Farlo sudare. Farlo gemere dal bisogno. Farlo urlare. Farlo venire.

Saremmo potuti stare bene insieme. Se si fosse arreso e mi avesse permesso di mostrargli quanto potevo essere crudele, avrei sconvolto la sua vita.

«Un soldino per i tuoi pensieri,» cantilenò mia madre, scostando una sedia dal vecchio e comodo tavolo della cucina e indicandomi di lasciare stare la salsa e di sedermi.

«Ah, non è niente.»

Le venature del legno erano familiari sotto le dita quando mi sedetti, passando il dito sul pallido segno lasciato tempo prima da una lattina. Avevo dodici anni e mio padre mi aveva dato una sculacciata per aver coperto di condensa il bel tavolo di mia madre.

«Negli ultimi mesi sei stato pensieroso,» proseguì lei, riprendendo a mescolare e lanciando un'occhiata al di sopra delle spalle. «C'è qualcosa che non mi hai detto?»

Da quando l'HIV era diventato di dominio pubblico, mia madre viveva nel terrore che lo contraessi. Sapeva che ero gay e che andavo a letto con tutti. Quello che non sapeva era che ero un Dom professionista, non aveva mai incontrato Benji o nessuno dei miei precedenti ragazzi e, per quanto ne sapeva, non ero mai stato innamorato.

Cosa che, per quel che ne sapevo, era vera.

C'era stato un ragazzo, molto presto nella mia vita, un giocatore di football del mio liceo. Alex Trent. Era alto, con gli occhi azzurri, il corpo scolpito e nessuna idea di cosa fosse il sesso gay. Mi aveva scopato a sangue con solo la saliva come lubrificante e un calzino infilato in bocca per evitare che le mie grida di dolore arrivassero alle orecchie dei suoi genitori quando avevo dormito da lui. Nella mia innocenza, avevo pensato che fosse amore.

Non lo era.

Ben presto si era trasformato nel mio peggior bullo, terrorizzato dal fatto che potessi vuotare il sacco. Ma non avevo mai raccontato ad anima viva quello che avevamo fatto nella sua stanza. Come aveva iniziato lui. Di come gli avevo succhiato il cazzo e di come lo avevo fatto entrare nel mio corpo in un modo che da allora non avevo quasi più permesso a nessun altro.

Mi chiedevo dove fosse Alex adesso. Se stesse ancora scopando con i ragazzi e se potesse essere positivo anche lui. O morto.

C'erano stati solo altri due uomini dopo Alex. Jerome, ovviamente, e poi uno a cui non avrei dovuto permettere di toccarmi: uno sconosciuto in visita da Atlanta. Non ero nemmeno sicuro del suo nome.

Rabbrividendo, cercai di scrollarmi di dosso i pensieri indesiderati di quel tizio, alto, bello, con un gran sorriso e una voce suadente, e i ricordi di quanto ero stato sballato, quella notte. Volevo ancora incolpare la droga per avermi fatto perdere le inibizioni e il buonsenso, ma la verità era che non c'era nessuno da incolpare se non io. Ero stato io ad assumerla.

«Tesoro?» chiese mia madre. «C'è qualcosa che non mi hai detto?»

Mi resi conto di non averle risposto. «No, mamma, certo che no.»

Appoggiò il cucchiaio di legno sopra un tovagliolo di carta. Si sedette accanto a me e mi prese le mani. «Allora cosa c'è che non va?»

«Niente.» Le sollevai le dita e le baciai. Non volevo farle pesare la mia diagnosi. Ero ancora in salute e non c'era motivo di spaventarla, non ancora.

«Si tratta dei soldi?»

«Sono un po' al verde,» ammisi.

La maggior parte del mio reddito proveniva dall'attività di Dom, che avevo ormai abbandonato. Contribuivo ancora alle spese per la clinica di Betsy, il che mi lasciava ben poco alla fine del mese. Inoltre, ora che avevo la diagnosi, stavo anche mettendo da parte dei fondi nel caso in cui avessi avuto bisogno di iniziare a prendere l'AZT. Il farmaco era assurdamente costoso, ma era l'unica opzione terapeutica disponibile. L'unico barlume di speranza.

«Ma sto bene,» mi affrettai ad aggiungere quando le sue sopracciglia si abbassarono.

«Allora perché tutto questo malumore?»

Decisi di dirle una parte della verità. «Ho fatto molti turni serali. Cercare di dormire durante il giorno e stare sveglio tutta la notte mi sta sfiancando.»

«Se ti trovassi un lavoro rispettabile...» biascicò mio padre dall'ingresso. Se ne stava lì con il suo bastone, con un lato del viso cadente e il solito luccichio deluso negli occhi. «Sarebbe meglio per te. Ti porterebbe lontano da tutti quei pervertiti che ti fanno credere di essere queer...»

«Papà, te l'ho detto. Sono gay.»

Roteò gli occhi e cercò di fare una pernacchia come se quello che stavo dicendo fosse assurdo. La saliva gli punteggiò il davanti della camicia per lo sforzo. «Nessuno è gay, figliolo. È solo una bugia per far diventare femminucce i veri uomini.»

Guardai mia madre, ma lei scosse la testa e mi accarezzò la mano. Potevo scegliere di continuare su quella strada, sottolineando quanto fosse fuori di testa la sua affermazione, oppure lasciar perdere e mantenere la pace per la cena. Per il bene di mia madre, sapevo cosa avrei dovuto fare.

Inoltre, dopo l'ictus non si poteva più ragionare con mio padre. Le parti del suo cervello che esercitavano la moderazione erano state danneggiate e ora si abbandonava a pregiudizi che prima aveva represso… o nascosto. Non aveva più alcun senso di vergogna o preoccupazione di poter ferire qualcun altro con le sue parole.

«È la serata degli spaghetti,» annunciò mia madre, alzandosi da tavola e aiutandolo a raggiungere la sua sedia. «I tuoi preferiti.»

Mio padre emise un suono polemico, ma si astenne dal negarlo. Lasciò che lei gli infilasse un tovagliolo di stoffa nel colletto e gli preparasse il piatto: spaghetti tagliati a pezzettini come se fosse un bambino, perché ormai faticava anche a masticare.

Non dissi altro, mi alzai semplicemente per muovermi in sincronia con mia madre mentre prendevamo i piatti e le scodelle, tiravamo fuori i panini dal forno e preparavamo il parmigiano e la salsa.

«Benedici questo cibo per nutrire il nostro corpo, che useremo per servirti, amen,» pregò mia madre, chinando il capo sul piatto.

Mio padre emise l'ennesimo verso lagnoso, ma si mise a mangiare senza parlare.

«Come sta Betsy?» domandai. Mia madre andava a trovarla due volte al mese, lasciando mio padre con un volontario della loro chiesa. In quel modo Betsy riceveva visite tre settimane su quattro.

Il fatto che non mi avesse mai chiesto se avevo tempo di stare con lui la diceva lunga sul mio rapporto con mio padre. Avrei trovato qualsiasi scusa pur di non stare con lui, anche se avessi avuto tempo. A parte l'omofobia, c'erano comunque poche cose su cui andavamo d'accordo.

«È felice come al solito,» rispose lei con un grande sorriso. «Sta frequentando un corso di cucito fuori dal campus. La portano, insieme a una manciata di altri residenti, in un negozio di tessuti dove ci sono dieci macchine da cucire. Sta imparando a fare dei vestiti.» Indicò l'abito blu a fiori che indossava. «Lo ha realizzato lei. Riesci a crederci? E pensare che eravamo preoccupati che non sarebbe mai stata in grado di prendersi cura di se stessa,» concluse con un sorriso dolce prima di prendere un boccone di spaghetti.

«Non può,» protestò mio padre a bocca piena, masticando tutto sbilenco. «Se potesse, saremmo molto più ricchi.»

«Richard,» lo rimproverò lei.

«È la verità. Ma preferirei due Betsy a questo qui,» mi indicò con il cucchiaio. «Pervertito inutile.»

Posai la forchetta. Avevo solo assaggiato la cena, ma avevo perso l'appetito. Odiavo che le sue parole mi ferissero. Una parte di me sapeva che non era mio padre, non era l'uomo che mi aveva cresciuto e amato, che aveva mantenuto la pace quando non era d'accordo con qualcuno, quello che pensava prima di parlare.

Quel padre era morto, e l'ictus si era lasciato dietro quello che avevo davanti. Arrabbiato, odioso, prevenuto. Il medico aveva detto che dipendeva dalla posizione del danno: la corteccia frontale? Non capivo la scienza di tutto quello, ma quello che sapevo per certo era che l'uomo che mi aveva insegnato a lanciare una palla, a dare la cera alla macchina e a cambiare l'olio, e che sembrava amarmi incondizionatamente, se n'era andato.

Quella era la persona che era rimasta a me, a mia madre e a Betsy.

«Richard,» disse mia madre, bruscamente. «Non parlare così a tuo figlio.»

«Non è mio figlio,» sussurrò, infilando un'altra cucchiaiata disordinata, sporcandosi il mento e le labbra di salsa.

«Mi dispiace, tesoro,» sospirò mia madre. «Questa sera va così.»

Sapevo che a volte mio padre stava peggio la sera. Avevo anche suggerito di passare a un brunch domenicale, ma lei non voleva perdersi le attività post messa in chiesa. Non avevo opposto resistenza perché temevo di alzarmi prima di mezzogiorno dopo aver passato la notte al negozio e sapevo quanto avesse bisogno della compagnia dei suoi amici. Tuttavia, con il passare del tempo le nostre serate diventavano sempre più tese.

«Va bene.» Ma non potevo stare lì a subire. Ero troppo stanco. «Prendo il cibo da portare a Betsy e vado.»

Le spalle di mia madre si abbassarono. «Speravo che dopo potessi rimanere un po', così avremmo potuto ascoltare la musica insieme.»

Guardai mio padre che si sbrodolava con gli spaghetti. Anche mia madre era stanca, e prendersi cura di lui richiedeva un certo impegno. Si meritava che restassi a farle compagnia, ad ascoltare la musica con lei e farle rivivere il passato, un tempo in cui il suo futuro era stato più roseo.

Mi chinai a baciarle la guancia. «D'accordo,» sussurrai. «Puoi scegliere tu l'album questa settimana.»

I suoi occhi si fecero lucidi. «Grazie.»

«Non ringraziarmi, mamma. Non è niente.»

Ma mentre mio padre ruttava e mi fissava, sapevamo entrambi che era una bugia. Era *qualcosa*. Ed era tutto ciò che avevo da darle ultimamente. Forse anche in assoluto. Perché se mi fossi ammalato...

Scacciai quel pensiero.

Se ci fosse un po' di giustizia in questo mondo, mia madre non avrebbe mai scoperto della mia diagnosi e io sarei stato lì per distrarla e tranquillizzarla ancora a lungo. Era stata una buona madre per me e Bets, e dopo tutto quello che aveva passato con mio padre, volevo solo essere una fonte di felicità per lei.

Dovevo sperare in un miracolo. Sicuramente esistevano ancora.

«Prima stavo guardando i miei vecchi dischi in vinile e ne ho scelti alcuni. Ci divertiremo,» disse con un timido sorriso.

Annuii e le strinsi la mano. «Ma certo.»

«Frocio,» mormorò mio padre.

Minty

IL CULO MI faceva un male cane mentre mi sedevo sulla dura sedia a dondolo di fronte al divano del soggiorno di mia madre. Avevo fatto visita al dormitorio del mio "amante" all'inizio della giornata e avevo il dolore che lo dimostrava. Lividi sui fianchi. Un morso sulla spalla. Kyle mi aveva fatto un male terribile e io me ne ero andato sentendomi su di giri.

Ma insieme alla beatitudine post sesso arrivarono anche i pensieri sul tipo di dolore che Luke mi aveva offerto. Cazzo, era stato eccitante quando mi aveva spinto contro la porta, la sua mano sulla mia gola… Poteva essere abbastanza?

Non lo pensavo.

Contrassi le natiche e ricordai l'ondata di paura mentre Kyle mi strozzava, l'odio nei suoi occhi e la rabbia ribollente quando era venuto così forte da mordersi a sangue il labbro inferiore. Da quando lo avevo tentato fino a spingerlo a seguirmi al Tilt-a-Whirl, qualche settimana prima, era stato più brutale che mai. Il suo odio era più concentrato e intenso.

Distolsi l'attenzione dai ricordi di sesso violento e mi concentrai sul presente. Mia madre era seduta sul divano di fronte a me, raggiante. Era sempre felice quando tornavo a casa. Sapevo che avrei dovuto andare a trovarla più spesso, ma c'erano dei motivi per cui stavo lontano. La mia diagnosi di HIV era solo uno di essi.

L'altro era che, sebbene la roulotte fosse accogliente, calda e sapesse del delicato profumo di mia madre, era anche piena di brutti ricordi.

Almeno io non avevo mai vissuto lì con mio padre. Avevamo abbandonato la vecchia casa che condividevamo con lui non molto tempo dopo "l'incidente", come lo chiamava mia madre, o "lo stupro", come lo chiamavo io. Per anni avevamo tenuto lontano mio padre come meglio potevamo. Era stato abbastanza facile mentre era in prigione, ma una volta rilasciato...

Rabbrividii.

Ci aveva trovato.

E l'ultima volta che era passato, anche io ero presente...

Scrollai via la vampata di rabbia e odio che minacciava di inghiottirmi di nuovo, come faceva sempre quando pensavo a lui e a quello che aveva fatto.

A quello che avevo fatto io.

In ogni caso, quella roulotte era ormai la mia casa e data la mia breve aspettativa di vita, sarebbe stata l'ultima. Probabilmente anche mia madre avrebbe vissuto lì per il resto della sua vita. Era il meglio che poteva permettersi e l'aveva arredata proprio come piaceva a lei, in stile country-chic con rifiniture in percalle e pizzo. Niente di raffinato, anzi.

Ma eravamo dei poveracci. Quindi aveva senso.

Mia madre lavorava alla tavola calda locale; non guadagnava molto, ma anni prima aveva fatto amicizia con Marlene McPeak, la madre del mio migliore amico Daniel. Era successo qualche anno dopo la morte del padre di Daniel, e Marlene aveva avuto bisogno di aiuto con i figli più piccoli. Mia madre era stata felice di intervenire. Era il suo dovere cristiano, aveva detto, ma a parte quello, credo che le piacesse davvero essere utile a qualcuno.

Dopo aver stretto il loro legame, Marlene aiutava di tanto in tanto a pagare le bollette di mia madre. Alla fine ci aveva comprato quella roulotte per tremila dollari, quando sfortunatamente ci avevano sfrattato dal nostro bilocale. L'aveva regalata a mia madre come ringraziamento per averla assistita durante le sue numerose ricadute nell'alcolismo. Era un segreto che nemmeno Daniel conosceva, perché avevo promesso di non dirglielo mai. Pensava che mia madre avesse comprato la roulotte con le mance risparmiate alla tavola calda.

Esilarante.

Come se all'HeyDey Burgers potesse racimolare abbastanza mance da acquistare un posto in cui stare.

La roulotte era decente, però, e mia madre si sentiva al sicuro lì. Ma avevo sempre sognato che un giorno avrei ottenuto un lavoro alla TVA nell'ecologia fluviale e le avrei comprato una vera casa, una bella e grande villetta tutta sua.

Il terrore mi si accartocciò nelle viscere.

Ora non sarebbe successo nulla di tutto ciò. Stavo per morire, e lei…

«Tesoro,» disse mia madre, interrompendo la mia spirale di orrore. I suoi occhi brillavano di luce intensa. «Ti ho mostrato quello che ho trovato al KARM?»

Si alzò di scatto dal divano color crema macchiato che avevamo fin dai "primi tempi", come chiamavamo gli anni in cui avevamo vissuto con mio padre, e io distolsi lo sguardo dalla chiazza marrone su cui si era seduta. La macchia di sangue non era venuta via. Avevo strofinato e strofinato, ma era rimasta. Avevo sempre pensato che avremmo dovuto comprare un divano nuovo. Ma non lo avevamo fatto.

Mia madre teneva in mano il suo ultimo acquisto dal negozio di beneficenza locale. Un vaso nero con una pianta un po' afflosciata, avvolto in un groviglio di corde e perline.

«È una cosa atroce,» dissi.

«Ma piantala.» Si alzò in punta di piedi. «Ora ho solo bisogno che tu appenda quel gancio da parete che ti avevo chiesto di portare. Te lo sei ricordato?»

Annuii. Con tutti i modi in cui avevo deluso mia madre ultimamente, non avevo intenzione di farlo anche nelle piccole cose. Naturalmente avevo portato il gancio. E anche un martello e un chiodo. «È nel mio zaino.» Feci un gesto indicando il punto in cui lo avevo lasciato cadere vicino alla porta quando ero entrato. «Te lo appendo dopo cena.»

Mia madre mi baciò la guancia e il suo profumo mi investì mentre i lunghi capelli biondi mi avvolgevano per un attimo il viso. Poi mi prese per mano e mi trascinò verso la piccola cucina della roulotte. «Parlami, tesoro, mentre io finisco qui.»

L'aroma del brodo di pollo che ribolliva nella pentola era ricco e caldo, e la guardai mentre controllava lo stato degli involtini che aveva preparato prima del mio arrivo. «Sono quasi pronti,» dichiarò prima di sedersi su una delle sedie al tavolino sbilenco da due persone. Io presi delicatamente l'altra. «Raccontami tutto,» disse con un sorriso. «Cosa sta succedendo nella tua vita?»

Non vedeva l'ora che tornassi all'università per l'ultimo anno. Sapeva che amavo i miei corsi e i miei amici, ma non aveva idea delle svolte oscure che la mia vita aveva preso negli ultimi mesi. Avevo intenzione di tenerla all'oscuro il più a lungo possibile.

«Il solito. Frequento le lezioni. Vado a ballare al Tilt-a-Whirl. Esco con gli amici.»

Bugie. Tutte bugie.

Ultimamente non andavo al Tilt-a-Whirl e non uscivo molto con gli amici perché ero sieropositivo. La mia testa era troppo presa dal panico per quel motivo, o annebbiata dai postumi del sesso violento con un ragazzo che mi disprezzava pur scopandomi, per voler fare festa e divertirsi.

Mi tornò in mente l'espressione di Kyle quando mi era venuto dentro, la rabbia seguita dal piacere e dalla resa totale. Lo avevo spezzato di nuovo. Gli avevo fatto avere bisogno di me, gli avevo fatto provare cose mai sentite prima.

E mi aveva dato un pugno nello stomaco quando aveva finito.

Faceva ancora male trarre un respiro profondo. Cristo. Kyle era un osso duro.

Il pensiero mi fece sorridere.

Mia madre inclinò la testa incuriosita. «Cos'è che ti fa sorridere come il gatto che ha leccato la panna?» chiese.

Non le sarebbe mai venuto in mente di pensare che stesse succedendo qualcosa di brutto. Non aveva mai accettato del tutto l'orrore del nostro passato, e ora viveva con la convinzione che, dopo tutto ciò che avevamo passato, ci fosse dovuto solo un futuro felice. Diceva sempre che d'ora in poi sarebbe stato tutto rose e fiori. «Hai pagato la vita con il dolore, tesoro. Ora sarai ricompensato solo con la gioia.»

La vita non sembrava essere d'accordo con lei. Neanche un po'.

«Deve essere successo qualcosa di bello per farti sorridere così,» incalzò.

Le sorrisi allegro, contando sul fatto che non si accorgesse che la mia gioia era solo una farsa. «Sto pensando al tuo compleanno a novembre. Ho una grande sorpresa per te.»

In effetti, ero andato in clinica per fare il test come suo regalo. Da un anno a quella parte me lo chiedeva in continuazione, lo spettro dell'HIV era l'unica cosa che la faceva dubitare del futuro felice che vedeva per me, e io volevo rassicurarla. Ma non c'era modo di dirle: «Buon compleanno! Ho fatto il test che volevi e, sorpresa, sto morendo.»

«Oh, una bella sorpresa?» I suoi occhi azzurri scintillarono. Era così innocente a modo suo. Non c'era da stupirsi che mio padre l'avesse catturata con tanta facilità nella sua rete di cattiveria. «Una gita per vedere la Biltmore House?»

Ne presi nota. Biltmore House. Abbastanza facile. Quello era il nuovo piano. Avevo pensato a un buono regalo per il parrucchiere della mia amica Jennifer, ma quella era un'idea migliore. «Che sorpresa sarebbe se te lo dicessi?»

Roteò gli occhi e mi diede una pacca sulla mano. «Non spendere troppi soldi, tesoro. La tua istruzione è molto più importante di una gita in una villa lussuosa.»

«Un giro alla Biltmore House non mi rovinerà,» le assicurai.

Anche se al momento non avevo un lavoro, e i soldi ricavati da Cream My Face, *una* performance artistica che avevo fatto due volte per ottenere mance in denaro, erano quasi finiti. Dovevo trovare un modo per risparmiare abbastanza per comprare i biglietti per entrambi, oltre a pagare il costo della benzina per Asheville e ritorno.

Ma lo avrei fatto.

Ci riuscivo sempre.

Forse Kyle mi avrebbe dato dei soldi se avessi minacciato di raccontare ai suoi amici le cose che mi aveva fatto nella sua stanza. La cosa avrebbe potuto funzionare perfettamente o finire con la mia morte. Qualcuno avrebbe potuto definire quello scenario una vittoria per tutti.

«Tesoro?»

«Sì, mamma?»

«Sembri così…» Agitò le mani, come uccelli che svolazzavano. Per un attimo sembrò fragile e tormentata, come dopo lo stupro, e io mi ero ripromesso di non darle mai più motivo di esserlo. «Lontano. Sei sicuro di stare bene?»

«Sono solo stanco,» la rassicurai, prendendole le mani e stringendole. Feci un sorriso vivace. Mi sembrava estraneo al mio viso, ma mi costrinsi a farlo brillare ancora di più. «I miei corsi sono tosti questo semestre. Diventano più difficili quanto più ci si avvicina alla laurea, sai?»

«Giusto,» commentò. L'inclinazione della testa mi disse che non era del tutto convinta, ma che voleva credermi. «Ne sei sicuro?»

«Sono sicuro.» Intensificai il sorriso e le sue spalle si rilassarono.

«Ti voglio tanto bene, tesoro.» Si portò le mie nocche alle labbra e le baciò. «Sei il mondo intero per me.»

«Anch'io ti voglio bene, mamma.»

Le sue sopracciglia si sollevarono speranzose. «Vuoi fermarti a dormire? Potremmo guardare un film. A tua scelta tra tutte le cassette che abbiamo.»

Sbattei rapidamente le palpebre. L'idea di dormire lì non mi andava. L'ultima volta che avevo visto mio padre, due anni prima, eravamo finiti su quel letto…

Era stato…

E io…

Feci una smorfia. Non avevo più passato la notte lì da allora. «Non posso. Mi dispiace. Devo studiare per un esame che ho lunedì.»

«Non c'è niente di male a dire che preferisci andare a ballare con i tuoi amici.»

«Niente discoteca questo fine settimana. Troppo da fare.»

Il forno trillò. La aiutai a preparare la zuppa e poi le tenni le mani sul tavolino mentre diceva la preghiera per il nostro pasto. Ogni volta che pronunciava la parola "Cristo" o "signore", contraevo il culo sofferente e lasciavo che il dolore e i ricordi della selvaggia resa di Kyle all'orgasmo mi ricordassero il mio potere. Ero forte, formidabile, e mettevo in ginocchio gli uomini etero.

Nostro Signore Gesù non aveva alcun potere su di me.

Solo l'HIV lo aveva.

✦ ✦ ✦

Cinque ore dopo

NON RIUSCIVO A respirare.

Nei miei occhi nuotavano puntini neri.

Ero già stato soffocato due volte e pensavo che quella volta Kyle avrebbe potuto davvero uccidermi. Mi massacrava con ferocia il culo, e avevo perso l'erezione dopo essere venuto molto presto durante quel tormento.

Avevo lasciato la casa di mia madre e avevo guidato fino al campus. Kyle non aveva risposto quando avevo bussato alla sua stanza, così mi ero accampato davanti alla sua porta. Quando era arrivato, arrossato dall'alcol e bello in quel suo modo terrificante e brutale, si era infuriato nel vedermi lì ad aspettarlo.

«E se qualcuno ti avesse visto?» aveva ringhiato, tirandomi su dal pavimento e spingendomi nella sua stanza prima di chiudersi la porta alle spalle.

Poi aveva iniziato. Schiaffi. Pugni.

Non avevo mosso un dito per difendermi, anche se aveva annunciato ogni colpo in anticipo. Con il mio addestramento di aikido, avrei potuto deviare la maggior parte dei suoi attacchi. Ma non ci avevo mai provato perché avevo bisogno di quello che Kyle mi faceva. Lo desideravo.

Quella sera, però...

Forse ci eravamo spinti troppo oltre.

La chiarezza scese intorno a me. *Potrei morire in questo momento.* Kyle poteva porre fine alla mia vita. Era così perso nel suo odio e nella sua lussuria che non credevo sarebbe riuscito a fermarsi. La testa mi doleva e gli occhi mi pulsavano mentre lui aumentava la pressione delle mani intorno alla mia gola. Il petto mi fremeva. Mi contorcevo contro le sue dita, senza riuscire a respirare.

Contrassi il culo intorno al suo cazzo, cercando di farlo venire, di fargli terminare la follia prima di perdere di nuovo i sensi. Ma lui non era affatto vicino al limite. Era ubriaco e mi era già venuto dentro una volta. Poteva continuare a lungo, e io morire sotto di lui e...

Il mondo divenne nero e sfocato ai bordi. Il ruggito nelle mie orecchie inghiottì ogni altro suono.

Buio.

Quando mi ripresi, mi concentrai sul volto sopra di me. Kyle mi fissava mentre continuava a sbattermi; non aveva smesso nemmeno quando ero svenuto. La sua espressione era quella di un pazzo. Nessuna parola lasciò più le sue labbra. Niente più imprecazioni.

Niente più insulti. Solo respiri affannati e puro disgusto mentre prendeva il mio corpo, le mani sulla mia gola che mi rubavano di nuovo l'aria.

Mi rilassai e smisi di accanirmi contro le sue dita. Abbandonandomi completamente a lui, cedetti il mio potere. Lasciai che mi scopasse, che mi soffocasse e che mi togliesse il respiro.

Salutai la morte.

Il nero mi avvolse.

Ma ripresi di nuovo i sensi.

L'orgasmo mi attraversò mentre ansimavo in cerca di aria. Lui riprese a strangolarmi.

Svenni per un altro istante. Tornai in me.

Mi dimenai, travolto dall'onda di piacere, e poi persi ancora i sensi mentre lui mi stringeva il collo.

Ancora.

E ancora.

La morte non mi prese per mano e non mi condusse fuori dalla stanza di Kyle. Si limitò ad accarezzarmi dolcemente il viso, per poi ricacciarmi nella brutale violenza della mia vita.

Quando ripresi conoscenza per l'ultima volta, ero solo, con lo sperma che mi colava dal buco del culo e un enorme grumo di saliva che mi scivolava sul viso. Mi alzai sulle gambe incerte e mi rivestii con mani tremanti. Kyle non si vedeva da nessuna parte. Mi aveva scopato, strangolato e abbandonato, pensandomi morto.

Fissandomi nello specchio sopra il suo comò, osservai le impronte delle mani sul collo, le strisce di lacrime secche sulle guance e mi chiesi da quanto tempo fossi privo di sensi e dove fosse andato Kyle. Deglutii e la gola mi fece male, come se fosse un po' gonfia all'interno.

Ti farai ammazzare.

Le parole di Barry mi tornarono in mente.

Sì. Volevo davvero morire?

Pensi che siccome mi piacerà scoparti, sarò tenero con te? Che ti farò sentire amato e desiderato?

La voce piena di promesse di Luke mi sussurrò nel cervello, offrendomi una via d'uscita.

Tu sei il mondo intero per me.

La voce di mia madre, dolce e sincera.

Ero tutto ciò che aveva ora, e presto sarei morto, era inevitabile; ma per quanto lo meritassi, forse non doveva essere così. Non subito.

Scosso ed esausto, uscii zoppicando dal dormitorio di Kyle e mi diressi attraverso il campus verso il mio. La luna era piena. La mia gola doleva. Mi sentivo stanco e pieno di un desiderio nuovo. Avevo bisogno di qualcuno. Di chiunque.

No, non di chiunque.

Avevo bisogno di qualcuno che fosse in grado di gestirmi.

In camera mia c'erano ancora i contratti di Luke e i risultati degli ultimi test per le malattie sessualmente trasmissibili.

Una volta dentro, mi sedetti alla scrivania e presi una penna; rilessi i fogli e misi un segno di spunta accanto a ogni kink, senza nemmeno pensare se volessi davvero provarne qualcuno o meno.

Guardai per un attimo fuori dalla finestra, osservando le luci delle auto che passavano. Poi firmai i moduli.

«Okay,» sussurrai tra me e me. «Va bene, allora.»

Forse *non ero* ancora pronto a morire.

Luke

LA PIOGGIA INIZIÒ a cadere mentre tornavo a casa dei miei, bagnando le strade e rendendo pesante la notte di inizio autunno.

Mia madre era riuscita a trattenermi più a lungo di quanto volessi. Avevamo lasciato mio padre davanti al televisore e poi ci eravamo sistemati sul pavimento della veranda, circondati dalle piante che lei amava coltivare. La voce di Karen Carpenter fluttuava intorno a noi attraverso i grandi altoparlanti a muro che avevo montato diversi anni prima.

Non avevamo parlato molto, avevamo solo ascoltato, ma sapevo quanto mia madre avesse bisogno di me. Non aveva nessun altro su cui contare, a parte le persone della sua chiesa, che però non l'avrebbero tenuta per mano mentre ascoltavano vecchi dischi in vinile per ore e ore.

Accanto a me, in macchina, il suono della pentola che tintinnava nella borsa era un compagno inquietante. Avrei voluto che la voce di Karen Carpenter mi avvolgesse, calmando l'ansia che mi attanagliava le ossa dopo l'ennesimo brutto incontro con mio padre mentre uscivo dalla porta.

Ma, ahimè, in quell'auto non avevo nemmeno un registratore a cassette, e l'antenna della radio era rotta. Non era l'unico pezzo danneggiato della mia vecchia Buick. Almeno avevo pneumatici nuovi e mi sentivo ragionevolmente sicuro che il motore avesse ancora dieci o ventimila miglia di sopravvivenza.

Il denaro stava diventando un problema. Probabilmente avrei dovuto ricominciare a fare sesso telefonico. Non guadagnavo quanto Cherise, perché la domanda era più alta per le donne, ma c'erano molti uomini queer con un comodo lavoro d'ufficio a cui piaceva essere comandati al telefono di notte e nel fine settimana. Io ero bravo. Ricevevo molte mance. Era solo noioso, e a volte riattaccavo il telefono sentendomi un po' sporco.

Una cosa che non succedeva quasi mai quando facevo il Dom di persona.

Il mio pensiero tornò a quel ragazzo, Minty. Non poteva aiutarmi con i miei problemi di soldi, ma sarebbe stato bello averlo in ginocchio ai miei piedi. Potevo solo immaginare quanto la sua pelle sarebbe stata arrossata dalla lussuria o dai colpi mirati della mia mano o del mio frustino. Sarebbe stato delizioso, tutto malconcio e ricoperto del mio sperma.

In modo consensuale. Naturalmente.

Non avevo però avuto sue notizie e cominciavo a dubitare che ne avrei avute. Barry era sicuro che dovevo solo dargli tempo, ma era impaziente, e sperava che Minty mi ricontattasse presto. Ogni giorno di assenza del ragazzo era un giorno in cui Barry temeva per la sua vita.

Anch'io ero preoccupato, anche se lo conoscevo appena. C'era stato quell'innegabile fuoco nei suoi occhi, seguito da una tale rabbiosa sottomissione quando lo avevo spinto contro la porta del mio ufficio. Era più di un semplice pervertito che godeva per il dolore. Era un disastro.

Amavo i disastri. E soprattutto amavo rimetterli in sesto.

Il ticchettio della pioggia sul tetto della mia auto si fermò quando parcheggiai sotto la tettoia. La notte era fredda e potevo sentire un accenno di fumo di legna proveniente dal fuoco di un vicino. L'autunno si sarebbe presto trasformato in inverno, con i suoi cieli grigi e nuvolosi, e quella pioggia era solo l'inizio.

Dentro, appesi il cappotto e mi tolsi le scarpe da ginnastica. Portai la borsa del cibo in cucina e misi in frigo i contenitori da portare a mia sorella l'indomani. Bets adorava gli spaghetti di nostra madre e non vedevo l'ora di vederla sorridere quando si sarebbe accorta di quello che avevo portato.

Non riuscivo a scrollarmi di dosso la tensione persistente dell'ultima interazione con mio padre. Era come parlare con un mostro che indossava un volto amato. Straziante. Non avevo idea di come mia madre lo gestisse giorno per giorno. E, Dio, le cose che aveva detto a Bets prima che si trasferisse nella struttura…

Cose crudeli.

Betsy aveva riso di tutto. In qualche modo, aveva sopportato il suo cambiamento di personalità dopo l'ictus meglio di tutti noi. «Non è nostro padre,» mi diceva con quella sua cadenza così particolare. «Ora è un altro, ed è cattivo.»

Semplice.

Ma mia madre mi aveva detto che all'inizio Betsy aveva pianto molto, dicendo che le mancava il suo papà. Mia madre sosteneva che si mostrava coraggiosa per amor mio. Anche se io ero il fratello maggiore e avrei dovuto essere io quello coraggioso per lei.

Mi ero appena sistemato sul divano con un sacchetto di patatine, deciso a distrarmi facendo zapping sulla TV via cavo finché non avessi trovato qualcosa di abbastanza avvincente da farmi smettere, quando bussarono alla porta.

Era un suono sommesso ma deciso. Non aspettavo nessuno e quasi lo ignorai, ma arrivò una seconda e una terza volta, così mi staccai dal divano verde e attraversai il corridoio per aprire la porta d'ingresso.

La notte si era fatta buia e fitta, così come la pioggia. Scendeva a secchiate e si precipitava lungo la strada. La luce del portico era pallida, quasi quanto il ragazzo bagnato di fronte a me.

I capelli biondi erano incollati sulla fronte di Minty, e scintillavano nella scarsa luce. I suoi occhi blu erano oscurati sotto il cappuccio della giacca. Sembrava un gattino spaventato e fradicio. Aprì la giacca, tirò fuori un fascio di fogli e me lo diede. Il contratto.

Il sangue prese a corrermi nelle vene. Mi leccai le labbra prima di parlare. «È una cosa inaspettata.» Guardai l'orologio. «Sono quasi le undici di sera.»

«Sei sveglio,» disse.

«Avresti potuto chiamare prima.» Alzai un sopracciglio. «Le buone maniere e tutto il resto.»

«Il tuo indirizzo è sulla carta intestata,» ribatté, scuotendo verso di me i fogli: il contratto, e quelli che sembravano i risultati delle sue malattie sessualmente trasmissibili. «Non volevo aspettare e non volevo chiamare. Sono pronto. Ora.» Trasse un respiro. «Quando possiamo iniziare? Stasera?»

Lo fissai, notando il modo in cui tremava. Aveva un bagliore maniacale negli occhi. Indossava jeans larghi e una camicetta da donna trasparente color lavanda sotto una giacca di jeans fradicia con cappuccio. Il mio sguardo si soffermò sui segni lividi sul collo.

«Entra,» e gli indicai il corridoio. «Metti le scarpe lì.»

Lo fece, tremando così forte che quasi cadde mentre se le toglieva.

«La giacca,» allungai la mano per prenderla. Me la porse. La appesi accanto al mio cappotto. «Da questa parte.»

Mi seguì senza fare domande fin dentro la casa. Lo condussi in cucina, lo feci sedere a tavola, ignorai la sua espressione confusa e mi voltai per mettere un bollitore sul fuoco. In qualche modo il momento sembrava richiedere del tè, ma non ne avevo. Avevo un po' di caffè istantaneo decaffeinato, e sarebbe stato sufficiente.

Mentre Minty sedeva in silenzio, impaziente e tremante, preparai le tazze per entrambi.

«Allora?» chiese quando mi accomodai sul posto di fronte a lui al mio tavolo rotondo di legno. «Puoi farmi del male stasera?»

Sorseggiai il caffè e gli feci cenno di fare lo stesso.

Con una smorfia infastidita, Minty deglutì. «È disgustoso. Peggio della roba della tavola calda di mia madre.»

«Sì, è uno schifo.» Ne mandai giù un altro po'. «Bevi.»

Socchiudendo gli occhi, Minty ne assaggiò un sorso, e poi un altro ancora. Il tremore del suo corpo si calmò lentamente, ma potevo ancora vedere il furioso battito del cuore sotto la gola livida.

«Chi è stato?» Indicai le impronte delle mani intorno al suo collo.

«Il mio amante.»

«Mmh.» Bevvi il mio caffè. «Eri consenziente?»

Minty alzò le spalle. «Non ho reagito, quindi vale come consenso, no?»

«Non proprio.»

Strinse i denti. «Senti, possiamo evitare le stronzate? Io voglio il dolore. A te piace darlo. Ne ho bisogno adesso. Stanotte.» Si guardò intorno. «Dove lo fai? Nella tua camera da letto? In cantina?»

«Credo che tu abbia già sofferto abbastanza per stasera.»

«Voglio di più,» ringhiò.

«E se non ne riceverai?»

Sbatté la tazza di caffè sul tavolo. «Cosa vuoi da me? Ho firmato i documenti. Te li ho già dati. Ho i test per le malattie sessualmente trasmissibili. Ho solo bisogno di…» La sua voce si incrinò. «Per favore. Ti prego.»

Bevvi di nuovo il caffè prima di alzarmi. Mi misi di fronte a lui, abbastanza vicino da costringerlo a inclinare la testa all'indietro per tenere gli occhi sui miei. «Non c'è alcuna possibilità di fare una scena vera e propria stasera, ma se hai bisogno di un po' di dolore per stabilizzarti finché non possiamo incontrarci e fare questa cosa come si deve, posso farlo.»

«Allora fallo!»

Gli diedi uno schiaffo. Tanto forte che la sua testa scattò di lato e, quando alzò lo sguardo verso di me, un'impronta rossa gli si dipinse sulla guancia pallida. Le lacrime gli salirono agli occhi. «Ancora,» sussurrò.

Scossi la testa. «Non sei tu il capo qui, stronzetto.»

Gli afferrai i capelli bagnati e gli tirai indietro la testa, costringendo il suo sguardo a risalire verso il mio. Feci un passo avanti, costringendo le sue gambe ad allargarsi in modo da posizionarmi tra le sue ginocchia. «Ma io.»

Sogghignò e il mio cazzo si indurì così rapidamente che mi venne un capogiro. Cristo.

«Sai cos'è una parola di sicurezza?»

«Sì.»

«La tua è *barboncino*.»

Sbatté le palpebre. «Perché?»

«Perché mi ricordi uno di loro. Abbai tanto, ma non mordi.»

«Mordo, invece.»

«Sì, come no.»

Sul tavolo, in un mucchietto ordinato dove le avevo usate per stendere il bucato sulla stufa il giorno prima, visto che la mia asciugatrice era rotta da ben più di un mese, c'era un mucchio di mollette di plastica. Ne presi una e gliela mostrai. «Qualche obiezione?»

Mi fissò impassibile.

Gliene misi una sul lobo dell'orecchio e feci altrettanto con l'altro. Emise un sibilo, ma non si mosse né si tirò indietro. Gli sbottonai la camicetta e rivelai il suo petto pallido; sentii il mio uccello fremere quando apparvero i capezzoli rosa. Non aveva quasi peli sul torace, e quelli che c'erano erano chiari e biondi. Gli sollevai il mento.

«Sei sensibile qui?»

Sogghignò. «Sì. Molto.»

Sorrisi e gli chiesi di nuovo conferma: «Ci sono obiezioni?»

«Fallo,» disse a denti stretti.

Risi. «Oh, sei proprio uno stronzetto. Quando faremo una scena vera, ti spezzerò come si deve.»

Gli pizzicai i capezzoli senza pietà per farli inturgidire, quindi vi fissai le mollette. Minty non riuscì a trattenere le contorsioni e i mugolii mentre ognuna di esse stringeva quei punti sensibili, anche se serrò la mascella e non emise alcun suono.

«Ora,» gli torsi di nuovo una mano nei capelli bagnati, scostandoglieli dal viso arrossato. «Bevi il tuo cazzo di caffè. E chiamami *signore*.»

L'espressione di Minty si accese di ribellione prima di addolcirsi leggermente. «Vuoi che beva il mio caffè, signore?»

«Sì.» Feci un gesto verso le mollette. «Quelle rimangono attaccate finché non hai finito ogni goccia.» Mi sedetti di fronte a lui. «E finché non avrò finito il mio.»

Feci con calma, bevendo lentamente, con lunghe pause tra un sorso e l'altro, godendomi la vista. Il dolore doveva esplodergli dalla pelle fino ai pettorali. Ridacchiai mentre il suo respiro aumentava. Arrossì dappertutto. Il sudore gli imperlò la fronte.

Tuttavia, non disse niente. Rimase seduto a bere il suo caffè, con i capezzoli intrappolati nella morsa delle mollette e altre due che penzolavano dai lobi delle orecchie come orrendi orecchini di plastica, e sopportò. Il segno rosso sulla guancia si era trasformato da un'impronta della mano a un lieve alone roseo che faceva sembrare pallida l'altra guancia.

«Ti piace?» ridacchiai.

Grugnì.

«Rispondimi.»

«No, signore. Non è una bella sensazione.» Ogni parola conteneva una punta di rabbia.

Sorrisi e mi alzai. «Credo che mi ci voglia una seconda tazza. E tu?»

Minty scosse la testa, con un bagliore di allarme negli occhi. Mi piaceva la sua luminosità, l'accenno di disperazione. Splendido. Mi sarebbe piaciuto vederne di più la volta successiva che si fosse fatto vivo. Che sarebbe stata presto. Molto presto. Non vedevo l'ora di averlo nel mio dungeon per poterlo fare a pezzi.

«Fammi rivedere i risultati di quei test sulle malattie sessualmente trasmissibili,» dissi, sistemandomi con noncuranza l'uccello prima di sedermi di nuovo al tavolo con una tazza fumante. «Quanto sono recenti?»

«Tre settimane fa.»

«Con quanti uomini hai scopato o hai fatto sesso orale dopo questi?»

«Uno.»

Annuii, riflessivo.

Minty proseguì: «Lui non scopa con altri ragazzi. Solo con me.»

Sollevai un sopracciglio. «Come fai a saperlo?»

Lui sorrise con un ringhio che mi fece tremare le budella. «Oh, lo so.»

«Ragazze?» ipotizzai. «Scopa anche con le ragazze?»

«Probabilmente.» Scrollò le spalle, e la trazione sui capezzoli pinzati lo fece sussultare. Le sue palpebre ebbero un fremito prima che incontrasse di nuovo il mio sguardo. «Sì, probabilmente va a letto con le ragazze.»

«Anche le donne hanno le malattie sessualmente trasmissibili, sai, e possono diffonderle.»

«Posso fare un nuovo test, signore, se vuoi, ma…»

«No, va bene così.»

Non fare un altro test era un rischio che probabilmente non avrei dovuto correre, dato il mio stato di sieropositività e la possibilità di compromissione immunitaria, ma in passato avevo fatto di peggio. Non ero un santo. Non lo ero mai stato. Non avevo intenzione di fingere di esserlo ora.

«Vuoi vedere le mie analisi?» chiesi. «Le ho fatte qualche mese fa. Da allora non ho più scopato con nessuno.»

«Non mi interessa, signore. Non è una cosa che mi preoccupa.»

Avrebbe dovuto. Tuttavia, la sua posizione era comprensibile. Tirai verso di me la pila di fogli del contratto e cominciai dall'inizio, sorseggiando il mio caffè dopo ogni pagina o giù di lì, assicurandomi di non fare progressi reali.

Minty gemette, contorcendosi.

Risi. «Hai spuntato ogni kink. Li hai almeno riletti? Hai pensato a cosa comportava ognuno di essi? Hai fatto delle ricerche?»

La mascella di Minty si contrasse, ma non disse nulla.

«Allora è un no,» brontolai. «Non ti ci vedo ad appassionarti allo scat. L'ho inserito solo per eliminare i partner incompatibili. Sii sincero, vuoi davvero giocare con la mia merda? O con la tua?»

Scosse la testa, facendo una smorfia per il dolore ai lobi delle orecchie.

«No, come immaginavo.» Lo cancellai. «E hai scritto espressamente "niente baci". Interessante. C'è una ragione per questo?»

«Non mi piace essere baciato quando mi fanno del male. Kyle non mi bacia mai.»

«Kyle?»

«Il mio amante.»

«Giusto. Il tuo "amante".» Inarcai un sopracciglio e mandai giù un altro po' di caffè, archiviando le sue parole per dopo e tornando alla lista. «Oh, eccone uno divertente, però. La gabbia. Qui ce la spasseremo. E hai spuntato anche la pioggia dorata. Potrei innaffiarti con il mio cazzo mentre sei in gabbia. Potrebbe funzionare. Vedremo.»

Minty sussurrò qualcosa.

Mi portai la mano all'orecchio. «Non ti sento.»

«Mi fa male.» Aggiunse rapidamente: «Signore.»

«Sì, fa molto male quando hai i capezzoli sensibili. Le persone meno portate non soffrono così tanto quando glieli pizzicano forte. Tu sei fortunato.» Feci una pausa, lasciando che la cosa venisse recepita. «Che tu ci creda o no, questo non è il peggio. Aspetta.» Sbirciai dentro la mia tazza e poi gliela mostrai. «Mi manca ancora molto. Tu come sei messo?»

Inclinò la sua tazza verso di me. Vuota.

«Capisco. Beh, sii paziente. Questo è solo un primo assaggio del mio tipo di dolore. È di bassa intensità. Le cose che ti farò in futuro faranno molto più male. Vedo che hai spuntato le fruste. Eccellente.»

«Ma mi faranno paura?» sbottò. «Perché in questo momento non mi sento spaventato.»

«Oh, lo sarai,» gli dissi. «Tra non molto, anche stasera, avrai paura.»

Sbuffò, alzando gli occhi al cielo. «Le mollette non sono davvero minacciose.»

«Ti stanno facendo male in questo momento, vero?»

Lui strinse la mascella, senza rispondere.

«Questo è un sì. Ma sai cosa fa più male?»

Scosse la testa.

«Quando te le togli.» Risi. «Non vedo l'ora di vedere la tua faccia.» Gli accarezzai la mano. «Non preoccuparti, ragazzo. Abbi pazienza.»

Minty si mordicchiò il labbro inferiore. «Signore.»

«Sì?»

«Per favore, puoi scoparmi? Così mi distraggo un po'.»

«Non stasera,» risposi, anche se il mio cazzo era assolutamente inorridito da quella risposta. «Tutto questo è solo per tenerti fermo fino a quando non riusciremo a fissare un appuntamento per una scena.» Mi voltai di nuovo verso la lista. «Hai segnato sputi, umiliazione... mmh, fuck machine? Wow. Devo dire che, se tutto questo è accurato, giocare con te sarà un sogno.» Feci una pausa. Un segno di spunta accanto ad alcune parole attirò la mia attenzione. «Sperma e sesso senza protezioni. Tu sei positivo e io sono positivo, quindi... si può fare.»

Non venivo dentro un compagno di giochi da quando avevo saputo dell'AIDS, o meglio da quando avevo accettato per la prima volta che l'AIDS era una malattia reale e che colpiva prevalentemente gli uomini gay. Tuttavia, qualcuno era venuto dentro di me. I risultati di quell'incontro non erano stati solo deplorevoli, ma probabilmente mortali.

«Signore?» domandò Minty.

Stava tremando. Il dolore sempre più forte iniziava a logorarlo. Lo vedevo dal modo in cui i suoi occhi erano diventati lucidi.

«Aspetta,» gli dissi. «Me ne resta ancora mezza tazza.»

«Cazzo.»

Ridacchiai. «La prossima volta ti farò urlare. Ti piace l'idea?»

«Magari,» sibilò.

«Non credi che possa farlo?» Sfumai il mio tono di minaccia.

«Ho dei dubbi.» La gola livida di Minty si ribellava mentre deglutiva convulsamente. Mi chiesi se il suo culo fosse ferito. Probabilmente sì. Il ragazzo emanava ancora un'aura di follia post-sesso.

«Mmh.» Mi scolai la tazza in un unico grande sorso, mi alzai e gli strappai la molletta dall'orecchio destro. Gridò, la sua mano si avvicinò per cullare il lobo come se glielo avessi tagliato. Il suo sguardo, ora tagliente, balzò verso di me con orrore, come se non lo avessi avvertito di quanto sarebbe stato brutto.

«Allora,» dissi, sedendomi di nuovo. «Credo che questo dimostri che posso farti urlare.» Mi dedicai di nuovo ai contratti. «Scartiamo lo scat, e anche le attività con i coltelli…» Cancellai le due voci e poi firmai sotto il suo nome. «Tutto il resto è rinegoziabile. Se decidi che qualcosa non ti piace o vuoi aggiungere altro, possiamo farlo. Basta che se ne parli.»

«Signore!» ansimò, tenendosi ancora l'orecchio. «Vorrei venire mentre sono qui.»

«Non credo proprio. Gli orgasmi sono a mia discrezione quando sei con me, e immagino che tu sia già venuto stasera. Con qualcun altro.»

«Non è stato bello, signore,» ansimò. «Mi ha soffocato alla fine.»

Ci pensai su, fissando la sua gola. «Sai, il contratto che hai firmato stabilisce che non avrai rapporti sessuali o giochi con nessuno tranne che con me per tutta la durata del nostro accordo. In parole povere, significa che non scoperai né ti farai scopare da nessun altro. Punto. Senza eccezioni.»

Strinse le labbra, ma annuì bruscamente.

«Se non ti lascio venire stasera, hai intenzione di rompere il contratto? Fin dall'inizio? Andrai dallo stronzo che ha fatto questo?»

Mi alzai di nuovo e mi spostai tra le sue gambe, facendo scorrere le dita sulla sua gola. «Lascerai che ti scopi, che ti ferisca?»

Minty sembrò riflettere e poi, come se fosse incredibilmente difficile dirlo, sussurrò: «No, signore. Manterrò la parola.»

Gli strappai la molletta dall'orecchio sinistro.

Mugolò e probabilmente mi avrebbe colpito o dato una ginocchiata nelle palle se non gli avessi afferrato la gamba e le braccia, tenendolo fermo.

«Cazzo!» Gettò la testa all'indietro. «Cristo! Fa male.» Si contorse per allontanarsi, ma lo tenni fermo.

Mi chinai a respirare vicino al suo orecchio arrossato. «Se riesci a venire per il dolore, fai pure. Ma se non ci riesci, dovrai aspettare la prossima volta che saremo insieme. E non devi nemmeno masturbarti. Aspetterai di venire per me. Solo per me.»

Il suo respiro si fece affannoso. «Ho bisogno che tu mi disprezzi,» mormorò. «Puoi odiarmi un po'?»

Gli morsi il lobo dell'orecchio e lui si contorse. «Sei una troietta a cui piace il dolore. Vuoi soffrire? Ti farò soffrire.»

Gli strappai entrambe le mollette dai capezzoli e lui si divincolò sotto di me. Un lamento di dolore gli uscì dalla gola e quando mi abbassai a strofinargli i capezzoli per aumentare il tormento, mi spinse indietro, alzandosi dalla sedia come una furia incarnata.

Mi diede un calcio, il suo piede atterrò con forza sul mio fianco.

Quando caddi all'indietro contro il bancone della cucina opposta, gli occhi di Minty si spalancarono. «Oh, cazzo. Mi dispiace. Mi dispiace tanto. Merda. Non volevo...»

Mi rialzai. Mi faceva male il fianco, ma mi ricomposi subito. «È impressionante. Non farlo più. Controllati, qualunque cosa ti faccia. Capito?»

Tremando, annuì. «Mi dispiace, signore.»

«Siediti.»

Si lasciò cadere di nuovo sulla sedia. Le lacrime gli scorrevano sulle guance, il muco cominciava a colare dal naso e lui lo asciugava con il dorso della mano.

Era un disastro sotto molti punti di vista. La mia responsabilità come Dom era quella di accompagnarlo, di smorzare la scena, di prendermi cura di lui e di tenerlo al sicuro. Non potevo permettergli di tornare a casa quella sera. A parte il fatto che gli avevo appena incasinato la testa, era stato picchiato e maltrattato dallo stronzo da cui era andato prima di me. Anche senza il lieve dolore e il gioco di degradazione che avevamo appena praticato, non era in sé. Dovevo aiutarlo a raggiungere un luogo mentale sicuro.

«Ti sei calmato?» chiesi, avvicinandomi con le mani in alto.

Annuì.

«Resterai qui per la notte,» ordinai. «Sul mio divano.»

Sbatté le palpebre. Niente scuse o rifiuti.

«Al mattino si esce e si va a scuola, o al lavoro, o a casa. Ovunque si debba andare. Io andrò al mio lavoro. Più tardi, parleremo al telefono, pianificheremo una scena e tra qualche giorno ci incontreremo di nuovo.» Allungai la mano fino a toccargli la gola. «Nel frattempo, starai lontano dall'idiota che ti ha fatto questo e guarirai. È un ordine. Non voglio che i miei ragazzi siano coperti di lividi che non sono stati fatti da me.»

Gli occhi azzurri di Minty si fecero per la prima volta speranzosi. Si leccò le labbra e, quando parlò, la sua voce tremò. «Sì, signore. Solo lividi fatti da te.»

«Esatto. Fino al giorno in cui lo strapperò, o lo farai tu,» dissi, sollevando il contratto. «Sopporterai solo i miei lividi.»

Annuì.

«Bene.» Gli portai un bicchiere d'acqua, lo guardai mentre lo beveva e poi gli misi in mano un sacchetto di patatine. Non era il miglior cibo per l'aftercare, ma nemmeno il peggiore. Sentivo che non avrebbe reagito bene a un tentativo palese di prendermi cura di lui, e non volevo annullare i progressi che avevamo fatto. Si stava affidando a me affinché lo aiutassi, perché gli facessi provare le cose che aveva bisogno di provare in modo sicuro e consensuale.

Ero sollevato che Minty non si opponesse quando lo condussi in salotto e sul mio divano. Lasciò che lo guidassi a sdraiarsi su un lato del divano, e guardò mentre prendevo posto sull'altro lato.

«Mangia le patatine,» dissi, accendendo la TV.

Il suono del suo sgranocchiare e le note iniziali della sigla di *Cheers* segnarono per me la fine della seduta. Mi rilassai mentre guardavamo le repliche fino a notte fonda. Non parlammo più di tanto, a parte quando mi chiese dove fosse il bagno, e poi tornò a raggomitolarsi sotto una coperta all'uncinetto che gli passai.

Verso le due del mattino si addormentò. Spensi il televisore e salii in camera mia.

Sulle soglie del sonno, continuavo a pensare alle sue grida di dolore, alla sua rabbia violenta quando mi aveva preso a calci e al complesso problema del suo bisogno di essere odiato. Calcolai, pianificai e mi organizzai per fargli del male. Mentre immaginavo gli scenari, mi venne di nuovo duro. Non mi masturbai, però, preferendo tenermi al limite.

Quando finalmente cedetti all'incoscienza, non fu affatto riposante. I sogni furono pieni di eccitazione ronzante e di gioia sadica mentre, per ore e ore, fantasticavo di far crollare Minty.

Luke

QUANDO MI SVEGLIAI la mattina dopo, scesi al piano di sotto e trovai il soggiorno vuoto e così silenzioso che pensai che Minty se ne fosse andato. Ma quando entrai in cucina, lui era in piedi accanto ai fornelli e aveva un'aria spettinata e nervosa.

Con in mano una ciotola di pastella e brandendo un mestolo.

«Buongiorno, signore,» disse con un sorriso tanto sgargiante quanto falso.

«Buongiorno. Cosa stai facendo?»

Arrossì, ma tornò a versare cucchiaiate di pastella in una padella. «Sono bravissimo a fare i pancake. Quando lavoravo in questa grande drogheria, Nature's Foodway…»

«Ne ho sentito parlare.»

«Beh, in cambio di un pompino, il direttore mi dava gratis tutti gli impasti scaduti e le conserve.» Mi lanciò un'occhiata. «Sai, invece di… di buttarli via.»

Lo fissai. Stava balbettando. Era dolce. «Ti prostituisci per un brownie e un preparato per torte. Sei sempre così facile?»

«Naturalmente.» Un altro sorriso smagliante che sembrava quasi autentico. Mi chiesi che aspetto avesse quello vero.

«Non era male, però. Gli piaceva scoparmi la bocca e, poiché glielo permettevo, voleva fare cose belle per me.» Scrollò le spalle, diventando ancora più rosso. «Mi piaceva.»

Inarcai un sopracciglio. «Pensavo che non volessi che gli uomini che scopi fossero gentili con te.»

«Questo era prima,» disse Minty, agitando una mano con disprezzo. «Era di mezza età, carino e paffuto. Era completamente innamorato di me.» Trasferì le frittelle dalla padella a un piatto. «E giuro sulla futura tomba di mia madre che il suo cazzo sapeva di sole e arcobaleni.»

Mi appoggiai allo stipite della porta, incrociando le braccia al petto. Feci un sorrisetto. «Che sapore ha il sole?»

«Glassa al limone.»

«E gli arcobaleni?»

«Cereali Lucky Charms.»

Stavo per ridere, ma lui continuò a blaterare, versando altra pastella per un altro giro di pancake. «Il cazzo dal sapore migliore che abbia mai succhiato. Giuro.» Alzò il mestolo e si fermò a riflettere. «Forse se lo spalmava con qualche tipo di olio aromatizzato?»

«O una glassa al limone scaduta?» suggerii, scostandomi dalla porta e avvicinandomi per guardarlo mentre preparava i pancake.

«Forse. Ma che dire del gusto Lucky Charms?» Sembrò considerare sinceramente il problema prima di sospirare con disappunto quando non arrivò alcuna risposta. «Comunque, il mio preparato per pancake preferito che Ruben, sai, si chiamava così, mi abbia mai dato è una marca biologica di lusso chiamata California Suncakes. Costava circa sei dollari. Nessuno lo ha mai comprato perché è assurdo, no? Non importa quanto sia buono.»

Annuii, osservando la pila di frittelle che cresceva nel piatto.

Minty spense il fornello e trasferì la pentola nel lavello. «Così gli dissi di tenerlo sempre da parte per me, e lui lo fece. Era molto dolce.»

«Era dolce perché lasciavi che te lo sbattesse fino in gola,» gli ricordai.

«No, glielo leccavo e succhiavo come al solito. Per assaporarlo meglio, capisci?» Minty fece l'occhiolino. Sentii crescere anche il mio sorriso. «Inoltre, era già duro, quindi non ci voleva molto perché venisse... e no, il suo sperma non sapeva di sole o arcobaleno.» Fece una smorfia. «Era amaro da morire.» Un altro sospiro. «Sarei ancora lì a fargli pompini in cambio di merce, ma mi hanno licenziato.»

«Per aver fatto un pompino al portiere di notte?» azzardai.

«Forse,» disse pensieroso, strofinando la padella. «O forse perché ho proposto a un cliente di succhiarglielo.»

Le mie labbra si contrassero in un sorriso. Lui ricambiò e io rabbrividii, perché sembrava sincero. L'oscurità indugiava ancora nei suoi occhi, incontaminati e intoccabili dalla conversazione disinvolta e indecente, ma il sorriso almeno era genuino.

«Comunque, non posso garantire per questi pancake,» concluse, indicando la pila fumante sul bancone vicino ai fornelli. «Hai preso il mix della zia Jemima, che non è esattamente da gourmet, ma un pancake è un pancake. È difficile sbagliarsi.»

«Soprattutto per chi è bravissimo a farli.»

Sembrava timido, ma scosse il mestolo verso di me, facendo quasi cadere una goccia di pastella sul pavimento. «Non prendermi in giro.»

«Non lo sto facendo.»

Spostò il mestolo e la ciotola nel lavandino, prese delle frittelle e le spalmò di burro e miele prima di porgermele. «Tieni. Grazie per essere rimasto sveglio a prenderti cura di me.»

Gli presi il piatto e mi sedetti al tavolo. Lui si mise di fronte a me con una pila grande la metà della mia. Entrambi iniziammo a mangiare. I pancake erano, come promesso, deliziosi.

«Che buoni,» dissi.

Minty mi guardò, con gli occhi spalancati e il sorriso che gli si spegneva sulle labbra. Lo osservai mentre combatteva con le varie reazioni che si scatenavano come bombe nella sua mente. Il piacere per le lodi, seguito rapidamente dal dubbio e persino, per un breve periodo, dalla rabbia. Cazzo, era davvero disturbato, e gli era bastata una sola frase per incasinarsi.

Guardai quella gola arrossata e ancora macchiata dai lividi di un altro e mi decisi. A prescindere da tutto, da quanto tempo ci sarebbe voluto, avrei fatto sì che si aprisse a me. Gli avrei fatto male come nessun'altra persona aveva mai fatto, e lui si sarebbe inginocchiato ai miei piedi, mi avrebbe implorato per averne ancora e poi mi avrebbe ringraziato.

E la mia ricompensa per tutto quel lavoro e quella devozione? Beh, avrei visto il suo vero cuore. Un ragazzo così bello, conflittuale e confuso come Minty era il sogno di qualsiasi sadico. E sembrava che avrei avuto anche i pancake al mattino. Una vittoria totale per me.

Ultimamente non avevo avuto molte vittorie, e nemmeno lui. Mangiare i pancake, guardarlo contorcersi per le mie lodi? Era la cosa più normale che avessi provato da molto tempo. Ciò valeva qualcosa per me. Più di quanto sapessi esprimere.

Capitolo 4

Minty

«GLI HAI PREPARATO i pancake?» Barry sorrise, appoggiandosi al rastrello. Il mucchio di foglie marroni che aveva raccolto dal piccolo giardino sul retro suo e di Robert frusciava con il vento. Il sole autunnale risplendeva sulla sua testa scura e calva.

«Lo so,» dissi scuotendo la testa. «Mi sono svegliato sul suo divano e lui stava ancora dormendo al piano di sopra. Non sapevo cosa fare.» Agitai le mani, come mia madre quando era nervosa. «Qual è il galateo? Scappare senza dire una parola? Lasciare un biglietto? Mandare dei fiori?» Feci una pausa. «Era così silenzioso lì, a casa sua, a parte qualche cane che abbaiava in strada...»

Mi passai le mani sul viso. Ero ancora esausto. Dopo due giri di sesso violento con Kyle, seguiti dal dolore emotivamente intenso con le mollette da bucato a casa di Luke, avevo dormito come un sasso sul suo divano.

Ma una volta svegliato, tutte le solite paure erano tornate ad assalirmi inesorabili. Avevo l'HIV. Presto si sarebbe trasformato in AIDS. Stavo per morire di una morte terribile e dolorosa. Tutto ciò per cui avevo lottato, tutte le cose terribili che avevo superato... *era stato inutile.* Avrei sofferto e sarei morto senza mai essere veramente felice. Certo, avevo provato delle farse simili alla felicità, ma non l'avevo mai provata nel profondo. Non volevo morire. Non volevo soffrire.

La paura era un'estenuante, interminabile battaglia mentale che avevo sopportato fin da quando il medico mi aveva comunicato i risultati. E trascinava con sé anche tutte le cose più brutte del mio passato, facendole ruggire nella mia memoria come animali feroci che aspettavano solo di divorare la mia sanità mentale.

«Mi sorprende che tu non te ne sia andato,» disse Barry, con il sudore che gli colava sul lato del viso.

«L'ho quasi fatto.» Gli feci un sorriso sfacciato, di quelli che mi venivano così spontanei solo sei mesi prima. «Ma poi mia madre mi ha sussurrato nel cervello dicendo: "Tesoro, un uomo ama sempre i pancake".» Alleggerii la voce, cercando di sembrare quello di un tempo, quello che tutti conoscevano e amavano. Barry riusciva a sentire lo sforzo che mi costava?

«Non che non lo avessi già impressionato con la mia performance di ieri sera.» Sbattei le ciglia. «Senza dubbio adesso è innamorato di me.»

«Senza dubbio.» La voce di Barry era calma e ferma. Rastrellò una foglia gialla nel piccolo mucchio di quelle marroni. «Con me non devi fingere, sai.»

Deglutii a fatica, guardando l'erba. «Non sto fingendo.»

«Lo fai da molto tempo, ma non mi inganni.»

Strinsi le labbra, cercando di decidere se discutere con lui. Non aveva torto. Negli ultimi anni avevo fatto uso di droghe per sfuggire al passato, avevo elaborato assurde fantasie d'amore e altro ancora. Vivevo sulla superficie delle cose, in modo che nessuno sospettasse quanta orribile merda ci fosse sotto la mia patina lucida. Tutto per non pensare mai a quello che mi era successo. Non che negli ultimi anni fossi stato insincero, ma ero sinceramente determinato a fuggire dalla mia storia e a non guardarmi mai indietro. La diagnosi di HIV aveva fatto sentire inutile tutto quello sforzo. Era uno dei motivi per cui evitavo mia madre e i miei amici.

Incontrai lo sguardo saldo di Barry. Aveva smesso di rastrellare e si limitava a fissarmi, senza alcun giudizio o paura sul suo volto.

Le lacrime mi punsero gli occhi. Mi schiarii la gola, deciso a non piangere. «Allora, sì, gli ho preparato i pancake. Volevo ringraziarlo per… per avermi fatto uscire dalla mia testa. Ero in un brutto momento quando sono andato da lui.»

«Sono sicuro che lo ha apprezzato.» Barry tornò al lavoro, radunando in un cumulo foglie marroni e arancioni. Il vento cambiò e il profumo del fumo di legna arrivò dalla casa di un vicino. «Sono anche sicuro che gli è piaciuto quello che avete fatto insieme.»

Ricordavo il calore negli occhi di Luke mentre mi guardava contorcermi sulla sedia, mentre le sue mollette crudelmente posizionate mi facevano male fino al midollo. Il dolore era stato particolare, cresceva sempre di più con il passare del tempo, ma era stato solo un'ombra della sofferenza provata quando le aveva tolte.

«Forse.» Non mi scomodai a indossare la mia maschera allegra. Non avevo più la forza di farlo. «Ma non è che avessimo preso un appuntamento. Io mi sono presentato, lui mi ha accolto e…» Mi schiarii di nuovo la gola. Barry mi avrebbe creduto se gli avessi detto che facevo così perché ero allergico alle foglie?

«Ti ha fatto capire perché pensavo che potesse aiutarti,» dedusse Barry.

«Sì, ora credo di aver compreso.»

«Mi fa piacere.»

Siccome non volevo soffermarmi su quell'aspetto, proseguii. «Comunque, aveva il preparato per pancake della zia Jemima, uova e burro a sufficienza. Non c'era sciroppo d'acero, ma aveva del miele, di quelli con il pezzo di alveare ancora dentro, hai presente? Adoro quel tipo di miele. Da bambino masticavo la cera.» Mi agitai a disagio. «Quindi… sì. Gli ho fatto i pancake.»

Mi appoggiai alla quercia sotto la quale Barry stava lavorando; la corteccia mi graffiava la pelle. Faceva abbastanza caldo da stare in maniche corte e, anche se indossavo quello che io chiamavo abbigliamento da ragazzo, con stivali da cowboy, jeans e una maglietta del concerto dei Pixies che avevo trovato da Repeat After Me, mi sentivo ancora femminile dentro. Non lo facevo sempre, ecco perché non ero transessuale, ma quel giorno sì.

Il modo in cui Luke aveva preso il controllo su di me mi aveva causato dolore, calmato e poi mi aveva rimesso al mio posto sul suo divano, mi aveva fatto sentire fragile e prezioso. Come se fossi una rosa e il dolore che mi aveva procurato avesse aperto i miei petali, esponendo il mio centro sensibile. La colazione che avevamo condiviso, i sorrisi, le risate e la dolcezza del miele *mi erano rimasti dentro.*

All'improvviso, una fiammata di rabbia mi divampò dentro. Vaffanculo. Avrebbe dovuto darmi un pugno in faccia, invece.

«Ehi,» disse Barry, lasciando cadere il rastrello; doveva aver percepito il cambiamento in me. «Allora, gli hai fatto i pancake? Niente di che. A un Dom piace quando i suoi sub mostrano gratitudine. Sono sicuro che li ha apprezzati.»

Scrollai le spalle. «Che si fotta, davvero.»

Barry inarcò le sopracciglia. «Perché?»

«Non lo so. Lui...» Mi passai una mano sul viso. «È stato gentile con me. Mi ha detto che i pancake erano deliziosi. Ha riso di come ho fatto un pompino a Ruben al supermercato. Mi ha sorriso. Mi ha fatto sentire...» Ebbi un piccolo conato di vomito. «Tutto appiccicoso dentro.»

Gli occhi di Barry si fecero teneri. «Solo due mesi fa, il nostro dolce Minty amava l'idea di essere innamorato,» mi ricordò. «Voleva sentirsi appiccicoso dentro.»

«Quel Minty fa era un idiota. Pensava di avere ancora una lunga vita davanti,» gli ricordai. «Il Minty di adesso sa che sta morendo, e sarà doloroso, e terribile. Non c'è niente di romantico.»

E mi odiavo per aver avuto paura e ancora di più per essermi meritato tutto ciò.

Se Barry avesse saputo cosa avevo fatto…

Se tutti lo avessero saputo, avrebbero concordato. La diagnosi, l'orribile futuro che mi aspettava era tutta colpa mia. Era il mio karma. Non c'era modo di fingere e di spacciarmi per persona solare. Ormai avevo quella malattia.

Quindi fanculo alla finzione. Fanculo l'essere lucidi. E, sì, anche gli altri avrebbero dovuto odiarmi.

Soprattutto l'uomo che avrebbe dovuto farmi del male.

«Avere l'HIV non significa che tu non possa avere momenti dolci da qui a…» Le labbra di Barry si torsero. Non riusciva nemmeno a dirlo. Il sole scintillava sulla sua testa calva. Un uccello cinguettò dall'albero. «Puoi ancora avere dei momenti dolci,» ripeté burbero.

«No. Non posso.»

«Perché no?»

«Se mi sento così, diventerò debole.»

Avevo bisogno della mia rabbia. Non riusciva a capirlo? Senza di essa, ero impotente. Ero solo un finocchio morente, senza speranza, senza futuro, senza amore e con un'anima marcia. Con la rabbia, ero almeno potente e forte. Ero un miracolo che poteva prendere le botte e rialzarsi per abbracciare il dolore e convertirlo in gloria. Ero un dio che poteva far venire gli uomini etero contro la loro volontà, un mago che poteva prendere il loro odio e trasformarlo in orgasmi, in piacere.

«Ascoltami, stronzetto. Ti è piaciuto fargli i pancake,» disse Barry, tirandomi in un abbraccio disgustoso e sudato. Puzzava di aglio e cipolle. Feci finta di oppormi, ma mi arresi subito. «Ti è piaciuto essere il suo sub. Potrebbe funzionare. Non rovinare tutto. Tu e Luke… questo potrebbe essere speciale.»

Scossi la testa. «Non credo che sarà sufficiente.»

«Dagli una possibilità.»

«D'accordo.»

«Bene.»

Quando Barry mi lasciò, mi avvicinai per raccogliere il rastrello. C'erano ancora alcune foglie che potevo aggiungere al suo mucchio. Mi concentrai su quel compito invece che sul tremito del mento e sulle lacrime che volevano affiorare.

Nel giro di un anno, mese più, mese meno, io me ne sarei andato e Barry avrebbe continuato a vivere, rastrellando foglie e prendendo in giro Robert. Si sarebbero trasferiti nella loro nuova casa in campagna e avrebbero rastrellato le foglie da alberi diversi. Foglie che non avrei mai visto. Era così che funzionava l'AIDS. Era assurdo, doloroso e terrificante.

Barry mi tolse l'arnese dalle mani.

«Dovrei vedermi con Luke alla fine della settimana per una vera e propria scena,» sussurrai, quasi sperando che non mi sentisse.

Barry abbassò le sopracciglia e si morse il labbro pensieroso. «Sai cosa ha in mente per te?»

Scossi la testa. «Ne abbiamo parlato e mi ha detto tutte le cose che stava pensando di farmi, ma onestamente non sono riuscito a stargli dietro.»

«Avresti dovuto fargli capire che non riuscivi a concentrarti.»

Scrollai le spalle. «No. Stava mangiando i pancake che gli ho preparato e sembrava… eccitato. Ho accettato tutto perché mi aveva giurato che mi sarebbe piaciuto tutto quello che faceva. O che lo avrei odiato, voglio dire.» Feci una smorfia. «Ed è proprio questo il punto.» Gli strinsi il braccio. «Dio, Barry, ho davvero bisogno di odiarlo.»

«O hai davvero bisogno di sentirti odiato?»

«Non lo so più,» ammisi, ancora aggrappato a lui. «Questa è una pessima idea. Dovrei andare da Kyle.»

«No. Non quello stronzo.»

«Non è uno stronzo. È il mio ex amante,» corressi, rafforzando la mia maschera gioviale. Ma era ancora troppo difficile e non valeva la pena di usare energia, così la lasciai cadere di nuovo. Strofinai la punta del piede nel terreno. «Non sa ancora che non andrò più da lui. Mi aspetterà presto al suo dormitorio.»

«Che si fotta.»

«Lo so.» Mi morsi il labbro inferiore, cercando di spiegarmi. «Immagina, Barry, di scopare con qualcuno che ti fa venire così forte che vedi le stelle e le ginocchia ti si piegano, e ti sembra che il cuore stia per esplodere dal piacere. Ma poi ti odi per quanto è fantastico. Ti dici che non lo farai mai più. Ma non riesci a smettere di pensarci, di pensare a lui, e così lo scopi con odio, e vieni di nuovo. Ogni volta è meglio.»

Barry si passò una mano sul viso. «Porca puttana.»

«Allora immagina che l'uomo che fa accadere tutto questo per te se ne vada.» Feci una leggera smorfia. «Mi cercherà.»

«Minty…»

Un altro sospiro. «Lo so. L'ho promesso a Luke. Ho firmato un contratto.»

Eppure, un'ultima brutale scopata sarebbe stata così bella. Avrebbe eliminato tutti i demoni, proprio come era successo quando ero andato da Kyle dopo essere stato da mia madre e aver visto la macchia di sangue…

Dopo aver ricordato la prima volta sul divano…

O l'ultima volta nella mia stanza…

Kyle mi aveva scrollato di dosso tutte quelle cose ripugnanti. Era stato violento. Mi aveva soffocato più e più volte, e io lo avevo lasciato fare… Lo volevo. Ne avevo bisogno. Ma se fossi morto?

E quello era il nocciolo della questione, vero?

Barry si sbagliava sul fatto che una parte di me fosse ancora il Minty che aveva sognato di essere degno di romanticismo e dolcezza, ma non volevo ancora morire. Volevo laurearmi. Volevo vedere i fiori di primavera. Volevo andare al mare un'ultima volta. Se Kyle mi avesse ucciso, non avrei potuto fare nulla di tutto ciò.

«Qualunque cosa tu stia pensando, smettila.»

Incontrai lo sguardo di Barry. «Ho firmato un contratto.»

«Bene.» L'unica parola di elogio di Barry mi colpì come una freccia e ricordai che anche Luke l'aveva usata. Ma l'aveva detta con quella sua voce sensuale che mi sfregava come carta vetrata: piacevole e ruvida, terribile e dolce.

«Spero solo che Luke mi scopi con tanta forza e cattiveria da impedirmi di preparargli i pancake la mattina dopo,» dissi con un sospiro. «Altrimenti non funzionerà affatto.»

Percepii la gravità delle mie parole. In un altro luogo e in un altro tempo, avrei detto le stesse cose, ma con una leggerezza frizzante che avrebbe fatto ridere tutti. Dov'era la mia facile allegria, la mia gioia, il mio splendore? Con il risultato del test dell'HIV, accartocciato nella spazzatura e mandato in discarica.

Rifiuti. Come me.

«Oh, Luke ti darà del filo da torcere,» promise Barry. «E se non lo farà, ti picchierò e ti scoperò io stesso.»

«Che schifo.» Mi allontanai da lui. «No. Sei come un padre per me.»

«Ho trentadue anni.»

«Ah sì? Sembri più grande.»

«Vaffanculo, ragazzo.»

«Mi dispiace, ma non si può fare. Non sono interessato a farmi scopare da mio padre. Di nuovo.»

Gli occhi di Barry si scurirono alla mia battuta, ma non rise. Io, invece, lo feci. Un trillo acuto che tagliò l'aria, inghiottendo un altro cinguettio dell'uccellino lì sopra. Il suono che emisi fu così intenso da farmi dolere la gola, e mi piacque.

Barry non si mosse.

«Dai,» insistetti. «Questa era bella.»

Scosse la testa.

Sbuffai. «Se non posso scherzare sul fatto di essere stato violentato da mio padre, allora su cosa posso scherzare?»

A Barry salirono le lacrime agli occhi e mi strinse in un altro abbraccio. Lo spinsi, lottando per liberarmi, ma alla fine mi arresi, afflosciandomi tra le sue grandi braccia.

«Non sarà mai divertente,» mi ringhiò Barry all'orecchio. «Neanche un po'. Lo ucciderò se mai lo incontrerò. Lo giuro su Dio.»

«Beh, non andare in prigione per me,» sussurrai, la voce densa di lacrime. «Inoltre, lo ucciderò io stesso. Sarò io a indossare la tuta arancione.»

Il rumore della porta sul retro che sbatteva attirò la mia attenzione, e poi Robert ci raggiunse, nei suoi minuscoli pantaloncini da corsa abbinati alla canottiera bianca. Le braccia lunghe e scure mi cinsero da dietro.

«Se questo bambino ha bisogno di tanto affetto, credo che gli servirà anche del mio,» mi ridacchiò all'orecchio. «Strapazziamolo di amore, Barry.»

«Credo che gli piacerebbe troppo,» rispose Barry, iniziando a lasciarmi andare.

Lo afferrai di nuovo. «No, non lo farei. Lo odierei. Lo odierei *così* tanto. Smettila.»

Era una bugia. Mi sentivo al sicuro stretto tra quei due uomini, con il sussurro della brezza che correva intorno ai nostri corpi e il sole di inizio autunno che si riversava su di noi mentre la quercia scricchiolava sopra di noi.

Strizzato in quell'abbraccio a tre, chiusi gli occhi e, per un attimo, mi concessi ciò che prima desideravo. L'amore.

Perché presto speravo di essere odiato come meritavo.

Capitolo 5

Minty

Ottobre 1991

ERANO PASSATI CINQUE giorni da quando ero andato a casa di Luke con i contratti e avevo sopportato il tormento delle mollette, dormito sul suo divano e preparato i pancake al mattino come una specie di fichetta da soap opera.

Non ero frustato, almeno non ancora, anche se speravo di esserlo presto, ma nell'attesa avevo già deciso che se Luke non fosse riuscito a gestirmi, sarei tornato da Kyle. Sentivo il desiderio di tornare sotto quell'uomo come una corda intorno alle palle che mi tirava verso il pericolo, verso il dolore e il potere.

Dio, quanto mi piaceva quel potere. Quello di far venire Kyle.

In precedenza mi ero preparato con calma e avevo dovuto riapplicare il burrocacao rosa tre volte a causa delle mani tremanti. Ora indossavo una gonna verde che si allargava intorno alle ginocchia, in modo che fosse più facile accedere al mio uccello e al mio culo, e una camicetta rosa che avevo preso mentre facevo shopping con la mia amica Jennifer del corso di psicologia.

Avevo scelto quell'abbigliamento per apparire dolce e femminile e per sfidare la capacità di Luke di farmi del male come volevo. Se avessi avuto un aspetto gentile e grazioso, ci sarebbe andato piano con me? Lo avremmo scoperto.

Completai l'abbigliamento con delle Keds bianche e calzini con pon-pon alle caviglie, nel tentativo di sentirmi carino, frivolo e innocente. La parte più sporca di me desiderava ancora sentirsi tale.

In quel momento, però, mi sentivo tutt'altro. Mi sentivo malvagio ed eccitato, con i palmi delle mani sudati e le viscere tremanti.

«Hai visto la casa,» stava dicendo Luke. «O almeno il piano principale.» Fece un cenno verso una rampa di scale. «Quelle portano alla camera da letto principale e al bagno. È quell'abbaino che si vede dal cortile anteriore.»

Non mi importava della sua camera da letto o della disposizione della casa. Era tutto il giorno che lottavo con l'ansia, la speranza e la consapevolezza di essere un pervertito, e quelle cazzate da bravo ospite erano l'ultima cosa di cui avevo bisogno.

«Di solito non porto i compagni di gioco lassù, ma...»

Era nervoso? *Stava* blaterando anche lui? Merda.

«Vorrei che tutti capissero la disposizione del...»

«Signore,» lo interruppi. «Va bene così. Non me ne frega niente di dove sia la tua camera da letto. Voglio solo sapere: dove lo facciamo?»

Una strana espressione soffuse i lineamenti di Luke. Non era cupa, e nemmeno crudele, ma predatoria. Come se mi stesse valutando e vedesse ogni minimo punto debole che avrebbe potuto sfruttare, e io gliene avessi appena consegnato uno nuovo.

«Hai fretta di farti prendere a schiaffi?»

«Sì.» Trasalii di fronte al lampo dei suoi occhi. «Sì, signore, voglio dire. Sì.»

Continuò a scrutarmi a lungo. Il mio cuore batteva forte. Pensavo di aver commesso un errore, che mi avrebbe respinto.

Invece, incrociò le braccia al petto, annuì e mormorò: «Bene, allora. Spogliati. Ora. Fammi vedere cosa hai da offrire.»

Eravamo ai piedi delle scale che portavano alla camera da letto principale di cui non mi importava nulla. Lanciai un'occhiata al soggiorno, ma non vidi nulla che potesse sostenere il tipo di gioco che mi era stato promesso.

Gioco. Un eufemismo per quello che volevo fare.

Fissando gli occhi di Luke, scorsi qualcosa che non volevo vedere. Lui mi desiderava. Voleva entrare dentro di me, scoparmi, e voleva che accettassi di tornare a casa sua per farlo di nuovo. Riuscii a vedere tutto in un istante.

Non odiava nemmeno se stesso per aver voluto tutto ciò.

Cazzo.

Una risatina ansiosa minacciò di sfuggirmi, ma la inghiottii insieme alla delusione. Non c'era modo che funzionasse. Non mi avrebbe mai spaventato davvero.

Il malcontento calò su di noi. Insieme ad esso, la rabbia.

Con un ringhio, mi tolsi i vestiti, facendoli cadere in un mucchio ai miei piedi. Mi spalmai il rossetto tirando via la camicetta rosa dalla testa invece di prendermi il tempo di slacciare tutti i bottoni. Nudo, allargai le braccia. «Allora?» chiesi. «Ti piace?»

Il suo sopracciglio si alzò. «Come, scusa?»

Trattenni un gemito. Dovevamo per forza giocare in un modo così stupido? Non potevamo semplicemente essere onesti e scopare? Io avrei goduto, lui anche, e io sarei potuto tornare da Kyle per ottenere ciò di cui avevo bisogno e ciò di cui aveva bisogno anche Kyle.

«Ho detto come, scusa?»

«Signore,» sputai fuori. «Ti piace, signore?»

«Cosa ne pensi?»

«Penso che tu lo voglia, signore. Penso che tu voglia scoparmi, signore.» Il mio cazzo si agitò e, nonostante fossi certo che l'incontro non mi avrebbe fornito ciò di cui avevo bisogno per rinunciare a Kyle, ero ancora più che pronto a farmi sbattere.

Luke sogghignò. «Come no,» disse, guardandomi dappertutto. «Ma io vedo solo una troia troppo pallida, troppo magra, troppo desiderosa di venire e troppo sicura di sé.» Si allontanò da me. «Non preoccuparti. Sistemeremo tutto.»

La porta accanto alla scala, che avevo pensato fosse un ripostiglio, si aprì per rivelare la strada che portava al seminterrato. «Prendi i tuoi vestiti,» ordinò.

Esitai, ma solo un attimo.

«Piegali.»

Tenevo il fagotto davanti a me, e la mia erezione si afflosciò. «Adesso?»

«Ho detto che avresti dovuto farlo dopo?»

Con difficoltà, piegai i vestiti senza farli cadere, usando il mento per sostenerli mentre lavoravo. Quando ne ebbi una pila tra le mani, lui annuì. «Vai,» mi fece cenno di dirigermi verso la scala che portava al seminterrato. «Scendi. Metti i vestiti sulla sedia nell'angolo. Aspettami. Quando ti raggiungerò, sarà meglio che ti trovi in ginocchio.»

«E se non lo farò?»

«Lo farai.»

Avrei voluto ribattere, ridergli in faccia, ma mi trattenni.

Imboccai le scale, con le gambe che mi tremavano e una scarica di paura eccitante che mi saliva lungo la schiena e mi formicolava fino al cervello. Cosa avrei trovato là sotto? Un dungeon terrificante? Strumenti di dolore e bondage? Sarebbe stato abbastanza orribile da salvarmi da me stesso?

Al primo sguardo, la mia speranza si intensificò. Il seminterrato era come molti altri che avevo visto in precedenza, tranne che per il fatto che aveva un pavimento di cemento con uno scarico al centro e, invece di un televisore e di un divano o di una o due poltrone, c'erano un letto a due piazze, un comodino con una lampada, una poltrona, un bagno e una mezza dozzina o più di grandi aggeggi che erano ovviamente progettati per la tortura. Torture sessuali.

Li fissai uno per uno. Un tavolo con cinghie e una sezione aperta in modo da poter accedere facilmente alle palle, al cazzo e al culo di una persona. Una panca anch'essa con fibbie e cinghie che potevano essere usate per immobilizzare un sub esponendo tutto ciò che contava. Una croce di Sant'Andrea. Delle gabbie, dalle più grandi alle più piccole e preoccupanti. Una parete con strumenti di ogni tipo, in particolare fruste, palette e catene. C'era una specie di macchina con un grosso dildo attaccato a un'estremità.

Quanto gli era costato mettere insieme tutto ciò? Come aveva fatto a permetterselo? Chi spendeva tutti quei soldi per quel tipo di strumenti? E, soprattutto, che tipo di dolore potevano estorcere a una persona? E che tipo di uomo si divertiva a provocarlo?

Un sadico a sangue freddo.

La futilità della situazione mi colpì. Non volevo far provare a Luke cose che non voleva provare. Non volevo possederlo come potevo possedere Kyle solo leccandomi le labbra e mantenendo il contatto visivo. Luke non sarebbe venuto dentro di me urlando di rabbia e cercando di uccidermi.

Mi avrebbe fatto del male, mi avrebbe fatto eccitare e si sarebbe eccitato facendolo.

Non era la stessa cosa.

Ero io quello indifeso, non lui. Non si sarebbe risentito per la gioia che il suo orgasmo gli procurava. Cazzo.

Strinsi i denti quando sentii la porta in cima alle scale aprirsi e richiudersi. Ricordai quello che mi aveva detto. Dovevo essere in ginocchio.

Una parte di me voleva vedere cosa sarebbe successo se non lo avessi salutato dal mio posto sul pavimento. Ma una parte più grande voleva assecondarlo. Sia per vedere cosa sarebbe successo dopo, sia, in modo strano, per farla finita il più velocemente possibile.

Poiché era chiaro che non avrebbe funzionato per me, che avrei avuto ancora bisogno di Kyle o di qualcuno come lui, da quella faccenda avrei tratto solo un cazzo di orgasmo, condito da una dose gradevole di dolore.

Facciamolo, mi dissi. *Soffri, godi, vattene.*

In ginocchio, non mi sentivo divino o potente come con Kyle. Non con il cemento che mi scavava nelle articolazioni e con l'aria della stanza immobile e opprimente sulla mia pelle.

Mentre aspettavo di sentire i suoi passi, il silenzio mi assaliva. Fu un sollievo quando Luke apparve, con indosso solo i jeans. Era a torso nudo, scalzo e con l'uccello eretto. Potevo vedere il profilo del suo cazzo che spingeva contro la cerniera. Le sue labbra si torsero in una linea curva quando mi vide aspettare in ginocchio come mi aveva chiesto.

Aveva un'aria molto compiaciuta.

L'odio aumentò. Bruciava nel mio cuore. Quello stronzo mi avrebbe fatto del male e io glielo avrei permesso, e lui sapeva che mi sarebbe piaciuto. E che sarebbe piaciuto anche a lui. Era fin troppo sicuro, cazzo. Doveva essere così che si sentiva Kyle. Non c'era da stupirsi che mi odiasse così tanto.

Spostai il peso da un ginocchio all'altro, valutando il da farsi. Potevo scappare. Andarmene. Dire la parola d'ordine. Avrei potuto… ma non lo avrei fatto.

Perché anche se quello che mi attendeva non sarebbe stato ciò di cui avevo bisogno, scoprii che lo volevo lo stesso. Volevo soffrire. Volevo sopportare. Volevo dimostrare a Luke che non poteva spezzarmi, né farmi diventare il suo sub.

Dovevo dimostrargli che si sbagliava.

Come tutti si erano sbagliati.

«Sai perché sei qui?» chiese Luke, allungando una mano sui miei capelli e scendendo lungo la mascella per inclinarmi il mento verso l'alto, costringendomi a incontrare i suoi occhi.

«Sì,» risposi a denti stretti.

«Dimmelo.»

«Sono qui per provare dolore.»

Le sue labbra si contrassero come se quello che avevo detto gli avesse fatto piacere. Strinsi i denti. Non volevo compiacerlo.

«Sì, ma cos'altro?»

Distolsi lo sguardo, ma lui mi strattonò il mento.

«Non lo so,» sussurrai.

Cosa voleva che dicessi? Cosa voleva che confessassi? Non aveva importanza. Non si trattava di lui.

Indossai la mia corazza, sollevai il mento e parlai con sicurezza. «Insomma, non lo so, signore.»

«Bene. Ricordati che puoi chiamarmi signore, padrone o, se ti senti particolarmente bisognoso, Daddy.»

Daddy. Come papà. Chiusi gli occhi per scacciare la nausea e lottai contro il ricordo sempre presente di mio padre sulla schiena. Emisi un respiro tremante. Ero lì con Luke. Da nessun'altra parte. Avevo accettato. Ero al sicuro.

Anzi, troppo sicuro, cazzo.

«Sì, signore.»

«E io ti chiamerò Mitchell.»

No. Mi irrigidii, cercando di liberare il mento dalla sua presa. Ma Luke mi tenne fermo, stringendomi così forte da farmi venire i lividi.

Il mio cuore batteva forte. La stanza girava. Mi girava la testa.

Merda. Volevo avere paura, ma non così.

«No, signore. Io sono Minty.»

«Il nome che ti ha dato tua madre è Mitchell.»

Mitchell, il nome che mi aveva dato mio padre, il nome con cui mi aveva chiamato il giorno dello stupro. Un nome che detestavo.

Deglutii di nuovo, serrando la mascella e mormorando: «Come fai a saperlo?»

«Lo hai scritto nel modulo che ti ho fatto compilare per me, ricordi? Insieme a tutte le perversioni che pensavi ti sarebbero piaciute, e alle domande sulla tua salute e sulle tue esperienze kink passate. Lo hai dimenticato?»

«Mi hai anche chiesto come preferisco essere chiamato, e io ho risposto Minty.»

«*Signore*,» mi ricordò.

«Ho scritto Minty, signore,» sibilai.

Sarei potuto andare all'angolo e prendere i miei vestiti, mettendo fine a quella stronzata. Mossi le dita dei piedi, sentii il cemento freddo sulle piante e per poco non mi alzai. Ma resistetti.

Il mio cuore batteva all'impazzata, e aveva fatto così solo prima di bussare alla porta del dormitorio di Kyle, o prima che lui mi spingesse nel bagno del campus e mi prendesse con forza e violenza contro i lavandini.

Avevo paura.

Luke mi stava spaventando e, fino a quel momento, aveva usato solo parole.

Rimasi immobile.

«Ecco le tue opzioni: io ti chiamo Mitchell e continuiamo oggi, oppure puoi usare la tua parola di sicurezza, *barboncino*, giusto?»

Annuii.

«E per oggi chiudiamo, senza rancore. Ne parleremo in modo che io capisca perché questo è un confine difficile per te e, tra qualche giorno, dopo aver lasciato sedimentare la situazione, rinegozieremo un altro incontro.»

Chiudere? Adesso? Avevamo appena iniziato e finalmente sentivo l'impeto della paura. Tuttavia, non potevo sopportare di essere chiamato Mitchell. Era un nome intriso di brutti ricordi.

«Ma perché, signore?» domandai con labbra tremanti. «Perché ha importanza come mi chiami?»

«Perché Mitchell è il modo in cui voglio chiamarti,» disse con un sorriso soddisfatto. Gli piaceva che lo odiassi. Lo vedevo bene. Il potere che avevo avuto su Kyle ora lo aveva lui su di me. Non era lo stesso brivido, ma era comunque inebriante, e io avevo paura e non ero pronto a farla finita.

Lui continuò: «È l'unica cosa che conta. Potrei chiamarti Merda e tu saresti d'accordo. Capito?»

Mi afferrò di nuovo la mascella, stringendo abbastanza forte da far cadere qualche lacrima. O essere Mitchell o niente, e non c'era modo di tornare a casa ormai. Non quando le cose cominciavano finalmente ad andare come piaceva a me.

«Sì, signore,» risposi, sgonfiandomi non appena accettai.

«Dillo,» ordinò.

«Cosa, signore?»

«Il tuo nome.»

Cazzo. Non aveva intenzione di lasciar perdere. Aveva scoperto un punto doloroso dentro di me e, da sadico qual era, ci avrebbe premuto sopra con forza. Mi ci volle tutta la forza per raccogliere le parole. «Sono Mitchell, signore.»

«Esatto. Quando sei qui in ginocchio per me, sei Mitchell.»

Lasciò la presa sulla mia mascella e mi infilò la mano tra i capelli, dapprima troppo delicatamente, ma poi ne afferrò una manciata, stringendo così forte che le lacrime mi tornarono agli occhi. Sussultai.

«Non muoverti,» sussurrò. «Resta immobile.»

Lo guardai senza dire nulla, senza fare nulla. Mi possedeva. Non ero niente. Non ero altro che Mitchell, una merda sieropositiva, la troietta il cui padre aveva…

Repressi il pensiero.

Luke strinse le labbra e un globo di saliva appiccicosa e lucida gli rimase appeso alle labbra per un lungo momento, finché non cadde, schizzando sul mio sopracciglio. Chiusi le palpebre per schivare l'inevitabile scivolata calda e viscida verso le ciglia.

«Ecco. Così va meglio,» disse Luke. «Sei una lurida puttana succhiacazzi, vero, Mitchell?»

«Sì, signore,» sussurrai. Il mio respiro si fece affannoso,

l'adrenalina mi scorreva nelle vene. La stanza vorticava. Il nome sembrava uno schiaffo. Ardevo.

«Proviamo di nuovo,» riprese Luke, la voce che trasudava cattiveria compiaciuta. Non era ancora odio, ma si stava avvicinando. «Perché sei qui?»

«Per farmi male, signore,» sussurrai.

«E cos'altro?»

«Non lo so.» Strinse la presa sui miei capelli e io mugolai.

Con la mano libera mi spalmò la saliva su tutto il viso, fino alle labbra, e poi sui capelli alle tempie, finché non fui ricoperto di umore viscido.

«Sei qui per essere usato,» disse Luke. «Per essere la mia puttana. Il mio giocattolo del cazzo. Il mio schiavo.»

Il mio uccello pulsò e il fluido preseminale scivolò dalla fessura. Lo sentii scivolare dalla punta e fino al pavimento. Non mi ero accorto che mi era tornato duro, ma a quanto pareva era così; probabilmente era successo nel momento in cui mi aveva sputato addosso e mi aveva chiamato Mitchell. A quel punto rabbrividii.

«Sei sieropositivo,» affermò Luke.

La vergogna mi colpì come un getto d'acqua fredda e sussurrai: «Sì, signore.»

«Sì, signore, cosa?» mi incalzò.

«Sono sieropositivo, signore.» Avrei voluto vomitare mentre lo dicevo, eppure il mio uccello si stava tendendo con forza. Mi sentivo sprofondare in un luogo che vibrava di lussuria, vergogna, orrore e anche di un caldo bisogno, un luogo in cui l'orgasmo era appena fuori portata.

«Esatto. Lo sei.» La voce di Luke si fece più grintosa e la sentii nelle palle come un vibratore. «Anch'io.»

Volevo qualcosa di più. Non sapevo cosa, ma volevo che mi colpisse o che mi sputasse di nuovo addosso. Parlai con impazienza. «Lo so. Me lo hai già detto.»

Luke mi afferrò i capelli e li tirò, spingendomi la testa all'indietro. «Come ti permetti di parlarmi così?»

La fitta di dolore fu così intensa che temetti mi avesse strappato una ciocca di capelli. Mi vennero le lacrime agli occhi e il mio cazzo pulsò voglioso. Un bagliore di paura si sprigionò dentro di me. Bene. Era quello di cui avevo bisogno.

«Signore! Mi dispiace. Ti prego, signore, mi strapperai i capelli.» Nel profondo, desideravo vedere la sua mano allontanarsi dalla mia testa stringendo un ciuffo di capelli biondi.

Le sue labbra si arricciarono in un ghigno e il suo cazzo sembrò spingere ancora più forte contro la parte anteriore dei jeans. «Mi supplichi bene,» disse.

Ah. Non volevo che mi dicesse che ero bravo o che mi elogiasse. Volevo che mi schiaffeggiasse. Che mi dicesse che ero una troia da usare. Che mi soffocasse come avrebbe fatto Kyle, o che mi sbattesse sul pavimento e cominciasse a scoparmi. Perché stava ritardando? Perché mi stava facendo aspettare?

I suoi occhi si raffreddarono. «Ma non abbastanza.»

Lo schiaffo mi fece scattare la testa all'indietro e gridai. Cazzo, che male, e con lui che mi teneva i capelli, anche la stretta sul cuoio capelluto era un'agonia.

Mi piaceva.

«Dillo di nuovo,» disse Luke, lasciandomi i miei capelli per slacciarsi i jeans e liberare il suo cazzo duro. «Nel modo giusto. E ringraziami per averti corretto.»

La punta del suo grosso uccello era lucida di fluidi. Mi si riempì la bocca di saliva. Il desiderio di assaggiarlo mi riempì la mente, forte come il ronzio delle api in una calda giornata estiva.

Dovevo leccarglielo. Dovevo fare le cose per bene. E se lo avesse rimandato di nuovo? Se l'avesse tirata ancora per le lunghe?

«Sì, signore. Grazie, signore.» Mi sentivo senza fiato. «Tu... tu mi hai già detto di essere sieropositivo. Prima, signore.»

Mi girava la testa e il mondo si apriva intorno a me in un modo strano e meraviglioso. Lo avevo sperimentato solo poche volte in precedenza, quando mi ero arreso al soffocamento di Kyle, lasciandogli il controllo sulla mia vita e sulla mia morte. Ogni volta, avevo fluttuato in un mare di piacere doloroso che aveva poco a che fare con ciò che Kyle stava facendo al resto del mio corpo, e tutto con un'inondazione di neurotrasmettitori inebrianti.

Solo che questa volta mi sembrava di volare. Potevo quasi percepire una brezza sulla pelle, ed ero consapevole di ogni sensazione: dalla saliva che si asciugava sul viso, al dolore alle ginocchia per via del pavimento freddo, al cuore che mi pulsava all'inguine. Ma era tutto bellissimo, tranquillo, acuto e perfetto.

Luke mi avrebbe fatto del male e io ero pronto.

Esistevo solo per quello scopo. Lui doveva darmelo. Io dovevo riceverlo.

Ne avevo bisogno.

Luke mi aprì la mascella e mi sputò in bocca. La sua saliva aveva un sapore amaro e un po' disgustoso. La ingoiai al suo comando. Il ronzio di soddisfazione di Luke era misto a crudeltà mentre raccoglieva altra saliva in bocca.

«Noi.» Lo sputo di Luke finì sulla mia lingua.

Deglutii doverosamente.

«Siamo.»

Sputare. Ingoiare.

«Siero.»

Sputare. Ingoiare.

«Positivi.»

Sputare. Ingoiare.

Luke mi spalancò la bocca con un pollice, premendo sui denti inferiori, e poi puntò il cazzo sulla mia gola spalancata.

«Sai cosa significa?»

Speravo che significasse che mi avrebbe scopato la bocca.

Mi tenne la bocca saldamente aperta per impedirmi di parlare. «Significa che posso fare questo…»

Esitò un attimo e io aprii di più, gemendo quando lo spinse fino in fondo.

«Senza un cazzo di preservativo.»

Cristo, aveva un uccello davvero grande. Era carnoso e perfetto; chiusi gli occhi e gli afferrai forte le cosce mentre si tirava fuori. Mi misi al lavoro per succhiare, leccare e baciare.

Con Kyle mi sforzavo di fare pompini da manuale. Ciò lo portava a detestarsi così tanto che imprecava, mi picchiava, mi faceva male e poi mi veniva forte in gola. Anche Luke lo adorava. A tutti gli uomini piaceva. Anche a mio…

Cazzo…

Rabbrividii.

La mia stanza nella roulotte. Le ginocchia sul pavimento. Il suo cazzo in bocca…

Chiusi gli occhi e raddoppiai gli sforzi. Perché ora? Perché ci stavo pensando? Era perché mi aveva chiamato Mitchell? Perché non stavo ancora soffrendo abbastanza?

Perché Luke non aveva inflitto più dolore?

Con un ringhio avido, Luke mi afferrò i capelli con una mano, e con l'altra si strizzò i capezzoli. Il suo cazzo guizzò e sapevo che era vicino, ma lui mi spinse via la testa dal suo uccello, non permettendomi di finire.

Tenni la bocca aperta, sperando che si spingesse di nuovo dentro e mi scopasse la gola con forza. Non volevo rimanere inginocchiato con quel ricordo orribile in fondo alla mente. Avevo bisogno del cazzo di Luke come distrazione. Per favore.

«Sai cos'altro significa tra noi essere sieropositivi?» domandò Luke.

Avevo una buona idea e speravo di essere nel giusto mentre rantolavo: «No, signore.»

«Significa che posso fare anche questo.»

Mi costrinse a voltarmi verso il muro. Gridai, il dolore provocato dalla sua presa sui capelli si riversò sul mio fianco destro. Un altro ricordo si liberò.

Un brusco spintone sul divano. Il suo grugnito di soddisfazione mentre…

Luke si inginocchiò dietro di me, sollevandomi i fianchi e puntando il cazzo tra le mie natiche.

All'improvviso sudai e mi coprii di pelle d'oca mentre lui spingeva dentro di me con forza. Non era tozzo come quello di Kyle, né sottile come quello di mio…

Sussultai, cercando disperatamente di liberare la mente da quel ricordo una volta per tutte.

Avevo avuto molti uomini. Ero stato scopato da un sacco di uomini da quando…

Non ci dovevo pensare e basta. Perché ci stavo pensando?

Il cazzo di Luke era di buone dimensioni e colpiva il punto giusto. Mi spinsi indietro per prenderlo tutto. Stringendo le mani a pugno, ero determinato a farmi scopare fino all'orgasmo con la mente lucida. Non sarei venuto con il cazzo di mio padre…

Luke mi diede un forte schiaffo sul fianco, bloccando fortunatamente quel pensiero.

«Stai fermo,» ordinò. «Deciderò io quanto velocemente entrare in questo serbatoio per lo sperma. Perché è questo che sei, vero, Mitchell? Lo sporco serbatoio per lo sperma di Daddy.»

Mi bloccai. Un fiume inarrestabile di ricordi mi invase. La paura, il dolore, l'orrore, il potere, il trauma, il piacere, il momento peggiore della mia vita, e ancora, e ancora, in loop.

Non riuscivo a respirare. Luke mi stava scopando, ma non era lui.

Non era lui.

«Barboncino.» La parola mi uscì da qualche parte nel profondo, un luogo che era rimasto sano di mente mentre il resto di me cadeva a pezzi. «*Barboncino.*»

Luke si tirò fuori troppo velocemente e troppo lentamente allo stesso tempo. Mi sentivo male.

Premendo la testa sul pavimento, dissi l'unica cosa che sapevo dire.

Luke si chinò, il viso vicino al mio, e io chiusi gli occhi, sussurrando: «Barboncino, barboncino.»

Capitolo 6

Luke

«MINTY,» DISSI, STROFINANDO la mano tra i suoi capelli e poi lungo la schiena in modo rilassante. «Stai bene? È finita. La scena è finita. Come posso aiutarti?»

Ci volle molto tempo prima che riuscisse a girarsi su un fianco, ma anche così portò le gambe al petto in posizione fetale, ansimando per le lacrime represse.

«Posso toccarti?» Lo avevo già fatto, ma avevo bisogno di sapere che quello che stavo facendo non continuava ad angosciarlo.

Annuì, così gli accarezzai i capelli e mantenni un tono quieto.

«Va tutto bene,» lo rassicurai. «Sei stato bravissimo. Non sono arrabbiato. Va bene così. Vuoi un po' d'acqua?»

Fece un altro cenno d'assenso, e io andai a versarne un po' dal lavandino del bagno; gli portai il soffice accappatoio che tenevo nell'armadio in fondo alla stanza per quei momenti. Lasciò che glielo mettessi addosso, quindi lo condussi verso il letto. Prese l'acqua da me, la sorseggiò e poi sprofondò sul materasso, con un'espressione vuota e triste sul viso. Non dissi altro, continuai solo a massaggiargli la schiena e lasciai che elaborasse tutto ciò di cui aveva bisogno, pur assicurandomi che sapesse che ero lì per lui.

«Non usare la parola Daddy, o papà,» sussurrò infine. «Voglio giocare con te, ma non puoi…» Gli si strozzò la voce.

«Capisco,» dissi, e pensai che fosse così. Un sospetto mi cresceva dentro, basato sulle sue reazioni, sui suoi bisogni… Non volevo dare niente per scontato. Ma comunque ne ero abbastanza sicuro. «Questa parola è un limite invalicabile per te. Non mi farò chiamare così e non ti chiederò nemmeno di chiamarmi così.»

Minty sospirò. Rimanemmo in silenzio ancora per qualche minuto, poi lui si rivolse a me. «Possiamo ancora giocare? Devo andare a casa? Non volevo smettere, signore. Voglio davvero che tu mi faccia del male.»

Lo attirai a me, respirando il suo profumo di sudore. «Sei sicuro? Non c'è problema se vuoi farla finita adesso. Possiamo riposare e…»

«No! Voglio dimenticare,» scattò, liberandosi dalla mia presa. «Devo dimenticare. Non capisci? Se non ci riesco, allora… Signore, ti prego, aiutami. Mandalo via.»

Raddrizzai le spalle. Il dolore emotivo non era il mio genere preferito di gioco e non ero sicuro di essere ancora nello stato mentale giusto per farlo. Ma non potevo lasciarlo andare via. «Di che cosa hai bisogno? Potremmo chiedere una pizza o…»

«Cazzo, no.» Arrossì e si aggrappò alle mie mani. «Signore, la pizza a te farebbe dimenticare qualcosa?»

Sbuffai una mezza risata. «No.»

«Dovrebbe essere condita con dei funghetti allucinogeni o qualcosa del genere. Cosa che potrebbe andare bene anche a me…»

Scossi la testa. «Niente droghe durante la nostra attività.»

«La pizza non mi farà dimenticare. E io devo dimenticare. Capito?»

«Se non ti aiuto, tornerai da quel tizio, nonostante il nostro contratto, vero?»

Rabbrividì. «Non lo so, signore. So solo che sono qui per una cosa, e tu non me l'hai ancora data.» I suoi occhi blu bruciarono nei miei. «Fammi male. Fammi dimenticare. Fa' sì che non esista nient'altro che il dolore. Puoi farlo, signore? Hai promesso di poterlo fare per me.»

Volevo baciargli la fronte, ma mi trattenni. Mi si contorse lo stomaco. Sentivo che quello era un momento "o la va o la spacca" con Minty. Se non fossi riuscito a fargli del male quando ne aveva più bisogno, non si sarebbe più fidato di me.

«Va bene,» mi arresi. «Posso farlo.»

Annuì, i capelli biondi gli scivolarono sugli occhi. «Come cominciamo?»

«È facile. Con un conto alla rovescia prima di partire.» Gli passai un dito sullo zigomo dove lo avevo schiaffeggiato, sentendo il leggero gonfiore che indicava un futuro livido. Era così delicato. Se fossi riuscito a risolvere quel primo, piccolo intoppo tra di noi, mi sarei potuto godere di nuovo quella pelle sensibile. «Uno… due… tre…» Mi alzai in piedi. «Pronto?»

«Sì, signore.»

«Inginocchiati sul pavimento, puttana.»

Minty obbedì con un sollievo che mi riverberava dentro. Eravamo di nuovo in scena.

Minty

A FACCIA IN giù, disteso sulle gambe nude del mio signore, con il mio cazzo duro intrappolato tra le sue cosce muscolose e irsute, presi la sculacciata più feroce che avessi mai ricevuto in vita mia. Non sapevo nemmeno che una mano potesse fare così male. Da bambino ero stato colpito con un sottile randello, e aveva fatto così male che quando invece venivo punito solo con le mani mi consideravo fortunato. Ma, come mi stavo finalmente rendendo conto, era stato perché nessuno mi aveva mai sculacciato come il mio signore stava facendo.

Il dolore era vertiginoso, un bruciore profondo che si insinuava nei muscoli e nella pelle. Lottai per respirare tra le lacrime. Anche se ormai avevo smesso di oppormi, all'inizio mi ero inarcato, avevo scalciato e persino lottato con lui, cercando di sfuggire al colpo successivo. Ma il mio signore era molto più grande e più forte di me e, sebbene anche ciò mi riportasse alla mente ricordi indesiderati, erano stemperati dai ricordi migliori di tanti ragazzi più robusti con cui avevo scopato e che mi avevano percosso.

Dopo le mie iniziali rimostranze, il mio signore mi aveva intrappolato saldamente, tenendo il mio cazzo tra le sue gambe e la parte superiore del mia corpo sotto la mano libera. Mi aveva tormentato per un'ora, come se avesse una resistenza infinita e un palmo d'acciaio.

Ero contento che non mi avesse chiesto di contare gli schiaffi come faceva mia madre quando ero piccolo, perché avrei perso il conto quasi subito. Il dolore pungente si era diffuso in un calore profondo attraverso la pelle, nei muscoli e in tutto il corpo. Giurai di aver sentito i colpi costanti anche nei bulbi oculari e nelle unghie dei piedi.

Lo detestavo.

Lo adoravo.

Avevo urlato contro di lui.

Il sangue mi pulsava nelle orecchie. Il sudore mi scivolava sul viso e, mentre stringevo le lenzuola, volavo. Più in alto di quanto avessi mai fatto con la coca, l'ecstasy o l'erba. Più in alto di quella volta che avevo assunto un acido e avevo creduto che tutto il mondo fosse fatto di raggi di luna.

Lo sballo diventava più potente e più forte a ogni colpo bruciante sulle mie natiche. Abbassai la testa e gemetti, respirando il fresco profumo di bucato delle lenzuola. Un altro schiaffo. Un altro ancora. Pensavo di poter venire, ma non riuscivo a raggiungere l'apice.

Piagnucolai e lo implorai di farmi godere, ma sapevo che una sculacciata non sarebbe mai stata sufficiente. Avevo bisogno di qualcosa di più. La mano del mio signore rallentò e poi si fermò, strofinando e massaggiando il mio sedere.

«Mitchell,» disse con quella voce di comando che mi percorreva i capezzoli e l'uccello, facendomi sentire tutto vivo e formicolante. «Ora ti scoperò di nuovo.»

«Sì,» ansimai. «Per favore, signore.»

Ero così fuori di me che non colsi appieno il riposizionamento del mio corpo, ma quando lo sentii spingere dentro di me, mi resi conto di avere i piedi sul pavimento accanto al letto e il busto piegato sul materasso. Il mio signore stava dietro di me, con le mani sui miei fianchi, e spingeva dentro di me con solo una goccia di lubrificante.

Mi stordì… no, mi fece male il modo in cui forzò il mio anello di muscoli, senza preoccuparsi di essere delicato o gentile, prendendosi il suo piacere senza alcun riguardo per il mio… proprio nel modo in cui mi piaceva e di cui avevo bisogno. Mi abbandonai anche a quel dolore, lasciando che il mio corpo si afflosciasse mentre lui affondava dentro di me. Il mio uccello, però, era al massimo dell'attenzione.

Scivolava dentro e fuori, colpendo perfettamente la mia prostata, ma non era abbastanza. Avevo bisogno che mi percuotesse. Che mi colpisse la schiena o i fianchi, che mi pizzicasse, che mi graffiasse o che mi mordesse. Qualcosa. Qualsiasi cosa. Avevo bisogno di dolore. Più dolore.

«Di più,» ringhiai.

«Ci penso io,» mormorò mentre gemevo disperatamente. «Cazzo, quanto è stretto questo serbatoio per lo sperma. Pensavo che una troia come te avesse il culo slabbrato.»

Sputò, e io sussultai quando la saliva calda mi colpì la schiena.

Gemetti. «Ti prego, signore. Strangolami.»

«Vuoi che io sia il padrone della tua vita?»

Grugnii, le mie palle si contrassero, l'orgasmo quasi mi raggiunse anche solo a sentirglielo dire. «Sì, sono tuo.»

Con una stoccata decisa nel mio culo, Luke mi mise le mani intorno alla gola, stringendo così forte da farmi vedere dei puntini di luce. Ero fuori di me.

Quando iniziò a spingere dentro di me con violenza, mi dimenai e lottai. E non era solo per fare scena. Il dolore degli impatti contro le mie natiche in fiamme mi lasciava senza fiato, e lo stiramento del mio culo dovuto alla base spessa del suo cazzo era lancinante. La stretta delle mani forti intorno alla mia gola era più che sufficiente per tenermi sul filo dell'orgasmo.

Il mio uccello sfregava contro il bordo del materasso e io muovevo i fianchi, cercando di venire. Con una risata crudele, lui mi fece spostare in modo che non potessi ottenere il piacere.

«Le troie non vengono se non per il cazzo del loro signore. Capito, *troia?*»

Grugnii in assenso e lui non me lo fece ripetere. Gliene fui grato, visto che ero inebriato e galleggiavo sul dolore e sulla paura più assoluta. Mi strinse di nuovo forte la gola, facendomi sgranare gli occhi e annebbiare la vista, e poi, un attimo prima che pensassi di essere davvero sul punto di perdere conoscenza, chiedendomi se Luke fosse meno incline di Kyle ad ammazzarmi, mi lasciò andare di nuovo.

Annaspai come un cavallo da corsa e lui lo fece di nuovo. Diventò un ritmo che cavalcai fino all'estasi. Le mie palle si strinsero e il mio cazzo fremette forte. Le sue spinte violente mi facevano girare la testa per la stimolazione e il dolore alla prostata. Il martellamento e il soffocamento si unirono in uno schema che divenne una fonte di piacere ultraterreno. Il mio signore era un dio e io il suo inerme servitore. Fanculo al mio potere. A cosa serviva quando il mio signore era così forte e possente? Lui aveva il potere. Io ero costretto a cederglielo tutto. E lui lo trasformava in piacere e dolore, respiro e morte...

Avrei fatto qualsiasi cosa pur di continuare a sentirmi così.

Quindici spinte senza la pressione soffocante, e poi dieci con quell'aggiunta. Mi aggrappai alle lenzuola, cercando di ottenere più aria, o più libertà, o… qualcosa. Avevo bisogno di qualcosa. Di *qualsiasi* cosa. *Ti prego, signore.*

E poi lo ottenni, e fu incredibile e abbagliante.

Il mio signore si sporse in avanti e mi morse, proprio nella parte morbida della schiena, sotto la scapola. Fu come se avesse preso un pezzo di carne, e il dolore lancinante mi spinse oltre il precipizio.

Con le mani del mio signore che stringevano per le dieci spinte di soffocamento, non riuscii nemmeno a gridare mentre venivo. Non riuscii a fare altro che rantolare un suono disperato, afferrando le dita del mio signore intorno alla mia gola mentre il mondo esplodeva in un piacere e in un'estasi pulsante e sconvolgente.

Puntini di luce mi comparvero negli occhi, e sentii che la frenesia si stava esaurendo lasciando il posto a un calore denso come il miele. La pressione continuava sulla mia gola mentre mi arrendevo e mi afflosciavo. Per poco non persi i sensi. Mentre il ruggito delle tenebre incombeva, la pressione si alleviò e io inspirai famelico. Sussultai ancora e ancora, squassato da un orgasmo continuo.

Crollai quindi sul letto, il corpo che ronzava e la mente che fluttuava pigramente, ubriaca e persa nella dolce inerzia post-sesso. Non riuscivo a pensare o a mettere insieme una frase. Esisteva solo il sollievo.

Il mio signore spinse in profondità e indugiò un attimo. Ebbi il tempo di chiedermi se fosse venuto dentro di me prima che si tirasse fuori, e uno schizzo di sperma caldo e denso mi colpì la schiena, e un altro mi finì tra i capelli.

Svuotato e tremante, non riuscivo a muovermi, ma lui lo fece per me. Mi spinse sulla schiena, la mano che si muoveva velocemente sul suo cazzo, spremendo l'ultima goccia di piacere con un grido roco. Si mise a cavalcioni sul mio viso, sparando quello schizzo nella bocca aperta e desiderosa. Lo ingoiai, beato e in preda a una scarica di endorfine che annullava tutte le mie paure e preoccupazioni.

Mi aveva fatto volare con le sue mani, i suoi denti, il suo cazzo e le sue parole. Potevo solo immaginare dove mi avrebbe portato con le cinghie, il bastone o la frusta.

Non ero ancora certo che sarebbe stato sufficiente per me. Amavo troppo il potere che avevo su uomini come Kyle, ma avevo scoperto di apprezzare altrettanto quello che il mio signore esercitava su di me.

Volevo scoprirlo.

Avevo bisogno di scoprirlo.

Quanto lontano avrebbe potuto portarmi? Speravo il più lontano possibile.

Luke

A FINE SERATA, avevo lavato Minty nel bagno del seminterrato, avevo curato i suoi lividi, lo avevo coccolato, nutrito e idratato, poi lo avevo fatto stendere ancora nudo nel morbido letto. Mi aveva lasciato fare tutto senza protestare. Perso in uno stato di stordimento per la scena, sembrava avere difficoltà a tornare in sé. Io ero esausto. Avevo dimenticato che il lavoro duro continuava anche dopo che gli orgasmi e il piacere sadico erano finiti da un pezzo.

Mi rimisi i jeans, indossai una maglietta e lo lasciai a dormire nel letto mentre io mi sistemavo sulla poltrona accanto. Non ero ancora pronto a dormire accanto a lui. Era una cosa che avevo fatto spesso con Benji e mi faceva ancora male pensare a come ci eravamo lasciati. Non eravamo innamorati, ma stavamo bene insieme.

Benji era stato l'ultimo regalo di Jerome per me, in un certo senso. Mi aveva chiamato qualche mese prima di ammalarsi, dicendomi che aveva trovato il ragazzo perfetto per me: appena laureato in economia e con un lavoro nuovo e stressante nella finanza, oltre che bello e a volte indisciplinato.

Ci eravamo incontrati per un caffè e una chiacchierata per valutare la nostra compatibilità, e per due anni eravamo stati una coppia. Non eravamo mai stati monogami, e nemmeno fidanzati, ma ci eravamo divertiti insieme come generalmente non facevamo con altre persone. A volte includevamo anche altri ragazzi, e lui era con me quella fatidica notte con il tizio di Atlanta. Non avevano scopato, però. Grazie a Dio.

Per quanto riguardava la rottura... non ero stato delicato. E nemmeno maturo. Ero stato un bravo Dom per Benji fino alla fine, e poi avevo rovinato tutto, probabilmente guastandogli anche i ricordi della nostra storia. Che peccato.

Almeno quando io e Benji avevamo iniziato, sapevo di poter essere il Dom di cui aveva bisogno. Non ero affatto certo di poterlo essere per Mitchell. Vedevo che c'era un potenziale di crescita per noi. C'era qualcosa in lui, una ferita deliziosa e rabbiosa che desideravo portare alla luce.

Mitchell era un ragazzo resistente. Lo sapevo in base a ciò che aveva subìto da quegli stronzi al college. Ma c'era di più.

Mi colpivano la sua impavidità, il modo in cui indossava abiti e trucchi da donna, guidava un pick-up e se ne fotteva delle convenzioni. Sapevo che c'era ancora di più da scoprire su di lui, più strati della sua persona da esaminare. Ero curioso di conoscere il vero Mitchell.

Quello che emergeva quando tutta la sua armatura spariva.

Ripensai a quanto si era opposto all'uso di quel nome. Un giorno speravo che si sarebbe fidato abbastanza da dirmi la sua verità. Ma per il momento sonnecchiai tutta la notte sulla poltrona accanto al letto, vegliando su di lui, alzandomi per sistemare le coperte quando gli scivolavano dalle spalle e scostandogli i capelli dal viso. Dormiva profondamente, il che aveva senso dopo l'intensità della nostra scena.

Aveva cantato come un usignolo, emettendo bellissimi versi di dolore e piacere, e alla prima occasione di ripetere il tutto lo avrei fatto durare di più.

Alla fine mi addormentai sulla sedia, senza sognare nulla.

Capitolo 7

Minty

«ALLORA, COM'È STATO?» mi chiese Windy, appoggiandosi sul letto nella mia stanza. Viveva ancora a casa con i suoi, anche se passava molte notti al campus con me. Il mio compagno di stanza aveva abbandonato la nave dopo aver visto bene l'omosessuale con cui avrebbe vissuto, ovvero il mio culo da principessa rosa. Mi sarei sentito ferito, ma la sua assenza significava che avevo una stanza tutta per me e un letto in più per ospitare i miei amici ogni volta che venivano a trovarmi, quindi era una vittoria per me.

«Com'è stato?» ripetei lentamente, girandomi sulla pancia e sperando che i lividi sul culo guarissero prima delle lezioni del mattino. «O com'era lui?» Gli sorrisi.

«Entrambi.» Windy giocherellò con la ciniglia rosa del copriletto a due piazze e sorrise un po' timidamente.

«Perché? Vuoi provarlo?» Un'irritazione possessiva si fece strada in me. Non volevo che Windy, o chiunque altro, soffrisse sotto le mani di Luke. Era una reazione sciocca. Dopotutto era un dominatore professionista, ma non volevo condividerlo. «Non pensavo che ti piacesse il dolore.»

«No.» Sfoderò un bel sorriso. «Ma forse mi piace il pensiero di infliggerlo.»

Mi alzai a sedere, trasalendo quando le mie natiche doloranti entrarono in contatto con il materasso. «Davvero? Vuoi fare del male alla gente?»

Windy scrollò le spalle. «Non lo so. Non mi dispiacerebbe fare del male a qualcuno, credo, ma è più l'idea di qualcuno che si inginocchia ai miei piedi, che fa quello che gli dico, non importa cosa, e che mi obbedisce senza fare domande. Mi attira molto quest'idea.»

«Beh, immagino di capire perché. Vivere sempre nella mia ombra deve essere difficile. Probabilmente ti piacerebbe che qualcuno venerasse te invece che me.»

Lanciò il cuscino verso di me, colpendomi in faccia. «Stronzo.»

«Vedi? Mi stai già punendo. Questo è metà del lavoro di un Dom,» lo stuzzicai.

Lui roteò gli occhi. «Allora, seriamente, com'è stato?»

«Beh, lui non è per niente male,» dissi, sospirando e ricadendo di nuovo a pancia in giù, il culo in aria. «Credo di essermi innamorato.»

Windy sbuffò una risata.

«No, davvero.»

«Lo dici di ogni ragazzo che incontri.»

Era vero, lo sapevo, e lo sapevano tutti. Ma Luke… Quello che avevamo fatto? Quello che avevo provato? Se non fossi stato sieropositivo e in procinto di morire, avrei già perso la testa per lui. Ora, solo per poche ore, volevo fingere di essere di nuovo il Minty pre-diagnosi, lasciarmi trasportare dalla possibilità di una vera storia d'amore e considerare l'idea di amarlo.

«Forse,» dissi incrociando le braccia sul petto. «Ma questa volta è diverso.»

«Sono tutti diversi.»

Strinsi gli occhi. «Non mi fanno venire tutti come se mi fosse scoppiata una bomba nelle palle e poi mi tengono tra le braccia mentre piango.»

Gli occhi di Windy scintillarono. «Aspetta, pensavo che non volessi più essere tenuto tra le braccia, che fosse una stupida merda romantica? Credevo che volessi essere ferito. Picchiato e coperto di sputi. Cose del genere.»

«Non voglio essere tenuto tra le braccia se piango per il dolore,» cercai di spiegare. «Voglio essere abbracciato solo se piango perché sono turbato.»

«Ti ha turbato?» Windy passò dalla curiosità alla protezione in un attimo. Che carino.

«No,» negai, non volendo spiegare per cosa mi ero turbato. «Cioè, sì.»

«Come?»

«Non è stato lui. È il fatto di essere positivo che mi ha sconvolto,» dissi, dando la colpa alla cosa più conveniente. Windy mi aveva visto piangere per la diagnosi già più di una volta e mi aveva sostenuto nei primi giorni dopo che gli avevo finalmente confessato la verità.

Venne a sedersi accanto a me, mettendomi un braccio intorno alle spalle. «Sono contento che sia comprensivo al riguardo.»

«Anche lui è sieropositivo,» dissi, voltandomi per abbracciarlo. «Abbiamo scopato a pelle,» ammisi con un sorriso sciocco. «È stato fantastico.»

«Tu… lui è…» Gli occhi scuri di Windy si fecero duri.

«Che c'è di male?» Lo spinsi indietro in modo che ci fosse distanza tra noi. «Lo siamo entrambi. Non possiamo contagiarci due volte.»

«Si possono prendere altre cose,» precisò. «Come l'herpes, o la sifilide, o…»

«Lo so, lo so.» Roteai gli occhi. *Ecco*, Windy mi stava rovinando l'umore. Aveva preso il posto di Daniel dopo che Peter e le esigenze della vita incasinata di Daniel mi avevano sottratto il mio solito migliore amico che faceva la morale. «Ma entrambi abbiamo fatto il test per le malattie sessualmente trasmissibili.»

«Per favore. Hai lasciato che quel mostro ti scopasse senza preservativo. Potrebbe avere qualsiasi cosa.»

«Luke non è un mostro.»

«Non Luke. Kyle.»

«Oh, lui.» Nelle ultime ore avevo dimenticato l'esistenza di Kyle. Dopo aver lasciato la casa di Luke fluttuando sulle nuvole, non avevo pensato ad altro che a lui e alle sue braccia muscolose, al petto ampio, alle sue mani forti e al suo cazzo. «Sì, credo di sì.»

«Credi?»

«Senti, se Luke vuole correre il rischio di prendersi qualcosa da me, sono affari suoi.»

«Anche lui è sieropositivo. Se gli trasmetti qualcosa, potrebbe ammalarsi molto, molto velocemente. Potrebbe essere…»

«Basta!» Mi coprii le orecchie e seppellii la testa sotto il cuscino. «Stai rovinando tutto.»

«Sono ragionevole.»

«Se avessi voluto questo, avrei chiamato Daniel.»

Windy sospirò. «Ti voglio bene e mi prendo cura di te. Mi sorprende solo che sia arrivato a fare sesso senza protezioni.»

Gettai via il cuscino e mi alzai a sedere. «Ha detto che non ha problemi con i rischi. Lui ha fatto gli esami e io ho fatto gli esami e, a parte Kyle, non ho scopato con nessuno.»

«Non è sicuro.»

«Non voglio la sicurezza, cazzo,» sbottai. «E forse nemmeno lui.»

Windy alzò le mani in segno di resa. «Ho capito. Scusa se te l'ho chiesto.»

«Scusami tu.» Mi passai una mano tra i capelli e sospirai. «Ieri sera con lui… Mi ha sculacciato così forte che… Voglio farlo di nuovo. Stare con lui. Stasera. Subito. Voglio essere nel suo dungeon in questo momento a farmi stordire di schiaffi.»

«Dungeon?»

«Sì, è come la sua prigione. C'è un grande letto con lenzuola e cuscini molto belli. E ci sono anche altre cose. Come una panca per tenermi fermo e un tavolo. C'è una croce di Sant'Andrea sul muro. Un sacco di sex toys. Non sapevo nemmeno cosa fossero! E anche delle poltrone. Un bagno. E alcune gabbie.»

«Gabbie...»

«Sì.» Sospirai felice. «Chissà com'è essere scopati attraverso le sbarre di una gabbia. Mi ci metterà dentro. Lo scoprirò. Porca puttana, non vedo l'ora.»

Windy si passò una mano sul viso per poi fissarmi scettico. «Quando lo rivedrai?»

Il mio sorriso scivolò via. «Non prima di domani sera. Di solito lavora il venerdì, ma per me si prende una pausa.»

Non era vero. Mi aveva detto che nella maggior parte dei casi dovevamo incontrarci la domenica mattina e terminare le sessioni al massimo il lunedì pomeriggio per lui. Dato che avevo lezione, per me doveva finire entro il lunedì mattina.

Tuttavia, stavo riconsiderando la possibilità di continuare gli studi. Che senso aveva quando sarei morto di lì a pochi mesi o un anno? L'idea di abbandonare l'università si era insinuata nella mia mente fin dalla diagnosi.

Ma in quel caso sarei dovuto tornare a casa, e mia madre lo avrebbe saputo, e...

No. Avrebbe reso tutto troppo reale.

Ma sì, l'unico motivo per cui ci saremmo incontrati di venerdì era che Cherise aveva convinto il loro direttore a farle fare il turno quel giorno, in modo da poter guadagnare un po' di più per le spese di attrezzatura della squadra di calcio di suo nipote. Il direttore aveva accettato.

Tuttavia, mi piaceva fingere che Luke si fosse preso quel tempo libero solo per me, e Windy non avrebbe capito la differenza.

«Si è divertito a farmi del male,» sussurrai. «Me ne sono accorto.»

Almeno, ero abbastanza sicuro che Luke si fosse divertito. Alla fine era venuto, ma mi sentivo ancora in colpa per aver usato la mia parola di sicurezza durante la notte. E umiliato.

Non potevo credere di essere stato costretto a tornare indietro nel tempo in quel modo. Capivo perché, naturalmente. La parola "Daddy" aveva fatto scattare dei campanelli d'allarme nel mio cervello, e la scopata violenta, con quella parola che mi risuonava nelle orecchie, mi era sembrata fin troppo simile a quando…

Chiusi gli occhi. No, non era vero.

Windy sapeva dello stupro, ovviamente. Tutti i miei amici più stretti lo sapevano, ma non mi piaceva parlare di quello che mi era successo. Per quel motivo non ne avevo discusso con Luke la sera prima. Eppure, mi chiedevo, se avessi passato abbastanza tempo legato a uno strumento di tortura nel suo scantinato, gli avrei confessato tutto, l'intera, autentica verità, se mi avesse smontato abbastanza, se avesse esaminato la mia anima?

Sì. Lo avrei fatto.

Per quanto spaventoso fosse, forse volevo che accadesse.

«Minty?» domandò Windy, avvicinandosi di nuovo a me. Mi resi conto che mi aveva chiesto qualcosa, ma mi ero distratto. Mi strofinò la schiena con cautela, evidentemente non era sicuro di dove potessero essere tutti i lividi. «Stai davvero bene?»

«Sì, sto benissimo.»

Mi guardò con diffidenza e palese incredulità. Ma non avevo bisogno che credesse alle mie fantasie. Sapevo di essere ancora un disastro, ma sarei stato bene se fossi riuscito a tornare nel dungeon di Luke. Il dolore era una sensazione che fermava il tempo e che mi teneva bloccato, e Luke era il mago che conosceva la giusta quantità di sofferenza da somministrare per spaventarmi.

«Hai fame?» chiesi.

«Oh, sì.»

«Beh, se la smetti di preoccuparti per me, ti offro un hot dog con chili alla mensa.»

Windy alzò il naso in aria. «Grazie, passo.»

«Un pacchetto di caramelle?»

Esitò. «Quelle frizzanti?»

«Naturalmente.»

Si accigliò. «Continuo a pensare che farlo senza preservativo con lui sia una cattiva idea, ma credo che siate entrambi uomini adulti…»

«Con una malattia terminale, e sappiamo cosa stiamo facendo.» Mi alzai dal letto e gli afferrai la mano. «Andiamo. Tutto questo andrà giù più facilmente con un poco di zucchero… o di caramelle.»

Windy mi seguì fuori dalla stanza e nell'ascensore che ci avrebbe condotti nell'atrio. Eravamo soli mentre i numeri scorrevano. Quando la cabina si fermò al piano terra, sussurrò: «Ho paura per te.»

«Anche io.»

«Per favore, fai attenzione.»

Non dissi nulla mentre gli facevo strada dall'ascensore verso la caffetteria del dormitorio.

Glielo avevo già detto una dozzina di volte o più. Non volevo essere prudente. La prudenza era per le persone con un futuro.

Il pericolo andava meglio per quelli come me.

Luke

«EHI.» LA VOCE di Minty era assonnata e dolce al telefono.

Mi guardai intorno dentro Knox Supplies & News. L'unico presente era il nostro cliente abituale, Terry Jackson, e non aveva intenzione di comprare nulla. Non lo faceva mai. Si limitava a sfogliare le ultime riviste porno che erano "misteriosamente" uscite dal loro involucro di plastica nera.

«Ottimo lavoro nel mantenere il nostro appuntamento telefonico.»

L'esitazione di Minty mi fece chiedere se non avessi già sbagliato a lodarlo. Tuttavia, non si trattava di una scena, ma di un controllo.

«Non è che stare seduti nella mia stanza del dormitorio a studiare e ascoltare il mio vicino di casa che suona *Tom Sawyer* dei Rush a ripetizione per le ultime cinque ore sia così divertente che me ne dimenticherei. Tu la conosci?»

«Cosa?»

«Niente. Ciao.»

«Ciao.» Mi schiarii la gola e mi spostai sullo sgabello accanto alla cassa. L'odore di plastica, gomma e frutti di bosco filtrava dal bidone della spazzatura ai miei piedi. Prima, mentre facevo rifornimento, avevo trovato una confezione da due di preservativi al gusto fragola che era stata strappata e il cui contenuto, dal sapore stucchevole, era caduto sul pavimento. Tra l'involucro strappato delle riviste porno e quello, cominciavo a pensare che gli impiegati del turno di mattina dormissero sul lavoro.

«Mi sei mancato,» confessò Minty.

Non potevo dire che anche per me era così, anche se non avevo fatto altro che pensare a lui per tutto il giorno. La nostalgia, per me, richiedeva una maggiore familiarità, un posto nella mia vita che era stato riempito ma non lo era più. Mi mancava Jerome, mi mancava Benji, mi mancava mio padre e a volte mi mancava Betsy, anche se era a una telefonata e a un'ora e quarantacinque minuti di macchina.

«Cosa significa per te? Che ti manchi qualcuno.»

«Significa che penso che sarei molto più felice se fossi con te. Soprattutto se fossi nudo con te e tu mi tenessi legato a uno di quegli aggeggi che hai in cantina. A proposito…» Il suo tono cambiò da seducente a curioso. «Come hai fatto a permetterti tutta quella roba? Non è costosa?»

«Lo è,» convenni. «Ma, per la maggior parte, l'ho ereditata.»

«Da chi?» rise, e ciò fece sorridere anche me. «Un nonno perverso?»

«Sì, in un certo senso. Ma non un parente di sangue. Il mio primo Dom, quello che mi ha insegnato tutto quello che so... Jerome.»

«Hai avuto un Dom?»

«Sì.»

«Quindi hai preso lezioni di Dom da lui?»

«Più o meno. All'inizio ero il suo sub, ma non ha funzionato per me. Ma è stato un grande maestro da cui imparare.»

«Esiste una scuola per diventare Dom?»

«Non proprio. Jerome ha vissuto a Chicago per un po'. Lì ha imparato tutto quello che c'era da sapere, e poi è tornato qui per aiutare a mantenere i suoi genitori. Di giorno insegnava in un liceo locale e di notte faceva il dungeon master.» Mi schiarii la gola. «Comunque, è morto un paio di anni fa. Ha lasciato la casa e tutto ciò che conteneva a sua sorella. Compreso il suo dungeon personale. Lei ha dato di matto quando ha visto la roba che possedeva e io mi sono offerto di far sparire tutto. Me lo ha dato gratis, a patto che lo portassi via da casa sua prima che i genitori lo vedessero.»

«Wow.»

«Già.»

«È morto di AIDS?»

Presi una pallina che tenevo nella cassetta degli spiccioli e la feci rimbalzare con forza sul pavimento. Volò in alto e la presi al volo. «Sì.»

«Come l'ha presa?»

«Nello stesso modo in cui l'abbiamo presa io e te.»

Rimanemmo in silenzio per un momento e cercai di ricordare cosa avevo intenzione di discutere con lui quando lo avevo chiamato. Parlare della morte di Jerome non era nella lista.

«E la tua casa?» continuò Minty. «È abbastanza grande. Voglio dire, di gran lunga migliore di quella di mia madre. So che non guadagni molto al negozio di porno in cui lavori. Si può davvero guadagnare così tanto facendo il Dom professionista?»

Qualcosa nella sua voce mi diceva che aveva anche un'altra domanda, ma non riuscivo a capire quale potesse essere senza aver prima chiarito la questione in corso. «Sì e no. Sì, facendo il Dom ho guadagnato abbastanza da comprarmi la casa, ma no, al momento non così tanto.»

«Perché no?» La sua voce si inasprì. Mi ci sintonizzai con l'intensità di un sadico in cerca di vulnerabilità da sfruttare.

«Perché ultimamente non lo faccio a livello professionale.»

«Lo stai facendo con me,» mi ricordò.

«Gratis,» precisai.

«Oh. È… un problema?»

«Cosa? Essere il tuo Dom o non farti pagare per farlo?»

«Entrambi,» sussurrò.

«Potrei dominarti giorno e notte e non stancarmi mai. Quanto ai soldi, non ne hai neanche tu, e comunque non ti chiedo di pagare.» Lanciai un'occhiata a Terry, che aveva la mano nei pantaloni mentre sfogliava una vecchia copia di Hustler. «Stai aiutando me quanto io sto aiutando te.»

«Come?»

«Diciamo che anche io avevo bisogno di una distrazione dalla mia diagnosi.»

Il campanello suonò e io alzai lo sguardo per vedere entrare un gruppetto di ragazze sulla ventina, tutte ridacchianti e rosse in viso. Le osservai mentre iniziavano il giro del negozio. Con un po' di fortuna, qualcuna sarebbe stata abbastanza coraggiosa da prendere un dildo o un vibratore, ma spesso quelle come loro entravano solo per guardare e sghignazzare. «Ma torniamo all'argomento in questione… Come ti senti?»

«Distratto,» ridacchiò Minty, con un suono più profondo della sua voce e della sua risata abituale. «Dovrei scrivere una relazione sui dinoflagellati della baia bioluminescente di Vieques, ma riesco a pensare solo a quella sculacciata che mi hai dato, e se mi farai mai veramente del male, o se continuerai a sostenere che lo farai e poi...» Ridacchiò di nuovo. «No.»

Sbuffai. Non potevo credere alla sua audacia. Lo avevo fatto impazzire con una semplice sculacciata, lo avevo fatto urlare con qualche molletta, e ora mi provocava dicendo che non ero ancora riuscito a fargli male? «Vuoi altro dolore?»

«È l'unico motivo per cui mi vedo con te.» Minty rise di nuovo. C'era una sfumatura amara. «Voglio dire, sei davvero sexy, e credo che potrei innamorarmi di quel tuo sorriso un po' sghembo, della tua risata, dei tuoi occhi. Di tutto di te, in realtà. Ma, come ho detto, non sono questi i motivi per cui ti frequento. Se non hai intenzione di farmi soffrire davvero, posso sempre trovare altri che facciano il lavoro.»

Schioccai la lingua, osservando le ragazze che sussultavano di fronte all'ultimo scaffale di vibratori. «Stai davvero sfidando la sorte, ti rendi conto?»

«E tu sei il destino?»

«Già.»

Minty sussurrò: «Bene.»

La tensione attraversò la linea telefonica, densa e calda, facendomi venire una mezza erezione. Guardai il gruppo di ragazze che ora tenevano in mano un dildo enorme. Mormorai: «Siamo ancora d'accordo per domani sera?»

«Sì.»

«C'è qualcosa di quella lista di perversioni su cui vorresti revocare il consenso ora? A parte i limiti che hai già espresso la volta scorsa?»

Il respiro di Minty accelerò. «No.»

«Quindi… tutto permesso?»

«Qualsiasi cosa, signore.»

Il mio uccello si indurì al massimo quando usò il mio titolo. «Terrai le mani a posto stasera e domani, capito? Non ti masturberai, non giocherai con quel tuo culetto e non toccherai nessun altro.»

«Certo che no. L'ho promesso. Nessuno mi scopa tranne te. Ho firmato i contratti.»

«A chi appartiene il tuo cazzo?» ringhiai, mentre il mio uccello iniziava a pulsare.

«A te, signore,» ansimò.

«E quel dolce culetto?»

«A te, signore.»

Sorrisi e mi leccai le labbra. «Sei già innamorato di questo gioco, vero?»

«Sono innamorato di molte cose,» mormorò Minty. «I miei amici dicono tutti che mi innamoro ogni giorno.» Fece una pausa. «O lo facevo. Prima.»

Chiusi gli occhi, immaginandolo a terra ai miei piedi, con la bocca aperta e la lingua fuori. «Ti insegnerò ad amare il dolore al punto da non distinguerlo dal piacere.»

«O a non distinguere la differenza tra dolore e amore?» Lo disse con un sarcasmo che mi fece sorridere. Era un vero masochista, e il sadico che c'era in me ne fu entusiasta.

Allo stesso tempo, però, era meglio stroncare il problema sul nascere.

«L'amore si presenta in molte forme; alcune sono dolorose. Ma c'è una differenza tra l'abuso e la sofferenza divertente.»

«Oh, no. È una predica? Ne ho già ricevuta una oggi dal mio amico.»

«Beh, sei un ragazzo molto impertinente, quindi scommetto che hai bisogno di una lezione più volte al giorno.» Guardai Terry posare la copia di Hustler sullo scaffale e poi uscire dalla porta, lasciandomi solo nel negozio con le ragazze del college.

«Le prediche non fanno per me, signore. Le sculacciate? Sì. Quelle mollette? Sì. Ma non bastano. Allora, qual è la prossima mossa? Cosa farai adesso per tenermi in riga?»

«Vuoi davvero saperlo? O vuoi che sia una sorpresa?»

«Questo!» esclamò una ragazza, tenendo in mano un enorme dildo viola a forma di dinosauro. «Prendiamo questo. Le piacerà.»

«Si strozzerà!» gridò un'altra.

«Non va in bocca, cretina. Va nella fica.»

Tutte scoppiarono a ridere, mentre la ragazza che aveva pronunciato la parola con la F si coprì la bocca come se avesse detto qualcosa di imperdonabile.

«Stai bene?» chiesi di nuovo, cercando di ricordare quali fossero le mie responsabilità nei suoi confronti come Dom. «Sei in un buon momento? Mentalmente?»

«Sono in uno stato mentale pessimo, signore,» sussurrò. «Nella mia testa, sono in ginocchio con il suo cazzo in bocca e…»

«Scusi, vorremmo comprare questo.» La voce della ragazza era aspra e impaziente mentre posava il dildosauro sul bancone. Si scostò i lunghi capelli rossi dalle spalle rivestite di pelle e mi fissò come se volessi negarle il diritto al suo regalo originale.

«Mitchell, devo andare.»

«Sì, signore.»

«Ci vediamo a casa mia domani sera alle sei. Prima cena. Non ti darò da mangiare finché non avremo finito.»

«Sì, signore.»

La rossa aggrottò le sopracciglia, con un ghigno sulle labbra. «Senta, sta facendo una telefonata personale al lavoro? Perché vorremmo comprarlo subito, per favore.»

Roteai gli occhi, le voltai le spalle e sussurrai: «Sii pulito, dentro e fuori.»

«Sì, cazzo, signore, sì, sì, assolutamente. Pulitissimo.»

Il mio cuore si intenerì, pensando a lui nel suo dormitorio, seduto sul letto, con il telefono premuto all'orecchio, che mi salutava da lontano. «Non dimenticare che sono l'unico che può farti del male.»

«Mi ricordo.»

«Signore!»

Minty ridacchiò. «Sembra che qualcuno abbia un gran bisogno di un vibratore.»

«Un dildosauro in realtà, ma sì. A più tardi, Mitchell.»

«A dopo, signore.»

Dopo aver preso i soldi dalla rossa e dalle sue amiche e averle mandate via con il nuovo dildo infilato in una borsa discreta, mi sedetti sullo sgabello e pensai di fare un'altra telefonata a Minty. Ma non dovevo sembrare troppo impaziente. Dopotutto ero il Dom.

Era lui che doveva venire a implorare le mie attenzioni.

Capitolo 8

Minty

«TOGLITI I VESTITI,» mi disse Luke appena entrai di nuovo in casa sua.

Allora niente convenevoli. Niente "com'è andata la giornata, tesoro?" né un bacio sulle labbra o un abbraccio. Niente che potesse essere interpretato come una relazione.

Ma era così che volevo, no? Se mi avesse chiesto come stavo, o avesse cercato di essere tenero con me, avrei dimenticato il vero motivo per cui ero lì e, alla fine, non sarei stato soddisfatto. Sarei tornato da Kyle. Tuttavia, cominciavo sempre più a chiedermi se il mio bisogno di dolore per mano di Kyle e quello per mano di Luke fossero cose completamente diverse e se potessero coesistere.

Non che dovessero *farlo*.

Ma non ero riuscito a smettere di pensare a Kyle dopo aver concluso la telefonata con Luke la sera prima. Non aveva senso. A rigor di logica, avrei dovuto pensare solo a ciò che Luke avrebbe potuto farmi una volta che mi avesse legato nudo nel suo scantinato, e invece la mia mente era corsa a Kyle, chiedendosi cosa stesse facendo, se si fosse accorto che non ero tornato e se gli importasse o meno.

Volevo che gli importasse.

Che sapesse quanto era perverso. Malato.

Volevo che a Kyle interessasse qualcosa di me, e non solo perché ero il buco più sexy in cui fosse mai venuto. Volevo che gli fregasse se non andavo più a offrirmi a lui. Perché se così fosse stato, se non mi avesse solo scopato con odio ma avesse anche iniziato a chiedermi se stavo bene, a volermi proteggere... Allora che eccezionale dio onnipotente sarei stato? Qualsiasi piccolo dio poteva far venire un uomo, ma ce ne voleva uno incredibile per far diventare gay un ragazzo etero e imbrigliare il suo desiderio sessuale anche nell'affetto.

Ma Kyle non aveva chiamato, non era passato, non mi aveva cercato da quando mi aveva soffocato fino a farmi perdere i sensi e mi aveva dato per morto.

E ora ero lì con Luke nel suo dungeon, e lui mi avrebbe tormentato fino a farmi perdere la testa. Lui sarebbe stato il dio e io il giocattolo.

Cazzo.

Come potevo soddisfare i miei bisogni di potere quando ero io a rinunciare al controllo? Quando mi lasciavo usare, ferire e portare sull'orlo della pazzia da un uomo che amava farlo?

Non che non fossi eccitato per la notte che ci aspettava. Avevo dovuto combattere l'impulso di masturbarmi per tutto il giorno al solo pensiero di ciò che Luke avrebbe potuto farmi. Ma al mondo c'erano diversi tipi di bisogni. Mi piaceva essere punito, ma anche essere così potente e formidabile da essere elevato a uno status al di là del bene e del male, al di là della moralità.

«Mi hai sentito?»

Tornai di scatto al presente. «No, signore. Mi dispiace, signore.»

Luke inclinò la testa. «Adesso sei con me?»

«Sì, signore.»

Mi scrutò con la fronte aggrottata. «Sei d'accordo con me?»

«Sì, signore.»

Annuì. «Bene. La scena inizia ora. La nostra parola d'ordine è barboncino.»

«Sì, signore.»

Luke ringhiò, afferrandomi i capelli e strattonando con forza, tanto da far scoppiare le stelle nella mia vista. «Togliti i vestiti.»

Slacciai i bottoni a pressione della mia corta gonna di jeans blu, calciai via la stoffa che cadeva e poi iniziai a sbottonare la camicetta di pizzo. Sembravo una puttana con quell'abbigliamento, di quelle che battevano per strada, ma funzionava perché mi sentivo una puttana che si presentava a casa di Luke per essere picchiata e scopata. Non sapevo cosa pensasse del costume, ma ero certo che Kyle ci avrebbe perso la testa. Mi avrebbe picchiato a sangue e poi mi avrebbe scopato fino all'oblio.

«Raccogli tutto,» disse Luke, lasciandomi i capelli e facendo cenno ai vestiti. «Scendi le scale. Mettili sulla sedia. Aspetta in ginocchio.»

Feci un sogghigno. «E se non lo faccio?»

Il sorriso di Luke superò il mio. Lentamente, allungò la mano e mi afferrò le palle, stringendole fino a farmi sudare. Mi aggrappai alle sue braccia per trovare l'equilibrio. Ansimai in preda alla nausea. «Sì, signore. Capisco, signore.»

Luke mi liberò, si assicurò che fossi in grado di stare in piedi da solo e poi aprì la porta del seminterrato. Si mise in disparte, aspettando con le braccia incrociate sul petto, i piedi nudi divaricati e i jeans che abbracciavano il suo pacco già duro.

La cantina era la stessa dall'ultima volta che l'avevo vista, tranne per il fatto che aveva cambiato le lenzuola del letto. Ora erano di un rosso intenso e il piumone bianco era piegato in un angolo.

Posai i vestiti sulla sedia come l'altra volta e mi inginocchiai con cautela, con le ginocchia che scavavano nel cemento grezzo e le palle che ancora mi dolevano per la brusca manipolazione al piano di sopra. Il sudore che mi era sceso sulla pelle si stava asciugando, lasciandomi tremante e un po' infreddolito.

Le luci si spensero.

Rimasi immobile.

Un raggio di torcia divenne visibile sulle scale e dopo di esso scese Luke, con i jeans ancora addosso ma a torso nudo. I capelli biondi gli danzavano intorno al viso e le ombre rimbalzavano sulle pareti. Si avvicinò a una lampada e la accese, posò la torcia accanto a essa e poi si mise di fronte a me. Il basso bagliore soffondeva la stanza e la rendeva quasi misteriosa.

«Apri la bocca, puttanella.»

Lo feci. Il mio cazzo, che era stato mezzo duro, divenne completamente eretto.

Luke si avvicinò a me. La lampada lo illuminava in controluce, quindi non riuscivo a vedere bene il suo volto. Quando mi raggiunse, mi infilò le dita in gola. Ebbi un conato di vomito e mi vennero le lacrime agli occhi. Spingendo la testa all'indietro, mi allontanai.

«Ma che cazzo?» sbottai, la parte posteriore della gola che doleva.

Lo schiaffo sulla guancia mi fece scattare la testa di lato e le lacrime che si erano accumulate per i conati di vomito si riversarono. Porca miseria, quella sera non stava facendo il delicato. Stava diventando crudele e all'improvviso non ero sicuro di poterlo sopportare.

Con Kyle sapevo cosa aspettarmi, una brutalità senza senso, e in un certo senso avevo il controllo. Con Luke, con tutte le opzioni sparse intorno a noi, fruste, mollette, catene, ceppi, mi resi conto all'improvviso di quanto non capissi di ciò per cui avevo firmato quando avevo spuntato tutte quelle caselle. Il cuore mi batteva all'impazzata, le mani cominciavano a tremare e quando riuscii a raddrizzare la testa, il mento in alto e lo sguardo concentrato sull'ombra dove dovevano esserci i suoi occhi, strinsi i denti contro la tentazione di tirarmene fuori.

«Accetterai qualsiasi cosa io ti metta in bocca, o nel culo, o nell'orecchio, o nell'ombelico, o in qualsiasi altro buco o fessura del tuo corpo. Capito, puttana?»

«Sì, signore,» sussurrai.

«Apri quella cazzo di bocca.»

Lo feci, sconvolto dal fremito della mia mandibola, e lui mi mise una mano sulla nuca per tenermi fermo. Mi infilò di nuovo le dita in gola ed esplorò il tessuto morbido. Ebbi dei conati, emisi dei rantoli orribili, ma non avevo mangiato molto in tutto il giorno e mi ero pulito per bene il culo nei bagni del dormitorio prima di venire. Ero il più vuoto possibile.

«Guardati,» sussurrò.

Ebbi un altro conato mentre lui muoveva le dita.

«Ora stai fermo.» Spinse le dita più a fondo. I miei occhi si rovesciarono all'indietro. Ebbi delle convulsioni mentre tossivo forte e una scarica di acidi gastrici mi riempì la bocca. Mi lasciò la testa e ritirò le dita. «Ingoia.»

Lo feci. Non avevo scelta. Saliva e bile mi ricoprivano il mento e l'acido mi bruciava le narici e gli occhi.

«Aprila di nuovo.»

Con riluttanza obbedii, e questa volta lui si aprì la cerniera dei pantaloni, tirò fuori il cazzo e me lo spinse tra le labbra. Spalancai la bocca, inclinai la testa all'indietro mentre lui faceva un passo avanti e lo accolsi in profondità nella gola. Rimasi immobile, lasciando che sentisse la mia gola lavorarlo mentre le lacrime mi colavano dagli occhi. Il petto mi faceva male. Avevo bisogno di respirare, ma non riuscivo a far entrare l'ossigeno.

«Basterebbe che mettessi le mani qui,» sussurrò, facendo scivolare le dita nei miei capelli e tenendomi ferma la testa. «E potrei soffocarti.»

Gemetti. Solo un'altra volta ero stato soffocato da un cazzo. Naturalmente l'uomo che lo aveva fatto era stato Kyle. Adorava farmi perdere i sensi.

Luke si sfilò e io ansimai per prendere aria. Non si rimise del tutto a posto, tenne i pantaloni slacciati e sbottonati, ma infilò il cazzo dentro, facendo un passo indietro.

Il suo sguardo era troppo dolce. Sembrava quasi compiaciuto da me, e io non lo volevo. Non in quel momento.

«Mi farai mai del male? Continui a dirlo, ma poi non lo fai. Signore.» Aggiunsi di proposito l'onorifico nel modo più irrispettoso possibile.

I suoi occhi brillavano di spietata eccitazione. «Oh, sei una vera peste. Non sai nemmeno cosa mi stai chiedendo di farti.»

Strinsi forte i pugni. La paura mi attraversò come una droga. Mi sentii immediatamente più su di giri di quanto non fossi mai stato dopo una botta di coca. «Fammi vedere, allora,» dissi. «Voglio scoprirlo.»

«Oh, lo farai,» riprese, afferrandomi di nuovo per i capelli e trascinandomi in piedi. «Quando avrò finito con te, desidererai rimangiarti quelle parole.»

«Ne dubito, signore. Ne dubito fortemente,» ansimai mentre mi tirava per i capelli attraverso la stanza.

Mi fece girare, mi spinse contro il muro ed esitò solo un attimo quando vide i lividi della sculacciata sul mio sedere nudo.

«Porca puttana,» sussurrò, prima di rimproverarmi con un duro schiaffo della mano. «Sei ancora coperto dai miei segni. Cristo santo, ragazzo, ti distruggerò come si deve.»

«Cazzo, sì, signore,» mugolai, il dolore dei lividi che mi attanagliava. «Fammi male. Ne ho bisogno.»

Le percosse si intensificarono, e una volta che iniziai a gridare, artigliando il muro con le dita e ballando da un piede all'altro in preda all'agonia, improvvisamente si fermò. Mentre cercavo di riprendere fiato, lui era lì dietro di me, spingeva contro la mia schiena.

«Mitchell?»

«Sì, signore.»

«Lo sentirai per una settimana.»

«Lo spero, signore.» Ero stordito, le endorfine mi attraversavano le vene. Volevo volare di nuovo come l'ultima volta.

«Ma prima dovrai urlare per me.»

Luke

SAPEVO CHE IL modo più semplice per togliergli il respiro, per trasportarlo in un altro luogo, sarebbe stato quello di fargli male alla parte più sensibile di lui. Inoltre, mi divertivo sempre a farlo a un sub, soprattutto se non lo aveva mai fatto prima, come Minty, perché invariabilmente, a un certo punto, nei loro occhi si leggeva il terrore più totale, e il mio sadico interiore si eccitava moltissimo.

Considerai il suo povero culo ammaccato, spostai lo sguardo tra il letto e la panca, e alla fine optai per quest'ultima. Lui godeva per la sofferenza. Avrebbe gradito il disagio aggiuntivo del suo sedere livido su una superficie più dura del materasso.

«Vieni,» dissi, tirandolo in avanti per accoccolarlo contro il mio petto. Gli presi la testa e premetti il suo viso bagnato di lacrime contro i miei pettorali. «Leccami.»

Non esitò, leccò e succhiò i miei capezzoli con quella bocca avida. Gli accarezzai i capelli, lasciandolo lavorare e facendoglielo diventare di nuovo duro. Decisi di farlo a pezzi in modo rapido e conciso, così che in breve tempo sarebbe stato un pasticcio urlante e implorante.

«Stai dritta, puttana,» dissi, staccandolo dal mio capezzolo con un rapido strattone ai suoi capelli. Doveva avere dei lividi sul cuoio capelluto per tutte le tirate di capelli dell'altra sera e di prima, perché trasalì più forte e gli vennero le lacrime agli occhi tanto che qualche goccia gli scivolò sulle guance. Cazzo, era bellissimo. Mi chiesi cosa ci sarebbe voluto per farlo piangere davvero. Erano lacrime di dolore, non i singhiozzi di un ragazzo aperto che metteva a nudo la sua anima per l'uomo che lo aveva dominato.

«Qui,» proseguii, trascinandolo di nuovo per i capelli verso la panca e spingendolo verso di essa. Era eccitato, con l'uccello che colava fluidi. Avrei voluto che una parte della nostra scena prevedesse che io glielo succhiassi, ma sapevo anche che non era quello di cui Mitchell aveva bisogno. Se una parte della mia bocca avesse toccato il suo cazzo o le sue palle, sarebbero stati i miei denti. Niente dolcezza. Non per Mitchell. Non quel giorno.

Lo posizionai sulla panca e preparai le cinghie. Gliele mostrai. «Qual è la tua safeword, puttana?»

«Barboncino, signore.»

«Dilla se ne hai bisogno,» dissi, anche se ero sicuro che lo avrebbe fatto. La nostra precedente esperienza di scena lo aveva dimostrato, anche se mi dispiaceva ancora che avesse dovuto usarla a causa di un limite invalicabile superato per errore.

«Sì, signore.»

Lo legai come volevo: la testa e i fianchi alla panca, le caviglie a una corta barra divaricatrice e i polsi alle caviglie, aperto ed esposto. Tremava, aveva i capezzoli turgidi e il cazzo ancora più duro. Quando lo bloccai, raggiunsi i suoi capezzoli e li pizzicai entrambi, a lungo e con forza, finché non mugolò e si contorse per il dolore.

«Ma guardati,» ripresi, avvicinandomi per dare un'occhiata tra le sue natiche, controllando che non ci fossero lacerazioni dal punto in cui lo avevo scopato l'ultima volta. Sapevo che era a maggior rischio di infezione, ma se ci fossi andato troppo piano con lui, si sarebbe fatto ancora più male con qualcun altro. «Il tuo culo è affamato del mio sperma, vero, puttana?»

«Sì, signore.»

Schiaffeggiai con forza il nodo di muscoli, sfiorando accidentalmente anche le natiche livide.

Sobbalzò. «Signore!»

«Non avrai il mio sperma nel culo finché non te lo sarai meritato.»

«Come posso guadagnarmelo?» implorò. «Farò qualsiasi cosa, signore. Voglio il tuo sperma.»

Gli sputai addosso, mirando al viso ma colpendogli il petto, e poi mi abbandonai alle mie voglie e mi inginocchiai per tuffarmi tra le sue natiche. Gli infilai la lingua nel buco, leccando e succhiando mentre lui si contorceva contro le cinghie e ansimava, mugolando di piacere. Quando il suo culo cominciò a fremere intorno alla mia lingua con impazienza, mi tirai indietro e ne morsi il bordo. Gridò, più per lo shock che per il dolore.

«È solo l'inizio,» sussurrai, alzandomi e pulendomi la bocca con il dorso della mano. «Mi pregherai di fermarmi prima di aver finito.»

Scosse la testa, con gli occhi spalancati e il respiro accelerato. «No, signore. Non lo farò. Lo voglio. Fammi male. Fammi così male che non lo dimenticherò per il resto della vita.» Rise amaramente. «La mia breve vita del cazzo.»

Non credevo che sapesse cosa mi stava dando il permesso di fare, anche se mi ero assicurato che i moduli fossero molto chiari e lui avesse capito esattamente cosa stava offrendo in quel momento. Ma i nuovi sub non comprendevano veramente. Non prima di averlo sperimentato.

Mi chiesi se avrebbe usato di nuovo la sua parola di sicurezza. A me andava bene così. Era per quello che…

«Preparati,» gli dissi, toccandogli il cazzo con un dito, facendolo scorrere fino alla punta. Cercò di sollevare i fianchi, ma i vincoli lo tenevano fermo. «Questo farà male.»

Minty

NON LO SAPEVO.

Non mi ero reso conto delle possibilità.

Tutte le possibilità strazianti, tormentose, terribili e gloriose.

Almeno non quando avevo spuntato la voce "Cock&Ball Torture" sulla lista dei kink che avevo concordato per le nostre scene, ma ora lo sapevo.

Il mio cazzo e le mie palle erano legati con lacci di cuoio così stretti che mi facevano male. I capezzoli mi dolevano per le pinze crudeli che il mio signore mi aveva messo poco prima di togliermi il fiato con il primo colpo di dita sulle mie palle strette.

All'inizio si era limitato a usare i polpastrelli, con un dolore scioccante. Poi era passato al palmo della mano, il che era doloroso da far venire la nausea. Quindi aveva preso un frustino dal muro degli attrezzi, e non avevo idea di dove finisse e iniziasse il dolore. Ero in un ciclo infinito, scioccato di poter ancora respirare. Ma lo feci, tra strilli e grida, e per tutto il tempo il mio signore continuò a colpirmi le palle con quel frustino finché non pensai di vomitare o di morire, o entrambe le cose.

Alla fine, come se avessi sbattuto contro un muro, percepii quella vertigine deliziosa. Su, su, su. Più in alto di così non sarei potuto andare. Il dolore mi avvolgeva, ma la mia mente era altrove, grondante di miele ed estasi. Il dolore si trasformava in piacere, e il piacere tornava dolore, in uno schema infinito che potevo sentire, ma a malapena capire.

«Ecco,» disse il mio signore in modo burbero. «Aspettavo questo momento. Guardati. Guardati e basta.»

Sembrava contento, come se mi stesse elogiando, ma non mi soffermai su quell'aspetto. Solo sul dolore. Volevo che mi sputasse ancora addosso, che mi insultasse, che mi picchiasse e che mi sminuisse. Ne avevo bisogno. Lo implorai.

Il mio signore, come un dio, rispose alle mie preghiere. «Lurida puttana. Sudicio serbatoio di sperma. Implori come un maiale. Ne vuoi ancora, troia? Te ne darò ancora.»

Gemevo mentre mi tirava le cavigliere e poi si inginocchiava sulla corta piattaforma di imbottitura di pelle che avevo usato per salire sulla panca. La posizione metteva il suo cazzo all'altezza del mio culo. Dopo un rapido sputo e una passata del fluido preseminale, raccolto in una pozza sul mio ventre, premette la punta dell'uccello contro di me. Grugnii quando spinse più forte contro l'anello di muscoli martoriato, ancora dolorante per il morso precedente.

«Signore,» mugolai. «Mi fa male.»

Mi diede uno schiaffo sul sedere livido e io urlai. «Farà ancora più male,» disse, spingendo più forte, e io rabbrividii.

Adoravo essere scopato in modo violento. Mi piaceva tantissimo, forse più di qualsiasi altra cosa. Avevo fatto di tutto per convincere i ragazzi a prendermi così, eppure nessuno di loro aveva mai avuto la creatività di legarmi le palle mentre lo faceva. Ciò portava il dolore a un livello completamente diverso.

Il mio signore mi penetrò fino in fondo e poi sorrise. Avevo già imparato che quella era un'espressione pericolosa e avrei voluto coprirmi i genitali, per evitare qualsiasi cosa mi aspettasse. Ma non potevo.

All'inizio non li toccò. Invece, tolse le pinze dai miei capezzoli, gettandole da parte mentre gridavo per il bruciore del sangue che tornava a scorrere. Mi dibattei contro le cinghie; avrei voluto strofinarmi i capezzoli e afferrarmi il cazzo, combattuto tra il bisogno di lenire il dolore e quello di masturbarmi per il piacere.

Ma il mio signore scelse per me.

Mi afferrò l'uccello, strofinandolo allo stesso ritmo delle spinte dentro di me. Con l'altra mano, mi sfregò le palle doloranti. Urlai, ebbi di nuovo dei conati, e respirai. Stavo quasi per vomitare, ma le sensazioni erano troppo coinvolgenti perché potessi anche solo pensare di dire *barboncino*. Volevo quel dolore. Volevo soffrire.

Volevo che il mio signore mi possedesse, che facesse di me il suo giocattolo e che il mio corpo fosse al suo servizio. Lo fissai, vedendolo come un dio, come il dio che *io* ero stato per Kyle, e mi scoprii affascinato dalla sua forma virile. Era il mio padrone. Io ero il suo schiavo. Avrei sofferto finché lui avesse trovato divertente farmi urlare e piangere.

Spaccato in due sul suo cazzo e sopportando il dolore, ero libero. Solo io, l'agonia e il suo enorme uccello nel culo che sfregava contro la mia prostata e faceva cantare le mie viscere in opposizione al dolore mozzafiato. Era stupefacente, e io ero sbalordito.

«Laida puttana,» ringhiò il mio signore tra una spinta e l'altra. «Guarda il tuo buco affamato di sperma. Stai prendendo il mio cazzo come se fossi fatto per questo. Cristo. Sei una troietta famelica.»

«Sputami addosso,» lo supplicai. «Per favore, signore. Per favore.»

«Pensi di meritare la mia saliva?» sbuffò. «No, ti meriti solo questo.» Si sfilò dal mio culo, si alzò in piedi e, mentre io ansimavo disperatamente, eccitato e vuoto e dolorante dalla testa ai piedi, lui si pizzicò la testa del cazzo finché la sua erezione non si attenuò e poi mi pisciò addosso.

Legato come ero, non potevo muovermi, non potevo resistere. Mi venne in mente la parola *barboncino*, ma non la pronunciai. L'urina calda scorreva sul mio cazzo duro, sulle mie palle palpitanti, sul mio ventre ansante e mi riempiva l'ombelico. Era più densa dell'acqua, più calda, e io ero scioccato di essere così degradato, così usato. Mi aveva detto che lo avrebbe fatto, e io avevo spuntato la casella sulla lista, ma non sapevo come mi avrebbe fatto sentire. Come spazzatura. Mentre lottavo contro le sensazioni, mi pisciò sul petto e poi nella bocca spalancata. Boccheggiai e sputai.

«Ingoia,» ordinò, afferrandomi la mascella, riavvicinando il suo cazzo e pisciando dentro l'ultimo fiotto. Aveva un sapore salato e acidulo, intenso e travolgente, e mi venne un altro conato, ma riuscii a mandarlo giù.

«Mitchell,» sogghignò. «Ti pentirai di aver sputato il mio piscio.»

Ansimai mentre mi torceva brutalmente i capezzoli e poi si spostò tra le mie gambe. Pensai che mi avrebbe scopato di nuovo, ma invece urlai quando mi passò qualcosa di affilato sulle palle. Un coltello? Una cazzo di lama sulle mie palle? Avevo spuntato quel kink, ma non lo avevo visto prendere un coltello.

Fissai il soffitto, il respiro affannoso. Il terrore mi si accumulò nelle viscere. Mi sentivo come se stessi per morire o levitare dal mio corpo.

Incombente su di me, il bastardo sorrideva, anzi no, ghignava come un mostro, e io sentii di nuovo la sensazione di bruciore sulle palle. Le stava tagliando? Mi stava tagliando?

«Ecco,» disse con tono sadico. «Ecco la vera paura che amo vedere. Stavo aspettando che si manifestasse.»

«Signore,» ansimai. «Per favore…»

«Non ti servono le palle, vero, ragazzo?»

Singhiozzai, il terrore mi attraversò così forte da far tremare la panchina.

«Vuoi usare la parola di sicurezza?» chiese.

La sensazione affilata mi percorse di nuovo le palle. Urlai, supplicai, implorai, ma non avevo intenzione di usare quella parola. Non lo avrei fatto. Mi rifiutavo. Se mi avesse tagliato, se avesse reciso le mie palle, allora… me lo sarei meritato.

Per un attimo il mio signore sembrò voler dire di più, ma poi sollevò un righello di plastica blu, mostrandone il bordo. «Non è un coltello, ma sembra, eh?»

«Signore,» mugolai. «Signore…»

I suoi occhi si addolcirono leggermente, ma io non lo volevo.

«No, signore,» grugnii. «No.»

Il sorriso crudele tornò. «Stai tremando come una foglia. Mi piace.»

Fece scorrere le mani sul mio corpo e poi mi pizzicò di nuovo i capezzoli, facendomi ululare.

«Per favore, signore,» sussurrai. «Ti scongiuro.» Non sapevo nemmeno cosa stessi implorando, ma lui sì.

«Pensi di meritare di venire?» chiese, mentre spingeva due dita dentro di me e cercava la mia prostata. Quando la trovò, sussultai. «Vediamo.»

Me la massaggiò e mi guardava in faccia con uno di quei sorrisi che ormai avevo imparato ad associare a un'altra dose di crudeltà.

Si chinò e premette i denti sul mio scroto. Piccoli morsi che facevano un male cane, ma non rompevano la pelle. Strinsi e rilasciai le dita dei piedi, con la prostata che mi faceva scintillare di piacere, il cazzo che pulsava, i capezzoli che ancora urlavano e le palle in un'agonia di morsi acuti.

«Oh, cazzo,» gemetti; non sapevo come uscirne, né quanto sarebbe durato, ma desideravo che finisse. Ero terrorizzato, ero stato ferito e ora volevo venire e farla finita con quel tormento. Stare con Kyle non era affatto così. Era brutale e di solito veloce. Invece quello che stavo sperimentando era lungo, estenuante e non ero sicuro di poterne sopportare mentalmente un altro momento.

Avrei potuto dire barboncino, ma la parte più oscura di me voleva abbandonarsi. Avevo bisogno di vedere dove sarebbe andato a parare, cosa mi avrebbe fatto dopo. E volevo venire. Cazzo, volevo davvero venire, lasciare che l'orgasmo spazzasse via tutto il resto. Se avessi detto *barboncino*, non sarei venuto.

Quando finalmente il mio signore si sollevò su di me e mi scopò di nuovo, con del lubrificante questa volta, gemetti e chiusi gli occhi. Il suo uccello era grosso. Le mani sui miei fianchi erano ferme ma ruvide. Era perfetto.

«Cosa mi dici, puttana?»

«Eh?» Ero stordito, non sapevo bene in che parte del mondo mi trovassi, ma sentivo che dovevo rispondere al mio signore, altrimenti mi avrebbe fatto ancora più male. Me ne aveva già fatto abbastanza. Forse.

«Allora, troia? Cosa mi dici quando vuoi che sia finita?»

«Per favore,» mugolai. «Ti prego, signore. Ho bisogno di venire.»

«Ah, hai bisogno di venire?» Rise piano, e sulla mia pelle salirono dei brividi. «Allora questo ti aiuterà?»

Mi schiaffeggiò il cazzo avanti e indietro sullo stomaco a tempo delle sue spinte. Ribaltai gli occhi, dolore e piacere si intrecciavano nella mia mente.

Con un ghigno spietato, il mio signore si chinò su di me. «Dai, Mitchell, fammi vedere cosa vuole da me il tuo culo affamato di sperma. O non riesci a eccitarti così?»

Mi schiaffeggiò di nuovo il cazzo più forte, più forte, più forte.

Gridai, l'estasi mi squarciò l'intestino con scariche dure e pulsanti. Urlai mentre il mio signore mi afferrava il cazzo e lo lavorava con forza, facendomi sobbalzare oltre il limite della sopportazione. Lottando contro le cinghie, tremando e ansimando, implorai: «Ti prego, fermati, signore. Basta, fermati, signore, ti scongiuro! Oh, signore, non posso, non posso, signore, ti prego!»

«No,» rise. «Non esiste, cazzo.»

«Signore!»

«No, troia. Prendilo.»

La sua mano continuava a muoversi su di me e il suo cazzo nel mio culo diventava sempre più fastidioso. Il dolore mi straziava dentro e fuori.

«No,» annaspai. «Oh, cazzo, no.»

Rideva.

Un ricordo orribile salì alla superficie della mia mente. Era troppo. Troppo reale. Il dolore era troppo familiare.

Volevo dire *barboncino*. Davvero.

«Fermati, papà! Ti prego, ti prego, fermati! Mi fai male, papà, fermati.»

Stavo singhiozzando, piangendo mentre ripetevo quelle parole, quando sentii il mio signore dichiarare: «Barboncino.»

Capitolo 9

Luke

LIBERAI RAPIDAMENTE MINTY dalle cinghie e dai legacci. Lo attirai contro il petto, lo strinsi a me e lui iniziò ad avere conati di vomito.

«Va tutto bene, tesoro,» sussurrai. «Ci sono qui io con te. È finita…è tutto finito.»

Mi si aggrappò come se fossi un'àncora di salvezza e, quando lo presi in braccio per portarlo sul letto, mi strinse le braccia intorno al collo, il corpo minuto che si agitava contro il mio. Non riuscivo a credere che per due volte, nel breve tempo in cui ci eravamo conosciuti, avevamo già chiamato entrambi per uscire dalla scena.

Mi chiesi se fosse emotivamente sicuro per lui fare simili giochi. Ma poi mi ricordai di quello che aveva fatto a se stesso, e con chi, e pensai che non poteva essere molto peggio per lui, e che si sperava potesse ancora migliorare.

«Mi dispiace,» sussurrò alla fine, stringendomi ancora a sé mentre lo tenevo sul letto. «Ho rovinato tutto.»

«No, stai tranquillo. È stata una scena intensa per la tua seconda volta. Ho esagerato.»

«No,» disse, con la voce tremante. «Se tu andassi più piano, non tornerei mai più. Deve essere così. Ho bisogno che sia così. Ho bisogno di soffrire.»

«Mitchell,» mormorai, lottando per non baciargli la tempia.

Aveva detto niente baci. Era stato esplicito al riguardo, e io avrei rispettato ogni suo desiderio che fosse ragionevole soddisfare senza fargli sapere che lo stavo facendo. E il divieto di baciare era uno di questi. «Non sei costretto a parlarmene né ora né mai, ma credo che tu abbia bisogno di discuterne con qualcuno.»

Sbuffò. «Con chi? Uno psicologo? Che cosa potrebbe fare? Dirmi che non è colpa mia se mio padre mi ha violentato?»

Lo disse con tanta amarezza che potevo sentirne il sapore nella mia stessa gola. «È questo che è successo?»

Annuì.

«E quello che abbiamo fatto poco fa ha innescato quel ricordo?»

«Alla fine, sì. La parte in cui ho sentito solo quanto era grosso il tuo cazzo e quanto mi faceva male dopo essere venuto...» Deglutì e continuò: «Mi ha violentato e mi ha fatto molto male e l'ho pregato di smettere. L'ho implorato.»

«Mi dispiace tanto,» mormorai. «So che lo hai fatto.»

Rimase immobile e io aspettai. C'era dell'altro. Non sapevo cosa, ma sapevo che era una cosa grossa. Più grande anche della verità che suo padre lo aveva violentato. «Sono venuto,» sussurrò.

Per un attimo pensai che intendesse prima con me, ma poi capii. «È normale,» ribattei. «Le persone vengono per tutti i tipi di cose.» Lo sapevo bene. Era il mio mestiere. «Non significa nulla.»

«Non significa che in fondo mi è piaciuto?»

«Oh, tesoro, no.»

«Però l'ho fatto. Sono venuto molto forte e lui...» Minty rimase immobile e poi si rannicchiò di più contro di me. Lo tenni stretto. «Lo ha visto, e ho pensato che mi avrebbe ucciso. Ci è quasi riuscito.»

«Mi dispiace. Non sarebbe mai dovuto accadere. Non dovrebbe succedere a nessuno.»

«Lo odio.»

«Anche io per te,» dissi.

«Non volevo venire,» sussurrò.

«Il nostro corpo risponde agli stimoli,» lo rassicurai. «È tutto qui. Proprio come tu sei venuto prima per me, nonostante il dolore che ti avevo fatto provare.»

«Ma mi è piaciuto quello che hai fatto,» ammise. «È stata una sensazione orribile.» Rabbrividì e mugolò. «L'ho adorato.»

«E a me è piaciuto farti male,» dissi. «È stato bello anche per me.»

Ero stordito dall'ansia. Non avevo mai avuto a che fare con una cosa del genere, con una persona in preda a un trauma di quel tipo.

Ci riposammo un attimo l'uno nelle braccia dell'altro e lui non si allontanò né si irritò. Inspirai il suo profumo, cercai di lasciare che l'odore del sudore e del sesso mi riempisse. Tenni a bada la paura. Lui era integro, era con me, cosciente, e sarebbe andato tutto bene. Che importava se non avevo mai affrontato nulla di simile prima? Lo stavo facendo. Avevo lui. L'avremmo superata insieme.

Ma se non ci fossimo riusciti? E se non avessi avuto quello che ci voleva? Stare con Minty era già più di quanto mi aspettassi, e ciò che avevo scoperto era troppo. Era terrificante pensare che in qualsiasi momento avrei potuto spingerlo in un ricordo simile. Lo avevo già fatto più di una volta. Non pensavo che giocare con lui fosse sicuro, né per lui né per me.

«Ma aspetta,» disse improvvisamente Minty. «Tu non sei venuto.» Si raddrizzò a sedere, le ciglia che sbattevano con fare colpevole. «Potrei farti un pompino. Sono molto bravo.»

«Lo so.» Mi ricordai di quanto fosse deliziosa la sua gola. «Ma questo è stato molto.»

Mi sentivo un po' male e l'ultima cosa che volevo era un orgasmo. Volevo solo aggrapparmi a un salvagente e condurre entrambi fino a una riva sicura, dove avremmo potuto trovare aiuto, perché di certo non sapevo cosa fare. «Dobbiamo riposare. Bere acqua, fare una doccia e riprenderci.»

Non obiettò. Lo condussi nel bagno del seminterrato e aprii la doccia rudimentale. Mentre ci lavavo, lui si appoggiò a me, tremando. Di fronte al soffione, con lui sotto il getto, gli insaponai i capelli con uno shampoo al profumo di lavanda. Stava quasi facendo le fusa mentre strofinava il viso sul mio petto e io gli passavo le dita sul cuoio capelluto. Gli feci inclinare il mento all'indietro e sciacquai via la schiuma, poi fu il mio turno sotto il getto caldo. Infine lo asciugai e lo aiutai a sedersi sulla piccola panca che tenevo lì dentro mentre mi asciugavo anch'io.

A letto, si accoccolò contro di me. Gli accarezzai la schiena e le braccia e lui sospirò. «È bello,» sussurrò. «Un anno fa avrei voluto solo questo e non l'altro.»

«Ah sì?»

«Sì.»

«E questo è cambiato perché…» Conoscevo la risposta.

«La diagnosi.»

«Quindi, se non fossi sieropositivo, non vorresti che ti facessi del male?»

Si contorse. «Non lo so. Forse sì, ma vorrei questa parte più del dolore.» Indicò il punto in cui le mie braccia erano intrecciate intorno alla sua vita. «Una volta ero un romantico, sai. Innamorato dell'amore.»

«Lo sei ancora.»

Sbuffò. «Mi hai appena fatto passare l'inferno e pensi che io sia un romantico?»

«So che lo sei. Nessuno sopporta un dolore del genere senza essere un romantico nel profondo. Vuoi fiori, baci, viaggi di anniversario in hotel romantici, e vuoi anche abbandonare tutto te stesso a qualcuno e confidare che sappia di cosa hai bisogno.»

«Desideravo tutte quelle cose,» concordò. «Ora non so cosa voglio. Magari solo provare qualcosa di diverso dal terrore.»

«Ma funziona?» sussurrai. Forse avrebbe detto quello che avevo paura di dire io stesso, ma che sospettavo di dover rivelare più tardi. Non era un buon accordo. Non poteva funzionare. «È la seconda volta che quello che stiamo facendo insieme ti fa venire in mente...» Mi fermai.

«Lo so,» ammise con un'alzata di spalle. «Non me lo aspettavo. Si potrebbe pensare che quello che faccio con Kyle...» Mi accarezzò il braccio. «Intendo dire quello che *facevo* con Kyle. Non lo faccio più, te lo giuro. Comunque, si potrebbe pensare che sia più simile a quello che mi ha fatto mio padre.» Sospirò. «E lo è. In tutti i sensi. È per questo che ne sono attratto.»

Il mio stomaco si contorse. «Cosa vuoi dire?»

Scosse la testa. «Non voglio spiegarlo. Non ora.»

Lasciai sedimentare il suo rifiuto per un momento. Mi era sembrato definitivo. Un confine netto. Non avevo intenzione di forzarlo. Non quella sera. E forse non volevo nemmeno saperlo. Era possibile che in futuro non sarei più stato il suo Dom, non mi doveva proprio nulla.

«D'accordo,» acconsentii.

Avvolse le braccia intorno alle mie, aiutandomi a stringerlo. Rimanemmo a lungo in silenzio, lasciando che i nostri respiri si sincronizzassero, che la nostra pelle si raffreddasse.

«Probabilmente ti sembrerà stupido, ma voglio rimanere qui in questa stanza per sempre,» disse alla fine.

Feci scorrere lo sguardo sugli attrezzi, sulla panca, sul tavolo e sulla croce appesa al muro.

«Non è una cosa stupida. Questa stanza è un luogo sicuro.» O almeno lo era stato, fino a quella sera. Ora sentivo che non era il luogo di controllo che era sempre stato per me. Il passato di Minty l'aveva resa una stanza pericolosa con giochi pericolosi.

Minty rise. «Oddio. No, non lo è. Questa stanza è terrificante. Ma qui...»

«Qui non sei nella realtà.»

«Esatto.»

«È una sensazione di dipendenza. Lo so.» Lo avevo reso dipendente da qualcosa che non sapevo più se avrei potuto continuare a somministrare? La nausea aumentava e speravo di nascondere il mio disagio. «Purtroppo io devo andare al lavoro e tu hai lezione, quindi... nessuno dei due può restare qui per sempre.»

Ridacchiò, lo stesso suono cupo che avevo sentito al telefono. «Sarei disposto a lasciare gli studi. Vivere qui con te. Pulire la tua casa. Succhiarti il cazzo. Sarebbe un ottimo lavoro. E potrei amarti,» mormorò, girandosi tra le mie braccia e aggrappandosi a me un po' timidamente. «Credo di farlo già.»

Mi ricordai di quello che mi aveva detto Barry: mi aveva avvertito che il ragazzo si innamorava di una persona nuova ogni giorno e che probabilmente si sarebbe innamorato anche di me. Lo aveva confessato lui stesso, no? Strofinai ancora un po' la schiena di Mitchell e dissi: «È un bel sogno. Perché non ci pensi mentre ti addormenti? Quando ti sveglierai tra qualche ora, dovremo prendere strade diverse.»

«Oppure potrei restare qui,» ripeté, le dita che scavavano nella mia pelle. «Aspettare che tu torni dal lavoro...»

Nonostante i miei dubbi, ero tentato. Minty era un sub delizioso. Quando soffriva, risplendeva, e questo faceva ogni genere di cose meravigliose per la mia libido. Diavolo, passare più tempo con lui poteva anche essere la cosa giusta da fare, visto il turbamento di prima.

Ma sapevo anche che se avessi detto di sì, avrei fatto credere a Minty che la nostra relazione sarebbe stata più di quanto fosse. Non sarei stato abbastanza per lui, non con tutto il bagaglio che si portava dietro.

Avevo paura, e non era lo stato mentale giusto per un Dom. Avevo bisogno di tempo per pensare.

«Tornerai nel tuo dormitorio,» dissi con fermezza. «Non si parlerà più di restare.»

Rimase immobile al mio fianco, il suo respiro si fermò per un lungo momento. Si alzò a sedere e mi guardò in faccia, ma dopo qualche istante mormorò: «Sì, signore. Lo prometto.»

«Bene.» Lo strinsi al mio fianco e lo coccolai, chiedendomi se sarebbe stata l'ultima volta che lo avrei tenuto tra le braccia.

Minty

«COSA PENSI CHE sia l'amore?» chiesi, sorseggiando la birra che il mio migliore amico Daniel aveva portato con sé insieme alla pizza da asporto presa da Stefano sulla Strip. Pensavo che se c'era qualcuno che conosceva la risposta alla mia domanda, quello era Daniel. Era innamorato da poco e aveva una buona idea di come essere un fidanzato, di come trattare qualcuno nel modo in cui meritava di essere trattato.

Il modo in cui *meritavo* di essere trattato?

«È desiderare la felicità dell'altro al di sopra della propria,» rispose Daniel. Lo fece sembrare così semplice e ovvio che per un attimo mi sentii un idiota. «Perché me lo chiedi?»

«Penso di essermi innamorato sul serio.» Mangiucchiai la pizza, il formaggio si attaccò al mio palato e lo scottò. Un'altra ferita da aggiungere ai lividi che Luke mi aveva lasciato.

Daniel bevve un sorso di birra e capii che stava valutando una risposta. Quello era uno dei motivi per cui ultimamente lo evitavo: non rispondevo alle sue chiamate, non rispondevo alla porta quando bussava e non andavo mai a casa sua a Kingston. Nemmeno quando ero in zona a trovare mia madre. Daniel era troppo buono. Era fastidioso.

«Si tratta del tizio che Barry ti fa frequentare?»

Mi tesi. «Non sono un bambino. Non mi faccio mandare in terapia sessuale da mio padre.»

Daniel alzò una mano. «Non ho detto che lo sei.»

«Volevo solo sapere dell'amore. Non farne una questione di questo tipo.»

«Su cosa?»

Non riuscivo a rispondere perché non sapevo nemmeno cosa volessi dire. C'era qualcosa in Daniel, nel suo viso perfetto, nel suo corpo splendido, nel suo background benestante, nella sua vita sana e nel suo nuovo amore impeccabile, che continuava a farmi arrabbiare da quando avevo avuto la diagnosi.

Daniel non sarebbe mai risultato positivo all'HIV. Daniel usava il preservativo ogni volta che scopava. Anche con il suo prezioso Peter, probabilmente.

Non che non avessi usato il preservativo ogni volta che avevo fatto sesso. Almeno negli ultimi anni, fino alla diagnosi di HIV. Era solo che uno si era rotto. Quello sbagliato.

I preservativi di Daniel non si sarebbero mai rotti. E non gli auguravo certo che accadesse. Gli volevo bene.

Dio, in quei giorni ero un pasticcio di contraddizioni.

Il telefono della mia stanza iniziò a squillare. Lo fissai. Daniel mi fissò.

«Non hai intenzione di rispondere?» chiese.

Feci spallucce.

La mia segreteria telefonica rispose per me.

Grazie per aver contattato il ragazzo più splendido del mondo. Io! Lascia il tuo nome e il tuo numero e penserò di richiamarti. Se sei il mio tipo. Ciao!

Ripensai a quando avevo registrato il messaggio. Ero di ottimo umore. Il primo giorno dell'anno scolastico. Era stato prima che ricevessi una diagnosi orribile per il compleanno di mia madre.

«Non ti sei ancora ripreso.»

Era Kyle. La sua voce era stentata e roca, ma sotto c'era una vulnerabilità che ero certo di poter cogliere solo io.

«So di essere stato rude l'ultima volta. Forse troppo. Ma di solito ti piace…»

Gli occhi di Daniel erano incollati sul mio viso. Rimasi immobile, cercando di apparire impassibile.

«Ascolta. Ci andrò meno pesante. Non sarò gentile. Non ti meriti la gentilezza, cazzo. E poi, non sono una checca…» Gli si mozzò il fiato. *«Ma tu lo sei.»* Lo sentii deglutire. *«Vieni qui. Sarò nei paraggi.»*

Daniel strinse i denti.

«Ma non osare chiamarmi e lasciarmi uno di quei maledetti messaggi da frocio in segreteria come facevi una volta. Dà alla gente un'idea sbagliata.»

Sospirai. Kyle non sarebbe mai stato felice, preso com'era da ciò che gli altri pensavano di lui. Gli piacevano di più i maschi delle femmine, sempre che queste gli piacessero, e doveva accettarlo.

Per come la vedevo io, a modo mio, lo stavo aiutando ad accettarlo. Lo avevo costretto a farlo. Facendogli ammettere più e più volte che lo avevo fatto venire, che gli avevo fatto tremare le ginocchia e spasimare i muscoli mentre godeva. Per me.

Daniel strinse le dita nell'orlo della maglietta, con le nocche che diventavano bianche mentre il messaggio continuava.

«Ma riporta il tuo culo qui. O la prossima volta che ti vedrò, ti ricorderò perché non dovresti ignorarmi.»

Un'altra battuta, uno strano sbuffo di respiro vulnerabile e poi una minaccia: *«Hai un giorno di tempo.»*

La comunicazione si spense con un *clic*.

La tensione tra me e Daniel, già alta, aumentò ancora di più. Mi sembrava che l'aria fosse acqua. Daniel mi guardò, pieno di giudizio.

«Minty…» Cercò la mia mano, ma non gliela lasciai prendere.

Non avrei dovuto lasciarlo venire nel mio dormitorio. Avrei dovuto continuare a evitarlo. Sapevo che la mia irritazione non aveva senso. Nemmeno due mesi prima, avrei picchiato chiunque mi avesse detto che avrei mai provato quei sentimenti per Daniel.

Nonostante l'irritazione, gli volevo ancora bene. Una volta ero stato innamorato di lui, al liceo, in un'altra vita. Era stato il mio primo amore, in realtà, ma lui non mi aveva mai ricambiato. All'epoca usciva con un ragazzo da sogno di nome Kevin, e quando la loro storia era finita, mi aveva già messo nella casella degli "amici". Forse non avevo mai avuto una possibilità con lui, ma ora non volevo averne una, perché chi avrebbe potuto sopportare tutta quella bontà ogni giorno?

Peter, apparentemente.

Volevo qualcuno che mi dicesse cose orribili, mi sputasse addosso e mi scopasse come se fossi feccia, come faceva Kyle. Ma anche che mi rimboccasse le coperte e mi abbracciasse. Come Luke aveva fatto dopo il mio crollo.

Dio solo sapeva se Luke sarebbe mai stato disposto a incontrarmi di nuovo. Gli avevo detto troppo. Doveva chiedersi in che cosa si fosse cacciato…

Una nuova rabbia ribolliva sotto la vecchia. Probabilmente avevo rovinato tutto anche con Luke. Forse avrei dovuto tornare da Kyle, dopotutto. Non avrebbe fatto domande… Non avrebbe fatto riaffiorare i brutti ricordi di essere indifeso, ma solo quelli belli di essere potente. Di essere un dio.

«Perché sei arrabbiato con me?» domandò Daniel, inclinando la testa come un Golden Retriever. Volevo dargli un pugno. «Voglio solo aiutarti.»

Addentai il mio trancio di pizza e masticai furiosamente. Si sedette a gambe incrociate sul tappeto arcobaleno che avevo comprato per il pavimento del mio dormitorio. Quando deglutii, lasciai cadere la fetta nel cartone. «Pensi che sia sbagliato, vero? Quello che sto facendo.»

«Cosa stai facendo?» chiese Daniel.

«Non lo so nemmeno io.» Lasciò scivolare di nuovo la sua fetta nella scatola, e fanculo se non si rimise subito al posto da cui l'aveva presa. A parte i morsi mancanti, sembrava che non l'avesse mai toccata. Era magico.

«Non mi parli nemmeno.»

«Stavo cercando di parlare con te. Ti ho chiesto dell'amore. Hai sminuito i miei sentimenti.»

Spalancò occhi e bocca. «Ti ho risposto seriamente, e volevo solo sapere chi avesse causato la domanda.»

«Si tratta del mio Dom, del mio amante, della mia sadica macchina del cazzo.»

Daniel sbatté le palpebre. «Ha un nome?»

«Non che tu debba saperlo.»

«Minty... Cosa sta succedendo? Perché ti comporti così?»

Il senso di colpa mi attanagliava. Daniel si era preso cura di me al liceo, mi aveva protetto da tutti i bulli e aveva usato il suo potere di ragazzo ricco per tenermi al sicuro.

Dopo lo stupro, mi aveva accompagnato agli appuntamenti per la terapia, era andato a tutte le udienze in tribunale e aveva persino testimoniato in merito alla crudeltà di mio padre. All'università mi aveva tenuto al sicuro quando avevo assunto acidi, funghi ed ecstasy per cercare di sfuggire ai miei demoni.

Perché gli stavo facendo questo? Il dolore nei suoi occhi diceva che non lo sapeva nemmeno lui.

«Ti sforzi troppo,» dissi. «Ti comporti come se ti andasse bene quello che sto facendo, ma non è così. Credi che sia disgustoso. Credi che *io* lo sia.»

«Non l'ho mai pensato.»

«Secondo te era inevitabile che io risultassi positivo. Perché sono spazzatura, e tu sai che sono spazzatura, e pensi che mi piaccia essere trattato come tale.»

«Per l'amor del cielo, non ho mai detto o pensato nulla del genere.»

«Non lo faresti,» risposi, con la rabbia che mi sfrigolava incessantemente nelle viscere. «Perché sei troppo gentile.»

«Io ti voglio bene, e tu sei arrabbiato e spaventato.» Mi prese la mano. «Qualche settimana fa, sei venuto da me e mi hai chiesto di pregare con te, e l'ho fatto. Lo abbiamo fatto sia io che Peter. Abbiamo pianto tutti e ho pensato che avessimo fatto qualche passo avanti insieme. Che mi avresti permesso di aiutarti e...»

«Non voglio il vostro aiuto,» sbottai, con le lacrime che mi pungevano gli occhi al ricordo del momento sdolcinato che avevo condiviso con loro qualche settimana prima. Ero andato da lui perché era sempre stato il mio porto in ogni tempesta, e anche con la presenza di Peter, meno estraneo di prima, ma ancora nuovo nella mia vita, mi ero sentito al sicuro. Solo per il tempo necessario a lasciarmi andare alla speranza per mezzo minuto. Il crollo della disperazione che ne era seguito era stato qualcosa di terribile.

Attenuato in seguito dalla violenza di Kyle, ovviamente.

Dio, stare lì seduto, di fronte al viso perfetto di Daniel, mi faceva venire voglia di correre da Kyle. Mi passai una mano tra i capelli. Cosa c'era di sbagliato in me? Stavo rovinando tutto. Avrei voluto essere di nuovo nel seminterrato di Luke. Lì non si poteva rovinare nulla. Anche se avevo usato la mia parola di sicurezza, le cose non si erano danneggiate. Erano solo... cambiate.

Potevo essere arrabbiato, furioso, odioso, dispettoso e poco brillante quanto volevo, e Luke non se ne sarebbe andato. Mi avrebbe solo fatto provare altro dolore.

«A cosa stai pensando?» domandò Daniel. «La tua faccia è...» Fece un cenno alla propria. «Tutto e il contrario di tutto.»

«Sto pensando che io sono un coglione, e che tu sei fantastico, e che non dovrei essere così stronzo con te.»

Gli occhi di Daniel si accesero di comprensione, almeno per quanto riguarda la parte in cui non avrei dovuto trattarlo così. «Sei arrabbiato e te la prendi con me. So cosa significa. Diavolo, l'ho vissuto di recente.»

Giusto. Mentre io ero impegnato a crollare per l'imminente destino, Daniel era occupato a cercare di gestire un fratellino e una sorellina mentre sua madre affrontava l'ennesima tempesta alcolica e il conseguente ricovero in riabilitazione. La sua vita non era tutta rose e fiori. Suo padre era morto, per dirne una. Eppure...

Rispetto a me?

Aveva tutto.

«So che vuoi aiutarmi e, onestamente, non hai fatto nulla di male,» dissi, alzandomi in piedi e spostando da parte il cartone della pizza. «Ma devi andartene. Ho bisogno che ti allontani da me per un po'. Devo capire da solo come vivere. Non è necessario che tu stia qui a cercare di sistemarmi.»

«Non voglio che tu ti senta solo,» obiettò Daniel, alzandosi anche lui. Mi sovrastava. «Non voglio che tu sia mai solo, Minty.»

«Ecco. Grazie, ma no, paparino.» Lasciai cadere tutto il peso del sarcasmo sull'ultima parola. «Smettila e basta. Per favore. Risparmia tutto questo sostegno paterno per tua sorella e tuo fratello. Risparmialo per tua madre. Se preferisci, risparmialo per Peter, ma tienimelo lontano. Non voglio queste stronzate paternalistiche in questo momento.»

«Cosa vuoi allora? Farò del mio meglio per fornirtelo.»

Aprii la porta del mio dormitorio. «Adesso voglio essere lasciato in pace, cazzo. Vai a casa. Porta con te un po' di pizza...» Gliene ficcai in mano un pezzo nella sua mano mentre prendevo la birra dall'altra. «Lascia la birra, però.»

Ne bevvi un sorso. Me ne sarebbe servita una confezione da sei per placare la rabbia che provavo. «Vai e basta.»

«Non dimenticare che ti voglio bene,» disse Daniel, trascinando i piedi verso la porta aperta. Portava ancora con sé il pezzo di pizza. «Ti prego, non fare pazzie. Devo chiamare Barry? Può sentire il suo amico per...»

«Non ho bisogno di Barry, del suo amico o di te. Per favore, vattene.»

Gli occhi di Daniel si riempirono di lacrime e, dato che ero in piena modalità "testa di cazzo", la soddisfazione nel vederle mi investì.

«Voglio solo aiutarti,» mormorò Daniel, burbero. «Siamo migliori amici da molto tempo e supereremo questa situazione, ma tu devi...»

«Ma *tu* devi andare,» lo interruppi, spingendolo fuori dalla stanza. «Ti chiamerò quando sarò pronto a parlare. Non chiamarmi.»

Gli chiusi la porta in faccia e mi ci appoggiai di schiena. Mi sentivo come se dovessi piangere, ma non ero nemmeno vicino alle lacrime. Stavo ronzando di rabbia e ansia. Mandai giù il resto della birra di Daniel, presi la mia e mi scolai anche quella.

Dopo aver sbirciato dallo spioncino per assicurarmi che se ne fosse andato, presi le chiavi dalla scrivania e decisi di agire. C'erano alcuni posti dove potevo andare per uscire dal mio corpo, dalla mia testa e per entrare in un altro mondo...

La stanza del dormitorio di Kyle.

O nel seminterrato di Luke.

E una terza opzione che non sfruttavo da qualche mese.

Mi incamminai lungo il corridoio, scesi le scale e uscii nella luce autunnale. La figura di Daniel era visibile e si dirigeva verso la biblioteca dove lavorava Peter, senza dubbio per piangere sulla sua spalla. Imboccai la direzione opposta.

Opposta anche al dormitorio di Kyle.

Rintracciai il mio pick-up dove era parcheggiato in Neyland Drive e infilai le chiavi nell'accensione. Con due birre in corpo non ero del tutto sobrio, ma nemmeno ubriaco. Il mio fegato era bravo a filtrare ogni tipo di alcol e droga. Lo avevo messo alla prova un sacco di volte.

Mi immisi nel traffico e puntai verso ovest. Avrei scoperto se potevo gestire la situazione in modo diverso. Con un altro tipo di dolore. In un altro spazio.

Capitolo 10

Luke

«CREDO DI ESSERE nei guai fino al collo,» dissi, sorseggiando una birra e guardando Barry che puliva il bancone. La sua testa calva brillava nella scarsa luce; si muoveva più lentamente del solito. Prima era stato in biblioteca per un turno di lavoro e si vedeva che era esausto.

Lui e Robert stavano costruendo una casa su un terreno che aveva ereditato a Strawberry Plains, ma racimolare i fondi necessari stava richiedendo molto impegno. Tra Robert, sotto le mentite spoglie di Renée, che si esibiva come drag a Nashville nei fine settimana, e le spese associate al tentativo di presentare il suo film documentario sul circuito delle drag queen a diversi festival, lo stress finanziario si stava abbattendo su Barry. Me ne ero accorto.

Gli avevo raccomandato un paio di volte di arrotondare facendo il Dom professionista. Con il background di Barry e il suo modo di fare semplice ma deciso, avrebbe potuto fare un bel po' di soldi. Ma lui aveva scosso la testa quando glielo avevo proposto. Lui e Robert avevano una relazione aperta, diceva, ma quel genere di cose sarebbe sembrato un tradimento.

«Non sono solo nella parte profonda della piscina,» continuai. «Potrei essere nella parte più profonda dell'oceano.»

«Con Minty?» chiese Barry, alzando gli occhi da una macchia sul bancone e aggrottando le sopracciglia.

Annuii e bevvi un altro sorso.

Ciò attirò la sua attenzione. Gettò via lo straccio e si appoggiò con i gomiti sul bancone, studiandomi. «La parte più profonda dell'oceano, eh?»

«Pensavo di essere ben informato. Ho letto gli opuscoli dell'Hellfire Club di Chicago e il materiale di New York sul trauma e il consenso. Ho discusso a lungo della psicologia del sadomaso con Jerome e i suoi amici, e ho visto molte cose assurde con i sub nel corso degli anni...»

«Sei stato in trincea.» Barry annuì. «È per questo che ti ho scelto.»

«Lo so. Ma Minty ha dei grossi problemi, cazzo.» Feci una pausa, scrutando il volto di Barry, senza essere sicuro che lo sapesse o meno. «Cose che potrebbero ostacolare il nostro rapporto. E che potrebbero impedire a tutto questo di essere un buon accordo, in realtà.»

«Ah,» disse Barry, raddrizzandosi e ricominciando a pulire il bancone. «La situazione con suo padre.»

«Ne sei a conoscenza?»

Barry annuì. «È stato violento con lui e con sua madre per tutta la vita, e poi quando era...» Alzò lo sguardo su di me, con un'espressione cupa. «Conosci il resto?»

Ci guardammo finché non fummo sicuri di saperlo entrambi, e poi cominciammo a parlarne. «Penso di sì,» dissi.

«Non te ne ha parlato?» chiese Barry. «Pensavo che aveste una procedura per questo genere di cose.»

«Ho fatto le solite domande, sì, ma non mi ha dato un quadro completo.»

«Cioè?»

«Ho chiesto se ci fossero stati precedenti di aggressione. Lui ha risposto di sì, ma poi ha continuato a scrivere che l'aveva deliberatamente cercata e persino chiesta, e io ho pensato...»

«Ah,» mi interruppe Barry, scuotendo il dito verso di me. «È qui che hai sbagliato, vero? Hai dato per scontato qualcosa. Mi sorprende che tu abbia fatto un errore del genere. Non sapevo che fossi così umano, Luke.»

Roteai gli occhi e ingurgitai altra birra, respingendo il senso di colpa. Era vero. All'inizio volevo incolpare Minty di aver nascosto informazioni importanti. Ma la verità era che non avevo dato peso alla cosa. Ero stato...

Cosa?

Troppo arrogante? Troppo preoccupato della mia storia? Troppo convinto di sapere di cosa avesse bisogno il ragazzo e perché? Avevo dato per scontato che si portasse dietro un sacco di disgusto per se stesso, e che avesse bisogno di essere umiliato, e che provasse gusto per il dolore di ogni tipo, e così via.

Ma non avevo scavato più a fondo delle sue risposte sul modulo. Avevo immaginato che i suoi problemi fossero i soliti: essere vittima di bullismo, essere queer, essere sieropositivo, essere debole quando aveva bisogno di essere potente.

E tutto ciò era vero, soprattutto l'ultimo punto, ma il modo in cui era vero era...

Cristo.

Non sapevo bene come gestire una cosa del genere.

«Sai che i sub sono disponibili in diversi modi?» chiesi.

«Continua.» Barry aspettò che mi spiegassi.

«Per esempio, alcuni entrano in una scena perché vogliono sperimentare un certo tipo di stimolo: dolore, bondage, qualsiasi cosa. Tutto qui. È tutto ciò che vogliono. Contano che io possa darglielo, e io mi eccito per questo.»

«Okay.»

«Ma altri entrano in scena alla ricerca di una relazione, di quella bellissima interazione che può avvenire solo tra un Dom e un sub che si nutrono entrambi dei rispettivi bisogni e desideri.»

Barry mi guardò fisso.

Mi passai una mano sul viso. «Credo… no, *so* che Minty pensa di essere il primo tipo di sottomesso. Interessato al dolore e nient'altro. Ma…» Scossi la testa. «Date le sue condizioni, non so se sia sicuro per lui…»

«Non è sicuro nemmeno per te.»

«Giusto. Dovrei assumermi il rischio emotivo di applicare lo stimolo che lui vuole quando le ricadute sono così grandi e così imprevedibili? Soprattutto quando non abbiamo, e lui non sembra volere, la sicurezza di una relazione dentro e fuori la scena per bilanciare il tutto.»

«Allora, intendi tirarti indietro?» domandò Barry, leggendomi nel pensiero come lo stronzo che era. «È troppo per te?»

Sospirai. «Mi fai sentire una merda quando la metti così.»

«Non ti sto facendo sentire nulla,» protestò.

Dannazione, sarebbe stato davvero un buon Dom.

«Giusto,» concordai. «Ho paura di rovinare tutto. Di rovinare lui.»

«Minty è già rovinato.»

«Sì, ma è una linea sottile quella che sto percorrendo. Così sottile che è quasi invisibile. Se mi inclino da una parte, lo danneggio. Se mi inclino dall'altra parte, lo perdo. Potrebbe tornare a fare cose veramente pericolose. Minty è un campo minato, e non so dove si trovano le cariche. Ne ho colpite due nelle nostre prime scene insieme. Non ho mai dovuto chiamare una parola di sicurezza così presto con nessuno, nemmeno quando ero io il sub, ma durante la nostra ultima scena l'ho fatto.»

«Wow.» La fronte di Barry si corrugò preoccupata. «Stai bene?»

Ci pensai, ci pensai davvero, mentre bevevo un altro lungo sorso di birra. «Non lo so. Ci sono cose in cui posso immedesimarmi in questo ragazzo. La paura della nostra mortalità, il bisogno di ferire qualcuno o, nel suo caso, il bisogno di essere feriti, e il desiderio di dire "fanculo ai rischi" per ottenere ciò di cui abbiamo bisogno.»

Feci una pausa e strinsi le labbra. Non sapevo cosa avrebbe detto Barry al riguardo, visto che poteva essere puntiglioso in fatto di sicurezza.

«L'ho scopato a pelle,» ammisi, e aspettai il contraccolpo.

«E Minty era d'accordo?» Barry fece una risata, bassa e rumorosa, anche se priva di alcun tipo di divertimento. «Perché lo chiedo? Certo che lo era.»

Emise un lungo mugugno e poi mi guardò. «Ci sono altre malattie veneree, sai.»

«Non potrebbe prenderle da me,» dissi. «Ho fatto i test e non ho scopato con nessuno dopo Benji, mesi fa. Se la situazione cambierà, ne riparleremo.»

Barry sbatté le palpebre per la sorpresa, ma non mi fece domande. «E Minty? Sicuramente non è stato casto.»

«È un rischio che devo correre.»

Barry scosse la testa. «Con la tua diagnosi? È una follia. Sei disposto a rischiare di ammalarti per fare sesso non protetto con un sub?»

«Non un sub qualsiasi,» lo corressi. «Questo sub.»

«Perché anche lui è sieropositivo.»

«Sì, ma anche…» Sentii il mio viso riscaldarsi.

Mi imbarazzava ammetterlo, ma non ero mai stato attivo senza profilattico con nessun altro prima di lui. La mia infezione da HIV derivava da una rara e spericolata avventura con un top inaffidabile, e mi era andata male. «Senti, stiamo andando fuori strada, stiamo parlando di un tipo di rischio, mentre io sono preoccupato per un altro.»

Mi fece cenno di andare avanti.

Sospirai. «Pensavo di entrare in gioco anche per il brivido dell'esperienza. Capisci? Vado, gli faccio male, godo per il suo dolore, fine. Ma… non credo sia più così.»

«Hai capito che vuoi un vero rapporto Dom/sub.»

Sbattei le palpebre. «Non voglio morire senza averlo fatto di nuovo con qualcuno della mia vita. E, casino o no, scopare con lui senza preservativo mi avvicina a ciò che sto cercando in questa dinamica.»

«Cristo,» disse Barry, con una punta di stanchezza nel tono, ma anche una nota di comprensione. Doveva aver capito che voleva di più dalle sue interazioni sessuali. Dopotutto, amava Robert. Ma sapevo anche che usavano sempre il preservativo, perché Robert aveva altri partner occasionali; era negativo, e volevano che le cose rimanessero così.

«Ho capito,» riprese, alzando le mani. «Per te ne vale la pena perché sei così sicuro che ti ammalerai e morirai comunque. Quindi, ora vuoi strappare ogni goccia di piacere alla vita. Se è questo che vuoi, perché non ti fai di eroina? O di coca?»

«Perché non sono le mie droghe preferite,» dissi con calma. «Credimi, se lo fossero, lo farei.»

«La tua droga preferita è il sadismo.»

«Sì. Mi piace fare del male alle persone e poi amarle completamente. Mi inebrio di ciò che mi permettono di fare. Minty? Mi lascerebbe fare quasi tutto.»

«Ha elencato qualche limite?»

«Non all'inizio.» Scossi la testa. «Ma, come ho detto, ci siamo imbattuti in uno. Non l'ho nemmeno visto arrivare.» Mi passai una mano sul collo. «Ha usato la parola di sicurezza quasi subito. Ero orgoglioso di lui per averlo fatto, ma anche confuso, e quando mi ha spiegato perché...» Sospirai. «Avrei dovuto annullare tutto. Avrei dovuto chiudere in quel momento, perché non sono attrezzato per questo, Barry. Non so come gestire questa situazione in modo sicuro per lui.»

«Ma invece non hai chiuso.»

Scossi la testa. «No. Essere il suo Dom è... inebriante. Ma

quest'ultima volta, eravamo in una scena intensa, lo stavo scopando, ed era così bello, ma all'improvviso lui...»

Il contratto tra me e Minty non specificava che ciò che accadeva nelle nostre scene era privato, soprattutto perché volevo che lui potesse parlare di ciò che facevamo insieme se avesse avuto bisogno di rivolgersi a uno psicologo. Ma era la prima volta, nella mia esperienza di Dom, in cui ero io ad aver bisogno di supporto.

«Che cosa ha fatto?» domandò Barry.

«Ha iniziato a supplicarmi di fermarmi.»

«Normale,» disse Barry. «Sono sicuro che a quel punto gli stavi facendo molto male.»

«Lo stavo facendo. Ma... ha pregato papà di smettere, e non era con me che parlava.»

Barry fischiò piano. «Oh, merda.»

«Ho pronunciato la safeword e lui era...» Scossi la testa. «Era un disastro. Però voleva ancora farmi venire.» Ridacchiai. «Cazzo. È stato più di quanto potessi aspettarmi. L'ho gestita al meglio. Mi sono preso cura di lui per ore, finché non sono dovuto uscire per andare al lavoro, e quando se ne è andato da casa mia sembrava un po' debole, ancora stordito, ma abbastanza a posto. Ma ora non riesco a smettere di pensare che avrei dovuto chiudere completamente le cose la prima volta che ha usato la sua parola di sicurezza. Non sono pronto a una situazione come questa.»

«Continui a dirlo, ma in realtà chi lo sarebbe?» domandò Barry, e io capii che intendeva entrambe le cose: che ovviamente non lo ero, ma anche che, sinceramente, chi poteva essere l'opzione migliore di me per Minty? «Ultimamente è autodistruttivo e quasi suicida. Se non tu allora chi? Hai intenzione di lasciarlo fare?»

Mi passai una mano sul viso. «Non è una mia responsabilità.»

Barry inclinò la testa.

«In una scena lo è, sì. Ma questo...»

«Ho capito. Se è troppo, è troppo.»

Strinsi gli occhi, un senso di fallimento mi assalì, ricordandomi di tutte le volte che nella mia vita avevo deluso me stesso o qualcun altro, a cominciare da mio padre e per finire con Benji. O forse sarebbe finita con Minty?

«Non sono sicuro di avere quello che gli serve…»

«Allora hai la tua risposta,» disse Barry.

Percepii la delusione nel suo tono.

«E se la risposta non mi piace?»

Schiaffeggiò il bancone e si voltò. «Parlagli, allora. Chiedigli se sei abbastanza.» Girò intorno al mobile e si diresse verso i tavoli di fronte al palco, da cui tolse le sedie.

Chiederglielo? Chiedere a Minty di cosa avesse bisogno?

Risi tra me e me. Cristo, che assurdità.

Se volevo continuare a dominare Minty, dovevo tenere la testa ben salda sulle spalle.

Minty

SENSEI KATO STAVA già tenendo una lezione quando arrivai. Erano da poco passate le quattro e le scuole erano finite mezz'ora prima, dando agli studenti giusto il tempo di mangiare uno spuntino e di indossare l'uniforme.

Non molto tempo prima ero stato uno dei suoi studenti con la faccia da bambino. Nel dojo di Sensei ero stato al sicuro, e molto bravo in quello che facevo. Un allievo modello.

Ma l'aikido era una pratica non violenta, che prevedeva di spostare l'energia in modo che un attacco fallisse o rimbalzasse sull'aggressore. Non era un'arte marziale adatta a sfogare la rabbia.

Come invece la kickboxing. Ed era insegnata dal figlio di Sensei, Sensei Junior. Che al momento era in piedi alla reception, accigliato davanti al nuovo computer che suo padre aveva installato a malincuore qualche mese prima, con i capelli castano scuro arruffati, come sempre.

«Ti dà ancora problemi, eh?» chiesi, avvicinandomi come se indossassi una gonna e un rossetto invece dei pantaloni della tuta e della maglietta che mi ero messo quando Daniel era arrivato.

«Fottuto pezzo di merda,» mormorò Sensei Junior, alzando lo sguardo per assicurarsi che suo padre stesse ancora insegnando e fosse fuori dalla portata delle orecchie. «Sono tentato di buttarlo nella spazzatura.»

Sorrisi. «Fammi vedere. Cosa stai cercando di fare?»

Sensei Junior mi fece girare intorno alla scrivania e, nel giro di pochi minuti, sistemai l'errore che le sue dita tozze avevano causato. «Ecco.»

«Grazie,» disse, guardandomi dalla testa ai piedi. «Quali sono i tuoi danni? Hai un aspetto orribile.»

Sensei Junior era alto e muscoloso. Assomigliava a suo padre in tutto e per tutto, tranne che per le striature chiare dei capelli, frutto dell'azione del parrucchiere o ereditate dalla madre bianca, e anche per le sue priorità. Amava le arti marziali, ma gli piaceva anche menare le mani. Qualche anno prima aveva aperto un'attività secondaria al dojo per insegnare kickboxing agli studenti meno inclini alla pace.

«Sto solo passando un anno orribile,» spiegai con un sorriso. Flirtavo sempre con Sensei Junior, anche se era etero. Soprattutto perché, anche se non avevo dubbi sul fatto che non mi avrebbe mai scopato, sembrava che gli piacessero le attenzioni. Le lusinghe lo addolcivano, e ciò rendeva più probabile che facesse quello che gli chiedevo. Naturalmente mi ero preso una cotta terribile per lui ai tempi del liceo. Pensavo di esserne innamorato. Lo avevo dichiarato mio unico e solo amore. Il solito, per me.

La mia dichiarazione lo fece accigliare di preoccupazione. «Davvero? Perché?»

«Cose personali e private,» risposi un po' ammiccante.

Sensei Junior roteò gli occhi. «Dimentica che te lo abbia chiesto.» Ma poi il suo sguardo tornò su di me. «Ma tu stai bene? Non sei nei guai?»

Si capiva che era pronto a spaccare le nocche e a offrire il suo aiuto per prendere a calci il culo di qualcuno, e io volevo accettarlo. Ma non c'era modo di prendere a calci il culo di un virus.

«Ho solo bisogno di scaricare un po' di tensione.» Inclinai la testa verso il suo lato del dojo, dove era allestito uno spazio attrezzato per la kickboxing. «Saresti il bersaglio perfetto.» Gli feci un altro sorriso provocante. «Se ci stai.»

«Ah.» Lanciò un'occhiata minacciosa al computer. «Qui dice che non ho nulla in programma, giusto?» Toccò il calendario verde lampeggiante. «Fanculo a questo. Non ha senso.»

Diedi un'occhiata all'agenda. «Non vedo nulla.» Gli diedi una gomitata ridendo. «Solo una certa Colleen Sinclair alle dieci di stasera. Un po' tardi per una lezione privata, no?»

Junior arrossì. «Sì. È una ragazza che frequento. Una vera bomba. Potrei sposarla.»

Si diresse verso la porta principale e la chiuse a chiave. «Andiamo. Abbiamo quaranta minuti prima che mio padre abbia finito con i bambini e che arrivino i loro genitori. C'è tutto il tempo per usarti come straccio per il pavimento.»

Cominciammo con pugni contro il sacco, calci che lo facevano volare e poi un paio di incontri corpo a corpo che erano abbastanza duri da farmi pompare il sangue e pulsare i lividi già esistenti, oltre ad aggiungerne altri. Soprattutto quando tirò un calcio che mi fece volare sul tappeto. Fu una bella sensazione.

Ma era tutto un po' troppo sicuro.

Junior non voleva davvero aggredirmi, uccidermi o violentarmi. Era solo finzione, solo allenamento.

Tuttavia, quando la sveglia del suo orologio suonò per indicare che era ora di smettere di cazzeggiare e che lui doveva tornare al suo lavoro, mi sentivo meglio. Ero anche soddisfatto dell'indolenzimento che di solito solo una scena con Luke o un incontro con Kyle potevano farmi provare.

Il sangue mi pompava nel corpo, ero sudato e ansante e mi sentivo vivo. Molto vivo.

Com'era possibile che dentro di me ci fosse una malattia che mi avrebbe distrutto?

«Minty,» chiamò Sensei Kato mentre si allontanava da una giovane madre che stava esultando per i miglioramenti della figlia. «È passato tanto tempo.»

Mi diede una pacca sulla spalla, da uomo onesto qual era, e poi mi abbracciò. Mi lasciai stringere, sentendomi piccolo tra le sue braccia.

Sensei Kato non si era mai trattenuto nell'affetto per me, nemmeno quando avevo dichiarato che ero gay. Mi aveva semplicemente detto: «Sì, in questo dojo non ce ne frega niente di cose del genere. Se qualcuno qui ti crea problemi, fammelo sapere. Me ne occuperò io.»

Dopo un ultimo colpo sulla schiena mi lasciò andare. Mi chiedevo se ci fosse qualcosa in me che attirasse i tipi protettivi: Daniel, Barry, Sensei…

Ma non Luke. Non potevo definirlo onestamente *protettivo*, no? Non quando mi causava di proposito dolore e mi spingeva al limite di ciò che potevo sopportare.

Sebbene fosse bello essere protetti e al sicuro, avevo bisogno di fidarmi anche dei miei limiti. Volevo che Luke si fidasse di me e temevo che, dopo la nostra ultima scena, non lo facesse più. Non volevo essere trattato con i guanti, né fisicamente né emotivamente. Almeno Luke non aveva cercato di "aiutarmi" o di sistemare le cose come aveva fatto Daniel. Avevo bisogno che Luke credesse nella mia capacità di farcela, di sopportare il dolore, di affrontarlo.

E volevo che si eccitasse.

Volevo che il mio dolore alimentasse il suo piacere, e che il suo piacere alimentasse il mio dolore. Non desideravo che Luke mi facesse solo del male senza ricevere nulla in cambio. Bramavo quel ciclo, il richiamo e la risposta di qualcosa di più…

«Sei lontano un milione di miglia,» disse Sensei Kato, battendo le mani davanti alla mia faccia. «Ti ho chiesto cosa ti ha portato qui, ma vedo dalle tue ascelle macchiate di sudore,» indicò la mia maglietta, «che stavi sfogando la tua aggressività con Joey.»

Joey era Sensei Junior, ma solo suo padre lo chiamava con il suo vero nome.

«L'ho preso a calci nel culo,» annunciò Sensei Junior, colpendo il computer con i soli indici, con un'espressione di rimprovero come se stesse prendendo a calci il suo. «È diventato debole.»

Sollevai le spalle. «Non sono venuto qui per vincere, ma solo per combattere.»

Sensei Kato grugnì. «Eri dotato nell'aikido. Trasferisci bene l'energia cinetica. Potevi facilmente far cadere uomini grandi il doppio di te. Ma ora ti dedichi solo alla violenza. Dove ho sbagliato con te e Joey?»

«È il testosterone, papà,» rispose Sensei Junior. «Io e Minty ne abbiamo troppo.»

«Quella fatina? Troppo testosterone?» Il sussurro ci giunse dal gruppetto di genitori che stavano ancora aiutando i figli a infilarsi scarpe e cappotti.

Sensei Kato si voltò.

Tutti i genitori tacquero e i loro sguardi dardeggianti fecero capire a tutti che riteneva l'osservazione sgradevole.

«Questo non è accettabile qui. Non voglio mai più sentire una cosa del genere,» sbraitò Sensei Kato. Poi si voltò verso di me, mi mise una mano sulla spalla e la strinse. «Ignora quella merda d'uomo.»

«Ignorarlo?» ripetei a voce alta, mettendomi una mano sul cuore. «Dopo che mi ha dato della fatina? Che complimento! Deve pensare che sono bellissima.» Sbattei le ciglia verso il padre in questione.

Stringendo i denti, il tizio si precipitò fuori con il figlio imbarazzato che lo seguiva a ruota.

Scoppiai a ridere.

Era bello ridere. Ultimamente non lo facevo abbastanza. Lì, sotto i neon del dojo, Sensei Kato che proteggeva il mio onore e suo figlio che stava per gettare il computer nel cestino, sentivo un barlume di ciò che era stata la mia vita dopo lo stupro ma prima della diagnosi. La serata al dojo non era stata così silenziosa come quella trascorsa nel seminterrato di Luke, ma era stata piacevole e normale.

Potevo avere di nuovo la normalità? Mi era permesso?

E che dire del rapporto simbiotico che volevo con Luke? Il dare e ricevere della lussuria e del dolore… ma anche qualcosa di più. Qualcosa di personale e reale. Potevo ottenerlo prima di morire? Luke avrebbe voluto darmelo?

Probabilmente no. Dopo la mia confessione, sarei stato fortunato se avessi avuto un'altra scena prima che Luke ci desse un taglio. Avevo visto il disagio nei suoi occhi. Aveva cercato di nasconderlo, ma lo sentivo addosso come un profumo.

Il mio stomaco si contorse. Una nuova ansia si fece viva. La vecchia tentazione di andare al dormitorio di Kyle si insinuò nella mia mente…

No.

Scossi la testa, deciso ad attenermi alle condizioni del contratto finché Luke non mi avesse abbandonato. Il che, senza dubbio, sarebbe avvenuto prima o poi.

Diavolo, probabilmente sarebbe successo molto presto.

Capitolo 11

Luke

«**S**IEDITI,» INDICAI IL divano del mio salotto. «Prima di scendere, voglio parlare.»

«Ma poi andiamo di sotto?» domandò Minty, con un'espressione sempre più tesa e diffidente. Pensai che sarebbe andato via se avessi detto di no.

«Certo. Abbiamo concordato una scena oggi.»

«Allora perché dobbiamo parlare?»

«Credo che tu sappia perché,» replicai con fermezza, indicando di nuovo il divano. «Ora finiamo tutto, così poi possiamo giocare.»

«Non voglio "giocare",» ringhiò Minty, con l'ansia che gli filtrava nella voce. «Voglio che tu mi faccia del male.»

«E così sarà, ma prima parleremo. Sono sicuro che anche parlare sarà doloroso.»

Le narici di Minty si dilatarono. Pensai che avrebbe potuto protestare di nuovo, ma si sedette sul bordo del divano, con le gambe unite in modo compunto sotto la gonna corta di pizzo, lo stesso materiale del foulard che portava. La canotta era un'aggiunta piuttosto mascolina al suo abbigliamento altrimenti molto femminile, ma si sposava bene con la sua androginia generale e con gli stivali da cowboy ai suoi piedi.

Giunse le mani sulle ginocchia, ricordandomi la chiesa e le preghiere ferventi. Non sapevo se ne stesse facendo qualcuna o meno, ma di certo ne aveva l'aspetto. L'espressione ansiosa. La tensione nelle spalle.

«Tuo padre ti ha violentato,» esordii senza preamboli. «Questo rende emotivamente difficile una parte di quello che stiamo facendo qui insieme.»

«Non fare l'accademico con me adesso. Non lo voglio.»

«Beh, non importa cosa vuoi tu, no? Sono io il Dom qui, e tu ascolterai e parlerai con me di ciò che voglio o…»

«Oppure posso andarmene? E se lo facessi?» Minty si alzò in piedi, sfidandomi.

«Allora te ne andrai e troverai un altro modo per farti del male che non sarà neanche lontanamente paragonabile a quello che posso darti io, e probabilmente ti farai ammazzare.» Incrociai le braccia al petto e mi sedetti sulla poltrona di fronte al divano. «Vai, allora. Prego.»

Minty vacillava. Potevo vedere il suo cervello in conflitto. «Kyle mi rivuole. Mi sta implorando di tornare.»

«Va' da lui allora,» dissi. «Sono sicuro che quello che ti darà sarà meglio delle frustate che avevo previsto per te oggi.»

Strinse e rilasciò la mandibola. Contemplò le mie parole. Vedevo la tentazione di andarsene in un impeto di sfida combattere con la tentazione della frusta. «Giuri che la userai? Non ti tirerai indietro se rimango?»

«Prometto di usarla e di farti urlare.»

«Finché non piango? E imploro?»

Sentii il sorriso sadico insinuarsi sul mio volto. «Finché non ti spezzi.»

Le sue ciglia sbatterono, il rosso gli salì sul collo e sulle guance, e si rimise a sedere con un sommesso e affannoso: «Okay.»

Proprio così.

«Tuo padre ti ha violentato,» ripresi.

«Sì.»

«Quanto spesso?»

«Non è sufficiente una volta?»

«È sicuramente una di troppo.»

I suoi occhi si annebbiarono e distolse lo sguardo. «Mi dispiace per quello che è successo l'ultima volta che sono stato qui. Non mi aspettavo davvero di *poterlo* dire durante…» Minty alzò lo sguardo con un'espressione fragile. «Non so perché sono così.»

«Così come? Un masochista?»

«Immagino di sì. Non so perché mi piace essere scopato come se mi stessero violentando.» Pronunciò l'ultima frase a bassa voce, quasi come se sperasse che non lo sentissi. «Non dovrei volerlo.»

«Perché no?»

«Perché sono stato violentato e… e…» Rabbrividì. «È stato orribile.»

«Certo.» Feci una pausa, aspettando di vedere se avesse intenzione di dire altro. Quando non lo fece, ricominciai: «Sai, non è insolito che le persone che hanno subìto violenza sessuale siano attratte dal BDSM. Alcune vogliono addirittura ricreare il loro stupro nella sicurezza di una scena. È un modo per prendere il controllo, per trarre forza da qualcosa che una volta li faceva sentire impotenti.»

Minty si mordicchiò il labbro inferiore. «Non lo so. Forse.»

«Non mi sto offrendo di farlo. Sto semplicemente dicendo che non sei il solo a essere allettato da scenari BDSM e dal dolore dopo una violenza sessuale. Abbandonare volontariamente il controllo a un Dom fidato e scegliere di provare dolore in un contesto erotico possono essere terapeutici. È la scelta che conta.»

Minty ci pensò su. «Come il fatto che quando sono con Kyle, scelgo di lasciargli fare quelle cose a me. Lui pensa di avere il controllo, ma la verità è che io ho il potere, anche se lui mi picchia, mi fa male e mi prende con la violenza.»

«Esattamente. Prima, quando tuo padre ti faceva del male, non c'era potere perché non c'era scelta.»

«Ma...»

«Ma cosa?»

I suoi occhi si posarono sul pavimento e vi rimasero. La sua voce era quasi un sussurro. «Non è vero. Avevo io il potere.»

«Dimmi cosa intendi.»

Si agitò a disagio, ma non protestò. Una parte di me sospettava che volesse parlare dello stupro in modo più dettagliato, e probabilmente lo voleva fare da molto tempo.

«Avevo tredici anni quando mio padre...» si interruppe e ingoiò le parole successive.

«Vai avanti.»

«Non l'ho mai detto a nessuno. Né al mio vecchio psicologo, né al mio assistente sociale, né altri.»

«Dai, coraggio.»

«Non credo di poterlo fare.»

«So che puoi,» affermai con forza. Era in parte un incoraggiamento, ma più che altro un ordine. La voce del dominatore faceva molto per i sottomessi, e Minty non era un'eccezione.

Deglutì a fatica, gli occhi spiritati. Infine, riprese a parlare: «Avevo tredici anni quando lo ha fatto per la prima volta.»

Il mio cuore si spaccò di dolore per lui, ma rimasi in silenzio, lasciandolo parlare.

«Quando succedeva, una parte di me sembrava allontanarsi, andava in un altro posto.»

Annuii.

«Ma un'altra parte era molto presente. Sentivo...» Si fermò di nuovo, il respiro corto e rapido. Mi guardò con il terrore negli occhi. Il cuore gli rimbombava visibilmente in gola.

«Qualunque cosa tu dica, non mi sorprenderà,» dissi con la massima calma possibile.

«Lo farà. È...» Scosse la testa. «È molto brutto.»

Il mio battito cardiaco aumentò. Mi stavo immergendo in acque torbide. Stavo correndo un rischio molto grande.

«Ti aiuterebbe se lo dicessi io?» Il suo sguardo incontrò il mio; sembrava così spaventato che mi ci volle tutto il coraggio che avevo per insistere e non tirarmi indietro. «Va bene. Ti sei sentito potente, nonostante non avessi scelta. Perché lui ti voleva. È così?»

Minty scostò dal viso una ciocca, prima di stringere il foulard di pizzo con mani tremanti. «Mio padre mi ha ignorato per la maggior parte della mia vita. In seguito, mi picchiava ogni volta che mi notava. Odiavo essere picchiato, ma odiavo di più essere ignorato.»

«Quel giorno non ti ha ignorato.»

«No, non lo ha fatto. Indossavo un vestito di mia madre, e avevo messo un tocco di ombretto...» Strinse gli occhi, facendo una smorfia mentre ricordava. «Impazzì quando mi vide. Mi urlò che mi avrebbe fatto vedere com'era essere una ragazza, se era quello che desideravo tanto.» Mi guardò con gli occhi azzurri che brillavano. «Ti ho già raccontato una delle parti peggiori.»

«Quale era?»

«Sono venuto,» sussurrò, alzando lo sguardo verso di me.

«Me lo hai detto. E io ti ho risposto che era solo fisiologico.»

Sbuffò. «Quello che non ti ho detto è che l'ho incitato mentre lo faceva.» La voce gli cedette e le lacrime gli velarono gli occhi. «Non ho mai detto a nessuno la verità.»

Feci un lento respiro prima di dire: «Non c'è nulla che tu possa dire che mi faccia cambiare idea nei tuoi confronti.»

Mi fissò. «Ne sei sicuro?»

«Mettimi alla prova.»

«Okay. All'inizio implorai, come ti ho detto l'ultima volta...»

Mi guardò, desiderando che capissi.

«"Papà, mi stai facendo male, ti prego, smettila"?»

«Sì.» Si asciugò il viso. Stava sudando e sospettavo gli girasse anche la testa. «Lo implorai. Mi aveva fatto molto male. Ma quando non si fermò, quando era dentro di me, ed era fatta, e non si sarebbe fermato...» La sua voce si fece più forte e i suoi occhi lampeggiarono. «Mi arrabbiai tantissimo, cazzo. Avrei voluto ucciderlo, mi sembrava di poter spostare le montagne con la mia rabbia. Mi sentivo potente. Forte. In controllo. E gli dissi...» Esitò.

«Vai avanti.»

«Gli dissi che avrebbe sempre ricordato...» Si interruppe di nuovo, la vergogna gli attraversò il viso.

«Continua, tesoro,» sussurrai, sporgendomi in avanti, pronto ad abbracciarlo se la confessione fosse stata eccessiva. Anche le mie mani tremavano e speravo che non se ne accorgesse. «Va tutto bene.»

Mitchell si leccò le labbra. «Gli dissi che si sarebbe sempre ricordato di come aveva fatto venire suo figlio con il suo grosso cazzo. Gli dissi che era bravo a scoparmi, che mi piaceva e che piaceva anche a lui. Gli dissi che il suo uccello mi entrava dentro proprio nel modo giusto, come se fosse fatto per il mio culo, come se fossi fatto apposta per essere usato da lui.» La sua voce si abbassò ancora di più. «Gli dissi che era la migliore scopata della mia vita.»

«Era vero?»

Gli occhi di Minty rimasero sul tappeto. Le sue spalle tremavano. «A quel punto, era l'unica scopata della mia vita.»

Con la gola contratta, chiesi: «Quelle cose che gli hai detto... avevi solo tredici anni. Dove hai imparato a parlare così?»

«Non lo so.» Scrollò le spalle. «Mi uscì così, come se le parole fossero sempre state lì ad aspettare che le dicessi.» Rabbrividì. «Non so come altro spiegarlo. Più parlavo, più mi sembrava di essere io a spezzare lui invece che viceversa. Il potere...» si passò le mani sul corpo, come se potesse sentirlo scorrere in lui anche in quel momento, «era intenso.» Deglutì a fatica. «Quando finì, ansimante e tremante sulla mia schiena, gli dissi che si sarebbe sempre ricordato di come il suo bambino lo aveva fatto godere.» Il polso gli martellava in gola. «Non so nemmeno io dove l'ho imparato. Ma non dimenticherò mai di averlo detto.»

Trassi un respiro tremante. «E poi?»

«Mi sputò addosso. Mi colpì, mi prese a calci. Mi sono sentito orgoglioso, però. Lo odiavo così tanto e volevo che si odiasse per quello che aveva fatto, per quello che gli era piaciuto.»

«E lui? Odiava se stesso?»

«Non lo so.» Strinse le labbra. «Lo spero.»

«C'è dell'altro? Qualcos'altro che non hai mai detto a nessuno?»

«Sì.»

«Vai avanti. Dimmelo adesso.»

Fece un respiro affannoso. «L'ultima volta che l'ho visto, mi ha messo alle strette nella mia camera da letto a casa di mia madre e mi ha chiesto di fargli un pompino. Non sembrava nemmeno vergognarsi. Mi ha solo detto: "Se sei ancora la puttana di una volta, inginocchiati per papà".»

«Lo hai fatto?»

Il suo respiro si spezzò. «Se ti dicessi di sì, mi odieresti?»

«No, tesoro. No, mai.»

Il suo volto si contorse e non sapevo se credergli quando sussurrò: «Non l'ho fatto. Gli ho sputato in faccia, poi sono salito in macchina, ho guidato fino al campus e sfottuto un ragazzo della confraternita perché mi picchiasse.»

«Che cosa hai ottenuto?» Anche se conoscevo già la risposta, volevo sentirgliela dire.

«Era quello che mi meritavo.»

«Per cosa?»

Mi lanciò un'occhiataccia. «Sai per cosa.»

«Per aver fatto sì che tuo padre ti desiderasse?»

«Sì, e anche per prima.»

«Per averlo fatto venire e per essere venuto tu stesso?»

«Sì,» sussurrò.

Il mio cuore era impazzito, ma ormai eravamo in ballo. Dovevamo uscirne insieme. Dovevo portarci entrambi oltre il dolore, sani e salvi. «E per quanto tempo devi essere punito per questo?»

Scrollò le spalle; le sue ciglia erano bagnate di lacrime.

«L'HIV,» continuai. «È stato un altro modo per farsi punire, o è stato l'incidente che sostieni sia stato?»

«È stato un incidente,» rispose Minty, a bassa voce. «Un preservativo rotto. Ma sapevo che il ragazzo era sieropositivo quando ho lasciato che mi scopasse. Una parte di me…»

«Non fermarti. Sei così vicino,» dissi, dolcemente. «Dimmi.»

«Una parte di me ha pensato: "Se succede il peggio, me lo merito".»

«Oh, tesoro.»

«Non voglio morire, ma non so come vivere con questa… questa cosa dentro di me,» disse, strofinandosi il petto, con i singhiozzi che gli salivano in gola. «Voglio che se ne vada. Voglio scacciarla via e allontanarmi da essa.» Si batté il petto. «Ma non se ne va. Ho provato a sballarmi, a fare sesso, a fingere che tutto vada bene, a farmi male, ma continua a essere lì dentro di me.»

«Hai considerato di amare invece quella parte di te stesso?»

Mi fissò.

«Se non se ne va, forse la cosa da fare è tenerla più vicina e amarla con tutte le forze.»

Rise con amarezza. «E cosa dovrei amare? Quella parte che piaceva a mio padre? Quella che gli ha detto che era la migliore scopata della mia vita?»

«Già. Ama quella versione passata di te. Ti ha salvato.»

Minty scosse la testa. «Odio quel Minty. È disgustoso e mi ha rovinato la vita. È cocaina, eroina e ogni altra cosa con cui la gente si distrugge. Per favore. Non puoi semplicemente scacciarlo da me? Per favore?»

Con cautela, lo presi tra le braccia. Tremava. Sussurrai: «Va bene. Perché non proviamo a fare entrambe le cose?»

Scoppiò in singhiozzi.

Minty

LUKE MI TENNE con la testa appoggiata al suo petto, facendomi sentire il battito del suo cuore. Fremevo per il calore e la tenerezza del suo conforto. Volevo ringraziarlo, implorarlo di averne ancora, e anche pregarlo di non confortarmi mai così quando eravamo in una scena. Rabbrividii tra le sue braccia. Era impossibile desiderare entrambe le cose?

Luke mormorò: «Sai... quel giorno, quando avresti potuto lasciarti spezzare da lui, ma non lo hai fatto?»

Annuii, con le lacrime che mi scendevano sulle guance e bagnavano la sua maglietta.

«Sei stato forte come mai prima. Hai preso il comando nell'unico modo possibile. Lo hai tolto dalle sue mani e lo hai messo nelle tue.»

Strinsi gli occhi; il ricordo di quell'ondata di energia mi fece diventare il cazzo duro. L'odore di Luke, però, mi trattenne nel presente, e mi accoccolai più vicino a lui.

Luke proseguì: «E per riuscirci hai fatto qualcosa di così fuori dai limiti di ciò che è tradizionalmente accettabile che ti sei vergognato profondamente del tuo momento di maggior orgoglio, piccolo.»

«Come posso esserne orgoglioso?» sussurrai. «È perversione.»

«No, era sopravvivenza. Hai protetto la tua psiche riscrivendo lo scenario, dandoti potere e controllo. Hai fatto quello che dovevi fare.»

«Avrei potuto...»

«Cosa?»

Mormorai: «Avrei potuto lottare di più.»

«Hai scelto di essere più forte. Di ridefinire l'esperienza. Voglio aiutarti a tenere stretta questa forza e ad amarti per quello che hai fatto in quel momento.»

Cercai di immaginare di sentirmi orgoglioso di ciò che avevo fatto quel giorno, e tutto ciò che riuscii a pensare fu di andare da Kyle, farlo godere, possederlo come avevo posseduto mio padre. Rabbrividii. Non c'era niente di sano in tutto ciò. Non importava quanto mi piacesse, non importava quanto mi sentissi un dio.

Luke mi accarezzò i capelli. «La prossima cosa che dirò è impegnativa. Sei pronto?»

Annuii, aggrappandomi a lui, ascoltando il suo battito accelerare.

«Penso che un modo per provare ad amare il Minty che eri allora, il Mitchell che eri, sia quello di sfidare la tua paura e sfruttare la figura paterna nel Daddy kink. Vuoi sfidare la tua vergogna oggi?»

«Come?»

«In un modo che ti permetta di comprendere che lo hai stimolato, che hai raggiunto l'orgasmo e che anche lui lo ha raggiunto per merito tuo.»

«Basta,» gemetti. «Non dirlo così.»

«È vero.»

«Signore, voglio che non sia vero.»

«Non è così che funziona la vita, tesoro.» Mi accarezzò di nuovo i capelli. «Non devi essere d'accordo. Oggi andremo avanti anche se deciderai di non chiamarmi Daddy. Ma voglio che tu ci pensi davvero. Pensa al Mitchell di quel giorno, all'amore che voleva, di cui aveva bisogno e che meritava, a quanto dovresti essere orgoglioso di lui per essere sopravvissuto a quello che ha vissuto, e poi onora la sua sopravvivenza rifiutando di vergognarti delle sue scelte. Pensaci.»

Scossi la testa e mi scostai per guardarlo in faccia. Ma una parte di me voleva provarci davvero, voleva ansimare "per favore, Daddy" mentre fissavo i suoi occhi caldi.

Non sarebbe stato così spaventoso. Non assomigliava affatto a mio padre.

Ma non lo feci.

Invece lasciai che mi conducesse al piano di sotto, mi spogliasse e mi facesse avvicinare a un'asta di acciaio inossidabile sospesa dal soffitto, vicino alla parete degli attrezzi. Mi imbavagliò con una corda morbida e mi legò al supporto con catene rivestite di cuoio. Le mie braccia erano tenute distese e anche le gambe erano divaricate da una sbarra, lasciandomi esposto e indifeso, ma con un ampio spazio per contorcermi e muovermi.

Mi mise in mano una palla rossa e dura, dicendomi di lasciarla cadere se avessi voluto usare la parola di sicurezza.

Poi si avvicinò alla parete degli attrezzi e scelse la frusta. Cominciai a tremare prima ancora che assestasse il primo colpo di riscaldamento. Alla fine tornò alla parete per prendere un paddle di legno, e il forte dolore che mi risuonava dentro a ogni colpo mi fece sudare.

Quando passò alla frusta, corta e rossa, che mordeva ferocemente la pelle della parte superiore della mia schiena, del culo e del retro delle cosce, ero ormai in punta di piedi, grondante di sudore e lacrime, sbavante ed eccitato. Dal cazzo mi grondava fluido preseminale.

«Splendida puttana del dolore,» mormorò, e io rabbrividii a quelle parole. Si avvicinò dietro di me, mi premette il petto villoso contro la schiena dolente. «Sento il calore che si sprigiona da te, tesoro.»

Mi irrigidii; per la prima volta amavo le lodi, adoravo il modo in cui mi chiamava *tesoro*, ma volevo anche che mi chiamasse con il mio nome vero, che mi sputasse addosso, che mi strappasse il dolore dalla mente e dai ricordi.

«Odi quando sono dolce, vero?» sussurrò. «Almeno quando

siamo giù in questa stanza.»

Cercai di scrollare le spalle, ma non ci riuscii a causa dei vincoli. Strinsi forte la palla per non farla cadere accidentalmente, mentre lui strofinava di nuovo il petto contro la mia schiena frustata, facendomi male in un modo che non avevo mai immaginato.

Mi afferrò la gola da dietro, stringendo con una mano, mentre con il palmo dell'altra mi schiaffeggiava le palle. Mi dimenai, sollevato dal fatto che non c'era scampo. Avrei potuto lottare quanto volevo, ma avrei sofferto e lui me lo avrebbe fatto sentire.

«Proprio così, troietta,» ringhiò. «L'umiliazione ti eccita, vero?»

Mi lasciò la gola, si inginocchiò, mi divaricò rudemente le natiche doloranti e mi sputò sull'anello di muscoli. «Puttana del cazzo. Vogliosa di sperma. Vivi per questo.»

Quando spinse la punta del suo uccello dentro di me usando solo un po' di saliva come lubrificante, gemetti impaziente: lo volevo tutto. Ma lui non mi accontentò, si limitò a scoparmi in modo superficiale, solo con la punta.

Cercai di ingannarlo per farlo andare più a fondo, sporgendomi all'indietro mentre spingeva dentro, ma non avevo una vera leva e non avevo molto spazio di manovra, incatenato com'ero.

Il mio signore si sfilò tutto, si chinò verso di me e mi sussurrò all'orecchio: «Ti meriti il mio cazzo?»

Gemetti e scossi il capo. No, non me lo meritavo. Ma porca puttana, lo volevo così tanto.

«Non credo proprio. Ti lascio invece questo.»

Si allontanò e poco dopo sentii che qualcosa veniva trascinato verso di me. Qualcosa di pesante.

Mi contorsi e girai la testa, e finalmente vidi che aveva portato la macchina che avevo notato il primo giorno. Sembrava fatta a mano, in legno, con una specie di pompa, e reggeva un braccio di metallo con un dildo attaccato.

Un dildo eccezionale. Più grosso e lungo del cazzo del mio signore.

Avevo sentito parlare di strumenti simili, avevo persino notato alcune istruzioni per costruirne una su un giornaletto porno alla Chelsea Station, ma fino a quando non avevo visto il dungeon del mio signore, non avevo mai conosciuto nessuno che ne avesse davvero uno.

«Hai la tua palla,» mi disse. «Puoi lasciarla cadere adesso e chiudere la scena prima di iniziare, oppure se cominciamo e ed è troppo per te, puoi chiudere la scena in qualsiasi momento. Lascia cadere la palla.»

La strinsi ancora più forte. Quando sentii l'oggetto posizionarsi tra le mie gambe, trassi un lungo respiro ansioso e cercai di buttarlo fuori lentamente.

«Sarà una sensazione bellissima,» disse, mentre lo avvicinava al mio buco, lo allineava e poi allungava con cura il braccio meccanico, in modo che la punta lubrificata del dildo sfregasse contro il mio culo. «Non preoccuparti.»

Non ero preoccupato. Ero eccitato. Ma ero lì per il dolore. Ne avevo bisogno. Dove era il dolore?

Ma quel pensiero mi passò di mente non appena il dildo mi penetrò con forza. Dopo aver inserito la punta dentro di me, Luke si allontanò per accendere la macchina. La prima spinta fu lenta e costante, ma poi aumentò il ritmo e io rimasi immobilizzato dalle catene mentre lo strumento mi apriva fino a farmi tremare di piacere, gemere per il desiderio e grondare fluidi sul pavimento.

«Bene,» disse Luke con calma. «Guarda come ti contrai. Non è bello come quando ti agiti sul mio cazzo, ma è un bello spettacolo.»

Avevo raggiunto di nuovo il punto in cui non volevo davvero le sue lodi durante la scena, ma se aveva intenzione di farmi venire con quel grosso dildo, allora non avevo intenzione di abbandonare la mia palla di sicurezza solo per discutere con lui.

Lo sentii avvicinarsi. Aveva in mano la frusta rossa. «È una bella sensazione, proprio come ho detto, vero?»

Annuii in segno di assenso, gli occhi puntati sulla frusta, una paura acuta che penetrava nel mio cervello appannato dal piacere.

«Questo, però,» proseguì, mostrandomi la frusta con quel ghigno sadico che me lo faceva diventare più duro e allo stesso tempo mi spaventava a morte. «Non sarà affatto piacevole.»

Gemetti dietro il bavaglio, scuotendo la testa. Aspettò per vedere se avrei lasciato cadere la palla, ma io resistetti.

«Lascia che ti mostri cosa intendo,» sussurrò, e poi, con uno scatto rapido, mi abbatté la frusta sul retro delle cosce, proprio sotto il punto in cui le mie palle erano strette alla base del cazzo.

Urlai, il suono soffocato dal bavaglio.

«Non male, eh?» Poi si mise a ridere e sentii le lacrime scivolare sulla mia guancia.

«È questo che mi piace vedere,» continuò, asciugandole con il pollice e facendo un finto broncio compassionevole. «Il povero bambino sta piangendo? Per un piccolo schiaffo?»

Ritrasse la frusta, e poi la fece schioccare contro il mio petto, proprio sui capezzoli. Mi dimenai; la macchina continuava a penetrarmi e, quando provai a scostarmi, il dildo si strofinò contro la prostata, facendomi gridare per un altro motivo.

«Mmh,» mormorò, strofinando la barba contro la mia guancia e poi lungo il collo, baciandomi le clavicole e succhiando i capezzoli ormai doloranti. «Sei uno spettacolo quando soffri.» Si raddrizzò. «Non opporti, però. Non vuoi che spenga il giocattolo, vero? È l'unica parte di questa storia che ti darà piacere. Lo vorrai.»

Tremavo come una foglia. La paura e la lussuria ruggivano dentro di me. Fece un passo indietro e cominciò a schioccare la frusta corta contro le cosce e la parte superiore delle braccia. Passò al petto, concentrandosi sui capezzoli, e poi di nuovo alla schiena. Non risparmiò le mie natiche tremanti. Il peggio arrivò quando si inginocchiò dietro di me e mi sollevò con cautela un piede, facendomi spostare il peso e l'angolazione del dildo. Mi baciò ogni dito del piede, facendomi il solletico e ridere tra i singhiozzi, e poi mi frustò una volta la pianta. Fu come un petardo che esplodeva contro la pelle, e io ululai mentre lui lasciava il piede e tornava a colpire i miei fianchi.

«Ecco,» disse, come se stesse addomesticando un cavallo. Si avvicinò di nuovo a me. «Guarda.» Indicò il mio uccello. «Sei quasi pronto.»

Mugolai. La macchina mi aveva mandato in tilt, mentre la frusta mi faceva bruciare la pelle. Gemetti di nuovo quando mi avvolse con le braccia, strofinando il petto peloso e la parte anteriore dei jeans contro la mia pelle infiammata. Afferrò una natica in ciascun palmo e mi allargò in modo che il dildo entrasse e uscisse con maggiore attrito.

«Farti soffrire è così divertente,» continuò, strofinando il cazzo affacciato dai jeans aperti contro il mio corpo. Anche lui stava gocciolando. «Pensi di meritare lo sperma del tuo signore?»

Scossi la testa. Non me lo meritavo. Lui doveva saperlo. Ma io lo volevo. Lo volevo tanto.

«Troia affamata di sperma,» mormorò come se fosse un vezzeggiativo. Ma poi cambiò tono. Più duro. Più cattivo. «Lo vuole, ma non pensa di essere all'altezza,» continuò come se non fossi nella stanza. Era spersonalizzante, quasi fossi solo un suo passatempo.

Si inginocchiò davanti a me e, prima ancora che mi rendessi conto di ciò che aveva intenzione di fare, mi afferrò lo scroto con una mano e cominciò a colpirmi le palle con le altre dita. Mi divincolai. La palla di gomma era lì, nella mia mano, e potevo lasciarla cadere, ma sentivo anche quell'improvvisa...

Terrificante...

Stupenda...

Vertigine.

Stavo cadendo e poi volando. In alto, sempre più in alto in una spaventosa estasi perfetta. Singhiozzavo, piangevo, imploravo attraverso il bavaglio di averne ancora, ancora, ancora, anche se lui non poteva capire cosa dicevo.

Non si fermò.

Cominciai a soffocare per il dolore e lui si alzò per togliermi il bavaglio dalla bocca. Poi, mentre inspiravo a fatica, si inginocchiò di nuovo e, con un sorriso malvagio, ricominciò a colpirmi le palle. Ero fuori di testa, fuori dal mio corpo, eppure sentivo ogni singolo colpo.

Inebriato dal dolore, dalle spinte del dildo, mi abbandonai a un'esplosione vibrante, urlando mentre venivo come un fuoco d'artificio di piacere. Venni sul viso e sulle mani del mio signore e tra i suoi capelli; lui in ginocchio mi schiaffeggiava le palle. Non si fermò. Continuò anche dopo che l'orgasmo si fu placato, e io tremavo, mi contorcevo, avevo i conati per il dolore, per il piacere, per entrambi.

Quando ripresi lucidità, il mio signore era dietro di me, dentro di me, ed era lui a scoparmi, non più la macchina. Tra le lacrime, lo accolsi e lo incoraggiai, ringraziandolo con i singhiozzi che ancora mi risuonavano nel petto e nella gola.

«Grazie, signore. Sei tanto buono, signore. Così buono con me. Per favore, per favore, grazie, signore, grazie. Ti prego, sei fantastico… questo è fantastico…»

Balbettai e lui mi morse di nuovo la spalla, grugnendo forte mentre esplodeva dentro di me. Ci fu una sensazione calda e scivolosa quando si sfilò e lo sperma mi colò lungo le gambe. Non mi sarebbe stato permesso, ma con il mio signore potevo averlo. Lui voleva darmelo.

Non me lo ero guadagnato.

Ma me lo aveva dato.

Tremavo per la gratitudine e la lussuria. Il dolore per la tortura alle palle mi tormentava ancora, anche quando il mio signore mi staccò dal supporto e mi portò sul letto. Ero inerte tra le sue braccia.

Prosciugato e purificato dal suo lavoro sul mio corpo. Non c'era un solo pensiero oscuro nella mia testa. Solo pace e sì…

Amore.

Lo amavo per avermi dato questo. E per la prima volta in vita mia, l'amore che provavo non era pura immaginazione.

Nel bagliore di una scena che aveva cancellato tutta la mia disperazione, almeno per il momento, riconobbi che il mio signore era una persona di cui non potevo fare a meno.

Qualcuno di cui non *volevo* fare a meno.

Capitolo 12

Luke

MI SEDETTI DI nuovo accanto al letto, guardando Mitchell che dormiva profondamente, privo di tutta la rabbia e la tensione dopo un'altra scena intensa.

Gli era piaciuto molto. Avevo già visto la lucentezza e la gratitudine nei suoi occhi, ma niente di simile a quella sera. Era chiaro che non aveva mai provato nulla di simile al subspace prima di incontrarmi, e ne era rimasto affascinato, probabilmente innamorato di quella sensazione come non era mai stato innamorato di niente e di nessuno in vita sua.

Però pensava di essere innamorato di me.

Avevo riconosciuto anche quello sguardo. Quello che rivelava come mi considerasse la fonte di questo nuovo dono di sensazioni, di dolore e di piacere, e dell'estasi che faceva fluttuare un sub più in alto di quanto non avesse mai fatto.

Mitchell era stato splendido con quell'espressione. Desideravo che in qualche piccola parte profonda della mia anima, quella che desiderava un rapporto con i miei sub, dipendesse davvero da me.

Ma la verità mi era ben chiara.

Mi conosceva a malapena: le uniche cose che sapeva di me riguardavano chi ero quando eravamo in quella stanza, o quando parlavamo di ciò che avremmo fatto. Non mi aveva mai visto andare al cesso, o guardare terribili soap opera notturne e registrarne ogni episodio che mi perdevo. E non aveva idea di come fossi con mio padre, del suo ictus che lo aveva trasformato in uno stronzo omofobo, di mia madre sfinita. Non sapeva che ogni mese andavo a trovare mia sorella con la sindrome di Down.

Non conosceva nemmeno il me che aveva abbandonato l'università per permettere ai miei genitori di pagare la clinica per Betsy, né il sogno che avevo un tempo di essere molto di più di un impiegato in un sexy shop, di un'occasionale operatore sessuale telefonico e di un Dom professionista. Avevo ancora i libri di testo dell'unico semestre di università che ero riuscito a frequentare prima che Betsy andasse via da casa. Non le serbavo rancore. Era la cosa migliore della mia vita. Affettuosa, allegra, un punto luminoso in mezzo a tanta oscurità, ma nemmeno lei mi conosceva appieno. Non aveva idea che suo fratello maggiore fosse un sadico in tutto e per tutto.

Mitchell sapeva solo quello di me.

A volte era come se fossi due Luke diversi. Quello che Betsy e la mia famiglia conoscevano, e quello che tutti gli altri frequentavano: Dom, il dipendente del sexy shop. Il terzo Luke, l'aspirante studente, non lo conosceva nessuno. A malapena lo conoscevo io.

E, allo stesso modo, io non sapevo quasi nulla di Mitchell, se non le sue parti più crude e accuratamente nascoste. Non sapevo cosa studiasse al college, i suoi gusti musicali, se scriveva *ketchup* o *catsup*, o se gli piacevano più i film horror che le commedie romantiche.

Però sapevo che aspetto aveva quando dormiva. Era bellissimo. Come lo era legato e quasi in iperventilazione per il dolore. O come quando gli facevo così male che i suoi occhi si illuminavano di paura. Solo che nel sonno le sue guance erano pallide invece che arrossate, le sue labbra dolcemente socchiuse invece che tese intorno a un bavaglio o al mio cazzo, e il suo respiro aveva un ritmo regolare, più silenzioso dei mugolii che gli sfuggivano durante le scene.

Mi chiesi cosa stesse sognando. E perché mi interessasse.

Nonostante il mio desiderio di una relazione con il mio sottomesso, con Minty, sapevo che era lì solo per il dolore e il bondage. Stavo facendo un lavoro per lui. Un lavoro gratuito, un favore, per il quale non mi sentivo attrezzato dal punto di vista emotivo, ma pur sempre un lavoro.

E, Dio, era stato gratificante quella sera. Il modo in cui Minty aveva goduto era stato uno spettacolo da vedere. L'espressione di estasi sul suo volto quando era venuto era diversa da qualsiasi altra a cui avessi mai assistito su un altro sub. Era angelica, e se qualcuno mi avesse detto che stavo torturando un cherubino, gli avrei creduto. Perché sembrava che dalla sua schiena potessero spuntare delle ali e sulla sua testa bionda potesse apparire un'aureola. Era così bello quando godeva che dovevo stare attento a trattenermi per non cedere a mia volta.

E i suoni che emetteva quando gli facevo male! Erano incredibili. Pazzesco.

Non riuscivo a ricordare l'ultimo soggetto con cui avevo avuto una reazione del genere. Nemmeno Benji, con cui ero stato per due anni. Mi aveva sempre fatto eccitare, mi aveva soddisfatto e permesso di giocare con il suo dolore più di tutti i miei precedenti sub, e mi era piaciuto molto. Ma il modo in cui Minty si tuffava nell'agonia, in cui cavalcava il terrore che avevo fatto emergere in lui? Come il mio sadico interiore si beava dello splendido luccichio delle lacrime nei suoi occhi? Impareggiabile.

Il giorno successivo sarebbe stato un sabato e avevamo tutto il giorno per giocare prima di dover andare da Knox Supplies & News. Non avevamo ancora concordato una nuova scena, e mentre affrontavo tutte quelle incognite su di lui, mi venne un'idea. Ero tentato di chiedergli di spogliarsi per me e di fare una partita al gioco delle venti domande, in cui ogni risposta sarebbe stata ricompensata con uno schiaffo sul viso o una sferzata sul culo.

Ma quella mia curiosità non sarebbe stata soddisfatta. Non ora. Non avevo idea di quanto io e lui potessimo durare, ma non mi aspettavo che fosse più di qualche altro giorno. Lui poteva decidere di andarsene perché non era abbastanza. Io potevo decidere di non essere in grado di gestire i suoi danni emotivi.

Oppure si sarebbe potuto ammalare e morire.

O ancora avrei potuto farlo io.

Dovevamo abbracciare il presente, quei momenti, perché non sapevamo quanti altri ne avremmo avuti, e conoscerci a qualsiasi altro livello? Che importanza aveva, quando quello che stavamo facendo era molto più grande? Molto più forte ed epico. Pieno di sperma, saliva, piacere, urla e paura.

Ma mentre mi addormentavo, un pensiero mi attraversò la mente come una nuvola davanti alla luna, non del tutto formato, ma era ancora lì quando mi svegliai e trovai Minty che dormiva raggomitolato sul pavimento ai miei piedi.

Non avrei potuto lasciarlo morire senza conoscerlo.

Capitolo 13

Minty

«V**IOLA, SIGNORE!**» ESCLAMAI senza fiato, preparandomi allo schiaffo. Mi arrivò sul lato opposto del viso e la testa mi girò. Il mio cazzo era duro, naturalmente, e anche il suo, ma lui non sembrava intenzionato a finire in fretta quella partita.

«La tua caramella preferita.»

«Twizzlers, signore!» Questa volta usò il frustino che continuava a stringere contro la sua coscia rivestita di jeans. Mi finì sulla parte superiore del braccio e io sobbalzai.

Il suo uccello sbucava dalla patta slacciata dei jeans; volevo chiedergli di abbassarli, di farmi succhiare la punta bagnata che brillava a suo ogni passo.

«Hai fratelli e sorelle?»

«No, signore.» Il frustino infiammò l'altro braccio.

«Migliori amici?»

«Sì, signore. Daniel e Windy.»

La ricompensa fu una pinza sul mio capezzolo sinistro. Mi spostai da un ginocchio all'altro, avevo la pelle coperta di lividi causati dal cemento. Tuttavia, non ricordavo di aver pensato alla mia diagnosi o alla morte imminente nelle ultime sedici ore. Solo al mio signore e al dolore. Le mie nuove cose preferite. E glielo avrei detto se me lo avesse chiesto.

Potevo amarlo davvero in un modo che fosse reale, perché aveva visto il peggio di me e non era scappato. Invece, mi aveva abbracciato, fatto soffrire, fatto godere.

Volevo svenire per il peso schiacciante dei miei sentimenti.

«Fai sesso con loro?»

«No, signore?» Lo dissi come una domanda e le sue labbra si incurvarono in una specie di sorriso divertito che non avevo mai visto prima. Mi fece battere il cuore. Era sexy. Lo avevo sempre saputo. Ma era anche carino.

«Te l'ho chiesto,» proseguì, mentre preparava l'altra pinza per il mio capezzolo destro, «perché ci sono gli amici, gli scopamici, e persone che sono entrambe le cose.»

«Non mi scopo Windy o Daniel, signore, né mi faccio scopare da loro. Non lo vorrebbero nemmeno, e io...» Trattenni un grido quando sistemò la pinza e conclusi la frase con un respiro affannoso: «Neanche io vorrei. Se pensassi che mi desiderano in quel modo, mi spezzerebbe, signore.»

Alzò lo sguardo, con un'espressione intensa come sempre, ma anche una nota di dolcezza, che gli guizzò negli occhi come una fiammella. Mi toccò la guancia, più delicatamente di quanto volessi di solito, ma questa volta mandò una vampata di calore al mio ventre, riempiendomi di quella stessa tenerezza. «E io?»

«Lei, signore?»

«Se fossimo diventati amici, ma io volessi ancora scoparti...»

Un sorriso mi si spalancò sul volto, nonostante sapessi che avrei dovuto comportarmi come se non mi importasse affatto. Stavo sognando? Il mio signore voleva davvero farmi del male come avevo bisogno e stare con me fuori da quella stanza? Dopo quello che gli avevo detto? La gioia mi scorreva nelle vene.

Il mio signore mi tenne la mano sulla guancia e chiese a bassa voce: «Ti spezzerebbe?»

«Credevo che volesse spezzarmi lei, signore. Non è quello che stiamo facendo qui?»

Gli occhi del mio signore si chiusero un attimo e la sua carezza divenne ruvida, la mano si spostò fino ad afferrarmi la mascella e costringermi ad aprire la bocca. «Spezzarti è un mio obiettivo, sì.»

«Non scopo con i miei amici,» insistetti. Il suono era distorto dalla sua trazione sulla mia mascella. «Ma farei un'eccezione per te, signore.»

Si chinò, mi prese le palle e io rimasi fermo. Sapevo che non si sarebbe fatto scrupoli a provocarmi dolore in quel punto. Strinse, non abbastanza da farmi veramente male, ma quanto bastava per farmi sudare freddo. «E se volessi vederti al di fuori di queste sedute? Portarti a pranzo? A cena?»

«Un appuntamento, signore?» Il mio cuore stava per uscire dal petto, sia di paura per le mie palle che di speranza. Era possibile che volesse da me qualcosa di più delle mie lacrime e del mio sperma?

Il mio signore deglutì, dibattuto nel dubbio, e poi disse con una voce che mi avrebbe fatto fremere l'uccello e vibrare i capezzoli per l'eccitazione, se non mi avessero fatto così male: «Sì. Un appuntamento.»

Mi strinse un po' di più le palle e i suoi occhi si spostarono sulle mie labbra. «Cosa faremmo a un appuntamento, Mitchell?»

«Usciremmo, signore, per andare al cinema o a cena, o qualcosa del genere.» I suoi occhi rimasero sulla mia bocca, e con un lampo di chiarezza capii cosa voleva sentire. «Ci bacceremmo. Poi ti lascerei fare di me quello che vuoi, come vuoi. Non dovresti farmi del male, a meno che tu non voglia, signore. Ti permetterei… di scoparmi, se lo desiderassi.»

Chiuse di nuovo gli occhi, e la pressione sulle mie palle aumentò fino a farmi strillare. Le sue labbra si contorsero in quel sorriso sadico e mi lasciò andare, lasciandomi in ginocchio. Tirò fuori il cazzo, ne strinse la punta e disse: «Apri la bocca.»

Feci una smorfia. Non amavo il piss play, ma lui lo sapeva già e ormai lo usava quasi sempre quando stavamo insieme. Rimasi fermo mentre prendeva la mira, e il sapore pungente della sua urina mi riempì la bocca. Deglutii; me ne entrò un po' in gola, poi il mio signore mi spinse a terra, pisciandomi tra i capelli e sulla schiena. Il calore era allo stesso tempo disgustoso e rilassante e, quando ebbe finito, mi afferrò i capelli bagnati per tirarmi su.

«Quanto mi piaci, così zuppo.»

«Grazie, signore?» Di nuovo una domanda. Non sapevo se volevo che mi dicesse che ero bello nel bel mezzo di una scena come quella. Ma d'altra parte, l'idea che volesse uscire con me, che volesse davvero baciarmi e trattarmi come una persona invece che come un giocattolo da ferire e scopare era inebriante. Per quel motivo, ero felice dei suoi complimenti.

«Il mio piccolo giocattolo del cazzo,» disse. «Mettiti carponi.»

Feci come mi aveva ordinato, con le mani che artigliavano il cemento grezzo, mentre lui si avvicinava dietro di me, fischiava sottovoce e controllava il plug che mi aveva infilato nel culo come "ricompensa" per una delle mie prime domande. Se preferissi i gatti o i cani, forse. Non ero sicuro di cosa avrebbe fatto se avessi detto gatti. Forse avrebbe usato un massaggiatore prostatico. Ne aveva uno a portata di mano.

«Pensi che questo buco meriti lo sperma del tuo signore?»

«No, signore,» sussurrai; avrei voluto abbassare la testa nella pozza di piscio sotto di me e alzare il culo in aria per facilitargli il compito. Invece rimasi immobile, chiedendomi cosa avesse intenzione di fare dopo.

«Ho una sorpresa per te,» riprese con un tono così sadico che il mio cuore saltò un battito e una nuova scarica di adrenalina mi investì. Cominciai a tremare, e sapevo che se n'era accorto, perché si mise a ridere. «Tiriamo fuori questo.»

Estrasse il plug senza alcuna cura e io urlai quando uscì, lasciandomi una sensazione di vuoto dentro.

«Ora,» continuò, e anche senza guardarmi intorno sentii che

stava tirando fuori qualcosa dalla tasca posteriore dei jeans e poi lo stava srotolando dalla plastica. Lasciò cadere una palla di plastica vicino alla mia testa. «Vediamo cosa ne pensi di questo.»

Gemetti mentre qualcosa di freddo e formicolante scivolava nel mio culo.

«Cos'è, signore?» domandai con un sussulto.

«Io lo so, e tu devi scoprirlo.»

Sentii il formicolio crescere, e quando il mio signore si mise di nuovo di fronte a me, tirandomi in ginocchio facendo leva sul mento, cominciai a capire. Il pizzicore si trasformò in bruciore e più stringevo la cosa che avevo nel culo, più bruciava.

«Lo senti?» chiese.

Annuii.

«Ti piace o no?»

«Entrambi, signore.»

Mi passò una mano tra i capelli bagnati di piscio, mi scrutò negli occhi e poi, con lo stesso sorriso autocompiaciuto, allentò la pinza sul capezzolo destro. Grugnii, tutto il mio corpo si contrasse per il dolore e il bruciore nel culo si intensificò, aggiungendosi a quello nel petto, penetrando in profondità nel muscolo. Mi sentivo in fiamme. Mi vennero le lacrime agli occhi e il sorriso del mio signore si fece delizioso.

«Così va bene, tesoro,» sussurrò.

Boccheggiai e sbattei le palpebre; mi sovvenne una risposta che ero riluttante a pronunciare. Ma lui se ne accorse.

«Sentiamo,» ordinò. «Hai bisogno di usare la tua parola di sicurezza?»

Sembrava sinceramente preoccupato, così scossi la testa e sussurrai: «No, Daddy.»

Esitò. «Mitchell, mi fermo un attimo, ma ti prometto che possiamo tornare sulla scena. Sei pronto? Ora siamo in pausa.»

Sbattei le palpebre, le lacrime mi salivano di nuovo agli occhi per il bruciore della cosa che avevo nel culo. «Sì, Luke?» Provai a pronunciare il suo nome. Non glielo avevo mai detto in faccia, anche se in quei giorni me lo ripetevo sempre nella mente. Luke qui, Luke là. Luke, Luke, *Luke*. Non pensavo più ad altro. Stavo fallendo a scuola e stavo per morire, ma almeno c'erano Luke e il suo dungeon, e quel suo sguardo che rivelava quanto gli importasse.

«Vuoi chiamarmi Daddy durante la scena di oggi?»

«Sì,» farfugliai.

«E posso riferirmi a me stesso con quel termine? O è solo una cosa per te? Entrambe le risposte vanno bene.»

«Anche tu puoi usarlo,» dissi, con la voce che mi tremava. «Ci ho pensato su e sono pronto a provarci.»

Mi accarezzò delicatamente i capelli. «In futuro, parleremo di queste possibilità prima di iniziare una scena. Non mi dispiace fermarmi per chiarire, come ho fatto poco fa. Non sono arrabbiato o turbato. Ma se ti va, in futuro parleremo di queste cose in anticipo.»

«Okay, Luke.»

Le sue labbra si arricciarono. «Bravo, Minty.»

Fremetti.

«Pronto a ricominciare?»

Dal momento che il bruciore nel mio culo non si era fermato, non ero sicuro che sarei comunque riuscito ad andarmene, ma annuii e dissi: «Sì, per favore.»

Luke strinse lo sguardo su di me. «*Sì, per favore*, cosa?»

«Sì, per favore, Daddy.»

Portò le dita sulle mie labbra e le toccò, con una dolcezza negli occhi che non avevo mai visto prima. «Vorrei poterti baciare.»

«Puoi, Daddy.»

Scosse la testa. «No, non ora.» Poi la sua voce cambiò. Divenne ferma, controllata e feroce, e io tremai nel midollo. «Succhia il cazzo di Daddy,» proseguì, alzandosi e calandosi i jeans. «Fai venire il tuo Daddy.»

Quelle parole fecero scattare in me un campanello d'allarme che accese la vergogna nel mio cuore, tanto da bruciare quanto qualsiasi cosa mi avesse messo nel culo. Ma feci come diceva Luke, gli afferrai l'uccello e poi lo presi in bocca.

«Cazzo,» imprecò, le mani si contrassero tra i miei capelli per strattonarli e tirarli mentre facevo del mio meglio per mandarlo fuori di testa. «Porca puttana, Mitchell. Cazzo. Cazzo!»

Avrei sorriso se non avessi avuto la bocca piena, così continuai a succhiarglielo. Le sue ginocchia cominciarono a cedere, facendomi sentire in delirio, e quando si tirò fuori dalla mia gola, afferrandomi la mascella per tenermi aperta la bocca e poi si tuffò di nuovo dentro, prendendo il controllo, mi afflosciai e lo lasciai fare.

Il bruciore nel culo e il modo in cui mi toglieva il fiato aumentavano la mia eccitazione. Si sfilò, mi schiaffeggiò di nuovo il viso e sussurrò: «Sudicia puttana, vuoi far venire Daddy, vero?»

«Sì,» annaspai, sbavante e con la voce arrochita. «Vieni per me, Daddy. Papà.»

Le parole erano allo stesso tempo simili e diverse da quelle che avevo detto quel terribile giorno di tanti anni prima. Lo ricordavano, ma non mi facevano tornare indietro. Probabilmente perché potevo vedere Luke, le sue pupille dilatate dall'eccitazione, la bocca umida dove si era morso il labbro per trattenere l'orgasmo e la sua espressione accesa, come se fosse furioso per quanto mi desiderasse.

Fu quello che mi fece volare dritto verso un muro di orgasmo intenso.

Venni come una fontana su tutto il cemento, sulle gambe di Luke e sui suoi piedi. Mentre lo facevo, il mio buco raggiunse uno stato di fuoco che mi fece gridare anche quando scesi dall'apice.

La bocca di Luke si contorse in quel modo che mi fece capire che stava godendo del mio dolore e del mio piacere, ma soprattutto del mio dolore. Il mio corpo cantava con lui e lui si beava della melodia.

«Esatto,» sussurrò. «Vieni per papà. Sporca puttana.»

«Sì,» dissi con voce tremante. «Sì, sono la tua puttana.»

«Sei sempre la mia puttana. Tieni gli occhi aperti, guarda Daddy,» disse, prendendosi in mano il cazzo e masturbandosi fino a venirmi sul viso, mirando ai miei occhi.

Il dolore pungente dello sperma che mi colpiva i bulbi oculari faceva il paio con quello del culo e io gridai di nuovo, strofinandomi finché Daddy non prese le mie mani tra le sue e le strinse al petto, inginocchiandosi davanti a me per sussurrarmi all'orecchio: «Il succhiacazzi di Daddy ha fatto un buon lavoro. Peccato che dovrò punirti per aver goduto.»

E lo fece.

Mi masturbò con forza e senza pietà, anche se ero appena venuto. Mi strinse a sé, in modo che non potessi allontanarlo, e non mi permise di dimenarmi. I miei occhi bruciavano a causa del suo sperma. Il mio cazzo urlava di agonia. Il dolore mi fece contrarre il culo e quella sensazione di bruciore divenne insopportabile. Ero in fiamme, stavo soffrendo e…

«Ecco,» annunciò, come se conoscesse il momento in cui il ricordo mi aveva travolto. «Sentilo. Seguilo.»

Mi dimenai e non servì a nulla, il dolore era insopportabile. Spinto a pancia in giù sul divano. Il peso di mio padre sulla schiena. «Papà, fermati, ti prego, ti *prego*,» ansimai. «Papà, papà, fa male, fermati.»

«Conosci la parola d'ordine,» la voce di Luke vibrava in me.

Lo sapevo, ma il ricordo mi aveva rapito e, per quanto lo odiassi, volevo andare fino in fondo. Rivivere il dolore, la rabbia, le parole che avevo urlato. «Ti ho fatto venire, papà. Tuo figlio ti ha fatto godere.»

«Sì,» sussurrò Luke. «Dimmi cosa hai fatto.»

«Sono venuto per te, papà, e tu sei venuto dentro di me. Io! Tuo figlio! Mitchell!»

«Che bravo il mio ragazzo,» mi lodò Luke. «Così forte e orgoglioso. Così potente. Hai fatto venire papà tanto forte.»

Lasciò andare il mio uccello e io mi agitai tra le sue braccia, con il dolore che ancora mi bruciava il culo. Non sapevo cosa pensare di quello che avevo detto. Era strano, perché non era mio padre e ne ero conscio, ma le parole, le lodi e il modo in cui ora mi toccava con cura, allungando la mano per estrarre qualsiasi cosa dal mio buco, e annusandomi il collo, avevano un che di paterno. In senso positivo.

Volevo di più da lui, più affetto. Di più, di più, di più.

«Sei stato bravissimo, Mitchell,» mormorò, e poi mi mostrò la cosa che era stata dentro di me. «Zenzero. Si chiama *figging*.»

Inspirai ed espirai stordito mentre lui lo gettava via.

«Ora riposati.» Mi aiutò ad alzarmi, poi mi condusse nella doccia come faceva sempre. Mi aggrappai a lui mentre apriva l'acqua calda. Non oppose resistenza e mi strinse a sé mentre il getto d'acqua pioveva su di noi. Volevo che mi baciasse. Ne avevo bisogno.

«Per favore, signore,» mormorai. «Baciami.»

«Mi dispiace, tesoro, ma ne parleremo quando sarai tornato in te. In questo momento, sei da un'altra parte. Non voglio violare le tue regole quando non siamo lucidi.»

«Ero in possesso delle mie facoltà mentali prima, quando ti ho chiamato Daddy e papà e tu me lo hai permesso?» chiesi in tono distante, appena udibile sopra lo scorrere dell'acqua.

«Avevamo già parlato della questione del Daddy kink. Non abbiamo mai discusso di baci.»

«Usciamo insieme, per favore,» dissi, la speranza mi saliva nel cuore mentre chiudevo gli occhi e lui iniziava a lavarmi i capelli con tenerezza. «Portami a un appuntamento e baciami.»

«Tesoro,» mormorò. «Se è quello di cui hai bisogno, lo farò.»

Capitolo 14

Luke

Metà ottobre 1991

GLI AVEVO PROMESSO un appuntamento mentre ero ancora immerso nella tempesta ormonale del sesso, inebriato di eccitazione e sadismo. Tanto per cominciare, non avrei mai dovuto parlarne, ma soprattutto non avrei dovuto accettare.

Ora mi trovavo nell'atrio di un edificio universitario in attesa che Minty scendesse. Avevo un mazzo di rose che avevo preso al supermercato e un vago piano per il nostro appuntamento che non prevedeva una cena o un film, ma solo di conoscerci meglio.

E anche quello era un errore.

Un errore stupido, arrapato ed emotivo.

Okay, più emotivo che arrapato, visto che ogni volta che ero con lui venivo come un vulcano, quindi non potevo dare la colpa al mio uccello. Era il mio cuore ad avermi tradito. Quell'idiota che avevo nel petto voleva affetto, vicinanza, un legame e, per qualche ragione inconoscibile, aveva messo gli occhi su Minty.

Minty! Di tutti i sub! Di tutte le persone!

Il ragazzo aveva una marea di problemi e io non ero la persona adatta a risolverli. Non fuori dal dungeon. Forse nemmeno lì.

Ma la mia bocca aveva dato voce al mio assenso, le mie mani avevano comprato quei fiori, il mio stupido cuore aveva fatto una capriola quando Minty era uscito dalla porta, e i miei occhi si erano spalancati a quella vista.

Fermagli rosa tra i capelli, una gonna argentata che scendeva fino alle caviglie, stivali da cowboy, ovviamente, e una canotta bianca con spalline sottili sotto un soffice cardigan rosa. Era bellissimo, sexy e dolce come un gelato alla vaniglia. Dovevo ammettere che, a causa del modo in cui gli piaceva vestirsi, mi aveva confuso quando aveva affermato di non essere transessuale, ma pensai che ne sapesse più di me.

Non mi importava comunque.

In quel momento, al di fuori del dungeon, era così sfacciato, così aperto. Il suo abbigliamento, il suo stile, persino la camminata ancheggiante mi rapivano. Non riuscii a trattenermi dall'ammettere quella verità a me stesso, mentre finalmente si trovava di fronte a me con un sorriso stupito e dolce, le mani tese verso i fiori.

«Sono per me, signore?»

«Luke,» lo corressi, dandogli il mazzo. «Non stiamo giocando adesso.»

Sorrise ancora di più, gli occhi azzurri accesi. Non ero sicuro di averlo mai visto veramente felice prima. Gli donava, quella felicità.

«Sono per me, Luke?»

«Certo.»

«Andiamo, ehm…» Si guardò alle spalle. «Abbiamo tempo di portarli in camera mia? Non voglio che appassiscano.»

Di colpo mi scoprii interessato a vedere la sua stanza. «Certo.»

Mi prese per mano e mi resi conto che non l'avevo mai stretta prima. Non in quel modo, comunque. L'avevo tenuta per passione o per sostegno emotivo, ma non con quella semplice spontaneità. Le sue dita scivolarono tra le mie e quasi le avvicinai per baciarne il dorso.

Non lo feci, però, e non solo perché c'era già un sacco di gente che ci fissava con espressioni non proprio amichevoli. Ma perché sapevo che, se lo avessi fatto, avrei dichiarato ufficialmente che ero cotto. E quello non era l'obiettivo di ciò che c'era tra noi. Avevo pensato che si trattasse di BDSM, di impedirgli di farsi del male in altri modi, di conforto e di sesso…

Fanculo.

Quando salimmo in ascensore, mi portai la sua mano alla bocca e baciai due volte le nocche.

Minty mi fissava come se fossi una persona appena conosciuta. E, in un certo senso, lo ero.

Il corridoio che portava alla sua stanza era deserto, ma comunque piuttosto rumoroso. Le porte dei dormitori erano aperte e dalla maggior parte di esse uscivano musica, il ronzio dei televisori e chiacchiere. Molti avevano ragazze in camera, in grembo o nel letto. Nessuno disse nulla a Minty finché non entrò nella sua stanza.

Fu allora che un ragazzone uscì dal bagno di fronte alla sua porta, si bloccò non appena lo vide e poi lanciò occhiate assassine verso di me.

Minty, dal canto suo, non lo aveva ancora notato, ma quando alzai un sopracciglio verso quel ragazzo con fare deciso, il tipo sogghignò.

Pensavo che fosse solo un altro omofobo, sicuramente uno stronzo; era più robusto, ma probabilmente troppo spaventato per affrontare me, un adulto. In un certo senso avevo ragione, ma in un altro senso mi sbagliavo.

Quando finalmente la chiave di Minty scattò, Faccia da Stronzo si mise tra noi e usò un braccio per bloccare l'ingresso. Minty si paralizzò, il suo corpo si irrigidì, la sua espressione passò attraverso uno strano mix di paura, preoccupazione e tristezza agrodolce.

«Quindi è per questo motivo che non vieni in camera mia per le tue solite botte?» domandò Faccia da Stronzo a voce così bassa che nessuno, a parte noi, avrebbe potuto sentire le sue parole.

Minty si schiarì la gola, sollevò il mento e mise in scena il personaggio del duro che avevo intravisto tante volte da quando ci eravamo conosciuti, e che avevo avuto il piacere di far crollare. Disse dolcemente: «Se vuoi succhiargli l'uccello, Kyle, sono sicuro che non devi fare altro che chiedere.»

Faccia da Stronzo sogghignò. «Come se io avessi mai...»

L'espressione di Minty vacillò e poi disse a bassa voce: «Mi dispiace.» Inclinò il capo verso di me. «Hai ragione. Non vuole che ti veda e quindi non posso. So che quello che abbiamo fatto insieme ha significato molto per te, ma...»

«Non significava nulla per me,» abbaiò il tizio, guardando Minty a denti stretti. «Racconta qualcosa a qualcuno, a chiunque, e ti ammazzo di botte.»

«Lo sai che mi diverto, così,» disse Minty con un occhiolino, flirtando con il bastardo.

L'acido mi risalì dallo stomaco.

«Ma non sono io quello che ti perseguita nel tuo dormitorio, vero?» mormorò Minty. «La gente parlerebbe se ti vedesse con me, e sappiamo che non lo vuoi.»

Per qualche motivo assurdo, sembrava che Minty si preoccupasse davvero dei limiti di quel Kyle. Doveva essere lui lo stronzo da cui si era lasciato usare, il bastardo violento che lo aveva soffocato e ferito in modo sconsiderato.

Strinsi i pugni.

Kyle girò la testa per controllare se qualcuno lo stesse guardando. Nel corridoio c'era solo un altro tipo, ma era immerso in un libro e non stava prestando attenzione.

«Non ti stavo pedinando. Stavo andando da Stanley,» sibilò Kyle, indicando la stanza accanto a quella di Minty. «Siamo nella stessa confraternita.»

«Stanley è andato a casa per il fine settimana.»

«Non lo sapevo, altrimenti non sarei venuto.» Troppo sulla difensiva. Coglione.

«Ah-ha.» Minty gli accarezzò il braccio. «Sa quanto ti piace il mio culetto?»

«Sei morto.»

«Ehi,» intervenni, mettendo un braccio tra loro due. Non mi piaceva il modo in cui Kyle stava addosso a Minty, con i denti scoperti come se volesse mordere, cazzo. «Il mio ragazzo qui non ti vuole più intorno, capito?»

«Il tuo ragazzo? Sei un finocchio o...» Kyle ringhiò, rivolgendosi a Minty. «Questo tizio è il tuo capo?»

«È il mio Dom, dunque sì. Luke mi dice cosa fare e io lo faccio.» Minty raddrizzò le spalle, scrutando il viso di Kyle. «Quindi non posso più essere il tuo sacco da boxe e la tua puttanella. Mi dispiace. Davvero.»

Ero sconcertato dalla sincerità della sua voce. Questo ragazzo gli piaceva davvero? Provava qualcosa per lui? Ero forse geloso? Cristo santo.

Anche Kyle sembrava confuso e fissava me e Minty. Non sapevo se fosse la faccenda Dom/sub a far ronzare quella sua mente semplice, o se fosse il modo in cui Minty gli toccava il braccio con sincera attenzione e gli parlava con tenerezza.

«Quello che avevamo era importante per te,» continuò Minty. «Ne avevi bisogno quanto me, e mi dispiace di non potertelo più concedere. Significava molto anche per me, per quello che vale. Mi hai capito e ti ringrazio per questo.»

«Capito? Ti odio,» sussurrò Kyle, guardandosi di nuovo intorno. Il suo pomo d'Adamo si muoveva nervosamente.

«Lo so,» disse Minty, accarezzandogli di nuovo il braccio. «Ed è quello di cui avevo bisogno. Spero che tu possa trovare qualcun altro che ti faccia godere come me, ma ne dubito. Non ci sono molti al mio pari in giro. La maggior parte non è disposta a subire colpi del genere. Mi dispiace tanto, Kyle, ma non posso più aiutarti.»

«Aiutarmi?» Kyle scosse la testa. «Sei pazzo.»

«Certo che lo sono. Cosa pensavi che significasse quando ti permettevo di farmi certe cose, e mi divertivo persino?» Minty ritirò la mano dal braccio di Kyle e si spinse nella sua stanza. «Non posso davvero più parlare in questo momento. Io e il mio Dom abbiamo un appuntamento. Spero che tu riesca a trovare quello che stai cercando. Sei davvero bravo.»

«Sono bravo…» Kyle si bloccò e alzò lo sguardo verso di me. «Buona fortuna, amico. È un pervertito di merda.»

Avrei voluto difendere Minty, dire a Kyle di non parlare così del mio… del mio *cosa*? Non il mio sottomesso, ma sì, il mio sottomesso. Minty non era il mio ragazzo, ma il modo in cui avrei voluto torcere il collo a quel mostro violento mi diceva che ero emotivamente alla deriva. Sì, il desiderio di uccidere quello stronzo rivelava che avevo perso del tutto il controllo e che stavo affogando.

Merda.

Non avrei proprio dovuto farlo. Avevo trentaquattro anni. Avevo l'HIV e probabilmente presto avrei iniziato a stare male. Nel frattempo, avevo una sorella da accudire e dei genitori che avevano bisogno di aiuto. A tutti gli effetti, nella mia vita non c'era spazio per l'amore. Lo avevo detto a Benji e lo pensavo davvero.

Ma cos'era quel sentimento nel mio petto, fatto di urgenza e protezione, per l'irragionevole twink biondo che avevo tutte le intenzioni di scopare in modo dolce e senza kink?

Non ero stupido. Conoscevo la risposta.

Cazzo.

Kyle si era già allontanato nel momento in cui avevo riordinato i miei sentimenti e i miei pensieri e mi era venuto in mente quello che avrei voluto dire: «Toccalo di nuovo e ne risponderai a me,» così ingoiai la minaccia e seguii Minty nel suo alloggio.

Le pareti erano ricoperte di poster, come la maggior parte dei dormitori, da quello che ricordavo durante il mio breve periodo all'università. C'erano due letti, entrambi fatti in modo ordinato, e una serie di luci colorate avvolte intorno a un tubo a vista che attraversava il soffitto della stanza. Erano accese, ma lo erano anche le lampade principali, quindi non aggiungevano molto all'ambiente.

«Mi dispiace per Kyle. Gli manco, ecco tutto,» esordì Minty, mettendo le rose in un vaso sulla scrivania accanto a un poster disegnato a mano con varie bolle e frecce colorate. In alto era scritto "Fotosintesi" e sopra era appesa una stampa di salamandre assortite del mondo.

Accanto ce n'era una terza, più piccola, di diversi tipi di farfalle, e dall'altra parte della stanza c'era un ulteriore poster, raffigurante animali in pericolo, e accanto una grande foto di una giovane Jane Goodall con uno scimpanzé, affiancata da un cartello di plastica che invitava al riciclaggio.

Sbattei le palpebre. Non avrei mai immaginato che Minty, il grazioso Minty del trucco e delle gonne, fosse così interessato alla natura e alla biologia.

Sul retro della porta c'era un lungo poster bianco, rosso e nero di un uomo asiatico in meditazione e la scritta "La vera vittoria è la vittoria su se stessi". Sopra, nello spazio tra la porta e il soffitto, c'era una foto di Minty con un trofeo in mano, in piedi accanto a un uomo alto. Entrambi indossavano uniformi da arti marziali.

C'erano anche alcuni poster legati alla musica. I B-52 e il famoso scatto di *Faith* con il sedere di George Michael in primo piano. Accanto al letto, c'era un collage di modelli di moda che sfoggiavano abiti e trucchi selvaggi, tutti elementi che vedevo Minty aspirare a indossare.

«Aveva davvero bisogno di scoparmi,» continuò piano Minty, di fronte a me, con la preoccupazione che gli increspava la fronte. «Non sei arrabbiato, vero? Ti giuro che non mi sono fatto toccare da lui da quando ho firmato il nostro contratto. Nemmeno una volta.»

Mi schiarii la gola, con il cervello in tilt per le nuove informazioni sugli interessi, la storia delle arti marziali e i gusti musicali di

Minty, e per la sua visione assolutamente sconclusionata della situazione con quello stronzo di Kyle.

Inspirai lentamente e iniziai con la cosa più importante in quel momento. «Non sono arrabbiato con te e ti credo. Non preoccuparti di questo.» Gli toccai i capelli, scostando una ciocca morbida che era sfuggita dalle mollette. «Ma Mitchell...»

«Non stiamo giocando adesso. È Minty.»

«Mi sembra giusto. Minty, lui non ti ama. Lo sai, vero?»

Minty sospirò, appoggiandosi a me.

Lo cinsi con le braccia. Non lo avevo mai abbracciato così, vestito e non coperto di sudore e di sperma, ma mi sembrava giusto farlo. Volevo tenerlo tra le braccia, protetto dagli stronzi del mondo che avrebbero voluto fargli del male in modi che non potevo controllare o, peggio, che avrebbero voluto ferirlo fino a farlo sanguinare o addirittura morire.

«Mi detestava,» concordò Minty. «Odiava quanto mi desiderasse. A me piaceva che mi trattasse così, anzi, lo adoravo. Ma no, credo che non mi amasse.» Si tirò indietro e mi guardò. «Ma nemmeno tu mi ami, vero? Quindi, qual è la differenza? Lui aveva bisogno di scoparmi e di farmi male, proprio come tu hai bisogno di...»

«No,» lo interruppi e strinsi i denti prima di pronunciare le parole successive. «Non è affatto come me.»

«Ah no? Non ha un bel contratto da farmi firmare. Tutto quello che aveva era la mia parola che mi sarei presentato e che avremmo preso quello che ci serviva l'uno dall'altro. Ho infranto la mia parola senza nemmeno una scopata d'addio. Sono sicuro che è ferito da questo.»

«Ferito?» Avrei voluto scuoterlo, ma mi limitai a scrollare la testa. «Tesoro, non gli importava di te.»

«E a te?»

«Perché altrimenti sarei qui a cercare di portarti a un appuntamento? Perché altrimenti vorrei dare la caccia a quello stronzo proprio adesso e tirargli il collo? Fargli promettere di non parlarti mai più? Mi interessa troppo. Cazzo.»

Gli occhi di Minty si accesero. «Sei geloso.»

Alzai gli occhi al cielo.

«No, lo sei davvero! Te lo leggo in faccia. Hai voglia di ucciderlo per avermi scopato.» Ridacchiò tutto allegro.

«Non per averti scopato, ma per averti fatto del male.»

«Per avermi ferito in un modo che non approvi, in un modo che non avresti mai fatto.»

«Lo farei, se me lo chiedessi,» esclamai a denti stretti. Il bisogno di schiacciare quello stronzo di Kyle come un insetto mi invase. «Di' una parola, e io organizzerò una scena in cui ti faccio del male proprio come ha fatto lui.»

Minty si leccò le labbra. «Mi piace come suona, ma non c'è stata nessuna scena con Kyle. Mi ha solo… ferito. E tu non lo avresti mai fatto. Hai sempre insistito…»

Non capivo cosa mi fosse preso, ma lo spinsi su uno dei letti. Nei suoi occhi si accese la sorpresa, ma non disse di no e non lottò contro di me. Dovetti trattenermi dal tirargli su la gonna, strappargli le mutandine che sapevo avrei trovato, e ficcarglielo nel culo senza lubrificante, senza cura, solo per dimostrargli che potevo farlo soffrire come gli serviva, e come aveva fatto quello stronzo.

Ma mentre fissavo i suoi occhi scintillanti, mi trattenni. Non era quello che volevo per la serata. Volevo essere dolce. Romantico. Portarlo fuori e poi abbandonarmi a un po' di tenero sesso *vanilla*.

Perché sì, diavolo, mi importava.

Troppo, cazzo.

Il mio respiro era spigoloso, accaldato, il mio cazzo premeva contro i jeans, il mio cuore batteva forte. Minty mi fissava, il petto che si alzava e abbassava, gli occhi fissi nei miei, a osservare ogni mia mossa. Se non lo avessi fatto ora, cosa avrebbe pensato? Che non ero in grado di dargli quello che Kyle aveva fatto, e sarebbe tornato da lui.

Non avevo scelta.

Se volevo fargli credere di essere sufficiente per lui... *e da quando era diventato il mio obiettivo? Dovevo solo tenerlo in vita, Cristo santo!* Ma se volevo che credesse di non aver bisogno di Kyle, allora dovevo fargli male, tormentarlo e scoparlo brutalmente.

Guardando Minty, con il trucco sul viso, il lucidalabbra sulla bocca e il suo splendido corpo snello, teso e pronto per essere battuto, seppi di non poterlo fare. Sapevo che era necessario, ma non volevo. Non così. Aveva ragione. Avevo bisogno che fosse una scena, qualcosa con un inizio e una fine definiti e limiti chiari. Non volevo essere Kyle, anche se era quello che Minty cercava da me.

Mi sedetti accanto a lui sul letto, con le spalle che mi tremavano e la gola stretta. Non volevo fargli del male in quel modo. Nel mio dungeon era diverso. Lì il dolore era divertente, caldo, intenso. Ma nel dormitorio, colpirlo, farlo piangere, mi avrebbe fatto sentire un mostro, un bastardo geloso e violento come Kyle.

«Non voglio farti del male stasera,» sussurrai mentre Minty faceva scorrere le sue mani su e giù per la mia schiena in modo confortante, percependo la mia angoscia. «Voglio prendermi cura di te. Voglio...»

Non osavo ammettere che volevo essere dolce con lui, forse anche fare l'amore, cosa che avevo tentato solo qualche volta quando ero giovane e stupido, ancora preso dall'idealismo. Ma per lui, con lui, volevo provarci.

Kyle pensava che Minty fosse pazzo? No, *io* ero pazzo. Ciò che desideravo fare con lui era una follia. Mi riconoscevo a malapena, e perché? Minty non era speciale. Era come tanti altri ragazzi, tanti altri sub.

Solo che non lo era.

Era empatico all'inverosimile, coraggioso e forte, e si cedeva a me in modo squisito. Voleva aprirsi, e io lo avrei sostenuto. Un giorno, presto, avrei trovato il punto giusto in cui premere o frustare e lui si sarebbe sciolto come neve al sole.

Ma sarebbe stato diverso. Quella sera non era ancora il momento giusto, e io volevo...

Quello.

Volevo quello.

Minty aveva spostato la testa in modo che le nostre labbra si stessero quasi toccando, il suo respiro contro la mia bocca e la sua mano che si intrecciava ai miei capelli. Il mio cuore batteva all'impazzata e mi sentivo in bilico sul baratro di qualcosa che andava oltre la mia comprensione. «Baciami,» sussurrò. «Siamo sobri. Non stiamo giocando. Lo voglio...»

Anche io. Non c'era più alcuna necessità di oppormi al desiderio di assaporare le sue labbra.

I nostri nasi si sfiorarono, respirai il suo profumo e mi arresi. Il bacio iniziò in modo dolce e rassicurante, ma poi persi il senso di ciò che poteva significare *vanilla* e lo spinsi contro il materasso. Mi smarrii nel profumo della sua pelle, nel sapore delle sue labbra e nei suoni che emetteva mentre lo divoravo, tutto lingua e labbra come un adolescente arrapato, esplorando la sua bocca con la mia.

«Luke,» mormorò quando ci staccammo per riprendere fiato. «Credo di piacerti.»

Ridacchiai. «Credo di sì.»

«E penso che io...»

Gli posai le dita sulla bocca. «Non dirlo.»

Allontanò la mia mano. «Ma è vero.»

«Davvero? Mi conosci appena.»

«Ti conosco abbastanza.» Sorrise, mi baciò il labbro inferiore e poi il naso. «So che la sola vicinanza con te mi fa cantare il cuore. Come quella stupida canzone dei Carpenters che mia madre ascoltava sempre quando ero piccolo. La canticchiava mentre faceva le pulizie. La adorava.»

Non trattenni una risata.

«Penso che nulla di ciò che potresti dirmi riuscirebbe a spingermi a odiarti,» continuò Minty lentamente. «Potresti anche dire che vuoi farla finita, e so che ti amerei comunque.»

«Minty...»

«Io ti amo,» mi interruppe, zittendomi con il palmo. «Ti amo, e non me lo rimangerò.»

Gli tolsi la mano. «Non ti è permesso amarmi finché non saprai chi sono.»

«È una sfida?»

«Se necessario.»

«Allora coraggio,» disse, alzandosi, raddrizzandosi la gonna e la camicia e voltandosi verso lo specchio per riapplicare il lucidalabbra e lisciare i capelli. «Andiamo al nostro appuntamento, così potrò sapere tutto di te.»

Il mio cazzo protestò, ma Minty aveva ragione. Limonare e scopare nella sua stanza non erano nei programmi per la serata. All'improvviso ero ansioso. E se non fosse stato abbastanza? E se avesse avuto bisogno di quello che Kyle gli aveva dato più di quanto ne avesse bisogno Kyle stesso?

Interruppi i miei pensieri e mi concentrai su ciò che invece volevo e potevo dargli. Un assaggio dell'altro me. Una sola serata non sarebbe bastata a mostrargli tutto. «Non si può imparare tutto in una notte.»

«Dobbiamo iniziare da qualche parte.» Minty allungò la mano verso di me. «Ho iniziato in ginocchio con te, ma com'è stare in piedi con te? O non mi è permesso farlo, signore?» concluse con tono provocante.

Mi alzai e lo presi tra le braccia, rispondendo al suo tono ammiccante: «Ma sei tanto bello in ginocchio per me.»

Minty sorrise, si alzò in punta di piedi per baciarmi rapidamente le labbra e poi mi prese di nuovo la mano. «Allora andiamo. Ci aspetta un appuntamento. Non ne ho mai avuto uno vero. Spero che sia magico.»

Sbuffai per quella nota sdolcinata, così assurda ma così affascinante. «A me basta che sia reale.»

Minty

LUKE MI AVEVA quasi picchiato e scopato in un impeto di gelosia, o per il desiderio di dimostrare qualcosa a me e anche a Kyle, sebbene se ne fosse già andato. Me lo sentivo nell'anima. Ma sapevo anche che non ci era riuscito perché, per quanto sembrasse improbabile, ci teneva a me. Non voleva farmi del male. Voleva invece tutto il resto.

Lo guardai mentre leccava il suo cono gelato, con la luce dell'insegna al neon di Bruster's che si rifletteva sui suoi capelli. Eravamo seduti sulla panchina accanto alla finestra aperta, a chiacchierare di tutto e di nulla.

Era fantastico. Non mi era mai capitato che qualcuno volesse fare qualcosa del genere con me. Beh, non con qualcuno con cui desiderassi anche fare sesso. Avevo amici, ottimi amici, che si preoccupavano per me e che si divertivano a passare del tempo con me. Ma a nessun ragazzo con cui avevo fatto sesso importava di me come a Luke, e nemmeno nessuno di quelli per cui mi ero preso una cotta aveva voluto uscire davvero con me. Si erano accontentati al massimo di qualche pompino o sveltina.

«Una volta ho assaggiato il pistacchio e non era male,» commentò Luke, abbassando la testa per leccare una goccia dal suo cono. «Non c'è niente di meglio del cioccolato.»

Aprii la bocca per dire che preferivo il cioccolato di Baskin Robbins, ma poi la chiusi. Non volevo rovinare quel momento di serenità tra noi.

«Che c'è?» chiese, premendo la gamba contro la mia. «Stavi

pensando a qualcosa. L'ho visto balenare sul tuo viso.»

Feci spallucce. «Non fa niente.»

«Se i tuoi pensieri non fossero importanti per me, non saremmo a questo appuntamento, ma di nuovo nel mio scantinato.»

Sorrisi. Aveva ragione, naturalmente. Voleva conoscermi, scoprire com'ero nella vita quotidiana, non solo la mia versione sottomessa e accondiscendente, o quella che si ribellava sperando di essere punita. Allora perché mi sembrava che anche solo ammettere di avere gusti diversi potesse essere un rischio?

«Vai avanti,» mi spronò. «Qualsiasi cosa tu dica va bene.»

«Va bene.» Presi un respiro lento e lo lasciai uscire, quindi aggiunsi: «Mi piace di più il cioccolato di Baskin Robbins.»

Sollevò le sopracciglia. «Stavi pensando a questo?»

«Sì.»

«Okay, e perché non volevi dirmelo? Sono un adulto. Non ho bisogno che qualcuno sia d'accordo con tutto quello che dico.» Fece una pausa, voltandosi completamente verso di me dopo aver dato un'occhiata in giro per assicurarsi che nessuno fosse arrivato alle nostre spalle mentre eravamo seduti con i nostri gelati. «Non pensi che sia quello che voglio, vero? Non ho mai apprezzato i sub senza spina dorsale. Voglio sentire i tuoi pensieri, qui, ora, in questo modo, e anche nel dungeon. Mi piace che tu non sia d'accordo con me, o che di tanto in tanto ti opponga. Ti rende reale. Non una bambola.»

«Non volevo rovinare il nostro appuntamento.»

«Non sono uno stronzo del genere. Mi piace che tu sia diverso da me.»

Ci pensai e annuii. Dovevo fidarmi di ciò che diceva. In caso contrario, non avrei più potuto fidarmi di lui nemmeno nel dungeon, dove la fiducia era fondamentale. «Qui non ci sono bambole, solo un principe delle fate al tuo servizio.»

Luke sorrise e poi indicò una goccia sul mio cono. Mi affrettai a leccarla via prima che cadesse. Mi venne da ridere, ricordando qualcosa che avevo fatto all'inizio del semestre, al Before Times. «Ehi, vuoi sapere di una performance che ho fatto?»

«Performance?» I suoi occhi scintillarono.

«Sì. A volte sono un artista, sai.»

«In effetti non fatico a crederlo. Sei creativo in altri modi.» Fece un gesto verso i miei abiti.

«Grazie.» Gli regalai un accenno del mio sorriso più dolce. «Sono orgoglioso dei miei vestiti. Però questa era un'opera d'arte geniale. È stato fantastico. Vorrei che Peter lo avesse filmato…»

«Peter?»

«Un amico. È un fotografo, e ha fatto un servizio. Mi chiedo se abbia già sviluppato le foto. Comunque, come ho detto, è stato fantastico. Ho preso un cono gelato alla mensa dell'università, alla vaniglia, come questo, ma senza gli zuccherini al cioccolato, e l'ho portato fuori.»

Luke addentò il suo cono, sgranocchiandolo e ascoltandomi. Ero tentato di chinarmi e di leccare una goccia di cioccolato dal suo mento, ma chissà se qualcuno ci avrebbe visto e ci avrebbe rimproverato di essere queer. Ero già abbastanza evidente per il modo in cui ero vestito. Non volevo sfidare la sorte, così indicai il suo tovagliolo e poi feci un cenno al suo mento. Lui capì l'antifona e si pulì.

«E poi?» chiese.

«Mi sono sdraiato sul marciapiede, lontano dal percorso principale, ma in una zona comunque visibile. Era importante essere notato.»

«Ah sì?»

«Sì, e, oh! Devo parlarti del mio abbigliamento perché è stato centrale per la performance! Assolutamente fondamentale. Una maglietta aderente senza maniche e un tutù rosa sopra i miei migliori jeans blu.»

«Sembra carino, tesoro.»

«Lo ero!» Leccai ancora un po' di gelato, la dolcezza mi ricoprì la lingua e scivolò giù per la gola. «Allora, immagina. Io, sdraiato con il cono sopra la testa.» Sollevai brevemente il cono per dimostrarlo. «Così, te lo vedi?»

«Assolutamente sì.»

«Ho lasciato che il gelato si sciogliesse e mi colasse sul viso. È finito ovunque, anche sul collo e sui capelli. Accanto a me, per terra, c'era un cartello con scritto "Cream My Face", ovvero "Schizzami in faccia", che era il nome dell'opera d'arte che stavo realizzando.»

Poi ridacchiò, dando un altro morso al suo cono.

«Ho aspettato che tutto il gelato si sciogliesse, poi ho urlato: "Schizzami in faccia!", ho capovolto il cono e mi sono versato il resto addosso. È stato fantastico! Un vero piacere per il pubblico.»

«Ci credo,» rise. «È… incredibile.» Mi scrutò intento. «Non ne avevo idea.»

«Che fossi un artista oltre che il ragazzo effeminato esperto di scienza più sexy del mondo?»

«Sì, proprio così. Sono stato sprovveduto. Non sulla parte sexy, ma sul resto.»

Mi godetti quel complimento prima di dedicarmi a finire il mio cono gelato.

«Allora, ti interessano la scienza, la natura, le arti marziali, gli stivali da cowboy, la performance artistica, i tutù, il trucco, i vestiti da donna…» Spuntò le cose. «Cos'altro scoprirò di te stasera?»

«Qualsiasi cosa tu voglia sapere.»

Si guardò rapidamente intorno e poi mi passò le dita tra i capelli, spingendo una ciocca dietro l'orecchio e poi avvicinandosi per sfiorarmi lo zigomo con un bacio. «Mi piacerebbe sapere tutto. Ma, come ho detto prima, ci vorrà del tempo.»

«Non ne abbiamo molto, vero? Quindi è meglio sbrigarci.» Ignorai la sua smorfia al ricordo del nostro stato di sieropositività.

«E tu? Quali sono i tuoi hobby? Cosa ti piace fare?»

Luke mise in bocca l'ultimo pezzetto di cono, masticò e si pulì le mani. Avevo la sensazione che stesse prendendo tempo. Alla fine disse: «Beh, il mio più grande hobby è sempre stato il BDSM. Ho iniziato per divertimento. E a un certo punto sono sorti alcuni problemi nella mia vita che mi hanno spinto a farlo per soldi. Dopodiché, era ancora divertente, ma era anche un lavoro. Questo cambia le cose.»

«Sì, se mi pagassero per fare "Cream My Face", cambierebbe sicuramente le cose. Voglio dire, *sono stato* pagato. Ho lasciato un barattolo di mance per la seconda esibizione e ho tirato su una bella somma di denaro. Ma se dovessi farlo come attività di sussistenza? Sarebbe diverso.»

«Già, ma non so se avrebbe gli stessi problemi associati alla trasformazione del mio hobby di Dom in un lavoro. L'essere Dom comporta molte responsabilità. Non finisce quando un sub esce dalla porta. Devo fare attenzione che ciò che facciamo in una scena non abbia un impatto negativo su di loro nel mondo esterno.»

«Sì, certo.» Sapevo per esperienza che quello che mi aveva fatto nel dungeon mi aveva condizionato per ore e giorni dopo la fine.

«Alla luce di tutto ciò, dopo la diagnosi ho dovuto prendermi una pausa. Per molto tempo non mi sono sentito a mio agio mentalmente. Al momento me la cavo con lo stipendio del negozio, a patto che stia attento alle spese e che porti i miei sub solo ad appuntamenti economici per il gelato.» Fece l'occhiolino.

Sorrisi. «Adoro questo appuntamento.»

«Sono contento.» Fece una pausa. «Questa responsabilità, però... è parte del motivo per cui all'inizio ero preoccupato per noi. Quello che facciamo è al limite. A volte temo che questo renda le cose più difficili per te, invece di migliorarle.»

«Non preoccuparti,» dissi, mettendogli una mano sul braccio. «Sto bene. Anzi, non stavo così bene da molto tempo.»

Lo stomaco mi si contorse, senza che ne capissi il perché. «Mi stai dando quello di cui ho bisogno.»

Per il momento.

Il pensiero era indesiderato, ma c'era lo stesso. Mi chiesi se fosse balenato sul mio volto, perché anche l'espressione di Luke cambiò.

Mi affrettai ad aggiungere: «Ma questo è quello che fai per lavoro. Cosa fai per divertirti?»

«Divertirmi...» Si interruppe e il suo sguardo divenne distante. «Non lo so.»

«Cosa fai nei tuoi giorni liberi? Quando non sei al negozio e non fai il Dom...» Non aveva forse detto, durante una delle nostre conversazioni conoscitive, che non era stato con nessuno, tantomeno come Dom, da mesi? «Cosa ti piace fare per hobby?»

«Mmh.»

Vedevo che aveva una risposta, ma era riluttante a condividerla con me. Una morsa mi strinse il petto. Me lo strofinai, non sapendo perché mi sentissi ferito. «Non devi dirmelo,» precisai, cercando di fingere che non mi importasse. «Non sono affari miei. Non stiamo uscendo davvero insieme. Questo è un semplice appuntamento. Non è la stessa cosa.»

«Tesoro,» sospirò. «È una cosa di cui non parlo molto. Non che me ne vergogni, ma è una questione privata e non ne ho mai discusso con i miei sub.»

«Fai qualcosa di inquietante?» chiesi, improvvisamente preoccupato.

«Cosa?» Ridacchiò. «No.»

«E allora?» Gli avevo appena detto che non era necessario che me lo dicesse, ma dovevo insistere. Avevo bisogno che l'apprensione nel mio petto si placasse.

Luke sospirò, ci pensò ancora un attimo e poi confessò: «Ho una sorella di cui mi occupo.»

Mi accigliai. Viveva al piano di sopra mentre noi facevamo

qualsiasi cosa nel dungeon? Lo sapeva? *Argh.* Anche quello deve essersi riflesso sul mio viso, perché lui rise e mi prese la mano.

«No, no, non vive con me. Risiede a Riverwoods, una struttura per adulti disabili sull'altopiano del Cumberland. Ha la sindrome di Down e i miei genitori sono ormai anziani e non possono più occuparsi di lei.»

«Oh.» Immediatamente alcuni pezzi del puzzle andarono al loro posto. Lo immaginavo con una sorella che aveva bisogno di cure. Doveva essere bravo a badare a lei. «Come si chiama?»

«Betsy.»

«È più grande di te o più giovane?»

«Più giovane, di sei anni e mezzo. È fantastica,» aggiunse, con un sorriso che gli si allargò involontariamente sulle labbra. Per un istante fui invidioso di Betsy, che riusciva a renderlo così felice.

Ma la gelosia svanì quando il suo sorriso si spense. «Ho aiutato a prendermi cura di lei finché non sono partito per l'università. Ero lì solo da un anno quando mio padre ha avuto un ictus che lo ha lasciato… cambiato. Sono tornato a casa e mi sono occupato di Betsy per molto tempo mentre mia madre badava a mio padre, ma…» Scosse la testa.

«Sembra una situazione difficile. Il mio amico Daniel deve prendersi cura del fratello e della sorella più piccoli perché sua madre è un'alcolista, e anche per lui è dura. Non so molto sulla sindrome di Down, ma sembra che forse Betsy sia, in qualche modo, una specie di eterna bambina.»

«È una persona fatta e finita,» disse Luke un po' sulla difensiva. «Ma, sì, avrà bisogno di qualcuno che si occupi di lei per il resto della sua vita. Alla fine, quando la salute e la mente di mio padre si sono deteriorate e hanno assorbito sempre di più l'attenzione di mia madre, i miei hanno deciso che il posto giusto per lei era Riverwoods.»

«Come ti sei sentito?» Percepii una certa tensione in lui.

«Egoista.»

«Perché?»

«Perché una parte di me era contenta di poter tornare alla mia vita, di ricominciare a essere un Dom e a fare un vero lavoro retribuito. Stare con Betsy è sempre divertente e gratificante, ma mi mancava avere una vita mia.»

Sbuffai. «Non è egoistico avere bisogno di essere se stessi. Io impazzirei se non potessi vivere a modo mio.»

Un altro guizzo passò sul volto di Luke e capii cosa stava pensando. Il modo in cui vivevo ultimamente era già abbastanza folle.

Beh, non aveva idea di quanto avrei perso se avessi dovuto andare a vivere con mia madre nella roulotte, in quella stanza dove mio padre mi aveva chiesto…

Scrollai via il pensiero.

«Allora, hai una foto?» domandai, facendo oscillare i piedi sotto la panchina.

Tirò fuori il portafoglio dalla tasca posteriore ed estrasse una foto. La girò verso di me, mostrandomi sua sorella. Rideva, aveva una bocca ampia e occhi molto distanziati di cui non riuscivo a distinguere il colore, e i capelli scuri, quasi neri, tagliati a casaccio e sciolti. «Questa è Betsy.»

«È bellissima.»

«Sì.» Mise via la foto. «Vado a trovarla una volta al mese. River-woods non è terribile. È un bel posto, organizzano spesso gite e le lasciano un'adeguata libertà. Ha persino trovato un lavoro part-time e ha iniziato a frequentare qualcuno. Dice di essere innamorata.»

«Sembra una cosa buona per lei. Vedi? Se fosse rimasta a casa, ora non sarebbe innamorata. Ed essere innamorati è fantastico.» Presi di nuovo la sua mano. Mi piaceva il modo in cui le sue dita si incastravano tra le mie.

Luke sorrise ironicamente. «Ho sentito che ne sei un fan.»

Mi bloccai sorpreso, chiedendomi cos'altro Barry gli avesse detto di me. Ovviamente non abbastanza, visto che Luke aveva scoperto il mio trauma al volo, nel bel mezzo di una scena. Ma se Barry gli aveva parlato del mio debole per l'amore, Luke avrebbe potuto farsi un'idea sbagliata di me.

«In passato, ho sempre amato l'idea dell'amore,» ammisi, cercando di formulare la frase con attenzione. «Ma non sono un illuso. Ho sempre saputo che era tutta una finzione, che nessuno di loro mi ricambiava.»

Luke rimase in silenzio per un momento. «Vale la pena essere amati di rimando.»

«Davvero?» Gli lasciai la mano. «Non so se sia vero. Ma mi piacerebbe.» Mi strofinai le braccia, colto da un brivido. «Non voglio morire da solo.»

Un altro silenzio e poi Luke chiese: «Tua madre non ci sarebbe per te?»

«Non gliene darò la possibilità.»

Si accigliò. «Cosa vuoi dire?»

«Al primo segno di cedimento delle mie cellule T o alla prima vera malattia...» Mi passai una mano sulla gola. «Fine. *Adieu*. Morto. Non darò a nessuno la possibilità di stare con me mentre me ne vado. Sarà veloce, e sarà permanente.»

«Minty...» sospirò, abbassando le sopracciglia.

«Non dirmi che non ci hai pensato. Anche tu hai la mia stessa diagnosi. Sai come va a finire.» Cazzo, avevo imboccato la strada peggiore possibile. Quella che riconosceva tutte le cose orribili che sia io che lui volevamo dimenticare quella sera. Ma era troppo tardi.

«Io...» Si schiarì la gola, abbassando leggermente la testa. «Ci ho pensato. Certo, ci ho pensato. Ma...»

«Potremmo fare un patto, allora. Quando sarà il momento per uno di noi due, faremo un'ultima scena insieme, e poi lasceremo che l'altro faccia quello che deve fare.»

«Fare cosa, esattamente?»

«Porre fine alle nostre vite e toglierci di torno.»

Mi fissava e potevo vedere l'inizio dell'argento mescolato al biondo vicino alle orecchie. Era giovane per essere brizzolato, ma sembrava più triste il fatto che non sarebbe mai vissuto abbastanza a lungo per vedere la sua chioma ingrigire del tutto.

«Per l'amor di Dio,» sbottò a denti stretti. «Non puoi dire stronzate del genere e riderci sopra. Non puoi…»

«Perché no?»

«Perché è… io… non sono ancora pronto a rinunciare alla mia vita.»

«Certo che no,» sbuffai. «Ma quando sarà il momento? Non è che mi manchi qualcosa. Non posso avere l'eternità. Lo sai tu e lo so io.»

«Cristo…»

Gettai il tovagliolo sul tavolo tra noi. «Mi dispiace. Sto rovinando tutto.» Mi alzai, raddrizzando la gonna argentata che ero stato così ansioso di indossare per il tipo di uscita romantica che avevo desiderato per tutta la vita. «Non ho bisogno di un appuntamento. Non ne ho mai avuto uno prima, e questo non è finito nel migliore dei modi, ma è colpa mia, lo so.»

Non ero ansioso di tornare nel mio dormitorio per trovarmi di fronte ai fiori che Luke mi aveva portato, ma era meglio che fissare quei suoi occhi devastati.

«Meglio andare. Devo…» Mi fermai prima di dire "studiare", perché non c'era alcuna possibilità che lo facessi.

Se la serata doveva finire così, allora forse le cose che avevamo fatto nel seminterrato non erano abbastanza per me, dopotutto. Forse non meritavo semplicemente le attenzioni di una persona come Luke, una persona buona e affettuosa che adorava sua sorella e che non mi avrebbe mai picchiato e scopato senza il preventivo consenso. Ma conoscevo qualcuno che lo avrebbe fatto.

«Siediti,» ordinò Luke, usando quella voce. Il mio corpo obbedì come se fossi un automa. Una volta che fui di nuovo sulla panchina, si girò verso di me. «Okay, accetto il tuo patto. Verrai da me quando vorrai farlo e io ti darò quello che ti serve. Se si tratta di una scena, va bene. Se si tratta di abbracciarti, di fare l'amore con te, allora lo farò. Se si tratta solo di fingere che non stai per suicidarti, va bene. Ti chiedo solo che, in qualunque modo tu scelga di farlo, nessun altro si faccia male.»

Rabbrividii. Non me lo aspettavo. «E tu? Cosa ti darò se verrai prima da me?»

Scosse la testa. «Non lo farò. Ho Betsy e devo fare tutto il possibile per starle vicino. Lo devo a mia madre. Ha bisogno di me.»

«Nessuno ha bisogno di me, quindi...» Feci spallucce. «Non farà male a molte persone quando me ne andrò. Continueranno ad andare avanti come prima.»

Luke scosse la testa, mi prese la mano e ne baciò di nuovo il dorso. «Non lo credo, ma non credo nemmeno che sia giusto fingere che non arriverà un giorno in cui potrei condividere i tuoi pensieri. È vero che alla fine sarà meglio che lasci la mia famiglia in fretta, invece di prosciugare i loro conti in banca e i loro cuori con una malattia prolungata.»

«Vedi? Sapevo che eri intelligente e che ti saresti ricreduto,» mormorai, anche se il mio cuore soffriva nel vederlo arrendersi in quel modo. Volevo che fosse più ottimista per il bene di entrambi, ma era chiaro che conosceva la verità. Eravamo condannati. Era solo una questione di tempo e di come avremmo scelto di andarcene.

«Mi dispiace. Ho rovinato la nostra serata,» dissi. «Credo di aver incanalato il mio amico Daniel per un minuto.»

«Sì? Com'è?»

«Un guastafeste.»

Lui si mise a ridere. «Ah, sì?»

«Sempre. Ma è ancora uno dei migliori ragazzi del mondo.» Mi alzai. «Andiamo. Oppure la chiudiamo qui? Volevi portarmi fuori a prendere un gelato e farla finita?»

«No, avevo in mente altro.»

«Su, allora.»

Si guardò intorno prima di far scivolare il suo braccio intorno a me, tirandomi vicino e abbracciandomi forte. Affondai tra le sue braccia. «Sei una sorpresa continua,» sussurrò Luke. «Voglio usare una frusta per arrivare al tuo cuore.»

«Puoi farlo. Te lo permetto.»

«Lo so. Ma non stasera. Per oggi, da questo momento in poi, manterremo le cose leggere. E parleremo solo di argomenti che ci faranno sorridere.»

Mi ritrassi e lo guardai. Quando mi lasciò, mormorai: «Affare fatto. Per il resto della serata, solo cose che ci fanno sorridere.»

Capitolo 15

Luke

MENTRE PARCHEGGIAVO FUORI dal dormitorio di Minty, ero soddisfatto di come era andato il resto della serata. Avevo preso in considerazione l'idea di portarlo a casa per scoparlo, ma l'energia sessuale dell'appuntamento si era oscurata dopo la nostra conversazione da Bruster's.

Se fossimo tornati a casa mia, avrei pensato che saremmo finiti nel dungeon, e non volevo farlo. Ero sincero quando avevo detto di volere solo cose che ci facessero sorridere, e sebbene i momenti nel dungeon avrebbero portato alla fine ai sorrisi, a breve termine avrebbero causato pianti, grida e dolore.

«Vuoi salire?» domandò Minty, voltandosi verso di me nell'oscurità dell'abitacolo. I lampioni gli sfumavano d'oro i capelli biondi, ma i suoi occhi erano poco più che scintille nella notte.

Esitai, pensando a quanto fosse imbarazzante essere un uomo di trent'anni che si recava nella stanza del dormitorio di un universitario con il pieno intento di scoparselo.

«Va bene se non lo fai,» disse aprendo la portiera. «Stavo solo…»

«Ehi,» dissi, afferrandogli il braccio prima che potesse uscire. «Mi inviti da te già al primo appuntamento?»

Minty si fermò, con il cervello che vorticava intorno alla mia domanda, alla ricerca di un'accusa o di un giudizio prima di rispondere.

«Perché a me va benissimo.» Gli feci un mezzo sorriso che non ero sicuro potesse vedere. «Ti prometto che farò in modo che sia bello per te.»

Minty chiuse di nuovo la portiera e si voltò verso di me, le sue mani sul mio viso e la sua bocca sulla mia. Le sue labbra erano morbide e calde, ricoperte di lucidalabbra, e sapeva di ciliegia.

Mi scostai, sussurrando: «Smettila, o renderai ancora più imbarazzante attraversare l'atrio. Non solo sarò il vecchio del dormitorio, ma avrò un'erezione che farà capire che ho cattive intenzioni.»

«A me sembrano ottime intenzioni.»

Sorrisi, ma non parlammo più.

La camminata nel dormitorio non fu così imbarazzante come avrebbe potuto essere, ma solo perché tutti gli occhi erano puntati su Minty. Aveva a che fare con simili sguardi ogni giorno? Ogni volta che entrava o usciva? Gli stronzi etero lo guardavano sempre come se fosse un alieno o un mostro? Cristo. Era un uomo forte. Molto più forte di quanto credesse.

La proclamazione delle sue intenzioni suicide mi perseguitava ancora. Soprattutto perché non riuscivo a decidere se fosse coraggioso o egoista, forte o debole. Non ero sicuro di poter giudicare correttamente, perché Minty era unico. Il tipo di uomo che aveva fatto qualcosa di completamente tabù nel suo momento di maggiore impotenza, e così facendo aveva strappato il potere all'uomo che lo aveva violentato. Se era riuscito a trasformare quella vulnerabilità in forza e potere rabbioso, allora chi poteva sapere di cosa era capace?

Quindi forse pianificare un suicidio era un atto di coraggio, o forse era solo la via d'uscita del codardo. Non lo sapevo. Non ero la persona giusta per rispondere a una simile domanda.

Quando arrivammo alla camera di Minty, mi aspettavo che la porta del bagno di fronte si aprisse e che Kyle ricomparisse, ma non fu così.

All'interno, con la porta chiusa a chiave dietro di noi, illuminata dalle luci colorate che giravano intorno al tubo, Minty non perse tempo.

Si tolse la canotta e fece scivolare giù la gonna e, sì, indossava mutandine di pizzo, proprio come sospettavo. Aveva anche un'erezione, che faceva sembrare quelle mutandine minuscole e scomode. La punta del suo uccello sporgeva dall'elastico; le membra pallide, le labbra rosa, i capezzoli e l'erezione dall'estremità lucida… Cazzo, era bellissimo.

Gli tesi la mano e lui mi venne incontro con la testa inclinata all'indietro e gli occhi che brillavano di calore. Lo baciai, premendo contro di lui, sentendo il suo cazzo duro contro la mia coscia rivestita di jeans. Senza fiato per il suo sapore e il suo profumo, chiesi: «Hai il necessario?»

«Stasera usiamo i preservativi?» chiese, con la confusione che gli increspava la fronte.

«No, ma occorrerà il lubrificante.»

«Niente scopate violente?» Sembrava quasi triste.

«Solo cose che ci fanno sorridere, ricordi?» mormorai, baciandogli lo zigomo e poi sospirando nel suo orecchio per farlo rabbrividire.

«Se sei sicuro…» Sembrava nervoso, quasi quanto la prima volta che si era inginocchiato per me.

Non sapevo se fosse perché aveva bisogno di un po' di dolore, o se semplicemente non era mai stato trattato così prima. Decisi di non chiederglielo, perché la violenza non era prevista. Non ero dell'umore giusto e lui non lo avrebbe capito.

Essere un sub a volte significava anche non essere feriti. Avrebbe imparato anche quello.

«Non l'ho mai fatto prima,» sussurrò, mentre si sdraiava sul piccolo letto del dormitorio, guardandomi mentre mi spogliavo. «La maggior parte delle volte mi faccio solo delle sveltine. Non sono crudeli, ma nemmeno tenere. Quindi, sì, non ho mai fatto tutto con delicatezza o altro.»

«Neanche la prima volta?»

Il suo respiro si fece affannoso e i suoi occhi si allontanarono da me.

Oh, giusto, cazzo.

«Ehm, no, e la mia seconda volta è stata quasi altrettanto sgradevole. Ero ubriaco, c'era un tavolo da biliardo e tre… no, quattro ragazzi. È stato prima che iniziassi a prestare attenzione ai preservativi. Prima che Daniel mi convincesse a usarli.» Sbuffò e aggiunse: «Alla fine non è servito a molto, no?»

Il silenzio cadde tra noi mentre mi toglievo i pantaloni e li gettavo via.

«Mi dispiace,» sussurrò. «Solo cose che ci fanno sorridere. Me ne sono dimenticato.»

Scossi la testa, strisciando sul materasso singolo, tenendo il corpo sopra di lui. «Quando si tratta di sesso, voglio sapere tutto, ogni sensazione, felice o triste o spiacevole.» Mi abbassai contro di lui, la nostra pelle si toccava ovunque, tranne dove le sue belle mutandine si frapponevano tra i nostri uccelli. «È importante. Non voglio pensare che stiamo trascorrendo un momento dolce e amorevole, mentre all'interno stai rivivendo un trauma.»

«Amorevole?» La sua voce si inceppò. «Un momento d'amore?»

Potevo praticamente sentire la sua speranza che io dicessi di amarlo. Se non potevo dire di non amarlo, neanche potevo affermare il contrario. Eppure…

Gli accarezzai il collo. «L'amore può essere un'azione, non solo un sentimento.»

«Un'azione?»

«Sì.» Gli baciai la gola, sentendolo rabbrividire contro di me. «Questo è amore, in questo momento. Questo bacio.» Ne diedi un altro. «E questo.» Mi spostai a baciare la sua bocca e ci perdemmo insieme. Il suono martellante della musica che arrivava da tutte le altre stanze sopra, sotto e accanto a noi si fondeva con il battito dei nostri cuori. Ci baciammo come se fossimo di nuovo innocenti. Come se non fossimo mai stati feriti.

«Tesoro,» sussurrai quando ci staccammo per prendere aria. «Mi hai confuso molto.»

«Su cosa?»

«Su quello che stiamo facendo,» mormorai, annusandogli i capelli e la pelle accaldata del suo collo. «Tu, io. Non avevo pianificato…»

«C'è un noi?»

«C'è un noi da quando hai fatto irruzione nel retrobottega della Knox Supplies & News e hai cercato di riconsegnare quel contratto.»

Minty mi passò la mano tra i capelli, facendo scorrere delicatamente le dita tra di essi, e un sorriso gli scivolò sulle labbra. «Ti sono piaciuto quel giorno?»

Risi. «Eri la somma delle mie cose preferite: audace, determinato, bellissimo.» Gli feci passare un dito lungo la gola, sul pomo d'Adamo e sul petto pallido. «Pestifero.»

Sorrise, avvolgendomi le braccia intorno al collo e tirandomi più vicino. «Signore… cioè, Luke, di solito non ti apri così tanto.»

«No, credo di no.»

«Mi piace.»

«Davvero?»

«Sì, mi piace conoscerti. Il vero te.»

«Il Dom è vero come tutto il resto. È un pezzo di me che non posso negare.»

«Meno male che non voglio che tu lo neghi, allora.» Sbatté le ciglia, poi spinse le braccia in alto e all'indietro, incrociandole ai polsi e sollevando il mento in modo provocante. «Ma torniamo a parlare dell'amore come azione. Cos'altro potresti fare?»

Lo baciai di nuovo, tenendogli i polsi in un accenno di dominio, ma non abbastanza da prendere il sopravvento e trasformare la cosa in una scena. Lo lasciai solo per togliergli le mutandine e prendere il lubrificante, che mi versai sulle dita. Saggiai l'anello di muscoli tra le natiche, e fui sorpreso di trovare un piccolo butt plug già inserito.

Minty ridacchiò. «Dovresti vedere la tua faccia. Sembri così sorpreso!»

Sbattei in fretta le palpebre, sentendo le dimensioni, la piccola base svasata, che indicava un plug sottile, probabilmente un modello che conoscevo bene in negozio, e tirai leggermente. Si sfilò subito. Sì, era un modello che conoscevo. Non sapevo bene cosa farne, ma Minty me lo prese e lo gettò sul pavimento. «Lo pulirò più tardi,» disse. «Ho sistemato le cose lì sotto prima che venissi a prendermi, per sicurezza. Quindi, sì, sorpresa.»

Feci scivolare due dita dentro con facilità, e la mia voce si sfumò di risate. «Con te non ci si annoia mai.»

Minty ruotò i fianchi, con le mie dita fino alla base, e annuì. «Minty Surprise. Dovrei… oh, va bene così. Proprio lì. Cazzo.» I suoi occhi si rovesciarono all'indietro e poi ansimò: «Dovrei pensare a una performance artistica con quel titolo. Potrebbero essere coinvolte le caramelle alla menta oppure… Cazzo, così.»

«Oppure?» lo incoraggiai, divertito e curioso di vedere cosa avrebbe detto; ma al tempo stesso, il sadico che era in me si era risvegliato e il gioco di farlo parlare mentre lo penetravo, lavorandogli la prostata, era troppo divertente per resistere. «Continua.»

«Caramelle alla menta, o, ehm, bastoncini di zucchero? Oddio, potrebbe essere una cosa sporca, no? Una performance natalizia.»

«Chi lo vedrebbe, tesoro?» sussurrai. «Non credo che la sicurezza del campus ti lascerà infilarti un bastoncino di zucchero nel culo sul marciapiede fuori dall'università.»

«No, probabilmente no.» Ansimò di piacere, facendo sobbalzare i fianchi. «Ma ti immagini le mance che farei?»

Risi di nuovo, intrecciando le dita prima di estrarle e aggiungerne una terza. Non c'era bisogno di prepararlo così bene. Minty era abituato a prendere un cazzo senza lubrificante, ma volevo che fosse un'esperienza rilassante per entrambi. Lo schiusi ancora di più, facendogli domande, aiutandolo a progettare un concetto per la sua performance *Minty Surprise* con il bastoncino di zucchero che, alla fine, sembrava più una scena porno che altro.

Quando le sue cosce iniziarono a tremare e le sue mani ancora incrociate sopra la testa ad aprirsi e chiudersi, sorrisi per la forza che sentivo salire dentro di me. Anche a me piaceva dare quel tipo di dolce tormento.

«Voglio chiamarti in qualche modo,» sussurrò Minty, i fianchi che fremevano per la lussuria trattenuta e l'uccello duro lucido di fluidi. «Ho bisogno di chiamarti in qualche modo.»

«Luke non è abbastanza?»

Scosse la testa. «Va bene per un appuntamento, ma ora, così… ah, questo è… mi fai morire.»

«Come vuoi chiamarmi?»

Si capiva che aveva in mente un nomignolo, ma era timido nel dirlo. Non sapevo nemmeno io come la pensassi, perché erano anni che non avevo a che fare con qualcuno che volesse darmi un appellativo. Con Benji, ero stato solo Luke quando non ero *signore*.

Gli infilai un quarto dito mentre esitava a rispondere. «Vuoi fare del fisting?» sussurrai, baciandogli l'interno delle cosce e poi le palle.

«Fisting?» ansimò. «Stasera?»

«No, non stasera.»

«Mi andrebbe anche stasera,» disse, abbassandosi per impedire alla mia mano di ritirarsi, toccandomi il polso e scrutandomi con occhi spalancati, caldi e bisognosi. «Potrei. Sarei bravo. Mi aprirei per te.»

«Lo so,» dissi, staccando la sua mano dal mio polso e baciandone le dita. «Rimetti le mani sopra la testa.» Non era un ordine, non usai la mia voce da dominatore, ma lui obbedì lo stesso.

«Quando?»

«Quando voglio,» risposi. «E solo se mi dici il nome con cui vuoi chiamarmi. Non può essere *signore*. Non quando siamo così. Momenti come questi sono separati, diversi.»

Il respiro di Minty era così veloce, il suo petto così arrossato, che temevo sarebbe svenuto prima di dirmelo e, se lo avesse fatto, non avrei saputo se fosse per il piacere o per la preoccupazione di rifiutare il nome che aveva scelto.

«Non è *signore*,» sussurrò. «Ma lo abbiamo usato per giocare e...» I suoi fianchi sobbalzarono di nuovo e lui ansimò. «Oh, oddio,» gemette. «Mi farai venire.»

«No, non verrai,» dissi con semplicità, ma lo stavo dominando senza volerlo. Era passato molto tempo dall'ultima volta che avevo avuto un sub che mi tirava fuori quell'aspetto con tanta disinvoltura. «Dimmi.»

«Io... mi vergogno.»

Nella mia mente cominciò a farsi strada un'idea. «Allora è ancora meglio,» sussurrai. «Perché è qualcosa che vuoi davvero. Coraggio, tesoro.»

«Okay, Daddy,» sussurrò. «Voglio chiamarti così. Daddy, come *papà*.»

Gli baciai entrambi gli interni delle cosce e gli accarezzai le palle, con la mente che correva tra le varie implicazioni, chiedendosi se fosse salutare, sperando che lo fosse perché stavo per acconsentire.

Mi piaceva come suonava quella parola quando la pronunciava, la dolcezza che conteneva ora che l'idea non lo spaventava, visto che la scelta era stata sua. E la sorta di devozione che aveva quando mi chiamava con quel titolo un tempo proibito faceva decisamente appello al Dom che era in me.

«Puoi chiamarmi Daddy. Puoi chiamarmi come vuoi, ma soprattutto così.»

Risalii di nuovo sul suo corpo, baciandolo dolcemente mentre lui gemeva e mi afferrava i capelli con una mano, trattenendomi nel bacio. Gli tenni l'altro polso, mi spostai tra le sue gambe, e quando lui sollevò i fianchi, puntai l'uccello tra le sue natiche, spingendo la punta dentro con poco sforzo.

Minty gettò il capo all'indietro, con gli occhi spiritati. Ma quando lo penetrai più a fondo, abbassò il mento e fissò gli occhi nei miei. «Mi piace tanto, Daddy,» mormorò con una dolcezza che mi fece male dappertutto, come se mi fossi spalmato dello zucchero sulle gengive.

Mi guardava serio, con le pupille dilatate, le labbra rosa aperte e la lingua umida che faceva capolino. Ero combattuto tra il guardarlo e il baciarlo di nuovo. Alla fine mi accontentai di allentare la presa sul suo polso e di intrecciare entrambe le mani nei suoi capelli, tenendogli la testa ferma, chiedendo senza parole che il suo sguardo rimanesse su di me.

Sopraffatto dall'emozione e dalla lussuria, sussurrai una domanda alla quale speravo sapesse rispondere. «Chi ti sta scopando, tesoro?»

«Tu, Daddy,» rispose, l'uccello che sobbalzava tra noi. «Daddy mi sta scopando.»

«E chi ti ama?»

«Daddy.»

Gli baciai il naso. «Com'è bello scoparti, caldo e stretto come sei. Così. Oh, tesoro, sei tanto sexy ed eccitante.»

«Anche tu,» disse, senza distogliere lo sguardo; il blu delle sue iridi era quasi inghiottito dalle pupille. «Luke?»

«Sì?»

«Vuoi restare con me?»

Il mio cervello era troppo concentrato sulla dolce frizione del suo culo lungo la mia erezione mentre mi ritiravo a metà, godendo della stretta, per elaborare il suo significato. «Qui? Posso farlo, certo.»

«Bene,» sospirò, facendomi capire che mi ero perso qualcosa, ma non sapevo cosa. Mi afferrò per le spalle e i suoi fianchi si inclinarono per assecondare le mie spinte. «Daddy, ti prego, fammi venire.»

Allora lo baciai di nuovo. Sembrava così disperato, così bisognoso, e sentivo che non era solo perché voleva venire, ma anche qualcos'altro dentro di lui. Volevo mostrargli come era fare l'amore con un uomo, essere una persona preziosa tra le braccia di qualcuno. Ma quando si mordicchiò il labbro inferiore, mi scostai e mi fermai a metà spinta per afferrargli forte la mascella.

«Che c'è?»

«Non lo so, Daddy,» ribatté lui, con gli occhi caldi e pieni di lussuria che brillavano di malizia. «Dimmelo tu.»

Rimasi fermo in lui, lasciando che il peso del mio corpo lo immobilizzasse, costringendolo a sentire il mio cazzo per metà nel suo corpo. Mi piaceva il modo in cui si contorceva, cercando invano di prenderne di più. «Questa non è una scena.»

«Lo so.»

«Stiamo facendo l'amore.»

«Non puoi amarmi un po' di più?»

Riflettei sulla sua domanda e poi spostai la mano dalla mascella alla gola. Fremette sotto di me, come se quel semplice fatto lo avesse quasi mandato in tilt. «Il mio amore non è abbastanza per te?»

«No, Daddy,» sussurrò, gli occhi che brillavano mentre gli stringevo più forte la gola. «Ho bisogno di più.»

Serrai i denti; non mi piaceva che il mio sottomesso mi dicesse cosa fare, che contrastasse i miei piani per fare l'amore. Avevo immaginato la scena.

Un attimo.

Scena.

Non si trattava di fare l'amore, se era alle mie condizioni. Allora era solo un'altra scena, solo accompagnata dalla menzogna di me che gli dicevo che non lo era.

«È così che vuoi che ti ami?» chiesi, stringendo la mano sulla sua gola e spingendo con forza.

«Sì... È un'azione, non un sentimento, giusto? Quindi, amami di più.»

Cercai di dare a entrambi ciò che volevamo. Una mano sulla sua gola e spinte più forti e secche, continuando a baciargli la bocca e le guance con una dolcezza che non gli avevo mai concesso in una scena.

Minty gemette e mi strinse a sé, le gambe che tremavano di desiderio. «Daddy, voglio venire,» riuscì a dire oltre la pressione sul suo collo. Il viso era arrossato e il cuore pulsava contro il mio palmo. «Fammi venire. Ti prego, Daddy.»

Il suo cazzo guizzava tra di noi a ogni interazione, e io mi spostai per assicurarmi di colpire la sua prostata a ogni spinta.

Mi fissò, gli occhi vitrei per il bisogno, e poi gemette. «Cazzo, Daddy, sto per venire.»

Si agitò contro di me e venne improvvisamente tra i nostri corpi, le sue gambe si serrarono contro i miei fianchi e le mani risalirono ad artigliare il punto in cui gli stringevo la gola un po' più forte.

Non mollai la presa.

Quando lasciò cadere le mani e il suo culo smise di risucchiarmi il cazzo, lo lasciai andare. Lui trasse un respiro, il suo corpo sussultò per il bisogno d'aria, e io mi tuffai in lui, sostenendo il suo sguardo, e venni anch'io.

L'orgasmo fu dolce e languido, diverso dalle scosse brutali che mi avevano travolto nelle scene del dungeon, ma un piacere prolungato e fremente che mi portò a venire nel suo corpo. Gemette e prese fino all'ultima goccia; si leccò le labbra mentre manteneva il contatto visivo, ammirandomi venire per lui.

«Luke,» sussurrò quando mi accasciai su di lui. Mi accarezzò la schiena. «È andata bene? Mi dispiace. Ho fatto qualche pasticcio?»

Scossi la testa. «Era così che volevi che ti amassi?»

«Sì.» La sua voce tremò. «Anche se non era nei piani.»

Gli baciai la spalla. «Stiamo imparando a conoscerci. Questo ne fa parte.»

Mi strinse più forte, contraendo il culo sul mio cazzo che si stava afflosciando, e io seppellii il viso nel suo collo, respirando a fondo. Aveva ragione. Non era quello che avevo programmato o voluto con lui per la serata, ma ero stato anche sincero. Autentico. Era così che si faceva l'amore.

Non era la scena che avevo previsto.

Ma non importava.

Lo volevo ancora.

Parte II

Capitolo 16

Minty

Novembre 1991

«SEI MAI STATO scopato da qualcuno a cui piacevi?»

Peter guardò oltre me, dove Windy era rannicchiato sotto la coperta che avevamo preso dal mio dormitorio. Eravamo tutti e tre seduti sotto la grande quercia in collina al calar del sole autunnale, ignorando le nostre responsabilità per goderci il clima fresco. «Sì,» rispose.

«Chi?»

«Daniel? E Adam? Entrambi i ragazzi con cui sono stato mi piacevano e mi piacciono ancora, credo.»

«Mmh.» Lo sapevo già, naturalmente, ma stavo ancora cercando di capire perché le cose con Luke erano andate come erano andate.

Quando ci eravamo incontrati per la prima volta, sembrava essere d'accordo con me sul fatto che tra noi due dovesse essere tutto professionale. Ma quando ci vedevamo per le scene ed ero stato costretto a rivelargli altri traumi, lui era cambiato. Ero cambiato anch'io, naturalmente, e avevamo continuato a cambiare finché non mi aveva chiesto di uscire con lui.

Poi c'era stato l'appuntamento stesso... Un mix così strano di dare e avere, di tristezza e felicità, di dolcezza e sensualità. Era stato come ingozzarmi a un banchetto di nuove emozioni e sensazioni, e ora non riuscivo a smettere di ripensare a com'era stato farmi scopare da un uomo a cui piacevo per quel che ero. Anche la mia versione non strettamente erotica, quella che non si inginocchiava o si faceva scopare a sangue da uno sconosciuto.

«È strano, vero?»

«Ehm, no?» ribatté Peter, prevedibilmente.

«E tu?» domandai, dando una gomitata a Windy. «Sei mai stato scopato da un ragazzo a cui piacevi davvero?»

«Certo.» Rabbrividì sotto la coperta. La mia giacca mi teneva al caldo, ma Windy non era ancora andato a casa a prendere i suoi vestiti invernali. Ecco il perché della coperta. «Stephen, il mio primo ragazzo.»

«Giusto. Il fidanzato del liceo che non ha detto a nessuno di te e poi ha messo incinta una ragazza alla ETSU.»

«Già.» Windy sospirò. «Non si può avere tutto, credo.»

«No, infatti.» O almeno io non potevo. C'era un uomo a cui piacevo, che mi aveva scopato come se fossi speciale e che poteva farmi a pezzi nel suo dungeon. Eppure entrambi saremmo morti presto. Quindi no, non avremmo avuto tutto.

«Di chi si tratta?» chiese Peter.

«Il suo Dom, chiaramente,» ribatté Windy, coprendosi gli occhi. Il cielo era terso, azzurro e punteggiato di nuvole soffici, e gli alberi spogli che lo incorniciavano avevano un aspetto gotico.

«Sì,» confermai. «Gli piaccio.»

Le sopracciglia di Peter si abbassarono. «E lui ti piace?»

«Sì, sono innamorato di lui. Ovviamente.» Mi sorpresi a rispolverare il mio vecchio umorismo. Ma il peso della mia diagnosi mi calò di nuovo addosso, e riconsiderai la mia affermazione. «Voglio dire, stavolta credo di essere *davvero* innamorato di lui.»

Dovevo sembrare serio, perché Windy si raddrizzò a sedere e Peter si chinò in avanti. Entrambi presero una delle mie mani tra le loro.

«Che cosa è successo?» domandò Windy.

«Siamo usciti insieme. Mi ha raccontato cose sulla sua vita. Come il fatto che era andato all'università ma ha dovuto abbandonarla, e anche altre cose personali.»

«Come?» incalzò Windy.

«Ha una sorella, Betsy. Ha la sindrome di Down, e lui si preoccupa molto per lei e considera suo dovere starle vicino per assicurarsi che stia bene.»

«È una bella cosa,» disse Peter.

«Alla fine dell'appuntamento abbiamo scopato ed è stato diverso. Non come quando vado nel suo dungeon per provare dolore. Mi ha strangolato un po', ma il sesso vero e proprio è stato…» Mi contorsi. Il calore mi salì alle guance.

Di solito non avevo problemi a parlare con i miei amici delle mie avventure erotiche, ma quello era speciale. Diverso.

«È stato…» Peter mi incitò a proseguire.

«Non stava cercando di farmi del male o di dominarmi. Gli piacevo e voleva farmi sentire bene. Voleva essere dentro di me perché prova, non so, tenerezza o qualcosa del genere nei miei confronti.» Strappai un pezzo di erba secca e morente e lo lanciai in aria. Volò di nuovo a terra. «È stato strano.»

«Sembra che tu non sia sicuro che ti sia piaciuto,» commentò Peter.

«No, infatti,» ammisi. «Voglio dire, sono venuto abbastanza forte. È bravo nel sesso normale. Non come alcuni stronzi che ho frequentato. Mi sembrava che fosse davvero interessato a me e a conoscermi. Ma dopo che se n'è andato? Mi è sembrato tutto una farsa.»

«Una farsa?»

«Sì, come se non avesse scopato davvero me, ma un'idea che aveva di me. Ma non riesco a pensare a nessuna cosa non vera di tutta la serata. Ero me stesso e gli ho permesso di vedere oltre la mia corazza. Sembrava che gli piacessi. Davvero.»

«Ma certo,» mi rassicurò Windy.

«Ma dopo che è andato a casa, ho gironzolato tutta la notte sentendomi un po'…» Sventolai le mani. «Inquieto?»

«Sì?»

«Sì. Ero spaventato, e solo, e continuavo a cercare significati nascosti.»

E sapevo qual era. Avevo trovato finalmente qualcuno che mi capiva e che mi dava ciò di cui avevo bisogno in tutti i sensi, e il tutto aveva una data di scadenza. Peggio ancora, non c'era modo di sapere con certezza quando fosse quella data, o quanto tempo ci sarebbe voluto per raggiungerla.

«Glielo hai detto?» domandò Windy.

«No, non voglio che pensi che non mi sia piaciuto.»

Peter mi strinse la mano. «Però ti è piaciuto o no?»

«Un po'.» Tirai indietro le mani, rigirandole in grembo. «Credo che avrebbe dovuto piacermi molto, ma era come se mi dicesse che mi amava in una lingua che non capivo.»

Peter schioccò la lingua e Windy mormorò: «*Je t'aime.*»

«Giusto. Così. Poi… è stato solo quando ha iniziato a pronunciare alcune delle parole che conosco che mi sono sentito a posto.»

E per *parole* intendevo azioni, e per *azioni* intendevo *soffocarmi*.

«Ma poi è finita e se n'è andato.» Feci una smorfia. «Non mi ha insultato, né picchiato, né mi ha fatto sentire una puttana nemmeno una volta.» Afferrai un altro filo d'erba, facendolo girare tra pollice e indice. «Non so come mi sento al riguardo.»

«*Mon ami,*» disse Windy, passandomi un braccio intorno alla spalla. «Sono cose intense.»

Le sopracciglia di Peter si aggrottarono di nuovo. «Al liceo avevo una compagna di classe i cui genitori erano psicologi. Forse potresti trarre beneficio dal parlare con qualcuno come loro? Erano brave persone.»

«Come se avessi i soldi per farlo.»

«Nel campus c'è un servizio di consulenza gratuito attraverso lo Student Psych Center.»

Alzai gli occhi al cielo. «Credi che un laureando di ventun anni saprà cosa dire quando gli racconterò della mia storia, di quello che mi ha fatto mio padre e delle conseguenze?»

«Avresti preferito che il tuo Dom ti avesse picchiato all'appuntamento? Che ti avesse dato della troia?» Windy ignorò i miei ultimi commenti.

Mi raddrizzai a sedere. «Sì. Sarebbe stato normale e scontato tra noi. Questo mi è sembrato...» Faticai a trovare un esempio. «Sai che di solito i cori delle chiese cantano i loro inni con l'accompagnamento di organi o pianoforte? Ma ora hanno iniziato a fare queste prime funzioni per i giovani con gruppi rock religiosi e cose del genere?»

«No,» rispose Peter, ovviamente perché non andava mai in chiesa nonostante suo padre fosse a capo del dipartimento di studi religiosi dell'università. Inoltre, era un ebreo non praticante.

«La mia famiglia è cattolica,» mi ricordò Windy. «Niente gruppi rock.»

«Okay, beh, credetemi. Nelle chiese degli Appalachi succede. Lo so perché mia madre ogni tanto mi fa ancora andare con lei. Comunque, le prime volte che mi ha portato alla messa rock, ho pensato: "Sì, okay, Mi piace, ma è una *messa*?".»

«Capito,» disse Peter.

«Ecco come mi sono sentito. Mi è piaciuto, ma era sesso?»

«Forse si trattava di fare l'amore,» propose Windy.

«È quello che ha detto lui.»

Peter e Windy si scambiarono un lungo sguardo, poi Peter si schiarì la gola. «Lo ha detto davvero? O è un tuo desiderio?»

«Lo ha detto lui. Lo giuro. Ha detto che l'amore può essere un'azione e non un sentimento. Quindi, non ha detto di essere innamorato di me. Voleva solo scopare... con amore, credo. E sono venuto, ed è stato bello. Diverso. Ma strano. Ma era sesso? O era qualcosa che altri ragazzi che non sono io possono avere con persone a cui piacciono veramente?»

Windy mi guardò sbattendo le palpebre. «Wow, sei molto preso da questa storia. Credo che tu debba dirglielo.»

«E se lui…»

Windy mi mise una mano sulla bocca. «Shh. Niente "e se". Parlagli e basta.»

«Sono d'accordo con Windy,» disse Peter, raccogliendo le sue cose mentre la campanella suonava. «Mi dispiace. Devo andare a lezione, ma Windy può rimanere con te.»

«A dire il vero, devo andare anch'io,» lo contraddisse Windy, lasciando cadere la coperta mentre si alzava e si stiracchiava, con la camicia verde che si alzava e mostrava una fetta del suo addome quasi glabro e il suo ombelico profondo.

«Credevo che avresti saltato la lezione con me?»

Scosse la testa. «Mi dispiace. C'è un esame importante alla fine della settimana. Non posso perdermi questa lezione.»

Windy e Peter si salutarono, ma Windy si trattenne un attimo dopo che Peter se ne fu andato. «A proposito,» riprese, accovacciandosi accanto a me. «La prossima volta che parli con il tuo Dom, puoi chiedergli come si addestra una persona a fare quello che fa lui? Mi interessa.»

Sbuffai una risata. «Davvero?»

«Sì.» I suoi occhi si incupirono. «Ti crea qualche problema?»

«No.»

«Bene.»

Raccolsi la mia coperta, riflettendo su tante cose: se quello che avevamo fatto io e Luke fosse giusto, quindi cercai di immaginare Windy come dominatore e mi chiesi perché volesse provarci. Pensai a Betsy, la sorella di Luke, mi domandai se volessi incontrarla, e cosa avrebbe significato per me e Luke se lo avessi fatto. Mi chiedevo se sarei riuscito a convincerlo a scoparmi come aveva fatto l'altro giorno e poi, in seguito, a portarmi nel suo dungeon e a picchiarmi. Una punizione per avergli permesso di amarmi.

Il mio cervello era in completo sovraccarico quando arrivai nella mia stanza con le braccia piene della grande coperta.

Aprii la porta e, mentre lo facevo, qualcuno mi spinse con forza da dietro. Emisi un urlo mentre inciampavo nel lembo della coperta e cadevo sul pavimento. Rotolando, con il cuore gonfio di adrenalina, vidi Kyle varcare la soglia. Chiuse a chiave la porta dietro di sé. La sua bocca era stretta e i suoi occhi erano selvaggi mentre si abbassava i pantaloni della tuta e tirava fuori il cazzo eretto.

«Succhiamelo.»

Sbattei le palpebre, la mia bocca si riempì di saliva. Il mio uccello si erse subito contro la gonna di jeans. In un istante, stordito e sopraffatto, stavo già strisciando verso di lui, come in automatico.

Con mani tremanti, raggiunsi il cazzo di Kyle e la mia bocca si aprì come se fossi un cane in preda a un riflesso pavloviano. Immediatamente, il volto di Luke mi balenò nella mente. Lo vidi nel suo dungeon, a torso nudo, con la sua spaventosa frusta rossa, pronto a picchiarmi. Poi mi tornò in mente l'intima scopata che avevamo condiviso in quella stessa stanza l'altra sera e il fatto che non avevo più avuto sue notizie dopo la telefonata del giorno successivo per controllare come stavo. Tutto ciò mi passò per la testa più veloce della luce mentre prendevo in mano l'uccello di Kyle.

Con un grugnito soddisfatto, lui mi afferrò i capelli e me lo infilò in bocca.

Mi stava usando.

Avrei potuto lottare, ma mi sentivo paralizzato. Mi strinse i capelli con tanta forza che mi vennero le lacrime agli occhi. Quando, dopo alcuni conati di vomito, cominciai a oppormi, spingendo contro le sue cosce con entrambe le mani, lui mi tenne fermo. Con una mano mi agguantò la nuca e con l'altra un po' mi teneva spalancata la bocca, un po' mi schiaffeggiava abbastanza forte da far pizzicare la pelle. Le lacrime che mi erano già salite agli occhi mi scivolarono sulle guance.

«Così. Puttana succhiacazzi.»

Mi dibattei contro le sue cosce, cercando di staccarmi dal suo cazzo, ma lui mi afferrò la testa e mi tirò in avanti finché non mi arrivò in gola, togliendomi l'aria mentre mi teneva stretto, con il naso contro il suo pube sudato.

«Strozzati col mio cazzo,» grugnì, spingendo i fianchi mentre io annaspavo per respirare. «Ti odio, pezzo di merda, frocio... troia.»

Si tirò fuori e mi colpì così forte che caddi sulla schiena contro la coperta. Ero disorientato dall'impatto, visto che in passato mi aveva preso a pugni solo sul corpo, e mentre cercavo di orientarmi, lui mi tirò su la gonna di jeans e mi abbassò i collant e le mutande. Mi girò. Ebbi appena il tempo di registrare il cambiamento di posizione prima che il suo peso fosse su di me.

Lottai con forza, con il ricordo di mio padre che mi balenava nella mente, un uomo di peso e corporatura simili a quelli di Kyle, e mentre lui mi penetrava dolorosamente, iniziai a contorcermi. Lui si slanciò in avanti, seppellendosi nel mio culo con un dolore lancinante che mi fece venire la nausea. Mi tappò la bocca con la mano e iniziò a spingere. La rabbia mi assalì. Aprii la bocca e morsi il palmo carnoso, forte.

Con un grido, Kyle mi tirò un pugno sulla nuca e io quasi svenni. Ma quando si tirò fuori da me, sedendosi sui talloni per ispezionare i danni alla mano, rotolai sulla schiena e gli sputai in faccia, un'altra eco del mio passato. Mentre lui si alzava per pulirsi la saliva da sotto l'occhio, io sbraitai: «Ho l'HIV, figlio di puttana. Mi hai sentito? Ho l'HIV.»

Il volto di Kyle impallidì prima di diventare ancora più viola per la rabbia. Il mio stomaco si contorse. Stava per uccidermi.

Mi afferrò la camicia e mi diede un pugno in faccia. Si alzò in piedi e mi diede due calci sul fianco prima di indietreggiare terrorizzato. Riuscì a malapena a rimettere il cazzo nei pantaloni della tuta prima di spalancare la porta e correre fuori dalla mia stanza.

Ansimavo sul pavimento, piangendo e tremando. Ero stato violentato? Mi aveva stuprato?

Non lo sapevo con certezza. Pensavo di sì. Ma non era che quello che mi aveva fatto fosse diverso dal solito, o che le nostre interazioni prima che lo mordessi fossero del tutto dissimili da quelle che c'erano state tutte le altre volte. Solo che questa volta... questa volta non lo avevo voluto.

Ma non avevo nemmeno detto di no. E in passato non avevo detto né no né sì.

Spesso con Kyle era andata proprio così, solo che era finita con me che ingoiavo avidamente il suo sperma, o mi facevo scopare fino a venire.

E se non lo volevo, perché non mi ero opposto fin dall'inizio? Conoscevo l'aikido. Avevo vinto dei tornei. Avevo quel dannato trofeo. Ma mi ero inginocchiato... avevo preso il suo cazzo... avevo aperto la bocca...

Mi tolsi tremante i collant, mi raddrizzai la gonna, andai a piedi nudi a chiudere la porta e mi tolsi il cappotto. Mi rannicchiai sul letto, fissando la stanza. Solo poche sere prima ero stato in quel letto con Luke, e avevo passato gli ultimi giorni a chiedermi se quello che avevamo fatto fosse stato bello, se fosse stato sesso per me.

Quello che era appena successo era stato di recente la mia idea di base di un incontro erotico. Avevo sempre considerato consensuale ciò che io e Kyle facevamo, anche quando forse non lo era. Non lo sapevo più. Sapevo solo che non ero tornato nel mio dormitorio aspettandomi di trovarci Kyle, eppure...

Se fosse successo prima di conoscere Luke, lo avrei considerato un incontro fortunato.

Cazzo.

Strinsi gli occhi e anche il culo, sentendo ancora il bruciore dove Kyle aveva spinto con forza.

Le regole di Luke mi rimbombavano nella testa. Se gliene avessi parlato? Se gli avessi detto quello che era successo, che Kyle mi era entrato in gola e nel culo, mi avrebbe creduto se avessi detto che non lo avevo voluto? Che non ero stato io a violare il nostro contratto? O mi avrebbe abbandonato? Avrebbe buttato via la spazzatura marcia che ero, e tanti saluti ai miei problemi.

E a cosa serviva essere apprezzati se quel tipo di abbandono era ancora possibile?

Essere apprezzati era stupido.

Essere violentato era più adatto a me.

Mi tirai il cuscino sopra la testa, e quell'ultimo pensiero mi rimase impresso come un tatuaggio nel cervello. Permanente, indelebile.

Il mio cuore e la mia testa erano persi in una nebbia di sentimenti, pensieri inarticolati, accuse immaginarie e ricordi orribili, e niente di tutto ciò lasciava spazio a nulla se non a un sonno irrequieto.

Rimasi a letto per i due giorni successivi. Non mangiai. Mi alzai solo per fare pipì e bere un sorso dalla fontanella del corridoio. Non andai a lezione.

E di sicuro non risposi a nessuna telefonata.

Capitolo 17

Luke

«TI SEI MAI messa in gioco, Bets, e poi la persona ti ha respinto?»

«Rodney non mi ha respinto,» disse, facendomi l'occhiolino.

«No, immagino.» Le diedi una carezza ai capelli e lei alzò gli occhi al cielo, scacciando la mia mano.

«Perché?» Inclinò la testa, guardandomi. «Hai un fidanzato, Lukey?»

Sorrisi, prendendole la mano e stringendola. Eravamo seduti accanto alla grande fontana di fronte a Riverwoods. Era un'altra bella giornata autunnale e avevamo preparato un picnic con il cibo che ci aveva fornito nostra madre.

«Davvero?» mi incalzò, punzecchiandomi con un dito e facendomi il suo grande sorriso che non mancava mai di farmi sentire il cuore un po' più leggero.

«Per un po' ho pensato di sì,» ammisi. «Che tu ci creda o no.»

«La mamma lo sa?» chiese ridacchiando.

«No. Non è mai diventato abbastanza serio da parlare di lui alla mamma.» *Non abbastanza serio*, eh? Allora perché il mio cuore soffriva come se Minty lo avesse calpestato con delle scarpe rosse dal tacco alto? Ero sicuro che ne avesse un paio da qualche parte.

«Ha detto che ora non le importa, ricordi? Che ti piacciono i ragazzi?»

Annuii. Nostra madre non aveva preso benissimo il mio coming out all'inizio, ma poi si era rassegnata. Nostro padre aveva lottato ancora di più, ma la sua versione post ictus non riusciva proprio a mandarla giù. L'ultima volta che avevo cenato a casa loro, si era lamentato ancora una volta del fatto che avevano trasmesso i loro geni a due vicoli ciechi. Era una cosa orribile da dire, ma ora era così. Nostro padre era fuori di testa.

Anche se mia madre mi aveva accettato e io cercavo di non preoccuparmi di ciò che mio padre pensava di me, non riuscivo a immaginare di tornare a casa con Minty al mio fianco. Era bellissimo, sexy e stupefacente sotto tanti punti di vista. Ma avrebbe lasciato i miei genitori a bocca aperta. Non avevo ancora iniziato a pensare a come presentarlo loro prima che smettesse di rispondere alle mie chiamate.

Ora desideravo non averlo mai portato a quell'appuntamento, non aver mai cercato di "fare l'amore" con lui. Continuavo a pensare a come la mattina dopo, uscendo dalla porta, avevo percepito che qualcosa lo infastidiva. Ora sapevo che avevo decisamente sbagliato a non restare e a non chiederglielo.

Ma avevo deciso di lasciar perdere. E adesso? Stava permettendo che quello stronzo di Kyle lo facesse a pezzi di nuovo? Senza classe o cautela, senza attenzione o abilità?

Mi passai una mano sul viso.

«Cosa c'è che non va?» chiese Betsy. «Lo amavi molto? Come io amo Rodney?»

«No,» risposi, ma la menzogna mi si torceva dentro.

Non amavo Minty o Mitchell, o come aveva bisogno o voleva essere chiamato. Lo avevo dominato, ed era stato un sub da sogno sotto molti punti di vista. Avevo provato cose per lui, cose che non mi piaceva provare, e mi ero aperto all'idea di amarlo perché…

Perché stavo per morire.

E non volevo andarmene senza aver condiviso l'amore con

un'altra persona. Ciò significava che Minty era stato solo la persona giusta, al posto giusto nel momento giusto? Che i miei sentimenti non riguardavano nemmeno lui? Riguardavano me?

Perché ciò non mi faceva sentire meglio?

«Lukey, non sembri stare bene.» Betsy lo affermò con tranquilla empatia, appoggiando la sua mano nella mia e stringendola. «So di non essere intelligente come altri tuoi amici, ma con me puoi parlare.»

Mi si strinse il cuore. «Sei molto intelligente, Bets. Non si tratta di questo.»

«Che cosa c'è allora?»

«Credo di non sapere cosa provo o cosa voglio.»

«Oh. Come quando Rodney mi ha detto che avrebbe chiesto a sua madre di comprarmi un anello, e io ero confusa perché non volevo che lo facesse?»

«Rodney ti vuole comprare un anello?» Mi accigliai. Erano entrambi legalmente abbastanza grandi, ma come avrebbe funzionato? Sarebbero rimasti insieme a Riverwoods? O avrebbero…

«Non preoccuparti, Lukey. Ho detto di no.»

«Perché? Pensavo che amassi Rodney.»

«Voglio uscire con lui ancora per qualche anno.» Sorrise di nuovo, con gli occhi che scintillavano. «Mi piace stare con gli amici. Non ho avuto modo di farlo quando ero adolescente. Ora è più divertente. Possiamo fare sesso e nessuno ci può fermare.»

Sbattei le palpebre. «Ehm…»

Lei ridacchiò. «Hai intenzione di fare anche a me un discorso sul sesso sicuro?»

Sbuffai. «No, lascio che sia la mamma a farlo.»

Betsy rise di nuovo.

«Mi sento così, però,» dissi. «Come quello che hai detto sull'anello. Non sono entrato in questa… situazione con questo ragazzo per innamorarmi. Non volevo provare dei sentimenti per lui. Ma quando ho cominciato a provarli comunque, ho voluto vedere se...»

Era quello che volevo?

«Non lo so, Bets. Ma quello che so è che l'ho fatto scappare.»

«Perché ti piaceva troppo?»

«Sì. Non credo che voglia essere apprezzato dagli uomini con cui va a letto.»

La fronte di Betsy si aggrottò e mi resi conto di aver detto troppo, ma poi lei riprese: «Julianne è così. Va a letto con i ragazzi e quando a loro piace, li manda via.»

«Julianne ha la sindrome di Down?»

Betsy scrollò le spalle. «Sì.»

«E anche i ragazzi con cui va a letto...?» Non sapevo come chiederlo.

Betsy si acciglió. «È un'adulta. Ha ventinove anni. Può scegliere da sola.»

Annuii, anche se una parte di me era comunque preoccupata. Ero contento che Betsy sembrasse soddisfatta di Rodney. «Credo che tu abbia ragione, Bets.»

«Lo so.»

Mangiammo in silenzio per qualche minuto; il chili di nostra madre andava giù facilmente. Poi, mentre scartavo i biscotti al limone fatti in casa, i preferiti di Betsy, mi chiese: «Il ragazzo che ti piace ti ha detto che non gli piace essere apprezzato? Prima che iniziaste a frequentarvi?»

«Più o meno.»

«Ma lui ti piaceva comunque?»

«Sì.»

«Magari chiamalo e digli che ti dispiace.»

«Che mi dispiace che mi piaccia?» risi.

«Che ti dispiace di aver infranto le sue regole,» specificò. «Me lo hai insegnato tu, ricordi? Le persone hanno delle regole, e se le infrangi devi chiedere scusa.»

Annuii. Avevo molte regole, soprattutto quando ero in modalità Dom. Minty aveva rispettato la sua parte dell'accordo finché non avevo combinato un guaio. Era arrivato il momento di chiamarlo di nuovo e se non avesse risposto, sarei passato da lui.

Anche se non avesse voluto continuare con me, io volevo comunque sistemare le cose. Dovevo ammettere che ero stato io a sbagliare e chiedergli perdono.

«Hai ragione. Lo farò.»

«Quando?»

«Domani.»

«Ne sono felice. Ora, vuoi entrare a conoscere la tartaruga di Rodney? Si chiama Toots e le abbiamo costruito una casetta.»

«Certo,» dissi, accartocciando tutta la spazzatura e infilandola nella borsa che avevo portato. «Mi piacerebbe conoscere Toots.»

Minty

STRINSI GLI OCCHI più forte contro i colpi alla porta del mio dormitorio, sperando che chiunque fosse se ne andasse; era di nuovo Kyle? Era tornato per finire il lavoro?

«Minty! Sono io!»

Oh, cazzo. Era l'altra orribile alternativa. Luke. Era lì, e avrei dovuto dirglielo, e lui lo avrebbe saputo con certezza, non solo sospettato… E avrei dovuto spiegargli perché non avevo risposto al telefono e avevo invece aspettato che lasciasse dodici messaggi preoccupati nella mia segreteria telefonica.

«Mitchell? Sei lì dentro? Apri la porta.»

Quella voce. Quel nome.

Come sempre non riuscii a resistere e mi alzai su gambe trementi per raggiungere la porta. La socchiusi e dissi piano: «Entra pure,» quindi tornai al mio letto e mi infilai sotto le coperte.

Indossavo solo un paio di slip e la puzza di sudore causata dall'ansia, dalla paura e dalla mancanza di docce era evidente. Ero disgustoso. Era l'ultimo modo in cui volevo che Luke mi vedesse per l'ultima volta. Speravo davvero che mi abbandonasse del tutto e che non dovessi più preoccuparmi di vederlo. Non volevo affrontarlo.

«Minty?» La voce di Luke era bassa e tenera mentre si chiudeva la porta alle spalle e attraversava con cautela la stanza in penombra fino al mio letto. «Stai male? Cos'hai?»

Il timore nel suo tono mi ricordò che ovviamente poteva arrivare a quella conclusione, dato il nostro status comune.

«Sono stato in pensiero per te,» disse, prendendo una sedia e trascinandola verso il letto, quindi vi si sedette e scrutò il punto in cui la mia testa faceva capolino tra le lenzuola. «All'inizio pensavo che mi avessi piantato in asso perché...» Si schiarì la gola. «E forse lo hai fatto, perché forse...»

«Luke,» lo interruppi. Non parlavo davvero da diversi giorni e la mia voce era ruvida. «Sto bene.»

«Non sei malato?»

Scossi la testa.

«Allora, ti ho fatto scappare?»

Strinsi gli occhi. Per essere un ragazzo intelligente, un bravo Dom, mi aveva dato stupidamente una facile via d'uscita. Avrei potuto dire di sì, e tanti saluti. Non pensavo che Luke fosse il tipo di persona che mi avrebbe implorato di dargli un'altra possibilità.

Ma non potevo mentire. Scossi la testa.

«Non l'ho fatto?»

«No.»

«Allora perché non hai risposto al telefono?»

Quando non reagii, si alzò e accese la luce, trattenne il fiato e un'espressione da incubo gli distorse i lineamenti.

Feci una smorfia. Ero riuscito a evitare che qualcuno nel mio dormitorio notasse la mia faccia, anche se mi ero guardato allo specchio abbastanza volte da chiedermi se il livido fosse abbastanza grave da lasciare un segno permanente.

«Porca puttana,» sibilò. «Sei ferito.» Mi toccò delicatamente la guancia gonfia, scendendo fino al labbro inferiore spaccato. «Chi è stato? Quello stronzo? È stato lui, vero?»

Mi paralizzai. Non sapevo come rispondere. Se avessi detto di sì, avrebbe pensato che avevo agito alle sue spalle, contro il nostro accordo, ma se avessi detto di no... Avrebbe pensato che stavo mentendo. Dopotutto, perché altrimenti sarei stato a letto, ignorando le sue chiamate?

«Sì,» disse Luke. «Ti ha fatto del male.»

Con delicatezza mi spinse a sedermi e, quando ebbe modo di vedere la contusione sul lato del mio torso nudo, la sua bocca divenne una linea contratta, e i suoi occhi torvi. «Mitchell, sei andato da lui?»

Le mie labbra tremavano, il mio mento fremeva e le lacrime si accumulavano dietro le palpebre. Le tenni chiuse per non vedere la sua incredulità quando scossi la testa.

«Non sei andato da lui?»

Un altro cenno di diniego.

«Ti ha fatto questo senza il tuo consenso?»

Annuii. Almeno così pensavo. Forse. Ero confuso.

Luke si sedette sul letto accanto a me, prendendomi tra le braccia, e io mi accasciai contro di lui, singhiozzando per la prima volta da quando era successo. Mi accarezzò i capelli, mormorò parole calmanti e, quando finalmente mi fui tranquillizzato, mi disse che sarebbe tornato subito. Stava andando a prendere dell'acqua e del caffè per me.

Doveva essere sceso alla mensa nell'atrio, perché tornò prima che avessi il tempo di smettere di farmi prendere dal panico per quello che stava facendo e per quello che sarebbe successo. Tornò con una bottiglia d'acqua fredda, una tazza di caffè caldo e un hot dog con sopra del chili. Il profumo mi fece venire l'acquolina in bocca.

«Ecco,» disse, usando la sedia di legno della scrivania che aveva accostato come tavolo di fortuna. «Quando hai mangiato l'ultima volta? È passato un po' di tempo, vero?»

In realtà non ne ero sicuro. Ma non riuscivo comunque a parlare con lui. In silenzio, bevvi un sorso d'acqua e uno di caffè, e la differenza di temperatura mi fece aggrovigliare lo stomaco. Quando presi l'hot dog e me lo infilai in bocca, improvvisamente ricordai con quanta foga le mie mani avevano cercato il cazzo di Kyle, come lo avevo avuto tra le labbra prima che avessi il buonsenso di cercare di fermarlo. Ebbi un conato di vomito prima di riuscire a ingoiare il boccone.

«La tua bocca è a posto?» chiese Luke.

Annuii.

«Vuoi che tagli l'hot dog?»

Accettai e lui usò il coltello e la forchetta di plastica della mensa per smontare il panino e trasformarlo in bocconcini. Chiusi gli occhi e mi tuffai. Per esperienza, sapevo che il sapore era buono, ma nella mia miseria, mi sembrava di mangiare cenere.

«Tesoro,» sussurrò Luke quando ebbi finito il cibo, il caffè e metà dell'acqua. «Ti ha... cioè, posso controllarti?» Fece un movimento verso il basso, indicando il mio sedere. «Va tutto bene lì? Nessuna lacerazione? Nessuna infezione in atto?»

«Non mi ha lacerato,» sussurrai. «Ho avuto scopate peggiori di questa.» Soffocai tra le parole. I ricordi della prima volta che avevo avuto un uomo sulla schiena senza volerlo mi riempirono la mente. Quello che avevo detto a mio padre era stato così diverso da quello che avevo detto a Kyle. Ma in qualche modo, lo avevo fatto di nuovo. Avevo ribaltato i ruoli. Avevo pronunciato parole che, come per magia, gli avevano rubato il potere e gli avevano fatto paura.

«E poi?» disse Luke, accarezzandomi dolcemente i capelli.

«Gli ho morso la mano abbastanza forte da fargli uscire il sangue.» Ricordavo ancora il sapore metallico sulla lingua. Il mio stomaco minacciava di sfrattare caffè e hot dog. «Poi gli ho detto che avevo l'HIV. Quello lo ha fermato. Ha dato di matto.» Indicai i lividi sul fianco. «Mi ha dato un calcio. Poi è scappato.»

«Tesoro…»

Non riuscivo a credere che mi stesse abbracciando, baciando i capelli, assicurandomi che tutto sarebbe andato bene.

«Perché sei così gentile? Pensavo…» mormorai.

«Cosa? Cosa pensavi?»

«Che ti saresti arrabbiato.»

Luke scosse la testa. «Non è possibile. Non sono arrabbiato. Non potrei mai.»

«Ma il nostro contratto…»

«Specifica che se fossi andato da lui di tua iniziativa, la nostra relazione Dom/sub sarebbe finita. Non diceva nulla sulla nostra amicizia. Niente su… noi.»

«*Noi?*»

«Sì. Noi.» Mi baciò di nuovo la testa. «E anche se sei andato da lui…»

«Non l'ho fatto!»

«Anche se lo avessi fatto…»

«Ma giuro…»

Mi zittì. «Ti credo. Ascoltami e basta. Anche se lo avessi fatto, non posso allontanarmi da te.»

Le lacrime mi punsero gli occhi. «Perché?»

«Perché anche io ho sbagliato.»

«Come?» Era andato a letto con un altro? Il mio stomaco si contorse per l'angoscia.

«È complicato, ma ieri ho parlato con mia sorella e mi ha aiutato a capire una cosa.»

Ciò mi tranquillizzò. Mi scostai dalle sue braccia abbastanza da poter vedere il suo volto mentre parlava.

«Quando è iniziata questa storia tra noi, tu non volevi che io...» Deglutì. «Permettimi di riformulare. Hai detto che volevi che ti odiassi. Che ti trattassi come se ti disprezzassi.»

Annuii.

«Hai detto chiaramente che non volevi dolcezza da me. O gentilezza. O amore.»

Il mio cuore ebbe un sussulto.

«Ma ho violato i tuoi limiti. Ho iniziato a provare qualcosa per te. Emozioni belle. Calde e meravigliose. Gentili e amorevoli. Mi dispiace.»

«Non dispiacerti,» sussurrai, toccandogli il braccio.

«Ho oltrepassato i tuoi limiti,» insistette.

«Avevo bisogno che li infrangessi.»

«Comunque... scusami. Se è per questo...» Agitò la mano.

Scossi la testa. «Non lo è.»

«Sei sicuro?»

«Sì.»

«C'è altro che devo dire. Non ho mai voluto...» Rabbrividì, la vulnerabilità gli passò davanti al viso come una nuvola di tempesta sul sole. «Non ho mai voluto innamorarmi. Con Betsy e i miei genitori, ho sempre saputo che avrei avuto molte responsabilità per il resto della mia vita. Aggiungere un partner al mix mi sembrava un casino. E se Betsy non fosse piaciuta? E se...»

«Mi piacerebbe.»

Sorrise e mi baciò la fronte. «Si dice che ti piacciano quasi tutti.»

Feci spallucce. «Non che mi sia servito a qualcosa, ma sì.»

«Okay, quindi Betsy ti piacerebbe,» riprese Luke, lentamente. «Ma se a Betsy non piacessi...»

«Pensi che a Betsy non piacerei?» L'offesa mi fece raddrizzare la schiena e attutì la scarica di dolore al fianco provocata dal rapido movimento. «Perché?»

«Betsy ti adorerebbe,» specificò Luke; le sue labbra si contorsero in un sorriso affettuoso e divertito. «Lasciami finire.»

Emisi un sospiro acuto, ma mi coprii la bocca con la mano per non interromperlo di nuovo.

«Dico solo che Betsy non è negoziabile, e se non le piacesse la persona che amo, allora dovrei riconsiderare la possibilità di averla nella mia vita. Un giorno potrebbe aver bisogno di venire a vivere con me e con chiunque stia con me. Quindi, in passato, non ho mai voluto affrontare questo problema.»

Abbassai la mano mentre lui faceva una pausa per prendere fiato prima di ricominciare, e dissi: «Non credo che sia vero. Non puoi dare la colpa a Betsy se pensi che la vita sia più facile senza l'amore romantico.»

Luke sbatté le palpebre. «No, no, hai ragione. Non posso. Non del tutto. Una volta vedevo i legami sentimentali come un problema. Essere un Dom professionista significava non poter essere coinvolto in situazioni in cui la gelosia potesse entrare in gioco, o in cui si potessero creare aspettative di monogamia, o...»

«Ma ora le cose sono cambiate?» Speravo che fosse a causa mia, ma sapevo che era più probabile che fosse a causa della sua diagnosi. E quando Luke parlò, scoprii con delusione che avevo ragione.

«Ora, con i rischi di essere sieropositivo, non so quanto tempo ho prima di...» Si schiarì la gola. «Non posso, in tutta coscienza, dominare come facevo in passato, e per di più non voglio farlo. Voglio fare il Dom egoisticamente, e non necessariamente per soldi. Voglio farlo perché mi rende felice, perché il sottomesso in questione mi eccita, si adatta alla mia vita e...» Si interruppe, chiaramente in difficoltà nell'ammettere ciò che doveva dire dopo. «E voglio dominare solo qualcuno che mi piace, e forse qualcosa in più.»

Mi sfiorò i capelli. «Qualcuno con cui voglio andare al di fuori del dungeon. Credo che si riduca a una cosa molto egoistica: non voglio essere solo. Voglio essere amato da qualcuno prima di morire.»

Appoggiandosi a me, Luke mi accarezzò il collo, inalò il mio profumo, e io lo lasciai fare. «Minty, voglio sperimentare tutto quello che potremmo fare insieme: amicizia, amore, scene Dom/sub, tutto quanto. Perché hai ragione, giusto o meno che sia: non abbiamo molto tempo, e non ho intenzione di sprecare quello che ho a disposizione con regole autoimposte su chi mi è permesso frequentare, quando e come. Ma riconosco che questo va contro tutto ciò che abbiamo concordato all'inizio. È importante che tu sia onesto con me adesso. Vuoi quello che voglio io?»

Gli toccai le labbra con le mie, delicatamente, dato che il mio labbro era spaccato e dolorante. «Sì. Anch'io voglio tutto questo.»

«Davvero?»

«Sì.»

«Per farlo, però, dobbiamo fidarci l'uno dell'altro.»

Il mio stomaco si contorse. Un sudore ansioso mi coprì la pelle. «In questo caso, devo dirti una cosa.»

Si tese. «Sono pronto a sentirlo.»

«Riguardo a Kyle. Non l'ho invitato a entrare. Non lo volevo.»

«Ti credo.»

«Ma...» Cominciai a tremare, il ricordo di ciò che era successo ancora spaventoso e vivo nella mente; la paura che Luke si alzasse e mi lasciasse dopo aver sentito tutta la verità mi faceva venire la nausea. Mi strinse più forte a sé, cercando di sorreggermi. «Quando Kyle è entrato nella mia stanza, ho reagito nel modo sbagliato.»

Luke mi scostò i capelli dalla fronte; i suoi occhi divennero dolci e preoccupati. «Qualsiasi cosa tu abbia fatto per essere ancora vivo è giusta.»

«Aspetta.» Trassi un respiro tremolante. «Stavo tornando in camera mia, avevo appena aperto la porta, proprio come l'ultima volta.» Rabbrividii di nuovo, la paura mi scorreva nelle vene. «Kyle mi ha spinto da dietro. Sono caduto dentro. Ero sul pavimento. Lui è entrato. Ha chiuso la porta a chiave. Ha tirato fuori il cazzo e io...» Scossi la testa, lottai contro i respiri superficiali che non riuscivo a controllare, sul punto di iperventilare. «È stato solo l'istinto, lo giuro.»

«Lo so,» mormorò, anche se non lo sapeva. Non ancora.

«Mi è venuto duro. E sono andato da lui in ginocchio. Ho aperto la bocca. Ma...» Scossi la testa, la mia mente andò a quel momento, a quei secondi in cui tutto era cambiato, come se lo stessi vivendo di nuovo. La mia voce si fece bassa e quieta. «Non lo volevo. Ho cambiato idea. Ma lui mi ha costretto. E io l'ho lasciato fare. Gli ho permesso di scoparmi la gola.» Feci una smorfia. «E mi ha colpito sul viso... E poi era su di me, spingeva dentro di me, e io... l'ho morso. L'ho morso forte.»

«Tesoro, sei stato bravissimo.»

Ora ero di nuovo con Luke, tremante e spaventato a morte. Il ricordo mi fece quasi venire i conati di terrore. «Ho paura, Luke.»

Volevo disperatamente chiamarlo Daddy in quel momento, ma non sapevo se mi era più permesso. «Pensavo che potesse uccidermi.»

«Va tutto bene. Sono con te.» Mi passò le dita tra i capelli, tranquillizzandomi, ma nella mia testa c'era troppo caos.

«Perché? Perché stai con me?» La mia voce tremò. «Non capisci? Non gli ho detto di no. Sono andato da lui in ginocchio con la bocca aperta. Mi sono eccitato. Puoi perdonarmi per questo?»

Luke prese con cura il mio mento ammaccato, angolando il mio viso in modo che lo guardassi negli occhi. «Non c'è nulla da perdonare.»

«Avrei dovuto combattere! Conosco l'aikido. Avrei dovuto...»

«Basta. Non ci sono "avrei dovuto" quando si sopravvive a uno stupro. Ricordi cosa ti ho detto a questo proposito? Su tuo padre?»

«Ma questo non è stato così.» Solo che lo era... La mia gola si contrasse, e io mi sforzai di deglutire.

«È stato una violenza. È stato uno stupro. Hai fatto quello che hai fatto perché è così che hai imparato ad affrontare un trauma sessuale.»

«Ma se lo avessi voluto?» sussurrai. «Se una parte di me lo volesse?»

«Shhh, tesoro, forse una parte di te lo ha fatto, la parte di Mitchell che ha imparato a detestare se stesso. Ma non sei tu. Non sei definito da questo. Il vero Mitchell, quello che è dentro di te, è potente e forte e si ama abbastanza da fare cose incredibilmente difficili. Sa come salvarsi. E lo fa. Ogni volta.»

Appoggiai la testa al suo petto, inspirai ed espirai. Volevo credergli, e per qualche istante mi lasciai andare.

Quei pochi minuti si trasformarono in ore.

Poi giorni.

Capitolo 18

Luke

UNA SETTIMANA DOPO l'aggressione, Minty aveva ancora paura di Kyle, temeva che se fosse uscito dalla sua stanza per fare una doccia o una pisciata, quel bastardo sarebbe stato lì ad aspettarlo. Volevo che sporgesse denuncia o che segnalasse Kyle all'università, ma non ci pensava nemmeno.

«L'ho incoraggiato a comportarsi così con me,» aveva detto, passandomi le dita tra i capelli mentre appoggiavo la testa sul suo petto nudo, ascoltando il battito del suo cuore per assicurarmi che fosse forte. «Non posso accusarlo di qualcosa ora. Non poteva leggermi nella mente. Non sapeva che le cose erano cambiate.»

Avevo cercato di convincerlo che Kyle sapeva assolutamente che le cose erano cambiate, che Minty gli aveva detto in faccia che non poteva più fare sesso con lui, che io ero il suo Dom e glielo avevo proibito. Ma lui non mi aveva ascoltato. Una parte contorta di lui aveva ancora il cuore tenero nei confronti di Kyle e non riuscivo a fargli cambiare opinione su quel pezzo di merda stupratore.

Alla fine lasciai perdere, ma condividevo la sua preoccupazione che Kyle potesse riavvicinarsi a lui da qualche parte nel campus. Così iniziai ad andare a prenderlo dopo l'ultima lezione della giornata. Lo portavo con me al Knox Supplies & News per stare insieme, e lui studiava mentre io lavoravo, oppure lo portavo a casa mia per guardare un film sul divano mentre ci ingozzavamo di popcorn e pizza, o di qualsiasi schifezza avessi in giro.

Fino a quel giorno.

Quando andai a prenderlo dopo il seminario di biologia, il suo preferito, e lui mi disse: «Andiamo a fare la spesa.»

«Perché?»

«Sono stanco di mangiare schifezze.»

Non obiettai, anche se ammisi di essere un pessimo cuoco. Mi prese per mano e disse: «Non preoccuparti. Io cucino molto bene.»

Mentre lo guardavo tagliare le cipolle, condire il maiale e preparare i contorni, sembrava soddisfatto, come se fosse felice di fare qualcosa per me, come se ne fosse orgoglioso. Era un bene che mia madre mi avesse imposto l'acquisto di diversi attrezzi da cucina, oltre a un set completo di pentole e padelle, quando mi ero trasferito a casa mia. Minty li stava usando tutti.

«Bene,» disse, mettendo la teglia nel forno e impostando il timer. «Ci vorranno quaranta minuti. Abbiamo tempo per una visita veloce al dungeon?»

Mi avvicinai, gli accarezzai il collo e gli slacciai il grembiule dalla vita. «Quaranta minuti non sono sufficienti per giocare,» dissi. «Iniziamo il film.»

«No,» obiettò, allontanandosi da me. «Non mi hai più scopato da quando...» Agitò la mano. «Da quando è successo.» Le sue labbra si serrarono. «Non mi vuoi più? Ti faccio schifo adesso? Oppure...»

Mi ritrassi. «Mi fai schifo? È questo che pensi?»

Come poteva pensarlo, quando lo coccolavo all'infinito, gli controllavo i lividi, gli chiedevo della sua giornata, lo portavo al lavoro con me perché non riuscivo a stare lontano da lui e gli rimboccavo le coperte la maggior parte delle notti?

Scrollò le spalle. «Sei gentile con me. Come se fossi un bambino. Non mi fai, sai...» Sbuffò: «Non mi sbatti in giro o mi soffochi o mi baci come se morissi dalla voglia di entrare dentro di me.»

Sbattei le palpebre. Era tutto vero, ma era perché volevo più di tutto ciò. Con lui volevo più di quanto avessi mai voluto da chiunque altro, e il mio sadico interiore era rimasto scioccato da tutti gli altri sentimenti che mi avevano attraversato. Come l'affetto, l'urgenza di protezione e tanta tenerezza che a volte mi dava la nausea, come se avessi mangiato troppo cibo dolce e troppo in fretta.

«Non mi desideri più?» La voce di Minty tremava.

«Tesoro, ti desidero eccome,» sussurrai, prendendolo di nuovo tra le braccia. «Voglio che tu sia al sicuro, guarito e sano quando ti porterò di sotto.»

«Bene, ma almeno potresti scoparmi, no? Io sto bene, sai. Il mio culo, il mio corpo… posso sopportare di essere scopato e soffocato un po'. Mi piacerebbe.»

«Soffocato un po',» ripetei. Una parte di me che non riconoscevo mormorava nella mia testa: *È troppo fragile ora, accudiscilo e basta, fai l'amore con lui. Sii gentile e dolce.*

Ma Minty non era così e non era quello che voleva. Non era nemmeno quello che avevo mai voluto da qualcuno prima d'ora. Eppure, ecco che sognavo di spogliarlo lentamente, inginocchiarmi e succhiarglielo come se fosse l'angelo più prezioso mandato da Dio, ed era mio onore, mio dovere, farlo venire e tenerlo al sicuro.

Cristo, era questo che faceva l'amore? Rendeva una persona smidollata?

Guardando gli occhi confusi di Minty, però, capii che dovevo respingere quell'impulso o rielaborarlo completamente. Minty non sopportava di ricevere l'amore tenero più di quanto io fossi in grado di sopportare di darlo. Per lui la dolcezza era come una tortura.

Come una tortura…

Il mio sadico interiore si svegliò con un sorriso compiaciuto, che si diffuse su tutto il mio volto.

Minty

RABBRIVIDII. «OH… QUELLO sguardo. Mi è mancato.»

«Credo che ti pentirai di averlo visto,» disse Luke, gli occhi che brillavano.

«No,» ribattei, scuotendo la testa. «Mai, Daddy.»

«Oh, Mitchell. Ora voglio solo dimostrartelo.» Schioccò la lingua. «Andiamo, allora. Su.»

Mi condusse al piano di sopra, nella sua camera da letto, dove i miei bei vestiti giacevano sparsi in mezzo ai suoi, molto meno raffinati.

«Qui? Perché non nel dungeon?»

«Perché è qui che voglio che tu sia.» Mi spinse delicatamente sul letto.

Mi accigliai. «Pensavo che finalmente mi avresti fatto di nuovo del male.»

«Ti torturerò,» rispose Luke, con quel sorriso sadico che gli attraversava di nuovo il viso.

Le mie pulsazioni aumentarono e il mio cazzo si irrigidì. Indicò il letto. «Mettiti sulla schiena. A gambe divaricate. Adesso.»

Con il cuore in fibrillazione, mi centrai sul materasso e allargai le braccia e le gambe.

«Esatto,» mormorò, allungando una mano sotto il letto e tirando fuori una scatola di sex toys. La aprì, ma non c'era nulla di veramente hardcore. Tutto era piuttosto ordinario, ma comunque eccitante. «Quanto sei bello, tesoro.»

«Non essere troppo gentile con me.»

«Sono io a decidere come trattarti. Questa è una scena, no? Si gioca a modo mio.»

Aprii la bocca per ribattere, ma poi mi limitai ad annuire, stringendo forte la mascella.

«Cosa mi dici?»

«Sì, Daddy.»

«Esatto. È Daddy che decide.»

Il mio cazzo divenne duro come una roccia a quelle parole, e io iniziai a contorcermi. Luke mi prese un polso, tirandolo verso la testiera del letto, dove lo legò con una corda nera e morbida. Mi afferrò quindi la caviglia opposta e mise il mio corpo in tensione. Emisi un leggero squittio; il livido in via di guarigione sul torso faceva male quando veniva sollecitato in quel modo.

«La tua parola di sicurezza è barboncino,» ribadì Luke. Si spostò per legarmi l'altro polso al letto e poi passò alla caviglia opposta. Ero bloccato.

Si sedette sul materasso vicino al mio petto, mi scostò i capelli dal viso, passò le dita calde sulla mia guancia, quindi tirò fuori una benda dalla scatola.

Mi leccai le labbra mentre la legava in modo che non potessi togliermela.

«Come sei bello,» mi elogiò.

Mi accigliai di nuovo. Non era quello che volevo sentire durante una scena. Volevo un trattamento rude, gli insulti.

«Lo detesti, vero?» chiese Luke tutto allegro.

Oddio. Improvvisamente capii cosa intendeva per tortura e cosa aveva intenzione di fare.

«No, non farlo.» Mi irrigidii. «Non mi piacerà. Ti prego.»

«Puoi sempre usare la parola di sicurezza.»

Fanculo. Volevo andare in cantina e farmi male. Non ci tenevo a provare ciò che aveva in mente, ma mi morsi le labbra per non pronunciare quella parola. Una parte di me voleva chiudere subito la faccenda, ma un'altra voleva andare fino in fondo. Potevo permettere a Luke di amarmi?

Per protesta distolsi la testa da lui, ma per il resto rimasi in silenzio. Se non fossi stato bendato, sapevo che avrei fissato una parete vuota vicino alla finestra.

«Bravo ragazzo.»

Sbuffai.

«Mitchell, preparati a essere torturato.» Rise alla mia brusca inspirazione. «Ora.»

Mi lodò più di quanto fosse mai successo in tutta la mia vita, e lo detestai. Ogni parola che usciva dalla bocca di Daddy sembrava una bugia, un taglio sul cuore. Volevo che mi schiaffeggiasse, che mi soffocasse, che mi mordesse lo scroto, che mi facesse male, cazzo. Ne avevo bisogno.

Ma non fece nulla di tutto ciò.

Mi baciò ogni centimetro di pelle; mi disse che ero bello, intelligente, forte, potente, sexy e così tanti altri complimenti che pensavo di vomitare. Mi prese il cazzo in gola e mi portò così vicino all'orgasmo che le lacrime mi rigarono il viso. Quando si allontanò all'ultimo momento, spegnendo l'estasi che avrebbe lavato via tutta l'agonia, urlai di rabbia.

Mi leccò i capezzoli e li pizzicò delicatamente con le dita calde, per poi lambirli con un'accuratezza che sembrava un'adorazione. Mi succhiò le dita dei piedi e le palle, mi baciò l'orecchio e ne succhiò il lobo fino a farmi iperventilare, arrabbiato perché mi piaceva così tanto, spaventato proprio per lo stesso motivo. Odiavo che mi piacesse.

In quel momento, io ero Kyle.

Volevo dare un pugno a Luke, prenderlo a calci, sputargli in faccia, ma ero legato. Quando cercavo di sputare, Daddy si limitava a schivarlo o a pulire la saliva da dove era caduta, a volte su di me, a volte su di lui, e poi la leccava rumorosamente dalle dita. Il tutto mentre mi diceva che era deliziosa e dolce, la sua preferita al mondo, e mi elogiava per la mia ribellione, le mie lotte e qualsiasi altra cosa potesse dire per ferirmi. Sapeva bene dove puntare quelle frecce d'amore.

Alla fine, la mia rabbia si trasformò in calore. Cercai di morderlo quando mi baciò, ma riuscì a schivarmi. Lo insultai, gli dissi che lo odiavo, gli sputai addosso tutto ciò che di crudele mi veniva in mente.

Ma mai *barboncino*.

Non poteva scoparmi nella mia posizione attuale, ma si lubrificò le dita e ne infilò due dentro di me, muovendole con tanta delicatezza che lanciai un lungo strepito di rabbia mentre mi massaggiava la prostata come se fosse qualcosa di fragile e prezioso.

«Giuro su Dio che te ne farò pentire,» ringhiai. «La pagherai per questo.»

Ridacchiò. «Non ne dubito.»

Pensai a cosa avrei potuto fare o dire per farlo smettere, non *barboncino*, ma qualcosa che gli facesse venire voglia di interrompersi da solo. Che spingesse lui a usare la parola di sicurezza.

La risposta mi venne in mente. Aprii la bocca per pronunciare le parole, ma lui era tornato a succhiarmi l'uccello e mi chiesi se mi avrebbe fatto venire. Inspirai ed espirai mentre mi faceva godere di nuovo, sollevando i fianchi per raggiungere l'estasi che avrebbe ripagato quella tortura.

Quando mi lasciò il cazzo prima che potessi venire, sputai le parole. «Tornerò da lui. Gli permetterò di farmi del male se tu non lo farai.»

Luke si bloccò.

Dopo un lungo, terrificante momento, mi strappò la benda, e l'espressione sul suo volto non era quella che mi aspettavo, e nemmeno quella che volevo. Il mio petto si alzò e si abbassò con rapidi respiri e il mio sangue si raggelò.

Devastato. Distrutto. Lo avevo ferito più di quanto avessi mai fatto a qualcuno prima.

Attesi che dicesse *barboncino*. Sapevo che lo avrebbe fatto.

Ma non lo fece.

Invece mi slegò, mi prese la mano e mi tirò su dal letto. «Vieni. La cena sarà pronta tra nove minuti.»

«Luke…»

«Questa scena non è finita,» scattò brusco.

«Daddy, ti prego. Mi dispiace.»

«La cena,» ripeté, indicando la porta della sua stanza. «Finisci di prepararla.»

«Sì, Daddy.»

«Mi chiamerai *signore*, stasera.»

Boccheggiai. Mi sembrava una punizione già di per sé. «Sì, signore.»

Si aggiustò l'uccello e poi entrò nel bagno privato, chiudendosi la porta alle spalle. Scesi al piano di sotto e andai in cucina come mi aveva chiesto, dove rimasi a fissare il timer del forno mentre faceva il conto alla rovescia.

Perché lo avevo fatto? Avevo rovinato la serata. Certo, odiavo quello che mi stava facendo, ma non era quello lo scopo? Peggio ancora, avevo mirato al punto in cui sapevo che avrebbe fatto più male a Luke. Ne valeva la pena?

Le lacrime mi scivolarono sulle guance mentre il timer avanzava di un altro minuto.

Cazzo. Perché non potevo permettere a qualcuno di amarmi? Soprattutto quando lo volevo davvero?

Capitolo 19

Luke

APRII IL RUBINETTO dell'acqua e mi sciacquai il viso. La mia erezione era evaporata quando la frecciata dolorosa di Minty si era conficcata nel mio petto, lasciandomi un senso di insoddisfazione e frustrazione. Anzi, di più, mi sentivo vuoto, come se stessi sanguinando.

Il che era ridicolo. I sub dicevano sempre cose crudeli ai loro Dom. I miei ex ragazzi avevano fatto ogni sorta di minaccia e io non avevo mai reagito in modo così emotivo.

Dovevo scrollarmelo di dosso.

Perché non riuscivo a scrollarmelo di dosso?

Mi controllai di nuovo allo specchio, sperando di avere un aspetto abbastanza stabile da poter raggiungere Mitchell in cucina. Ma no, non potevo ancora uscire. La mia espressione sconcertata non sarebbe servita a nulla.

Se fossi andato da lui con l'aria di qualcuno a cui avessero ucciso un cucciolo, avrei rovinato tutto. Gli avrei dimostrato che poteva farmi del male, che aveva quel tipo di controllo sul mio cuore e sulla mia testa, e allora sì che se ne sarebbe andato. Avrebbe visto che ero debole e lo avrebbe odiato tanto quanto detestava essere amato.

Mi lavai di nuovo il viso.

Avevo bisogno di riprendere il controllo. Reprimere i sentimenti. Eliminare l'affetto che cresceva inesorabile in me e tornare a essere spietato con lui. Dargli ciò che aveva voluto fin dall'inizio, il dolore, e rinunciare a ciò che avevo desiderato io.

Amore.

Sogghignai al mio riflesso. Potevo sembrare più patetico e pietoso?

Alla fine l'intensità del dolore si attenuò e dietro di esso si insediò un freddo torpore. Pronto ad affrontare Mitchell, uscii dal bagno e camminai vacillante fino alla cucina.

Quando entrai, Mitchell spense il forno e il timer. Si mise in ginocchio, ancora nudo, con la testa bassa e le lacrime che gli colavano dalla punta del naso, gocciolando sul linoleum.

«Signore, mi dispiace.» Alzò lo sguardo sul mio viso e poi abbassò di nuovo gli occhi. «L'ho detto solo per ferirti. Non dicevo sul serio.» Un singhiozzo gli uscì dalla gola. «Ero arrabbiato. Non volevo.»

«Non mentirmi.» Fui scioccato da quanto dura risuonò la mia voce.

La tristezza scorreva in me, come le acque fredde e più placide sul fondo di un fiume. Non avevo l'intelligenza emotiva per quella situazione. Avevo sempre saputo di essere in difficoltà con lui, ma il mio crollo lo dimostrava. Non potevo giocare con lui. Non dovevo amarlo. Lui non voleva ciò da me.

Mi ricordai di quello che mi aveva detto Betsy sulle regole. A prescindere da ciò che Mitchell aveva detto quando avevamo parlato, stavo violando i confini che lui aveva messo in chiaro fin dall'inizio. Gli era consentito amarmi, qualunque cosa significasse per lui, ma io non dovevo amarlo. Lui non lo voleva. Non nel modo in cui lo desideravo io. Voleva…

Zitto. Interruppi la mia escalation di pensieri.

Non era vero. Lui bramava il mio amore. Fin dall'inizio. Ora lo sapevo. Aveva accettato con entusiasmo di uscire con me. Mi aveva detto che voleva le cose che volevo anch'io. Il problema era che io continuavo a insistere per fare a modo mio. Volevo che mi permettesse di amarlo come volevo io, non come ne aveva bisogno lui.

Cazzo. Cosa stavo facendo?

«Signore,» sussurrò, la testa bassa. «Mi dispiace di aver mentito. Volevo solo ferirti, signore, e sapevo che se avessi detto che sarei andato da Kyle ci sarei riuscito perché…» Azzardò di nuovo uno sguardo verso l'alto, e questa volta, qualunque cosa avesse visto sul mio viso, non distolse lo sguardo. «Perché so che mi ami. So che non me lo hai detto, ma lo so e basta. E ho abusato di questo amore. Mi dispiace.»

Sbattei le palpebre e feci un passo indietro.

Lo amavo.

Era così, lui lo sapeva, e io lo sapevo, ed era orribile. L'amore stava incasinando le cose tra noi più di quanto stesse aiutando lui o me. Quel nuovo sentimento mi impediva di essere ciò che ero bravo a essere. Mi stava rendendo un pessimo Dom.

«Signore?»

Deglutii. «Sì?»

«Anch'io ti amo. Non posso promettere che non dirò mai più una cosa del genere, signore. Quando sono in preda al panico, divento cattivo. Come con mio padre e Kyle. Prima, quando mi hai amato in quel modo… Mi ha fatto qualcosa, nel profondo, ed è stata una tortura. Proprio come avevi detto tu. L'ho odiato.»

«Hai una parola di sicurezza,» gli ricordai. «Sai di poterla usare, vero?»

«Sì.» Mitchell si avvicinò in ginocchio a me, allungando le mani per afferrare le cuciture esterne dei miei jeans. «Lo so. Ma non volevo. Odiavo come mi sentivo, ma…» Chiuse gli occhi e deglutì, come se non volesse ammettere la verità. «Ma sapevo di averne bisogno. Signore, ho bisogno di stare bene e di accettare di essere amato in quel modo. Voglio trovare un modo per farmelo piacere prima di morire. Non voglio essere solo. Non voglio andarmene prima di poter sentire nel cuore...» Si toccò il petto, guardandomi con aria così miserabile che sentii la gola stringersi di nuovo. «Che merito quell'amore.»

Gli afferrai il mento, sostenendo il suo sguardo. «Credo che prima dovrai imparare ad amare te stesso.»

Chiuse gli occhi in silenzio.

«Pensi di poterlo fare?»

Scosse la testa, ci ripensò e poi scrollò le spalle. «Non lo so, signore. Puoi insegnarmi?»

Feci una risata ironica. «Non lo so. Comincio a chiedermi se anch'io mi amo davvero. Credo che entrambi abbiamo molto da imparare.»

«E non c'è molto tempo per farlo.» Seppellì la testa contro le mie gambe, le spalle che tremavano. «Ti amo tanto, signore. So che non mi credi, nessuno mi crede mai, ma ti amo. Quindi, ti prego, non arrenderti con me.»

Mi chinai, strofinando le mani su e giù per la sua schiena nuda. «Non arrenderti nemmeno tu con me.»

Non pensavo fosse giusto pretenderlo, non quando eravamo ancora tecnicamente in una scena. Ma lo volevo con me, al sicuro al mio fianco, affinché potessi amarlo, proteggerlo e, all'occorrenza, farlo soffrire. Anche se ero un disastro e oscillavo da un'emozione all'altra, da un pensiero all'altro, da una paura all'altra.

«Mai. Te lo prometto.» Mitchell sfregò il viso contro i miei jeans, ormai umidi delle sue lacrime, e sospettavo che si stesse anche pulendo il naso anche su di me. Non mi dispiaceva. Lo trascinai in piedi e lo abbracciai stretto, facendo ancora attenzione al livido. «La scena è finita.»

«Okay.» Soffocò un altro singhiozzo. «Mi dispiace. Ho fatto un casino.»

«No,» mormorai. «Io l'ho fatto.»

«Come?» Si scostò e mi guardò con gli occhi pieni di lacrime e, sì, con il naso rosso e colante.

Inspirai, i pensieri che mi frullavano in testa. Essere sincero e rischiare che lui pensasse che ero troppo debole o tenerlo per me, ed essere meno coraggioso di quanto lo fosse lui in quel momento?

«Ti prego, Luke.» Mi accarezzò il collo con la mano, salendo in punta di piedi per intrecciare le dita nei miei capelli. «Posso sopportarlo.»

«Sopportare cosa? Non è colpa tua. Non ho nessuna critica da fare nei tuoi confronti.»

«Posso sopportare il tuo dolore. Posso anche sostenerti, sai. Lasciamelo fare.»

Non riuscii a trattenermi; mi salirono di nuovo le lacrime agli occhi e mi dolse la gola. Quando parlai, la mia voce suonò ruvida per lo sforzo. «Non voglio che tu debba affrontare il mio dolore. Io sono il Dom e…»

«E tu sei mio,» mormorò, baciandomi il collo e la mascella. «Ti amo. Sii sincero con me. Ti prego.»

«Cristo.» Chiusi gli occhi di fronte ai suoi, dolci e imploranti.

«Dimmi.»

Trassi un respiro affannoso. «Va bene. Ho paura che se sono vulnerabile con te…»

Le mie ginocchia minacciavano di cedere. Quando era stata l'ultima volta che ero stato così esposto con qualcuno? Non riuscivo a ricordarlo. Forse mai. «Ho paura che tu pensi che non ho la stoffa per farlo. Che non sarò abbastanza forte per tenerti con me.»

Mitchell rabbrividì. «Mi dispiace. È colpa mia se ti senti così. Ma, se ti può aiutare, sono innamorato di te. Non è una cosa che Kyle potrà mai darmi.»

Sospirai, il cuore che mi martellava in gola. Gli presi la mano. «Va bene, cercherò di essere meno insicuro. Come tuo Dom, come tuo amante.»

«Mi piace che tu sia insicuro,» ammise Minty, stringendosi

ancora di più a me. «Mi fa sentire come se fossimo alla pari. E anche se ho bisogno che tu mi faccia del male, voglio anche sentire di avere potere su di te. Quando ti apri in questo modo, me lo fai provare.»

«Minty...»

«È una cosa molto cattiva da parte mia?» Aggiunse un tocco di seduzione alla domanda.

«Sì.»

«E hai intenzione di punirmi per questo?»

Sbuffai una risata cupa. «Non ne hai la più pallida idea.»

«Non vedo l'ora.»

«Beh, dovrai comunque arrangiarti, perché io stasera non ce la faccio.»

«Vedi? Ecco qua. Esprimere debolezza non è così difficile, vero?»

Roteai gli occhi, ma lo strinsi più forte, accarezzandogli i capelli.

«È come l'aikido. Essere vulnerabili sul tatami non significa essere messi al tappeto. Si tratta piuttosto di rimanere aperti per poter spingere e tirare, dare e ricevere.» Minty si ritrasse e mi guardò. «È come se... tu e il tuo compagno di allenamento doveste muovervi insieme finché non riuscite a risolvere il conflitto, il combattimento in allenamento, in modo reciprocamente vantaggio-so.»

Mi accigliai, confuso. «Mi dispiace, tesoro. Non capisco.»

«Sto dicendo che puoi fidarti di me,» spiegò Mitchell. «Puoi essere vulnerabile con me, Luke. Voglio che tu lo sia e posso gestirlo. Per favore, dammi la possibilità di dimostrartelo.»

Non riuscivo a promettere nulla. Non ancora. C'era ancora tanta ansia dentro di me. Ero davvero abbastanza? Sarei mai stato abbastanza per lui?

Chiusi gli occhi e mi chinai per appoggiare la testa sulla sua spalla. Lui mi massaggiò la schiena e io accolsi volentieri il suo conforto. Ci tenemmo stretti per qualche minuto, poi Mitchell disse: «Dovremmo vestirci e mangiare prima che la cena si raffreddi.»

«Sì,» acconsentii. «Andiamo.»

Minty

QUELLA SERA, DOPO cena, ci accoccolammo insieme sul divano, guardando la prima puntata del nuovo crime drama della CBS, *Silk Stalkings*. Luke mi teneva davanti a sé, con un braccio appoggiato su di me e il mento sulla mia testa. Mi sentivo al sicuro e protetto, e mi piaceva.

Riflettei sulla nuova sensazione di parità che sentivo con Luke. Incasinato o no, giusto o no, usare l'amore di Luke per me per fargli del male aveva mostrato la sua debolezza in modo così evidente che, per un momento, mi ero sentito potente. Una grande, perversa verità.

Prima mi ero sempre sentito come se Luke avesse il sopravvento in qualsiasi cosa stessimo costruendo. Era il dominatore. Era il più maturo e il più forte della coppia. Si prendeva cura di me in tanti modi. Mi proteggeva. Mi faceva male e mi faceva cantare di piacere e di dolore.

E nell'ultima settimana avevo iniziato a chiedermi: cosa gli avevo dato io in cambio? Gli avevo permesso di sfogare i suoi bisogni sadici. Lo avevo aiutato a sentirsi forte e potente di fronte alla morte imminente. Gli avevo permesso di innamorarsi di me, un'emozione che non aveva mai provato prima. Ma a cosa era servito tutto ciò, se nel complesso ero un fardello, un peso morto?

Alla fine, non era vero. Avevo un potere di cui aveva bisogno e che desiderava. Dopo aver pronunciato quelle parole così crudeli e aver visto il terribile risultato, aver percepito la sua insicurezza e averlo abbracciato dopo, mi ero reso conto di avere la forza di lasciarlo essere ciò che nessun altro nella sua vita aveva mai visto: debole.

Dopo che Chris e Rita ebbero indagato e risolto con successo l'omicidio di una modella, lasciando il posto alla pubblicità, Luke prese il telecomando e silenziò l'audio. «Tesoro, stavo pensando...»

«Mmh?» Mi girai verso di lui, quasi scivolando dal divano. Ma la forte presa di Luke mi impedì di andare oltre il limite.

In quella posizione, avevo una buona visuale del suo mento e delle sue narici, e ogni folata di respiro mi colpiva in faccia. Inspirai di proposito, assorbendo l'aria che era appena entrata nel suo corpo, sognante e tranquillo ora che la nostra crisi era passata.

«L'altro giorno ho ricevuto un invito a un evento locale e mi chiedevo se volessi darci un'occhiata.»

«Certo,» concordai subito, scostando il colletto della sua maglietta e baciando la pelle morbida alla base del suo collo.

Mi accarezzò la schiena. «Dovresti conoscere meglio la natura dell'evento prima di accettare. Non devi spuntare tutte le caselle prima di averle lette e considerate tutte, ricordi?»

«Oh, è un evento kinky?»

«Sì.»

Il cuore mi batteva forte e io sorrisi per l'eccitazione, contorcendomi fino a sedermi e a vedere meglio il suo viso. Gli accarezzai una guancia e colsi l'accenno di ansia nei suoi occhi. «Allora, raccontami tutto.»

«È un invito a una festa nell'unico dungeon operativo di Knoxville.»

Spalancai la bocca. «Cosa? Davvero?»

«Sì. Vuoi andare?»

«Davvero?»

«Non siamo obbligati a farlo.»

«Certo che voglio andare.» Gli afferrai le spalle, lo feci sdraiare sulla schiena e mi misi sopra di lui, a cavallo delle sue cosce. «Che cosa facciamo lì?»

«Parliamo. Osserviamo,» sussurrò Luke. «Impariamo.»

«Giochiamo?»

«Se vuoi.»

Il mio cuore pompava forte. «Wow. Non lo so.»

«Non devi decidere ora. Prima di decidere, valuta bene.»

Mi leccai le labbra. «Va bene. Sì, è vero. Potrebbe essere divertente. Quando è?»

«Questo fine settimana.»

«Non vedi Betsy questo fine settimana?»

«Potremmo andare dopo. Inizia tardi. Ci sarà tutto il tempo per tornare in macchina, prepararsi e andare lì.»

Rabbrividii; l'idea di andare in un vero e proprio dungeon dal vivo mi stordiva un po'. La serata era già stata piena di emozioni. Forse ero in sovraccarico.

Luke sembrò percepirlo. Mi passò una mano sul petto e poi sussurrò: «È stata una lunga giornata. Non devi decidere adesso.»

«Lo so. Ma voglio andarci e vedere com'è.»

Luke strinse le braccia intorno a me e la sua voce si fece tesa mentre parlava: «Va bene. Possiamo parlarne meglio domani. Ma stasera voglio…»

Gli accarezzai gli avambracci in modo confortante. «Cosa vuoi?» lo incoraggiai.

«Provare di nuovo a fare l'amore con te. Questa volta, niente scene. Questa volta, solo noi. Puoi provare? Ti va?»

Ci pensai su, lo stomaco contratto. Improvvisamente capii il "perché" di qualcosa che non ero mai riuscito a spiegare prima. Per permettere a qualcuno di amarmi dovevo concedermi di essere veramente debole. Il potere che avevo imparato a esercitare era una forza fatta di dolore, sia inflitto che sopportato. Il sesso senza dolore era, per me, sesso senza potere, senza scopo.

Ma ora che eravamo alla pari, forse non avevo bisogno di potere. Potevamo essere entrambi vulnerabili.

«Non c'è problema,» proseguì Luke. «Non siamo obbligati a farlo.»

«No,» dissi, staccandomi dalle sue braccia e mettendomi a sedere in modo da poter vedere il suo viso e lui il mio. «Proviamoci. Non posso promettere nulla. Ma voglio provarci.»

I suoi occhi si addolcirono e divennero un po' timidi. Era diverso dall'uomo che mi aveva soffocato contro il muro del suo ufficio al sexy shop. Diverso dall'uomo che in più di un'occasione mi aveva fatto piangere con le sue fruste e aveva riso delle mie lacrime. Dio, amavo quelle due versioni di lui.

Ma quello che avevo di fronte? Era un gioiello.

«Bene, ci sono delle regole? Limiti?»

Il mio cuore batteva forte. «Sì.»

«Ovvero?»

«Non essere cattivo con me, non essere rude, qualunque cosa io dica o faccia. Voglio essere amato, Luke. Lo voglio davvero.»

«Va bene, tesoro. Ci proverò se tu ci proverai.»

Ci alzammo e ci dirigemmo di nuovo verso la sua camera da letto, e questa volta mi sarei arreso. Mi sarebbe piaciuto essere amato.

Capitolo 20

Minty

MI TOLSI I vestiti che Luke mi aveva prestato e li lasciai sul pavimento accanto al letto, quindi mi infilai sotto le coperte, un po' intimidito, sperando di nascondere che non ce lo avevo duro, non ancora.

Luke gettò i suoi abiti sulla sedia dall'altra parte della stanza e si diresse verso il letto con il suo cazzo eretto che oscillava. Mi venne l'acquolina in bocca, e volevo che si mettesse sul mio petto, mi tenesse la testa bassa e mi scopasse in gola…

Ma no.

Non era quello che volevo. Lui mi avrebbe amato. Mi sarei lasciato amare e lo avrei ricambiato. Senza la violenza che mi impediva di sentirmi fuori controllo e vulnerabile.

Invece, avrei accolto la paura, quella vera, fino al limite di ciò che potevo sopportare, e poi mi sarei semplicemente… lasciato andare. Il mio cuore batteva a mille, il battito accelerava e il terrore che mi attraversava mi risvegliava l'eccitazione. Potevo farcela? Cominciavo a pensare di sì.

Togliendomi le coperte di dosso, Luke mi guardò con occhi dolci e amorevoli. Si mise a cavalcioni sui miei fianchi, lasciando che le sue palle sfiorassero il mio uccello che si stava indurendo e che si fletteva contro il mio stomaco. Mi avvicinai e feci scorrere le mani sul suo addome contratto e sui suoi pettorali, titillandogli incerto i capezzoli.

Si sporse verso il comodino, prese il lubrificante e lo posizionò sul cuscino accanto a noi prima di sistemarsi sopra di me. Le sue gambe mi stringevano i fianchi, e il petto villoso sfiorava il mio quasi glabro. Gli strofinai i capezzoli, pizzicandoli e facendoli scorrere tra i polpastrelli del pollice e dell'indice. Fissandomi negli occhi, il suo respiro si fece sempre più corto, finché non mi baciò la punta del naso, le sopracciglia e le tempie, prima di posare le labbra sulla mia bocca.

Le nostre lingue si muovevano insieme, familiari e dolci. I nostri respiri si intrecciarono e i nostri corpi premevano l'uno contro l'altro, cercando attrito e piacere. Mi tornarono in mente le volte in cui avevo avuto incontri simili in passato: tutti giochi e divertimento, tutti affamati di me, e nessuno di loro mi aveva amato. Mi avevano usato per eccitarsi.

Ma l'uomo lì con me mi amava. Lo faceva con la lingua, le labbra, l'uccello e i fianchi, con il suo sguardo caldo e adorante mentre si alzava su di me, prendeva il lubrificante e mi sconvolgeva applicandolo tra le sue stesse natiche.

«Lo hai mai fatto?» mi chiese, sapendo dai moduli che avevo compilato che mi consideravo un passivo esclusivo. «Ti va di provare?»

Annuii.

Certo, avevo già scopato con qualcuno: era così che avevo capito di essere un passivo esclusivo. Ma non ero mai stato attivo con un uomo che amavo, solo con un cretino che per tutto il tempo si era lamentato che non lo facevo abbastanza forte. Forse sarebbe stato diverso se lo avessi fatto con amore.

«Davvero?»

«Sì,» mormorai. «Ti prego.»

Le sue labbra si incurvarono, i suoi occhi mi scrutarono teneri. «Te lo lascerò fare,» acconsentì. «Ma sarò io a gestire la penetrazione. Non lo faccio spesso.»

A quelle parole mi sbocciò un fiore nel petto. Naturalmente lo sapevo. Quando mi aveva spiegato il suo stato di sieropositività, mi aveva detto che si era trattato di un unico errore.

«Fammi solo…» Allungò una mano tra le gambe, usando molto lubrificante e il suo stesso dito per aprirsi. Rabbrividii nel guardarlo, con la mente che si arrovellava sulle implicazioni.

Dopo troppo tempo, e anche dopo quello che sembrava troppo presto per essere ancora fisicamente a proprio agio, Luke afferrò il mio uccello e se lo puntò contro.

«Puoi fare con calma,» sussurrai.

«No,» esclamò a denti stretti. «Lo voglio così. Non voglio aspettare.» Gettò la testa all'indietro, esponendo il collo. La sua bocca si aprì, il sudore gli imperlò la fronte, e gemette forte mentre si calava sulla mia erezione.

Fremetti per la stretta e calda presa di lui, ma riuscii a tenere gli occhi aperti, osservando la vampata di calore che saliva sul suo petto e arrivava alla gola, osservando i muscoli del suo ventre che vibravano mentre affondava di più su di me. Vidi il momento in cui il mio cazzo divenne una sfida per lui: lo spostamento del suo peso sulle ginocchia, la sottile scossa del respiro incerto…

Dio, era bellissimo. Mi piaceva tutto di lui.

Non sapevo cosa fosse andato storto l'unica volta che ero stato attivo con un ragazzo prima di allora; forse il problema era stata solo la poca affinità con il partner ma il calore e l'attrito, l'umido delle pareti interne di Luke e il modo in cui tremava mentre mi prendeva fino in fondo mi diedero alla testa.

«Tesoro,» disse, la voce che tremava. «Stai bene?»

«Sì,» risposi, mettendo le mani sulle sue cosce e tenendolo fermo su di me. «Tu?»

«Alla grande. Fantastico. Mi riempi. Mi piace.»

«Non riesco a credere di essere nel tuo corpo. A pelle,» mormorai.

Non sapevo perché fosse diverso da quando lui era dentro di me in quel modo, ma mi sembrava sacro. Se la messa rock and roll non mi sembrava qualcosa di solenne, quello lo era di sicuro. Anche se la maggior parte dei cristiani che conoscevo lo avrebbe ritenuto abominevole, ci avrebbe chiamato peccatori e ci avrebbe odiato. Ma si sbagliavano, perché quello era il vero amore. Il groviglio nel petto, il dolore alle palle e il bisogno di piacere che mi riempiva dalle dita dei piedi alla sommità del capo. Volevo dare piacere a Luke, farlo venire per me. Amarlo con il mio corpo.

«Volevo farlo in questo modo,» mormorò. «Perché non hai abitudini o ricordi che potrebbero scatenare la tua resistenza. Ho pensato che avremmo avuto più successo.»

La sua voce rimase flebile e più acuta di quanto l'avessi mai sentita, ma sembrava sperare che io fossi d'accordo con la sua idea.

«Hai ragione. Mi sta aiutando,» perché era così.

Si chinò, facendo scivolare parte del mio cazzo fuori da lui mentre si muoveva e mi scostava i capelli dal viso con entrambe le mani. Scrutandomi negli occhi, sussurrò: «Scopami, tesoro. Ti prego, scopami.»

Non distolsi lo sguardo; mi aggrappai ai suoi fianchi e piantai i piedi sul letto in modo da poter sollevare i fianchi e penetrarlo di nuovo. La sua espressione cambiò, gli occhi si ribaltarono, le ciglia sbatterono, la bocca si aprì in una piccola O stordita, e io mi persi. Era magnifico, la sensazione, le sue reazioni, il modo in cui si lasciava sbattere come se stessi cercando di spingere l'adorazione del mio cuore dritta nel suo culo.

Non ero sull'orlo della follia come quando giocavamo duro, quando lui mi maltrattava, mi soffocava, mi sputava addosso e mi diceva cose orribili. Ma era altrettanto bello a modo suo. Era pacifico, intenso e delizioso. Mi sentivo come se la mia pelle fosse elettrizzata dall'amore e dalla gentilezza, dal piacere e dal dolce desiderio.

Più di una volta mi vennero le lacrime agli occhi per la purezza dei miei sentimenti per lui, come se il mio amore uscisse da me con sudore, e il suo amore si concretizzasse in quei piccoli gemiti che emetteva.

Gli occhi di Luke erano come il cielo, azzurri e luminosi, e quando riprese a parlare, dopo quella che sembrava una vita di deliziose scopate, rimasi appeso a ogni sua parola, che colmava ogni buco del mio cuore e della mia mente di una tenerezza così perfetta da farmi dimenticare quanto l'avessi detestata.

«Sei la cosa migliore che mi sia mai capitata, tesoro. Il ragazzo più bello con cui sia mai stato. Adoro il tuo odore. Il modo in cui respiri. Voglio renderti parte di me per sempre, stringerti finché non saremo una cosa sola. Ho bisogno del tuo sperma dentro di me. Riempimi.» Gemette forte. «Fammi tuo. Voglio essere tuo.»

«Oh,» ansimai. «Sei mio. Tutto mio.»

Mi baciò di nuovo e ci perdemmo nella spinta e nell'attrazione, nella risacca dei nostri corpi, del piacere che montava e poi si ritraeva di nuovo prima che l'orgasmo ci squassasse. Quando Luke si scostò e si sollevò da me, gridai, desiderando che tornasse sul mio cazzo improvvisamente freddo.

«Tesoro,» sussurrò, prendendo di nuovo il lubrificante. Aveva intenzione di riapplicarlo? Mi sembrava già abbastanza scivoloso. Invece, ci spostò entrambi fino a inginocchiarsi tra le mie gambe e a divaricarle. Guardandomi, mi chiese: «Possiamo ancora amarci così se sono dentro di te?»

«Non lo so. Volevo venire dentro di te.»

«Ti lascerò venire dentro di me,» promise. «Ma permettimi di riempirti del mio amore. Posso?»

Gemetti, il mio cazzo si contraeva e il mio culo pulsava leggermente. Lo volevo. Non mi scopava da troppi giorni e avevo bisogno di lui dentro di me. Ma se avessi rovinato tutto? Se avessi scatenato quello stronzo che pretendeva che le cose si mettessero male?

«Fammi provare,» aggiunse. «Se non ti piace, mi fermerò.»

«D'accordo.»

Il lubrificante era freddo, e io sibilai. Mi baciò i capezzoli mentre mi penetrava lentamente con le dita. Lampi della notte precedente mi assalirono, insieme all'impulso di lottare, di resistere.

«Respira, tesoro,» sussurrò Luke. «Non chiudere gli occhi. Guardami.»

Aprii le palpebre e divaricai le gambe, liberando lo spazio per farlo muovere dentro di me. Era così bello: labbra turgide, pelle arrossata e una calda devozione negli occhi.

Arrenditi. Lasciati andare. Lascia che ti ami.

Immaginavo che il mio cuore fosse intrappolato in un medaglione gigante e che a ogni pressione delle sue dita girasse la serratura, ancora e ancora, finché non si fosse aperto. Ecco. Il mio cuore batteva, batteva, batteva con amore, desiderio e paura. Tanta paura.

I miei respiri erano superficiali. Ero troppo esposto. Troppo vulnerabile. Mi sembrava che Luke potesse uccidermi con un solo sguardo, squarciarmi con una parola. Resistetti all'impulso di proteggere di nuovo il mio cuore. Combatterlo era sufficiente a farmi sudare… o forse era il modo in cui mi puntava perfettamente la prostata e mi faceva implorare per l'orgasmo.

«Ti prego, Luke. Scopami. Ho bisogno di te. Ti amo. Amami anche tu.»

Alzandosi di scatto, mi baciò e ritirò le dita. Con una disinvoltura da professionista, agganciò le mie ginocchia sui suoi gomiti e mi piegò all'indietro, premendo il suo cazzo contro il mio culo allentato e spingendolo dentro con un unico, lungo colpo.

«Guardami,» ripeté quando le mie palpebre si abbassarono per la soddisfazione. «Occhi su di me.»

Obbedii, ma la paura mi attraversò di nuovo. Tutto quell'amore. Rivolto a me. La sua espressione adorante, il suo dolce sorriso, la sua infinita tenerezza. Lo volevo, ma non lo meritavo.

Non è vero. Te lo meriti.

«Sono spaventato,» confessai piano.

Girò la testa per baciare una delle mie ginocchia e sussurrò: «Anch'io. Riesci a sopportarlo? Devo fermarmi?»

Scossi la testa. La sua ammissione attenuò il panico che aveva iniziato a salire. Lo stavamo facendo insieme. Avevamo paura insieme. Rischiavamo insieme.

La scopata rimase delicata, languida e lenta. Lottai contro il bisogno di averlo più duro, più veloce, più crudele, e cercai di rimanere concentrato sul presente. Sull'odore del sudore di Luke, sul calore che si sviluppava tra i nostri corpi, sulla scia di peluria sul ventre che sfiorava il mio cazzo duro a ogni spinta. Il suono della nostra carne che si scontrava, la fame nei suoi occhi. Il calore del suo bacio. L'impatto costante sulla mia prostata e il piacere che cresceva e che sembrava non arrestarsi mai.

Eppure, ero in conflitto con me stesso. La paura e l'amore si affrontavano, e la violenza che desideravo mi esplose nella mente. Momento dopo momento, non ero sicuro di chi stesse vincendo. Combattei l'impulso di urlare, di sputare in faccia a Luke, di morderlo.

Cercai di trattenere l'affetto che brillava nel mio cuore. Di mantenere il cuore aperto, per permettergli di vedermi, di vedermi davvero, come una persona e non come un sub; come un amante e non come un progetto. Cercai di essere alla sua altezza, di non lasciare che la rabbia che mi ribolliva dentro traboccasse.

Mi impegnai con tutte le mie forze. Lottai.

Persi.

«Ti odio,» ringhiai a denti stretti. «Ti odio per questo.»

La gola mi si strinse e un urlo si formò dentro di me. Non lo odiavo. Odiavo me stesso per aver rovinato tutto di nuovo. Il ritmo di Luke si inceppò, ma poi mi afferrò la mascella e mi fissò negli occhi. «Ti amo,» mormorò.

Anche io lo amavo, ma avevo bisogno di essere punito. «Non voglio che tu mi ami. Non in questo modo. Non posso sopportarlo.»

«Lo so, tesoro.» Mi accarezzò la guancia e baciò la mia bocca aperta. «Ti aiuterò.»

Spinse dentro di me ancora e ancora, lasciandomi andare la mascella. La testa mi oscillava avanti e indietro sul cuscino. Volevo venire, cancellare la frustrazione impellente, la paura e il disgusto per me stesso che si agitavano dentro di me come l'acqua in una brocca mezza piena, riversandosi sotto forma di lacrime.

Proprio mentre ero sull'orlo dell'orgasmo, furioso per il fatto che il suo corpo potesse ancora farmi venire, Luke si ritirò con un movimento fluido. Una nuova fiamma di rabbia si accese dentro di me: mi stava negando di nuovo l'orgasmo, dopo che gli avevo permesso di amarmi in quel modo, o almeno di provarci; dopo che avevo trattenuto il mio istinto di mordere e sputare. Sadismo puro.

Il mio sadico, però, non sembrava vederla in quel modo. Mi guardò con dolcezza mentre si posizionava di nuovo sul mio cazzo eretto. «Sei pronto, tesoro?»

Mi morsi forte il labbro, mentre lui si teneva fermo, puntato tra le sue natiche. Arrabbiato, allungai la mano, mi aggrappai ai suoi fianchi e mi spinsi dentro di lui. Il calore del suo culo mi inghiottì come acqua che spegneva le fiamme della mia rabbia. In un attimo, non ero più furioso. Ero posseduto da lui. Trattenuto dal suo corpo. Caldo, scivoloso attorno a me. Perfetto.

Lo amai di nuovo.

L'altalena delle emozioni si sbilanciò quando cercai di far girare Luke. Lui mi lasciò fare e, mentre mi immergevo in lui, le sue gambe si sollevarono ai miei lati. Era forte, e riuscì a sostenere il mio peso; il suo cazzo lucido si sollevò per rispondere alle mie spinte. Lo assecondai.

«Così va meglio?» chiese, accarezzandomi la schiena; lo scopai con più vigore di quanto lui avesse usato con me. «Hai bisogno di controllarmi? Di prenderti il mio culo per esprimere il tuo amore?»

Chinai la testa e premetti la fronte sul suo petto, sentendo il battito del suo cuore attraverso il punto in cui la nostra pelle era collegata. Mi accarezzò i capelli, la schiena e il sedere, emettendo suoni che non aveva mai emesso mentre mi dominava. Gemiti sommessi, grugniti ansanti. Quando si contrasse intorno a me, mi girò la testa.

Rovente. Sensuale. Mio. Possedevo il culo di quest'uomo, il suo cuore e forse il resto del suo tempo sulla Terra, purché non lasciassi che il mio tumulto interiore rovinasse tutto.

«Sto per venire.»

Aprii gli occhi per guardarlo. Dovevo vedere la sua faccia mentre lo scopavo fino all'orgasmo. Mise una mano tra i nostri corpi per masturbarsi mentre mi fissava. Guardai mentre i suoi occhi si scaldavano in modo insopportabile, il sudore lo ricopriva di nuovo e le sue labbra si tiravano in una smorfia sensuale.

«Vieni,» ordinai. «Vieni per me.»

Con un gemito, mi afferrò per baciarmi, ma io mi scostai, desideroso di vedere il suo volto infrangersi di piacere. Le sue gambe si contrassero contro i miei fianchi, il respiro si bloccò per un attimo, e poi sussultò con forza; densi, caldi getti di sperma esplosero tra di noi, la sua carne spasimò intorno al mio cazzo. Ma il suo viso…

Dio, il suo viso.

Occhi ribaltati all'indietro, ciglia frementi, dalla bocca eruppe un grido che riempì la camera da letto e si riversò sulla mia lingua quando mi tirai fuori e mi arrampicai sul suo corpo per baciarlo. Il suo stomaco ebbe un brivido mentre l'orgasmo si impennava così forte che non riuscì a liberarsi.

Infine, crollò, e si ritrasse dal nostro bacio per ansimare disperatamente e fissare il soffitto, stordito e tremante.

«Splendido,» dissi, baciandogli il mento e poi penetrandolo di nuovo, per sentire ancora il suo calore. Il gesto attirò la sua attenzione, e lui sbatté le palpebre per tornare alla realtà, spostando il suo sguardo sul mio.

Vidi la sua richiesta: dovevo capire che era troppo sensibile per una scopata dura, o anche solo lieve. «Non preoccuparti,» dissi. «Voglio solo sentirti ancora.»

Le sue palpebre si chiusero di nuovo e io gli baciai il mento, con l'affetto che mi saliva dentro. «Ti ho fatto godere,» mormorai, baciandogli le clavicole e poi sfilandomi lentamente da lui. «Ti ho scopato e ti ho fatto venire ovunque.»

«Già.» Guardò il mio cazzo ancora duro. «Ma tu non lo hai fatto.»

«Non ancora.»

«Volevo sentirlo,» sussurrò. «Il tuo sperma nel mio culo. Volevo sentire te dentro il mio corpo.»

«Sì?»

Annuì.

Così, mi inginocchiai tra le sue gambe e fissai il suo volto, quindi iniziai a masturbarmi. Mi beai del rossore delle sue guance, dell'intensa adorazione del suo sguardo e, quando l'orgasmo si avvicinò, mi infilai di nuovo dentro di lui e diedi due spinte prima di stringere i suoi fianchi e venire in profondità.

Lo sperma esplose da me in pompate violente e io tenni lo sguardo fisso su Luke mentre lo riempivo. Quando mi sfilai, spinsi di nuovo un po' di sperma all'interno del suo culo arrossato e poi strisciai fino a sdraiarmi su un fianco accanto a lui. Anche lui si girò di lato, guardandomi negli occhi.

«Com'è?» domandai.

«Sapere che ho il tuo sperma dentro di me?»

Annuii.

«Sexy da morire.»

Sorrisi. «Sì. Anch'io lo adoro.»

Strofinò il naso contro il mio e ricambiò il sorriso. «Ti amo.»

Lo baciai e restammo abbracciati a lungo, nudi, tra baci langui-
di.

Parte III

Capitolo 21

Luke

Fine novembre 1991

BETSY NON ERA convinta di Minty. Glielo leggevo negli occhi lì, sulla panchina da picnic su cui eravamo seduti, con Minty che estraeva il cibo dal cestino.

«La maggior parte l'ho cucinata io,» disse lui, spingendo la sua fascia floreale più indietro sulla testa e strizzando gli occhi al sole mentre alzava lo sguardo per vedere la reazione di mia sorella. «So che di solito Luke ti porta il cibo preparato da vostra madre, e spero che tu non sia delusa, ma credo che non sia ancora pronto a presentarmi ai vostri genitori.» Fece un sorriso carico di speranza. «Ho fatto del mio meglio. Spero che vada bene.»

Betsy inclinò la testa e lo osservò.

Minty continuò a farfugliare: «Questo è budino al cioccolato, non quello in polvere, però. È la ricetta di mia madre. Mi piaceva molto quando ero piccolo. E questo è uno stufato di manzo con chili e formaggio. Luke ha detto che ti piace il chili e che non sei vegetariana, quindi ho pensato che lo avresti apprezzato. Era la ricetta di mia nonna. Ora è morta. Mi fa ripensare a lei. E questo è…»

Gli toccai il polso. «Va tutto bene, tesoro. Betsy non è così esigente, vero, Bets?»

Il suo sguardo si spostò dalla mia mano al cibo che aveva portato, e il mio cuore rimase sospeso, temendo che la cosa stesse per andare molto male.

«Mi piace il budino al cioccolato. Perché indossi vestiti da donna?» chiese mia sorella senza fare una piega.

«Mi fanno sembrare carino,» rispose Minty, con un'alzata di spalle. «Ti imbarazza? Posso andare a cambiarmi.» Arrossì. «Ho degli abiti maschili in macchina.»

«Sei davvero carino. E a me piace come si veste,» dissi in tono d'avvertimento, ma Betsy non gli tolse gli occhi di dosso.

«Non ho mai visto un ragazzo come te,» riprese lei. «Assomigli all'elfo del mio libro di fiabe. Anche lui ha i capelli biondi come te. E porta una corona.» Indicò il cerchietto di Minty. «Hai le orecchie a punta?»

Minty girò la testa da un lato all'altro, lasciandole vedere entrambe le orecchie. «Purtroppo no. Ma sarebbe bello!»

«Davvero bellissimo,» confermò mia sorella, prendendo un piatto e indicando il budino al cioccolato. «Mangiamo prima quello.»

«Va bene!» acconsentì Minty con eccitazione e sollievo.

Non potevo certo essere la voce della ragione e insistere che mangiassimo tutti qualcosa di sano prima di ingurgitare una tinozza di budino al cioccolato. Non dopo aver evitato una crisi. Misi il mio piatto in tavola. «Ci sto.»

«Come hai conosciuto Lukey?» domandò Betsy, prendendo una gran cucchiaiata di budino e sporcandosi una guancia. Mi trattenni dall'impulso di pulirla. Ormai era cresciuta e si irritava con me se cercavo di prendermi cura di lei in quel modo.

Minty mi lanciò un'occhiata di panico.

«È entrato nel posto dove lavoro,» spiegai.

«Al sexy shop?» Betsy lo disse con tanta naturalezza che Minty si strozzò con il boccone.

«Sa dove lavori?» chiese, cercando di riprendere fiato dopo che gli avevo dato qualche pacca sulla schiena.

«Non sono una bambina solo perché ho la sindrome di Down,» ribatté lei sulla difensiva.

Incrociai rassicurante lo sguardo di Minty e proseguii: «Sì, Betsy sa dove lavoro.»

Annuì con decisione. «Voglio che Riverwoods ci porti in gita in un sexy shop. Non vedo perché non dovrebbero farlo. Siamo adulti e io voglio un vibratore. Ho visto un articolo sull'argomento in una rivista di Rodney.»

Mi morsi il labbro. Betsy sapeva essere così aperta che a volte dimenticavo che gli altri non erano abituati alla sua spensieratezza nell'esprimersi.

«Se non riesci a convincerli a portarti, posso comprartene uno e spedirtelo, oppure portartelo qui,» propose Minty.

Non riuscii a impedire che le mie sopracciglia si aggrottassero mentre immaginavo Minty nel negozio, intento a cercare un vibratore per mia sorella. Orripilante.

«Abbiamo scandalizzato Luke,» le sussurrò Minty. «Guarda come arrossisce.»

Betsy rise. «È un puritano.»

«Lavoro in un sexy shop,» mormorai. «Come posso essere puritano?»

«Però lo sei.»

Non avevo intenzione di parlare del mio lavoro BDSM per dimostrare qualcosa, e speravo che nemmeno Minty lo facesse. Che Betsy sapesse del negozio era una cosa, che sapesse del resto non mi andava bene.

Ma la mia preoccupazione non era necessaria. Minty si limitò a scrollare le spalle. «Non lo so, ma l'offerta è valida per il vibratore.»

«Posso pagartelo,» ribatté lei. «Fino a novanta dollari. È quanto costava il vibratore nella rivista, e ho risparmiato.»

«Che ne dici di parlare di cose meno sessuali?» suggerii. «Sicuramente hai qualcos'altro di cui potresti discutere con Minty. Non lo conosci nemmeno. Non sei curiosa di sapere chi è? Chiedigli qualsiasi cosa.»

«Va bene,» concordò Betsy. Ci pensò su. «Hai comprato qualcosa?»

Minty aggrottò le sopracciglia. «Quando?»

«Al negozio. Quando hai conosciuto mio fratello.»

Minty mi lanciò un'occhiata. «Ho comprato un pacchetto di lezioni.»

«Vendono corsi lì?»

«Era un tipo di corso speciale.»

«Un corso di sesso?»

«Sì?» rispose incerto Minty.

«Oh, voglio fare anche io un corso di sesso!»

«Betsy!» esclamai bruscamente. «Basta parlare di sesso.»

Ci pensava spesso, ora che lei e Rodney lo stavano facendo, ma non volevo condividere altro della mia vita personale o di quella di Minty, né sentire altro della sua.

Minty tornò al budino. Lo fece anche Betsy. Rimanemmo in silenzio per un po', finché Betsy chiese: «Lo avete fatto voi due? Cioè, nel sedere? Rodney lo ha visto in una rivista e vuole provarlo.»

«Ma Cristo, Bets.»

Mi alzai e mi allontanai dal tavolo da picnic mentre Minty diceva: «Sì. Avrai bisogno di qualche indicazione prima di buttarti in quell'avventura. Il sesso anale non è come quello vaginale. Per prima cosa, è necessario il preservativo. E secondo, avrete bisogno di lubrificante.»

Mi passai una mano sul viso. «Vado a…» Indicai la lunga passeggiata sul sentiero fiorito che girava intorno all'edificio. Nella struttura facevano di tutto per rendere il giardino piacevole per i residenti, arrivando a creare un lago artificiale e a riempirlo di carpe koi.

«Ciao, puritano!» mi gridò dietro Betsy mentre mi avviavo lungo il sentiero.

Ero contento che Riverwoods permettesse ai suoi residenti di esplorare temi più maturi con l'avanzare dell'età, che offrisse corsi di educazione sessuale e che distribuisse preservativi per evitare i rischi di malattie sessualmente trasmissibili, ma a volte mi chiedevo se non avrebbero dovuto essere più conservatori. Soprattutto alla luce dell'HIV. Era troppo facile che qualcosa andasse storto nella foga del momento.

Lo sapevo fin troppo bene.

Ripensai alla notte in cui avevo lasciato che l'uomo sbagliato mi facesse compagnia. Ricordai il brivido freddo che mi era sceso addosso quando, quattro settimane dopo, mi aveva chiamato per darmi la notizia. L'improvvisa consapevolezza di ciò che sarebbe accaduto.

Mi chiesi come fosse stato per Minty. Lo aveva capito intuitivamente nel momento in cui era successo? O era stato colto alla sprovvista quel giorno al centro medico quando aveva ricevuto i risultati? Mi strofinai il petto immaginandolo lì, solo e spaventato, a sentire quella diagnosi da qualcuno che non lo amava. Speravo che fossero stati gentili.

Passai accanto a una panchina con un'altra famiglia in visita, li salutai e inclinai la testa all'indietro. Gli alberi stavano davvero iniziando a colorarsi di sfumature variopinte sulle montagne. Il magnifico rosso degli aceri lasciava senza fiato.

Mi fermai a gettare alcuni sassi nello stagno, osservando le increspature che si espandevano sull'acqua. Causa ed effetto. L'HIV e Minty erano stati così nella mia vita. Erano entrambi caduti nello stagno della mia esistenza, e io ne sentivo ancora gli effetti. In continua espansione, e irreversibili.

Mi ficcai le mani in tasca, guardando le foglie che fremevano alla brezza. Il profumo dell'autunno era tutto intorno, e io lo assorbivo con respiri profondi.

Era bello essere vivi. Vedere il colore scivolare giù per i pendii delle montagne. Guardare dall'altra parte del laghetto e scorgere il mio amante e mia sorella interagire. La luce brillava nei capelli di Minty. Le sue mani si muovevano come uccelli, svolazzando mentre parlava.

Lo vidi fare un gesto sconcio per illustrare qualcosa che stava dicendo e sbuffai. Fantastico. Betsy e Rodney avrebbero fatto sesso anale nei loro letti della struttura e io non avrei potuto fare nulla per impedirlo. Supponevo fosse un bene che Minty la istruisse al riguardo. Soprattutto perché l'HIV non faceva discriminazioni.

A proposito, mi chiesi come fosse cambiata la scena dei dungeon nei mesi successivi alla diagnosi. Probabilmente lo avremmo scoperto quella sera. Non ero sicuro di voler partecipare quando avevo ricevuto l'invito. Di solito li ignoravo, anche prima della mia pausa di sei mesi dallo stile di vita. Ma, in qualche modo, pensavo che a Minty sarebbe piaciuta l'esperienza. O almeno ne sarebbe stato incuriosito. Era quello che speravo, in ogni caso.

Anche sapendo tutto ciò, l'ansia di portare Minty nel dungeon mi era rimasta dentro dal momento in cui ne avevo parlato, quando i suoi occhi si erano accesi di interesse. Con il suo trauma e la mia persistente insicurezza di non essere abbastanza per lui, mi chiedevo se avessi fatto bene a parlarne. Temevo fosse una di quelle situazioni in cui qualsiasi cosa avessi fatto sarebbe stata sbagliata, perché se non avessi offerto l'esperienza a Minty, nonostante avessi la sensazione che non fosse adatta a lui, allora avrebbe potuto cercare di soddisfare il suo kink altrove...

Scossi la testa per l'ostinata oscurità dei miei pensieri; preferivo abbracciare il poco tempo che ci rimaneva con mia sorella. Dovevamo rimetterci in viaggio al più presto se volevamo avere il tempo di prepararci per la festa. Minty avrebbe voluto fare un clistere, per ogni evenienza.

Ingoiai la strana gelosia che mi assalì al pensiero di cosa potesse significare "per ogni evenienza" in un dungeon.

Sospirai. Ero il Dom. Potevo gestire me stesso e quelle emozioni. Tutto sarebbe andato bene.

Quando tornai al tavolo, Minty stava parlando animatamente a Betsy di vari tipi di salamandre. Lei stava seduta con il mento tra le mani, fissandolo come se fosse un angelo venuto sulla Terra e ascoltando con la massima attenzione.

«Ecco perché quando mi laureerò…» Il buio gli attraversò il viso. «Voglio dire, se riuscirò a laurearmi, voglio lavorare con gli habitat fluviali. Per salvare altre specie di salamandra.»

«Io voglio fare la cantante in un gruppo,» disse Betsy, incurante dell'ombra che aveva attraversato i lineamenti di Minty. «Ma non so se ne sono capace. Ora vivo qui e solo Lori sa suonare uno strumento. Il fagotto.»

«*Betsy e il Fagotto* sarebbe un bel nome per una band.»

Lei ridacchiò.

«Ehi,» dissi, lasciandomi cadere accanto a loro. «Scusate l'interruzione, ma io e Minty dobbiamo andare.»

«Di già?» Betsy mise il broncio.

«Mi dispiace. Non si può fare altrimenti.»

Le sue spalle si abbassarono.

«Tornerò tra qualche settimana. E allora potrò restare più a lungo,» la rassicurai.

«Con Minty?»

Gli rivolsi uno sguardo. «Forse.»

Sospirò.

«Verrò volentieri,» rispose Minty, con un sorriso. «Non ho niente di meglio da fare in questo momento.»

«E la scuola?» chiese lei, inclinando la testa.

«Eh, chi ne ha bisogno?» Scrollò le spalle.

«Tu. Per diventare uno scienziato delle salamandre.»

Lui sbatté rapidamente le palpebre e poi annuì. «Hai ragione. Ma non credo che questo accadrà.»

«Perché?» chiese Betsy.

Non sapendo cosa avrebbe potuto dire Minty e non volendo preoccupare mia sorella con lo spettro dell'AIDS, li interruppi: «Mettiamo gli avanzi nel frigorifero della tua stanza e potrai dividere tutto con Rodney quando tornerà dalla giornata con i suoi.»

Ciò la fece rallegrare, e quando la lasciammo sola nella sua stanza, era di nuovo di ottimo umore. Anche se non mancò di dire: «A presto, Minty!» prima di chiudersi la porta alle spalle.

«Mi sono divertito,» disse Minty, mentre si allacciava la cintura di sicurezza sul sedile del passeggero. «Mi è piaciuto stare con lei. Ma sono anche entusiasta di continuare la nostra serata. Cosa devo fare? Pulirmi dentro, ovviamente, ma cos'altro? Calarmi una pasticca per entrare nell'atmosfera?»

«Regola numero uno per andare in un dungeon: mai presentarsi fatti o ubriachi. Solo la sobrietà garantisce la sicurezza.»

Minty fece il saluto marziale. «Signorsì, signore.»

«Ma per quanto riguarda quello che voglio da te stasera, voglio solo che tu sia autentico. Nessuna reazione falsa. Voglio che ti senta sicuro di tutto ciò che fai. C'è qualcosa che ti mette a disagio? Possiamo andarcene. Senza fare domande.»

«Sì, signore.»

Il primo gorgoglio di eccitazione riguardo ai nostri piani per la notte si agitò nelle mie viscere. Perché la parte successiva era qualcosa che avevo pianificato appositamente per lui. «Quando arriveremo a casa, ho una sorpresa per te.»

«Una sorpresa?» La sua voce si alzò impaziente.

«Sì. Un regalo.»

Sul suo dolce viso si fece strada un sorriso. «Che tipo di regalo?»

«Uno perverso.»

Si raddrizzò a sedere, gli occhi spalancati. «Che tipo di regalo perverso?»

«Aspetta. È una sorpresa, ricordi?»

Minty si riappoggiò allo schienale, guardando dritto davanti a sé mentre uscivamo dal parcheggio. Il suo volto era vuoto, ma potevo dire che la sua mente ronzava pensando alla sorpresa che gli avevo promesso.

Capitolo 22

Minty

«È QUI?» CHIESI, agitandomi per il nuovissimo butt plug rosa che Luke aveva inserito prima che uscissimo di casa.

Era stata la sua sorpresa per me e, sebbene fosse una tonalità di rosa molto bella, simile allo smalto delle mie unghie dei piedi, la mia parte preferita era stata l'inserimento dopo il clistere. Mi aveva stuzzicato per secoli prima di infilarlo.

«Ci siamo,» rispose Luke, parcheggiando in uno spiazzo losco in un quartiere di capannoni.

Mentre scrutavo con ansia la strada buia e pericolosa, lui girò intorno all'auto e mi aprì la portiera come un gentiluomo. Aiutandomi a scendere, mi mise il braccio intorno, indicandomi il tetro edificio di fronte a noi. «Eccoci qua. L'unico dungeon operativo di Knoxville.»

«Sembra spaventoso.»

«Non dobbiamo entrare per forza.»

«No, lo voglio ancora…» Anche se la mia eccitazione stava scemando alla vista di quell'edificio squallido e poco attraente. Facemmo ancora qualche passo prima che fermassi di nuovo Luke. «Non voglio che nessun altro mi tocchi.»

Fino a quel momento non ne ero stato sicuro. Ma mentre il mio battito cardiaco saliva alle stelle e i palmi delle mani si bagnavano di sudore, sapevo che quella notte volevo essere di Luke e solo di Luke.

Forse lo avevo sempre desiderato? Sembrava sempre più probabile.

Luke mi strinse la mano. «Certo. Solo io posso farti del male, ricordi?»

«Solo tu,» concordai. Con un respiro tremante, mi aggiustai il cerchietto a fiori, strinsi il sedere attorno alla rassicurante solidità del plug e spinsi le spalle all'indietro. «Sto bene?»

«Sei bellissimo, tesoro.»

«Allora andiamo.»

Il dungeon, come lo aveva chiamato Luke, era in realtà un magazzino diviso in due con le finestre dipinte in modo che dall'esterno sembrasse abbandonato.

L'interno, però, era tutta un'altra storia.

La sala principale non era molto grande e non c'erano molte persone all'interno, ma comunque più di quante ne avrei immaginate. Quasi come in una serata di grande affluenza al Lord Lindsey, il locale da ballo più popolare della città. Al centro della sala, il pavimento, altrimenti in legno, brillava di luci rosse incastonate sotto quadrati di piastrelle trasparenti, che illuminavano le gambe e i corpi nudi che riuscivo a scorgere nella penombra, facendoli diventare di un rosa cupo.

Le pareti erano dipinte di cremisi con modanature nere, e il soffitto era drappeggiato con un tessuto rosso. Due enormi ventilatori facevano circolare l'aria, facendo muovere il materiale in onde. L'effetto era molto cupo e mi rendeva difficile vedere.

La musica pompava dalle casse. Mi colpì il fatto che non era molto diversa da quella che veniva suonata nel mio locale gay preferito, il Tilt-a-Whirl. La stanza sembrava buia e animalesca, l'atmosfera altamente sessuale. La canzone dal sapore BDSM *Master and Servant* dei Depeche Mode prese il posto di *Head Like a Hole* dei Nine Inch Nails mentre ci addentravamo nella stanza.

Mi aggrappai alla mano di Luke e lui mi tenne stretto al suo fianco. Non eravamo certo vestiti per l'occasione. Alcuni uomini e donne, in coppie e gruppi di ogni tipo, indossavano perizomi di pelle, lattice e cinghie. Altri non portavano nulla. Una donna aveva addosso solo un paio di orecchie di cane finte e un'altra solo una striscia di vernice dorata sui capezzoli.

C'erano anche persone queer. Nessuno sembrava battere ciglio su di loro. Infatti, sul palco allestito a destra della sala principale, c'era un uomo con un'erezione legato a una croce simile a quella della cantina di Luke, che lasciava che un altro uomo gli sferzasse con un frustino le cosce e il petto.

«Che ne pensi?» mi urlò Luke nell'orecchio.

«È sempre stato qui? E io non l'ho mai saputo?»

«No. La polizia potrebbe farlo chiudere in qualsiasi momento. Ma il dungeon andrà in un altro magazzino, o in una vecchia fattoria in campagna, o in una casa in periferia. La comunità trova un modo per prosperare.»

«Ehilà, Luke,» salutò con voce roboante un uomo maturo a torso nudo e con i capelli crespi quando finalmente arrivammo al bar. «È da tanto che non ci vediamo, amico.» Un tizio piccolo e magro, con una chiazza calva sul capo, era inginocchiato ai suoi piedi, gli occhi sul pavimento.

«Baron, che bello incontrarti.» Luke diede un colpetto all'uomo inginocchiato con la punta della scarpa da tennis. «Willy, tutto bene lì sotto?»

L'uomo non alzò lo sguardo, ma annuì.

«Willy si sta eccitando troppo a guardare tutto il divertimento di stasera.» Baron rise, colpendo il lato della testa dell'uomo con il dito medio. Willy trasalì. «Sa bene che non deve eccitarsi per nessuno tranne che per me.»

«Willy,» lo rimproverò Luke con una risata.

«E questo chi è?» chiese l'uomo, squadrandomi con un luccichio negli occhi. «Carino. Giovane. Fresco.»

«È mio,» scattò Luke, tirandomi più vicino. «Si chiama Mitchell.»

Mi accoccolai più forte, preoccupato che quell'uomo potesse toccarmi. C'era qualcosa nel suo modo di sorridere che non mi piaceva.

«Beh, diventerai popolare da queste parti, Mitchell,» disse Baron con uno sbuffo.

«No, invece,» dissi, sollevando il mento. «Sono di Luke. Solo di Luke.»

«Peccato.» Il tizio diede un colpetto a Willy con lo stivale. «Vero, Willy? Ti piacerebbe vedermi masturbare il ragazzo, eh?»

Il cazzo di Willy, già prima semi eretto, si indurì del tutto. Annuì.

«Non succederà,» disse Luke, alzando gli occhi al cielo. «Siamo qui solo per vedere com'è la scena in questi giorni.»

«È diverso da prima,» sospirò Baron. «Ora ci sono regole di ogni tipo. Puoi sculacciare, masturbarti, fare fisting e torturare, ma non puoi più fare pompini o scopare. Ti buttano fuori. L'AIDS, insomma.» Agitò le mani. «Probabilmente ce lo abbiamo già tutti, quindi non ne vedo l'utilità, ma il club dice che è un problema.»

Luke e Baron chiacchierarono ancora un po', e io osservai la stanza. Era tutto molto più di quanto avessi previsto. Mi chiesi perché mi fossi aspettato qualcosa di meno.

«Ehi, scusa, hai visto Ryan?» domandò Luke, interrompendo il discorso di Baron sull'impatto dell'HIV sulla comunità.

Mi accigliai, chiedendomi chi potesse essere. Perché Luke non aveva mai parlato di quel tipo? Era qualcuno con cui Luke giocava qualche volta? Mi resi conto che, mentre avevo detto che non volevo che nessuno mi toccasse, non avevamo parlato di alcuna regola sul fatto che qualcuno potesse toccare lui.

«Stanza sei, se è questo che siete venuti a vedere.»

Era troppo rumoroso per parlare in modo chiaro, quindi rimasi in silenzio e mi aggrappai alla mano di Luke mentre mi tirava verso un corridoio fiancheggiato da porte chiuse. Arrivò alla sesta e bussò, attese solo pochi secondi prima di aprirla e farmi cenno di entrare. «Cosa ne pensi?» chiese.

All'interno, c'era un tizio magro, dai capelli scuri, carponi sopra un grande tappeto avvolto nella plastica, con un altro uomo direttamente dietro di lui, con il braccio nel suo culo fino al gomito. Mi fermai sull'uscio, lo shock mi fece sobbalzare. La musica ad alto volume rimbalzava sulle pareti della stanza, eppure il suono di grugniti e respiri pesanti rimbombava dagli stessi altoparlanti.

Luke mi afferrò il braccio e mi tirò indietro, parlandomi direttamente nell'orecchio in modo che potessi sentirlo sopra il rumore dell'area principale del locale e anche della stanza sei. «Hai mai visto qualcuno che pratica il fisting?»

Scossi la testa.

«Quello è Curtis,» indicò l'uomo bruno e più robusto con la mano infilata nel culo del compagno. «E quello è Ryan.»

«Oh.»

Luke chiuse la porta sulla scena. «Non siamo obbligati a guardare,» mi rassicurò, stringendomi la mano. «Sta a te decidere cosa fare. Volevo chiedere a Ryan di farci un favore, ma non sapevo che sarebbe stato coinvolto in una scena così presto nella serata.»

Il cuore mi batteva forte e mi girava un po' la testa. Non ero certo se fosse per la paura, la lussuria o la confusione. Sapevo solo che ero sovraccarico. Stupidamente chiesi: «Di cosa volevi parlargli?»

Luke mi scostò qualche capello dalla fronte e fece scorrere le dita lungo la mia guancia, fissandomi negli occhi, cercando di leggermi dentro. Nel corridoio c'era penombra e non ero sicuro di quanto potesse vedere della mia espressione. Il suo viso era una chiazza circondata dal biondo dei capelli. «La settimana scorsa, alla Knox Supplies & News, mi hai accennato che un tuo amico voleva imparare a fare il Dom.»

Giusto. Gli avevo detto del desiderio di Windy. Lo avevo quasi dimenticato, ma Luke no.

«Ryan è un sub esperto. Potrebbe insegnargli le regole.»

«Ma non sono…» Non sapevo se dovevo chiederlo. Non erano affari miei.

«Mi stai chiedendo se Curtis e Ryan sono una coppia monogama?» chiese.

«Sì.»

«Niente affatto. Ryan è indeciso tra un dominatore e l'altro in questo momento. Sta cercando qualcuno di regolare e stabile. Curtis è un ripiego, da quello che ho sentito. Come hai visto, giocano, ma senza impegno.»

Mi voltai, aprii di nuovo la porta della stanza e fissai l'interno, dove Ryan gemeva, con il viso rosso e madido di sudore, e immaginai Windy al posto di Curtis. La mano infilata nel culo di Ryan, un sorriso soddisfatto sul volto.

«Andiamo a cercare un'altra stanza,» mi esortò Luke. «Oppure possiamo ballare, o andare a casa. Quello che vuoi.»

«No, restiamo.» La curiosità aveva preso il sopravvento. «Voglio guardare.»

Le sopracciglia di Luke fecero una piccola danza e, nell'ombra del locale, non potevo essere certo se fosse contento della mia risposta o meno. In ogni caso, Luke mi tirò dentro e chiuse la porta dietro di noi. Mi condusse a un posto in prima fila e mi guidò accanto a sé.

La musica rimbombava negli altoparlanti della stanza, una specie di heavy metal, ma i microfoni erano sistemati accanto allo spazio di gioco. Le parole, i grugniti e i rumori del sesso di Curtis e Ryan si infrangevano contro la chitarra e la batteria.

«Così, tesoro,» disse Curtis. «Cavalcalo. Senti come ti allarga.»

Ryan si muoveva delicatamente avanti e indietro sulle mani e sulle ginocchia, scopandosi sull'avambraccio dell'uomo. Gemeva, tremava tutto, e il suo uccello floscio gocciolava fluidi sul tappeto ricoperto di plastica.

C'erano alcuni altri posti occupati da un paio di uomini con il cazzo di fuori, che si masturbavano lentamente e guardavano. Sembravano quasi assonnati, come se fossero lì da molto tempo e non avessero visto quello che erano venuti a vedere, ma speravano che sarebbe arrivato da un momento all'altro. Non tenevano nemmeno il ritmo della musica.

Rimasi a bocca aperta di fronte alla scena che mi si parava davanti, con una marea di sentimenti che mi rotolavano dentro. Orrore, fascino, lussuria e paura. Luke avrebbe voluto che prendessi il suo pugno in pubblico come quel Ryan? Improvvisamente seppi con certezza che non lo volevo.

In effetti, non pensavo affatto di voler fare fisting.

Ero stato aperto all'idea quando Luke me ne aveva parlato, perché sembrava doloroso e sexy, ma ora, vedendolo accadere proprio davanti a me, non volevo averci niente a che fare. Il fisting sembrava impossibile anche se palesemente non lo era. Il plug nel mio culo era abbastanza grande.

«Signore,» sussurrai, sentendo che anche noi due eravamo in scena finché eravamo in quel posto. «Vuoi che giochiamo così?»

Luke rispose: «Solo se l'idea ti eccita.»

Mi mordicchiai il labbro inferiore, guardando Curtis che prendeva un altro po' di olio da una lattina e se lo applicava sul braccio e sul pugno. Il culo di Ryan, in attesa, si apriva a dismisura, bramoso e affamato, e l'idea più che altro mi terrorizzava.

«No, signore. Preferisco quello che facciamo da soli.»

«Anche a me.» Luke mi accarezzò i capelli.

Mi piaceva l'intimità delle nostre interazioni e il modo in cui il dolore era molto più speciale quando era solo tra me e l'uomo che me lo dava. Persino ciò che avevo fatto con Kyle mi sembrava persino più intimo di quello...

All'improvviso, era tutto troppo. Tutto. Avevo voluto guardare, ma ora basta. Mi rivolsi a Luke. «Davvero, signore, possiamo andare?»

«Assolutamente sì.» Luke si alzò e mi prese il braccio, tirandomi su.

Mentre attraversavamo la sala principale, Luke mi gridò all'orecchio: «Devo lasciare un messaggio per Ryan al barista? Pensi che il tuo amico sarebbe interessato?»

Annuii. «Sì, ma fai in fretta. Voglio andare a casa.»

Luke si acciglò. «Possiamo uscire subito.»

«No, lascia il messaggio,» urlai sopra la musica.

Mentre parlava con un tizio al bancone, dai capelli neri come la pece e con un collare da cane, diedi un'occhiata alla pista da ballo. I giochetti sessuali che si facevano al Tilt-a-Whirl non erano nulla in confronto. Di lato c'era una donna che veniva scopata in entrambi i buchi inferiori da due uomini che spingevano dentro e fuori al ritmo di *Personal Jesus.*

Consegnato il messaggio, Luke intrecciò le dita alle mie e mi condusse verso la porta da cui eravamo entrati. Schivammo una donna bassa che camminava con un uomo paffuto al guinzaglio ai suoi piedi.

Una volta fuori, nel vicolo tra i magazzini, con la luna che splendeva sugli edifici, Luke mi tirò di fronte a sé, lisciando le sue mani calde sulle mie guance ancora più calde. «Stai bene?»

Scoppiai in una risata dal suono strano. «Non credo che questo sia il posto giusto per un romantico come me.»

«Mi dispiace, tesoro. Non avrei dovuto…»

«Va bene,» lo interruppi. «Volevo venire. Non avevo idea che non mi sarebbe piaciuto.»

Luke cercò i miei occhi e poi si guardò intorno. «Forza. Torniamo in macchina. Questo non è il quartiere migliore per stare in strada di notte.»

Guidando lungo Magnolia Avenue, verso casa di Luke, lui mi strinse il ginocchio. «Mi dispiace.»

«Perché?»

«Sospettavo che sarebbe stato un errore portartici. Avrei dovuto seguire il mio istinto.»

«No, volevo vederlo di persona. Era solo...» Scossi la testa.

«Era cosa?»

Sospirai. «Quando siamo nel tuo seminterrato, ho questo aspetto?»

«Cioè?»

«Tutti...» Sventolai le mani. «Lo sai.»

«Non ho idea di cosa tu voglia dire, tesoro.»

«Ti sembro volgare? Cioè, so di essere spazzatura, l'ho sempre saputo...»

«No. E no, non lo sei.»

«Mi sforzo di essere sempre bello, ma quegli uomini e quelle donne? Erano tutti sudati, come se si stessero sforzando molto, e...» Gemetti. «Non so cosa sto dicendo.»

«Sei bellissimo nel mio seminterrato.»

Annuii. «Lo pensavo. Cioè, lo speravo.»

«Dimmi cosa ti ha dato più fastidio. L'esibizionismo? Le attività? Il fisting?»

«Tutto,» risposi. «Il mio aspetto quando sono in preda al dolore non riguarda nessuno, solo te.»

Le labbra di Luke si incurvarono in un piccolo sorriso. «O quando vieni per me?»

«Un sacco di uomini mi hanno visto venire,» replicai incrociando le braccia al petto. «Sono molto bello quando ho un orgasmo. Mi sono guardato allo specchio, quindi lo so.»

Luke rise.

«Cosa?»

«Hai ragione. Sei il ragazzo più bello che abbia mai visto.»

Per un attimo rimasi compiaciuto, ma poi chiesi: «Se pensavi che non mi sarebbe piaciuto, perché mi hai detto dell'invito? Era davvero per parlare con Ryan?»

Luke cambiò marcia e qualcosa nel ritmo del silenzio mi disse che avevo fatto bene a chiedere. «Volevo dimostrarti che potevo darti di più. Se avevi bisogno di più umiliazione, o se volevi che altre persone ti facessero soffrire, ci sono modi per soddisfare queste esigenze. Non devi tornare da Kyle per intensificare il kink.»

Mi mordicchiai l'interno della guancia per un momento, analizzando i sentimenti confusi che mi bombardavano. C'era anche del vero dolore? Sì. Ma perché?

«Non vado da Kyle, o meglio, non ci andavo per "intensificare il kink". Ma solo perché nel suo modo malato lui aveva bisogno di me, e io anche, e quei modi malati in cui avevamo bisogno l'uno dell'altro si sono uniti fino a darmi soddisfazione.»

Luke rabbrividì. «Lo so. È questo che mi spaventa tanto.»

Era lì. Quella vulnerabilità che lo avevo implorato di mostrarmi. Ora dovevo fare la mia parte, rassicurandolo. «Luke, amo quello che facciamo insieme. Amo te e tutto ciò che fai per me. Non voglio "intensificare il kink".»

«Volevo solo che sapessi che era un'opzione.»

«Ma a te serve qualcosa di più?»

Luke scosse la testa e la sua mano tremò mentre si muoveva per cambiare di nuovo marcia. «No, tesoro. Ti voglio tutto per me. Non voglio condividerti.»

«Va bene. Allora ti ringrazio per avermi accompagnato stasera. Mi ha fatto capire molto.» Cominciai a contare sulle dita. «Primo, non voglio fare sesso in pubblico. Secondo, non voglio assolutamente fare fisting. Mai.»

Luke rise.

«Terzo, come mio Dom, farai qualsiasi cosa per me, anche cose che non vorresti. Soprattutto se pensi che ne trarrò beneficio in qualche modo.»

«Tesoro...»

«Shhh, non ho ancora finito. Quarto, pensi ancora che potrei lasciarti per Kyle. Non lo farò. Te lo prometto. Non tornerò mai e poi mai da lui. Dimmi che mi credi.»

Luke mi prese la mano e mi baciò le dita. «Voglio crederti.»

Per quanto mi facesse male sentirlo, sapevo che Luke era solo vulnerabile e onesto con me. Era quello che gli avevo chiesto, no?

Ora dovevo essere abbastanza forte da contenere la sua insicurezza senza trasformarla in un conflitto. L'aikido mi venne in soccorso. Inspirai ed espirai lentamente, annuii e mi voltai verso il finestrino dicendo: «Capisco. Te lo dimostrerò. Te lo prometto.»

Luke

MINTY ERA FANTASTICO chiuso in una gabbia.

Nudo, con le unghie dipinte che si aggrappavano alle sbarre vicino alla testa e il suo dolce culetto sporto all'indietro verso l'estremità dove avevo fissato un dildo da cavalcare. Era ben piantato nel suo buco e lui si contorceva avidamente su di esso.

Lo avevo sculacciato appena tornati a casa, in salotto, seduto sul divano. Poi gli avevo ordinato di andare nella gabbia nel seminterrato e lui aveva obbedito senza fare domande. Non lo avevo chiuso dentro, anche se avevo minacciato di farlo molte volte.

Finito di bere un bicchiere d'acqua, lo guardai mentre mi fissava con i suoi scintillanti occhi azzurri, le labbra umide che imploravano di avere il mio cazzo. «Ti prego, signore,» mugolò. «Voglio svuotarti le palle.»

Risi. «Scommetto di sì. Ma non ancora.»

Gemeva, ruotando i fianchi in modo che il dildo lavorasse sulla sua prostata. La gabbia era posizionata su un robusto tavolino, così potevo scopargli la bocca o il culo a piacimento. Era arrossato e sudato. L'espressione sul suo volto non era molto diversa da quella di Ryan mentre Curtis lo scopava con il pugno. Ma Minty era molto più bello di Ryan. Molto più mio.

«Basta così,» dissi, avvicinandomi alla gabbia e colpendone un lato; Minty sobbalzò. «Non osare venire.»

Le labbra di Minty si arricciarono in un ringhio e mi fissò dritto negli occhi mentre lavorava di nuovo con i fianchi.

«Piccolo stronzo,» mormorai. «Apri la bocca. Adesso.»

Minty sorrise, ma quando tolsi il cazzo dai jeans e non glielo infilai in gola, la sua espressione si rabbuiò.

«Esatto. Ora ingoia tutto.»

«Signore, io…»

Presi la mira, e il getto di piscio gli raggiunse la bocca. Bruciava leggermente mentre spingeva attraverso il mio cazzo ingrossato. Minty trasalì quando gli schizzò sulle labbra e sul mento, e poi cominciò a gorgogliare, ingoiando come gli avevo ordinato.

Sorrisi, cambiai mira e gli pisciai tra i capelli, inondandogli il viso e bagnandogli le ciglia. Gemeva, roteando i fianchi sul dildo, cavalcandolo mentre lo bagnavo.

«Me la pagherai,» sussurrai, mentre il flusso non si fermava. «Non appena avrò finito questo.»

Minty si spinse indietro sul dildo, cavalcandolo mentre io continuavo a inzupparlo. «Signore,» mugolò. «Sto per venire, signore.»

Grugnii, interruppi ciò che restava del mio flusso e andai alla mia parete di attrezzi. Ce n'era uno che Jerome aveva creato da solo. Era stato abile a lavorare il legno e il metallo, perlopiù producendo armi e asce, ma quell'abilità gli era tornata utile anche con i giocattoli erotici. E quello era uno strumento di tortura che avevo sopportato una sola volta e dal quale mi ero liberato quasi subito.

Aprii la porta della gabbia, e così facendo il dildo si sfilò da Minty.

«Cazzo!» gridò, trasalendo per il modo brusco in cui la punta del dildo si staccò dal suo culo. «Porca puttana, signore. È stata una cosa cattiva.»

Ridacchiai. «Sì? Questo è peggio.»

L'humbler, quella specie di gogna che Jerome aveva costruito, era un dispositivo di legno che si adattava ai testicoli e copriva la parte posteriore delle cosce; corde e manette di cuoio lo fissavano alle caviglie. Fu questione di minuti prima che Minty fosse legato e bloccato in una posizione scomoda, tra il punto in cui avevo agganciato i suoi polsi alla parte anteriore della gabbia e quello in cui le sue palle erano fissate alle caviglie. Se si fosse mosso avanti e indietro, o in qualsiasi altro modo, l'humbler gli avrebbe tirato le palle in modo doloroso.

«Ora,» dissi, chiudendo di nuovo la porta della gabbia in modo che il dildo attaccato scivolasse di nuovo nel suo culo lubrificato. Gemette di piacere. «Scopati da solo.»

Minty cercò di obbedire e si immobilizzò rapidamente, coperto di sudore. «Signore?» chiese con un filo di voce. «Per favore, toglimelo, signore.»

«Hai una parola di sicurezza?»

«Ce l'ho, ma non voglio usarla.»

«Allora rimani immobile o scopati. Queste sono le tue opzioni.»

Minty si mosse avanti e indietro, ma il dolore di avere le palle compresse nell'humbler lo faceva sobbalzare. Respirava in modo affannoso, il sudore gli imperlava la schiena e la fronte. I suoi occhi erano roventi e arrabbiati mentre mi fissava attraverso le sbarre.

Tornando alla parete degli attrezzi, scelsi un frustino tradizionale e tornai alla gabbia. Inginocchiandomi davanti a lui, gli baciai il naso attraverso le sbarre. Mi ringhiò contro e io risi. «Sei davvero bello così. Forse ti terrò qui sotto per qualche giorno. Pensi di riuscire a dormire così?»

Un lampo di paura nei suoi occhi mi disse che avevo ancora il potere di spaventarlo nel modo in cui aveva bisogno. Non lo avrei mai lasciato lì sotto in quel modo, ma il fatto che credesse che avrei potuto farlo anche solo per qualche ora, figuriamoci per giorni, era inebriante.

Gli mostrai il frustino. «Ora vediamo come prendi bene la tua punizione.»

Ansimò.

«Parola di sicurezza?»

Scosse la testa.

Puntai il frustino con attenzione per non colpire le sbarre invece che la sua pelle. Gli schiocchi non furono forti come avrebbero potuto essere, ma furono sufficienti a farlo danzare dentro la gabbia. Passando da un ginocchio all'altro, ansimando e mugolando, gemeva a ogni movimento di qualche centimetro, mentre l'humbler gli faceva sobbalzare le palle.

«Signore,» ansimò. «È troppo.»

«Al tuo signore non interessa.»

«Signore, per favore.»

«Apri.»

Esitò, ma poi aprì la bocca e questa volta gli diedi il mio cazzo. Mi aggrappai alle sbarre che attraversavano la parte superiore della gabbia, scivolando dentro e fuori dalla sua gola, facendolo dondolare avanti e indietro sul dildo e costringendo l'humbler a tirargli le palle. Tremava e sudava. Rivoli di sangue gli scivolarono lungo le spalle e sulla schiena. I suoi fianchi si stringevano e si rilasciavano, e tardivamente mi resi conto che non poteva usare la parola di sicurezza con il mio cazzo in gola.

«Schiocca le dita per me,» dissi.

Grugnì mentre spingevo in profondità, ma schioccò le dita con entrambe le mani.

«Bene. Ora, questa è la tua parola di sicurezza. Se schioccherai, anche solo una volta, la facciamo finita.»

Emise un gemito di conferma, ma io mi sfilai da lui per essere sicuro. «Lo farò se necessario,» disse, la voce già roca. «Te lo prometto.»

Allora gli scopai la bocca con abbandono. Le sue grida di dolore soffocate dall'humbler mi vibrarono nel cazzo e nelle palle, e io feci scivolare le mani oltre le sbarre per afferrargli i capelli mentre gli prendevo la gola.

I suoi occhi si rovesciarono all'indietro. Il suo corpo si muoveva insieme al mio, senza opporre alcuna resistenza.

«Proprio così, tesoro,» sussurrai. «Prendilo come la troia che sei.»

Le lacrime gli scivolarono sulle guance, ma non smisi di scopargli la bocca. Respirava affannosamente intorno al mio cazzo, ansimava quando lo tiravo fuori dalla sua gola, e poi gorgogliava come se stesse annegando quando lo immergevo di nuovo.

«Ti amo,» dissi. «Sei la mia principessa, il mio ragazzo, la mia sporca puttana del cazzo. Ti amo ricoperto del mio piscio, e ti amo pulito e dolce nel mio letto, e accoccolato con me sul divano. Amo così tanto ogni tuo buco. Mi piace riempirti con il mio cazzo.»

Gemette.

«E adoro il modo in cui ingoi il mio sperma come se fosse delizioso. Amo la tua faccia quando vieni. Mi piace come ridi, e il modo in cui pensi, e tutte le tue battute.» Non potevo credere di aver detto qualcosa di sensato. Mi sembrava di fluttuare dal mio corpo, da tanto stava montando potente l'orgasmo.

«Ti amo, Mitchell. Ti amo. Cazzo, cazzo, ti amo.» Gettai la testa all'indietro e venni. La sua gola si contrasse intorno a me, e io mi ritrassi abbastanza da permettergli di leccarmi la punta dell'uccello durante gli ultimi schizzi di sperma.

«Anch'io ti amo,» sussurrò quando finalmente mi tolsi dalla sua bocca. «Anch'io ti amo, signore. Luke. Ti amo.»

Mi chinai per baciargli la bocca e vidi che era venuto dentro la gabbia. Sul pavimento c'era una pozza di sperma, e il suo cazzo sobbalzava ancora per l'orgasmo. Gli leccai le labbra. «Hai avuto un orgasmo. Sapevo che ti sarebbe piaciuto il dolore.» Gli succhiai la lingua quando la tirò fuori.

«Cazzo, tesoro,» dissi, ansante e stordito. «È stato bello.»

«Possiamo rifarlo?»

Io ridevo, tremavo dappertutto ed ero completamente esausto, ma il mio ragazzo implorava un secondo round.

«Dammi un minuto,» risposi, facendo il giro per controllare che l'humbler non fosse troppo stretto e non danneggiasse lo scroto e le palle. «Avrò bisogno di una pausa.»

«Posso aspettarti nella gabbia?» domandò Minty, concludendo con un gemito mentre aprivo la porta e il dildo scivolava fuori dal suo culo spalancato.

«Ti piace la gabbia?»

«Qui sono al sicuro. Tuo.» Sembrava senza fiato mentre controllavo l'humbler, poi trasalì quando glielo tolsi. Le sue palle erano un po' gonfie dopo la brusca trazione. Avrei dovuto mettergli del ghiaccio più tardi. Un altro modo per far male al mio ragazzo.

«Non c'è niente da fare lì dentro se non essere il mio giocattolo del cazzo, vero?» chiesi, gettando da parte l'humbler. «Nessuna responsabilità. Niente stress.»

«Grazie, signore,» disse, mentre chiudevo di nuovo la gabbia e il dildo scivolava di nuovo al suo posto. «Mi piace essere il tuo giocattolo.»

«E a me piace sentirti urlare. Stasera non hai ancora urlato.»

I suoi occhi si illuminarono, l'attesa si mescolava alla paura. «Vorrei urlare, signore.»

Risi. «Ah, sì? Beh, allora perché non lo implori?»

«Ti prego, mi faccia urlare, signore. Per favore.»

«Quanto cazzo sei bello.»

Quindici minuti dopo, Minty urlava a squarciagola e la gioia scorreva dentro di me come un fiume. Felicità, amore, lussuria…

Per quanto la relazione potesse essere iniziata in modo inaspettato e persino indesiderato, non si poteva negare che tutti i miei bisogni fossero soddisfatti nella persona di Mitchell.

Il mio dolce, sporco ragazzo arrapato.

Capitolo 23

Luke

«D EVO ANDARE A trovare mia madre,» disse Minty a colazione due giorni dopo, con le labbra che si storcevano miseramente. Aveva dormito di nuovo da me, questa volta nel mio letto, dove ci eravamo esercitati a fare l'amore. Aveva ancora bisogno di essere attivo per arrivare fino in fondo senza opporsi a me, ma era eccitante ed era piaciuto a entrambi.

Feci una pausa dai miei cereali per guardarlo. «Non vuoi?»

Minty sollevò le spalle, le sopracciglia basse e gli occhi rivolti fuori dalla finestra, verso il giardino posteriore pieno di cespugli spogli e di erba sbiadita. Avrei dovuto curare di più quello spazio. Piantare fiori invernali e arbusti sempreverdi, ma non ne avevo il tempo, né il denaro, né la voglia. Preferivo investire i giorni che mi rimanevano…

Interruppi quel pensiero. Mi rifiutavo di diventare come Minty, così sicuro che sarei morto presto.

Mentre continuava ad agitarsi per qualsiasi cosa gli passasse per la testa, finii i cereali prima di portare la ciotola al lavello per sciacquarla. Quando tornai, Minty si stava torcendo le dita in modo irrequieto e si mordicchiava il labbro.

Gli presi le mani, fermai le sue dita e le intrecciai alle mie. «Ehi, guardami.»

Sollevò lo sguardo. I suoi occhi blu brillavano di un'emozione oscura.

«Perché sei così turbato?»

Scrollò le spalle e si mordicchiò ancora un po' il labbro, lo sguardo tornò verso la finestra. «Non è un grosso problema.»

«Dimmelo lo stesso.»

Si lasciò andare a un sospiro pesante, con le spalle che si afflosciavano. «Non le ho detto nulla. Della diagnosi.»

«Vuoi che lo sappia?»

Scosse la testa.

«Ma pensi che dovresti dirglielo?»

Un altro sospiro. «Non può farci niente. Perché farla soffrire in anticipo? Se le cose andranno come ho pianificato, non avrà bisogno di saperlo finché non sarò morto.»

«Tesoro…»

«Non voglio farle del male.»

«Hai bisogno del suo sostegno, però.»

Il suo sguardo si spostò bruscamente su di me. «Come? Finanziariamente? È al verde.»

«Emotivo.»

«A che prezzo? La sua tranquillità? La sua felicità?»

«Che ne dici di farlo a costo della tua? Hai bisogno di tua madre in questo momento.»

«Tua madre lo sa?» mi chiese con tono di sfida.

Mi ritrassi, colto alla sprovvista. «Ormai ha settant'anni. È possibile che io le sopravviva e che lei non debba mai saperlo. Ma tua madre è giovane. Hai detto che ti ha avuto appena finito il liceo.»

«Ne ha passate tante,» mormorò Minty.

«Anche tu.»

Fece spallucce. «Posso sopportarlo.»

«Tesoro, non dovresti "sopportarlo", non senza il suo aiuto. È tua madre.»

Minty scosse la testa. «Non ne ha bisogno.»

«Nessuno ha bisogno di questo,» gli ricordai.

«Mia madre…» Si interruppe, poi riprese. «Ha subìto abusi da bambina. Poi ha sposato mio padre dopo essere rimasta incinta di me. Anche lui era violento. E poi…» Minty liberò una mano dalla mia presa per pulirsi il viso. «Lui mi ha fatto quello che ha fatto. Lei ha dovuto sopportare tutte le conseguenze di quel…»

«Tesoro, eri tu quello che ha violentato.»

«Sì, ma lei ne è rimasta distrutta e mi hanno quasi portato via da lei. Lui è stato condannato a cinque anni di prigione e…»

«Solo cinque anni?»

Minty annuì. «Pena abbreviata per buona condotta.»

«Cristo.»

«Lo so.»

«Tesoro…»

Staccò l'altra mano dalla mia, incrociò le braccia al petto e si appoggiò allo schienale, distogliendo di nuovo l'attenzione. «Dopo essere uscito, è venuto a trovarci due volte. L'ultima ha cercato di convincermi a… Lo sai. Te l'ho già detto.» Minty strinse i denti con forza e il suo respiro si fece affannoso. «Mi sono scagliato contro di lui. Ho cercato di mordergli la faccia. Mi ha buttato a terra con un calcio. Avevo paura che facesse del male anche a lei. Mi ha sputato addosso e poi se ne è andato. Non l'ho più visto.»

Non era la stessa storia che mi aveva raccontato sull'ultima volta che aveva visto suo padre. In quella occasione era stato lui a respingerlo, a sputargli in faccia e ad andarsene.

Beh, non era la stessa cosa e non sembrava ancora tutta la verità, ma qualunque cosa fosse successa, lui ne era rimasto traumatizzato.

Minty parlò in tono lontano, ancora mezzo immerso nei ricordi. «Mia madre non si è perdonata di averlo fatto entrare in casa quel giorno.»

«Lei era lì?»

Minty annuì, spegnendosi di nuovo. «Sì. Era sulla sedia accanto al divano. Ha detto: "Nadine, tuo figlio è una puttana. Lo voleva allora e lo vuole adesso".» Impallidì e le poche lentiggini sul suo viso sembravano scure contro la sua pelle. «Ero già in camera mia. L'ho sentito. È stato allora che...» Chiuse gli occhi, deglutendo a fatica. «Lo sai. L'ho già detto.»

«Sì.» Non aggiunsi che ogni volta che raccontava quel giorno, la storia cambiava un po'. Avevo un barlume di idea che mi balenava in testa, ma evidentemente Minty non era ancora interessato a condividere tutto.

«Mia madre era distrutta.»

Sua madre era distrutta? Volevo trovare quella donna e scuoterla. Come aveva potuto permettere a quel mostro di tornare in casa loro?

«Lei gli ha creduto, sai?» Minty parlò così piano che dovetti avvicinarmi per sentire. «Aveva seguito la riabilitazione e la terapia in prigione, sostenendo di aver trovato Dio. Lei voleva credere che fosse "guarito".»

«Cristo.»

«Esattamente. Il problema era proprio Cristo. La sua fede le diceva di credere che tutti potessero essere redenti, capisci?» La sua voce si fece più forte, sulla difensiva. «Ma mia madre non ha mai fatto nulla di male. Non si meritava nulla di tutto questo.»

«Tesoro...»

Minty si passò le mani sul viso. «Non voglio dirle della diagnosi. Sapere che sto morendo le procurerebbe solo dolore. Ed è stato così difficile per lei accettare che io sia...» Fece un gesto verso se stesso. «Voglio dire, il problema non era lei. Mi ha amato così come sono fin dall'inizio. Ma si è presa un sacco di grane dalla sua chiesa e dai suoi vecchi amici, e da mio padre, tutto a causa mia, e...» Le lacrime scesero sulle sue guance, che da bianche come un lenzuolo erano diventate rosa acceso. «Dice sempre che il mio futuro è luminoso ora. Che tutto il nostro dolore è passato. L'unica nuvola che incombeva sulla sua testa era il fatto di non conoscere il mio stato di sieropositività. Voleva che facessi il test. E io... così, per il suo compleanno, ho pensato di regalarglielo.» Deglutì, con un'aria nauseata. «Non posso darle questa notizia.»

«Oggi è il suo compleanno?»

Annuì. «Sì. Ha fatto la torta. Le ho portato un biglietto d'auguri. Le ho detto che la porterò alla Biltmore House per la loro festa di Natale.» Lanciò un'occhiata all'orologio sulla parete. «Devo partire presto. Devo essere lì per mezzogiorno.»

Studiai il suo volto, le sue mani tremanti. «Ti accompagno io.»

Mi scoccò uno sguardo penetrante. «No.»

«Sì. Non puoi guidare in queste condizioni. Guardati, tesoro, stai tremando.»

Sospirò. «Non posso dirle la verità se ci sei tu.»

«Allora, hai intenzione di dirglielo?»

Si coprì il volto e si rannicchiò su se stesso. «Non lo so. Forse. No? Penso di no. Non il giorno del suo compleanno.»

«Allora fammi venire con te.»

«E come dovrei presentarti? Il mio Dom? Il mio padrone? L'uomo che imploro di farmi del male?»

Il mio cuore si contorse al suo tentativo di mettere distanza tra noi per coprire la sua vulnerabilità. «Mi presenterai come il tuo ragazzo. È quello che sono. Lo sai.»

Trasse un respiro tremante. «Davvero?»

«Certo. Praticamente vivi qui con me. Mi hai fatto delle promesse e io le ho fatte a te. Sei l'unico con cui voglio stare e l'unico che abbia mai amato in questo modo.»

«L'amore come azione o come parola?»

Sorrisi. «Entrambi. Te l'ho detto mentre ti scopavo la gola l'altra sera, vero?»

Sbatté le palpebre. «Questo è... non puoi...» Si schiarì la gola. «Lo hai sempre detto solo quando stavamo scopando, o appena finito di scopare, o in una scena.»

«E allora?»

«Non puoi dirmelo durante una scena o mentre facciamo sesso. Non è giusto.»

«Perché? Sembrava che ti piacesse.»

Minty si tirò i capelli per la frustrazione. «Sì, ma ora penso che non sia stato abbastanza.»

«Eh?»

Incontrò i miei occhi. «Perché deve essere romantico.»

«Le nostre scene non sono romantiche?»

Arrossì. «Credo che sia così: so già che ti faccio venire fino a farti perdere la testa. Potresti dire di amarmi solo perché hai appena goduto. Non è la stessa cosa di una sobria confessione d'amore.»

Scoppiai a ridere, la gola piena di emozioni: rabbia, tristezza, dispiacere per lui ed empatia, tutto in una volta. «È così?»

«Sì.»

«Allora chiedimi di dirtelo ora. Con gentilezza.»

«Non te lo chiederò,» disse, incrociando di nuovo le braccia. «Ti dico come andrà. Deve *essere* romantico. Quindi non dirlo più, scena o non scena, scopata o non scopata, finché non avrai risolto il problema.»

«Sei impertinente, per essere un passivo,» mormorai, avvicinandomi per un bacio. Mi schivò e le mie labbra si posarono sul suo zigomo. «Laviamoci e andiamo. Non vedo l'ora di conoscere tua madre.»

Evidentemente ancora combattuto, Minty mi permise di tirarlo in piedi. «Va bene. Ho solo bisogno di pochi minuti.»

I "pochi minuti" si trasformarono in un'ora e mezza mentre Minty armeggiava con i capelli e i vestiti, scegliendo il numero perfetto di fermagli e la gonna giusta da abbinare alla camicia gialla e vaporosa, per poi decidere tra le ballerine che aveva e gli stivali da cowboy.

Lo ammirai mentre si truccava e sceglieva i vestiti con una nuova consapevolezza.

Non si trattava solo del suo stile, della sua espressione di sé e del suo coraggio.

Anche quella era la sua armatura.

Quando fu il momento di partire, era pronto.

Capitolo 24

Minty

NON AVEVO MAI portato nessuno a casa di mia madre, tranne Daniel. Beh, tecnicamente Windy era venuto con me una volta, ma lo avevo fatto aspettare in macchina mentre io ero corso dentro a prendere alcune cose dalla mia vecchia stanza. Mia madre non era nemmeno tornata a casa.

Così, quando mi fermai con il mio pick-up davanti alla roulotte, non potei fare a meno di vedere il posto attraverso gli occhi di Luke, e fu desolante. Il rivestimento grigio-blu era appannato dalla pioggia precedente e le nuvole basse erano dello stesso colore dei gradini di legno consumati che conducevano alla porta d'ingresso. La casa di Luke non era molto grande, ma era dieci volte più bella del container di mia madre. La madre di Daniel era stata generosa nel regalarcela, ma non era stata affatto lussuosa. Non c'erano optional e non si poteva nascondere la nostra povertà.

«Ci siamo,» dissi, slacciando la cintura di sicurezza e scendendo dall'auto con un balzo. Il terreno fangoso e privo di erba sciaguattava sotto i miei stivali da cowboy. Mi strinsi nella giacca verde militare per bloccare il freddo. «Casa dolce casa.» Il mio disgusto trapelava nel tono.

Luke chiuse la portiera dietro di sé, si infilò le mani in tasca e si dondolò all'indietro sui talloni, esaminando i corti cespugli sempreverdi, ricoperti di luci natalizie. «Sembra accogliente.»

Lo era stato una volta, prima che mio padre ci trovasse. Mi sentivo al sicuro nella roulotte. Mi piaceva soprattutto quando pioveva. Stare rintanato dentro con una tazza di caffè caldo, accoccolato nel mio letto mentre la pioggia scendeva, era una specie di paradiso.

Ora...

Una goccia mi colpì la testa. Scivolò fredda e lenta sulla mia guancia.

«Su, andiamo,» e raddrizzai le spalle. Controllai la mia borsa a tracolla per assicurarmi che il biglietto d'auguri fosse ancora dentro.

Luke si mise sul gradino dietro di me mentre bussavo alla porta; la spalancai, entrando nel caldo soggiorno. Una stufa a cherosene si trovava nell'angolo e manteneva la temperatura calda nonostante il tempo freddo e umido.

«Bambino mio!» gridò mia madre, sbucando dall'angolo della cucina, con gli occhi accesi di felicità nel vedermi. Indossava una vestaglia blu a maniche lunghe che metteva in risalto i suoi occhi, e i capelli biondi erano sciolti e le ricadevano sulla schiena. Riuscii a sorridere. Era il suo compleanno e dovevo essere felice. In un certo senso, *ero* felice. Solo che c'erano tante cose che le stavo tenendo nascoste...

«Buon compleanno, mamma.» Respirai il suo profumo quando mi abbracciò. Dopo che si fu scostata, i suoi occhi si posarono su Luke che stava dietro di me. Con un sorriso delizioso, mi lanciò un'occhiata eccitata prima di chiedermi: «E chi è questo bell'uomo che hai portato con te?»

«Mamma, questo è Luke.» Indicai prima lui, poi lei. «Luke, questa è mia madre.»

«Signora Arnold, è un piacere,» rispose Luke, come se fosse un aristocratico cresciuto nelle buone maniere. Allungò la mano e strinse delicatamente quella di mia madre. «E buon compleanno. Spero non le dispiaccia se mi sono imbucato alla sua festa.»

«Ogni amico di Mitchell è sempre il benvenuto.» Alla parola amico diede un'enfasi particolare che mi fece roteare gli occhi.

«In realtà è il mio ragazzo,» azzardai. Era una bella sensazione usare quel termine, e quando Luke sorrise nel sentirla, fu ancora meglio.

«Ah!» Batté le mani e saltò sulle punte dei piedi. Sembrava che Luke fosse un regalo sufficiente.

Risi di quella sua reazione. «Sorpresa!»

«Non avevi parlato di un fidanzato,» mi rimproverò, sorridendo ancora da un orecchio all'altro. Sentii l'odore delle sue famose lasagne provenire dalla cucina e notai che la sua pelle era screpolata, come a volte accadeva quando aveva mangiato troppe schifezze gratuite mentre lavorava da HeyDey Burgers. «Cosa fai, mi tieni dei segreti?»

Sì. Tanti segreti, in realtà.

Mi schiarii la gola. «Siamo diventati una coppia solo questa settimana.»

Luke sbuffò, tirandomi vicino a sé. «In realtà ci frequentiamo da un paio di mesi.»

Mia madre ci guardò e il suo sorriso si spense. «Me lo hai tenuto nascosto per mesi?»

«Guarda cosa hai fatto,» stuzzicai Luke, dandogli un leggero schiaffo sul petto e cercando di mantenere l'atmosfera leggera. «Non essere sciocco. Uscivamo insieme, ma non era una cosa seria…»

«Per me lo è stata fin dall'inizio,» precisò Luke.

Il mio cuore ebbe un sussulto. Il mio sorriso scivolò nella timidezza. «Ah sì?»

«Naturalmente.» Si rivolse di nuovo a mia madre. «Ci frequentiamo da un po', signora, ma sono sicuro che Minty volesse la garanzia che sarebbe durata prima di portarmi a casa.»

«Beh, sono molto contenta che lo abbia fatto.» Mia madre ci fece cenno di sederci sul divano.

Esitai; la macchia sempre presente attirò la mia attenzione, ma guidai comunque Luke a sedersi, spostandomi in modo da appoggiare il sedere sul bordo dei cuscini. Nonostante ciò, potevo sentire la macchia dietro di me e leggermente a sinistra. Irradiava vergogna.

Deciso a non pensarci, sorrisi a mia madre mentre si accomodava sulla poltrona di fronte a noi. Crudelmente, il ricordo mi squarciò la mente: il mio viso premuto sul cuscino del divano, il dolore lancinante…

«Ecco il tuo regalo,» esclamai, infilando la mano nella borsa e tirando fuori il biglietto. Glielo porsi, sperando di potermi distrarre con la sua gioia quando avrebbe visto ciò che le avevo donato. «Spero che ti piaccia.»

Lo prese, ma lo mise da parte. «Questo può aspettare.» I suoi occhi si accesero e il suo sorriso divenne vivace. «Sai cosa non può aspettare? Conoscere Luke.»

Le stelle brillavano nei suoi occhi mentre lo guardava. Mi voltai, vedendolo davvero per la prima volta in tutta la mattinata. Ero stato così preso dai miei pensieri e dai miei sentimenti che non avevo prestato attenzione a nient'altro.

Era bello, come sempre, ma si era messo in ghingheri. Il suo maglione blu metteva in risalto i riflessi dei suoi occhi, e i capelli biondo scuro erano arruffati ad arte. Non usava nemmeno un filo di lacca. Si limitava a passarli con le mani e in qualche modo venivano fuori così.

L'orgoglio mi inondò. Luke era il mio ragazzo. Mio. E lo avevo portato a casa da mia madre, che ne era rimasta colpita. Finora stava andando meglio di quanto avessi mai immaginato quando mi ero svegliato quella mattina.

Mia madre si chinò in avanti, con il gomito sul ginocchio e il mento sul palmo della mano. «Come vi siete conosciuti?»

Durante il viaggio, avevamo concordato una storia.

«Tramite un amico,» disse Luke. Il che non era falso, visto che

Barry aveva organizzato la nostra frequentazione.

Mia madre inclinò la testa. «Oh? Quale amico? Daniel?»

Adorava Daniel. Chi non lo adorava? «No, Barry,» risposi. «Conosce Luke da un po' di tempo, ma recentemente gli è venuto in mente che io e Luke avremmo potuto andare d'accordo.»

Lei rise. «Meglio tardi che mai.»

«Esattamente. Ogni cosa a suo tempo,» riprese Luke con calma, prendendomi la mano e stringendomi le dita. «Se Minty fosse arrivato prima, forse non sarei stato pronto per lui.»

Mordendosi il labbro inferiore e appoggiandosi allo schienale, mia madre inclinò la testa. «Sei più grande di lui, vero?»

«Lo sono, sì.»

«Quanti anni hai esattamente?»

Non avevo tenuto conto di quella domanda, anche se avrei dovuto. Avrebbe avuto importanza? Lei aveva solo sei anni più di Luke. Mi aveva avuto da molto giovane, a soli diciotto anni.

Luke non esitò né sembrò vergognarsi. «Trentaquattro.»

«Il mio Mitchell ne ha solo ventidue...» Si interruppe come se non fosse sicura di quello che pensava e volesse che fossimo noi a dirle cosa provare. Io ero abituato a quel ruolo, così presi il comando.

«Mamma,» mi sporsi in avanti per accarezzarle il ginocchio. «Non c'è problema. Luke ha una buona influenza su di me.» Mi voltai verso di lui con un sorriso. «Non è vero?»

«Lo tengo fuori dai guai meglio che posso, signora.»

Lei ridacchiò. «Va bene, purché tu ti prenda cura di lui. Tienilo al sicuro.» I suoi occhi si strinsero. «Lo stai *proteggendo*, vero?»

Il doppio significato della parola, lo spettro dell'AIDS e di tutto ciò che ne conseguiva, incombeva sulla stanza come una spada.

«Stiamo facendo tutto il possibile per rimanere in salute,» disse Luke. «È importante per entrambi.»

Era vero?

In effetti, fino a poco tempo prima non facevo tutto ciò che era in mio potere per mantenermi in salute, e anche con Luke avevo voluto fare cose rischiose, spingermi oltre i limiti della prudenza.

Avevo bevuto la sua urina, porca puttana.

Non era igienico. O forse sì? Non avevo imparato in uno dei miei corsi di biologia che l'urina era il sottoprodotto più sterile del corpo?

Mentre ci riflettevo su, i miei occhi scivolarono verso la parete di foto che mia madre sistemava continuamente. Copriva il tratto che conduceva al breve corridoio e alle camere da letto. Inclinai la testa. Le aveva cambiate di nuovo. Osservai ogni differenza rispetto all'ultima volta che l'avevo visitata.

Ce n'era una di me in quinta elementare con addosso una corona da principessa e in mano una bacchetta.

Un'altra nuova che mi mostrava al massimo della mia scontrosità, a quindici anni, e ancora vestito da maschio per salvarmi la pelle.

Una terza...

Il mio stomaco precipitò.

«Buono a sapersi,» disse dolcemente mia madre. «Sono felice di sentirlo. Mantenere la salute è tutto ciò che chiedo a entrambi.» Prese il biglietto e lo aprì. «Bene. Vediamo cosa hai portato alla tua mamma...»

«Fermati,» dissi, alzandomi e prendendo il biglietto dalla sua mano. Il mio cuore batteva forte mentre mi avvicinavo alla parete di foto. Avevo la bocca secca. Mi sentivo come se la colazione che avevo mangiato quella mattina stesse per riversarsi sulla moquette verde.

«È questo... hai...» Afferrai una foto incorniciata dalla parete e gliela scossi contro. La mia voce tremò. «Perché? Perché...?»

Le parole mi mancarono, ma il tono trasmise tutta la confusione che provavo.

«Beh, avevo pensato che...» disse con un filo di voce. I suoi occhi azzurri erano spalancati e i capelli chiari sussultarono quando scosse appena la testa. «È stata una bella giornata, Mitchell. Ricordi? Tutti noi ci siamo divertiti così tanto. Solo perché c'è stato tanto male, dobbiamo rinunciare al bene? Marlene mi ha raccontato che la sua terapeuta le ha detto di abbracciare le parti positive del passato per poter superare quelle negative.»

Strinsi i denti. «Fanculo Marlene.» Se quella era la sua idea, la madre di Daniel poteva andare a impiccarsi.

Non riuscii nemmeno a guardare di nuovo la foto, anche se l'immagine era comunque impressa nella mia mente.

Io, a sette anni, seduto sulle ginocchia di mio padre. Indossavo pantaloncini di jeans blu e una maglietta di Capitan Canguro. I miei capelli erano così biondi che sembravano un'aureola di luce sulla mia testa. Mia madre, giovane e bella, era accovacciata a terra accanto a noi. Dietro di noi scrosciava una cascata impetuosa e davanti, sulla coperta da picnic, c'era una torta al cioccolato mangiata a metà. Eravamo in gita alle cascate Abrams nelle Smoky Mountains per il compleanno di mio padre. Avevamo usato il timer della sua nuova fotocamera di lusso per quell'autoscatto.

La verità era che... era stata davvero una bella giornata. Una delle più belle che la nostra piccola famiglia avesse mai condiviso. E avevo amato quella foto quando ero più giovane. Era stata scattata prima di riconoscere ciò che ero e prima di iniziare a esprimere quel lato di me, prima di sapere che mio padre era ubriaco il più delle volte e prima di avere un'idea del modo in cui usava i pugni per convincere mia madre a sorridere o a stare zitta, e prima di...

Prima.

Trassi un respiro silenzioso.

Luke si alzò e mi raggiunse, prendendo la cornice dalla mia mano. Se la guardò, non vidi la sua reazione, perché i miei occhi erano incollati a quelli di mia madre.

«Sarà sempre tuo padre, Mitchell,» sussurrò. «Era mio marito e...»

«Mi ha violentato!» esclamai, indicando la macchia. «Su quel divano. E quella chiazza? È il mio cazzo di sangue.»

Gli occhi di mia madre si posarono sulla macchia scura e poi si alzò a sua volta, avvicinandosi a me. «No, non è vero, tesoro. È solo un po' di sporcizia.»

Luke era in bilico, come se non sapesse come proteggermi: doveva impedire a mia madre di toccarmi? O lasciarle offrire l'abbraccio?

Gli strappai di nuovo la cornice e, quando mia madre mi raggiunse, gliela misi tra le mani. «Bruciala. Non voglio mai più vedere il suo volto. Non voglio mai... mai...» Deglutii un singhiozzo. «Mai.»

«Amore mio, mi dispiace,» sussurrò. «Ti prego di capire. Non volevo farti del male, ma solo conservare un ricordo dei bei tempi. Non è stato sempre brutto, ricordi?»

Premetti i palmi delle mani sulle palpebre, come se, bloccando la sua vista, potessi cancellare anche le sue parole.

Mi toccò il braccio. «Non è sempre stato un uomo crudele.»

Scossi la testa. Non riuscivo a respirare. Le pareti si stavano chiudendo su di me e avevo bisogno di uscire. Proprio in quel momento il cielo si squarciò e il rumore della pioggia sul tetto metallico della roulotte coprì ogni altro suono. Potevo uscire nel frastuono, oppure rifugiarmi all'interno.

Inspirai con un brivido e mi diressi verso la mia vecchia stanza, il rumore della pioggia che spazzava via ogni protesta di mia madre e copriva il suono di Luke che mi seguiva, anche se lo sentivo dietro di me.

Non appena superò la soglia, chiusi la porta. Appoggiandomi a essa, fissai il letto dietro di lui. Lo scroscio si fece più intenso, anche se prima era stato così forte che sembrava impossibile potesse aumentare. Forse c'era anche la grandine? Non lo sapevo. Non mi importava.

Ero a malapena presente a me stesso.

Tre anni prima era tornato. Mio padre. Il mostro. L'uomo che mi aveva rubato l'innocenza, che aveva fatto di me un mostro. Mi aveva braccato in quella stessa stanza.

«Gliel'ho succhiato,» dissi, chiudendo gli occhi e sbattendo la testa contro la porta. Il disgusto per me stesso mi consumava. Ero divorato dall'orrore acido del mio odio per me stesso.

«Non ti sento,» gridò Luke sopra il rumore della grandine e della pioggia. I suoi occhi erano ombreggiati da una cupa preoccupazione, ma si avvicinò, premendo contro di me in modo che sentissi il suo sostegno fisico. Mi afflosciai contro di lui e mi permisi di sentire il suo battito cardiaco per un attimo.

Poi mi alzai in punta di piedi, portai le labbra sul suo orecchio e dissi più forte: «Gliel'ho succhiato.»

Luke si irrigidì... ma non si allontanò.

«Quando ci trovò qui, mi portò da solo in questa stanza e mi disse che avevo ragione. Non poteva dimenticare di avermi scopato. Disse che lo avevo rovinato, che era colpa mia se era venuto più forte di quanto avesse mai fatto prima o dopo. Che ero una troia e una puttana. Che mi aveva creato e che era suo diritto usare il mio culo come preferiva.»

Luke ringhiò, ma non disse nulla.

«Mi ordinò di succhiarglielo. Voleva vedere se era bello come scoparmi il culo. Se avevo una bocca talentuosa...»

«Minty...» Luke sembrava devastato, come lo sarebbe stata qualsiasi persona normale.

«Chiamò mia madre. Le disse: "Nadine, tuo figlio è una puttana", perché lei era lì, come ho detto.»

«Tesoro...»

«Ma lei rimase in soggiorno. Non venne a vedere. Non controllò. Fece finta che non stesse accadendo.»

La mascella di Luke si fletté quando digrignò i denti. Strinse i pugni, che mi premettero contro la schiena mentre mi attirava di più a sé, al sicuro.

«Mi inginocchiai. Proprio qui. Con le spalle alla porta, come adesso, in modo che lei non potesse entrare, anche se ci avesse provato. Così non avrebbe visto…»

Ebbi un conato di vomito a quel ricordo.

«Va tutto bene,» sussurrò. «Sei qui. Sei al sicuro con me.»

La grandine cessò e la pioggia si calmò. Luke mi abbracciò mentre singhiozzavo, ma non avevo ancora finito. Dovevo dirgli tutto.

«Glielo succhiai. Gli feci il miglior pompino che sapessi fare. Gli piacque molto. Mi afferrò i capelli, grugnendo come un maiale per tutto il tempo. Quando venne, non ingoiai. Mi alzai in punta di piedi e gli sputai tutto sulla sua cazzo di faccia sudata. Poi uscii, passando davanti a mia madre seduta su quel cazzo di divano macchiato, a leggere una rivista e ascoltare musica con le cuffie del walkman.»

«Cristo…»

«Non cercò di fermarmi. Salii sul mio pick-up e tornai al campus. Andai direttamente alla sede di una confraternita. Mi feci scopare da un ragazzo e dopo mi picchiò. Mi ruppe un braccio.»

«Oh, Minty…»

«Allora, come posso amare questa parte di me, eh? Come faccio, Luke? Non ero in pericolo. Non mi ha puntato una pistola alla testa. Non mi ha nemmeno costretto. L'ho fatto per il potere.»

«Quello è… tu…» Luke non riusciva a spiegarsi meglio di me. «Sei tu la vittima, tesoro. Non avresti mai dovuto trovarti in quella posizione. Lui non avrebbe mai dovuto chiederlo. È tutto incasinato.»

«Sì, è così. Lo sono.»

Rimanemmo lì ancora un po'. Ero sudato e nauseato. Luke tremava.

«È il suo compleanno,» sussurrai. «Credo che dovremmo andare a mangiare la torta.»

Luke si ritrasse. «Sei fuori di testa?»

Risi. «Sì, probabilmente. Ma le voglio bene. È l'unica famiglia che ho. Non mi ha protetto come avrebbe dovuto, ma...» Cominciai a piangere di nuovo. «Lei mi vuole bene. Sono il suo unico figlio e mi adora.»

Luke non disse assolutamente nulla. Mi massaggiò la schiena, mi baciò le guance bagnate e, quando mi fui calmato di nuovo, mi aiutò ad asciugare le lacrime.

«Okay,» dissi raddrizzando le spalle. «Andremo là fuori, e lei dirà che le dispiace per la foto, e io dirò che va bene, e poi...»

«Non va bene! Perché dovrebbe volere una foto dello stupratore di suo figlio sul muro di casa?»

Scossi la testa. Non potevo difenderla. Capivo mia madre meglio di chiunque altro. Conoscevo persino la logica che l'aveva portata a fare quell'aggiunta alla parete: anch'io a volte mi ero abbandonato a quel tipo di pensiero, perché avevo dei bei ricordi di mio padre. Era quella la parte più perversa della questione, no? Che l'uomo che mi aveva insegnato a nuotare, che mi aveva medicato le sbucciature quando avevo distrutto la mia prima bicicletta e che si era inventato una storia divertente su un delfino mangia-sapone ogni volta che mi aiutava a fare il bagno, mi avesse tradito e ferito in un modo così straziante.

Mi sarei mai ripreso da ciò che aveva fatto? Era possibile? E la verità di ciò che avevo fatto con lui non era un'ulteriore prova di quanto permanente fosse il danno? Ero un mostro. Ero malato. Anche in senso letterale, con l'HIV, come giusta punizione per ciò che avevo cercato di dimenticare.

Ma non potevo spiegare nulla di tutto ciò a Luke. Non in quel momento.

«Ora non è più su quel muro. Non farà più nulla di simile.»

«Ah no? Ha commesso l'errore di farlo tornare in questa casa. È stata lei a mettere la foto sulla parete. Lo sta frequentando di nuovo? Lo ha perdonato?»

Le domande di Luke mi lacerarono il cuore e mi voltai per aprire la porta della camera da letto, irrompendo nel soggiorno dove mia madre aveva rotto la cornice e stava incendiando la foto nella stufa a cherosene.

«Non c'è più,» disse. Lasciò cadere l'immagine in fiamme in una ciotola che teneva tra le mani. «Non c'è più. Era la mia ultima foto di lui. L'unica che avevo conservato.»

«Non se n'è andato, mamma,» esclamai prima di battermi il petto con un pugno. «È qui dentro. Non posso farlo uscire. Non *se n'è mai andato.*»

«Amore mio, mi dispiace tanto.» Mi venne incontro con le braccia allargate. Tutta la sua attenzione era concentrata su di me, senza degnare Luke di uno sguardo; ma sapevo che lui era alle mie spalle.

La abbracciai. «Mamma, non lo hai visto ultimamente, vero?» sussurrai contro i suoi capelli. «Non lo hai perdonato?»

«No,» singhiozzò. «Non potrei mai riprenderlo. Non ora. Non dopo l'ultima volta.»

«Allora… sai cosa mi ha fatto?»

Sai quello che tu hai fatto per lui? mi sibilò la mente, ma non lo dissi ad alta voce.

«Me lo ha detto,» ribatté. «Non volevo credere che ti avesse fatto di nuovo del male in quel modo, e che tu… che tu…» Non riuscì a concludere la frase.

«Lo odio, mamma. Ho paura che torni e…»

«Se n'è andato, tesoro. Te lo prometto. Non tornerà mai più.»

Emisi un respiro tremolante. «Come fai a saperlo?»

«Perché è tornato in prigione.»

Mi scostai da lei. «Lo sapevi e non me lo hai detto?»

Mia madre aveva gli occhi rossi pieni di lacrime e si mordicchiò il labbro inferiore prima di confessare: «L'ho visto sul giornale. Non volevo turbarti.»

Guardai la ciotola tra le sue mani e la cenere della foto. La donna che aveva messo quella foto, e la donna che non mi aveva dato una delle notizie più belle del mondo, che mio padre era tornato dove avrebbe dovuto stare da sempre, era mia madre, l'unica che avevo. «Come è stato rimandato indietro?»

«Si è risposato e la sua nuova moglie aveva una figlia adolescente.»

«Oddio, mamma, no.»

Lei annuì.

Chiusi gli occhi. «Mamma…»

«Lo so, amore.» Il suo sguardo si spostò allora su Luke. Le guance rosse diventarono ancora più rosse. «Penserai che sono una madre terribile.»

Non distolsi lo sguardo dal suo viso, quindi non ero sicuro di cosa dicesse l'espressione di Luke, ma le sue parole non furono gentili. «Penso che lei non lo abbia protetto come avrebbe dovuto.»

Nuove lacrime bagnarono le ciglia di mia madre.

«Su, su.» Le asciugai con i pollici. La strinsi in un abbraccio. «Non piangere, mamma. È tutto finito, come hai detto tu, no? È tutto finito, ora.»

Luke emise un suono che non sapevo bene come interpretare, ma sospettai che significasse che non era d'accordo sul fatto che fosse tutto finito o passato perché, come avevo già detto, me lo portavo ancora dentro. Non era stato in grado di curare quella mia ferita, o di allontanarla con il sesso. E nemmeno Kyle ne era stato in grado.

«Ecco,» dissi, voltandomi verso il punto in cui il biglietto semiaperto giaceva sul pavimento. Mi chinai per recuperarlo e lo porsi a mia madre. «Aprilo.»

Lo fece con dita tremanti. Luke mi mise una mano sulla spalla e mi strinse leggermente, facendomi capire che mi copriva le spalle. Quando lesse ciò che avevo scritto, le sue labbra tremarono di nuovo. «Sei sicuro?» sussurrò. «Sono un sacco di soldi.»

«Ne sono sicuro. Dicono che la Biltmore House a Natale sia stupenda.» Evocai un sorriso, quello brillante che usavo per evitare che la gente vedesse quanto ero danneggiato all'interno. «Ti piaceranno le decorazioni, mamma. E faremo finta di vivere lì, vero? Fingeremo di essere ricchi ed eccentrici come i Vanderbilt.»

«Amore mio…»

Non potevo più sopportare l'agonia. Avevo aperto la ferita e lasciato spurgare il veleno, ma ora era il momento di ricucirla. «Mangiamo la torta!» esclamai con il mio tono più brillante. «E poi assaggeremo le lasagne che hai in forno. Giuro che ne ho sentito il profumo appena ci siamo fermati fuori.»

Lei tirò su con il naso e si asciugò gli occhi, ma accettò. «Sì, mangiamo la torta. Ho fatto la tua preferita. Torta al cioccolato con glassa alla vaniglia.»

«Ma è il tuo compleanno, mamma.»

«E tu sei il mio ragazzo preferito,» disse tremante. «Mi piace renderti felice. Voglio sempre e solo che tu sia felice.»

Annuii. «So che è così.»

Luke ci seguì in silenzio in cucina, e quando ci sedemmo a tavola con la torta glassata di bianco tra noi e alcune candeline storte che aspettavano di essere spente da mia madre, incrociai il suo sguardo.

Sembrava sconvolto, mi guardava sotto una nuova luce.

Il mio stomaco si ribaltò, ma mantenni il sorriso felice sul mio viso mentre cantavamo la canzone di compleanno, tagliavamo la torta e procedevamo con la cena in onore di mia madre come se non fosse successo nulla. Come se non avessi appena confessato al mio ragazzo di aver volontariamente fatto un pompino al mio stesso padre e di avergli sputato lo sperma in faccia. Come se non avessi appena dimostrato quanto fossi degenerato e impossibile da amare. Come se non fossi solo spazzatura.

La pioggia scese di nuovo a catinelle.

Ma l'espressione sul volto di Luke non venne lavata via.

E nemmeno la mia vergogna.

Capitolo 25

Luke

«A DESSO MI ODI, vero?» sussurrò Minty, le mani strette sul volante.

La pioggia continuava a scendere a secchiate, ma i tergicristalli stavano facendo del loro meglio per permettergli di guidare.

«Odiarti?» Ero profondamente confuso. Era stato un pomeriggio lungo e strano. Il modo in cui Minty e sua madre avevano semplicemente superato l'orribile "errore" di aver appeso una foto di famiglia che includeva il suo stupratore, come avevano riso, finto di essere felici e che non fosse successo nulla mi aveva spiazzato. Sia lui che sua madre mi avevano lasciato perplesso.

Ma l'odio? Da dove saltava fuori?

Le spalle di Minty erano contratte. «Per quello che ho fatto. Ora sai tutta la verità.» Inspirò bruscamente. «Tutto quanto. Il peggio assoluto di ciò che sono.» Il suo labbro si storse in segno di disgusto. «E ora mi detesti, vero?»

Sbattei rapidamente le palpebre quando finalmente capii. Feci un cenno verso il lato della strada. «Metti le quattro frecce. Accosta.»

«Cosa?»

«Fallo.»

Per un attimo Minty sembrò voler discutere, ma poi fece come gli avevo ordinato.

Quando il veicolo fu completamente fermo, il rumore della pioggia che batteva sul tetto mi costrinse a parlare più forte di quanto volessi. L'argomento era delicato, e gridare dava l'impressione che fossi adirato, anche se non lo ero. Ero affranto e terribilmente disgustato dallo schifo che Minty aveva affrontato nella sua vita, un orrore che faceva impallidire le mie difficoltà con mio padre, ma non ero arrabbiato o disgustato. Sapevo solo che dovevo farglielo capire. Dimostrargli che lo amavo a prescindere da tutto.

Ma la pioggia lo rendeva molto difficile. «Non ti odio,» urlai.

Lui sbuffò, chiaramente incredulo.

«Minty, non è vero! Come potrei odiarti? Ti amo.»

«Questo non è un momento romantico!» protestò lui, gli occhi umidi di lacrime. «Non puoi dirlo in questo momento.»

«Fanculo,» gridai. «Ti sto dicendo che ti amo. Punto. Che tu pensi che sia romantico o meno. Devi capire cosa provo. Niente di quello che hai detto, fatto, pensato o provato cambierà questo. Niente.»

Minty strinse i pugni e si girò verso di me. «Ho succhiato il mio cazzo di padre!»

«Ti ha violentato! Sei una vittima! Tu…»

«Lo volevo! Per il potere! Per farlo sentire… per vederlo mentre…» Si passò le mani tra i capelli, le mollette si staccarono. «Tu non capisci! Sono una persona crudele. Mi merito tutte le cose brutte che mi sono capitate. Anche l'HIV, e quando arriverà il momento? Quando diventerà AIDS vero e proprio? Dovrei soffrire. Dovrei morire da solo.»

Le sue spalle si contorcevano per i singhiozzi, ma quando allungai la mano, si allontanò da me. Lasciai cadere le mani in grembo e cercai di ragionare con lui.

«No.» Scossi la testa. «Non meriti nulla di male. Non lo accetterò, e un giorno, fosse anche l'ultima cosa che faccio, mi assicurerò che tu lo comprenda.»

«Basta! Come puoi sopportare di guardarmi sapendo quello che ho fatto?» Minty si asciugò il viso con i palmi, ma le lacrime continuavano a sgorgare. «Che cosa non capisci? L'ho fatto bene, Luke! Ho fatto quella cosa con la lingua che ti piace *tanto*. Ho giocato con le sue palle. Gli ho fatto il miglior pompino che avesse mai ricevuto. Di proposito. Non perché ero minacciato, non perché non ero in grado di batterlo…» urlò con rabbia. «Conosco l'aikido! Avrei potuto… avrei dovuto… chiunque altro avrebbe…»

«Tesoro, non importa! Non ha alcuna importanza! Era un uomo cattivo, ti aveva ferito e tu volevi ferirlo a tua volta, per controllarlo, per avere potere su di lui, per rovinargli la vita, e lo hai fatto. È di nuovo in prigione.»

«*Non l'ho fatto*. Prima ha rovinato la vita di un'altra persona. Forse ho solo peggiorato le cose per lei. Forse gli ho fatto apprezzare così tanto la cosa che voleva cercare qualcun altro che gli desse di nuovo quella sensazione.»

«Minty, ascoltami…»

«Non voglio ascoltarti.»

«Fanculo! Lo farai!»

«Non lo farò.» Aprì la portiera, e la pioggia lo inondò subito. Uscì alla luce dei fari, il lampeggiare delle quattro frecce lo inondava in modo ritmico mentre si inoltrava in una strada buia e vuota che si estendeva davanti a lui.

Aprii la portiera del passeggero e lo inseguii. Quando lo raggiunsi, si accucciò in posizione di guardia. «Cosa stai facendo?»

«Toccami e le prendi.»

«Fallo,» urlai, mentre l'acqua piovana mi riempiva la bocca. Allargai le braccia. «Colpiscimi. Prendimi a calci. Non ti fermerò.»

Minty sferrò alcuni colpi, cercando di farmi indietreggiare, ma poi lasciò cadere i pugni e si accasciò contro di me, con i singhiozzi che lo squassavano di nuovo.

La pioggia fredda ci inzuppava mentre lo tenevo stretto, cullandolo, sussurrandogli all'orecchio: «Sei una brava persona. Ti amo. Niente di quello che mi dirai mi farà smettere di amarti.»

«Mi odio.»

«Ti amo.»

«Mi odio tanto.»

«Ti amo.» E più lui affermava di disprezzarsi, più io rimarcavo il mio amore.

Alla fine mi permise di accompagnarlo al pick-up. Dopo averlo aiutato a salire sul sedile del passeggero, mi misi al posto di guida.

Il viaggio di ritorno a casa mia fu perlopiù silenzioso. Minty si soffiò il naso in alcuni tovaglioli da fast food che aveva messo nel cruscotto, ma non disse altro.

Anch'io non sapevo cosa dire. Ero in una situazione disastrosa, ma ormai non c'era altro da fare che imparare a nuotare in tandem, perché dovevo evitare che Minty andasse a fondo.

Solo che non sapevo come fare.

La risposta mi arrivò quando giungemmo a casa. Dopo aver tolto le scarpe e le giacche, Minty aprì la porta del dungeon. All'inizio quasi protestai. Ero bagnato ed esausto. Lui era fradicio e svuotato. Ma quando mi guardò con la disperazione negli occhi, capii che dirgli di no sarebbe stata la cosa più sbagliata da fare.

«Togliti i vestiti,» dissi. «Piegali. Inginocchiati per me nel seminterrato.»

Minty annuì e iniziò a scendere le scale.

Mi sedetti sulla scala che portava alla mia stanza, inspirai ed espirai lentamente. Dovevo fare le cose per bene. Non potevo rovinare tutto.

Era la cosa più importante che avessi mai fatto in vita mia e non ero assolutamente preparato.

Capitolo 26

Minty

«L A TUA PAROLA di sicurezza è barboncino,» insisté Luke, tirandomi i capelli. «Se la tua bocca è occupata, schiocca le dita se vuoi smettere.»

«Sì, signore,» sussurrai. Era la prima cosa che dicevo da quando Luke mi aveva rimesso nell'abitacolo del mio pick-up, bagnato fradicio per la pioggia.

Non sapevo cosa avesse in mente, ma avevo pensato a ciò di cui avevo necessità per tutto il viaggio verso casa. Dovevo uscire dalla mia pelle, dalla mia mente, e avevo bisogno di Luke per farlo. Il richiamo di Kyle, con la sua implacabile brutalità, mi allettava. Ma sapevo che se me ne fossi andato, se fossi andato da Kyle, lo avrei incitato al punto che avrebbe potuto uccidermi.

Se era anche solo un po' vero che Luke mi amava ancora, anche se ero un mostro disgustoso, allora volevo vivere. Volevo scoprire cosa avremmo potuto avere insieme. Dovevo uscire dalla mia testa in quel momento. Un po' di ecstasy sarebbe stata d'aiuto. Anche un po' di erba, di alcol o di GHB avrebbero attenuato le emozioni. Ma, a parte quei supporti, il dolore era l'unica cosa che avrebbe potuto soddisfare la mia urgenza di sfuggire al disgusto per me stesso.

In effetti, il dolore forse era la migliore delle opzioni. Urlando sotto le frustate di Luke, sarei stato libero e avrei ottenuto proprio quello che mi meritavo.

«Vieni qui,» disse Luke, spostandomi dalla mia posizione inginocchiata con la mano tra i capelli.

La sua voce era calma. Non c'era eccitazione, né desiderio o calore. Non mi dispiaceva. Non ero nemmeno duro. Mi abbracciò, e io mi aggrappai a lui. Il suo maglione sfiorava il mio petto nudo. La patta dei suoi jeans sfregava contro il mio addome e il mio cazzo flaccido.

Mi misi in punta di piedi per appoggiare il mento sulla sua spalla. Respirammo insieme. Si piegò per baciarmi il collo e poi mi spinse via. «Sali sul cavallo.»

Era così che Luke chiamava l'aggeggio di legno e pelle che consisteva in un pezzo centrale di legno per sorreggere la parte superiore del mio corpo, un cuscino per il viso con dei fori come quelli che avevo visto sui lettini da massaggio in TV e quattro ulteriori supporti di pelle che tenevano i gomiti e le ginocchia. Una volta sul "cavallo", ero essenzialmente a quattro zampe a mezz'aria, con il culo in bella mostra nella posizione perfetta per sculacciarmi o scoparmi. C'erano fibbie che mi avvolgevano la vita e altre che mi assicuravano le braccia e le gambe.

Lo avevo "cavalcato" solo una volta, il mese precedente, dopo una notte di titillamenti. Allora aveva usato un frustino su di me, un'esperienza intensa ma divertente.

Non credevo che esistesse un potere al mondo in grado di rendere divertente la notte in corso, ma non era comunque quello di cui avevo bisogno. Cercavo invece un modo per eliminare i ricordi dalla mia mente, per strappare dal mio corpo quella sensazione orribile, vuota e disgustosa, per ripulirmi dentro e fuori.

Ma non c'era modo di fare nemmeno quello.

Come unica alternativa, restava il dolore capace di stordirmi.

«Bravo ragazzo,» mormorò Luke mentre finiva di allacciarmi al cavallo in modo che non potessi muovermi. Volevo protestare per le sue lodi, ma tenni la bocca chiusa. Ero lì per soffrire, no? Quindi avrei subìto anche le sue lodi. Avrei lasciato che le sue parole d'amore mi facessero a pezzi.

La mia faccia premeva contro la ciambella di cuoio del poggiatesta mentre fissavo il cemento grigio e liscio sotto di me. Avevo la bocca serrata per non esprimere la vergogna che ancora mi devastava.

Luke afferrò e rilasciò le mie natiche, mi palpò la schiena e le cosce, e poi il suo tocco sparì. Il rumore dei suoi passi si diresse verso la parete, da cui avrebbe scelto lo strumento adatto a infliggermi sofferenza.

Mentre indugiava nel fare una scelta, mi coprii di sudore freddo. Il terrore e l'attesa si accumulavano nelle mie viscere. Saggiai le cinghie, che si mantennero salde.

Non potevo muovermi. Non potevo scappare. Ero in trappola: non c'era modo di reagire, né di scappare. Quello era ciò che avevo chiesto, ciò di cui avevo bisogno, ma ora che ero bloccato, mi chiedevo se farsi pestare da Kyle non potesse essere meno spaventoso. Se non altro perché potevo respingere, resistere di tanto in tanto, succhiargli il cazzo nonostante lo odiasse, farlo venire come un vulcano, prendere il controllo. Diventare un dio.

Lì, sul cavallo di Luke, ero Mitchell. Impotente. Senza alcun potere. Tenuto a freno. In procinto di subire qualsiasi cosa Luke mi propinasse, che mi piacesse o meno. Ero il me stesso che ero stato la prima volta sul divano. Quando avevo pianto e implorato mio padre di smettere. Ero il me stesso che era stato preso con la violenza.

Finché non avevo reclamato il comando.

Ma come potevo prendere in mano la situazione, quando l'uomo che stava per causarmi un dolore intenso non si lasciava provocare? Quando dovevo scegliere se trovare un modo per godere...

Sei appena venuto, brutta troia del cazzo? era ciò che mi aveva ringhiato mio padre quando mi aveva sentito venire su tutto il divano.

Oppure potevo sprofondare nella sofferenza brutale e accettarla.

Perché non c'era alcuno spiraglio nell'armatura di Luke che io potessi manipolare. Era un dominatore. Un sadico. Gli piaceva quando soffrivo. Era una cosa perversa a modo suo, vero? Che razza di stronzo si eccitava a fare del male agli altri? Qual era il suo trauma, in ogni caso? E perché non avevo mai pensato di fare questa domanda prima? Se lo avessi fatto, avrei potuto usare quell'informazione per...

Luke mi afferrò la natica sinistra e la strinse. «Ricorda, Mitchell. La tua parola di sicurezza è *barboncino*.»

Annuii rigidamente. Ormai conoscevo la mia safeword. Perché insisteva a ripassarla ogni volta? Cristo. Avrei voluto maledirlo per l'inutile richiamo, essere il sub più impertinente e rabbioso che avesse mai affrontato, ma la mia gola era troppo stretta per parlare.

«Stasera mi chiamerai signore.» La voce di Luke si abbassò, grondava controllo. «Dillo.»

«Sì, signore,» risposi, sforzandomi per superare la stretta in gola. La parola mi sembrava fuoco in bocca.

«Ancora.»

«Sì, signore.» Sputai sul pavimento, cercando di liberarmi del ricordo di come era stato avere sulla lingua lo sperma di mio padre prima di alzarmi e sputarglielo su quella cazzo di faccia sudata.

«Ripetilo.»

«Sì, signore.»

«Ora ti farò uscire di testa.»

«Per favore.»

Il suono del fruscio fu il primo avvertimento, ma non bastò a prepararmi. Una fitta pungente di angoscia fu seguita da un forte dolore, che mi fece tendere con forza contro le cinghie. Bloccato, flettei le dita delle mani e dei piedi, cercando di trattenere l'urlo di shock. Ma mi sfuggì comunque. «Cazzo!»

«Sferza di gomma,» spiegò Luke con semplicità. «Brucia come l'inferno.»

Un colpo si abbatté di nuovo sul mio sedere con un tonfo pesante. Le code pungevano da matti. Gridai.

«Proprio così,» mi incoraggiò Luke. «Ti porterò lontano dalla tua bella testolina, tesoro. Tieni duro.»

Lottando con forza contro le cinghie, il panico si fece strada in me. Barboncino, barboncino, urlò la mia mente mentre il suono della frusta che volava nell'aria precedeva un'altra esplosione di dolore feroce e un profondo alone di calore. «Cazzo!»

Senza un'altra parola, Luke impose un ritmo costante. Il suono ondeggiante delle code che volavano e l'odore di gomma riempivano lo spazio a ogni sferzata. Era troppo intenso. Crollai rapidamente, urlando, piangendo, gridando e singhiozzando istericamente mentre strattonavo le cinghie.

Luke mi ricordava regolarmente: «Hai la tua parola di sicurezza.»

Scossi la testa, e l'orribile dolore ricominciò. Sembrava durare all'infinito. Non mi fece contare. Provai più volte a contare nella testa dopo una pausa, ma non riuscii ad andare oltre il tre prima di perdere il senso dello spazio e del tempo.

Un momento prima stavo resistendo, lottando con tutte le mie forze, come se ne andasse della mia stessa vita, e un momento dopo mi ero arreso. Del tutto. Ero crollato sul cavallo, piangendo in modo irrefrenabile mentre Luke continuava a percuotermi il culo con la frusta in modo lento e costante. La testa mi faceva male per via del naso che colava e per le lacrime che mi scendevano dagli occhi. Il pavimento sotto di me era bagnato.

La mia caduta nel subspace avvenne in modo brusco e improvviso. Una picchiata, e poi mi ritrovai a volare. Le endorfine invadevano i miei neuroni come ecstasy, sollevandomi in alto, nell'estasi. Il dolore era piacere, il dolore era beatitudine, l'agonia era paradiso. Ero dentro, un tutt'uno con esso, lo stavo cavalcando. Brividi di freddo mi esplosero sulla pelle e mugolai quando Luke lasciò cadere di nuovo il frustino.

Persi il contatto con il mondo.

Le sue mani sul mio culo dolorante mi dissero che era finita prima delle sue parole. «Hai fatto un ottimo lavoro, Mitchell. Hai preso bene le botte.» Luke mi massaggiò le natiche tremanti e infiammate. «È questo il bello di te, Mitchell. Sei forte.»

«Signore… Luke…» Balbettai quei termini, con la mente in subbuglio, il sedere in fiamme e il cuore pieno di un'emozione a cui non riuscivo a dare un nome. Era enorme, vasta e minacciava di schiacciarmi con il suo potere.

Mormorò un suono di assenso, aspettò un attimo per vedere se avrei usato la mia parola di sicurezza e poi continuò: «Ora ti slaccerò la cintura; voglio che tu ti alzi. Muoviti lentamente. La tua testa è ancora da un'altra parte.»

Non stava scherzando. Per poco non caddi dal cavallo, con i muscoli contemporaneamente rigidi e sciolti come gelatina, la mente che correva in una nuvola densa di sensazioni. Erano solo sensazioni fisiche? Erano anche emozioni? Erano *soprattutto* emozioni? Non riuscivo a capirlo. Mi avvolgevano ovattate, mi lasciavano confuso.

Mi faceva male la testa. Il muco che mi colava dal naso era disgustoso. Mi tremavano le ginocchia.

Luke mi strinse a sé e mi asciugò le lacrime e il naso. Mi baciò la fronte e mi sussurrò delle lodi mentre si abbassava per accarezzarmi il cazzo. Era duro. Ma come? Non lo avevo nemmeno notato durante l'intera fustigazione.

«Devi venire,» mormorò Luke. «Te la senti?»

Annuii.

«Va bene. Verrai, ma prima faremo qualcosa di diverso.»

Annuii di nuovo.

«C'è solo una regola.»

Gemetti e mi rannicchiai contro di lui. Il bruciore del culo e dei fianchi era ancora immenso, e rabbrividivo e gemevo mentre pulsava in me come un avvertimento. Era bello e terribile, ma non abbastanza. Perché dentro di me ero ancora il ragazzo che era venuto con il cazzo del padre nel culo, quello che gli aveva fatto un pompino, che aveva preso l'HIV e aveva lasciato che un bullo della confraternita gli rompesse un braccio, e…

«Ogni volta che ti vergogni, devi dire "Ti amo, Mitchell".» Luke mi baciò i capelli. «"Ti amo, Mitchell". Lo dirai ogni volta.»

«Va bene,» gracchiai. Avevo la gola secca per il pianto e le urla.

«Ti vergogni adesso?»

Annuii.

«Dillo.»

«Ti amo, Mitchell.» La mia voce era sommessa, e mi sentivo sciocco a dirlo, ma da qualche parte, nel profondo, mi sembrava che un me stesso ancora bambino mi avesse preso la mano e vi si fosse aggrappato. «Ti amo, Mitchell.»

«Bravo ragazzo. Stai facendo un ottimo lavoro.» Luke mi fece voltare, mi piegò sul cavallo e mi controllò il sedere. «Ti resteranno dei bei lividi. Nessuna rottura della pelle. Il dolore, però, persisterà.»

La mia pelle sembrava in fiamme e ogni spostamento mi faceva sentire un dolore più profondo nel tessuto muscolare.

Strofinò la mano sui miei fianchi. «Chi ti ha ridotto così?»

«Tu, signore.»

«Ogni volta che ti vergogni, ricorda come ti sei arreso, come hai rinunciato e ti sei lasciato andare. Ricorda come hai accolto la sofferenza e l'hai trasformata in qualcosa di straordinario. Sei potente. Sei forte.»

Gemetti.

Luke mi diede un colpo sul lato del fianco. Fu come una bomba di dolore che esplose nella mia mente. Gridai e mi aggrappai al bordo del cavallo, stordito e coperto di sudore.

Luke mi circondò la gola con una mano e mi tirò su, mozzandomi il respiro. «Dillo.»

«Ti amo, Mitchell.» Era poco più che un sospiro. Il mio uccello era ancora duro, sporgeva da me con una perla di fluido sulla punta. Sentivo l'aria fredda sull'inguine e il dolore ruvido dei jeans di Luke contro il mio sedere contuso.

«Bene.» Luke mi lasciò andare. «Questo diventerà tremendo, Mitchell. Sarà doloroso, ma non fisicamente. Nella tua testa.» Mi toccò il capo. «Nel tuo cuore.» Mi sfiorò la schiena. «Sei pronto?»

Strinsi i denti e annuii.

«Ricorda che hai una parola di sicurezza.»

Non riuscii a non alzare gli occhi al cielo. Se me lo avesse ripetuto un'altra volta… Immaginai di prenderlo a calci per la stanza, di colpirlo con i miei pugni, di fargli vedere cosa potevo fare, quanto ero potente, quanto mi trattenevo…

Luke spinse dentro di me, mi penetrò a secco. Urlai quando i suoi fianchi schiaffeggiarono le mie natiche doloranti, le mie dita che si aggrappavano al bordo del cavallo.

«Dillo,» comandò Luke, affondando in me.

«Ti amo, Mitchell,» gracchiai. Il mio culo ebbe uno spasmo intorno al suo cazzo.

Luke impostò un ritmo costante, tenendomi i fianchi mentre mi sbatteva dentro, implacabile. «Ancora.»

Scossi il sudore dagli occhi, ma dissi: «Ti amo, Mitchell.»

«Continua. Ancora. Non fermarti.»

«Ti amo, Mitchell. Ti amo. Ti amo, Mitchell.» Le mie gambe tremavano a ogni impatto contro la mia prostata, e il bordo dell'anello di muscoli bruciava per l'assenza di lubrificante o anche solo saliva.

Si chinò e mi sussurrò all'orecchio: «Sei venuto per tuo padre, Mitchell. Un orgasmo enorme. Hai goduto tanto. Ricordi?»

«Sì,» singhiozzai.

«Non potrai mai cancellarlo. Hai fatto venire anche lui. Ci sarà sempre una parte di te che ricorderà quanto forte ti è venuto dentro. Quanto è stato bello.»

Soffocai mentre la bile saliva di nuovo. L'incessante scopata di Luke mi fece tremare le gambe e poi, incredibilmente, fui proprio sul punto di venire. «Fermati.»

«Dillo.»

«No.»

«Minty,» sussurrò Luke. «Ti prego, dillo.»

«Ti amo, Mitchell.»

«Perché? Perché ami Mitchell? Dimmelo.»

«Lo amo perché…» La mia mente cercò le parole nella nebbia dell'adrenalina, del dolore e delle endorfine. Ne trovai alcune e le pronunciai. «Perché ci ha provato con tutte le sue forze. Perché ha vinto. Ha *vinto*, cazzo!»

«Ha fatto vedere a suo padre chi comanda, vero?»

«Sì. Amo me stesso. Amo Mitchell.»

Luke mi scopò più forte. Il suo respiro si spezzò. «Quando ti fai scopare da Kyle, ami Mitchell.»

«Lo amo.»

«Sei forte.»

«Era la parte più forte di me.»

«No,» sussurrò Luke, rallentando la scopata martellante. «La parte più forte di te sarà quella che incontreremo quando prendere le lodi non sarà una lotta. Quando quella vergogna non vivrà più nel tuo cuore.»

«Strappamela via. Falla sparire.» Mi artigliai il petto. «La odio. Voglio che se ne vada.»

«Dillo, tesoro.»

«Ti amo, Mitchell.» Grugnii, cercando di far sciogliere l'orribile ghiaccio che avevo attorno al cuore. «Ti amo.»

«Adesso verrai. Non per me. Non per lui. Ora verrai per te stesso.»

«Per me,» mormorai. Mi sentivo stordito. Le fatiche del pomeriggio e della serata stavano venendo a presentarmi il conto. La sofferenza fisica si mescolava con il dolore al petto e alla gola e io chiusi gli occhi, concentrandomi sul piacere del cazzo di Luke che si muoveva dentro di me. Mossi l'altra mano per masturbarmi.

Singhiozzai. Volevo essere purgato da tutto quanto. Volevo tornare a essere il vecchio Minty. Quello di prima dello stupro, o anche quello di prima della diagnosi di HIV...

Il ragazzo innamorato dell'amore. Che aveva creduto nel futuro. Che era riuscito a dimenticare di aver fatto un pompino a suo padre...

Come avevo fatto a dimenticarmene per giorni e mesi?

Come?

Sono disgustoso, sono...

«Ti amo, Mitchell!» gridai. Mi facevano male le palle e il culo. «Ti amo, Mitchell!»

«Sì,» gemette Luke. «Gridalo.»

«Ti amo! Ti amo!» Mentre mi sforzavo di raggiungere l'orgasmo, il mio cuore andava in frantumi, e piangevo come un bambino, eppure Luke non si arrendeva.

«Ama te stesso. Sei bravo. Sei meraviglioso, tesoro.» Fece scivolare il braccio intorno alla mia gola, trascinandomi contro il suo corpo, piegandomi la schiena come un arco. L'angolazione intensificò la sensazione sulla prostata. Il mio uccello grondava mentre lo accarezzavo più in fretta.

La vergogna si mescolava all'estasi; afferrai il braccio di Luke intorno al collo, lo strinsi per togliermi l'aria e venni. Gli occhi mi si rovesciarono all'indietro, balbettai in modo incoerente e tremai come se avessi una crisi epilettica.

L'orgasmo fu incredibile. Tutta la mia vergogna venne cancellata da un piacere accecante.

Ci accasciammo sul cavallo, entrambi ansanti e sudati. Alla fine Luke si sfilò, lasciando che lo sperma mi colasse sulle gambe. Mugolai quando mi fece raddrizzare, portandomi verso il letto e pulendomi con un panno.

Ero sprofondato in un luogo di pace. Anche quando ebbe lavato via lo sperma e il sudore, mormorando per tutto il tempo quanto fossi fantastico, io non ero in quella stanza.

Dopo avermi costretto a bere un bicchiere d'acqua, Luke mi rimboccò le coperte. Avrei voluto essere al piano di sopra, nella sua camera, ma il letto di sotto doveva bastare. Non avevo le forze per girarmi dall'altra parte, tantomeno per salire le scale.

Il mio sedere era indolenzito, ma Luke vi applicò della crema lenitiva. Restai girato su un fianco, con il braccio sotto il cuscino e la testa. Anche Luke era steso di lato, rivolto verso di me, e il suo sguardo abbracciava tutto.

«Stai bene?»

Annuii.

«Ho esagerato?»

Sbuffai una risata.

«Sto bene,» gli dissi.

«È servito?» Le sopracciglia si abbassarono, un'ombra passò nelle sue iridi.

«Credo di sì.» Era difficile esserne certi. Ero venuto, e la scarica di endorfine non mi avrebbe abbandonato per molto tempo. «Ora mi sento più stabile.»

«Sono contento.»

Gli presi la mano e me la portai alle labbra, baciando le dita.

«Ti amo,» disse Luke.

«Anch'io ti amo.»

Ci abbracciammo, respirando lentamente, lasciando che la stanchezza ci reclamasse. Luke si addormentò prima di me. Mi voltai tra le sue braccia e osservai il modo in cui il suo viso sembrava molto più giovane. Ogni preoccupazione e ogni ruga erano scomparse.

Rimasi su un fianco, respirando il suo respiro e guardando i suoi occhi muoversi dietro le palpebre morbide.

Quella sera aveva dato il massimo per me. Era andato più a fondo nell'oscurità di quanto probabilmente avesse mai voluto fare, e lo aveva fatto solo per me. Poteva essere un sadico, ma non gli piaceva giocare con il dolore psicologico, lo sapevo.

Credevo anche che mi amasse. Chi, se non un uomo innamorato, avrebbe intrapreso quel viaggio orribile con me? Solo per il mio bene?

Mi amava nonostante il mio animo devastato. E io amavo lui.

Lo amavo così tanto che non volevo ammettere ciò di cui mi ero reso conto mentre uscivo dal subspace quella sera. Non c'era modo di strapparmi da dentro quell'orrore. Proprio come l'HIV, lo stupro avrebbe fatto parte di me per sempre, inciso nelle mie cellule. Sapevo che sarebbe stato così dal momento in cui mio padre mi aveva infilato il cazzo dentro.

L'unico modo per sfuggire veramente alla vergogna era eliminarla. E l'unico modo per eliminarla era morire. E io non ero pronto a morire. Non ancora.

Parte IV

Capitolo 27

Luke

Dicembre 1991

«NON TI VEDIAMO da prima del giorno del Ringraziamento,» si lamentò mia madre, sbattendo i pezzi di carne macinata nella teglia del polpettone. Non era esattamente un rimprovero, ma una preoccupazione. Aveva saputo che avevo disdetto la visita da Betsy il fine settimana precedente. Era la prima volta che facevo una cosa del genere.

A Bets, però, non sembrava dispiacere. Era stata invitata ad andare in campeggio con la famiglia di Rodney per il fine settimana dopo il Ringraziamento e, dato che io non sarei andato da lei, era libera di accettare. Sembrava molto eccitata all'idea.

«Già. Mi dispiace. Il lavoro, sai com'è.»

Mi lanciò un'occhiata curiosa, ma non disse altro mentre continuava a infilare la carne nella teglia.

Mi appoggiai allo schienale della sedia della cucina e assunsi una posa disinvolta, sperando che la cosa finisse lì. Come potevo spiegarle che ero rimasto vicino a Minty, condividendo scene intense e momenti di intimità con lui invece che andare a trovare la mia famiglia? E soprattutto non potevo dirle che avevo scelto di andare ad Asheville e visitare la tenuta Biltmore, addobbata per le feste, con Minty e sua madre per il giorno del Ringraziamento, invece che tornare a casa a Johnson City per la festa.

Dopo quello che era successo durante la nostra visita alla roulotte di Nadine, non ero pronto a fargli trascorrere un'intera giornata da solo con quella donna. Minty aveva in qualche modo racimolato abbastanza soldi da pagare non solo i biglietti per l'enorme Biltmore House, ma anche il soggiorno in una camera d'albergo con due letti matrimoniali, servizio in camera e piscina coperta. Non avevo idea di come avesse fatto. Forse con altre rappresentazioni di Cream My Face?

Quando avevo detto a Minty che sarei andato con lui a Biltmore, non aveva protestato, il che mi aveva detto che non si sentiva ancora al sicuro con sua madre. Ma nessuno lo avrebbe mai detto dal suo atteggiamento quando eravamo arrivati a prenderla per la gita. Era stato un raggio di sole personificato, con gli occhi felici e il sorriso smagliante. Se non avessi saputo quanto fosse in crisi da quando aveva visto quella foto sulla parete di Nadine, avrei creduto a quella recita. Ma lo sapevo bene. Come il suo stile, il personaggio sciocco, spensierato e oltraggioso era uno strato di corazza sul suo cuore delicato e vulnerabile.

Dal canto suo, Nadine era proprio come lui. Allegra, dolce e piena di gratitudine per il dono del viaggio, si era comportata come se non fosse mai successo nulla. Ancora una volta, se non avessi saputo con certezza che aveva ancora quel divano macchiato nella roulotte, o se fossi riuscito in qualche modo a dimenticare che aveva incorniciato una foto dello stupratore di suo figlio, avrei pensato che fosse felice. E invece ero conscio che fosse come una bambina, spezzata, fragile e crudele senza volerlo.

La Biltmore House era stata, come previsto, un'esplosione di spirito pre-natalizio e il pasto allo Stable Restaurant era stato costoso, ma squisito. Avevo pagato con la mia carta di credito, nonostante le proteste di Minty, perché non avevo idea di come avesse pensato di coprire il conto. Forse pensava di poter entrare in cucina e convincere lo chef a lasciarlo pagare in natura? Forse aveva pensato di cenare e scappare? Non lo sapevo. Ma non avrei mai permesso che spendesse di più per sua madre. Se avessi pagato io, almeno avrei potuto dire a me stesso che era un regalo da parte mia a lui. Lei era solo un'accompagnatrice.

«Dov'è la tua mente, caro?» chiese mia madre nel presente. «Oggi sei da un'altra parte.»

Sospirai, passandomi una mano tra i capelli. «Oh, stavo solo pensando a un amico che sta avendo dei problemi.»

Si lavò le mani, mise il polpettone nel forno, impostò il timer e si sedette accanto a me a tavola. Mi toccò la guancia. «Puoi parlarmi di lui, sai. Anzi, vorrei che lo facessi.»

Mi irrigidii, ma lei mi afferrò il mento, così non potei allontanarmi. Incontrai il suo sguardo, con il cuore in gola.

«Ti prego, Luke. Parlami del tuo ragazzo.» Lasciò ricadere la mano.

«Oh.» Mi sentii stupido quando capii. Betsy doveva averglielo detto. Non sapevo perché non avevo considerato che avrebbe potuto farlo. Non le avevo mai detto esplicitamente di evitarlo, e lei e mia madre erano molto unite. Forse una parte di me voleva che fosse Betsy a dirglielo.

Mia madre sorrise, inclinando leggermente la testa. «Mi piacerebbe sentire parlare di lui da te. Betsy ne tesse le lodi. Dice che sembra un principe delle fate.»

Deglutii contro un groppo in gola. «Già.» La mia voce suonava ruvida.

Un sorriso le fece increspare gli angoli degli occhi. «Come si chiama?»

Ero sicuro che lo sapesse già. Betsy doveva averle detto anche quello, ma era giusto che lo sentisse da me. «Minty Arnold.» Feci una pausa. «Beh, Mitchell, in realtà. Ma lui preferisce farsi chiamare Minty. Gli dona.»

«Da quanto tempo lo frequenti?»

Feci due conti. «Da circa tre mesi.»

Lei trasse un piccolo respiro affannoso. «Pensavi che mi sarei arrabbiata?»

Il mio cuore affondò. Come potevo spiegare? C'erano così tante cose di Minty che erano… impegnative. Ci eravamo conosciuti in modo non convenzionale, perché lui stesso lo era. «No, mamma.» Sospirai. «Lui è…»

«Lui cosa?»

«Si trucca e si veste alla… moda. È molto…»

«Gay?»

Sbuffai. «Sgargiante. Direi che siamo ugualmente gay, visto che entrambi vogliamo fare sesso con gli uomini.»

Ignorò le mie battute grevi. «Pensavi che lo avrei giudicato o che non mi sarebbe piaciuto perché è così? Il mio parrucchiere è così, e mi sta benissimo.»

«Non è che pensassi che non ti sarebbe piaciuto, ma in passato hai avuto problemi con la mia omosessualità. Anche se io non sono… così.»

«So che è chiedere molto, ma vorrei che mi perdonassi per il passato.»

«L'ho già fatto. Ma lui è molto più effeminato di me, e non voglio chiedergli di cambiare. Mi piace com'è. Se venisse qui vestito in boy-drag…»

«Boy-drag?»

«Come lo chiama lui quando deve vestirsi da ragazzo per soddisfare le aspettative della società. Non è che indossi sempre e solo abiti femminili. Ma di solito aggiunge almeno un tocco di qualcosa di frivolo.»

«È transessuale?»

«No. Credo che si trovi nel mezzo. Gli piace essere un ragazzo. Ma se venisse qui vestito in jeans e camicia…» Scossi la testa. «Sarebbe sbagliato per lui.»

«Capisco.» Mi strinse di nuovo le dita. «Sarebbe come chiedergli di mentire su se stesso. In quel caso non incontrerei nemmeno Minty, no? Incontrerei una maschera.»

Emisi un lento respiro. «Sì.»

Lo aveva capito. E io l'avevo sottovalutata. Perché? Certo, all'inizio aveva reagito male al mio coming out, ma a dire il vero non aveva mai saputo dell'esistenza dei gay fino ai vent'anni. Era cresciuta isolata, nella sua piccola città in Arkansas. E quando aveva scoperto il concetto stesso di omosessualità, nessuno le aveva detto che non era una cosa terribile.

E almeno non lo era. Fino all'AIDS.

Scacciai quel pensiero. Non le avrei detto della mia diagnosi. Né in quel momento né, speravo, mai.

«Voglio davvero conoscere questo giovane. Non mi interessa come è vestito o come si comporta.»

Abbassai la testa. «Va bene.»

«Raccontami qualcosa di lui.»

«È incredibile.»

Sorrise. «Deve esserlo per aver catturato il tuo cuore. So che sei uscito a lungo con quell'altro ragazzo, Benji, giusto? Lo hai nominato una o due volte, ma non sembrava mai una cosa seria.»

«Non lo era. Non in questo modo, comunque.» Mi schiarii la gola. «Sono innamorato.»

Le labbra di mia madre tremarono, ma non disse nulla, si limitò ad annuire.

«Allora, ti piacerebbe davvero conoscerlo?»

«Sì, molto.»

«Non credo che papà sia in grado di gestirlo. Si comporterebbe da stronzo e Minty non merita di essere trattato così. Nemmeno io lo sopporterei, non quando lui è con me.»

Avevo sempre voluto che Minty si sentisse al sicuro in mia presenza. A meno che non preferisse abusi e umiliazione in un contesto completamente consensuale come quello nel mio dungeon.

«Capisco, è ovvio che tu voglia proteggerlo.»

Annuii.

«Ma non devi proteggerlo da me. Io gli vorrò bene. Te lo prometto.»

«Non lo hai mai incontrato. Come puoi promettere una cosa del genere?»

«Perché tu lo ami, Luke. Cos'altro potrei provare per un giovane che fa sciogliere il cuore del mio ragazzo?»

Le diedi un abbraccio, che fu imbarazzante e scomodo per il fatto di essere entrambi seduti sulle sedie di legno della cucina, ma quando si ritrasse, sussurrò: «Oh, ma guardati,» e mi passò le dita sulle guance. Non mi ero accorto che mi fosse scesa qualche lacrima. «Tesoro mio. Mi dispiace di averti fatto credere che dovessi tenermelo nascosto.»

Lo avevo fatto, vero? Avevo pensato che non sarebbe stata in grado di accettare Minty così com'era. Certo, non lo aveva ancora visto. Non aveva ancora assistito alla sua camminata ancheggiante, né al suo sorriso rosa fragola, con tanto di lucidalabbra, né al suo tutù. Ma, nel profondo, sapevo di averla giudicata male.

Si raddrizzò e sospirò, guardando il timer del forno. «Tuo padre è un'altra storia. Hai ragione. Non sarà gentile.»

«Non lo è nemmeno con me.»

«No.» Trasalì e si sistemò una ciocca di capelli brizzolati dietro l'orecchio. «E neanche con me.» Sospirò. «Quando l'ho sposato, ho promesso nella buona e nella cattiva sorte...»

Mi avvicinai di nuovo alla sua mano, ma lei non me la diede. Invece, fissò il soffitto e parlò a lui invece che a me. «So che questa è la *cattiva sorte* dei nostri voti, ma non credo che li avrei mai pronunciati se avessi saputo esattamente a cosa sarei andata incontro. È sempre stato difficile. Esigente. Critico. Ma c'era tanta dolcezza a compensare tutto questo. Ora...»

«Mamma...»

Con un sospiro, come se stesse per dire qualcosa che aveva trattenuto a lungo, proseguì: «Voglio metterlo in una casa di riposo. Ho fatto i conti: se Betsy tornasse a vivere con me, potremmo usare i fondi che versiamo a Riverwoods per mantenere tuo padre in una struttura di assistenza residenziale.»

«Betsy non lo accetterà. Ama vivere lontano da casa. E ora c'è Rodney.»

Mia madre annuì. «Lo so, ma non possiamo permetterci entrambe le cose.» Portò il suo sguardo sul mio. Il dolore che vidi nei suoi occhi mi fece male al petto. «Per quanto possa sembrare egoista, non ce la faccio più. Non posso continuare a vivere con lui. Non è l'uomo che ho sposato e so che non è colpa sua. Ma questo significa che devo vivere con gli abusi che mi fa subire? Le cose orribili che dice sui miei amici, su mia madre, su mia figlia, su mio figlio?»

Feci una smorfia. «No. Non dovresti sopportarlo, mamma.»

«Anche se dovrei, non posso più farlo. Non ho più la volontà né l'amore. Se fosse ancora un po' gentile... Ma così com'è, mi sento in colpa ad affidarlo alle cure delle povere infermiere della casa di riposo. Chissà cosa dirà loro? Come le tratterà? Ma mi sto spezzando dentro, Luke. Non ce la faccio più.» Si alzò e andò alla scrivania incassata nella parete accanto alla porta della cucina. «Ho già chiesto informazioni sulla struttura.»

Presi gli opuscoli dalle sue mani quando tornò a sedersi al tavolo. Il primo aveva il logo Shield's Senior Care sulla prima pagina. Lo aprii per vedere foto di infermiere sorridenti che si chinavano su uomini e donne anziani, aggiustando loro le coperte o misurando loro la febbre. Sapevo che la realtà sarebbe stata meno rosea di così. «Quando lo dirai a Betsy?»

«Quando andrò a prenderla per le vacanze di Natale. Dovrò spiegarle che non tornerà indietro. Dovremo anche impacchettare le sue cose.»

Il mio stomaco si contorse. Betsy di solito trascorreva due settimane con noi a Natale e le piaceva sempre tornare a Riverwoods. «Le si spezzerà il cuore.»

«Lo so.» Mia madre si mordicchiò il labbro inferiore. «Però sta peggiorando.»

«Nel senso che sta diventando violento?»

Annuì, tirando su la manica destra per mostrare l'impronta di un livido sull'avambraccio. «È successo perché ho tardato a portargli il ketchup per la bistecca. Avevo paura che mi desse un pugno. Ma lui...»

«Stai parlando di nuovo di me?» La voce rovinata di mio padre rimbombò nella stanza. «Mente. Dice a tutte le sue amiche di merda che le ho fatto del male. Stronza.»

Si avvicinò con il suo deambulatore, con la parte destra del viso cascante come al solito. Il danno ai muscoli facciali aggiungeva un'imprecisione alle sue parole che lo faceva sembrare ubriaco anche se non lo era. Eppure, si comportava come tale. L'ictus aveva cancellato ogni vergogna o paura, lasciando solo il pregiudizio e il disprezzo.

«Richard, perché non mangi davanti alla TV stasera? Giocano i Bulls.»

«Fanculo i Bulls. Dov'è la cena?»

«In forno.»

Lui la guardò, si girò verso di me e fece una smorfia. «Sei qui? Ricchione del cazzo. Dovresti essere già morto. L'AIDS non sta lavorando abbastanza.»

Strinsi i denti, cercando di trattenere le parole che minacciavano di uscire.

Mia madre si alzò con le guance arrossate e i pugni stretti al fianco. «Esci subito da questa cucina.»

«Che cosa hai intenzione di fare?» Mio padre sogghignò. «Vuoi provare a spostarmi? Mi piacerebbe vederti provare.»

Mia madre diede un calcio alla sedia, tanto da farla ribaltare, prima di afferrare il suo deambulatore in un modo che mi fece pensare che volesse strapparglielo dalle mani e lasciarlo cadere a terra. Invece, si chinò verso il suo viso. «Mi sto liberando di te. Dio mi perdoni, ma non vivrò con te un'altra settimana.»

Mio padre si sporse in avanti e le tirò una testata. Mia madre gridò e cadde sul pavimento della cucina, e io balzai in piedi, correndo da lei.

«Ma che cazzo!» urlai a mio padre. «Chi diavolo ti credi di essere?»

Lui mi guardò, poi si girò e uscì dalla stanza arrancando con il suo deambulatore, imprecando e borbottando sottovoce.

«Mamma,» sussultai, tirandola su. «Stai bene?»

Si sfregò la fronte, dove potevo vedere gonfiarsi un bernoccolo. Probabilmente anche mio padre ne aveva uno, ma non me ne fregava niente. Speravo gli venisse un altro ictus. Forse avrebbe posto fine alla sua e alla nostra infelicità.

Mia madre mormorò: «No, non sto bene.»

«Aspetta lì. Chiamo il 911…»

«No, la mia testa è a posto. È tutto il resto. Ora hai visto com'è la situazione.» Scoppiò a piangere. «Non posso sopportarlo per un altro giorno.»

La fissai negli occhi e capii che era la verità. Stava passando più di quanto potesse sopportare e quello era il suo modo di ammettere che era disperata. «Non preoccuparti, mamma. Non ti lascerò finché non avrò risolto questo problema.»

Si accasciò tra le mie braccia, singhiozzando. «Non so più cosa fare.»

«Lo so, lo so. Allora lascia che ci pensi io.»

Neanche io sapevo cosa diavolo fare, ma una cosa era certa. Non avrei mai più lasciato mia madre da sola con quell'uomo che indossava il volto di mio padre. Sarei rimasto con lei finché non gli avessimo assicurato un posto nella struttura per anziani. Non importava quanto tempo ci sarebbe voluto.

Ma che dire di Minty?

Non poteva raggiungermi. Non sarebbe stato al sicuro.

Non prima che mio padre se ne fosse andato.

Dovevo fidarmi che si prendesse cura di sé. Lo stomaco mi si rivoltò per l'ansia e mi strinsi di più a mia madre, accarezzandole i capelli.

Minty

«PUOI STARE DA me quanto vuoi,» aveva detto Luke quasi una settimana prima.

Ora mi trovavo da solo nel suo dungeon, con le braccia avvolte intorno alla vita, lo sguardo che si spostava da uno strumento all'altro, a una gabbia, a una sedia, a un letto. Ripensai nella mia testa a quella prima breve e tesa conversazione. Era iniziata abbastanza bene.

«Ehi, tesoro, sono contento che tu abbia risposto.»

«Stavo per non farlo, ma ho pensato che potessi essere tu. È tutto a posto? Sei in ritardo.»

«In realtà c'è un problema. Non rincaserò per un po', una settimana o più. Devo restare qui a Johnson City con mia madre.»

«Perché?»

«C'è un problema con mio padre.»

«Sta bene?»

«No, e da molto tempo. Ma non preoccuparti. Posso occuparmene io.»

Avrei dovuto farglielo notare. Avrei dovuto chiedere perché lui poteva occuparsi delle cose da solo, mentre io dovevo spogliarmi, strozzarmi con il suo cazzo e urlare quanto mi amavo mentre lui mi scopava e mi umiliava. Ma nella mia confusione, mi ero ritrovato a dire...

«Okay. Posso venire ad aiutare?»

«No.» Lo aveva detto troppo in fretta, come se temesse un mio coinvolgimento.

«Perché no?»

«Credimi, tesoro, non c'è niente che tu possa fare. Quello che vorrei è che tu fossi forte per me, d'accordo? Vai a lezione, prenditi cura di te. Fai più kickboxing o jujitsu...»

«Aikido.»

«Sì, e... Per favore, Minty. Fai il bravo, tesoro. Va bene?»

Fai il bravo.

Cosa aveva voluto dire? Lo sapevo, ovviamente. Non andare a farmi scopare e picchiare da Kyle. Il fatto che avesse ancora paura che lo facessi, anche dopo tutto quello che avevamo condiviso, era...

Avrebbe dovuto essere un insulto, ma dimostrava solo che non gli avevo ancora provato ciò che ero davvero.

Da quella telefonata avevamo parlato quasi tutte le sere, ma sempre in modo frettoloso e sommario, perché il costo dell'interurbana ci costringeva a essere brevi.

Mi avvicinai alla croce di Sant'Andrea, toccai il legno, ricordai come mi ero sentito ad essere legato lì mentre lui brandiva la frusta.

Cristo, mi serviva in quel momento. Ne avevo bisogno. La mia mente continuava a tornare al giorno precedente, quando ero nel mio dormitorio, e avevo premuto play su...

Ma no. Non volevo pensarci.

Durante la nostra ultima telefonata, proprio la sera prima, ero rannicchiato sul mio lato preferito del suo divano, accoccolato con la morbida coperta che spesso usava durante l'aftercare. Come al solito, non aveva tempo per parlare.

«Tesoro, mi dispiace, ma stasera qui la situazione è intensa. Non è un buon momento per parlare. Quindi, lascia che ti ripeta che, come tuo Dom, questi sono i tuoi ordini: mangia, vai a lezione, prenditi cura di te. Non deludermi. Ti chiamo domani.»

Quella conversazione succinta mi aveva fatto girare la testa. «Sì, signore.»

«Grazie. Ti amo.»

E poi aveva riattaccato.

Passai le mani sulla croce e sbuffai. Avevo reagito al tono di dominio della sua voce come un sub debole e senza spina dorsale. Non ero stato impertinente. Ciò gli avrebbe dovuto rivelare come stavo.

Se fossi stato in uno status mentale migliore, non mi sarei sentito ferito dal fatto che lui avesse una vita che non fosse tutta coccole e attenzioni per me. Se mi fossi trovato in una situazione peggiore, forse sarei stato crudele e avrei insistito: «E io? E i miei bisogni?»

Perché ne avevo.

Grandi. Soprattutto in quel momento.

Il dungeon era silenzioso. Sentivo il mio stesso respiro e il battito del cuore nelle orecchie. Mi avvicinai al letto e mi sedetti; lo sguardo si posò sulla gabbia appoggiata sul pavimento.

Mi mordicchiai il labbro inferiore.

Per ordine di Luke, avevo frequentato regolarmente tutte le lezioni. Stare al campus non era più come prima. Prima della diagnosi, avevo adorato essere uno studente. Ogni giorno era una nuova avventura: chi avrei visto, cosa avrei indossato, con chi avrei scopato e cosa avrei imparato.

Ma ora il campus era una sfilata di dolore o di tentazioni. Ovunque guardassi c'era qualcosa che mi ricordava cose che volevo dimenticare. C'era l'Health Center, dove avevo appreso che la mia vita sarebbe stata molto breve e del tutto inutile, e il bagno dove una volta avevo lasciato che Kyle mi scopasse come una bambola di pezza mentre Peter aspettava ansioso fuori. C'era il laboratorio di biologia, dove mi ero dissociato invece di prendere appunti una settimana dopo il probabile stupro con Kyle, e c'era la casa della confraternita dove mi aveva rotto un braccio lo stesso giorno in cui avevo succhiato l'uccello a mio padre.

Tutti quei luoghi mi ricordavano la vergogna che era diventata parte integrante di me.

Infilai la mano nella tasca dei jeans, toccando il bordo del foglio di carta ripiegato che avevo stampato quella mattina nel reparto microfiche della biblioteca universitaria. Era un articolo su Tamara Elise Allen, l'adolescente che mio padre aveva violentato. Aveva corti capelli biondi, e mi assomigliava più di quanto potessi sopportare.

Nella foto, scattata fuori dal tribunale subito dopo la sentenza, appariva distrutta. Capivo come si sentiva. La giustizia non era mai stata soddisfacente come si sperava, e non cancellava mai il danno fatto.

Sapevo che non avrei dovuto cercare informazioni sul processo. Non avevo nemmeno intenzione di farlo. Ma tra una lezione e l'altra, evitavo i miei vecchi punti di ritrovo e cercavo un posto nuovo da frequentare, privo di demoni. Ero andato in biblioteca, pensando di incontrare Peter o Barry che stavano facendo il turno. Avrei potuto passare un po' di tempo con loro.

Invece, mi ero fermato davanti al reparto microfiche.

I miei piedi si erano mossi di loro spontanea volontà, e quando avevo chiesto una copia di un qualsiasi giornale del Tennessee che parlasse di un recente processo che coinvolgeva Ronnie Arnold, la mia voce era sembrata provenire da un altro mondo.

La bibliotecaria ci aveva messo solo una decina di minuti per trovare ciò che avevo richiesto e, mentre mi sedevo alla macchina, muovendo il mirino sui vari articoli, il mio stomaco si era rivoltato.

L'adolescente ha testimoniato che il suo patrigno, il quarantu-

nenne Ronnie Arnold, l'ha costretta a una relazione fisica con-
tinua...

Il signor Arnold ha insistito sul fatto che il rapporto era
consensuale e soddisfacente per entrambi...

La signorina Allen piangeva mentre descriveva il primo
stupro a opera del signor Arnold, subìto all'età di soli tredici
anni...

Mi ero sentito stordito e nauseato, ma avevo stampato l'ultimo articolo che riportava i dettagli della sentenza e mostrava Tamara che usciva dal tribunale. La didascalia sotto la foto recitava: *"Dopo nove ore di brutale controinterrogatorio da parte della difesa, la giuria dopo soli venti minuti di delibera ha comunicato alla signorina Allen e ai suoi genitori la colpevolezza dell'imputato."*

Sembrava devastata.

E lo sarebbe stata, in qualche modo, da quel momento in poi. Mi ero trovato nei suoi panni, a percorrere le scale del tribunale da presunto vincitore, ma in realtà da perdente eterno. Non c'era modo di vincere quando l'uomo che chiamavi papà ti toglieva l'innocenza. Anche quando avevo rivendicato il mio potere durante lo stupro, non avevo *vinto*. Ero, come aveva detto Luke, sopravvissuto.

E da quel giorno non avevo fatto altro.

Ogni fantasia d'amore, ogni sorriso raggiante, ogni riga di cocaina, ogni trip da acido, ogni scopata brutale da parte di Kyle... tutto era stato solo sopravvivenza. Niente di più.

La mia diagnosi di HIV aveva rivelato la verità su di me: ero una facciata di lustrini e allegria intorno a un nucleo di disperazione vuoto che poteva essere riempito solo con il dolore e con perverse affermazioni di potere. Tutto il resto era solo vuoto.

E se l'incontro con Luke e la permanenza con lui negli ultimi mesi fossero stati la parte migliore della mia vita? E se da lì in poi tutto fosse andato a rotoli? Era inevitabile. Lui si sarebbe ammalato, o io, e poi? Non sarebbe stato meglio andarsene in un tripudio di estasi mentre mi sentivo ancora fisicamente sano?

Scossi la testa, pensando al modo dolce in cui Luke mi aveva abbracciato il giorno del Ringraziamento. Ci eravamo accoccolati nel letto matrimoniale di quella costosa e lussuosa stanza d'albergo mentre mia madre dormiva a pochi metri di distanza. Mi ero sentito al sicuro.

Mi costrinsi a ricordare anche tutto il divertimento che avevamo avuto alla Biltmore House. Per tutto il giorno avevo fatto finta che non stessimo morendo, che un posto come quella stupefacente villa potesse essere il nostro futuro, che potessimo diventare dei re e vivere in una tenuta favolosa, e che saremmo stati felici per sempre.

Ma nulla di tutto ciò era vero.

Ero uno studente, e presto sarei morto.

Aprii la pagina stampata della microfiche e guardai la foto accanto a quella di Tamara. Mio padre. Mani dietro la schiena, una guardia che lo conduceva fuori dall'aula, eppure non sembrava vergognarsi. Si era mai vergognato? No. Non quando mi aveva violentato, non quando era andato in prigione la prima volta, non quando era tornato e aveva preteso che io…

Chiusi gli occhi. Ricordai il peso del suo cazzo in bocca.

Avevo bisogno del dolore per bloccarlo. Avevo bisogno di Luke.

Negli ultimi giorni, ogni volta che tornavo nella mia stanza per riposare tra una lezione e l'altra, trovavo messaggi di Kyle nella segreteria telefonica. Quando voleva, ci sapeva fare con le parole. Mi aveva spiegato nei minimi dettagli come, nonostante il mio stato di sieropositività, volesse ancora soffocarmi e riempirmi con il suo sperma.

Avrei dovuto parlarne a Luke, ma non lo avevo fatto. Avevo paura che insistesse affinché resistessi in qualche modo, come portare i nastri alla polizia o sporgere denuncia.

Avrei dovuto cancellare quei messaggi, ma non lo avevo fatto.

Non ci ero riuscito.

Ogni parola era oscura e perversa, e non riuscivo a lasciarla andare. Kyle era il coltello che tenevo pronto da usare in qualsiasi momento. Poteva tagliare via da me gli orribili ricordi di mio padre e togliere tutta la vergogna dalla mia mente una volta per tutte.

Dovevo solo abbandonarmi a lui…

Senza Luke, Kyle gocciolava nella mia testa come una specie di miele avvelenato che mi prometteva una liberazione permanente. Ogni volta che ricordavo la mia diagnosi, ogni volta che pensavo a mio padre, ogni volta che guardavo il pezzo di carta con il suo volto e quello di lei, uno accanto all'altro sulla pagina, quella fiamma di vergogna mi lambiva di nuovo il lato del viso e pensavo a ciò che Kyle aveva da offrire. Il dolore. L'oblio. La morte.

Perché credevo ancora che Kyle fosse in grado di uccidermi. Lui era la mia via d'uscita. Se mi fossi ammalato, se avessi iniziato a mostrare i segni dell'AIDS, allora andarmene con le mani di Kyle intorno al collo sarebbe stato…

No.

Mi costrinsi a rinunciare di nuovo a quel pensiero. Sarebbe stato molto più facile se Luke fosse stato lì a distrarmi. Non era necessario che usasse gli strumenti del dungeon. Poteva essere qualcosa di dolce e semplice, come i biscotti al cioccolato o un film di Tom Cruise sulla TV via cavo. Non importava. In presenza di Luke, alla luce del suo amore, potevo spegnere tutto. Ma da solo? Il mio dolore infuriava.

Mi avvicinai alla gabbia, mi accovacciai, ci entrai all'indietro e chiusi la porta dietro di me. Non c'era modo di chiuderla, ma se fossi rimasto lì, sarei stato al sicuro da me stesso.

Appoggiando la testa alle sbarre, sospirai. Wow, ero proprio un disastro, e Luke si meritava molto di più di me.

Avrei voluto essere più simile a Peter, a Daniel, o, diamine, anche a Windy. Si stava divertendo a imparare le basi del D/s con

Ryan, l'amico di Luke, e non aveva alcuna angoscia al riguardo. Gli piaceva solo far implorare Ryan, e a quest'ultimo piaceva implorare per lui. Perché la mia vita non poteva essere così semplice? Perché non potevo avere dei piccoli e pittoreschi bisogni sadomaso?

Dei sussurri mi rimbombavano nella mente: *Stupida troia. Luke non aveva un'emergenza familiare da affrontare; voleva solo allontanarsi da te e dalle tue richieste dementi e perverse.*

Rimasi nella gabbia finché il mio corpo me lo permise, ma alla fine le ginocchia doloranti e l'ansia che mi rodeva lo stomaco ebbero la meglio. Ne uscii strisciando. Immediatamente, la solitudine e l'amaro dolore mi attraversarono.

Controllai l'orologio per vedere se Sensei Kato o Sensei Junior avessero ancora lezione, ma erano quasi le dieci di sera, era troppo tardi.

Con mani tremanti, mi convinsi a fare qualcosa che non mi ero mai permesso prima: decisi di chiamare Luke. Mi avviai verso le scale, ma mi fermai. E se non avesse voluto sentirmi? No. Era una cosa stupida. Lui mi amava. Forse non ero in grado di sentirlo in quel momento, ma mi amava. Lo sapevo come sapevo che il mio nome era Mitchell.

Ti amo, Mitchell.

La mia stessa voce mi riecheggiò in testa, e guardai verso il cavallo dove mi aveva fatto urlare quelle parole mentre mi scopava.

«Ti amo, Mitchell,» affermai ad alta voce, strofinando le mani su e giù per le braccia, mentre il freddo del seminterrato si faceva sentire. Di solito, quando ero lì sotto, tutto tra noi era così bollente che non avevo mai freddo.

«Ti amo, Mitchell!» gridai, cercando di far affondare le parole come un marchio, come se potessero bruciare l'oscurità dentro di me. Feci un respiro profondo e mi lasciai andare a un urlo. Riempì l'intero spazio. Poi ci riprovai. «Ti amo, Mitchell. Per l'amor di Dio, piccolo stronzo, ti amo.»

Mi misi a ridere. Ero abbastanza sicuro che non avrei dovuto parlare a me stesso in quel modo. Se Luke fosse stato con me, mi avrebbe rimproverato, forse anche frustato, e non sarebbe stato fantastico?

Un attimo...

Ero fuori di testa? Stavo impazzendo?

O era successo tanto tempo prima? Quel giorno con mio padre, quando mi ero inginocchiato e avevo aperto la bocca, e...

Cazzo.

Non volevo più pensarci.

Mi inginocchiai sul pavimento del dungeon, premetti la fronte sul cemento freddo e trassi un respiro profondo. Emisi un grido. Un altro. E poi un terzo. Il suono si spense nella stanza prima che mi sedessi sui talloni.

«Ti amo, Mitchell.»

Ecco. Era sembrato un po' più reale.

«Ti amo.»

Amavo anche Luke. Lo amavo al di là di quello che faceva per me in quella stanza e fuori. Lo amavo perché era un uomo buono, e se non fossi stato sempre così preso dai miei sentimenti, forse avrei potuto essere un fidanzato migliore per lui. Ero il suo sub, ma Luke doveva poter contare su di me.

Aveva bisogno di me. E io dovevo dimostrare a lui e a me stesso che non ero una persona a cui doveva dire di "fare il bravo" mentre lui si occupava di problemi da adulti. Anch'io potevo sostenerlo come lui faceva con me.

Mi guardai di nuovo intorno alla stanza, ridendo sottovoce. Mi ero letteralmente messo in gabbia per cercare di evitare di prendere una decisione terribile, pessima, sbagliata. C'era qualche motivo per credere di poter essere davvero l'uomo di cui Luke aveva bisogno? Il tipo di uomo su cui poteva contare quando le cose si facevano difficili?

Era arrivato il momento di scoprirlo.

Spensi le luci prima di tornare al piano di sopra. In cucina, tolsi il magnete che reggeva le informazioni di contatto che Luke mi aveva dato durante la sua prima telefonata.

Presi un respiro profondo, mi sistemai sul divano, afferrai la coperta e mi feci coraggio. Potevo farcela. Sarei stato forte per Luke.

Afferrai il telefono e composi il numero.

«Pronto?»

La voce della donna era distratta ma gentile. Mi resi conto che doveva essere la madre di Luke. Il suo tono era simile a quello di Betsy, in un certo senso. All'improvviso mi resi conto che forse non sapeva nulla di me. Luke non lo aveva mai detto.

Mi schiarii la gola e chiesi: «Salve. C'è Luke?»

«Oh! Lui è… scusami, ma… sei Minty?»

Quindi sapeva di me. Come avrei dovuto sentirmi? Se lo sapeva, perché non mi era stato permesso di andare ad aiutarla durante quella crisi?

«Sì,» risposi, mentre quei pensieri si affollavano nella mia mente. «Sono Minty.»

«Oh, cielo. Non immaginavo che ci saremmo incontrati per la prima volta al telefono.»

«Nemmeno io.» Anche se non avevo mai immaginato di incontrarla e basta. Perché? Egoismo, chiaramente. Non avevo nemmeno chiesto a Luke cosa pensassero la sua famiglia e Betsy del fatto che si fosse perso il Ringraziamento quando era venuto con me e mia madre ad Asheville. Ero stato così concentrato a fingere che nulla fosse sbagliato e che tutto andasse bene per mia madre, che non mi era venuto in mente che forse avrebbe dovuto passare la giornata con la sua famiglia. Che scusa aveva dato loro?

Le domande mi invadevano la mente come palloncini luminosi che fluttuavano verso il soffitto, impossibili da ignorare. Che cosa non mi aveva detto? Perché non glielo avevo chiesto?

La madre di Luke proseguì: «Voglio ringraziarti per aver permesso a Luke di stare qui con me per un po'. Lo apprezzo molto.»

«Ha detto che era importante.»

«Lo è,» concordò lei.

«Sì...» Non aggiunsi altro. Scese l'imbarazzo.

Dopo un attimo, lei sospirò. «Non ti ha detto i dettagli del perché è qui, vero?» Sembrava che volesse rimproverarlo per quell'omissione.

«No, signora. Solo che suo marito non sta bene.»

«Avrebbe dovuto dirti molto di più. Cerca sempre di gestire le cose da solo, lo hai notato?»

Annuii. «Sì, signora. È molto indipendente.» E, a quanto pareva, io non lo ero. Ero lamentoso e disperato e...

Basta.

«Vado a chiamartelo. Ma... Minty?»

«Sì?»

«Fai in modo che si apra con te su questo argomento. Avrebbe bisogno di sostegno. Non sono in grado di darglielo in questo momento perché, beh... Capirai quando te lo dirà.»

«Va bene.» Mi faceva male lo stomaco. Aveva avuto bisogno di me per tutto quel tempo e io ero stato troppo egoista per accorgermene, e lui troppo orgoglioso per chiederlo?

«Inoltre, quando tutto questo sarà finito, vorrei che venissi a Johnson City per cena. Ti farebbe piacere?»

«Sì, certo. Se Luke vuole che venga, intendo. Mi piacerebbe conoscerla.»

«Allora considerati invitato.»

Nel silenzio che seguì mentre lei andava a chiamare Luke, valutai la conversazione. Sua madre pensava che avrei dovuto farlo parlare con me. E perché no? Mi faceva fare ogni genere di cose. Se eravamo davvero qualcosa di più di un Dom e del suo sub, ed eravamo innamorati e una coppia, allora anche lui mi doveva delle cose.

«Minty? Va tutto bene?»

«Ti prego, parlami e dimmi cosa sta succedendo lì, Luke. Ho il diritto di saperlo.»

Il silenzio all'altro capo del filo dimostrò che il mio saluto non era inaspettato, ma nemmeno particolarmente gradito. Dopo un attimo, dissi: «Senti, non mi sta bene che tu mi dica che hai un'emergenza familiare, che starai via per una settimana, ma che non devo sapere i dettagli. Stiamo insieme. Non devi gestire questa situazione da solo.»

«Hai ragione. Mi dispiace.»

«Su, parla,» lo incoraggiai dolcemente. Con il suono della voce di Luke nelle orecchie e la mia determinazione a essere il ragazzo di cui aveva bisogno, le grida di tutta l'oscurità che avevo dentro si fecero più quiete. Mi concentrai su Luke. Era lui ciò che contava in quel momento. Non io. «Ti ascolto.»

Luke mi raccontò tutto e capii che aveva sempre voluto dirmelo. Aveva avuto solo paura di caricarmi dei suoi problemi quando sapeva che ne avevo già più del dovuto.

Quando ebbe finito, lo rimproverai. «Come puoi essere mio, appartenere a me, se tieni per te questo genere di cose?»

«Non potevo…»

«Trattarmi come una persona alla pari?»

«Minty…» Il suo sospiro era pesante e stanco.

Addolcii di nuovo il tono. «Sono in grado di essere presente per te quanto tu lo sei per me.» I dubbi su quel punto mi balenarono nella mente. Irrigidii le spalle e sollevai il mento. «Posso prendermi cura di te.»

«Lo so. Credimi, vorrei che tu fossi con me in questo momento,» disse Luke. «Non vorrei altro che averti al mio fianco. Ma mio padre è emotivamente e verbalmente violento e non ha alcun tipo di filtro. Tesoro, non meriti di sentire nulla di ciò che avrebbe da dire su di noi.»

«Forse no, ma non meriti di avere un fidanzato che ti sostenga in tutto questo?»

«Non posso permettere che ti faccia del male,» ringhiò Luke. «Non so cosa potrei fare se si azzardasse.»

Riflettei, immaginando di andare a casa dei genitori di Luke, di entrare e di dirne quattro a suo padre. Immaginai di chinarmi sulla sua sedia a rotelle, perché aveva almeno una sedia a rotelle? Luke non lo aveva detto. Sognai di sussurrargli all'orecchio: «Chiudi quella cazzo di bocca, brutto bastardo, o lo succhio anche a te. Fidati che lo farò. E ti piacerà.» Sbuffai una risata.

«Cosa c'è da ridere?» domandò Luke con un sorriso stanco nella voce. «Raccontala anche a me, quella battuta divertente, per favore.»

«Non penseresti che sia divertente.»

«Perché no?»

«Perché non trovi mai divertente quando scherzo su... ehm, certi eventi traumatici della mia vita.» Sbuffai. «Tu e Barry non avete affatto il senso dell'umorismo.»

«E nemmeno tu dovresti.» Sembrava volesse sculacciarmi.

Tornai all'argomento iniziale. «Ti prego, lascia che venga ad aiutarti.»

«No, Minty. Non ti muovere.» Addolcì la voce. «Voglio che tu sia al sicuro. Lo sei?»

«Beh, prima mi sono messo in gabbia,» ammisi, e sentii il respiro di Luke spezzarsi. Cazzo.

«Lo hai fatto? Perché? Sii sincero. Capirò se stai mentendo.»

«Mi sentivo più sicuro lì dentro.»

Luke tirò un altro respiro affannato. «Non sei al sicuro in questo momento?»

Diedi un'occhiata alla cucina. «Sono a casa tua. Sono al sicuro per quanto lo si possa essere in un edificio.»

Luke rimase in silenzio per un lungo momento, poi sussurrò:

«Ascolta, se non stai bene, devi dirmelo subito. Chiamerò Barry e lui...»

«Non ho bisogno di Barry.» Avevo bisogno di Luke. Sfiorai una venatura sul tavolo di legno. «Ho commesso un errore.»

Luke annaspò.

«Non è come pensi.» Gli raccontai della gita al reparto microfiche e dell'articolo che avevo stampato. «Avrei dovuto lasciar perdere, ma una parte di me non ci credeva. Dovevo vederlo con i miei occhi. È davvero in prigione.»

«Tesoro, vorrei essere lì per abbracciarti.»

«Anch'io.» E che mi facesse male, ma mi sarebbe bastato sentire l'odore della sua pelle e il battito del suo cuore contro la guancia. «Ma mi riprenderò. Mi sento meglio ora, parlando con te.»

L'esitazione di Luke era evidente, ma capii che voleva credermi quando chiese: «Sei sicuro? Perché io...»

«Me la caverò. Puoi contare su di me. Non ho dimenticato le promesse che ti ho fatto. Puoi fidarti di me.»

Luke tacque di nuovo e io stavo per dire altre sciocchezze rassicuranti, ma lui fece un grosso sospiro. «*Devo* fidarmi di te. Non posso lasciare mia madre qui da sola con mio padre in questo momento. Quindi, devo credere in te.»

«Capisco.»

«Tieni il tuo cuore al sicuro per me, va bene? Non andare da tua madre. Non smarrirti per sentieri oscuri. Non farti trascinare di nuovo in quell'odio per te stesso, va bene?»

Trascinare di nuovo? All'inizio non lo avevo mai abbandonato, lo avevo solo tenuto a bada attraverso l'amore, la devozione e il sadismo di Luke. Ma il male che c'era in me era profondo.

Ti amo, Mitchell.

«Non preoccuparti. Chiamerò Daniel se i cattivi pensieri torneranno a tormentarmi.» E lo avrei fatto. Perché mi sarei preso cura di me come avevo promesso, e a volte ciò significava chiedere aiuto.

«Buona idea. E, a proposito, mi piacerebbe molto incontrarlo. Perché non l'ho ancora conosciuto? Non vuoi presentarmelo?»

Roteai gli occhi. «Te l'ho detto, Daniel è un vero...»

«Guastafeste. Già.»

«Esattamente. Abbassa sempre l'umore con la sua logica, la sua serietà e il suo buon cuore. È fastidioso. È insopportabile, in effetti. Non so perché lo adoro così tanto.»

«Perché è la persona migliore del mondo,» disse Luke, citando quello che dicevo sempre di Daniel.

«A parte forse te.»

«Oh, non ho dubbi che sia una persona molto migliore di me,» ribatté Luke in tono malizioso. «Che razza di uomo fa le cose che faccio io a te?»

«Non un guastafeste, questo è certo.»

Luke rise, e sembrava quasi normale. «No. Io le feste non le guasto. Al limite le riempio di dolore.»

«Molto divertente.» Ridacchiai. «Ma ehi, sembra un piano divertente per l'ultimo dell'anno. Dopo averlo suonato al Tilt-a-Whirl, possiamo tornare a casa, io, te e il dungeon. Potresti darmi una sculacciata di Capodanno.»

«Ci sto.»

Il mio cuore si contorse. «La faccenda di tuo padre sarà risolta per allora?»

«Spero che sia risolta al più tardi prima di Natale. Ho davvero bisogno di tornare al mio lavoro al negozio. Sto facendo molta pressione. Spero di avere ancora un lavoro a cui tornare quando tutto questo sarà finito.» Sospirò.

«Puoi tornare da me a prescindere da tutto.»

«Ne sono felice.»

«Mi manchi tanto.»

«Anche tu.» Sentii la voce sonora di un uomo in sottofondo, ma non riuscii a capire cosa stesse dicendo. Luke sospirò. «Grazie per avermi chiamato, tesoro. Mi appoggerò di più a te in futuro. So che ci sei per me. E se riesco a liberarmi per una manciata di ore, verrò a trovarti presto.»

«Ti aspetto.»

«Ti amo,» sussurrò Luke. «Ora devo andare.»

«Anch'io ti amo.»

E così era. Con tutto il cuore.

Anche le parti più oscure e nere.

Capitolo 28

Minty

FORTUNATAMENTE, QUEL FINE settimana il padre di Luke ottenne un posto nella casa di riposo Shield's Senior Care. Purtroppo, però, Luke doveva ancora stare con sua madre per aiutarlo a sistemarsi e per occuparsi di Betsy. Ancora peggio, qualche sera dopo la nostra telefonata a cuore aperto, finii il cibo nel frigo e nella dispensa di Luke.

Senza i fondi per riempirli, visto che avevo speso tutti i miei risparmi per il viaggio a Biltmore per mia madre, capii che sarei dovuto tornare al dormitorio fino al ritorno di Luke. Lì, almeno, avevo accesso alle mense dell'università.

Ma tornare al dormitorio invece di andare a dormire da Barry e Robert, o addirittura da mia madre, non era necessariamente la scelta più saggia.

Tuttavia, cercai di tenermi occupato, di tenere la mente e il corpo impegnati con altre cose. Frequentai le lezioni gratuite di aikido con il Sensei e mi dedicai allo sparring di kickboxing con il Sensei Junior per alcune sere. Era stancante ma soddisfacente, proprio come mi sentivo dopo una notte con Luke.

Ma, purtroppo, i risultati erano di breve durata.

Dopo una doccia, mi sedetti alla scrivania del dormitorio per studiare, ma cominciai a sentire di nuovo inquietudine. Guardai l'articolo di giornale che avevo stampato, fissando i volti di mio padre e di Tamara Elise, pensando al virus nelle mie vene, alla morte che mi aspettava e chiedendomi se Tamara Elise avrebbe pensato che me la meritavo per quello che avevo fatto.

Nei giorni precedenti la diagnosi, quando mi sentivo bombardato da brutti ricordi, mi alzavo di notte e andavo a fare una passeggiata per schiarirmi le idee. Ma ormai temevo che mi sarei incamminato verso la stanza di Kyle. Sentivo l'attrazione per lui, per l'oblio carico di energia che mi offriva. Era come una corda perversa che mi trascinava.

Tuttavia, ero determinato a essere forte, quindi avevo deciso di provare a riabbracciare il vecchio Minty. Il ragazzo che avevo finto di essere prima della diagnosi. Era stato mezzo libero, vero? O almeno era riuscito a spingere tutta l'oscurità in un buco del cuore, a sigillarlo e a rifiutarsi di guardare dentro, fuggendo dalla verità di se stesso. Aveva cercato di diventare un'incarnazione umana di arcobaleni, sole e polvere di fata. Aveva brillato.

Così ero andato a ballare al Tilt-a-Whirl.

Barry era l'unico della mia vecchia banda e lo evitai accuratamente. Mi avrebbe fatto domande che avrebbero aperto ferite e le avrebbero fatte sanguinare. Quello di cui avevo bisogno era Luke, ma poiché non potevo averlo, decisi che l'alcol e un po' di strusciamento sulla pista da ballo con degli sconosciuti, che poi si sarebbero lamentati quando mi sarei rifiutato di seguirli in bagno o di tornare alla loro macchina, erano la risposta.

Almeno la musica e i drink avevano smorzato il bruciore della vergogna che divampava in me come una fiamma. Ma mi svegliai alle tre del mattino, sudato e nauseato, con il sogno di essere in ginocchio di fronte a mio padre che persisteva come sapore di vomito in bocca.

Avrei voluto chiamare Luke e pregarlo di lasciarmi andare a trovarlo, ma sapevo che lui e sua madre sarebbero andati sull'altopiano del Cumberland la mattina seguente per andare a prendere Betsy per le vacanze e, peggio ancora, per darle la notizia che non sarebbe tornata a Riverwoods, da Rodney. Sarebbe stata dura. Luke aveva bisogno di riposare, non di essere svegliato nel cuore della notte da un fidanzato che gli piagnucolava nelle orecchie.

Forse, se mi fossi masturbato, sarei riuscito a sfuggire a quell'orribile inquietudine.

Tirai fuori alcune vecchie riviste porno gay malconce che avevo preso da Knox Supplies & News l'ultima volta che ero andato a trovare Luke al lavoro, prima che succedesse tutto il pasticcio con suo padre. Sfogliando le pagine stropicciate, mi masturbai come se ne andasse della mia stessa vita. Ma le immagini statiche non erano sufficienti a farmi venire. Avevo bisogno di altro.

Avevo bisogno di qualcosa di sporco, cattivo e sbagliato. Avevo bisogno di dolore. Avevo bisogno di Luke.

Tuttavia, mi rifiutai di chiamarlo. Potevo essere il fidanzato di cui aveva bisogno. Potevo dargli lo spazio per affrontare i suoi problemi familiari. Potevo essere il tipo di uomo che si prendeva cura di sé, e avrei protetto il mio cuore, proprio come mi aveva chiesto. Io…

Io…

Io potevo chiamare Daniel.

Il sollievo mi pervase quando l'uomo migliore del mondo rispose al quarto squillo.

«ALLORA, TI TRASFERISCI davvero da Peter, eh?» chiesi.

Stavamo bevendo frullati da asporto e ci eravamo seduti nella sua auto vicino allo stagno delle anatre di Fountain City. Il tempo era diventato più freddo, ma le anatre sembravano abbastanza a loro agio mentre sguazzavano nell'acqua verde e muschiosa. La sera prima non gli avevo detto molto al telefono, solo che non riuscivo a dormire e che mi dispiaceva per come ci eravamo lasciati l'ultima volta che gli avevo parlato.

Aveva accolto le mie scuse con grazia, come faceva sempre. Poi mi aveva detto che mi perdonava e mi voleva bene, e aveva proposto di vederci. Era esattamente quello che speravo, così avevo accettato.

Il riscaldamento acceso scacciava il freddo e mi rendeva secca la pelle. Guardai Daniel mentre considerava la mia domanda sulla sua scelta di andare a vivere con Peter. Sorrise malinconicamente.

«Sì, voglio passare ogni minuto possibile con lui. Dormire accanto a lui la notte. Vedere il suo viso al mattino. È adorabile appena sveglio.»

«Sì,» concordai, anche se, per la mia limitata esperienza del nostro viaggio in macchina dell'estate precedente, pensavo che Peter fosse un po' discutibile al mattino. Al risveglio aveva tutti i capelli ricci arruffati. Rimanemmo seduti in silenzio per qualche minuto, accompagnati solo dal suono dei nostri sorsi di frullato.

«Ehi,» dissi dopo un po'. «So che l'ho già detto ieri sera, ma mi dispiace davvero per come ti ho trattato. Sono un po' melodrammatico, lo sai.» Sbuffai una risata. «Non che una diagnosi di HIV non sia qualcosa di drammatico, ma non ti ho reso facile starmi vicino. Scusami. Sto cercando di fare meglio.»

Dio, quanto ci stavo provando. Mi sentivo come un eroinomane che lottava contro un'urgenza che nessuno conosceva, tranne me. Non c'erano congratulazioni o applausi per tutto il lavoro che stavo facendo. Solo altra lotta, altri sforzi di non cedere ai miei peggiori impulsi. Altri tentativi di essere forte per Luke e per me stesso.

Ti amo, Mitchell.

La dichiarazione mi si accese in testa senza volerlo. Avrei voluto sentirla, però. Le parole non penetravano mai completamente nella mia oscurità.

«Sono felice che tu mi abbia chiamato,» rispose Daniel. «Ti voglio bene e te ne vorrò sempre, qualunque cosa tu dica o faccia.»

«Anch'io ti voglio bene. A prescindere da tutto.»

Deciso a non parlare dei miei problemi, mi dedicai ad alcuni dei suoi. «Allora, l'ex di Peter è ancora in giro? Pronta a riportarlo all'eterosessualità?»

Daniel storse le labbra e scosse la testa. «Non credo che ci sia questo pericolo.»

«Ah sì? Perché no?»

Scrollò le spalle, con aria imbarazzata. «Mi fido di lui.»

«Davvero?»

«Lo amo e mi fido di lui.»

Sbattei le palpebre. C'era qualcosa in quel commento che aveva fatto scattare dei segnali d'allarme nella mia testa. «Quindi, fate sesso senza precauzioni?»

Daniel arrossì ancora di più.

«Cazzo!» urlai, mettendo il mio frullato nel portabicchieri. «Non puoi farlo. Non puoi rischiare in questo modo. È inaffidabile. Ti ha già lasciato e poi è tornato a…»

«Non stavamo insieme,» mi ricordò Daniel.

«Sembravate molto uniti quella notte nel motel.»

«È stata una notte. All'epoca non significava nulla.»

Gli puntai un dito contro, sollevato di provare rabbia per qualcosa che non mi riguardava. Non volevo che il mio migliore amico ricevesse la diagnosi amara che avevo avuto io. Mai. «Sei molte cose, ma non un bugiardo.»

«E va bene. Ha significato qualcosa per me. Hai ragione. Ma non vuol dire che mi dovesse qualcosa dopo.»

Sbuffai. «Sei proprio uno sdolcinato.»

«Meno male che ci sono io, visto che tu sei un tale rompiscatole.» Daniel sbatté le palpebre, il rammarico istantaneo gli si leggeva sui lineamenti.

Uno strano piacere si insinuò nel mio stomaco. «Dai, sentiti in colpa,» lo esortai. «Mi piace il fatto di essere sempre nel giusto. È l'unico vantaggio della mia diagnosi.»

All'improvviso me ne venne in mente un altro, e il mio viso si scaldò. Daniel, ovviamente, se ne accorse.

«Allora, cosa sarebbe?» Mi indicò il viso. «Quell'espressione?»

«Niente.»

«Si tratta di quel ragazzo che Barry ti ha fatto incontrare, giusto? Luke?»

«Forse.»

«Qual è il problema con lui?»

«Lo so che lo sai,» dissi roteando gli occhi.

«Per la roba sadomaso? Sì, ho sentito che è ciò che fate.»

Presi di nuovo in mano il mio frullato, ingoiando qualsiasi commento sgradevole sul fatto che Peter fosse un pettegolo, perché la verità era che io ero di gran lunga più pettegolo di lui.

A volte ero meschino quando si trattava di Peter e Daniel. Daniel meritava molto di più. Non sapevo chi, ma non Peter, porca miseria. Peter, che non aveva capito subito che Daniel era il miglior essere umano sulla Terra. *Argh.*

«Minty?»

Ingoiai un'altra sorsata di frullato. «Sì?»

«Parlami di questo ragazzo. Dimmi cosa sta succedendo tra te e lui. Davvero.»

Sospirai. Daniel non aveva intenzione di lasciar perdere. Dovevo fornire qualche dettaglio scabroso perché smettesse di preoccuparsi per me. Proprio come Luke, Daniel aveva già abbastanza problemi nella sua vita familiare. L'ultima cosa di cui aveva bisogno era di preoccuparsi per me. Forse avevo un debole per chi aveva la sindrome della crocerossina. «Si chiama Luke e lo amo.»

Le labbra di Daniel si storsero. «E ti pareva.»

«No. Questa volta per davvero.»

«È sempre per davvero, Minty.»

Sapevo di essermi scavato la fossa da solo con la mia passata ossessione per il romanticismo, ma mi frustrava il fatto che il mio migliore amico non riuscisse a capire che questa volta era diverso. Sul serio.

«Non facciamo solo sesso kinky. Usciamo insieme. Dormiamo nello stesso letto. Siamo una vera coppia.» Non tanto ultimamente, con Luke a Johnson City, ma… era così.

Daniel inarcò le sopracciglia, la sorpresa e l'interesse scintillavano nei suoi occhi.

«Cosa? Non credi che qualcuno possa amarmi?»

«Minty, certo che qualcuno potrebbe amarti. Anzi, è facile farlo. Io ti adoro, per esempio. Chiunque sia sano di mente lo farebbe.»

«E allora?»

«Mi sorprende che tu gli permetta di amarti. Tutto qui.»

Strinsi i denti. Aveva ragione, ovviamente. Era qualcosa a cui mi ero opposto a lungo. Anche dopo aver provato a fare l'amore molte altre volte, ogni tentativo era una lotta, e potevo farlo solo se ero attivo e gli venivo dentro.

«Che c'è?» Daniel mi diede una spallata. «A cosa stai pensando? Sembri triste.»

«Ho difficoltà a lasciarmi amare da lui,» ammisi. «Credo sia per questo che per tutti quegli anni ho sempre finto di essere innamorato di uomini con cui non avevo alcuna possibilità, uomini che non conoscevano nemmeno il mio nome.» Mi leccai le labbra e continuai. «E a volte con uomini che mi odiavano.»

Daniel contrasse la bocca come per trattenere le parole.

«Quindi, sì. Hai ragione. È difficile lasciare che Luke mi tratti in un certo modo, e lui sempre più spesso sembra desiderare qualcosa di dolce, tra di noi.» Feci ticchettare la cannuccia nel bicchiere. «E se non ci riuscissi? Se non mi ammorbidissi mai abbastanza da lasciarlo entrare davvero?»

Daniel mi mise una mano sul ginocchio. «Minty, stai guarendo. Datti tempo.»

Mi accigliai. «E se non ne avessi?»

«Hai il resto della tua vita.»

La frase si bloccò a mezz'aria. Entrambi trattenemmo il respiro.

Daniel si coprì il viso con la mano tremante. Non pensavo di avere la forza di allungare la mia per confortarlo, ma in qualche modo mi ritrovai a farlo. Gli strinsi la spalla. «Va tutto bene. Anch'io a volte me ne dimentico. Onestamente, quelli sono i momenti migliori. Allora riesco a respirare.»

«Minty, io…»

«No.» Alzai la mano per interromperlo. «Non parliamone. Il punto di tutto questo è che io e Luke siamo una coppia ora, e io sto meglio quando sono con lui. Sa come gestirmi.»

«Bene,» disse Daniel, con voce roca. Mise il frullato nel porta-bicchieri e ammise: «Non so come affrontare il fatto che tu sia positivo. Non ho mai voluto questo per te, né per me, né per nessuno di noi.»

«Lo so,» risposi, massaggiandogli la schiena.

«Ti voglio bene.»

«So anche questo.»

«Dovevamo invecchiare insieme,» esclamò Daniel con veemenza, rivolgendosi a me con gli occhi umidi. «Saremmo diventati vecchi sulla veranda di qualche orribile casa di riposo, bevendo caffè schifoso e parlando di quanto fossero carini gli infermieri.»

«Quelli carini li lascio a te. Io voglio quelli virili.»

Daniel sbuffò e poi si sciolse in un sorriso. «Peter è carino.»

«Lo è, ma è anche volubile.»

Daniel rise, raddrizzandosi. «Non lo perdonerai mai per avermi fatto del male, vero?»

Giunsi le mani in grembo. «Come tuo migliore amico, è mio dovere serbare rancore anche quando tu non puoi. Fino alla morte.»

Un altro momento di gelo.

Mi faceva male lo stomaco e Daniel sembrava sul punto di vomitare. «Possiamo smettere di parlare di morte?» chiese.

Gli accarezzai la guancia. «Sì, certo. Di cosa vuoi parlare, invece?»

«Questo ragazzo di cui sei innamorato…»

«Luke.»

«Sì. Raccontami tutto di lui. Voglio conoscerlo.»

Bevvi un altro sorso di frullato. «Va bene.»

Quando finii di tessere le lodi di Luke, Daniel sembrava molto più rilassato nei suoi confronti. Avevo capito. Proprio come io avevo sottoposto Peter a un esame infinito, sempre alla ricerca di qualsiasi ulteriore tradimento del miglior essere umano vivente, era compito di Daniel essere scettico sull'uomo su cui ero totalmente incapace di essere scettico. Era un servizio reciproco.

«Quindi lo ami,» disse Daniel. «Per davvero, questa volta.»

Bevvi l'ultimo sorso del mio frullato, facendo ticchettare la cannuccia sul fondo alla ricerca di un altro goccio. «Sì.»

«Allora, com'è amare sul serio?»

«Fa un sacco di paura.»

Daniel rise e urtò il mio bicchiere vuoto con il suo. «So cosa vuoi dire.»

«Anche tu ne hai?»

«Oh, sì. Per tutto il tempo. Paura di perderlo. Paura di restare con lui. È tutto spaventoso.»

Sorrisi. Non avevo immaginato che Daniel avesse paura di andare avanti con Peter. Lo avevo considerato miope, cieco d'amore e molte altre cose, ma non avevo mai immaginato che potesse avere timore.

«Allora, ti ricordi cosa ha fatto quest'estate?» domandai.

Daniel sospirò. «È un essere umano, e gli esseri umani commettono errori.»

«Tu lo ami.»

«Sì.»

«Lo so. E dovresti farlo. È un bravo ragazzo.» La maggior parte delle volte, aggiunsi mentalmente. «Se è una persona intelligente, rimarrà con te.»

«E lo stesso vale per Luke.»

«Tu credi?»

«Naturalmente.»

Lasciammo perdere l'argomento dei nostri uomini e passammo a parlare della situazione incasinata con sua madre e i suoi fratelli. Quando arrivò il momento di tornare a casa, Daniel mi riaccompagnò al dormitorio.

Dopo che se ne fu andato, fissai le finestre dell'edificio. Da molte di quelle aperte usciva musica, nonostante fosse dicembre. Probabilmente i termosifoni erano rotti e gli studenti cercavano di regolare la temperatura facendo entrare l'aria fredda dell'esterno.

La mia stanza era illuminata dalle lucine che lasciavo sempre accese. Altre avevano i davanzali decorati per le feste. Era un dormitorio affollato e attivo, vestito a festa per la gioia del Natale. Attraversai l'atrio, ignorando gli sguardi che ricevevo ogni volta, chiedendomi come potessi essere così interessante per quegli stronzi. Quel giorno non indossavo nemmeno una gonna o un vestito.

Al piano di sopra, al sicuro nella mia stanza, chiusi la porta e mi tolsi il cappotto. Lo appesi al gancio all'interno dell'armadio e poi andai a premere il tasto play della segreteria telefonica.

C'erano trentuno nuovi messaggi.

Due erano da parte di mia madre. Ventinove di Kyle.

Li ascoltai tutti. Due volte. Il mio cuore batteva forte.

Mi sedetti sul letto, sudando e cercando di respirare.

Li riprodussi una terza volta.

L'oscurità entrò in scena.

Capitolo 29

Minty

NON MI STAVO comportando in modo intelligente. Lo sapevo.

Eppure, sentire il tono sempre più frenetico dei messaggi di Kyle, che passavano dalle minacce di violenza alle suppliche, ai piagnistei rabbiosi e alle fantasie inquietantemente vivide, mi aveva fatto sciogliere un nodo dentro. Avevo bisogno di vederlo. Un'ultima volta. Per aiutarlo.

Cazzo, Kyle *aveva* bisogno di aiuto.

Vicino alla fontana fuori dal teatro del campus, osservai Kyle che si dirigeva verso di me nell'oscurità, con le mani in tasca e il berretto da baseball abbassato. Avevo insistito per incontrarci lì perché non era un luogo molto frequentato, ma nemmeno del tutto isolato. Ci sarebbe stata gente che andava e veniva di tanto in tanto e, se fossi riuscito a convincermi a scappare, il mio dormitorio non sarebbe stato troppo lontano.

«Ciao,» disse Kyle, fermandosi davanti a me. Le spalle larghe e le braccia robuste sembravano ancora più grandi sotto tutti quei vestiti invernali. Sapeva maltrattarmi come nessun'altra persona queer in piena negazione era in grado di fare. Sapeva essere brutale.

«Ehi.» Il vento mi pizzicava le guance. Osservai la mascella squadrata e il collo taurino. I capelli corti. Le labbra che non mi avevano mai baciato. Non era neanche lontanamente bello come Luke, e il modo in cui mi guardava era assolutamente predatorio.

Non un accenno di affetto o di amore. Solo rabbia, lussuria e odio.

Kyle cercò di trasformare il suo volto in qualcosa di meno terrificante. Non funzionò. «Grazie per essere venuto.»

Feci spallucce.

«Io...» Deglutii a fatica, controllò se ci fosse qualcuno in giro e, dopo aver visto che non eravamo del tutto soli, visto che una coppia era seduta su una panchina a un centinaio di metri di distanza, indicò le scale che scendevano in un'area coperta accanto al teatro. «Possiamo parlare laggiù? È più riservato.»

Non era mai stato così deferente con me prima. Era come se avesse paura che me ne sarei andato prima di poter soddisfare i suoi bisogni.

Capivo quella sensazione. La vivevo da quando Luke era partito.

Tuttavia, stavo per fare un commento sul fatto che a Kyle andasse benissimo venirmi in gola, ma che fosse troppo terrorizzato per farsi vedere con me. Mi trattenni. Non volevo nemmeno che fuggisse. Dovevo andare fino in fondo. Dovevo...

Lo studiai con attenzione, valutando la sua forza e riflettendo su come fossi pronto questa volta. Le mie abilità difensive nell'aikido erano arrugginite e non avevo frequentato abbastanza spesso il corso di kickboxing di Sensei Junior, ma non avevo intenzione di farmi prendere alla sprovvista. Se fosse stato necessario, se avessi deciso che dopotutto non volevo farlo, o se lui fosse stato troppo violento, avrei sempre potuto far cadere Kyle e scappare.

«Per favore,» sussurrò, facendo di nuovo cenno alla tromba delle scale. «Ho solo bisogno di parlarti.»

La nota di supplica mi fece male al cuore. Era perso come potevo esserlo io. Aveva bisogno di me quanto io avevo bisogno di lui. Eravamo malati nello stesso modo. Entrambi avevamo l'orribile necessità di qualcosa che avrebbe rovinato le nostre vite... Perché? Perché ne aveva bisogno? Volevo scoprirlo.

Seguii Kyle nell'oscurità.

In fondo alle scale, i suoi occhi brillavano nella scarsa luce e io rimasi dritto in piedi, cauto, con le braccia sciolte sui fianchi, pronto a scattare. In silenzio, attesi e gli diedi la possibilità di parlare per primo. Alla fine lo fece.

«Mi manca,» confessò Kyle, come se si stesse strappando qualcosa dal petto per pronunciare quelle parole. «Non c'è niente che mi soddisfi altrettanto.»

Deglutii a fatica. «Ti manca? O ti manco io?»

Scosse la testa e poi, dopo una lunga esitazione, annuì. Qualche respiro dopo, la scosse di nuovo. «Non lo so. Mi piaceva che ti lasciassi picchiare mentre ti scopavo.» Si avvicinò e sussurrò: «Non ho mai provato niente di così... di così primordiale con nessuno. Ragazza o ragazzo.»

«C'erano altri ragazzi?»

«Al liceo. Erano buchi da usare. Ma con te... È stato...» Sbatté le ciglia e gemette, aggiustandosi il cazzo. «Cristo, eccitante.»

Mi tornarono in mente i ricordi di quanto fosse stato perfettamente orribile con me e di quanto avessi sempre sofferto per la sua brutalità. La lussuria salì vertiginosamente e l'erezione mi premette nei pantaloni. Volevo essere preso e usato di nuovo in quel modo. Soffrire senza alcun amore o devozione. Essere usato come un buco e per giunta senza valore. Trattato come meritava la puttana che aveva fatto un pompino al suo stesso padre. Volevo disperatamente abbassarmi i pantaloni, offrirgli il mio culo, implorarlo di farmi del male.

Ma non lo feci. Non ero più lo stesso idiota di qualche mese prima. Avevo Luke. Avevo le promesse che avevo fatto. Tenevo il cuore di Luke nelle mani. E anche il mio.

Fissai Kyle, paragonando la sua oscurità con la dolcezza dell'amore di Luke, con il dolore nel suo dungeon, con la vergogna che mi ricopriva e mi divorava e distruggeva la mia capacità di accettare la devozione di Luke come lui voleva. Mi sentivo ancora indegno.

«Odi che sia il miglior sesso che tu abbia mai fatto,» sussurrai. «Mi detesti, vero?»

«Ti disprezzo, cazzo,» ringhiò. «Ma ti voglio. Voglio scopare ogni buco del tuo corpo. Ogni maledetto giorno. Finché non sarai…» Le sue narici si dilatarono. «Andato. Finché non ti avrò scopato fino in fondo.»

Ebbi un brivido. Il terrore mi invase. Ma non mi fece perdere l'erezione. Semmai la rese più forte. Perché ero rovinato. Ero un dio, stupefacente, devastante, che faceva sì che Kyle avesse bisogno di distruggermi prima di poter rinunciare a desiderarmi.

«Lo vuoi anche tu,» insistette.

Scrollai le spalle, lottando per non cedere. Perché anche se l'orribile legame che ci univa era più forte che mai ora che eravamo faccia a faccia, ce n'era anche un altro. Quello del mio cuore. Era dorato e forte. Pulsava di potenziale. Mi diceva che avevo qualcosa per cui vivere.

Anche se quella vita sarebbe stata molto breve.

Kyle sogghignò, avvicinandosi di nuovo. «So che è piaciuto anche a te. Hai urlato come una troietta ogni volta.»

Stava premendo ogni singolo tasto del mio kink per il dolore. Mi detestava perché aveva bisogno di me e io lo desideravo. Ne avevo bisogno.

Feci un passo indietro, ma rimasi in silenzio.

La sua voce si abbassò. «Ti è piaciuto quello che abbiamo fatto.»

Cercai di evitare che il mio viso reagisse.

«Nessun altro ti farà le cose che farò io.» Sputò a terra, il respiro si fece più veloce e pesante. «Nessun altro vorrebbe mai farlo.»

Non lo corressi. Quello che Luke mi aveva fatto nel suo scantinato era stato incredibile, ma non era quello che aveva fatto Kyle. Non avrebbe mai potuto esserlo. Luke non voleva che lo fosse. E nemmeno io.

«Anche a te manca,» pressò ancora. «Ti manco io.»

Strinsi i denti. Alla mia parte oscura mancava la violenza di Kyle. Gridava di essere scopata di nuovo da lui. Mi ricordava che quando Kyle mi feriva ero potente, più forte di una riga di coca. Stordente. Intenso. Lo volevo così tanto...

Avrebbe fatto sparire tutto il male finché fosse durato. La vergogna sarebbe evaporata. I ricordi. Il senso di colpa. E se Kyle mi avesse ucciso? Tutto il male sarebbe finalmente scomparso per sempre.

Kyle dovette notare l'incrinarsi della mia determinazione, perché i suoi occhi si illuminarono. Avvicinò la testa alla mia, lasciò che il suo respiro mi sfiorasse la guancia in un'approssimazione di intimità e sussurrò: «Vieni con me. Stasera. Conosco una casa privata dove possiamo andare, dove puoi fare tutto il rumore che vuoi.»

Rabbrividii. La follia che era in me voleva vedere dove si trovava quel posto, per scoprire che cosa esattamente Kyle volesse farmi.

L'impazienza vibrò in lui. «Non dici niente?» sibilò. «Di solito sei una puttanella chiacchierona.»

Scrollai di nuovo le spalle, cercando di fare finta di niente, anche se il cuore mi batteva forte.

Kyle si avvicinò ancora di più. Non mi scostai. Sentivo il suo respiro sulla pelle, le sue mani che mi stringevano le spalle, le sue labbra che mi sfioravano l'orecchio. «Non vuoi sapere cosa posso farti? Non vuoi provarlo?»

«Non lo so.» La mia voce tremò. «Prima dovresti dirmi cos'è.»

Lui rise. «E il brivido della sorpresa?»

«Non stasera.»

Mi leccò l'orecchio e le mie ginocchia si indebolirono. Non mi aveva mai toccato con la bocca. «Hai bisogno di un incentivo, allora?»

«Sì,» sussurrai. «Incentivami.»

Kyle si tirò indietro per guardarmi in faccia, facendomi un sorriso sadico che non era neanche lontanamente bello come quello di Luke. Ma conteneva comunque un orrore che mi attanagliava le viscere e che mi spinse a fare un passo verso di lui. Eravamo petto a petto. Se Kyle fosse stato un altro uomo, avrebbe potuto abbassare la testa e baciarmi.

Sussurrò: «Questa volta non voglio colpirti e basta.»

Gemetti e il mio cazzo iniziò a pulsare. Nella mia mente si susseguivano visioni di essere da solo in un luogo privato con Kyle, esercitando il mio potere su di lui, facendoglielo odiare e desiderare così tanto da fargli perdere completamente la testa.

«Voglio farti male come non mai.» Mi toccò la guancia con la punta dell'indice, facendola scorrere lungo la mascella. «Voglio legarti. Prima voglio scoparti. Poi voglio usare un coltello. Tagliare la tua pelle. Ascoltarti urlare. Guardarti sanguinare.»

Dei puntini mi danzarono davanti agli occhi.

«Poi ti scoperò ancora, e alla fine mi sfilerò e ti verrò sui tagli aperti.»

Porca puttana.

Sorrise con odio scintillante. «Non preoccuparti, però. Ti ricucirò io stesso con ago e filo. Senza antidolorifici.»

Cristo, ci aveva fantasticato nei minimi dettagli. Sapeva esattamente cosa voleva. Era molto più perverso persino dei messaggi che mi aveva lasciato.

«Quindi ti lascerò dormire un po', per recuperare le forze. Quando ti sveglierai, ti taglierò ancora un po'. Forse la pancia. Forse la tua cazzo di faccia. Ti metterò un sacchetto di plastica in testa. Ti scoperò mentre soffochi.»

Le mie ginocchia cedettero un po'.

La sua voce divenne roca. Era eccitato. «Sì, voglio tagliarti mentre ti scopo. Mi implorerai di fermarmi. Piangerai. Dirai che farai qualsiasi cosa se solo smetterò di farti male.»

Le sue parole uscirono in ansiti. Si afferrò l'uccello attraverso i pantaloni. «Ma non lo farò. Ti taglierò per ore, cazzo. Inciderò il mio nome sulla tua pelle. Lo farò durare. Poi ti lascerò legato al letto. Senza bavaglio, perché nessuno ti sentirà mai dove ti sto portando. Ti lascerò urlare fino a che non crollerai.» Sbuffò una risata. «Tornerò il giorno dopo. Rifaremo tutto.»

Non riuscivo a respirare. Merda. Sapevo che avrei dovuto essere spaventato, e lo ero. Completamente terrorizzato. Ma ero anche rapito. «Sono sieropositivo,» gli ricordai. «Non puoi fare certe cose con me. Il sangue, tutto questo. Non potresti nemmeno se io lo volessi.»

Rabbrividì. «Indosserò i guanti. Userò i preservativi mentre ti scopo, se necessario. Inoltre, sarai tu a sanguinare. Non io.»

«Il virus è nel mio sangue.»

«Forse è anche nel mio.»

«Davvero?» Avevo infettato Kyle?

Kyle fece spallucce. «Non lo so. Non mi interessa. Mi hai fatto incasinare dentro. Sei contenta, troia? Di' che lo vuoi.»

Non sapevo come facesse a sapere che avrei preso in considerazione quell'idea orribile e inquietante, ma a quanto pareva lo sapeva perché sorrise di nuovo, in modo contorto e atroce. Era sicuro di avermi in pugno.

«Quanto è lontano il posto?» domandai, con la voce che mi tremava.

«Non è lontano. Potremmo essere lì in un'ora.»

«Come ci arriveremo?»

«La mia macchina è nel parcheggio laggiù,» indicò con un cenno del capo il garage sotto l'edificio della facoltà di Scienze Umane.

Quello che Kyle stava descrivendo era ignobile e non avrei dovuto avere un'erezione, ma ce l'avevo. Lui abbassò lo sguardo e il suo brutto sorriso divenne ancora più cattivo. Mi immaginavo di salire sulla sua macchina e di lasciarmi portare dove avrebbe potuto farmi così male da sfuggire finalmente al mio corpo, a mio padre, al mio passato e alla vergogna.

Me lo vedevo, che eliminava l'oscurità che mio padre aveva lasciato dentro di me. Lo desideravo. Desideravo vedere l'odio che provava per me bruciare nei suoi occhi mentre mi faceva a pezzi per poi ricucirmi e rifare tutto da capo. E forse, all'inizio, avrebbe funzionato. Forse sarebbe riuscito a torturarmi per una settimana o poco più. Alla fine, però, avrebbe colpito l'arteria sbagliata. Mi avrebbe ucciso e sarei stato finalmente salvo.

Stordito e con il cuore che batteva forte, mi leccai le labbra e annuii. «Andiamo.»

La sua espressione era di puro piacere perverso.

Tornammo verso la luce e poi ci dirigemmo velocemente verso le porte che conducevano al garage sottostante. Quando aprì la porta delle scale, sentii la corda d'oro che mi legava a Luke tendersi. Mi strattonò così forte che barcollai dietro a Kyle, ansimando, con una fitta al cuore.

«Andiamo,» mi spronò lui, voltandosi per afferrarmi un braccio. «Non fare la femminuccia adesso.»

Scossi la testa, mi allontanai e lo colpii con il calcio preferito di Sensei Junior. Lo presi dritto sul fianco, facendolo ruzzolare giù per le scale fino al pavimento del parcheggio sottostante. Mi fissò con puro shock e rabbia.

Corsi.

Lontano da lui. Lontano dalle tentazioni.

Lontano dalla parte peggiore di me stesso.

Lontano dalla morte.

Capitolo 30

Luke

«*NON POTETE!*»

Le urla furiose di Betsy mi risuonavano in testa mentre mi rigiravo nella mia vecchia camera d'infanzia, cercando di allontanare il senso di colpa.

Io e mia madre eravamo arrivati a Riverwoods con valigie e scatoloni, e quando nostra madre aveva dato la notizia, Betsy era andata su tutte le furie. Non l'avevo mai vista così ferita e arrabbiata. La capivo. Niente di tutto ciò era giusto. Né per lei, né per mia madre, né per me, né per Rodney. Nemmeno per mio padre, perché non era colpa sua se aveva avuto un ictus che lo aveva reso violento e crudele.

Ma Riverwoods non avrebbe permesso a Betsy di rimanere gratis, e nemmeno la nuova struttura per anziani di nostro padre.

Stranamente, era stato più facile lasciarlo lì il giorno prima che andare a prendere Betsy. Era stato docile come un cerbiatto, aveva lasciato che le infermiere lo conducessero nella sua stanza e che noi sistemassimo le sue cose. Non si era lamentato, non aveva detto cose cattive e, quando ce ne eravamo andati, non aveva pianto né chiesto di venire con noi.

Sembrava stordito, come un bambino, e per la prima volta dai primi giorni dopo l'ictus il mio cuore si era spezzato per lui.

Ma Betsy? Ci aveva urlato contro per tutto il viaggio di ritorno.

Il mio stomaco si contorse. Non c'era niente di facile. Mi mancava stare nel mio letto e soprattutto mi mancava Minty. Gli avevo parlato al telefono la sera prima, ma quel giorno non avevo avuto il tempo di chiamarlo, visto che avevo dovuto guidare fino all'altopiano del Cumberland e tornare indietro, e poi cercare di sistemare Betsy.

Un fulmine squarciò il cielo, dando inizio a un acquazzone.

Diedi un'occhiata all'orologio. Era tardi. Ma forse Minty era ancora sveglio.

Presi il telefono che avevo fatto installare in camera mia per il mio sedicesimo compleanno e composi per primo il mio numero di casa. Sapevo che Minty era rimasto più spesso nel suo dormitorio, ma mi piaceva l'idea che in quello stesso momento fosse addormentato nel mio letto, aspettandomi, sano e salvo.

Nessuna risposta.

Chiamai quindi il suo dormitorio e scattò la segreteria telefonica. Lasciai un messaggio, sperando che sentisse la mia voce e prendesse il ricevitore.

Ma non lo fece.

Lo stomaco mi si rivoltò. Dov'era? Forse era andato a casa del suo amico Daniel, che si era trasferito di recente in un posto più vicino al campus?

Gettai le gambe giù dal letto, mi misi a camminare per la stanza e poi mi infilai la vestaglia. Nel corridoio, potevo vedere il bagliore di una luce notturna provenire dalla porta aperta di Betsy e sentire mia madre lì dentro, che mormorava ancora la ninna nanna che era solita cantarci da bambini.

Andai alla porta. Betsy dormiva, con la bocca aperta e le guance ancora arrossate dalle lacrime. Nostra madre le teneva la mano e canticchiava, incurante del mio sguardo. Mi si strinse il cuore.

Scesi in cucina in punta di piedi, e se mia madre sentì lo scricchiolio delle scale, non uscì dalla stanza di Betsy per indagare.

Aprii quindi il frigorifero e cercai il latte. Non avevo mai provato a berlo caldo per conciliare il sonno, ma quella sera ero così agitato da voler fare un tentativo.

Ne versai un po' in un pentolino, accesi il fornello e tenni la fiamma bassa.

Mentre mi agitavo, ripensai al viaggio in macchina verso casa. Betsy aveva contrattato, supplicato, gridato, si era picchiata, aveva colpito lo schienale del sedile del passeggero...

Erano anni che non vedevo un crollo del genere. Ed era del tutto giustificata. Era stata strappata senza tanti complimenti da una situazione in cui era stata molto felice e portata via dall'uomo che amava.

Un altro lampo e un tuono ancora più forte. La pioggia scrosciava sulle finestre.

Lo stress della giornata condusse la mia mente in luoghi oscuri, evocando situazioni in cui qualcuno avrebbe potuto portarmi via Minty.

Ad esempio cosa sarebbe successo se si fosse ammalato e l'ospedale o sua madre non mi avessero permesso di vederlo? O se avesse iniziato a stare davvero male, e la morte avesse insistito per portarlo via per sempre? O se avesse scoperto che i suoi linfociti T erano diminuiti e avesse deciso di porre fine alla sua sofferenza, lasciandomi a lottare senza di lui? O se fosse tornato da Kyle...

Avrei combattuto con le unghie e con i denti per tenerlo al sicuro e per restare con lui. Proprio come aveva fatto mia sorella.

No, non era giusto quello che stavamo facendo a Betsy e Rodney. Dovevo trovare un modo per rimediare.

Versai il latte in un bicchiere, mi voltai e non riuscii a trattenere un grido di sorpresa, artigliandomi il petto.

Dalla finestra della porta della cucina, un volto spettrale mi fissava. I capelli biondi e zuppi pendevano davanti a un paio di occhi azzurri.

«Minty!» Spalancai la porta e lui corse a stritolarmi in un abbraccio. «Tesoro, cosa c'è che non va? Cosa ci fai qui?»

«Mi dispiace,» mormorò, con l'orecchio premuto sul mio petto. «Ho provato a gestirla da solo, ma ho bisogno di te.»

Lo scostai per guardarlo in viso. «Che cosa è successo?» L'adrenalina pompava forte e il mio sangue ronzava per la paura. «Sei ferito?»

Scosse la testa e mi guardò in modo strano.

«Sei sicuro?»

«Sì.» Si accasciò di nuovo contro il mio petto, bagnato fradicio, e io gli massaggiai la schiena con una mano, tenendo il latte nell'altra, tremando per lo shock e la preoccupazione. Lo guidai al tavolo della cucina, lo feci sedere su una sedia e poi andai a mettere su il bollitore per preparare del tè caldo. Non sapevo nemmeno che tipo di tè avesse mia madre, ma l'unica cosa che riuscivo a pensare era di riscaldarlo.

«Vado a prenderti dei vestiti asciutti,» sussurrai, portandomi un dito alle labbra. Non volevo che mia madre scendesse. Non era nello stato d'animo giusto per incontrare Minty, e non c'era nulla che potessi fare per aiutarla, indipendentemente da quello che stava succedendo a lui.

Minty mi guardò in modo curioso. «Ti è cresciuta la barba,» mormorò.

Tastai la morbida peluria sul mio viso. All'inizio l'avevo lasciata crescere perché avevo dimenticato di comprare le lamette nuove al negozio, ma avevo continuato perché pensavo che mi facesse sembrare un po' più maturo. Più distinto.

«Mi piace,» aggiunse piano.

«Aspetta qui.»

Nella lavanderia trovai un cesto con le mie cose pulite. Non avevo avuto il tempo di piegarle prima che fosse ora di uscire per andare a prendere Betsy quella mattina. Presi un paio di pantaloni della tuta, anche se sapevo che gli sarebbero stati troppo grandi, e una felpa ancora più grande.

Quando gli tolsi il cappotto, rimasi sorpreso nel constatare che indossava una maglietta gialla a maniche lunghe con la mucca di Mayfield e un paio di jeans scoloriti. Portava anche delle scarpe da tennis. Erano rovinate. Non glielo feci notare, però, e lo aiutai a togliersi le cose bagnate e a infilarsi i miei vestiti.

Sembrava un bambino con quella tuta oversize, tra le mani una grande tazza di tè caldo, intento a mordicchiarsi il labbro inferiore come se stesse per ricevere un rimprovero. Come se potessi rimproverarlo quando aveva un'aria così devastata. Avevo l'orribile paura di sapere cosa fosse successo. Avevo sperato che nell'ultimo mese Kyle avesse superato la sua fissazione per Minty. Ma guardandolo in quel momento, sapevo di essermi sbagliato.

«Tesoro,» chiesi, inginocchiandomi ai suoi piedi. «Parlami.»

Minty emise un respiro affannoso e poi gemette. «Ho fatto una cosa.»

«Okay.» Il mio cuore batteva forte. Era andato da Kyle? Si era lasciato usare da lui? O era stato aggredito?

Con mano tremante, indicò il cappotto. «Posso riaverlo, per favore?»

«Non vai da nessuna parte.»

«No. Ma devo mostrarti qualcosa.»

Afferrai il cappotto dal bancone dove lo avevo gettato e glielo porsi. Le sue dita tremavano mentre lo ribaltava, rivelando una tasca interna. La aprì e tirò fuori un piccolo registratore portatile. «Non so se funziona. Non l'ho ascoltato.»

Gli lisciai i capelli bagnati dalla fronte e mi sedetti su una sedia al suo fianco. «Parlami. Dimmi cosa sta succedendo.»

«Ho incontrato Kyle stasera.»

Lo stomaco mi si rivoltò con forza e temetti di vomitare.

«Ma non è successo niente,» precisò, tendendo la mano per

rassicurarmi. La sua voce tremò. «Lo giuro.»

Annuii. «Ti credo.»

«Voglio dire, non è successo nulla a livello fisico. Questo... *questo* è successo.» Premette il tasto di riavvolgimento del registratore. «Se ha funzionato.»

Strinse gli occhi e si morse il labbro inferiore mentre lo strumento gli ronzava in mano. «Dio, spero che abbia funzionato.»

«Amore...»

«Shhh, ascolta.» Premette play, e all'inizio sentii solo dei passi ovattati e il rumore impetuoso di quello che sembrava il respiro di Minty. Ma poi udii la voce di Kyle.

Ciao.

Ehi, rispose Minty.

E poi ancora Kyle. *Grazie per essere venuto. Possiamo parlare laggiù? È più riservato.*

Il respiro di Minty si faceva sempre più veloce, quasi in iperventilazione, mentre ascoltava il nastro. Mi prese le mani e le strinse così forte da farmi male, ma non mi staccai. Mentre la conversazione si dipanava dal registratore, le mie narici fremettero; spalancai gli occhi e dovetti ingoiare la bile che mi saliva in gola.

«Porca puttana,» sussurrai quando Minty allungò una mano tremante per interrompere la riproduzione ormai conclusa. «Tesoro... Oddio.»

«Ha bisogno di aiuto,» sussurrò Minty. «Farà del male a qualcuno. Farà del male a me.»

«Cazzo.» Lo strinsi a me, respirando il suo odore di sudore per la fuga e per l'ora e mezza di macchina che aveva fatto per arrivare a casa dei miei. Avevo così tante domande, come ad esempio come avesse trovato la strada per arrivare lì, come mai avesse rischiato così tanto per quel nastro, e cosa cazzo volesse dire dicendo che Kyle aveva bisogno di aiuto. Aveva bisogno della prigione, non di aiuto! Ma non riuscivo a esprimere nulla di tutto ciò a parole. Mi limitai a stringerlo forte e a respirarlo a pieni polmoni. Era lì, era al sicuro con me. Non era andato in quella casa degli orrori con quello psicopatico. Grazie a Dio. Grazie a Dio, cazzo.

«Cosa facciamo?» domandò Minty, quando finalmente si liberò dalla mia stretta. «Non sta bene.» Si batté la tempia con un dito. «Nella testa.»

«No, è uno psicopatico o… peggio. È pericoloso per te e per le altre persone del campus. Per tutti. Dobbiamo andare alla polizia,» dissi accarezzandogli i capelli.

«Non voglio che vada in prigione,» mormorò Minty, con gli occhi spalancati. «Voglio che si faccia aiutare da un professionista.»

«Sai cosa ha detto, in quel nastro? Ha confessato di volerti uccidere. Che si eccita all'idea di farlo. Che è così delirante da pensare che tu lo voglia.»

«Lo so. È solo che…» Minty faticò a trovare le parole, ma poi proseguì. «L'ho reso io così, sai?»

«Amore, no…»

«Continuavo a tornare per averne ancora. Sono stato io a fargli questo. È colpa mia se è arrivato a questo punto.»

«Minty, Kyle è sempre stato così, credimi. Probabilmente ha fatto del male ad altre persone.»

«L'ho spinto io a ferirmi! L'ho voluto io! Non lo capisci?» Minty annaspò. «Ero un dio e lui non poteva resistermi.»

«Cazzo, tesoro.» Minty pensava che Kyle avesse bisogno di aiuto? Anche lui ne aveva. Disperatamente.

Minty proseguì: «Voleva farmi a pezzi, scoparmi a morte e uccidermi nell'arco di giorni o settimane perché non riesce a dirmi di no. Non può smettere di desiderarmi. Io domino i suoi pensieri, i suoi desideri. Tutto. Sono io a governare la sua vita. È disposto a uccidermi per togliermi dalla sua testa. E una piccola parte di me voleva che mi uccidesse.»

Mi distruggeva il cuore sentirlo, ma non mi stupiva. Avevo

sentito l'orribile verità nella sua voce sul nastro. Lo sospettavo da quando aveva camminato con Kyle prima di aggredirlo e correre all'impazzata. Lo avevo percepito nella velocità con cui aveva corso, perché non stava scappando da Kyle, ma da se stesso.

«Tesoro, perché hai preso il registratore?»

«Come prova.»

«Di cosa?»

Minty deglutì a fatica. «Che deve essere aiutato. Che è pericoloso.»

«Perché sei scappato?»

«Perché voglio vivere.» Mi guardò con gli occhi lucidi. «Perché, per quanto sia spaventoso, voglio vivere tutto il tempo che mi resta con te. Anche se sono pieno di questa perversione che non riesco a togliere dalla mia anima.» Si artigliò il petto. «Voglio eliminarla. Ma resterà qui fino alla morte.»

«Minty…»

«Così l'ho registrato. Se riesce a farsi aiutare…»

«Cosa?»

«Allora posso stare tranquillo.»

«Perché non vorrà più farti del male?»

«Già. E poi non potrò usarlo per i miei scopi.»

«Minty, ci sono altri uomini che prenderebbero il suo posto. Forse non fino a questo estremo, ma ci sono persone che puoi usare per farti del male.» Non sapevo perché gli avessi messo in testa quel pensiero. Sapevo solo che quando si trattava di Kyle, la mente di Minty era confusa.

«Mi sento in colpa,» ammise a bassa voce. «L'ho fatto diventare io così. Gli ho insegnato che gli piace fare del male alle persone, quanto può essere bello.»

«Tesoro, non è una cosa che si impara. O ti eccita fare del male alle persone o non ti eccita.»

«E tu lo sai.»

«Lo so,» concordai. «Ma per quanto tu abbia cercato di "istruirmi" o di spronarmi, c'è un limite che non voglio oltrepassare, che la maggior parte delle persone non può oltrepassare, e lui lo ha ignorato da subito. Se non fossi stato tu, sarebbe stato un altro ragazzo. Forse anche una ragazza. Non lo so.»

Minty si mordicchiò il labbro. «Farà del male a qualcuno. Ed è colpa mia.»

Lo trascinai in un abbraccio e lui si lasciò stringere. Gli annusai i capelli, gli baciai l'orecchio e poi mi tirai indietro. «È pericoloso per te e per gli altri, ma ha sempre avuto questo dentro di sé, da prima che tu lo conoscessi.»

Minty scosse la testa. «È come con mio padre. Anche lui ha fatto del male a qualcun altro, per colpa mia.»

«No, no, non è affatto così.»

«Ah no?» I suoi occhi erano umidi e pieni di disperazione.

«No.» Capii che non avrei ottenuto nulla. Era un lavoro per uno psicologo, non per me. Gli baciai il lato della testa. «Senti, è notte fonda. Dobbiamo riposare. Ora sei al sicuro qui con me. Pensi di riuscire a dormire?»

Minty scrollò le spalle.

«Andiamo in camera mia.»

Si lasciò trascinare e mi seguì fuori dalla cucina e su per le scale. Mi premetti un dito sulle labbra per indicargli di fare silenzio e poi indicai la porta della camera da letto di mia madre e quella di Betsy. Erano chiuse. A un certo punto mia madre doveva essere andata a letto.

Dopo aver chiuso a chiave, lo tirai verso il mio letto. Lo strinsi a me e cercai di calmarmi. Sentivo il mio cuore battere contro la sua schiena e, dove le mie mani premevano contro il suo petto coperto dalla felpa, percepivo anche il ruggito del suo.

«Domani andremo alla polizia del campus,» dissi. «Faremo ascoltare loro il nastro.»

«Non voglio che venga arrestato.» Tese un braccio dietro di sé per toccarmi la barba. Le sue dita la percorsero e lui si rannicchiò di più contro di me.

«A volte una persona deve essere arrestata per ottenere l'aiuto di cui ha bisogno.»

Minty si spostò, ma non disse altro per diversi istanti. Ero quasi riuscito ad addormentarmi quando sussurrò: «Perché mi ami? Sono un disastro.»

«Ti amo perché sei una persona dolce, affettuosa e buona.»

«Avrei dovuto essere forte per te. Non lo sono stato.»

«Lo sei stato, invece,» gli ricordai. «Non sei andato con Kyle. Hai ottenuto delle prove per proteggerti da lui.»

«Ma sono venuto qui e ti ho fatto arrabbiare, invece di occuparmene da solo. O di andare da Barry o da Daniel. Tu hai i tuoi problemi familiari e ora mi ci metto pure io.»

«Sono il tuo ragazzo e il tuo Dom, e ti amo. Non avrei voluto che andassi da nessun altro. Tesoro…»

«Sì?»

«Promettimi che verrai sempre da me prima di fare qualcosa che ti possa causare sofferenza. Non importa cosa. Non importa come.»

«L'ho già promesso, no? Quando siamo andati a prendere il gelato. Ho promesso di dirtelo prima di suicidarmi, così potremo avere un'ultima scena.»

Mi si strinse il cuore.

«Ma io non voglio morire, Luke. È per questo che sono scappato e sono venuto qui. Voglio vivere, perché stare con te rende la mia oscurità degna di essere sopportata.»

Lo strinsi a me. «Ti amo.»

«Anch'io ti amo,» sussurrò. «Possiamo andare alla polizia del campus domani, se è quello che vuoi.»

«Non è solo quello che voglio,» dissi. «È quello di cui hai bisogno.»

Minty rabbrividì contro di me. «Sì, signore.»

I grilli frinivano fuori dalla finestra della mia camera da letto e io fissai i rami degli alberi che ondeggiavano al vento; alla fine, Minty cedette al sonno. Rimasi sveglio per ore, scosso dall'apprensione per Minty e riflettendo su cosa mi rendesse così diverso da Kyle. Mi addormentai inquieto poco prima dell'alba.

✧　✧　✧

Minty

«AH!»

Il piccolo grido di shock mi fece sobbalzare e per poco non feci cadere la ciotola con la pastella per i pancake che avevo preparato.

«Oddio, mi hai spaventato,» rantolò la madre di Luke, stringendosi il petto. Inclinò la testa. «Tu sei Minty, vero?»

Misi da parte la ciotola, mi spolverai la farina dalle mani e gliene porsi una. «Sì, signora. Mi scusi.»

Le sue dita erano fredde attorno alle mie. «Luke sa che sei qui?» chiese con una risata. «Ma certo che lo sa. Sta oziando a letto mentre tu prepari la colazione?»

Sorrisi e mi voltai verso la ciotola. «Di solito mi sveglio prima io. A lui piacciono i pancake. Speravo che, forse, piacessero anche a lei.»

«Molto.» Prese posto al tavolo della cucina, stringendosi nella vestaglia verde. Con i capelli biondi spettinati e i lineamenti eleganti, capii da dove Luke aveva preso il bell'aspetto. «E anche a Betsy.»

Il mio cuore si gonfiò. Avevo dimenticato che Betsy era lì.

Tornai a mescolare la pastella per i pancake prima di frugare negli armadietti per cercare una padella di buone dimensioni.

«Ecco, lascia fare a me,» disse lei. «Sei mio ospite. Mettiti comodo.» Fece un gesto verso il tavolo.

«Ma questo era il mio regalo per lei, per ringraziarla di avermi fatto passare la notte in casa sua.»

«Non c'è bisogno di ringraziarmi. Per quanto mi riguarda, sei sempre stato il benvenuto. Il problema era il padre di Luke.»

Feci un cenno di assenso e lasciai che mi accompagnasse al tavolo. Mi sedetti e la guardai estrarre una piastra elettrica dalla dispensa vicino alla porta sul retro. «Questo renderà le cose un po' più facili. Potremo prepararne molti di più in una volta sola.» La posò sul bancone e la collegò alla presa.

Mi alzai per raggiungerla. Non mi disse di nuovo di sedermi e insieme iniziammo a preparare i pancake.

«Scusi ancora se sono arrivato così senza preavviso. Avrei dovuto aspettare un invito, ma ieri ho avuto una giornata terribile e...»

«Avevi bisogno di stare con Luke. Lo capisco. È bello che possiate sostenervi a vicenda.» Mi lanciò un'occhiata preoccupata. «Posso aiutarti in qualche modo?»

Scossi la testa. «No. Sono solo felice di essere qui.»

Versando un'altra porzione di pastella, sorrise. «Sono felice anch'io.»

Dal piano superiore si udì un pesante calpestio, seguito dal chiasso di qualcosa che veniva trascinato giù per le scale.

La signora Montgomery sospirò. «Ci siamo.»

Betsy entrò in cucina con un orsacchiotto in una mano e trascinando con l'altra un enorme trolley rosa. «Vado a vivere con Rodney,» annunciò. «L'ho chiamato stamattina e mi ha detto che potevo. Andiamo.»

«Tesoro...»

Betsy si accorse di me. «Ciao, Minty.» Era ancora accigliata e aveva gli occhi gonfi per il pianto, ma mi salutò con affetto.

Io ricambiai. «Ciao, Betsy. Come stai?»

«Incazzata,» disse lei. «E tu?»

«Stressato.»

Lei sbuffò. «Anch'io.»

Ci studiammo per un attimo, poi lei annuì una volta, si girò verso la porta della cucina e la spalancò. «Portami a casa di Rodney.»

«Tesoro, le feste si passano in famiglia e...»

Betsy pestò un piede. «Rodney *è* la mia famiglia. Ci sposiamo.»

Sbattei le palpebre. La signora Montgomery tacque e, dopo quell'annuncio, Betsy uscì, con il trolley al seguito.

«Si sposano?» La signora Montgomery mormorò e poi fece un gesto verso di me. «Ti dispiace finire questi mentre io...?» Indicò la porta sul retro, ancora aperta, anche se Betsy non era più in vista.

«Certo.»

Allacciandosi la vestaglia, la signora Montgomery uscì e chiuse saldamente la porta dietro di sé.

La cucina si riempì di un silenzio teso. Non ero sicuro di quello che sarebbe successo con Betsy, con me, con Luke, con Kyle, con la vita stessa. Ero quasi certo che, una volta svegliatosi, Luke avrebbe voluto aiutarmi a gestire la situazione con sua sorella e, non appena risolta, sarebbe tornato a Knoxville per portare la registrazione alla polizia del campus.

Con i nervi a fior di pelle, girai i pancake sulla piastra e li impilai con cura su un piatto prima di tornare a versare mestoli di pastella sulla piastra. Il profumo dolce si levava intorno a me, mischiandosi all'odore poco familiare, ma non sgradevole, di una casa sconosciuta.

Voltandomi verso la finestra sopra il lavello, guardai verso il cortile posteriore. Betsy e la signora Montgomery erano sedute sulle due altalene, e la signora Montgomery parlava con un tono che sembrava calmo e regolare. Betsy allungò la mano e sua madre la prese.

Mi chiedevo come sarebbe stato avere una madre capace di sintonizzarsi sui miei bisogni e di mettermi al primo posto. Certo, la signora Montgomery aveva fatto una scelta difficile che si ripercuoteva sulla felicità di Betsy, ma stava comunque cercando di tranquillizzarla e di capirla. Non si aspettava che Betsy si prendesse cura di lei e facesse finta che tutto andasse bene.

Luke era in sintonia con i miei bisogni. Soprattutto quando eravamo nel suo dungeon. Lì notava ogni minima contrazione muscolare, ogni espressione che passava attraverso i miei occhi o si posava sul mio viso. Adoravo il modo in cui mi osservava quando ero alla sua mercé, come se non potesse distogliere lo sguardo, come se non ne avesse mai abbastanza.

Era parte di ciò che mi mancava mentre lui non c'era. Non mi ero reso conto di quanto fossi diventato dipendente dall'essere visto, compreso e amato. Ero come un tossicodipendente, e quando Luke era scomparso così all'improvviso, mi ero sentito come in un'infinita crisi d'astinenza. L'urgenza di riempire quello spazio con qualcosa di intenso e totalizzante mi aveva quasi spezzato.

Fuori, Betsy strinse più forte il suo orsacchiotto e la signora Montgomery si alzò per spingerla sull'altalena, continuando a parlare. La dinamica tra loro era chiara: madre e figlia, protettrice e protetta. Betsy era più grande e più forte della madre. Avrebbe potuto schiacciarla se avesse opposto resistenza fisica. Ma non lo aveva fatto.

Proprio come avrei potuto schiacciare Kyle o Luke. Ne avevo le capacità. Ero più che in grado di ferirli entrambi. Ma non lo avevo mai fatto. Avevo mantenuto il controllo, ma con risultati diversi. Con Kyle, ero diventato un dio glorioso; con Luke, gloriosamente umano.

Non era mai stato così chiaro. Dovevo trovare un modo per vivere senza la mia "dose di potere divino". Solo io potevo risolvere quel problema. La sera prima c'era stato un momento in cui avevo capito che con Kyle percorrevo una linea sottile e non funzionale tra sete di potere e desiderio di cederlo. Non potevo soddisfare gli stessi bisogni con Luke, perché il dolore che mi dava non mi concedeva il controllo.

Ne avevo bisogno.

Un lampo di ispirazione mi colpì, facendomi cedere le ginocchia. Il sudore e un timore incerto mi invasero.

Avrei potuto…? Lui avrebbe…?

Il rumore dei passi di Luke sulle scale del corridoio mi distolse dai miei pensieri, e mi resi conto che i pancake stavano bruciando. Li buttai rapidamente nella spazzatura e ne iniziai un'altra infornata proprio quando Luke entrò nella stanza con indosso una tuta, una maglietta di Galaga e i capelli arruffati.

Al risveglio avevo indossato i vestiti ormai asciutti con cui ero arrivato e avevo portato gli indumenti di Luke nella lavanderia. All'improvviso, però, desiderai essermeli tenuti: avrebbero potuto mascherare meglio la mia ansia. Luke se ne sarebbe accorto in un attimo. Almeno avevo un altro motivo più grande per essere ansioso: Kyle e la registrazione. Probabilmente Luke avrebbe pensato che qualsiasi nervosismo fosse dovuto a ciò che ci aspettava. Non aveva idea dei nuovi pensieri che mi turbinavano in testa.

«Buondì.» La voce di Luke era ruvida e assonnata. «Cos'è stato quel casino di poco fa?»

«Betsy che se ne va.» Feci un cenno verso la porta. «È scesa con le valigie pronte e ha detto che sposerà Rodney. Vuole andare a casa sua adesso.»

Le sopracciglia di Luke si alzarono e poi abbassarono. «A casa dei suoi genitori? È in South Carolina.»

Feci spallucce e gli rivolsi uno sguardo comprensivo. «Sembra piuttosto determinata ad andare. Come ho detto, aveva le sue cose pronte.»

Luke sospirò, passandosi una mano tra i capelli. «Dov'è adesso?»

«Sull'altalena, a parlare con tua madre.»

«Bene. Così non dovrò andare a cercarla.»

«Non sta ancora portando i suoi bagagli in strada per prendere un autobus per la casa di Rodney,» concordai, mentre lui si muoveva nella stanza verso di me. «Non la biasimerei nemmeno un po' se lo facesse, però.»

Diavolo, anche io avrei impacchettato i miei averi in un bel trolley rosa per poi correre in strada, pur di sfuggire ai miei problemi. Invece, sarei stato trascinato a Knoxville e alla stazione di polizia del campus per poter accusare il mio ex amante di aver pianificato il mio omicidio.

Ex amante, come no, sibilò la mia mente con un'alzata di occhi. *Vorrai dire stupratore. Quasi assassino.*

Rabbrividii e Luke mi abbracciò. «Non c'eri quando mi sono svegliato. Temevo che te ne fossi andato.»

«Io no,» sussurrai, girando i pancake. La guancia ispida di Luke si posò sulla mia. «Ma Betsy sì.»

«Non lo farà.»

«Non puoi tenerla qui contro la sua volontà,» sottolineai. Per qualche motivo, volevo che Betsy vincesse la sua battaglia. Se lei si fosse liberata, forse avrei potuto farlo anch'io. Forse ci trovavamo in circostanze completamente diverse, ma entrambi sapevamo cosa significava avere aspetti di noi che non potevamo controllare e che determinavano gran parte delle nostre vite.

Luke sospirò. «Possiamo, in realtà. Voglio dire, legalmente. Ma nessuno lo vuole, tantomeno io e mia madre.»

Mi lasciò andare, si appoggiò al bancone e mi guardò mentre preparavo un'altra pila di soffici pancake.

«C'è un motivo per cui non può sposare Rodney?»

«A parte il fatto che entrambi hanno la sindrome di Down?»

«È un vero motivo?» chiesi, lanciandogli uno sguardo. «Si amano. Vogliono stare insieme.»

«Anche in questo caso, legalmente, possono sposarsi.» Luke si grattò la barba. «Dovremmo parlare con i genitori di Rodney, capire la logistica e vedere se può sembrare un futuro ragionevole per entrambi. In ogni caso, non può andare lì oggi e...»

La porta si spalancò. «Voglio andarmene!» disse Betsy con tono lacrimoso.

«Tesoro, faremo in modo che tu possa vedere Rodney dopo Natale. Allora potremo parlare di tutto questo.» La signora Montgomery riportò il bagaglio rosa in casa.

«No.» Betsy si avvicinò al tavolo della cucina, con le braccia incrociate e il suo orsacchiotto ancora al petto.

«Vuoi un pancake, Bets?» domandò Luke.

Lei si mordicchiò il labbro inferiore e lo fissò prima di rispondere: «Sì. Con il miele.»

«Arriva subito.»

La madre chiuse la porta, alzò le mani e disse: «Te lo prometto, Betsy. Oggi chiamerò i suoi genitori. Ne discuteremo. Non sono contraria al vostro matrimonio. Rodney è un ragazzo adorabile. Ma ci sono questioni da considerare e...»

«Mettici anche le gocce di cioccolato,» ordinò Betsy, guardando Luke che preparava il suo piatto di pancake.

Girai altri pancake sfrigolanti sulla piastra.

Luke prese un sacchetto di gocce di cioccolato fondente dalla credenza e ne aggiunse una manciata. «Bastano?»

Lei annuì prima di rivolgersi di nuovo alla madre. «Voglio sposare Rodney.»

«Pensavo che *non* volessi sposare Rodney,» obiettò Luke. «Ne abbiamo parlato non molto tempo fa.»

«Ho cambiato idea.»

«Le persone possono cambiare idea,» mormorai.

Luke mi guardò con un sorriso sorpreso sulle labbra. «Come ha detto la mamma, prima dobbiamo parlare con i suoi genitori. Non puoi andare a casa sua e rovinare le loro vacanze.»

«I suoi genitori mi vogliono bene. Me lo hanno detto loro.»

Luke sorrise. «Chi non ti vorrebbe bene, Bets?»

Lei alzò di nuovo le spalle. Luke le mise davanti il piatto di pancake e la forchetta, e Betsy iniziò a mangiare, appoggiando l'orso sulla sedia accanto a lei.

Il silenzio regnò per un attimo, poi la signora Montgomery giunse le mani come in preghiera, chiuse gli occhi, trasse qualche respiro, poi li riaprì. «Va bene. D'accordo, è tutto risolto. Mangiamo i pancake.»

Con la crisi di Betsy temporaneamente scongiurata, spensi la piastra, misi gli ultimi pancake su un piatto da portata e li servii in tavola insieme al miele, allo sciroppo e alle gocce di cioccolato.

Luke ci preparò il caffè e il tè, e quando Betsy ebbe finito il suo primo piatto, noi avevamo appena cominciato a mangiare il nostro.

«Sono deliziosi,» mi disse la signora Montgomery, allungando la mano per accarezzarmi. «Soffici, dolci. Proprio perfetti.»

«Meglio di quelli di Riverwoods,» concordò Betsy, aggiungendone altri al suo piatto. «Anche meglio di quelli che fa la nonna.»

Sorrisi, felice di aver realizzato qualcosa di così gradito a tutti i commensali. I pancake non avrebbero risolto i problemi di Betsy, ma per il momento sembrava di nuovo felice. «Grazie.»

Luke premette il ginocchio contro il mio sotto il tavolo e io vi appoggiai la mano. Lui sorrise e intrecciò le nostre dita. Sia Betsy che sua madre se ne accorsero, ma nessuna disse una parola.

Chiacchierammo per un po' e riuscii a far finta che gli eventi stressanti della giornata che ci aspettavano non esistessero. Dopo che Betsy ebbe finito la terza porzione, iniziò a elencare tutti i motivi per cui sposare Rodney avrebbe risolto il problema di Riverwoods. Mentre Luke ascoltava, le sue sopracciglia si inarcarono sempre di più. Era chiaro che, nonostante il suo ritardo cognitivo, il ragionamento di Betsy non era del tutto sbagliato. Vedendola che la spuntava, pensai che avrei avuto una possibilità anche io.

Tuttavia, non avrei dovuto cercare di convincere le persone che mi amavano che ero stato aggredito e minacciato da Kyle, ma dei poliziotti. E, per esperienza, ai poliziotti non piacevo. Nemmeno a quelli gay. Ero troppo inquietante per loro. Con i miei vestiti femminili, i miei lineamenti delicati e la mia personalità da fata, era possibile che facessi provare loro delle sensazioni per le quali erano costretti a punirmi. Come Kyle.

«È stato tutto molto ben argomentato,» disse la signora Montgomery a Betsy. «Se abbiamo finito di fare colazione, possiamo chiamare subito i genitori di Rodney per fissare un appuntamento per discuterne di persona.»

Il sorriso di Betsy mi scaldò dentro. Se lo meritava. Potevo solo sperare che i genitori di Rodney fossero d'accordo.

Mentre seguivo Luke su per le scale, sentii Betsy al telefono in cucina che spiegava a Rodney perché non sarebbe andata a casa sua. «Ma è tutto a posto, Rodney. Hanno detto che posso sposarti.»

Le mie labbra si incurvarono di fronte alla sua dolcezza. Era bello sentire un tono di ottimismo a sostituire il dolore.

A proposito di dolore, il resto della giornata avrebbe fatto più male di quanto potessi sperare. Anche con Luke accanto, non c'era modo che quello che stavo per affrontare non riaprisse le mie ferite più rabbiose e oscure. Mi sentivo male solo a pensarci.

Mi chiesi se il tempo trascorso nel dungeon di Luke mi avesse rafforzato abbastanza da affrontare l'agonia.

Che mi piacesse o meno, era arrivato il momento di scoprirlo.

Capitolo 31

Luke

«I PANCAKE SONO stati una tua idea, vero?» chiesi, mentre imboccavo la rampa autostradale per tornare a Knoxville. Avremmo preso la mia macchina e lasciato il suo pick-up a casa di mia madre finché non avessimo sistemato le cose.

«Sì. Al mattino dopo una serata di scelte discutibili, faccio i panic-pancake. O *panicake*.»

«Per cosa eri in preda al panico? Per l'idea di incontrare mia madre o…?» Feci un gesto verso il parabrezza indicando la direzione in cui stavamo guidando.

«Per la seconda, soprattutto.»

«Dobbiamo andare alla polizia del campus il prima possibile. Avremmo dovuto farlo subito, quando ti ha aggredito la prima volta.»

Minty annuì, e aveva un colorito così malsano che temevo che la mezza dozzina di pancake che aveva mangiato potesse ripresentarsi. «Lo so.» La sua voce era un sussurro.

Misi la mano sulla sua coscia, lasciandola lì. La sua gamba tremava per l'apprensione che si irradiava da lui. Cercai di pensare a un modo per distrarlo. Se fossimo stati a casa mia, lo avrei portato nel dungeon e lo avrei percosso con un leggero scudiscio per farlo entrare in uno stato d'animo più calmo.

Così com'era, potevo solo offrire qualcosa da aspettare con ansia.

«Quando tutto questo sarà finito, ti porterò a casa e cancellerò tutto dalla tua mente per un po'. Va bene?»

Minty si agitò, si leccò le labbra e mormorò: «E se volessi qualcosa di diverso?»

Sbattei le palpebre per la sorpresa. «Vuoi che faccia l'amore con te? Posso farlo.»

Scosse la testa con veemenza. «Non lo voglio assolutamente.»

«Okay...» Lasciai che la mia incertezza indugiasse nell'aria tra noi.

Alla fine parlò di nuovo. «Voglio scambiare i ruoli.»

Mi schiarii la gola. «Come, scusa?»

«Voglio che tu ti sottometta a me. Voglio farti tutto quello che voglio, in qualsiasi modo io desideri farlo.»

Il mio cuore cominciò a battere forte. Era passato molto tempo da quando avevo recitato il ruolo di sub, ma ricordavo ancora le lezioni che Jerome mi aveva impartito. Stare fermo. Accettare il dolore. Essere ricompensato con l'estasi.

«Da quanto tempo ci pensavi?»

«Non lo so,» mormorò. «Da molto tempo, forse. Fino a stamattina, però, non mi ero reso conto di volerlo, ma ora credo che sia lì da un po'.»

«Sei stato insoddisfatto?»

«No. Sì. Non sempre. È difficile da spiegare.» Si scostò la maglietta. Avrei voluto che ci fermassimo al dormitorio per fargli indossare uno dei suoi bellissimi abiti come armatura, ma capivo perché era importante indossare abiti maschili per andare dalla polizia. «Voglio essere un dio. Voglio essere il burattinaio. Voglio costringere qualcuno, costringere te a provare qualcosa contro la tua volontà. Ne ho bisogno.»

Mi schiarii la gola. «È quello che ha fatto Kyle per te.»

«Sì,» sussurrò. «Nel suo modo perverso, è quello che ha fatto.»

Lasciai l'acceleratore, che mi resi conto di aver premuto troppo.

Stavamo correndo a molte miglia sopra il limite. «Non amo il dolore,» ammisi. «Non mi piace come piace a te.»

Rimase in silenzio e lasciai che le parole affondassero nello spazio tra noi. Era quello il punto, no? Sapeva benissimo che non mi piaceva, che non lo volevo, e lo desiderava comunque. Voleva cercare di distillare il momento in qualcosa di più grande dei miei gusti e delle mie antipatie, farmi esplodere di sentimenti, desiderati e non, e controllarli.

Lo aveva detto lui stesso. Voleva essere un dio. Ne aveva bisogno.

«D'accordo,» concordai a bassa voce. «Possiamo provarci. Prima dovrò insegnarti alcune cose. Se vuoi, iniziamo già stasera.»

L'energia proveniente dal suo lato dell'auto si amplificò. Era in parte ansia, in parte paura, in parte eccitazione e in parte qualcosa di più oscuro, qualcosa di avido e desideroso di farmi diventare la sua puttana.

«Okay,» sussurrò.

Il resto del viaggio verso il campus fu tranquillo, ma alla fine Minty mise la sua mano tremante sulla mia gamba, tenendola lì con una pressione costante. Quando parcheggiammo davanti al piccolo edificio in mattoni della polizia del campus, aggiunse piano: «Grazie, e mi dispiace di averne avuto bisogno, e anche per tutto il resto. Ma grazie.»

Non sapevo cosa dire, così lo abbracciai, lasciandolo solo quando fu lui a scostarsi. Si controllò il viso pulito nello specchietto; per una volta non portava trucco.

«Facciamolo,» disse. «Sono pronto.»

Io no, ma scesi dall'auto con lui e, per la prima volta da quando ci eravamo conosciuti, lasciai che fosse lui a prendere il comando.

Capitolo 32

Minty

GLI AGENTI DEL campus furono scettici finché feci loro ascoltare la registrazione. In seguito, ci furono molte telefonate e grida a porte chiuse; ore dopo, una bella signora che indossava una gonna marrone attillata, una camicia color crema con sciarpa incorporata e una giacca di tweed si sedette di fronte a me e mi rivolse quello che doveva essere il suo sguardo più gentile.

«Cominciamo dall'inizio,» esordì con garbo.

Luke mi prese la mano e io la strinsi forte. «L'inizio-inizio? O l'inizio con Kyle?»

«Qualsiasi cosa tu ritenga sia meglio.»

Era la prima volta in vita mia che dicevo tutta la verità a un avvocato, anche le parti peggiori e più vergognose su mio padre.

«In seguito,» conclusi, dopo aver condiviso il modo in cui glielo avevo succhiato e poi gli avevo sputato lo sperma in faccia. «Mi odiavo. Mi odio ancora.»

Lei prese appunti.

«È andato in prigione,» le spiegai. «Quindi, ho già fatto tutto questo e non voglio passarci di nuovo.»

Mi resi conto che ciò aveva giocato un ruolo nella mia riluttanza nel recarmi in caserma. «Non voglio testimoniare e avere una giuria che mi guarda, sapendo quello che ho fatto.» Rabbrividii. «Sapere cose private che nessuno dovrebbe sapere di me.»

«Capisco,» disse la donna a bassa voce, e improvvisamente avrei voluto prestare più attenzione quando mi aveva detto il suo nome. Ero troppo occupato a dissociarmi e a cercare di non andare in mille pezzi per i ricordi, gli sguardi brutali e le espressioni inorridite della polizia. «Proveremo a evitare che si arrivi a tanto.»

«Ma sarebbe possibile?» chiese Luke.

«"Provare" è la parola chiave.»

Mi sentivo nauseato, il mondo si inclinava sul suo asse per la seconda volta in vita mia. Che cosa avevo fatto? Ora che avevo aperto il vaso di Pandora, non c'era modo di richiuderlo. Sarei finito al telegiornale, tutti avrebbero saputo i fatti miei.

Prima ero un minorenne, protetto dal sistema giudiziario. Questa volta sarebbe stata la mia parola contro quella di Kyle. Chi poteva sapere cosa avrebbe detto? La verità, cioè che avevo voluto che mi aggredisse? O una bugia, che mi ero inventato tutto per vendicarmi del suo rifiuto? O peggio?

«Ritiro tutto,» dissi, alzandomi in piedi.

Luke scosse la testa, trattenendo la mia mano. «Minty, no. È pericoloso.»

«Lo so!»

«Ti proteggeremo,» disse l'avvocata.

«Non potete,» sussurrai. «So già che non è possibile.»

«Mitchell,» azzardò, e io tentennai, alzando le mani per bloccare le sue parole.

«No. Non posso. Non lo farò. Non salirò su un banco e non dirò ad alta voce tutte le cose che nessun estraneo dovrebbe mai sapere di me.»

«Farà questo ad altre persone,» disse Luke. «Se non potrà ferire te, lo farà a qualcun altro. Forse lo ucciderà.»

L'avvocata annuì.

Il mio stomaco si contorse. Mi sedetti di nuovo. «Può davvero metterlo in prigione con quello che le ho detto? Con quel nastro?»

«Spero che ci riusciremo.»

Le lacrime mi pizzicarono gli occhi. «E ci rimarrà? O lo faranno uscire come hanno fatto con mio padre?»

«Non posso garantire nulla,» rispose gentile. «Ma ti prometto, Mitchell, che farò il possibile per sostenerti.»

In quel momento, avrei voluto morire. Volevo che l'HIV dentro di me si desse una mossa, mi facesse lasciare l'esistenza prima di dover salire sul banco dei testimoni davanti a mia madre, a Dio, alla stampa e a chissà chi altro, e guardare Kyle mentre confessavo: «Stava per uccidermi, ma una parte di me lo voleva.»

«No, voglio ritrattare tutto,» ripetei.

«È tutto vero?» chiese.

«Sì, ma non voglio più farlo.»

Mi accarezzò la mano. «So che non lo vuoi, ma è necessario.»

Luke mi abbracciò e mi sussurrò all'orecchio: «Ti prego, tesoro. È pericoloso. Non posso perderti. Ho bisogno di te.»

Cominciai a piangere e alla fine annuii. «Okay. Va bene. Lo farò.»

Dopodiché, era troppo tardi per tornare indietro. Avevo già raccontato tutto alla polizia, che aveva ascoltato il nastro e aveva già organizzato la retata con gli agenti di Knoxville al dormitorio per arrestare Kyle e portarlo nel carcere cittadino.

O qualcosa del genere. Faticavo a comprendere i dettagli. Mi sentivo le orecchie piene di cotone e la mia mente vorticava per l'umiliazione e la paura.

Non avevo il controllo. *Non* ero un dio. Ero un ragazzino gay che non aveva modo di proteggersi da ciò che sarebbe accaduto.

«È tardi,» esordì Luke, guardando l'orologio. «Siamo qui da sei ore ormai. Posso portarlo a casa?»

L'avvocata consultò l'orologio. «Lo terrai al sicuro?»

Sapevamo entrambi che non intendeva che mi proteggesse da Kyle, ma da me stesso.

«Sì.»

«La polizia potrebbe aver bisogno di altro da lui domani, a seconda di quello che troveranno quando arresteranno il signor Aiken...»

Era il cognome di Kyle? Non lo avevo mai saputo.

«E perquisiranno la sua stanza. Ecco.» La donna spinse due biglietti da visita sul tavolo. Uno era suo e riportava il nome di Lydia Butler. L'altro era di una donna di nome Pamela Novik, PhD. Lo indicò. «Questo è il nome e l'indirizzo di una psicologa. È fantastica in quello che fa. E poiché è anche mia sorella, di tanto in tanto vede gratuitamente alcuni dei miei clienti.»

Luke emise un sospiro di gratitudine.

Lydia continuò: «Ti aspetta domani mattina alle sette in punto.»

«È sabato,» mormorai.

«Le emergenze di salute mentale non si prendono una pausa il sabato, e nemmeno mia sorella.»

Mi accigliai.

Lydia incrociò lo sguardo di Luke. «Allora, verrà?»

Presi in mano il biglietto da visita della sorella, lo girai sul palmo della mano, lessi l'indirizzo dell'ufficio e poi lo infilai nella tasca dei jeans. «Ci sarò.»

Luke mi strinse di nuovo la mano, Lydia si alzò, mi lanciò un altro sguardo triste e gentile, e poi fummo liberi.

Mentre uscivamo dalla stazione di polizia, un vento frizzante d'inverno mi arruffò i capelli; desiderai che mi sollevasse e mi portasse via da quella situazione, da quel mondo, fino al paradiso o a qualsiasi cosa mi aspettasse là fuori.

«Andrà tutto bene,» disse Luke mentre metteva in moto l'auto.

«No, invece.»

In silenzio, guidammo fino alla sua villetta. Era bello essere di nuovo a casa... e da quando avevo cominciato a pensare che casa di Luke fosse casa mia? Anche se accoccolarsi sul divano e dormire nel suo morbido letto sembrava allettante, sapevo che non sarei riuscito a placarmi. Ero così agitato e fuori di me da sentirmi sul punto di evaporare.

Un fresco sollievo mi invase quando Luke chiuse la porta d'ingresso alle nostre spalle e si voltò direttamente ad aprire quella del seminterrato.

«Vuoi lasciarti tutto questo alle spalle per un po'?»

«Sì.»

«La nostra parola di sicurezza?»

«Barboncino.»

«Andiamo.»

Capitolo 33

Luke

«I NGINOCCHIATI.»

Non mi sorprese che quello fosse il primo comando di Minty dopo che avevamo stabilito ufficialmente i termini della serata: lui sarebbe stato il Dom e io il sub; nessun colpo violento al di là delle sculacciate, dato che non avevo ancora avuto il tempo di insegnargli a maneggiare gli attrezzi, e oltre al semplice "barboncino" per porre fine alla scena, avremmo usato anche il verde e il giallo per significare "vai avanti" e "rallenta".

Minty era scosso dopo il calvario delle ultime ventiquattro ore, e mi chiesi se fosse una buona idea lasciargli prendere il comando. Ma sapevo anche che ne aveva bisogno. Forse non ero in grado di farlo sentire un dio come lo era stato Kyle, ma potevo aiutarlo a trovare un po' di pace e ordine mentale.

Il pavimento di cemento mi graffiava le ginocchia, ed ebbi un breve lampo di rispetto per il fatto che Minty non si era mai lamentato.

«Via la camicia.»

La sbottonai e la gettai da parte. Gli angoli delle labbra di Minty si sollevarono in un sorrisetto. «È questo il modo di trattare i tuoi vestiti?»

«Scusami, signore,» mormorai. «Devo prenderla, signore? Piegarla?»

Sbuffando, recuperò lui stesso la mia camicia e si mise di fronte a me torcendola tra le mani. Mi accigliai. Era una delle mie preferite. L'avrebbe distrutta in quel modo. Aprii la bocca per protestare, incrociai il suo sguardo e la richiusi.

Non aveva un aspetto minaccioso. Anzi, sembrava vulnerabile. Se avessi messo in dubbio la sua autorità già all'inizio, non avrebbe avuto senso andare avanti.

«Apri la bocca,» disse, quando ebbe avvolto la mia camicia in una spessa corda di tessuto.

Era strano tenere la bocca aperta per lui, e non ero sicuro di cosa fare con le braccia. Jerome me le faceva sempre tenere dietro la schiena, ma Minty non lo aveva chiesto. Naturalmente, non sapeva che avrebbe dovuto guidarmi: dopotutto, raramente gli davo ordini sulla postura. Faceva tutto con naturalezza.

«Voglio solo vedere...» mormorò, mentre mi infilava in bocca la camicia, legandone le maniche dietro la testa in un goffo bavaglio. «Oh. Wow.»

Abbassai il mento, cercando di assumere un'aria di sottomissione, ma Minty si limitò a ridere. Non era un suono spensierato. Era gravato dal fardello della giornata, della sua vita.

«Non preoccuparti, tesoro,» mormorò. «Non ti si addice. E comunque non è quello che voglio.»

Sollevai di nuovo il mento e incontrai i suoi occhi stanchi. Non c'era una vera e propria lussuria in essi, e potevo vedere dal davanti dei suoi jeans blu che non gli stava venendo duro.

«Alzati.»

Lo feci e lui mi afferrò le mani, conducendomi al letto. «Togliti i pantaloni. Stenditi.»

Obbedii e crollai supino al centro del materasso, mordicchiando la stoffa che avevo in bocca mentre aspettavo di vedere cosa avrebbe fatto dopo. Guardando il soffitto, notai che la distesa bianca e vuota non era molto sensuale. Decisi di prendere un baldacchino o magari di drappeggiare un tessuto scuro per renderlo meno spoglio.

«Presta attenzione,» sussurrò Minty. Non aveva affatto alzato o indurito la voce, ma non c'era nulla di timido nei suoi comandi.

Girai la testa verso di lui e vidi che anche lui si era spogliato. Non era eccitato, ma era splendido come sempre con le sue membra pallide, il pube biondo, i capezzoli rosei. Si mise in ginocchio sul letto, con il cazzo molle che ballonzolava, e salì a cavalcioni sui miei fianchi, lasciando cadere le palle sul mio uccello semi-duro.

«Mani in alto. Tocca la testiera.»

Mi adeguai e lui annuì. «Tienile lì. Non spostarle. Qualunque cosa io faccia.»

Un altro cenno d'assenso.

Minty si avvicinò e mi tolse la camicia dalla bocca. «Voglio sentirti,» disse.

Mi schiarii la gola prima di parlare. «Ci sono regole su quello che posso dire, signore?»

Scrollò le spalle. «Quello che vuoi. Basta che non muovi le mani.»

«Sì, signore.»

La sua mossa successiva non fu molto diversa da quando eravamo al piano di sopra, nella mia camera da letto. Scivolò sopra di me, strofinandosi contro i peli del mio petto e strusciando il cazzo accanto al mio finché non furono entrambi eretti. Avrei voluto allungarmi per afferrarlo e spostarlo in una posizione che mi avrebbe fatto eccitare meglio, ma tenni le mani sulla testiera del letto, lasciandogli fare quello che voleva.

«Mi piace molto la barba,» mormorò, sporgendosi in avanti per accarezzare la guancia contro la mia. «È sexy.»

«Grazie.»

Si sedette di nuovo, premendo il culo contro il mio uccello. Il suo non si era ammorbidito, ma mentre mi fissava, nei suoi occhi si scatenava la tempesta.

«C'è qualche problema, signore?» chiesi.

Sospirò, toccandomi il viso e facendo scorrere le dita sulla barba. «Il problema è che non voglio farti del male.»

«Non è necessario.»

Gemendo, si coprì il viso con le mani. «Pensavo che avrebbe funzionato, ma...»

«Non è così,» ipotizzai.

Scosse la testa e si buttò sul materasso accanto a me. Girandosi su un fianco, mi passò una mano sul petto. Tenevo le braccia sollevate verso la testiera del letto, perché non aveva detto di abbassarle e nessuno si era ancora chiamato fuori dalla scena.

«Credo di essermi sbagliato. Non penso di essere tagliato per essere un Dom.»

«Ci sono molti modi per farlo. Non devi farmi male o soffocarmi, o fare qualcosa di doloroso. Potresti farmi il solletico, o costringermi a stare sdraiato con le mani in alto per un po'. Potresti farmi cantare l'Ave Maria con accento scozzese. Oppure chiedermi di succhiartelo o di giocare con i tuoi capezzoli. Come tuo sub, farò tutto quello che mi dirai.»

Annuì, aggrottando la fronte. «Non so cosa voglio.» Sbuffò. «Non è forse questo il mio problema? Non so *mai* cosa voglio.»

«Volevi provare a fare questa inversione di ruoli. Ne eri sicuro prima. Forse stasera non è la serata giusta. È stata una lunga giornata e hai solo bisogno che ti faccia un massaggio e ti porti a letto.»

«Un massaggio?»

Feci un cenno d'assenso.

Ci pensò su, mordicchiandosi il labbro inferiore. «E poi mi porteresti di sopra?»

«Sì.»

«Come se fossi una principessa in un romanzo d'amore?»

«Certo. Se mi dici di farlo, lo farò.»

Minty continuò a riflettere. «E se volessi che tu mi facessi un bagno con la schiuma e poi mi lavassi lentamente dalla testa ai piedi?»

Risi. «Tesoro, non desidero altro. Voglio dire, signore.»

Scosse la testa. «Questa storia del signore è ridicola. Chiamami... Vostra Maestà.»

«Sì, Vostra Maestà. Sarò felice di lavarvi.»

I suoi occhi si illuminarono e un sorriso gli sfiorò le labbra. «Va bene. Proviamo di nuovo.»

«Va bene.»

«Pronto?»

«Sì.»

Si schiarì la gola e sollevò il mento con aria regale. «Primo, lascia la testiera del letto. Secondo, succhiami l'uccello, e terzo, una volta che sono venuto, portami di sopra per un bagno caldo. Oh, e non in spalla come se fossi un sacco di patate, ma in modo romantico. Come se fossi una sposa.»

«Sì, Vostra Maestà,» dissi, muovendomi per afferrare i suoi fianchi e accarezzare il suo cazzo. Si era afflosciato durante la nostra conversazione, ma la sensazione della mia barba contro la carne sensibile lo risvegliò di nuovo. Gli mordicchiai delicatamente lo scroto, mentre lui mi infilava le dita nei capelli.

«Poi, nella vasca da bagno, mi pulirai ogni centimetro.»

«Mmm,» concordai, la bocca piena del suo cazzo.

«E quando saremo a letto, mi scoperai per bene e con forza. E mi morderai un capezzolo quando verrò.»

Mi staccai. «Sì, Vostra Maestà.»

«Non ho detto di smettere,» mi rimproverò. «Stai facendo il disobbediente?»

«Impensabile, Vostra Maestà.» Ben presto gemette e si aggrappò ai miei capelli. Le sue cosce fremevano e i fianchi tremavano.

«Mi laverai i capelli e i denti.»

«Mmm,» mugugnai.

«E poi mi leccherai tra le natiche mentre io guardo un episodio di *Magnum PI*.»

«Agli ordini,» concordai, tornando rapidamente a succhiarglielo.

«E farai tutto questo perché sono fantastico,» mugolò. «Perché sono un adorabile dio pieno di necessità.»

«Sì,» dissi, staccandomi. La saliva mi colava dalle labbra alla punta del suo uccello. «Siete il mio dio, Vostra Maestà, e vi adoro.»

«Esatto.»

Tornai al mio pompino. Ma non mi sfuggì che, a differenza di quando ero io a comandare o facevamo l'amore, lui non si sottrasse ai complimenti.

«Ti ordino di dirmi quanto sono bello quando vengo,» aggiunse, le palle che si contraevano per l'orgasmo in arrivo.

Smisi di lavorarlo con la bocca e usai la mano per portarlo ancora più vicino al limite. «Siete stupendo, Maestà. Il ragazzo più…»

«Principe,» mi corresse.

«Principe…»

«Delle fate.»

«Il principe delle fate più perfetto che abbia mai visto. Non c'è nessuno bello come voi.»

Minty era teso per il piacere, con il petto e le guance rosa e gli occhi lucidi. «Ti amo,» continuai, tornando al tu e inondandolo di complimenti. «Sei così adorabile, dolce e sexy. Sei la mia persona preferita al mondo. E adoro soprattutto quando diventi tutto rosso e tremi prima di… ah!» Scoppiai a ridere, tuffandomi per inghiottire il suo sperma che gli schizzava dall'uccello.

Mi si aggrappò ai capelli con mani sussultanti, gemendo e tremando. «Sono bellissimo. Sono un principe delle fate,» mormorò mentre si contorceva per le ultime pulsazioni. «Sono il tuo dio.»

Si accasciò inerte all'indietro; io mi pulii la bocca con il dorso della mano, mi aggiustai il cazzo nei pantaloni e mi spostai per prenderlo tra le braccia. Non era leggero come sembrava, ma potevo farcela.

«Dimmi che sono un bravo ragazzo.»

«Sei proprio un bravo ragazzo, Mitchell.»

«Esatto,» disse imperioso, mentre le sue palpebre si chiudevano. Lo cullai al petto. «Ma è Vostra Maestà.»

«Giusto. Siete un bravo ragazzo, Vostra Maestà.»

«Domani dovrei punirti per avermi chiamato in modo sbagliato.» La sua fronte si aggrottò mentre rifletteva sulla punizione che avrei potuto meritare. Poi sospirò. «In realtà ho molte cose di cui occuparmi domattina, quindi forse il giorno dopo. Ma non preoccuparti, sarai punito di sicuro.»

«Ne sono felice, Vostra Maestà.»

«Non sarai felice quando ti costringerò a tagliare, limare e dipingere le mie unghie dei piedi.»

«Ogni vostro desiderio è un ordine.»

«Perché sono io che comando.»

«Sì, siete il mio principe delle fate, il mio bellissimo piccolo dio.»

Sorrise. «Mi piace.» Poi premette la testa sul mio petto, si aggrappò a me e, mentre lo portavo di sopra, disse: «Grazie per esserti preso cura di me.»

«Sempre, Vostra Maestà.»

La leggerezza mi cresceva nel cuore. Non era quello che mi aspettavo quella sera, e sembrava che non fosse nemmeno quello che lui aveva immaginato, ma in qualche modo mi sembrava giusto e vero. Come se il Minty del passato che c'era ancora in lui, l'uomo integro, bello, meraviglioso e fantastico che avrebbe dovuto sempre essere, fosse emerso nel nostro gioco, pronto a crescere e a guarire.

«Ti amo,» ansimai mentre raggiungevo le scale che portavano alla camera da letto. «Ti porterò ovunque.»

«Lo farai,» acconsentì. «Che ti piaccia o no.»

«Okay.»

«Anch'io ti amo,» disse, mentre imboccavo la rampa successiva. «Ma dovrai comunque mettermi lo smalto alle unghie dei piedi. Ho comprato una nuova tonalità di rosa.»

«Sì, Vostra Maestà.» Un po' ansante e sudato per lo sforzo, lo deposi sul letto. Mani sulle ginocchia per riprendere fiato, mi voltai verso il bagno.

«Usa il bagnoschiuma alla lavanda,» ordinò.

«Sì, Vostra Maestà.»

Quando andai a prenderlo per il bagno che avevo preparato, si era addormentato. Ciglia bionde su guance pallide, le labbra rosa erano socchiuse, e ogni briciolo di preoccupazione e paura era svanito. Non potevo sopportare di svegliarlo, così infilai il suo corpo nudo sotto le coperte, gli diedi un bacio sulla guancia, misi la sveglia per l'appuntamento con il terapeuta del mattino e andai a lavarmi. Poi mi sistemai accanto a lui.

Giurai che lo avrei protetto da quella notte in poi.

Non avevo mai voluto un nuovo ragazzo, ma ne avevo uno. Il migliore. Lo avrei protetto per sempre, a ogni costo. Lo avrei chiamato Vostra Maestà e sarei stato la sua volenterosa guardia del corpo fino alla fine dei tempi, fino alla morte di entrambi, per quanto precoce potesse essere. In ogni caso, lo avrei fatto sentire amato e lo avrei tenuto al sicuro.

Dopo tutto quello che aveva passato, se lo meritava. Lo meritavamo entrambi.

Capitolo 34

Minty

L'UFFICIO DI PAMELA Novik si trovava nel seminterrato dell'edificio di Psicologia del campus, che a quell'ora del mattino cominciava ad animarsi con l'arrivo di segretarie, receptionist e professori. Mancava ancora qualche ora prima che gli studenti si facessero vedere.

La polizia non aveva chiamato né la sera prima né quella mattina. Mi ero svegliato di notte di nuovo spaventato, aspettandomi che venissero a bussare chiedendo di sapere perché avessi mentito su Kyle e per arrestarmi al suo posto. Ma non avevano nemmeno chiamato prima che uscissi per andare nell'ufficio di Pamela.

Luke avrebbe voluto venire con me, ma doveva essere al lavoro. Aveva già perso troppe cose ultimamente, tra il ricovero di suo padre e i miei problemi. «Mi dispiace, Vostra Maestà,» aveva detto, sfoggiando quel suo nuovo look barbuto. «Ma troverò qualcuno che venga con voi. Il mio piccolo dio sarà protetto.»

Gli avevo ricordato che non avevo bisogno di protezione; conoscevo l'aikido. Ma lui mi aveva ignorato: «Mi dispiace, è il protocollo, Vostra Maestà.»

Avevo sbuffato, divertito e infastidito dalla foga con cui aveva accettato il mio stile di dominazione da principe delle fate, ma anche commosso. Era chiaro che gli piaceva adorarmi e, per qualche motivo, in quel contesto potevo permetterglielo.

Dopo il mio consenso, aveva chiamato Windy e gli aveva chiesto di accompagnarmi all'appuntamento. Cosa che aveva fatto.

Ora il mio amico aspettava fuori, nel corridoio, su una sedia con lo schienale rigido, mentre io andavo ad accomodarmi su un divano di fronte a Pamela nel suo ufficio tranquillo. Assomigliava molto a sua sorella, compresi gli occhi gentili, ma era vestita in modo più vivace. Ammirai i suoi strati di camicie, maglioni e sciarpe a motivi diversi, ma tutti complementari.

Per quanto mi riguardava, avevo scelto con cura un maglione rosa, una calzamaglia in tinta con dei cuori rossi e una vaporosa gonna di pizzo blu che avevo trovato in un negozio di costumi in centro. Avevo un lucidalabbra rosa, dei brillantini sugli zigomi e un sacco di mascara. Ai piedi avevo gli stivali da cowboy.

Ero corazzato e pronto alla battaglia. Che Windy e tutte le mie paure mi inseguissero, se volevano.

Pamela si appoggiò allo schienale della poltrona imbottita e bevve un sorso da un'enorme tazza di caffè. «Posso offrirti qualcosa?» Fece un cenno alla piccola stazione per le bevande calde. La stanza profumava di un misto di caffè e menta piperita e nell'angolo c'era un piccolo albero di Natale decorato con luci e angioletti.

Scossi la testa. Ero ancora abbastanza carico per l'adrenalina di aver denunciato Kyle e del terrore di ciò che sarebbe seguito da non aver bisogno di fonti liquide di ansia.

«Mitchell,» esordì Pamela, sporgendosi in avanti con quegli occhi scuri e cortesi. «Sono entusiasta di conoscerti, ma prima di iniziare, ho una notizia interessante.»

Mi preparai all'impatto. Le notizie interessanti erano una maledizione in Cina, vero? Qualcosa del genere.

«Come saprai, ieri sera la polizia si è recata nel dormitorio del tuo stupratore con un mandato di perquisizione.»

Annuii.

«Beh, a quanto pare hanno trovato prove che li hanno portati alla casa dove aveva intenzione di condurti. Dopo aver ottenuto un mandato d'emergenza per quella proprietà, hanno scoperto degli oggetti incriminanti. Non collegati a te.»

«Non ha alcuna relazione con me?»

«Sì.» Si schiarì la gola. «Non mi sono stati forniti i dettagli, poiché non sono il tuo avvocato. Potrai saperne di più da Lydia a tempo debito, ma non sono certa che potrà darti molto di più di quello che ti ho appena detto per questioni di riservatezza. Ma l'implicazione è che l'indagato avesse del materiale, foto, forse video, che ritraevano un comportamento criminale.»

Strinsi i pugni con forza. «Tipo?»

«Beh, potremmo fare delle ipotesi in base a quello che conosci di lui, ma sinceramente non lo so. Non mi è stato detto. Se dovessi decidere di non sporgere denuncia, c'è la possibilità che nemmeno tu lo scopra mai.»

«Non sporgere denuncia?» Mi stava incoraggiando a non farlo? Sembrava che Lydia volesse fortemente che invece mi esponessi.

«Lydia mi ha chiesto di riferirti che ti contatterà più tardi. Ma hanno già abbastanza prove, Mitchell. Non hanno bisogno di te.» Sorseggiò di nuovo il suo caffè e il mio stomaco si ribaltò. «Possono perseguirlo e arrestarlo con tutto quello che hanno trovato. Stando al capo della polizia, "ce l'hanno in pugno", e passerà diversi anni in prigione.»

La mia mente vorticava. Che cosa avevano trovato? Materiale pedopornografico? Registrazioni di stupri? Aveva fatto del male a qualcuno prima di me? Aveva ucciso qualcuno?

«Come ho detto, non sono il tuo avvocato,» proseguì Pamela, «e dovresti consultarti con Lydia prima di decidere, ma quello che voglio dire è che se non vuoi rivivere tutto questo, non sei obbligato. Hai fatto bene a rivolgerti alla polizia. La tua registrazione è stata sufficiente per ottenere il mandato di perquisizione, e ora non hanno bisogno della tua testimonianza per metterlo in prigione e proteggere gli altri da lui.»

La fissai. Le emozioni e le sensazioni più strane mi attraversarono il corpo. La prima, e più sorprendente, era il dolore. Non ero stato speciale? Non ero stato l'unica persona sulla Terra a spingere Kyle a simili estremi? Ero solo uno tra i tanti?

Poi un'altra emozione ne prese posto. La rabbia. Mi aveva mentito. Mi aveva fatto credere di essere la sua debolezza, io come persona, non come un pezzo di un insieme più grande. Mi aveva fatto credere di essere il suo dio.

Il sollievo sopraggiunse. Non avrei mai dovuto ripetere l'esperienza. Non avrei dovuto condividere il mio segreto più oscuro con dodici estranei e sperare che credessero a me invece che a lui.

Infine, arrivò la nausea.

Saltai in piedi e afferrai il cestino, portandolo al viso per vomitarci dentro. La presenza di Pamela accanto a me mi fece capire che si era alzata anche lei, ma non mi toccò. Si limitò a vegliare su di me. Quando ebbi finito, mi passò un fazzoletto di carta dalla scatola sulla scrivania. Mi asciugai la bocca e poi mi sedetti di nuovo sul divano.

E scoppiai a piangere.

Pamela si spostò sul divano accanto a me, una presenza silenziosa. «Posso massaggiarti la schiena?» chiese. «Per confortarti?»

Annuì, e la sua mano prese a scivolare su e giù per la mia spina dorsale, consolatoria, concreta.

«Non deve essere così gentile con me,» sussurrai.

«Voglio esserlo. Fatichi a permettere alle persone di essere gentili con te?»

Il mio mento tremò, e caddero altre lacrime. «A volte. Sì.»

Inarcò le sopracciglia.

«Ma per molto tempo sono stato meglio così.» Appallottolai il fazzoletto sporco che avevo in mano. «Avevo amici che mi trattavano bene, e per qualche anno mi sono sentito felice, persino amato.»

«Poi è cambiato qualcosa?»

«Sì.»

«Cosa?»

Non volevo dirglielo, così feci cenno alla mia testa. «Qui dentro. Le cose sono cambiate. Ho ricominciato a odiarmi.»

Pamela rimase in silenzio per un lungo istante prima di porre la domanda successiva. «Perché?»

Non mi avrebbe lasciato tregua se non glielo avessi detto. Presi un respiro tremante, mi strofinai il viso e poi scivolai via dalla sua mano. «Non vorrà più toccarmi quando lo saprà.»

«Ne dubito.»

Scrollai le spalle, sistemai il pizzo della gonna e desiderai di essere davvero ricoperto di polvere di fata per poter uscire da lì con la magia.

«Tutto ciò che mi dirai è confidenziale,» mi ricordò.

«Lo so. Ho avuto altri psicologi in passato. Addirittura nominati dal tribunale.» Sorrisi mesto. «Quando mio padre mi violentò.»

Non si scompose.

Alla fine il silenzio divenne troppo pesante e sbottai: «Le cose sono cambiate quando ho scoperto di avere l'HIV. Morirò presto.»

La sua lunga espirazione mi fece capire che aveva trattenuto il respiro. Non ribatté. Non cercò di placarmi o di dire che gli scienziati stavano lavorando a una cura. Mi lasciò semplicemente esprimere i miei sentimenti.

«Posso?» chiese, portando di nuovo la mano sopra la mia schiena.

Annuii e il massaggio lenitivo ricominciò. Le lacrime ricominciarono e questa volta non riuscii a fermarle. Lei non si allontanò. Rimase accanto a me.

«Mitchell,» disse Pamela, quando finalmente smisi di piangere nel disgustoso batuffolo di fazzoletti che mi aveva passato prima. «Sono felice che tu sia qui.»

Non potevo dire lo stesso. Non ancora.

Ma pensavo che fosse possibile che un giorno, prima di morire, avrei trovato un modo per esserlo. Sereno, persino felice. Con Luke al mio fianco, forse avrei potuto davvero esserlo.

Capitolo 35

Luke

Fine dicembre 1991

FU UN'IDEA DI mia madre invitare Nadine a Natale a casa nostra. Aveva invitato anche Rodney e i suoi genitori e aveva insistito sul fatto che era assolutamente una questione di "più siamo, meglio è", soprattutto se ciò significava che anche Minty sarebbe stato con noi per le feste.

Non sapevo se fosse davvero affezionata a Minty come sosteneva, anche se lui era stato più che adorabile le due volte che eravamo andati a Johnson City per cenare con lei dopo quella mattina da panico, o se voleva solo rimediare a tutte le volte che non mi aveva sostenuto abbastanza in passato. In ogni caso, non aveva altro che elogi per Minty, e la prima volta che si era presentato con me indossando una gonna, una camicetta da donna e il trucco per gli occhi, mia madre non aveva battuto ciglio.

Gli aveva invece detto che era bravo nello scegliere i colori che si abbinavano alle tonalità della pelle. Ciò li aveva portati a una lunga discussione sulla teoria dei colori e sull'analisi delle tonalità stagionali nella scelta dei vestiti. A quanto pareva, Minty era un'estate, come sua madre, e io una primavera, mentre mia madre era un autunno. Ancora non sapevo cosa significasse. Ma si erano divertiti molto a discuterne.

Con il mio ritorno al lavoro in negozio, eravamo riusciti a comprare alle nostre famiglie dei regali di Natale abbastanza decenti. Se anche Minty avesse trovato un lavoro part-time, avremmo potuto iniziare a fare progetti per il futuro, lungo o breve che fosse, date le nostre diagnosi.

Ma tutto avrebbe dovuto aspettare fino a quando non avremmo visto cosa sarebbe stato delle borse di studio di Minty dopo il suo disastroso ultimo semestre. Rischiava di perderle, e con esse il suo posto all'università.

Minty continuava a vedere Pamela ogni giorno, cosa che lo aiutava molto. Gli faceva bene essere in presenza di qualcuno che era lì solo per lui. Pamela non si aspettava altro che lui si presentasse. Finché lo faceva, non gli chiedeva nulla in cambio, ed era chiaro che Minty aveva bisogno di qualcuno che si dedicasse completamente a lui in quel modo.

Aveva anche deciso di tornare a frequentare le lezioni di aikido e kickboxing tre sere a settimana. Una volta ero andato con lui, non per partecipare alla lezione, che era troppo avanzata per un principiante come me, ma per vederlo nel suo elemento. Era stato scioccante osservarlo abbattere con facilità uomini grandi il doppio di lui. Una spazzata alla gamba e li mandava al tappeto. Un colpo di gomito e *sbam*, a terra. Ero impressionato e leggermente terrorizzato.

Vederlo dedicarsi a tutte le cose che aveva sempre sostenuto di saper fare aveva messo Minty sotto una luce completamente nuova. Volevo ancora prendermi cura di lui e proteggerlo, ma mi si era liberato qualcosa nella testa quando avevo scoperto che era in grado di proteggersi da solo.

Se avesse voluto...

E anche quello era un cambiamento. Ora che aveva creato il suo alter ego *Vostra Maestà* per i giochi di dominazione, vedeva una versione di sé che era degna non solo del mio amore, ma anche del proprio. Per la prima volta da quando lo avevo conosciuto, Minty era determinato a prendersi cura di sé. Mangiava bene, faceva esercizio fisico, studiava le sue preziose salamandre, ritagliava foto dalle riviste di moda e rideva durante le telefonate con gli amici.

Con Kyle in carcere in attesa del processo, sembrava che una coltre soffocante fosse stata tolta dalle nostre vite. Lo vedevo negli occhi di Minty, nella sua camminata e persino nel modo in cui non aveva chiesto di andare nel dungeon nemmeno una volta dalla sera in cui eravamo tornati dalla stazione di polizia. E, per il momento, non ne sentivo la mancanza.

Mi stavo divertendo troppo a fare la sua guardia del corpo, il suo paladino, il suo devoto servitore, e lui stava prosperando ed era decisamente raggiante per il cambiamento della nostra dinamica. Adorava darmi ordini. In pochi giorni ero diventato molto abile ad applicare lo smalto e a truccarlo. Gli piaceva chiamarmi in bagno, ordinare: «Fammi da valletto,» e poi sedersi sulla tavoletta chiusa del water mentre io applicavo con cura brillantini, ombretto e lucida-labbra proprio come mi aveva mostrato.

Ammirarlo risplendere di fiducia compensava ampiamente il fatto di non vederlo in ginocchio con gli occhi rossi dopo aver pianto per una sculacciata violenta o tremante per l'intensità della frusta. Il mio sadico interiore era felice di essere in letargo. Non sapevo quanto sarebbe rimasto addormentato, ma pensavo che quando si sarebbe svegliato, avremmo scoperto insieme se Minty era pronto per il dolore. E se non lo fosse stato...

Beh, ci avremmo pensato a tempo debito.

«A cosa stai pensando?» chiese Minty. Stava frugando nel vano portaoggetti della mia auto, cercando nella collezione di audiocassette che avevo lì dentro.

«Al futuro.»

Minty sorrise. «Facciamo finta di averne uno lungo?»

Gli diedi una gomitata. «Ehi, cosa dice Pamela a questo proposito?»

«Che riconoscere la realtà della mia situazione è importante.»

«Beh, allora fanculo.»

Minty rise. «E il futuro?»

«Solo che ti voglio con me. A prescindere da tutto.»

Minty mi mise una mano sul ginocchio. «Anch'io.» Alzò il volume della musica, cantando *Closer to Fine* delle Indigo Girls, e il mio cuore si gonfiò.

Pensai a mia madre e a come probabilmente un tempo si fosse sentita così nei confronti di mio padre. Ma ora si stava preparando per un affollatissimo giorno di Natale senza di lui. Mentre lui, senza alcuna colpa, era seduto da solo in una struttura per anziani. Era straziante pensarci, perché gli volevo ancora bene. La situazione era profondamente dolorosa e ingiusta, ma non avevo una soluzione.

Lo avevo capito da quando stavo con Minty. La vita era spesso brutale. Avevamo due scelte: lasciare che ci distruggesse con sensi di colpa e vergogna, oppure essere coraggiosi e salvarci. Doveva esserci anche una terza opzione. Una che stavo disperatamente cercando di utilizzare.

Il perdono.

Quello sì che era un problema.

Quando ci fermammo davanti alla roulotte di Nadine, Minty si chinò sul volante e suonò il clacson. Non eravamo più rientrati in casa sua dal fatidico giorno della foto e sembrava che non avesse intenzione di cambiare le cose.

Nadine comparve in cima alla piccola scalinata e ci fece cenno di entrare.

Minty abbassò il finestrino. «Vieni, mamma. Faremo tardi.»

«No, ti prego, tesoro. Devo mostrarti una cosa.»

Minty si tese accanto a me. «Cosa?»

«Non devi entrare per forza,» dissi. «Sei il principe, ricordi?»

Mi fece un gesto di impazienza senza nemmeno guardarsi intorno.

Nadine continuò: «È solo che ho comprato un divano nuovo e ho montato l'albero con il tuo angelo preferito in cima. Ho pensato che volessi vedere tutto di persona.»

Minty rimase immobile e poi aprì lentamente la portiera. Spensi la macchina e lo seguii.

«Ciao, Luke,» disse Nadine con un sorriso. Salutai, ma in cuor mio avrei voluto strozzarla. «Andiamo, ragazzi. È proprio un bel divano. L'ho preso da Goodwill per due soldi.»

Seguii Minty su per le scale, facendo un sorriso stretto a Nadine e tenendola d'occhio con prudenza. Se avesse fatto qualche mossa che non mi piaceva, non avrei esitato a prendere Minty e andarmene senza di lei.

Sul gradino più alto lo cinsi con un braccio e mi frapposi tra lui e sua madre.

All'interno, il soggiorno era stato completamente stravolto. Il nuovo divano a quadri verde chiaro e oro era appoggiato alla parete di fondo invece che a quella di fronte. Aveva comprato una coperta di colori simili da mettere sopra la poltrona reclinabile e aveva tolto del tutto la parete delle foto, sostituendola con un enorme e terribile quadro di girasoli senza cornice. Sospettavo che lo avesse fatto lei stessa.

«Che ne pensi?» chiese, spalancando le braccia per mostrare la stanza e continuando a sorridere come se meritasse un biscotto per essersi liberata del divano su cui suo figlio era stato violentato.

Perdono.

Non ero certo di esserne capace.

«È bello, mamma,» disse Minty, avvicinandosi all'albero e inclinando la testa all'indietro per scrutare l'angelo, un oggetto vecchio stile con un vestito di orpelli dorati. «Molto.»

Nadine lo avvolse in un abbraccio da dietro, annusandogli i capelli e baciandogli la guancia. «Non è bello neanche la metà di te.»

«Grazie. È perché sono un principe delle fate. Diglielo, Luke.»

«È un principe delle fate, signora Arnold.»

«Sì, ricoperto di polvere di fata fin dalla nascita,» sussurrò con una risatina felice.

Minty si rilassò tra le braccia della madre e annuì, senza mai distogliere lo sguardo dall'angelo. «Sì, grazie. Sono incredibile, lo so.»

Stavo quasi per ridere, ma mi trattenni.

Nadine disse con un filo di voce: «Mi sono anche presa la libertà di cambiare la tua vecchia camera.»

Minty si irrigidì di nuovo. «Come mai?»

Lei lo lasciò, giunse le mani come una bambina e spiegò. «L'ho trasformata in una stanza per il cucito per provare ad avviare un'attività di sarta. Che ne pensi?» Si diresse verso la porta che dava sul breve corridoio. «Vuoi vedere?»

Minty si leccò le labbra e mi guardò.

«Dipende da te,» dissi.

Alzando il mento, mi prese la mano e mi condusse oltre lei. Insieme percorremmo il corridoio fino alla stanza dove aveva visto suo padre per l'ultima volta, dove mi aveva confessato la sua vergogna e dove ora, al posto del letto, regnava un grande tavolo con sopra una macchina da cucire.

La stanza era dipinta di rosa e profumava di fiori.

Minty fissò lo spazio per un lungo momento, mi strinse la mano, e poi annuì una volta. «Mi piace, mamma.»

«Davvero?» Si mise dietro di noi, torcendosi le mani e mordicchiandosi il labbro inferiore.

«Sì, va bene. È meglio così.»

Lo prese in un altro abbraccio e lui la lasciò fare, pur continuando a tenere la mia mano. Quando si staccò, si asciugò le lacrime. «Allora, mi perdoni?» sussurrò.

«Mamma, ti ho perdonato secoli fa.»

Feci una smorfia. Era un bene che avesse fatto quella domanda a lui e non a me; avrei dato una risposta molto diversa.

Ma era Natale. Così feci a entrambi il regalo di tenere la bocca chiusa.

Minty

IL TRAGITTO IN auto fino a Johnson City avrebbe potuto essere molto imbarazzante.

Sapevo che Luke non aveva perdonato mia madre per quello che considerava il suo fallimento nel proteggermi, e probabilmente non lo avrebbe mai fatto, ma per fortuna lei non ne era consapevole. Trascorremmo il viaggio in auto spettegolando allegramente sulle persone della sua chiesa e cercando di ricordare il testo di *Grandma Got Run Over by a Reindeer* e poi della canzone di Olivia Newton-John *Physical*.

Luke, dal canto suo, era silenzioso, ma di tanto in tanto allungava la mano per stringermi la coscia. Il suo modo di dirmi che era con me e che mi amava. Ogni volta il mio cuore si scioglieva un po' di più.

A casa della famiglia di Luke, mia madre scaricò dall'auto la casseruola di fagiolini e Luke aprì il bagagliaio in modo che io potessi recuperare le quattro torte che avevo preparato, e lui potesse prendere i regali. Entrammo dalla porta della cucina sul retro.

L'interno era affollato come il Tilt-a-Whirl di sabato sera. Erano presenti non solo i genitori di Rodney, ma anche le sue due sorelle e i rispettivi mariti. Dimenticai i loro nomi non appena li ebbero detti, ma era bello vedere che la famiglia di Rodney era così unita.

C'era anche la nonna di Luke e Betsy, la madre della signora Montgomery. Ci eravamo conosciuti la settimana precedente, e ci accolse con calore in cucina. Il mio cuore si scaldò ancora di più.

Betsy sorrideva da un orecchio all'altro, stringendo la mano di Rodney e mostrando il suo nuovo anello scintillante a chiunque passasse. Non era un granché, era solo un brillantino, ma Betsy era entusiasta lo stesso. E io ero entusiasta per lei.

Accanto a me, la signora Montgomery salutò calorosamente mia madre. «Il tuo Minty è un ragazzo dolcissimo.»

«Anche il tuo Luke è tanto gentile,» disse mia madre.

Dopo le presentazioni, la signora Montgomery prese le torte e condusse mia madre e la casseruola di fagioli verdi al tavolo dove aveva apparecchiato. Tutti erano riuniti a mangiare gli antipasti e a parlare, e una delle sorelle di Rodney stava raccontando a mia madre una scandalosa storia d'amore sul posto di lavoro.

Luke si destreggiò tra i regali e io ne presi alcuni, aiutandolo a portarli lungo il corridoio e nel salotto vuoto. Era addobbato di tutto punto con ghirlande, vischio e fiocchi rossi. Accanto al caminetto c'era un enorme albero di Natale coperto di neve finta e luci lampeggianti, e sul caminetto erano appese le calze per tutti i membri della famiglia, me compreso.

Disposti i regali sotto l'albero, mi avvicinai per guardare la mia calza. Era semplice, rossa e bianca, probabilmente presa da Walmart, ma qualcuno, forse Betsy, aveva scritto il mio nome con dei brillantini dorati sulla parte superiore.

«Vieni qui,» disse Luke, tirandomi a sé. «Voglio mostrarti qualcosa.»

«Cosa?»

«Vedrai.» Rideva. Mi piaceva il modo in cui i suoi occhi azzurri scintillavano. Quando lo avevo conosciuto, non li avevo mai visti brillare per qualcosa di diverso dalla sadica lussuria. In quel momento invece in essi c'era molto di più: affetto, gioia, umorismo.

Mi fece girare intorno al retro dell'albero. Sui rami nascosti erano appesi tutti gli ornamenti fatti in casa che sua madre aveva raccolto durante l'infanzia sua e di Betsy. In mezzo c'erano un mucchio di piccole foto incorniciate. Ne staccò una da un ramo infiocchettato e me la passò.

Guardai l'immagine del piccolo Luke, probabilmente dell'età di sei anni o giù di lì, con indosso un pigiama natalizio e un sorrisone. Era circondato da carta da regalo scartata e brandiva… non potevo crederci.

Trasalii. «Un frustino? Hai ricevuto un frustino per Natale? Non c'è da stupirsi che tu sia diventato così.»

Luke rise. «No, un cavallo.»

«Cosa?»

«Hanno dato a me e a Betsy un cavallo. Si chiamava Speedy ed era tutt'altro che veloce, come suggeriva invece il nome. In realtà era un animale da ippoterapia per Betsy. Il frustino era simbolico. Non l'ho mai usato su Speedy.» Il suo sorriso si fece malizioso. «Ma l'ho usato su Joshua Jamison al primo anno di università. Lo ha apprezzato molto di più di quanto avrebbe fatto quel vecchio e dolce ronzino.»

Mi leccai le labbra.

Era passato un po' di tempo dall'ultima volta che avevo sentito il morso del suo frustino o di qualsiasi altro attrezzo più duro. Lo desideravo e allo stesso tempo temevo che, se mi fossi sottomesso di nuovo a lui in quel modo, avrei potuto far riaffiorare tutti i brutti ricordi. Per il momento, ero molto felice di essere il suo principe delle fate, e che lui fosse la mia guardia del corpo, il mio servo, il mio paladino personale.

Ma… un tocco di dolore e di sottomissione sarebbe stato eccitante.

Mi leccai di nuovo le labbra, fissando il frustino nella mano del piccolo Luke.

«Ho pensato che avresti trovato divertente il fatto che i miei genitori mi abbiano involontariamente fatto il regalo che mi ha spinto a fantasticare sul sadismo,» spiegò Luke, tirandomi ancora di più dietro l'albero. «E, inoltre, volevo fare questo.»

Mi baciò. Le sue labbra erano morbide, dolci e amorevoli. Gli avvolsi le braccia intorno al collo. Quando la sua barba mi solleticò il mento, le mie ginocchia cedettero e il cuore ebbe un sussulto. I suoi baci mi facevano quell'effetto. Ultimamente, ogni volta che mi trovavo tra le sue braccia, mi sentivo svenire. Ma mi avrebbe ancora voluto se non avessi più bramato il dolore? Avrei continuato a fare progressi nell'amare me stesso se glielo avessi permesso?

«A cosa stai pensando?» chiese Luke, interrompendo il bacio.

«A quella foto.»

«Il frustino?»

Annuii. Mi prese l'ornamento dalla mano, lo riappese all'albero e poi diede un'occhiata ai grandi rami addobbati per assicurarsi che fossimo ancora soli nella stanza. «Tesoro, parlami.»

«Non so cosa dire.»

«Cosa senti?»

Sorrisi e allo stesso tempo roteai gli occhi. Era una domanda che Pamela gli aveva suggerito di farmi quando ero tutto preso da qualcosa. «Nervoso. Un po' eccitato, ma anche triste.» Feci un respiro affannoso e aggiunsi: «E spaventato.»

«È molto. Di cosa hai paura?»

Mi agitai tra i rami ispidi. «E se lasciare che tu mi faccia del male mi farà ammalare di nuovo?» Mi battei la tempia. «Qui dentro, intendo. Di recente, per la prima volta dopo tanto tempo, mi sono sentito quasi me stesso. E sembra che io ti piaccia così.»

«Ti amo così.»

«E se tornassi a essere com'ero prima? E se il dolore scatenasse qualcosa e...»

«Non dobbiamo fare nessuna delle scene che stavamo facendo. Quelle che riguardavano la vergogna e tuo...» Si interruppe per non parlare di mio padre.

«Lo so.»

«E non dobbiamo assolutamente fare scene violente in questo momento. Sono felice di giocare come abbiamo fatto finora.»

«Per quanto tempo, però? E se volessi anche la sofferenza? Penso solo che, forse, non voglio averne bisogno.»

Mi attirò a sé, trascinandomi contro il suo corpo e facendomi dondolare avanti e indietro. «Non dobbiamo giocare in questo modo per molto tempo, o addirittura mai più. Se vuoi provarci in futuro, ci andremo piano. Parleremo di tutto. Useremo il giallo e il verde per negoziare durante una scena. Andrà tutto bene.» Mi accarezzò i capelli. «Ti amo per qualcosa di più del modo in cui ti inginocchi per me. Ti amo per quello che sei.»

«Vostra Maestà,» gli ricordai.

«Vi amo, Vostra Maestà, Minty, Mitchell, tesoro.»

Mi accoccolai contro di lui, appoggiando la testa sul suo petto forte e ascoltando il battito del suo cuore. Non potevo credere che solo quattro mesi prima fossi al McDonald's con Barry, a protestare che non avevo bisogno di conoscere il suo stupido amico Dom. E ora ero così innamorato di Luke che l'idea di vivere senza di lui era impensabile.

A proposito…

«Luke?»

«Sì?»

«Devo dirti un'altra cosa.»

Si scostò abbastanza per vedere il mio viso, ma per il resto mi tenne stretto. «Che cos'è?»

«Quando inizierò a stare male…» Le mie viscere si contorsero e l'espressione del suo volto si fece cupa di tristezza. «O quando i miei linfociti T si abbasseranno e mi verrà l'AIDS…»

«Tesoro…»

Gli posai un dito sulla bocca. «Non interrompermi, per favore. Devo dirlo.»

Digrignò i denti, ma annuì.

«Quando le cose si metteranno male, ho bisogno di sapere: ci sarai per me se deciderò di non suicidarmi?»

I suoi occhi si riempirono di lacrime e premette il viso sul mio collo. «Mi prenderò cura di te. Ti accompagnerò in tutto questo.»

Annuii. «Sì, anch'io. Lo prometto.»

E fu proprio come essere sposati. Forse non avevo un anello al dito come Betsy, ma avevo la promessa di un brav'uomo che mi sarebbe stato accanto mentre soccombevo a una morte terribile. Era una vera promessa. Un voto che sapevo avrebbe mantenuto.

«Quando andremo a letto,» sussurrai, «voglio che tu provi a fare l'amore con me.»

«Sì, Vostra Maestà.»

«No. Con me. Con Minty.»

Luke mi strinse forte. «Sì, Minty.»

Capitolo 36

Luke

IL NOSTRO TEMPO da soli dietro l'albero non poteva durare, ovviamente. Betsy fu la prima a piombare nella stanza con Rodney. «I regali! I regali!» cantilenava.

Anche il resto della famiglia giunse dalla cucina. Non c'era molto spazio per sedersi, dato che erano disponibili solo un divano e una poltrona. Altre sedie furono portate dalla cucina e dalla sala da pranzo, e Betsy e Rodney si sedettero tutti contenti sul pavimento vicino all'albero.

Qualcuno aveva aperto il vino e qualcun altro lo champagne e, senza doverlo chiedere, una delle sorelle di Rodney, Erica, credo, ci aveva riempito i bicchieri.

«Io prendo lo champagne,» disse Minty, liberandomi del mio bicchiere di bollicine e passandomi il suo vino. «Tu prendi il rosso.» Poi si scolò il primo calice di champagne.

Sbattei le palpebre.

«Sono nervoso, ricordati,» spiegò. «E se i miei regali non piacessero?»

«Non preoccuparti. Lo faranno.»

Betsy era già sotto l'albero e stava leggendo i nomi sui pacchi. Lesse ad alta voce: «A Betsy, da Minty.» Era una scatola lunga e stretta. La scosse. Qualcosa rimbombò avanti e indietro.

Sbarrai gli occhi e il cuore prese a battermi forte. «Non dirmi che lo hai fatto,» sussurrai.

Minty mi fece un sorriso malizioso. «Certo che l'ho fatto.»

«No! Ma… è… non può… non qui,» balbettai.

Minty sorrise. «Sono sicuro che Rodney sarà entusiasta di giocare con lei.»

«Betsy, non…»

«Grazie, Minty!» gridò Betsy, sollevando una bellissima Barbie completa di quattro abiti extra. «La adoro.»

«Possiamo giocare insieme,» si offrì Minty. «Ne ho portate altre due nella mia borsa.»

Lei sorrise. «Grazie. E grazie per l'altro regalo. Quello che mi hai spedito. È molto bello!»

«Non c'è di che.»

Mi passai una mano sul viso. «Oddio.»

«Tesoro, passa il regalo accanto a te a Rodney,» ci interruppe la signora Montgomery. «Non ha ancora aperto uno dei suoi.»

Alla fine una piccola scatola arrivò a Minty. Era indirizzata a lui da parte di mia madre ed ero ansioso di vedere che cosa avesse comprato. Durante la telefonata della settimana precedente mi aveva chiesto consiglio in merito, quindi sapevo che si era impegnata a fondo per trovare il dono giusto.

«Aprilo!» esclamò Betsy dal pavimento.

Minty sollevò il secondo bicchiere di champagne mezzo vuoto, lo bevve e mise da parte il calice. «Bene. Vediamo un po'. Cosa potrebbe essere questo?» Scosse la scatola e poi scostò delicatamente la carta.

«Strappala!» lo incoraggiò Betsy.

Si levò un coro di *strappala, strappala*, e persino Nadine, che si era sistemata sulla poltrona con mia madre, si unì a noi.

Minty lacerò la carta, aprì la scatola e la fissò con occhi spalancati. «Questo è… questo è per me?» Tirò fuori una bellissima collana, un filo di farfalle d'argento. «È… è…» Vidi le lacrime nei suoi occhi.

«L'ha scelta Betsy,» spiegò mia madre. «Una collana fatata per il nostro principe delle fate.»

Mi guardò, aprì la bocca ed emise uno strano singhiozzo. Mi avvicinai a lui, ma mia madre fu altrettanto veloce, saltò su dal divano e lo abbracciò. «Oh, no. Non piangere. Se non ti piace, possiamo sostituirla.»

Minty scosse la testa, aggrappandosi a lei. «Mi piace. È solo che non ho mai pensato… non mi aspettavo…»

«Cosa, tesoro?» chiese mia madre.

«Non avrei mai pensato di essere così accettato.»

L'intera stanza scoppiò in un sospiro intenerito mentre li stringevo entrambi. Nadine non voleva essere esclusa e si unì all'abbraccio, seguita da Betsy e Rodney, e poi anche le sorelle di Rodney si aggiunsero a quel groviglio di braccia. I loro mariti e genitori rimasero indietro, ma le espressioni sui loro volti mostravano che non era perché non apprezzassero Minty o me, ma perché erano esseri umani ragionevoli con un'idea appropriata dei confini e dello spazio personale.

«La adoro,» ripeté Minty quando finalmente fu libero, se non per me, che ancora lo stringevo. Lo aiutai a indossare la collana. Una volta agganciata, la sollevò e abbassò il mento per ammirarla di nuovo. «È bellissima.»

«Le farfalle sono le mie preferite,» disse Betsy. «E non avevano una collana con le salamandre.»

Minty scoppiò a ridere. «Anch'io amo le farfalle. Si trasformano, sai. Partono come bruchi sgraziati, e poi mutano in qualcosa di bello.» Baciò una delle farfalle e mi guardò. «Mi danno speranza.»

Il momento passò e furono aperti altri regali. Nadine ricevette una sciarpa che mia madre aveva preso a una vendita di oggetti d'artigianato il fine settimana precedente, mentre Rodney un altro set di binari per il treno da aggiungere a quello su cui già gli piaceva far correre la sua tartaruga. I suoi genitori avevano portato a tutti noi delle bottiglie di vino bianco della più antica azienda vinicola del South Carolina. Nadine distribuì dolci fatti in casa che aveva impacchettato in graziosi quadratini di stoffa realizzati nella sua nuova stanza del cucito. E gli ornamenti fatti a mano di Minty con le pigne glitterate furono un successone, anche se sparsero brillantini ovunque.

Una volta che tutta la carta da regalo strappata giacque stropicciata sul pavimento, fu il momento della cena, servita sia in cucina che in sala da pranzo, dato che eravamo in tanti. Ci spostavamo da una stanza all'altra, scambiandoci i posti e parlando. Il cibo era delizioso e accompagnato da tanto amore e risate.

Fu una giornata perfetta. Anche con la presenza di Nadine.

Quella sera, nella mia camera d'infanzia, mi accoccolai contro Minty e lo guardai studiare le farfalle della collana. «Mia madre ha detto che il letto della stanza degli ospiti è molto comodo,» disse dopo qualche minuto di silenzio. Era andato a darle l'abbraccio e il bacio della buonanotte prima di venire a letto con me.

«Ottimo.»

«Sono felice per Rodney e Betsy. I suoi genitori sono stati così gentili da offrirsi di pagarle il soggiorno a Riverwoods. Non sapevo nemmeno che avessero camere più grandi per le coppie, ma è logico che sia così. Sarà perfetto per loro.»

«Lo spero.»

Posò la collana sul mio comodino e si girò verso di me. «E tuo padre? Come ti senti?» Mi sfiorò il petto. «Va bene essere tristi.»

«Sto bene. Sono anni che piango la sua perdita. Non migliorerà mai. È uno schifo averlo perso anche se è ancora vivo, ma sto imparando a gestirlo.»

Le labbra di Minty si torsero ai bordi con una punta di dolore. «Sì, lo capisco.»

«Oh, ehi, non me lo hai mai detto. Che cosa aveva da dire Pamela oggi?» La terapista di Minty aveva chiamato a casa nostra mentre ci stavamo preparando per andare, e lui non mi aveva detto cosa volesse. «Erano solo gli auguri di Natale?»

Lui scosse la testa con un sorriso timido. «No.»

«E quindi?»

«Voleva dirmi che è riuscita a perorare la mia causa con la commissione per gli aiuti agli studenti. Li ha convinti che, a causa di circostanze attenuanti, non avrebbero dovuto revocare la mia borsa di studio, nonostante la mia media pessima. Così potrò tornare a lezione il prossimo semestre.»

«Starai bene lì?» domandai, ricordando come mi aveva confessato che il campus gli evocasse troppi brutti ricordi.

Annuì con decisione. «Sì. Voglio laurearmi. Voglio ottenere quel tirocinio alla TVA. Voglio molte cose, Luke.»

Gli baciai il naso. «E io voglio molte cose con te.»

Arrossì, di nuovo in imbarazzo. «Davvero?»

«Sì. Ti amo,» sussurrai. «Mi piace vederti entusiasta della vita.»

«Oh, inoltre Sensei Kato dice che vuole che lo aiuti a insegnare ai bambini il sabato mattina. Che ne pensi?»

«Ti pagherà?»

«Un po'.»

«Penso che saresti bravissimo.»

Minty annuì. «Lo penso anch'io.»

«State diventando abile ad accettare le lodi, Vostra Maestà.»

«Non è che non me lo meriti,» disse con quella parodia di tono aristocratico. «Sono un principe, dopotutto.»

«Principe delle fate,» lo corressi.

«E campione di pompini,» aggiunse scherzosamente, facendo scivolare la mano nei miei pantaloni del pigiama. «Te ne hanno mai fatto in questo letto?»

«Sì. Al terzo anno di liceo. Anthony Hutchinson. Un piccolo nerd dalla lingua lunga.»

Minty si accigliò. «Dovevi dire di no.»

«Perché?»

«Perché era la mia fantasia.»

«Mi dispiace, Altezza, ma non sarebbe la verità.»

«Hai scopato anche con lui?»

«Anthony Hutchinson?»

Annuì.

«Non qui. A scuola. Sotto le gradinate. Incredibile che non ci abbiano beccato.»

«Beh, allora questa è la tua serata fortunata. Si dà il caso che qui ci sia una vera e propria puttanella disposta a lasciarsi riempire il culo con il tuo dolce, caldo sperma.»

«Una vera e propria puttanella, eh?»

«Sì,» e mi masturbò finché non mi venne duro. «Con un culo famelico.»

«Oh, tesoro, continua a parlarmi.»

«Leccamelo tutto e preparami.»

«Sì, Vostra Maestà.»

«No, non Vostra Maestà. Stasera siamo io e te.»

«Sì, allora, mio stupendo, sexy Minty.»

Rise piano mentre mi infilavo sotto le coperte e mi mettevo al lavoro.

Capitolo 37

Luke

Capodanno 1991

LA NOTTE DI Capodanno al Tilt-a-Whirl era piena di gioia. Le piste da ballo erano piene di ragazzi di ogni tipo. Minty era là fuori, a ballare con il suo gruppo di amici, volteggiando tra Windy e un ragazzo di cui parlava poco, chiamato Antonio. C'era anche Ryan, ma ballava in disparte, dando spazio al suo Dom per stare con i suoi amici.

Mi sedetti al bar del piano inferiore, tenendo un occhio sui drink e l'altro sull'orologio. Non volevo perdere l'occasione di baciare Minty a mezzanotte. Era splendido, vestito con un tutù argentato, ballerine e un crop top largo, trasparente e bianco come la neve. Era il principe delle fate dei miei sogni. Ero più che fortunato ad averlo nella mia vita.

Non avevo ancora ringraziato Barry per avermi convinto a farmelo incontrare, ma lo avrei fatto presto. Si meritava il giusto riconoscimento per aver cambiato in meglio le nostre vite. Lui lavorava al bar del piano di sopra, e Robert avrebbe fatto la sua famosa performance nei panni drag di Renée DeShea pochi minuti dopo la mezzanotte.

«Ehi,» disse una voce vicino al mio orecchio destro. «Posso offrirti da bere?»

Scossi la testa, gli occhi puntati su Minty. «Sto bene così, grazie.»

«Oh, capisco.» Il ragazzo però non colse l'antifona e si sedette sullo sgabello accanto a me.

Mi girai, pronto a dirgli di levarsi di torno. «Ah. Ciao.»

Era più bello di persona che nelle foto di Minty, il che la diceva lunga.

«Ciao, io sono Daniel.»

«Immaginavo. Sono Luke,» dissi, porgendogli la mano. «È un piacere conoscerti finalmente. Minty dice che sei…»

Daniel roteò gli occhi, con un sorriso umile sul volto. «Il miglior ragazzo del mondo.»

«Esattamente.»

«A Minty piace pensarla così, ma devo ammettere che non mi dispiace.»

Attirai l'attenzione del barista, che si avvicinò e prese l'ordinazione di Daniel. Un cocktail Greyhound e un rum e Coca. Quando ci vennero serviti, Daniel bevve un sorso da quello scuro e mise da parte quello rosa. Doveva essere per Peter.

«Allora…» riprese Daniel con un tono serio che mi avvertì dell'imminente inquisizione sulle mie intenzioni, e le nuvole di tempesta nei suoi occhi mi rivelarono che il giudizio di Minty nei confronti di quel ragazzo era corretto: aveva proprio l'aria del guastafeste.

«Lo amo,» ribattei, andando al sodo.

Mi scrutò a occhi stretti. Pur avendo dieci anni più di lui, quel suo sguardo mi intimidiva come se fossi una scolaretta. Dovevo dimostrare il mio valore e guadagnarmi la sua fiducia.

Continuai a balbettare: «Farei qualsiasi cosa per lui. Prometto che lo proteggerò e lo terrò al sicuro. Sempre.»

Dopo un attimo, le labbra di Daniel si incurvarono in un dolce sorriso. «Wow, sei proprio cotto, si vede.» Spostò l'attenzione sulla pista da ballo e sospirò: «Chiedimi come faccio a saperlo.»

Tutto qui? Avevo già la sua piena fiducia? Era stato più facile da conquistare di quanto mi fossi aspettato.

All'improvviso, Daniel si rivolse di nuovo a me, assottigliando di nuovo lo sguardo. «Se gli fai del male, e non intendo in camera da letto, smetterò di essere il ragazzo migliore del mondo per il tempo necessario a rovinarti la vita in tutti i modi possibili e immaginabili.»

Mi venne da ridere, ma i suoi occhi scuri brillavano di una serietà feroce che mi tolse ogni istinto ilare. Alzai il bicchiere e lo accostai al suo. «Se mai dovessi fargli del male, ti aiuterò io stesso a distruggermi.»

Daniel annuì soddisfatto. Tornammo a concentrarci sui nostri uomini sulla pista da ballo e bevemmo in un silenzio rilassato fino al ritorno del gruppetto; erano tutti coperti di sudore e con l'aria accaldata e assetata.

«Avete parlato?» domandò Minty, facendo un cenno con la testa a Daniel che ora teneva il braccio intorno a un bel ragazzo dai capelli ricci che poteva essere solo il suo Peter.

«Sì.»

«E ti approva?»

Feci una faccia triste e scossi la testa.

Le labbra di Minty si schiusero; lanciò un'occhiata a Daniel. «Come osa?» Strinse i pugni. «Gli darò…»

Gli afferrai il braccio prima che potesse allontanarsi e colpire il bicipite di Daniel. «Sto scherzando. Te lo assicuro. Va tutto bene.»

Minty sbuffò. «Sarà meglio.»

Daniel spostò lo sguardo su di lui, dapprima con un sorriso, poi sconcertato quando notò l'irritazione di Minty.

«Ah, suvvia, non fare così,» lo esortai, temendo che la mia battuta rovinasse tutti i progressi che avevo fatto. «È stato gentile con me, lo giuro.»

Minty guardò Daniel, fece un cenno con il mento verso di me e poi sollevò un sopracciglio con fare esplicito.

Daniel sorrise di nuovo e sollevò il suo drink per brindare.

Minty si rilassò. «Va bene, allora. Gli piaci.»

Risi. «Te lo avevo detto. Ma se non gli fossi piaciuto? Se il ragazzo migliore del mondo avesse detto di odiarmi?»

«Se ne sarebbe fatto una ragione, perché lui sarà anche il mio migliore amico, ma tu sei l'amore della mia vita.»

Gli accarezzai la guancia e lui mi diede un bacio. La musica si alzò di nuovo e Minty mi trascinò sulla pista da ballo. Lasciai il mio bicchiere; bocca e lingua erano meglio impiegate su di lui che sul mio drink.

Mentre la lancetta lunga dell'orologio si spostava in posizione verticale, salimmo tutti al secondo piano, dove era stato allestito il palco per lo spettacolo di Renée. Ora che la sua fama era cresciuta grazie al suo spettacolo a Nashville, aveva attirato una grande folla. L'intero piano superiore era affollato di gente. Ci stringemmo intorno al bar di Barry, che tirò fuori due bottigliette di Zima, ci versò dentro dei Jolly Rancher e le porse a Minty e Windy.

Aspettai che gli altri si distraessero prima di rivolgermi a Barry.

«Grazie,» disse lui, evitando la mia gratitudine con la sua.

«Per cosa?» chiesi.

«Per aver fatto quello che sapevo che potevi fare.» Fece un cenno a Minty, che stava ridendo di qualcosa che il suo amico Antonio aveva nel portafoglio. Il gruppetto cercava di tirarlo fuori e, senza sorpresa, Minty vinse; tra le risate, sventolò il tesserino sopra la testa. Era la patente di Antonio. «Lo hai riportato in vita.»

«È stato reciproco. Anch'io vivevo solo a metà prima, e ora...» Mi si strinse la gola. «Voglio solo renderlo felice. Cazzo, Barry, farei qualsiasi cosa per lui. Gli darei la luna se potessi.»

Minty mi guardò, mi mandò un bacio e Antonio approfittò della sua distrazione per riprendersi la patente. Iniziò una piccola zuffa scherzosa, ma sapevo che Minty era in grado di reggere il confronto. Due sere prima aveva sconfitto Sensei Junior.

«E, a proposito, non c'è di che,» riprese Barry.

«In realtà sono venuto qui per ringraziarti.»

«Lo immaginavo.» Sorrise e mi passò un Vodka Tonic. «Offre la casa.»

«Quindici, quattordici…» Le grida del conto alla rovescia si levarono dalla pista da ballo sottostante.

«Ci siamo,» disse Barry. Quando il countdown arrivò al dieci, Renée uscì dal camerino dietro il palco e si diresse verso il bar.

Minty corse al mio fianco, con gli occhi che brillavano e il sorriso ampio. «Otto, sette…»

Peter e Daniel erano già avvinghiati l'uno all'altro. Barry e Robert iniziarono a baciarsi e non era ancora mezzanotte. Ryan e Windy si guardavano negli occhi, come se fossero nel mezzo di una discussione silenziosa.

Sorridendo, Minty mi prese le mani, la collana di farfalle che luccicava alle basse luci del bar, e si alzò in punta di piedi. «Tre, due, uno…»

Mi saltò in braccio. La stanza esplose di applausi e il mio cuore di speranza, della gioia che Minty fosse al sicuro e con me. Il futuro si stava affacciando sul nostro presente e non avevo idea di cosa ci avrebbe riservato. In qualche modo, non sapevo ancora come, lo avremmo superato insieme.

Perché, contro ogni previsione, ero certo che l'amore fosse dalla nostra parte.

Minty

I BRILLANTINI MI seguirono dal locale all'auto di Luke e in casa. Scrollavo polvere rossa, oro e argento a ogni respiro. Ce l'avevo tra i capelli, sulla pelle, brillava sulla gonna del tutù e sulle scarpette da ballo.

Mentre attraversavo la cucina e il soggiorno fino all'ingresso per appendere il cappotto e la sciarpa, trattenni un piccolo strillo per le sorprese che avevo preparato per il dungeon. Non eravamo più scesi insieme da prima che Luke tornasse a casa per aiutare sua madre nel trasferimento del padre nella struttura assistenziale, da prima che iniziassi a vedere Pamela e prima del mio ultimo confronto con Kyle.

Ero andato in crisi due giorni dopo il ritorno dal Natale a Johnson City. Mentre Luke si godeva il coma post pranzo con tutti gli avanzi del cenone, io avevo fatto il giro della stanza, toccando tutti gli attrezzi e i marchingegni, riflettendo su ognuno di essi, valutando se e soprattutto come sarebbe stato sicuro usare di nuovo quell'ambiente.

Qualche giorno dopo, mentre Luke era al lavoro, ero andato da Walmart con la carta regalo che avevo ricevuto dai genitori di Rodney e qualche soldo che avevo recuperato dal retro della mia scrivania al dormitorio quando mi ero trasferito. Dopo essere tornato con un carico di borse, avevo preparato la zona con cura, apportando modifiche sia permanenti che temporanee. Il fatto che Luke non ne avesse parlato mi diceva che non era mai stato laggiù.

Era tardi, quasi le due del mattino, ma volevo che lo vedesse subito. Era il momento. La vertigine e l'entusiasmo mi facevano tremare, insieme a un barlume di paura che a Luke non piacesse quello che avevo fatto, che si arrabbiasse perché avevo apportato dei cambiamenti senza di lui.

Entrando dal soggiorno, Luke mi abbracciò da dietro, accarezzandomi la nuca e respirando il mio profumo. Ero sudato per aver ballato, ma lui sembrava amare il mio odore come sempre. Mi aggrappai alle sue braccia ancora avvolte nel cappotto invernale e sentii il pizzicore della lana contro la schiena scoperta.

«Buon anno,» mormorò Luke, stringendomi fin quasi a togliermi il fiato.

«Ehi,» dissi quando iniziò a baciarmi il collo. Un eccitante brivido d'impazienza mi attraversò. «Ti ricordi quando ti ho chiamato mentre eri a casa di tua madre?»

«Eh?» Luke spinse l'erezione contro il mio sedere e cercò di spingermi in avanti verso le scale, facendomi capire che era più interessato a procedere verso la camera da letto che alle discussioni.

Mi girai tra le sue braccia, fermandolo. Cercò di baciarmi, ma io sollevai le dita per bloccare le sue labbra. Gli chiesi di nuovo: «Ti ricordi la telefonata?»

Con uno sbuffo di disappunto per quelle avances ignorate, Luke si scostò abbastanza da scrutarmi in viso. Vedendo che ero serio, lo divenne anche lui. «Certo.»

Giocherellai con il bavero del suo cappotto. «Beh, allora ricorderai anche che mi hai promesso una sculacciata per il nuovo anno.» Spalancai gli occhi, mi morsi il labbro inferiore e inclinai la testa verso la porta del seminterrato.

Le sopracciglia di Luke si inarcarono e una scintilla si accese nei suoi occhi. Ma altrettanto rapidamente la smorzò, dicendo: «Sei sicuro di essere pronto ad andare laggiù? Se volete che vi abbronzi il culo, Vostra Maestà, posso farlo anche di sopra.»

Mi leccai le labbra. L'ansia mi scorreva nel sangue. Potevo farlo. Volevo farlo. Mi ero impegnato al riguardo. «Non sono Vostra Maestà in questo momento. Solo io. Minty.»

Luke scosse la testa. «Aspetta. Per essere chiari, stai dicendo che vuoi andare nel dungeon come Minty?»

Annuii e gli sorrisi. «Mi è mancato essere il tuo ragazzo.»

Le sopracciglia di Luke si abbassarono di nuovo, aggrottandosi leggermente. «Cosa ne dice Pamela?»

Sospirai, appoggiando la testa al suo petto. Pensare alla mia terapista, per quanto gentile fosse, non era sexy, ma Luke aveva il diritto di chiedere. Gli dovevo una risposta. Incontrai il suo sguardo preoccupato, tirandogli di nuovo il bavero della giacca. «Ha detto che una sculacciata consensuale da parte del mio partner amorevole non è affatto la stessa cosa di quello che facevo prima, e che se mi sento pronto a giocare in quel modo, allora dovrei provare. Dopotutto, ho una parola di sicurezza.»

Mi alzai in punta di piedi e gli diedi un bacio, sperando di tranquillizzarlo con la dolcezza.

Con un sospiro tremante, Luke mi attirò a sé, abbassandosi per baciarmi il collo. Mi fece dondolare leggermente avanti e indietro. La pressione delle sue labbra era distratta, come se cercasse conforto più che eccitazione.

«Solo una sculacciata?» chiese.

«Magari un po' di frustino,» dissi, senza fiato. «Come quello che ti hanno regalato a Natale quando eri piccolo. Potrei far finta di essere Speedy.»

Sbuffò una risata contro il mio orecchio, continuando a tenermi stretto. «Te l'ho detto, non l'ho mai usato su di lui.»

«Sì, solo sul tuo fidanzato del liceo…»

«Non era il mio fidanzato, solo un ragazzo che ho scopato.»

«Bene, e ora voglio che tu mi sculacci, magari usando un frustino se le cose vanno bene, e che mi faccia inginocchiare per te come Minty, il tuo fidanzato.»

Mi sfiorò la guancia, fissandomi negli occhi. «Pensi di poter stare con me in questo modo, come te stesso? Perfetto al cento percento, come sei?»

Feci per sollevare il mento, pronto a indossare i panni di Vostra Maestà per accettare i complimenti che mi spettavano, ma subito capii che non era necessario. Potevo accettarli come Minty. Solo come me.

«Sì, voglio provarci. Ci ho pensato molto.» Mi toccai la collana di farfalle al collo. «E sono pronto.»

Fece scorrere il pollice sul mio labbro inferiore. «E se non lo fossi io?»

Sbattei le palpebre. «Cosa vuoi dire?»

«Ti amo. Non voglio che tu faccia questo solo perché pensi che sia quello di cui ho bisogno. Perché a me basti tu, al sicuro, felice e qui con me.»

Il mio cuore si sciolse all'espressione adorante nei suoi occhi. «Anch'io ti amo.»

«Le cose non possono tornare come prima, tesoro. Non possono e basta.»

«Lo so, e non devono farlo.» Gli presi la mano e ci spostammo verso la porta del seminterrato. «Lascia che ti mostri qualcosa, okay? Forse questo ti aiuterà a capire.»

Gli feci strada per le scale ed entrai nel dungeon. Si fermò in fondo, la sua mano si serrò intorno alla mia e le sue sopracciglia guizzarono in alto per lo shock e la sorpresa.

«Cosa ne pensi?»

Si guardò intorno, osservando i cambiamenti che avevo apportato. Lo stomaco mi si annodò per l'ansia speranzosa. E se non gli fosse piaciuto? Avrei dovuto chiedergli il permesso. Era casa sua, il suo dungeon, e io ero il suo sub, dopotutto.

Le lucine che avevo steso lungo la parete con la croce di Sant'Andrea brillavano di un rassicurante color oro, e le stelle fosforescenti che avevo faticosamente attaccato al soffitto sopra il letto, a creare varie costellazioni, brillavano di verde fluorescente nell'oscurità. Il morbido tulle bianco che avevo preso a metà prezzo nel reparto tessuti era drappeggiato su ganci che avevo appeso alle pareti intorno al letto, conferendogli un aspetto romantico e delicato.

Al centro della stanza avevo posato un grande tappeto a trecce multicolore che dava un aspetto accogliente all'area, annullando l'atmosfera spoglia e industriale di prima.

Avevo apportato anche altre modifiche.

Cuscini di tutti i colori che si abbinavano al tappeto erano buttati sul letto, sulla poltrona e persino ammucchiati nell'angolo. La maggior parte li avevo comprati da Walmart, ma alcuni li avevo presi in uno dei negozi di beneficenza della zona.

Sul cavallo giaceva un altro tappeto colorato, posizionato in modo da sfregare contro il mio petto e creare attrito se mi ci fossi sdraiato sopra. Lo avevo provato quando lo avevo posizionato, togliendomi la camicia e salendoci sopra. La differenza di sensazione era eccitante e abbastanza diversa da quella del legno e del cuoio, tanto che non pensavo che mi sarei perso nei ricordi del passato se fossi stato frustato su quell'attrezzo.

Nel complesso, la stanza era completamente diversa, eppure la sua funzione poteva essere la stessa.

Mi morsi il labbro inferiore, osservando la reazione di Luke, ma il suo sguardo non tradì alcuna emozione che potessi decifrare.

«Posso smontare tutto e usarlo altrove se non ti piace. Magari dare tutto a mia madre.»

«No,» annaspò Luke. «Rimarrà tutto qui.»

Lo guidai verso il letto, sul quale avevo gettato una coperta nuova. Mi sedetti e lui rimase in piedi, tenendosi alle mie mani e guardando la stanza.

«Voglio essere di nuovo il tuo ragazzo,» dissi. «Ma quando l'altro giorno sono sceso qui per vedere se fossi pronto, ho capito che per inginocchiarmi per te e mantenere la sanità mentale, avrei dovuto rendere questo spazio più mio. Dovevo cambiarlo in modo che quello che facciamo insieme fosse diverso e non alimentasse parti oscure, ferite e arrabbiate di me.»

Luke aveva smesso di osservare la stanza e aveva iniziato a guardarmi mentre parlavo. I suoi occhi erano dolci e mi strinse le dita. «Funzionerà?»

«Colpiscimi e vedrai.»

Le labbra di Luke si incurvarono in un sorriso divertito e mi toccò la guancia con dita tremanti. «Non voglio farti del male, tesoro.»

«Neanche un po'?» Sbattei le ciglia e lo supplicai. «Ma sono stato molto bravo, signore, e credo di meritarmelo.»

Inarcò un sopracciglio. «Pensi di meritare qualche sculacciata?»

«Sì.»

«E il mio cazzo?»

«Sì. E i tuoi baci, la tua saliva, il tuo sperma.»

Strinse le dita contro il lato del mio viso, poi ritrasse la mano e mi diede uno schiaffetto. Non era forte come in passato, ma abbastanza per far sì che mi bruciasse la guancia. Sorrisi. «Visto? Non è stato poi così male, signore.»

Sbuffò e poi mi colpì un po' più forte. Scoppiai a ridere di felicità.

Luke si tolse il cappotto, lo gettò sul letto accanto a me e poi mi colpì cauto sull'altra guancia. «Ti piace?»

«Lo adoro, signore.»

Lo fece di nuovo, più forte. «Ti piace ancora?»

«Sì.»

Così iniziammo a giocare.

«La tua parola d'ordine è *barboncino*.» Si tolse il maglione e lo lasciò sul pavimento. Si sfilò le scarpe e rimase davanti a me con i soli jeans e calzini. Mi leccai le labbra, sollevai il mento e scivolai a terra, inginocchiandomi tra i suoi piedi. Inclinai la testa all'indietro e lo guardai. Le stelline luminose sopra il letto formavano un'aureola dietro i suoi capelli biondi, e i suoi occhi brillavano.

Luke mi afferrò i capelli, tirandoli leggermente, poi mise le mani a coppa intorno alla mia testa e mi spinse il viso verso il suo inguine. Gli mordicchiai i jeans dove il suo cazzo premeva, baciando il materiale attillato. Lui sibilò.

«Sei una peste,» mormorò, stringendo più forte le dita tra i miei capelli e poi lasciandomi per slacciarsi i jeans. «Hai fame del mio cazzo?»

«Sì, signore,» mormorai, sedendomi sui talloni e spalancando la bocca in segno di invito.

Sbuffò e imprecò sottovoce, quindi si aprì i pantaloni e sfilò l'uccello. Aspettai che me lo tamburellasse sul labbro inferiore e poi mi passasse la punta sulla lingua, facendomi assaggiare il suo liquido preseminale.

«Infilamelo in gola e soffocami, signore,» sussurrai. «Dai al tuo ragazzo quello che vuole.»

«Ed è ciò che voglio anche io.» Le labbra di Luke si contorsero in un familiare sorriso sadico e il mio battito cardiaco aumentò, rimbombandomi nelle orecchie.

«Sì,» ansimai, e poi urlai quando mi afferrò un orecchio, mi trascinò in piedi e mi portò verso il cavallo.

«Spogliati, puttana. Mettiti qui sopra.»

Risi di nuovo e Luke mi diede un forte schiaffo sul viso. Singhiozzai tra le lacrime per la gioia selvaggia; mi tolsi il top e lo piegai con cura. Luke me lo strappò dalle mani e lo gettò da parte. «Non perdere tempo. Sistemati su quel cazzo di cavallo, o ti farò vedere le stelle.»

Dovetti trattenere un'altra smorfia, ma mi abbassai la gonna e gettai anche quella di lato. Mi posizionai sul cavallo e mi accorsi che stavo tremando. Era forse per il freddo dell'inverno che filtrava nel dungeon? O era per l'eccitazione di dovermi sottoporre a sensazioni intense con cui avevo avuto troppa paura di giocare nelle ultime settimane? Entrambe le cose, probabilmente.

Il tappeto intrecciato mi grattava l'uccello mentre mi mettevo in posizione, a culo in su e a cavalcioni della panca. Appoggiai il viso sul supporto a ciambella mentre Luke mi agganciava le caviglie e i polsi, la testa e la vita, e poi si avvicinò per passarmi una mano tra i capelli. «Usa la tua parola di sicurezza se ne hai bisogno.»

«Sì, signore.» Ridacchiai. Ero euforico, e l'eccitazione crescente in me era tanto un sollievo quanto un'ansia.

«Lo trovi divertente?» ringhiò Luke.

«No, signore.»

«Mmh.»

Sobbalzai quando uno schiaffo crudele mi impattò contro la natica, infiammandomi la pelle fino al fianco. Grugnii, la voglia di ridere si esaurì all'istante e le pulsazioni mi rimbombarono nelle orecchie. Un altro colpo violento si abbatté su di me e io gridai. Luke fece scivolare la mano sulla mia schiena mentre si dirigeva verso la mia testa e si inginocchiava. La sua bocca mi solleticò l'orecchio. «Tutto bene?»

«Sì, signore,» risposi. «Ti prego. Trattami come se fossi schiavo del tuo cazzo. Sono la tua puttana. Il tuo ragazzo affamato di sperma.»

Luke si alzò con un mormorio e si spostò dietro di me. Mi afferrò le natiche, le divaricò ed espose il mio anello di muscoli. «Splendido piccolo contenitore per lo sperma.»

«Sì, signore,» gemetti. «Usami. Ora.»

Una scossa di dolore sulla coscia mi fece sussultare. «Sceglierò io quando usarti, troietta.»

Rabbrividii quando le sculacciate iniziarono sul serio. Mi contorsi per quanto i legacci lo permettessero. I colpi costanti della mano di Luke mi riscaldarono i muscoli, e una coltre di sudore mi ricoprì il corpo. Mentre il dolore aumentava, mi inarcai contro il tappeto intrecciato sotto di me, strofinando il cazzo duro contro quell'attrito.

«Così,» mormorò Luke. «Monta quel cavallo per me. Fammi vedere quanto sei voglioso.»

«Per favore,» grugnii. «Il frustino. Ne ho bisogno.»

La verità era che avevo solo bisogno di dimostrare a me stesso che potevo sopportarlo e che non mi sarei frantumato per la passata vergogna.

Luke mi diede retta. Lo sentii ritirarsi verso la parete degli attrezzi su cui avevo steso un filo di lucine, e mentre tornava da me, percepii lo schiaffo del frustino contro il palmo della sua mano mentre lo soppesava. Fremevo per l'eccitazione e il terrore.

Luke fece scorrere la mano sul mio corpo, dal fianco alla spalla, e poi di nuovo giù. «Minty?»

«Sì?»

«Questo farà male.»

«Oddio.» Mi tesi tutto prima di costringermi a rilassarmi, cercando di fondermi con il cavallo. «Fallo, signore.»

Luke non si trattenne. Non sapevo se mi stesse mettendo alla prova come io stavo mettendo alla prova me stesso, o se semplicemente volesse ammirare gli aloni rossi lasciati sul mio sedere, ma il bruciore acuto del frustino mi lasciava senza fiato. Sentivo i muscoli contrarsi e danzare sotto i colpi.

«Sei magnifico,» mi lodò. «Il mio stupendo ragazzo.»

Gemetti e ignorai il sussurro nella mia mente che diceva che non volevo sentire le lodi, che non le meritavo. «Sono il tuo bellissimo ragazzo,» dissi ad alta voce. «Sono la tua splendida puttana.»

«Esatto. Il mio dolce e avido culetto voglioso.»

«La tua fica arrapata e bisognosa.»

«Sì,» concordò. Il frustino calò di nuovo. «Dillo.»

«Amo me stesso.»

«Sì, tesoro. Anch'io ti amo. Sei così sexy.»

Mentre mi colpiva ancora e ancora, strattonai le cinghie. Il mio cazzo sfregava sul tessuto intrecciato e io stringevo i muscoli del culo, cercando di allentare il bruciore.

«Rilassati,» ordinò Luke, e non appena lo feci, mi colpì con il frustino.

Gridai e contrassi le dita delle mani e dei piedi. «Signore,» mugolai. «Voglio sentirti.»

Luke mi massaggiò il culo, aprendolo e strofinando le dita tra le natiche. «Sei pronto per il mio cazzo?»

«Sì, ti prego. Qualsiasi cosa. Il tuo dito. La tua lingua.»

Luke rise e tornò a usare il frustino su di me. Impotente, sprofondai in un torpore caldo e sudato, sussultando sotto i colpi. Il tempo si divideva in due parti: quando venivo colpito e quando non venivo colpito.

Anche Luke era accaldato, e il suo sudore mi colava addosso mentre, implacabile, si accaniva su di me. Mi sciolsi sul cavallo, arrendendomi, e solo quando non mi irrigidii più prima del colpo, Luke parlò di nuovo.

«Pronto a volare, tesoro?»

Gemetti.

«Voliamo insieme.»

Lo sentii tornare verso il muro, e capii senza dubbio che sarebbe tornato con la frusta rossa. Il suo bruciore era stato superato solo dalla pesantezza del frustino di gomma.

«Vuoi dirmi qualche parola?» chiese Luke.

«Sì,» mugolai.

Luke si inginocchiò accanto alla mia testa, intrecciando le dita nei miei capelli. «Cosa?»

Non riuscii a trattenermi dal ridere. «Qualcuna, in effetti: cazzo, che male, signore.»

Il suono della frusta che fendeva l'aria mi fece assaporare la paura prima che fosse cancellata dal dolore. Ridevo, piangevo e lottavo per sfuggire alle sferzate roventi, e anche Luke cominciò a ridere quando gridai: «Cazzo, mi piace, signore. Adoro essere il tuo ragazzo.»

Mi massaggiò la natica in fiamme e ridacchiò: «Mi piace farti male.»

«Non fermarti.»

Il suo desiderio di causare dolore, nato quando, da bambino, aveva ricevuto quel frustino, si intrecciarono con il mio piacere nel provarlo. Mi contorcevo mentre le sensazioni aumentavano e crescevano fino a raggiungere un picco estatico che mi faceva contorcere e gridare con gioia sconvolgente.

«Sei venuto?» grugnì Luke quando mi fui ripreso. «Hai goduto, tesoro?»

Ansimai per riprendere fiato, incerto su cosa fosse successo, ma ebbe importanza solo per un istante. Luke stava infilando le dita lubrificate nel mio culo, allargandomi prima di spingere il suo grosso cazzo con una rapidità brutale che mi fece stringere i pugni, gemere e sudare di nuovo.

«Sì,» esclamò Luke a denti stretti. «Quanto sei stretto. Guarda come sei coperto dai miei segni.»

«Sono tuo,» mugolai, e lui iniziò a scoparmi con forza e velocità. «La tua puttanella.»

«Mio,» concordò Luke. «E solo io posso farti male.»

«Solo tu.»

Ansimai e mugolai mentre mi martellava la prostata, e la tensione del piacere ricominciò, una scarica di energia che mi attraversava tutto il corpo, facendomi tremare. «Ho bisogno di te,» gemetti. «Riempimi.»

Luke mi morse la spalla e si aggrappò a me mentre raggiungeva l'orgasmo. Mi venne dentro con un sussulto del bacino contro il mio culo livido e dolorante. Senza fiato, mi sentivo orgoglioso, sciocco e tutto indolenzito.

Non appena Luke ebbe finito, si sfilò dal mio corpo e poi si chinò per ricacciare il suo sperma fuoriuscito dentro il mio culo. «Tienilo dentro,» ordinò, e io strinsi per obbedire.

«Qualcosa di prezioso.» Ridacchiai quando sciolse le cinghie e mi sollevò dal cavallo. Mi aggrappai alle sue spalle e lui mi prese in braccio per portarmi sul letto.

«Sì, lo sei,» concordò lui.

«Intendevo il tuo sperma.»

Le sue labbra si arricciarono in un sorriso; si sdraiò accanto a me. Era sudato e arrossato, e sapevo di esserlo anch'io, ma non riuscivo a smettere di sorridere. Gli affondai il viso nel collo e cominciai a tremare dalle risate. La mia pelle gridava di dolore pungente, ma la mia anima era serena.

«Che ti prende?» sussurrò Luke, spostandosi per baciarmi la guancia. «Sei fuori di testa.»

«Sono felice. Sono solo… felice.»

Mi strinse a sé e ci baciammo a lungo, mentre mi godevo i postumi della sua dominazione. Ero incredibilmente orgoglioso. Non solo mi era piaciuto essere colpito in quel modo, ma sentirlo usare termini offensivi non aveva fatto altro che mandarmi in estasi, invece di farmi vergognare. Volevo essere il suo serbatoio per lo sperma, il suo buco avido, lo schiavo del suo cazzo. Non riuscivo a pensare a niente di meglio. Era ciò che desideravo di più al mondo.

Volevo passare il resto della mia vita con Luke, a fare giochi eccitanti nel dungeon, a fare l'amore al piano di sopra, a baciarlo sul divano, a preparare la cena insieme e a vivere, *semplicemente*. Per la prima volta in assoluto, ero felice.

Del tutto felice.

Finalmente avevo vinto.

Luke

DOPO LA SCENA nel dungeon, aspettai che Minty si addormentasse. Una volta che si fu assopito, lo ammirai per alcuni lunghi minuti: era ancora scintillante dei brillantini che gli erano rimasti appiccicati addosso dalla discoteca. Era anche rosso per i miei colpi. Aveva preso tutto con gioia assoluta. Era come se avessi un ragazzo completamente diverso nel letto con me rispetto a quello a cui avevo ordinato di scendere dalle scale mesi prima.

Dopo essermi assicurato che Minty dormisse, mi alzai per fare un po' di pulizia. Controllai il cavallo e scoprii che dopotutto non era venuto sul nuovo tappeto intrecciato, ma c'era ancora un po' di disordine da sistemare. Mi occupai di tutto, piegai i nostri vestiti e poi camminai per la stanza, osservando i cambiamenti, grandi e piccoli, che Minty aveva apportato.

Era diverso, quello era innegabile.

Avevo allestito il dungeon con i vecchi attrezzi di Jerome senza neanche pensarci troppo. In passato, avevo sempre cercato relazioni sessuali sadiche che non coinvolgessero il mio cuore. Il sesso che avevo fatto con quei ragazzi era stato divertente, intenso e a volte molto intimo, ma l'amore non aveva mai contaminato l'esperienza.

Ora, dopo la nostra scena, ero sicuro che l'amore non aveva contaminato l'esperienza, ma l'aveva decisamente cambiata per me. Schiaffeggiare Minty non era più come agli inizi. Allora lo avevo fatto in modo distaccato. Quasi meccanico. Sexy, ma privo di coinvolgimento amoroso.

Ma dopo tanti mesi provavo sentimenti molto più intensi. Arrivare alla frusta era stato un esercizio di ginnastica mentale ed emotiva. Il mio desiderio di non vedere mai più Minty soffrire si era scontrato con la dolce gioia di vederlo implorare per ciò che sapevo solo io avrei potuto dargli, in futuro. Una via d'uscita dalla sua testa, una strada verso l'estasi attraverso il dolore e un orgasmo delirante.

Il tumulto che avevo provato durante la scena aveva aumentato l'intensità anche per me. L'urgenza con cui lo avevo scopato mi aveva fatto tremare le gambe così forte che avevo avuto a malapena la forza di portarlo a letto. Era stata una scarica d'adrenalina folle. La scena era qualcosa che aveva voluto e di cui aveva bisogno, e si era affidato a me perché sapevo che potevo soddisfare quella sua necessità senza distruggerlo di nuovo. Ero grato che la sua fiducia non fosse mal riposta perché fino all'ultimo non ne avevo avuta la certezza.

Il mio sollievo quando la scena lo aveva lasciato felice, euforico, ridente e aperto alla luce mi aveva quasi fatto piangere. Eravamo entrambi cambiati da quando avevamo iniziato il nostro viaggio insieme. Era logico che anche il dungeon dovesse cambiare.

Sorrisi pensando a quanto era stato adorabile Minty a usare i soldi della sua carta regalo di Natale per le modifiche alla sala. Tornando a letto, gli rimboccai la morbida coperta nuova. Guardai le luci della stanza, i tappeti, i drappi di tulle, e mi vennero le lacrime agli occhi. Minty era aperto, con se stesso e con me.

Lo aveva voluto, ma per ottenerlo sapeva che le cose dovevano cambiare.

Volevo che le cose cambiassero ancora di più.

A proposito…

Presi la scatola dalla tasca del cappotto; non avevo trovato il momento giusto per darla a Minty al club, quindi la infilai sotto il cuscino. Con il cuore che batteva forte, lo guardai dormire ancora per qualche istante, poi l'impazienza ebbe la meglio.

«Tesoro,» mormorai, accarezzandogli la guancia arrossata. «Svegliati.»

«Eh?» Sbatté assonnato le palpebre e, quando mise a fuoco me e poi la stanza intorno a noi, sorrise. «Oh, ciao. Vuoi giocare di nuovo?»

Risi. «Sei insaziabile.»

«Sì. Questo culetto affamato ha bisogno del tuo sperma,» ridacchiò, stiracchiandosi sotto le coperte. «Vuoi farlo qui? O nella nostra camera da letto?»

La nostra camera da letto.

Sì, gli avevo chiesto di trasferirsi da me, e lui lo aveva fatto. Mi piaceva che fosse casa di entrambi, ora, e il suo abbellimento del dungeon non faceva che sottolineare quel fatto.

«Facciamolo qui,» dissi, prendendo il lubrificante dal comodino accanto al letto. «Allarga le gambe.»

Minty sorrise, si sdraiò sui cuscini e fece esattamente come gli avevo chiesto, proprio come sapevo che avrebbe fatto.

In breve tempo lo schiusi e lubrificai, e nel giro di pochi istanti si ritrovò a calarsi sul mio cazzo con le gambe buttate sulle mie spalle. Mentre lo scopavo lentamente, con amore, lui gettò la testa all'indietro; era meraviglioso e dolcissimo.

Il mio cuore stava per scoppiare di adorazione. Lo amavo così tanto ed ero dannatamente e insopportabilmente orgoglioso di lui. «Quanto cazzo sei sexy, tesoro.»

«Grazie,» sussurrò.

«Ho un regalo di Capodanno per te.»

I suoi occhi si illuminarono di gioia e rabbrividì, contraendosi intorno al mio uccello. «Oh, sì, dammelo. Lo voglio.»

Sorrisi. «Non il mio sperma.»

Mi fissò, accigliato e confuso. Potevo vedere il verde delle stelle fluorescenti riflesso nei suoi occhi. «Ma io lo voglio.»

«Non preoccuparti, avrai anche quello. Intendevo questo...» Infilai la mano sotto il cuscino e tirai fuori la scatolina. Immerso in lui fino alla base del cazzo, la aprii con un colpo secco.

Nella scarsa luce scintillavano due anelli affiancati, uno d'argento e uno d'oro.

«Cosa sta succedendo?» ansimò Minty. Il cuore gli rimbombava forte in gola e si riverberava intorno al mio cazzo. «Sto ancora sognando?»

«No, è molto reale. So che non è legale, ma...» Mi spinsi di nuovo dentro, a fondo. Gli baciai la bocca e la punta del naso. «Voglio che ciò che c'è tra di noi sia eterno. Voglio avere l'onore di prendermi cura di te per il resto della tua vita, Minty Arnold. E in cambio, accetterò tutto ciò che hai da offrire. I tuoi momenti più bui, quelli più dolci e solari, il tuo sudore, il tuo sperma. Voglio tutto. Ti voglio per sempre. Mi vuoi sposare? Qui? Ora?»

«Luke...» Il petto di Minty era arrossato e il suo cazzo guizzava tra di noi. Avvolse le gambe intorno alla mia vita, trascinandomi più a fondo. «Lo voglio anch'io.»

«Quindi dirai di sì? Indosserai il mio anello?»

«Sì.»

Infilai la fascia d'argento al terzo dito della sua mano sinistra, quindi feci scivolare quella d'oro giallo sulla mia. Mentre gettavo da parte la scatola vuota, Minty abbassò lo sguardo sul punto in cui eravamo uniti.

«Luke?»

«Sì?»

«Lo hai notato? Stai facendo l'amore con me e io te lo sto lasciando fare.»

La gola mi si strinse quando mi resi conto della situazione. Stavo assolutamente facendo l'amore con Minty, e non c'era nessun artificio o trucchetto tra noi per metterlo a suo agio. Eravamo solo io e lui insieme. Il mio uccello dentro di lui, il nostro amore che scorreva tra noi.

«Ti amo,» sussurrai, roteando i fianchi con delicata fluidità.

Un sorriso gli increspò gli angoli degli occhi. «Anch'io mi amo. Tu mi aiuti a farlo. Mi mostri come amare anche le parti peggiori di me.»

«Ogni parte di te è buona.»

Ci baciammo e scopammo, e la dolcezza si protrasse all'infinito. Mi concentrai solo su di lui, godendo di ogni suo sussulto di piacere. Gli sussurrai la mia adorazione mentre ci muovevamo, e lui non si tirò indietro né rifiutò nessuna delle mie dichiarazioni. Quando le sue palle si contrassero per l'orgasmo imminente, Minty mi guardò, sorrise e sussurrò: «Ti amo.»

Le scosse lo squassarono, e il suo sperma schizzò tra di noi. Lo presi con forza, e all'ultimo mi abbandonai al piacere con un grido. Si aggrappò alla mia schiena, baciandomi la gola mentre fremevo e sussultavo.

Dopo, mi accasciai su di lui, ansimando. «Tesoro, ti amo così tanto.»

«Lo so.» Minty era quasi inerte sotto di me, e lasciava che lo schiacciassi sul materasso con il mio peso. «Mi hai sposato due volte questo mese. Mi ami molto.»

Mi spostai per lasciarlo respirare, ma rimasi sepolto in lui, dato che il mio uccello era ancora eretto. «Due volte?»

«Sotto l'albero a casa di tua madre, quando hai promesso che ti saresti preso cura di me se...» Non continuò. Sapevamo entrambi di cosa stava parlando, e quel promemoria fu sufficiente a farmi perdere l'erezione. Scivolai fuori da lui ma usai le dita per serrare il suo culo bisognoso. Sospirò soddisfatto e continuò: «E ora qui, nella nostra stanza speciale, con questo bellissimo anello.» Alzò la mano per ammirarlo. «Considerando tutto quello che di brutto è successo quest'anno, so che sembra una sciocchezza, ma in questo momento mi sento davvero fortunato.» Toccò la collana che gli brillava sulla gola. «Ho una nuova famiglia e un marito che mi ama. Tutto mio finché avrò vita.»

«Siamo stati entrambi fortunati.» Nonostante il dolore, sembrava vero. Ci eravamo trovati e uniti contro ogni previsione. Lo baciai. «Ehi, abbiamo anche un'altra cosa. Abbiamo fatto l'amore come Minty e Luke, senza un solo *Vostra Maestà*, e nemmeno un pizzicotto o un morso.»

Minty era trionfante come se avesse appena vinto un trofeo.

«Come stai?»

«Sono felice,» rispose meravigliato. «Mi sento davvero, davvero felice.»

Lo baciai di nuovo. «Anch'io.»

«Me lo sono guadagnato,» sussurrò. «Me lo merito.»

«Ti meriti il mondo.»

«E lo voglio.»

Il suo dolce sorriso mi riempì l'anima di farfalle.

Farfalle e speranza.

Post Scriptum

Nel gennaio 1992, Betsy e Rodney si sono sposati con una grande cerimonia a Riverwoods, alla presenza di parenti, amici e cittadini. La torta era un colosso a tre piani al gusto di ghiacciolo all'arancia; Minty ne ha mangiate tre fette e ha quasi vomitato durante il viaggio di ritorno in macchina.

Nel febbraio 1992, Luke ha regalato a Minty una cucciolotta di Golden Retriver per il suo compleanno. L'ha chiamata Butter, abbreviazione di Princess Butterfly Marmalade. È stata la prima di una serie di quattro amatissimi Retriever.

Nell'agosto 1992, Kyle è stato condannato per aver drogato e filmato lo stupro di tre donne. È stato rilasciato nel 2001 per buona condotta. Minty non lo ha mai più rivisto, né cercato qualcuno come lui.

Nel giugno 1993, Minty ha iniziato a lavorare con la TVA nel campo dell'ecologia fluviale, studiando le salamandre che ha sempre amato. Questo lavoro gli ha fornito la sicurezza finanziaria necessaria per comprare una piccola casa a sua madre e per apportare miglioramenti a quella che lui e Luke hanno costruito insieme. È rimasto alla TVA fino a quando, nel 2006, ha iniziato a lavorare per il Servizio Forestale degli Stati Uniti. Era orgoglioso di essere un "bel ragazzo con gli scarponi da trekking" e ha insegnato a Luke ad amare il campeggio e la vita all'aria aperta.

Nel 1996, Minty ha ricevuto la notizia che suo padre era morto in prigione. Luke era con lui quando lo ha saputo e, sebbene avesse richiesto una sessione più lunga del solito nel loro dungeon, ora

molto elegante, non ha messo in atto gli stratagemmi di un tempo
per sopportare la sofferenza. Non ha pianto per suo padre e non ne
ha parlato quasi più.

Nel 1998, Minty e Luke hanno iniziato il trattamento antiretro-
virale con HAART, un nuovo farmaco rivoluzionario in grado di
ridurre la carica virale dell'HIV. Con il passare degli anni, hanno
avuto accesso a farmaci sempre più efficaci e la loro aspettativa di
vita è aumentata. Ad ogni anniversario delle rispettive diagnosi,
sono rimasti miracolosamente sani. Per onorare i loro amici che non
hanno avuto la stessa fortuna, hanno giurato di non dimenticare
mai la gratitudine per la loro vita.

Nel 1999, il padre di Luke è morto a causa di un secondo ictus.
Luke non era riuscito a ricucire il loro rapporto, ma suo padre era
ben assistito nella struttura per anziani. Nello stesso anno, i due
hanno rivelato alla madre di Luke della loro diagnosi di HIV,
dell'efficacia dei nuovi farmaci, e finalmente le hanno permesso di
sostenerli emotivamente.

Nel 2000, Minty ha interrotto le sedute settimanali con Pamela
Novik dopo quasi un decennio. È passato invece a sedute mensili,
continuando con lei fino al 2006.

Nel 2002, Daniel e Peter hanno trascorso un'estate a Parigi.
Minty e Luke si sono uniti a loro per qualche settimana, godendosi
quella città così romantica. Ma, sul volo di ritorno, Minty ha detto
a Luke che gli erano mancati i fiumi, le montagne e le salamandre
degli Appalachi. «Chiamami il tuo principe delle fate degli Appalachi.» Luke ha riso e lo ha coperto di baci.

Nel 2006, Minty e Luke si sono trasferiti ad Asheville, nella
North Carolina, dove Luke era stato assunto per aiutare un amico
nel suo birrificio artigianale. Minty ha iniziato a lavorare con il
Servizio Forestale degli Stati Uniti nelle Blue Ridge Mountains.
Luke ha amato questa nuova direzione della sua vita e Minty adora
camminare ogni giorno tra le montagne.

Nel 2015, dopo la sentenza Obergefell vs Hodges, Minty e Luke si sono finalmente sposati legalmente. Durante la cerimonia, Luke ha chiamato Minty "Vostra Maestà" per farlo ridere, e l'officiante lo ha rimproverato perché ripetesse correttamente la formula nuziale. In ogni caso, per quanto riguarda Luke, si è davvero sposato con un principe.

Nel 2018, grazie ai farmaci più recenti, Luke ha raggiunto lo stato di non rilevabilità dell'HIV, e la carica virale di Minty si è abbassata fino quasi a livelli simili. La loro aspettativa è quasi al pari di quella delle persone senza HIV. Hanno iniziato a considerare le date delle loro diagnosi come anniversari degni di essere festeggiati invece che fonte di dolore. Un altro anno ben vissuto!

Nel 2020, Minty ha scoperto il termine non-binario su Internet e ha capito per la prima volta che esisteva una parola per descrivere come si sentiva. In seguito, ha indossato con orgoglio una spilla con la bandiera enby sulla sua giacca da lavoro. Tuttavia, alla fine ha scelto di continuare a usare i pronomi maschili, dicendo che si sentiva comunque "un uomo carino con le giuste priorità nella moda".

Nell'ottobre del 2021, Minty e Luke hanno festeggiato il loro trentennale con una gita in una baita sul lago Norris. Minty si è messo i suoi stivaloni di gomma per esaminare le salamandre. Luke, ormai sessantenne, ha pagaiato in canoa guardandolo fare ciò che amava di più. Più tardi, hanno fatto l'amore accanto al falò. Ancora più tardi, piegato sulle ginocchia di Luke, Minty ha ricevuto trenta scudisciate di anniversario con il suo frustino preferito.

Alla fine, l'amore era davvero dalla loro parte.

✧　✧　✧

Potete leggere la storia d'amore di Daniel e Peter nella trilogia '90s Coming of Age disponibile su Amazon.

Lettera di Leta

Caro lettore,

grazie per aver affrontato questo viaggio emotivo e tumultuoso con Minty. So che tutti noi lo abbiamo amato moltissimo nella trilogia *'90s Coming of Age* e avevamo bisogno di vedere la sua storia fino in fondo.

Vorrei soffermarmi un attimo sulla mia storia di studentessa di psicologia all'inizio degli anni Novanta. All'epoca lavoravo in un ospedale psichiatrico per minori e ho visto e sentito molte cose traumatiche. Un bambino mi è rimasto impresso nella mia memoria: un dodicenne che chiameremo Emmett (non è il suo vero nome). Tenero e dolce, con occhi azzurri e un cuore gentile, Emmett aveva subìto abusi sessuali e violenze da parte del padre.

Sebbene Emmett abbia dovuto elaborare un trauma intenso, l'aspetto che ha avuto più difficoltà a integrare nel suo concetto di sé è stato il fatto che, a volte, aveva istigato gli eventi con suo padre e che, in alcune occasioni, aveva goduto fisicamente di alcune sensazioni e della "vicinanza" che aveva provato con l'uomo che lo aveva stuprato. La profonda vergogna e l'intenso disgusto per se stesso associati a questi fatti scomodi hanno portato Emmett a sviluppare pensieri suicidi. Il suo secondo tentativo è stato il motivo del suo ricovero in ospedale.

La mia permanenza nella struttura è terminata prima di quella di Emmett e non ho idea di cosa sia stato di lui. A questo punto dovrebbe essere un uomo adulto, ben oltre i trent'anni, e a volte penso a come potrebbe essere la sua vita. Spero che abbia trovato il modo di perdonare il bambino che era e le cose che ha fatto per sopravvivere e, soprattutto, che abbia imparato ad amare di nuovo se stesso.

La situazione di Emmett era ovviamente diversa da quella di Minty sotto molti aspetti, ma l'aspetto della vergogna e del disprezzo di sé era qualcosa che mi sentivo in dovere di affrontare nel racconto di Minty. È un concetto sgradevole che non viene indagato di solito, così come il modo in cui questi sentimenti possono spingere una persona verso abitudini pericolose: droghe, alcol, abuso di sé, dipendenza dal sesso, violenza. Avendo conosciuto Emmett, non potevo far finta che quelle situazioni e le loro conseguenze non fossero mai accadute.

Se volete saperne di più su Peter e Daniel, potete leggere la loro storia nella trilogia *'90s Coming of Age*. Non perdetevi una serie che i lettori hanno definito un capolavoro, la migliore degli ultimi anni e la loro nuova preferita.

Ancora una volta, vi ringrazio per avermi affidato questo viaggio oscuro e straziante con Minty. Spero di essere riuscita a tenere il vostro cuore al sicuro mentre esploravo queste storie così dure.

Vi auguro un futuro fatto d'amore e guarigione,
Leta

Ringraziamenti

Di solito metto i ringraziamenti all'inizio del libro, ma non volevo distrarre dagli avvertimenti sul contenuto dell'opera. Quindi, questa volta li ho spostati alla fine.

Iniziamo quindi con i ringraziamenti principali:

La banda del dietro le quinte che si occupa di editing, copy, proof, beta e si assicura che tutto scorra nel modo giusto: Jordan Buchanan, Willow Board, Kate Hawthorne, Scarlett Drake, Cecily Green, Enay, Kim, Brian, Paul e Kirk!

Le mie lettrici per le tematiche sociali e gli argomenti sensibili per la sindrome di Down e l'HIV negli anni '90: Miriam Porter, Bill Reid.

La mia famiglia e i miei amici: Brian, Cecily, mamma, papà e tutti i miei amici per l'amore e il sostegno. Non potrei fare questo lavoro senza tutti voi. Per voi vale la pena continuare con questa carriera.

I miei lettori: siete voi a darmi la forza per andare avanti a scrivere. Grazie per avermi affidato il vostro prezioso tempo e il vostro ancor più prezioso cuore.

I miei professori del dipartimento di Psicologia dell'Università del Tennessee e i miei colleghi e volontari del Peninsula Lighthouse nel 1993. Soprattutto, la mia eterna gratitudine va ai bambini con cui ho lavorato. È stato un onore aver fatto anche solo una piccola parte della vostra vita. Che ognuno di voi possa vivere felicemente e bene.

Ecco i testi su cui ho eseguito le mie ricerche:

The Loving Dominant di John e Libby Warren

Becoming a Slave di Jack Rinella

The Drama of the Gifted Child di Alice Miller

The Body Keeps the Score del Dottor Bessel van der Kolk

Perv di Jesse Bering

The Deep Psychology of BDSM & Kink di Douglas Thomas

Altri libri di Leta Blake

In ogni singola vita
Un fiume in piena
Smoky Mountain Dreams
Le differenze
Angelo imperfetto
Un uomo fortunato
Un Daddy per Natale

The Training Season Series
Training Season. La stagione dell'allenamento
Training Complex. Il complesso dell'allenatore

Home for the Holidays
Cuore di ghiaccio
La lista dei cattivi
Mr. Jingle Bells

Serie Calore d'amore
Calore inatteso
Calore proibito
Calore amaro
Calore pericoloso

Serie Calore in vendita
Calore in vendita
Contratto in vendita

'90s Coming of Age Series

Ritratti di te
Tu non sei me
Solo tu

Leta Blake e Indra Vaughn
Vespertine
Cowboy cerca marito

The Wake Up Married serial
Leta Blake e Alice Griffiths
Svegliarsi sposati
2 & 3
4 & 5
6 & 7

Camp Bay Christmas
North's Pole: Un pacco per Natale

Gay Fairy Tales
La leggerezza del principe

Scopri di più sull'autrice online:
Leta Blake
letablake.com

Su Leta Blake

Autrice di best-seller e accolta con favore dai lettori, il background scolastico e professionale di Leta Blake è rispettivamente psicologico e finanziario. Ma la sua passione è sempre stata quella per la scrittura. Ama inventare storie romantiche ed esplorare la psiche dei personaggi che inventa. Nella sua casa nel sud degli Stati Uniti, Leta lavora sodo per raggiungere un compromesso tra lavoro, scrittura e la sua famiglia.